Geraldine Brooks
Insel zweier Welten

Roman

*Aus dem Amerikanischen
von Judith Schwaab*

btb

Die amerikanische Originalausgabe erschien 2011 unter dem
Titel »Caleb's Crossing« bei Viking Penguin, New York.

Karte: Laura Hartmann Maestro
Caleb Cheeshahteaumauks Brief an seine englischen Gönner (S. 463)
abgedruckt mit Erlaubnis der Royal Society, London

Verlagsgruppe Random House FSC-DEU-0100
Das für dieses Buch verwendete
FSC®-zertifizierte Papier *Lux Cream*
liefert Stora Enso, Finnland.

1. Auflage
Deutsche Erstveröffentlichung August 2012,
btb Verlag in der Verlagsgruppe Random House GmbH, München
Copyright © 2011 by Geraldine Brooks
Umschlaggestaltung: semper smile, München
Umschlagmotiv: Patrick Molnar/Gallery Stock; Mooney Green
Photography/Getty Images; sundarksom/stocck.xchng
Satz: Uhl + Massopust, Aalen
Druck und Bindung: CPI – Clausen & Bosse, Leck
SL · Herstellung: BB
Printed in Germany
ISBN 978-3-442-74391-9

www.btb-verlag.de

Aus Freude am Lesen

GERALDINE BROOKS wurde 1955 in Sydney geboren und bereiste elf Jahre lang als Auslandskorrespondentin des Wall Street Journal verschiedene islamische Länder, darunter Bosnien, Somalia und den Mittleren Osten. Ihr erster Roman »Das Pesttuch« wurde von Presse und Publikum gleichermaßen gefeiert und avancierte zum Bestseller. 2006 erhielt sie für »Auf freiem Feld« den Pulitzerpreis. Auch ihr neuer Roman »Insel zweier Welten« stand auf Anhieb auf der New-York-Times-Bestsellerliste. Geraldine Brooks lebt in Virginia.

*Für Bizuayehu,
der auch zwei Welten kennt*

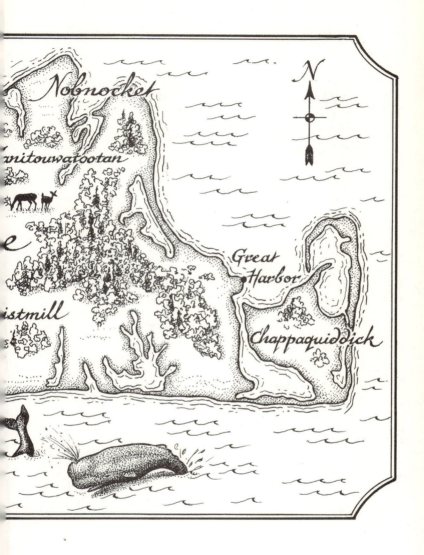

Anno 1660

Aetatis Suae 15
(Im Alter von fünfzehn Lenzen)

Great Harbor

I

Er kommt am Tage des Herrn. Obwohl mein Vater es nicht für nötig erachtet hat, mir das mitzuteilen, bin ich im Bilde.

Sie nahmen an, ich schliefe, so wie ich es jede Nacht tue, während mein Vater und Makepeace auf der anderen Seite des Vorhangs, der unsere Schlafkammern trennt, noch eine Weile miteinander flüstern. Meistens ist ihr leises Murmeln für mich ein tröstliches Geräusch, doch vergangene Nacht erhob Makepeace die Stimme und wurde so heftig und wütend, dass mein Vater ihn zurechtweisen musste. Vermutlich war es das, was mich aus dem Schlaf gerissen hatte, denn eigentlich verabscheut mein Bruder derart heftige Gefühlsausbrüche. Ich drehte mich auf meinem Lager herum und fragte mich, vom Schlaf benommen, was ihn wohl so aufgebracht hatte. Was mein Vater sagte, konnte ich nicht hören, doch dann erhob mein Bruder erneut die Stimme.

»Wie kannst du Bethia einer solchen Gefahr aussetzen?«

Natürlich war in dem Moment, als mein Name fiel, nicht mehr an Schlaf zu denken; ich war hellwach. Ich hob den Kopf und versuchte noch mehr aufzuschnappen, was auch nicht schwer war, weil Makepeace seine Zunge nicht zu zügeln vermochte, und obwohl ich nicht hören konnte, was mein Vater sagte, waren die Antworten meines Bruders deutlich zu vernehmen.

»Was hat es schon zu bedeuten, dass er betet? Es ist – soweit ich weiß – noch nicht einmal ein Jahr her, dass er dem Heidentum abgeschworen hat, und der Mann, der ihn lange in seiner Obhut hatte, ist ein Knecht Satans. Der Halsstarrigste und Gefährlichste von allen, wie du selbst oft genug gesagt hast...«

Vater fiel ihm ins Wort, doch Makepeace ließ sich den Mund nicht verbieten.

»Natürlich nicht, Vater. Ich will seine Fähigkeiten gar nicht in Frage stellen. Doch nur weil ihm das Lateinische leichtfällt, bedeutet das noch nicht, dass er weiß, welches Benehmen in einem christlichen Zuhause von ihm erwartet wird. Das Risiko ist einfach...«

In diesem Moment begann Solace zu schreien, und ich beruhigte sie. Die beiden merkten, dass ich wach war, und sagten nichts mehr. Doch es war schon genug gesagt worden. Ich wickelte Solace gut ein und zog sie auf dem Bett zu mir heran. Sie schmiegte sich an mich wie ein Vogelkind im Nest und schlief wieder ein. Ich lag wach, starrte in die Dunkelheit und strich mit der Hand über die raue Kante des Deckenbalkens, der in Armeslänge über meinem Kopf verlief. Noch fünf Tage, dann würden wir unter dem selben Dach leben.

Caleb wird bei uns wohnen.

Am nächsten Morgen sprach ich nicht über das, was ich mit angehört hatte. Das Lauschen – anders als das Sprechen – ist mir schon lange zur Natur geworden, und ich bin höchst geübt darin. Es war meine Mutter, die mich gelehrt hat zu schweigen. Als sie noch lebte, hat wohl kaum mehr als ein Dutzend Menschen in dieser Siedlung jemals ihre Stimme gehört. Es war eine angenehme Stimme, leise und weich, mit einem Hauch jenes Dialekts aus dem Dorf in Wiltshire, England, wo sie ihre Kindheit verbracht hatte. Oft lachte sie, sang uns Kinderreime aus ihrer alten Heimat vor und erzählte uns von Dingen, die wir nie gesehen hatten: Kathedralen und Kutschen, breite

Flüsse, so groß wie unser Hafen, und ganze Straßen voller Läden, in denen jeder, der genügend Geld in der Börse hatte, alle möglichen Waren erwerben konnte. Doch das geschah nur innerhalb des Hauses, wenn wir als Familie beisammen waren. Draußen hingegen sah man sie nur mit gesenktem Blick und versiegelten Lippen. Sie war wie ein Schmetterling: bunt und vibrierend, wenn sie beschloss, die Flügel auszubreiten, doch kaum sichtbar, wenn sie sie zuklappte. Ihre Bescheidenheit war wie ein Mantel, den sie sich umhängte, und wenn sie so, mit Demut und Bescheidenheit bekleidet, in der Welt umherging, schien sie von den Menschen gar nicht bemerkt zu werden, ja, bisweilen sprachen sie gar in ihrer Anwesenheit über sie, als wäre sie nicht da. Später, bei Tisch, wenn die Angelegenheit für Kinderohren taugte, berichtete sie über dies oder das, was ihr wichtig erschien, oder sie wartete mit allerhand Neuigkeiten über unsere Nachbarn auf. Oft war das, was sie zu berichten wusste, unserem Vater für sein geistliches Amt oder Großvater für seine Tätigkeit als Richter dienlich.

Im Lauschen und Beobachten eiferte ich meiner Mutter nach, und auf diese Weise erfuhr ich auch, dass ich sie verlieren würde. Unsere Nachbarin Goody Branch, die hiesige Hebamme, hatte mich in ihr Häuschen geschickt, um mich mehr von dem Wehentrunk holen zu lassen, mit dem sie das Kindbettfieber meiner Mutter zu kühlen hoffte. So groß auch mein Eifer war, ihr das Gewünschte zu holen, stand ich doch einige Minuten an der Tür und lauschte, als ich meine Mutter sprechen hörte. Sie redete von ihrem Tod. Ich wartete darauf, dass Goody Branch ihr widersprechen und ihr sagen würde, alles werde gut. Doch solche Worte fielen nicht. Stattdessen antwortete Goody Branch, sie würde sich schon um gewisse Angelegenheiten kümmern, die meiner Mutter am Herzen lägen, und sie solle diesbezüglich ganz ohne Sorge sein.

Drei Tage später trugen wir sie zu Grabe. Obwohl laut Kalender der Frühling bereits begonnen hatte, war der Boden noch nicht getaut. Und so entzündeten wir an der Stelle, die mein Vater ausgesucht hatte, zwischen den Gräbern meines Zwillingsbruders Zuriel, der im Alter von neun Jahren gestorben war, und dem meines anderen Brüderchens, das schon so früh von uns gegangen war, dass wir ihm nicht einmal einen Namen geben konnten, ein Feuer. Wir schürten es die ganze Nacht. Doch als mein Vater und Makepeace bei Morgengrauen zu graben begannen, klirrte die Schaufel noch immer in der eisenharten Erde, ein Geräusch, das mir bis heute in den Ohren klingt. Das Graben war so mühsam, dass mein Vater hinterher von der Anstrengung, unsere Mutter zur ewigen Ruhe zu betten, zitterte wie Espenlaub. Aber so ist das Leben hier auf dieser Insel: Wir haben die raue See im Auge und die Wildnis in unserem Rücken. Wie Adams Familie nach dem Sündenfall müssen auch wir alle Dinge selber verrichten, müssen töpfern und backen, Pillen drehen und Gräber schaufeln. Was auch immer wir zum Leben brauchen – wir müssen es selbst beschaffen oder darauf verzichten.

Seit dem Tod meiner Mutter ist jetzt fast ein Jahr vergangen, seither kümmere ich mich um Solace und führe den Haushalt. Ich vermisse meine Mutter und weiß, dass es auch Vater so geht, ebenso wie Makepeace auf seine Weise um sie trauert, obwohl er seine Gefühle nicht so deutlich zeigt wie wir. Auch sein Glaube scheint gestärkt zu sein, denn er hat gelernt, das hinzunehmen, was uns nach göttlichem Willen widerfährt. Wir alle haben schlimme Tage und Nächte verbracht, in denen wir unser Betragen prüften und in unseren Seelen lasen, um herauszufinden, für welche unserer Sünden und Verfehlungen der Schöpfer uns strafen wollte, als er sie so früh von uns nahm. Und auch wenn ich oft zusammen mit meinem Vater im Gebet bei dieser Frage verweile, so habe ich ihm doch nicht die ganze Wahrheit gesagt, so wie ich sie kenne.

Denn ich habe meine Mutter getötet. Ich weiß, mancher würde sagen, ich sei nur ein Kind gewesen, das zum Spielball des listenreichen Satans wurde. Doch im Angesicht der Seele zählen weder Jugend noch Alter. Die Sünde befleckt uns bereits bei unserer Geburt und liegt wie ein Schatten über jeder Stunde unseres Lebens. So wie die Heilige Schrift uns lehrt: *Zu seiner Zeit soll ihr Fuß gleiten.* Man verliert den Halt, so wie es mir geschah, und das Alter zählt dabei nicht. Kindliche Unschuld kann hier nicht gelten. Und meine Sünden waren nicht bloß eine durch Unreife entschuldbare Torheit: Sie sind auf ewig in die steinernen Tafeln tödlicher Verfehlung gemeißelt. Ich habe die Gebote gebrochen, Tag für Tag. Und ich tat es wissentlich. Ich bin die Tochter eines Pfarrers: Wie könnte ich es leugnen? Wie Eva dürstete mich nach verbotenem Wissen, und ich aß von der verbotenen Frucht. Für sie der Apfel, für mich der weiße Nieswurz – verschiedene Pflanzen aus ein und derselben Hand. Und genauso, wie jene Schlange im Paradies damals schön gewesen sein muss – ich sehe sie vor mir, ihre glänzenden Schuppen, die sich schimmernd wie Tautropfen über Evas Schultern ergossen, ihre Augen, wie blitzende Juwelen, die ihrem Blick begegneten –, kam Satan auch zu mir in Gestalt unwiderstehlicher Schönheit.

Brich Gottes Gesetze, und erdulde seinen Zorn. Nun, das ist es, was ich tue. Der Herr legt schwer seine Hand auf mich, und ich beuge den Rücken unter der Bürde, die ich jetzt trage – unter der meiner Mutter und meiner eigenen. Meine Aufgaben beginnen im dichten Grau der Morgendämmerung und enden beim Kerzenlicht der Nacht. Im Alter von fünfzehn Jahren habe ich die Pflichten eines Weibes übernommen und bin zur Frau gereift. Doch ich bin auch froh darüber. Denn nun habe ich nicht mehr die Zeit für die Sünden, die ich als Mädchen beging, wenn sich die Stunden vor mir ausbreiteten wie ein endloses Geschenk. Jene heißen Nachmittage, wenn sich der Strand, von salziger Gischt erfüllt, in einem langen, schimmernden Bogen bis zu den Klippen in der Ferne erstreckte. Jene Morgenstunden, in denen ich auf laubbedeckten, lehmigen Pfaden in den kühlen Talsenken der Gegend nach himmelblauen Beeren suchte und spürte, wie jede einzelne von ihnen in meinem Mund zerplatzte, saftig und süß. Ich eroberte mir die Insel, Meile um Meile, von der weichen, schlickigen Tonerde der regenbogenfarbenen Klippen bis zur rauen Kühle der Granitfelsen, die urplötzlich aus den Feldern aufragen und den Pflug aus seiner Bahn bringen. Ich liebe den Nebel, der uns alle in einen milchigen Schleier hüllt, und die Winde, die bei Nacht in den Schornsteinen ächzen und klagen. Selbst wenn die Strandlinie mit salzigem Eis verkrustet ist und es bei meinen Gängen durch den Wald unter meinen Holzpantinen knirscht, stehe ich gern in dem blauen Schimmer, der auf dem Schnee glitzert, und atme tief die kalte Luft ein. Ich liebe jede Bucht und jeden Felsen auf dieser Insel. Hier lernt man schon früh, die Natur als einen Gegner zu sehen, den man sich untertan machen muss. Ich jedoch huldige ihr und bete sie an. Man könnte sagen, diese Insel und ihre Schätze sind meine ersten falschen Götter geworden, der Sündenfall, der so viel Irrglauben nach sich zog.

Doch jetzt, in den wenigen Tagen, die mir bis zu Calebs Ankunft bleiben, habe ich beschlossen, meine Seele einem Tagebuch anzuvertrauen und von jenen Monaten zu berichten, in denen mein Herz sich so weit von Gott gelöst hat. Ich habe auch die kleinsten Fetzen Papier gesammelt, die ich aus dem Vorrat meines Bruders ergattern konnte, und beschlossen, jeden Moment zu nutzen, der sich mir bietet, bevor mich die Müdigkeit von den Mühen des Tages übermannt. Meine Handschrift ist unschön, da mein Vater mich nicht im Schreiben unterrichtet hat, doch dieser Bericht ist nur für meine Augen bestimmt, und so macht es keinen Unterschied. Da ich noch nicht sagen kann, ob ich den Mut aufbringen und eines Tages in der Versammlung aufstehen und der ganzen Gemeinde Rechenschaft ablegen werde, muss es vorerst damit genug sein. In meiner Not habe ich mich Gott zugewandt, doch noch habe ich kein Zeichen erhalten, dass er mich erlösen wird. Wenn ich mir meine Hände und Handgelenke anschaue, die voller kleiner Brandnarben von heißen Töpfen oder fliegender Asche sind, führt mir jeder rote Striemen und jedes weiße Pünktchen das Höllenfeuer vor Augen, und die sich windenden Massen der Verdammten, unter denen wohl auch ich bis in alle Ewigkeit darben werde.

Gott allein bestimmt, wer verdammt und wer erlöst wird, und auch die Tatsache, dass ich diesen Bericht verfasse, kann daran nichts ändern. Doch nun, da Caleb hierherkommen soll, den noch immer der Rauch jener heidnischen Feuer und der Duft jener wilden, von Visionen erfüllten Stunden umgibt, muss ich mit klarem Verstand und aufrichtigen Herzens darlegen, wo ich stehe, denn nur dann werde ich in der Lage sein, jenen Versuchungen zu widerstehen. Ich muss dies ebenso für ihn tun wie für mich. Dass Vater große Stücke auf Caleb hält, weiß ich. Er setzt, mehr als jeder andere hier, große Hoffnung in ihn und glaubt, er könne eines Tages seinem Volk ein Anführer sein. Sicher will Caleb das auch; niemand brütet so eifrig über seinen Büchern, und keiner hätte in den wenigen Monaten, die er zum Studieren hatte, eine so reiche Ernte an Wissen eingefahren wie er. Doch ich weiß auch noch etwas anderes: Calebs Seele ist so straff gespannt wie ein Seil beim Tauziehen, und an den Enden des Taus stehen mein Vater und

Calebs Onkel, der *pawaaw* oder Medizinmann. Und ebenso wie mein Vater seine Hoffnungen hegt, tut dies auch jener Scharlatan. Caleb wird sein Volk lenken, das ist gewiss. Doch in welche Richtung? Bei dieser Frage bin ich mir alles andere als sicher.

II

Einmal, in einer stürmischen Winternacht vor zwei Jahren, kamen wir zum Haus zurück, nachdem wir uns bei Regen und Wind damit abgemüht hatten, die Boote an Land zu ziehen und sicher zu vertäuen. Eine glänzende Schicht Eis lag auf unseren Mänteln, und unser zu Strähnen gefrorenes Haar knisterte bei jedem Schritt. Unsere Hände waren taub vor Kälte, während wir den rasch angerührten Lehm zwischen die Ritzen und Fugen des Hauses schmierten und notdürftig das Ölpapier flickten, das der Wind von den Fenstern gerissen hatte. (Fensterscheiben hatten wir damals nicht.) Als ich später am Feuer saß und sich das geschmolzene Eis in einer Pfütze zu meinen Füßen sammelte, stellte Makepeace Vater die Frage, die damals auch in mir aufgekommen war: Aus welchem Grund hatte Großvater sich eigentlich ausgerechnet auf dieser Insel angesiedelt? Warum hatte er sieben Meilen gefährlichster Strömungen zwischen sich selbst und die anderen Engländer gebracht, zu einer Zeit, als es auf dem Festland für jeden, der sich dort niederlassen wollte, genügend Land gab?

Vater erwiderte, unser Großvater habe als junger Mann bei einem wohlhabenden Edelmann in Diensten gestanden, der ihm seine fleißige Arbeit nur mit unbegründeten Anschuldigungen vergütete. Zwar sei es Großvater gelungen, sich von jeglicher Schuld reinzuwaschen, doch die Erfahrung habe ihn verbittert, und so beschloss er, in Zukunft niemandem mehr Rechenschaft abzulegen. Nicht einmal mehr John Winthrop, dem Gouverneur der Kolonie von Massachusetts Bay, einem

Mann, der durchaus angesehen war, der jedoch alle, deren Ideen nicht mit den seinen übereinstimmten, grausam bestrafte. Mehr als nur einem Mann hatte man die Ohren abgeschnitten oder die Nase aufgeschlitzt; eine aufsässige Frau war schwanger und mit einem Dutzend Kindern im Schlepptau in die Wildnis verstoßen worden. Und sie alle waren seine christlichen Brüder und Schwestern. Was man hingegen auf Winthrops Befehl hin den Pequot-Indianern angetan hatte, so mein Vater, sei für unsere Kinderohren nicht geeignet.

»Euer Großvater hatte das Gefühl, es besser machen zu können. Und so kaufte er diesen Grund und Boden hier, der außerhalb des Machtbereichs von Winthrop lag, und versammelte einige Männer mit ähnlicher Gesinnung um sich, die bereit waren, sich dem lockeren Zügel seiner Führung zu fügen. Mich schickte er im Jahre 1642 zum ersten Mal auf Überfahrt. Und so kann ich heute stolz darauf sein, mein Sohn, dass dein Großvater damals darauf beharrte, auch den hiesigen *sonquem*, den Häuptling, für seinen Grund und Boden auszuzahlen, obwohl er doch bereits die englischen Behörden dafür entlohnt hatte. Jede Hütte und jedes Haus, das wir hier auf diesem Land errichtet haben, wurden uns nach freiem Willen verkauft, und zwar nach Verhandlungen, die ich ehrenhaft geführt habe. Vielleicht wirst du hören, dass nicht alle Gefolgsleute des Häuptlings in dieser Angelegenheit einer Meinung mit ihrem Anführer waren, und einige sagen heute noch, er habe selbst nicht recht begriffen, dass wir sein Land für immer behalten wollen. Doch sei es, wie es ist, die Sache ist abgemacht, und dem Gesetz wurde dabei Genüge getan.«

Ohne es auszusprechen, dachte ich, Großvater habe wohl kaum erwarten können, dass die durchdachten Paragraphen englischen Besitzrechtes den etwa dreitausend Menschen, die vor unserem Eintreffen hier als Wilde gegolten hatten, allzu viel bedeuteten. Und wenn es bei diesem Plan einen Grund gab, stolz zu sein, dann doch wohl auf die Schlauheit unseres Großvaters, und auf den Mut und den Takt, mit dem unser Vater bei seiner Durchführung zu Werke gegangen war. Vater war damals, als er hierherkam, erst neunzehn Jahre alt gewesen. Vielleicht hatten ja gerade seine Jugend und sein sanftes Gemüt den *sonquem* davon überzeugt, dass von den »Mantelmännern«, wie sie uns nannten, keine Gefahr ausgehe. Und was konnten wir ihnen auch schon antun – nur eine Handvoll Familien, die sich in einer schmalen Bucht zusammendrängten, während sich Hunderte von Rothäuten auf der gesamten Insel verteilten, ganz gleich, wohin man blickte?

Vater nahm den Faden seines Gedankens wieder auf, als wollte er ein wirres Knäuel ordnen. »Ja, wir sind gute Nachbarn gewesen; davon bin ich fest überzeugt«, sagte er. »Und warum auch nicht? Es gibt keinen Grund, sich mit ihnen anzulegen, ganz gleich, welche Ränke die Familie Alden und ihre Anhänger schmieden. ›Du magst den Teufel aufstören oder ihm lästig werden, doch zu Christen bekehren wirst du hier niemanden‹ – das hat Giles Alden zu mir gesagt, als ich zum ersten Mal in den *wetus,* den Hütten, des Stammes predigte. Und wie sehr er sich doch geirrt hat! Mehrere Jahre schluckte ich den Staub in diesen Hütten, ich half den Menschen in alltäglichen Dingen, wo auch immer es mir möglich war, und war glücklich, auch nur bei einem oder zwei von ihnen Gehör zu finden, wenn ich über unseren Herrn Jesus Christus sprach. Und jetzt endlich beginne ich, ihrem Verstand den reinen Wein des Evangeliums einzuflößen. Ein Volk, das längst auf der breiten Straße der Verdammnis unterwegs war, zur Umkehr zu bewegen und dazu zu bringen, sein Gesicht dem Antlitz Gottes zuzuwenden... Das ist es, wonach wir streben müssen. In vieler Hinsicht sind sie ein bewundernswertes Volk, wenn man sich nur die Mühe macht, sie kennenzulernen.«

Wie sehr hätte ich ihn und meinen Bruder damals erstaunen können, hätte ich den Mund geöffnet und es gewagt, auf Wampanaontoaonk zu sagen, *ich* sei es gewesen, die sich bemüht hatte, sie kennenzulernen; und dass ich sie in manchen Einzelheiten besser kannte als Vater, der ihr Missionar und ihr Pfarrer war. Doch wie ich bereits erwähnt habe, hatte ich schon früh den Wert des Schweigens erkannt und war nicht bereit, mein Innerstes preiszugeben. Und so stand ich vom Herdfeuer auf und machte mich daran, mit Hefe und Mehl einen Teig anzusetzen, den ich am nächsten Tag zu Brot backen wollte.

Unsere Nachbarn. Als Kind hatte ich sie nicht so gesehen. Ich denke, damals nannte ich sie wie alle anderen Wilde, Heiden, Barbaren, Ungläubige. Aber eigentlich dachte ich als Kind überhaupt nicht über sie nach. Damals hing ich zusammen mit meinem Zwillingsbruder Zuriel am Rockzipfel unserer Mutter, und was sie taten, ging uns nichts an. Man sagt, es habe über ein Jahr gedauert, bis sich überhaupt einer von ihnen in die Nähe unserer Pflanzungen wagte. Wenn mein Vater im Dienste meines Großvaters mit ihnen zu tun hatte, so besuchte er die eine oder andere ihrer Siedlungen, die sie *otan* nennen, ganz allein, und ich erfuhr nichts davon.

Irgendwann später – wann genau das war, bin ich mir nicht sicher –, nachdem die Gemeinde in Great Harbor ihr Versammlungshaus gebaut hatte, begann einer von ihnen, ein armer Teufel, an den streng von uns eingehaltenen Tagen der Sabbatruhe, die andere Christen den Sonntag heißen, bei uns herumzuschleichen. Von nur geringer Abstammung und wenig angenehmem Äußeren war er unter den Seinen ein

Außenseiter, weil er zum Krieger nicht taugte und damit selbst das gemeine Recht verwirkt hatte, mit seinem *sonquem* zu jagen oder an den Zusammenkünften teilzunehmen, bei denen der Häuptling seine Leute großzügig mit Nahrungsmitteln und anderen Dingen beschenkte.

Dass mein Vater diesem Mann predigte, wusste ich, dachte aber nur wenig darüber nach. Es schien mir einfach ein Akt christlicher Nächstenliebe zu sein, so wie es in der Heiligen Schrift heißt: *Was du dem Geringsten meiner Brüder getan hast...* Und doch war es genau dieses nicht sehr vielversprechende Erz, aus dem Vater sein Kreuz zu schmieden begann. Mutter war ziemlich entsetzt gewesen, als Vater diesen Mann, dessen Name Iacoomis lautete, an einem Sabbat als Gast an unserem Tisch begrüßte. Doch der Zufall wollte es, dass die so wenig einnehmende sterbliche Hülle dieses Mannes einen flinken Geist beherbergte. Er lernte begierig das Lesen und begann als Gegenleistung Vater die Sprache der Wampanoag beizubringen, damit dieser mit seiner Missionstätigkeit fortfahren könne. Während sich Vater mit der neuen Sprache schwertat, lernte auch ich sie, so wie eben ein Mädchen, das sein Leben nur am Herd und im Haus führt, manches von den Angelegenheiten der Erwachsenen aufschnappt. Ich lernte diese Sprache vermutlich so leicht, wie ich auch das Englische erlernte, denn mein Verstand war geschmeidig und nur allzu bereit, Neues aufzunehmen. Wenn Vater und Iacoomis dasaßen und über einem Satz brüteten, so hatte er sich oft längst in meinem Mund zurechtgelegt, bevor selbst Vater ihn erfasste. Während er sich allmählich die Sprache unserer Nachbarn aneignete, brachte er auch dem Schreiber meines Großvaters, Peter Folger, ein paar nützliche Vokabeln bei, welcher klug genug war, ihren Wert für geschäftliche Verhandlungen und für den Handel zu erkennen. Als Zuriel und ich noch sehr klein waren, machten wir uns ein heimliches Spiel daraus, die Sprache zu lernen, und benutzten sie, sozusagen als Geheimsprache, unter uns. Doch als Zuriel größer wurde, hielt er sich immer weniger am heimischen Herd auf und war mehr draußen unterwegs, wie es einem Jungen eben gestattet ist. So welkte auch unser Spiel dahin, und er vergaß die Sprache nach und nach, während ich immer größere Fortschritte darin machte. Ich frage mich oft, ob das, was später geschah, hier seine Wurzeln hatte: dass die indianische Sprache tief in meinem Herzen mit jenen frühen Erinnerungen an meinen Bruder verknüpft war und so auch jene zärtlichen und in mir schlummernden Gefühle geweckt wurden, als ich einem Gleichaltrigen begegnete, der diese Sprache sprach. Als ich Caleb damals kennenlernte, verfügte ich bereits über einen großen Schatz an gebräuchlichen Wörtern und Wendungen. Seit damals ist diese Sprache sogar diejenige, in der ich träume.

Ich erinnere mich, wie ich einmal, als ich klein war, das Wort »Wilde« verwendet hatte und mein Vater mich dafür tadelte. »Nenn sie nicht Wilde. Benutze den Namen, den sie selbst verwenden, Wampanoag. Das bedeutet: Menschen aus dem Osten.«

Armer Vater. Er war so stolz auf seine Bemühungen, diese schwierigen Wörter auszusprechen; Wörter, die so lang waren, als hätten sie bereits beim Turmbau zu Babel Wurzeln geschlagen und seien seither weitergewachsen. Dennoch hat Vater nie die richtige Betonung gelernt, die doch das wesentliche Merkmal ihrer Sprache ist. Auch begreift er nicht, wie sich die Wörter aufbauen, Laut um Laut, und dabei eigene Bedeutungen entwickeln. Zum Beispiel »Menschen aus dem Osten«: Als würden sie von Osten oder Westen sprechen, so wie wir es tun. Nichts in ihrer Sprache ist so schlicht und gewöhnlich. *Wop*, ihr Wort für »weiß«, birgt zum Beispiel etwas von jenem ersten milchigen Licht in sich, das den Horizont erhellt, bevor die Sonne aufgeht. Der Schlusslaut wiederum bezieht sich auf lebendige Wesen. Und so würde der Name, mit dem sie sich selbst bezeichnen, richtig in unsere Sprache übertragen lauten: »Volk des ersten Lichts«.

Seit ich hier geboren wurde, fühle auch ich mich mehr und mehr wie ein Mensch des ersten Lichts. Wir leben hier am äußersten Ende der neuen Welt und werden jeden Morgen Zeuge eines erwachenden Tages der auf unserer sich drehenden Weltkugel heraufdämmert. Für mich ist nichts Seltsames an dem Gedanken, dass jemand an einem einzigen Tag einen Sonnenaufgang und dann einen Sonnenuntergang über der See beobachten kann, obwohl Neulinge schnell mit der Bemerkung zur Hand sind, wie ungewöhnlich das ist. Wenn ich bei Sonnenuntergang in der Nähe des Wassers bin – und hier ist es schwerlich möglich, sich allzu weit davon zu entfernen –, halte ich inne, um zu beobachten, wie die herrliche Sonnenscheibe das Meer in Brand setzt und sich dann selbst in ihren flammenden Fluten ertränkt. Wenn es dann dunkel wird, denke ich an diejenigen, die in England zurückgeblieben sind. Es heißt, für sie rücke das Morgengrauen näher, wenn bei uns das Dunkel naht. Ich denke an diese Menschen, auf die ein neuer grauer Morgen und ein Tag unter dem Joch ihres verwerflichen Königs wartet. Bei unserer Versammlung las Vater uns das Gedicht eines unserer reformierten Brüder dort vor:

Auf Zehenspitzen gehen wir durchs Land,
Und träumen von Amerikas schönem Strand.

Früher habe ich oft ein Gebet für unsere englischen Brüder gesprochen und Gott darum gebeten, ihre Reise hierher zu beschleunigen, und dass ihr Morgen ihnen keine Furcht bringen möge, sondern den Frieden, den wir hier gefunden haben, von leichter Hand geführt durch meinen Großvater und die milde seelische Weisung meines Vaters.

Wenn ich jetzt darüber nachdenke, fällt mir auf, dass es eine Weile her ist, seit ich dieses Gebet gesprochen habe. Denn Frieden empfinde ich hier nicht mehr.

III

Mein Niedergang begann vor drei Jahren, in jenem kargen Sommer meines zwölften Lebensjahres. Wie viele Neuankömmlinge an fremdem Ort hatten auch wir zu lange an alten Gebräuchen und Gewohnheiten festgehalten. Unsere Gerste gedieh hier nie besonders gut, dennoch pflanzten die Familien sie weiter an, einfach weil sie es immer getan hatten. Unter großem Kostenaufwand hatten wir ein Jahr zuvor Jungschafe vom Festland gekauft, die hauptsächlich zur Erzeugung von Wolle dienen sollten, denn es lag auf der Hand, dass wir unsere eigenen Kleider produzieren mussten, und Leinen war für die harten Winter hier nicht geeignet. Doch die Aussicht auf Lammbraten zu Ostern war allzu verführerisch, und so brachten wir den Widder zu früh zu den Auen. Dann gerieten wir in die Klauen eines allzu hartnäckigen Winters, der einfach nicht milder wurde, ganz gleich, was auf dem Kalender stand. Und obwohl wir alle versuchten, die neugeborenen Lämmer am Herdfeuer warm zu halten, raubten uns die bitterkalten Winde, die über die Salzwiesen fegten, und der anhaltende harte Frost, der jede Knospe zum Erfrieren brachte, mehr Jungtiere, als wir entbehren konnten. Damals war alles Gemeindeland, und wir hatten weder Scheunen noch anständige Pferche gebaut. Nach einem so langen Winter hatten wir kaum noch gepökeltes Fleisch und keinerlei Aussicht auf frisches, und so wurde das Fischen und Sammeln von allerhand Essbarem – darunter vor allem Muscheln – unser Hauptauskommen.

Da das Muschelsammeln keine sehr angesehene Tätigkeit war, sorgte Makepeace dafür, dass diese Aufgabe mir zufiel, denn er war der Älteste und, nach Zuriels Tod, auch der einzige Sohn und pochte gern auf seine Rechte. Wenn das nicht genügte, um sich vor einer ungeliebten Aufgabe drücken zu können, verwies er auf die großen Anforderungen, die die Schule an ihn stellte, eine Bürde, die, wie er sagte, »meine Schwester nicht tragen muss«. Diese letzte Bemerkung wurmte mich besonders, denn ich sehnte mich nach dem Unterricht, den Makepeace so beschwerlich fand, und das wusste er.

Wenn es ans Muschelsammeln ging, erlaubte mir Vater, unsere Stute Speckle zu nehmen, denn die besten Muschelgründe lagen weit draußen im Westen. Ich sollte zu meiner Tante Hannah reiten, die mich begleiten würde, denn es war ein ungeschriebenes Gesetz, dass ich mich allein nicht mehr als eine Meile von unserer Siedlung entfernen durfte, ob nun zu Pferd oder zu Fuß. Doch meine Tante war durch all ihre anderen Aufgaben meist so überlastet, dass sie eines Tages, als zum ersten Mal seit langem ein laues, mildes Lüftchen meine Wangen streichelte, mehr als froh war, als ich mich anbot, Muscheln für sie mitzusammeln. Das war das erste Mal, dass ich das Gebot des Gehorsams brach, denn ich suchte mir keine andere Begleitung, wie sie mich gebeten hatte, sondern ritt auf einem neuen Weg alleine davon. Es war nicht leicht, immer unter Beobachtung zu stehen und nur das zu tun, was der Tochter des Pfarrers eben geziemte. Und so raffte ich, kaum hatte ich die Grenze unserer Siedlung erreicht, meine Röcke und galoppierte los, so schnell Speckle mich tragen wollte, einfach nur, um frei und ungebunden und allein zu sein.

Ich hatte die schöne, große Heide lieben gelernt, die dichten Wälder und die weiten, von Dünen geschützten Wasserflächen, wo ich ganz für mich war und mich frei fühlen konnte.

Und so versuchte ich, jeden Tag ein wenig draußen zu sein, bis auf den Sabbat, den wir streng nach der Regel betend verbrachten, da mein Vater die Gebote genauestens befolgte – *am siebten Tage sollt ihr ruhen* – und nur den Besuch im Gemeindehaus, nicht aber die Erledigung anderer Aufgaben duldete.

So oft ich konnte, versteckte ich eines der Lateinbücher von Makepeace in meinem Korb, entweder seine Formenlehre, die er schon längst hätte auswendig können müssen, seinen Thesaurus oder die *Sententiae Pueriles*. Wenn es mir nicht gelang, eines dieser Bücher unbemerkt an mich zu nehmen, holte ich mir einen von Vaters Texten, in der Hoffnung, ihn halbwegs verstehen zu können. Abgesehen von der Bibel und den Märtyrer-Viten von Foxe stand Vater auf dem Standpunkt, für ein junges Mädchen sei es nicht erstrebenswert, allzu viel Zeit mit Lesen zu verbringen. Als mein Bruder Zuriel noch lebte, hatte Vater uns beide im Lesen unterrichtet. Für mich waren das schöne Zeiten gewesen, doch sie waren am Tage von Zuriels Unfall zu einem abrupten Ende gekommen. Damals hatten wir beide ein paar Stunden über unseren Büchern verbracht, und da Vater mit unseren Fortschritten zufrieden war, belohnte er uns mit einer Fahrt auf dem Heuwagen. Es war ein schöner Abend, und Zuriel war übermütiger Stimmung, zupfte Halme aus den Heuballen und kitzelte mich damit am Kragen. Ich wand mich und lachte fröhlich. In jenem Augenblick, als ich nach hinten griff, um einen juckenden Halm aus meinem Kleid zu ziehen, konnte ich nicht sehen, wie Zuriel auf dem Ballen das Gleichgewicht verlor, und konnte folglich auch nicht meinen Vater warnen, der den Wagen lenkte und uns den Rücken zukehrte. Noch bevor wir Zuriels Sturz bemerkten, war ihm der Wagen mit dem rechten Hinterrad, das aus Eisen war, über das Bein gefahren und hatte es bis auf den Knochen durchtrennt. Vater versuchte nach Kräften, die Blutung zu stillen, wobei er unablässig laut betete. Ich hielt Zuriels Kopf in meinen Händen, schaute in sein geliebtes Gesicht hinab und flehte ihn an, bei uns zu bleiben, doch es half nichts. Zuriel verblutete, und ich musste mit ansehen, wie er sein Leben aushauchte und langsam das Licht in seinen Augen erlosch.

Das war zur Erntezeit geschehen. Den ganzen Herbst und Winter hindurch taten wir nichts anderes, als um ihn zu trauern. Wir gingen unseren Pflichten nach, so wie es eben sein musste, und dann setzten wir uns zum Gebet nieder, obwohl mein Verstand vom Kummer und all den Erinnerungen so umnebelt war, dass ich oft nicht einmal das fertigbrachte. Erst im darauffolgenden späten Frühjahr dachte ich wieder an meinen Unterricht und fühlte mich endlich imstande, meinen Vater zu fragen, wann wir ihn wieder aufnehmen würden. Er jedoch sagte mir, er habe nicht die Absicht, mich weiter zu unterweisen, da ich den Katechismus schließlich bereits auswendig könne.

Doch was er nicht verhindern konnte, war, dass ich den Unterricht mit Makepeace belauschte. Und so hörte ich zu und lernte. Mit der Zeit sammelte ich auf diese Weise mein Wissen an: ein wenig Latein hier, ein bisschen Hebräisch da, ein Quäntchen Logik und einen Happen Rhetorik, immer dann, wenn mein Vater dachte, ich sei mit dem Schüren des Herdfeuers beschäftigt oder sitze am Webstuhl. Mir fiel es nicht schwer, all diese Dinge zu lernen, während sie Makepeace, der doch zwei Lenze mehr zählte als ich, eher gleichgültig waren. Mit seinen gut vierzehn Jahren hätte er durchaus bereits mit dem College in Cambridge beginnen können, doch Vater hatte beschlossen, ihn noch bei uns zu behalten, in der Hoffnung, ihn besser vorzubereiten. Ich glaube, Zuriels Tod hatte Vater in dieser Entscheidung noch bestärkt, doch mein älterer Bruder trug dadurch eine große Last, denn er wusste, dass nun alle Hoffnung seines Vaters auf dem einen Sohn ruhte, der mit Frömmigkeit und emsigem Lernen in seine Fußstapfen treten sollte. Es gab Zeiten, in denen ich mir um meinen Bruder Sorgen machte. Am Harvard College würden die Lehrer bestimmt nicht so nachsichtig mit ihm sein wie unser geduldiger Vater. Doch muss ich auch zugeben, dass mein Neid diese Sorge meistens überwog. Ich schätze, es war Hochmut, der mich irgendwann zu einem Fehler verleitete: Ich begann, mich keck einzumischen und Antworten auf Fragen zu geben, zu denen mein Bruder nicht in der Lage war.

Als ich zum ersten Mal eine lateinische Deklination zum Besten gab, war mein Vater amüsiert und lachte. Meine Mutter jedoch, die am Webstuhl saß, während ich Garn spann, zog scharf den Atem ein und schlug erschrocken die Hand vor den Mund. Damals gab sie keinen Kommentar ab, doch später begriff ich, warum. Sie hatte gespürt, was mir in meinem Hochmut entgangen war: dass Vaters Vergnügen nur flüchtig war – so wie bei jemandem, der eine Katze auf den Hinterläufen gehen sieht und über diese Kuriosität lächelt, das Kunststückchen selbst jedoch plump und nicht besonders anziehend findet. Zuerst schüttelt man nur verwundert den Kopf, doch irgendwann beginnt man sich darüber zu ärgern, denn eine Katze, die auf den Hinterpfoten läuft, vernachlässigt ihre Pflicht, Mäuse zu fangen. Irgendwann, wenn die Katze wieder Anstalten macht, ihr Kunststückchen vorzuführen, wird man sie verfluchen und nach ihr treten.

Je mehr ich zu erkennen gab, dass ich all das gelernt hatte, wozu mein älterer Bruder nicht in der Lage war, desto größer wurde der Unmut meines Vaters. Seine sonst so nachsichtige Miene verzog sich zu einem finsteren Stirnrunzeln, wann immer ich mich einmischte. Mehrere Monate ging das so, doch ich begriff nicht, welche Lektion er für mich bereithielt. Bald darauf begann er nämlich, mich jedes Mal mit irgendwelchen Aufträgen außer Haus zu schicken, wenn er vorhatte, Makepeace zu unterrichten. Als ich merkte, dass dies in Zukunft immer so ablaufen würde, warf ich ihm einen Blick zu, der wohl mehr verriet, als ich eigentlich preisgeben wollte. Mutter sah es und schüttelte tadelnd den Kopf. Dennoch ließ ich die Tür laut hinter mir ins Schloss fallen. Vater folgte mir in den Hof hinaus. Er rief mich zu sich, und ich rechnete fest damit, gezüchtigt zu werden. Doch er streckte nur eine Hand aus, rückte meine etwas verrutschte Haube zurecht und streifte dabei zärtlich mit den Fingern meine Wange.

»Bethia, warum strebst du so sehr danach, den Platz zu verlassen, den Gott dir zugedacht hat?« Seine Stimme klang sanft, nicht verärgert. »Dein Weg ist nicht der gleiche wie der deines Bruders, und er kann es nicht sein. Frauen sind nicht so beschaffen wie Männer. Du läufst Gefahr, deinen Verstand zu verwirren, wenn du an gelehrte Dinge denkst, die dich doch gar nichts angehen. Ich sorge mich nur um dein gegenwärtiges Wohl und um dein zukünftiges Glück. Es ziemt sich einfach nicht für ein Eheweib, dass es mehr weiß als der eigene Gatte...«

»Eheweib?« Ich war so entsetzt, dass ich ihn unterbrach, ohne eigentlich etwas sagen zu wollen. Schließlich war ich gerade erst zwölf Jahre alt geworden.

»Ja, Eheweib. Es ist noch zu früh, darüber zu sprechen, aber das ist es, was du sein wirst, und zwar in absehbarer Zeit. In deiner Demut und Bescheidenheit magst du, meine Tochter, es noch nicht bemerkt haben, aber jeder, der Augen im Kopf hat, sieht, dass aus dir einmal ein ansehnliches Frauenzimmer wird. Es ist bereits zur Sprache gekommen.« Ich glaube, bei diesen Worten wurde ich puterrot; und ganz gewiss brannte meine Haut so sehr, dass ich bis in die Haarspitzen das Gefühl hatte, lichterloh in Flammen zu stehen. »Mach dir keine Gedanken. Es ist nichts Unziemliches gesagt worden, und ich habe so geantwortet, wie es sich gehört, dass es nämlich noch Jahre dauern wird, bis es an der Zeit ist, über derlei Dinge nachzudenken. Doch es ist dein Schicksal, mit einem anständigen Mann aus unserer kleinen Gemeinschaft hier verheiratet zu werden, und ich würde dir keinen Gefallen tun, wenn ich dich dereinst zu ihm schicken und sich dann herausstellen würde, dass du ihm mit deinem fein geschliffenen Verstand in jedem Gespräch und jeder Angelegenheit des Alltags überlegen bist. Ein Mann muss der Herr im Hause sein, Bethia, so wie Gott über seine Gläubigen herrscht. Würden wir noch immer in England oder auch auf dem Festland leben, könntest du unter mehreren gebildeten Männern deine Wahl treffen. Doch hier auf dieser Insel geht das nicht. Du kannst recht gut lesen, das weiß ich, sogar ein wenig schreiben, genug, um ein Haushaltsbuch zu führen, wie es auch deine Mutter tut. Doch das genügt. Schon jetzt hebst du dich damit von den meisten anderen deines Geschlechts ab. Bereite dich auf deine hausfraulichen Pflichten vor, oder eigne dir etwas Kräuterwissen an, wenn dir so viel daran liegt, etwas zu lernen. Verwende deinen Verstand auf nützliche und ehrenwerte Dinge, so wie es sich für eine Frau geziemt.«

Tränen traten mir in die Augen. Ich schaute zu Boden, um es ihn nicht merken zu lassen, und fuhr mit meiner Holzpantine über den Boden. Seine Hand ruhte auf meinem gesenkten Kopf. Seine Stimme war sehr sanft. »Ist es denn so schrecklich, sich ein nützliches Leben vorzustellen, so wie es deine Mutter dir vorlebt? Sieh nicht hochmütig darauf hinab, Bethia. Es ist keine leichte Sache, ein geliebtes Eheweib zu sein, ein gottesfürchtiges Haus zu führen, Söhne großzuziehen ...«

»Söhne?« Ich blickte zu Vater auf, und das Wort blieb mir im Halse stecken. Söhne wie Zuriel – ein gesunder, munterer Junge, den das Schicksal schon in frühen Jahren aus dem Leben gerissen hatte. Oder wie jener Säugling, der ebenfalls diesen Namen getragen hätte, wäre er länger am Leben geblieben als nur eine Stunde. Oder Söhne wie Makepeace, schwer von Begriff und arm an Gefühlen.

Mein Bruder war aus dem Haus getreten. Er stand hinter Vater, die Brauen zusammengezogen und die Arme über der Brust verschränkt. Trotz seiner finsteren Miene spürte ich, dass es ihm größtes Vergnügen bereitete, Zeuge meiner Zurechtweisung durch unseren Vater zu werden.

Vater sah auf einmal sehr erschöpft aus. »Ja. Söhne. Und auch Töchter, die, wie du sehr wohl weißt, ebenfalls damit gemeint sind. Gib dich zufrieden, darum ersuche ich dich. Wenn du unbedingt etwas lesen magst, so lies die Bibel. Besonders empfehle ich dir die Sprüche 31, Vers 10 bis 31...«

»Du meinst *Wem ein tugendsam Weib bescheret ist...*?« Ich hatte die Passage bereits gehört, weil mein Vater sie meiner Mutter vorgetragen hatte, auf die sie geradezu maßgeschneidert war, denn Mutter war wahrlich ein tugendsames Weib, das den lieben langen Tag mit all den Aufgaben zubrachte, die in den Sprüchen beschrieben wurden. Vater hatte ihr ins Gesicht geschaut und zuerst den hebräischen Text aufgesagt, dessen harte Konsonanten mich an den grellen Sonnenschein auf den trockenen Mauern von Davids Stadt erinnerten. Anschließend wiederholte er die Worte auch auf Englisch.

Zwei Sünden, die des Stolzes und die des Zorns, überwältigten mich in diesem Moment. Sie ließen sich nicht mehr zügeln, und so erhob ich die Stimme und sagte bockig: »*Eshet chayil mi yimtza v'rachok...*«

Vaters Augen weiteten sich, als ich das tat, und seine Lippen wurden dünn. Doch in diesem Moment fuhr Makepeace dazwischen, und seine Stimme war laut und wütend. »Genug! Stolz ist eine Sünde, Schwester. Sei dir dessen bewusst. Denk daran, dass auch ein Vogel Laute nachahmen kann. Du kannst einen Spruch aufsagen: Na und? Denn genau in dem Moment zeigst du, dass du nichts von dem begriffen hast, was du da nachplapperst. Mit deinem Lärm bringst du die Stimme Gottes zum Verstummen. Lass Ruhe in deinen Verstand einkehren. Öffne dein Herz. Und schon bald wirst du deinen Irrtum einsehen.«

Er drehte sich auf dem Absatz um und ging ins Haus zurück. Vater folgte ihm. Beide waren sie an jenem Tage wütend, doch nicht so wütend wie ich. Ich war so zerfressen von meinem Zorn, dass ich beim Buttermachen den Griff zerbrach, weil ich so fest damit stampfte. An meiner Hand ist bis heute die Narbe von den Holzsplittern zu sehen, die sich in mein Fleisch bohrten. Mutter verband mir die Hand und gab eine Salbe darauf. Als ich in ihre lieben, müden Augen blickte, schämte ich mich. Nicht um alles in der Welt hätte ich sie in dem Glauben wissen wollen, ich würde sie verachten, ob nun in Gedanken oder Worten. Und als hätte sie meine Gedanken gelesen, lächelte sie mich an und führte meine verbundene Hand an ihre Lippen. »Gott tut alles aus gutem Grunde, Bethia. Wenn er dir einen flinken Verstand geschenkt hat, dann will er ganz sicher auch, dass du ihn benutzt. Es ist deine Aufgabe zu entscheiden, wie du ihn einsetzen kannst, um seinen Ruhm zu mehren.« Die Worte: »... und nicht nur deinen eigenen« brauchte sie nicht hinzuzufügen, denn ich hörte sie laut und deutlich in meinem Herzen.

Aber ich verstand die Worte meiner Mutter als stillschweigendes Einverständnis, in meinen Studien insgeheim fortzufahren. Wenn das nun allein und ohne Unterstützung vonstatten gehen musste, umso schlimmer. Doch lernen wollte ich, bis mir vor Anstrengung die Augen tränen würden. Ich konnte einfach nicht anders.

Damit will ich gar nicht sagen, dass ich all meine dem Alltag abgerungenen Stunden über Büchern verbracht hätte. Ich lernte auch auf andere Weise. Mir fiel ein, was Vater bezüglich Kräuterheilkunde gesagt hatte, und ich begann, Goody Branch und andere Frauen, die in solchen Dingen kundig waren, danach zu fragen. Es gab eine ungeheure Menge an Wissen, nicht nur die jahrhundertelang überlieferten Kenntnisse über englische Kräuter, sondern auch über den Gebrauch unbekannter Wurzeln und Blätter aus unserer neuen Heimat. Goody Branch hatte mich gerne an ihrer Seite, wenn sie Pflanzen sammelte und daraus ihre Tränke braute. Auch erzählte sie mir alles darüber, wie ein Kind entsteht und im Bauch der Mutter heranwächst. Sie sagte, jede Frau solle klug und weise sein, wenn es um die Belange ihres Körpers gehe. Manchmal nahm sie mich zu einer Frau in der Nachbarschaft mit, die guter Hoffnung war. Wenn die Frau nichts dagegen hatte, ließ sie mich die Hände auf den geschwollenen Leib legen und zeigte mir, wie man den Umriss des kleinen Wesens ertasten konnte, das darin heranwuchs. Sie brachte mir bei, wie man aus seiner Größe die genaue Anzahl der Wochen bis zur Niederkunft errechnen konnte, damit sie sich bereithalten konnte, wenn man sie als Hebamme zur Geburt rief. Ich stellte mich recht geschickt an und schätzte mehrere Geburten bis auf die Woche genau ein. Sobald ich älter sei, sagte Goody Branch, würde sie mich vielleicht auch einmal als ihre Helferin an einer Geburt teilnehmen lassen.

Wenn die Fischerboote hinausfuhren, erbettelte ich mir oft einen Platz an Bord, um auch die weiter entlegenen Teile der Insel besser kennenzulernen, wo sogar das Wetter anders war als in Great Harbor, obwohl man sich nur wenige Meilen davon entfernt hatte. Auch die Pflanzen unterschieden sich, und wenn wir an Land gingen, sammelte ich ein, was ich konnte, um es zu untersuchen. Goody Branch meinte, wir müssten zu Gott beten, dass er uns seine Handschrift lesen lasse, die für die Frommen klar zu erkennen sei und oft deutliche Hinweise gebe, so wie zum Beispiel beim Leberblümchen, das schon mit der typischen Form seiner Blätter darauf hindeute, welche Leiden damit kuriert werden können.

Es gab auch andere Tage, an denen ich weder Goody Branch noch sonst jemanden aufsuchte, sondern einfach nur umherstreifte und versuchte, in den Erscheinungsformen der Insel zu lesen wie in einem Text, wobei ich immer wieder bei einer Pflanze oder einem Stein verweilte, um zu erraten, welche Botschaft sich darin für mich verbarg. An solchen Tagen vermisste ich Zuriel am meisten. Ich sehnte mich danach, ihn an meiner Seite zu haben, meine Entdeckungen mit ihm zu teilen und gemeinsam mit ihm über den Fragen zu brüten, die die Welt mir stellte.

Eines schönen und hellen Tages, als das Wetter sich beruhigt hatte und die Luft bereits mild war, ritt ich auf Speckle zur Südküste. Die Aussicht dort ist bemerkenswert, denn die weiten, weißen Strände erstrecken sich ununterbrochen über viele Meilen hinweg. Ich beobachtete die gewaltig anschwellenden, glasglatten Wellen, die, gewaltigen Garnspulen gleich, den Rand meiner Welt markierten. Ich stieg vom Pferd, schnürte meine Stiefel auf, zog auch meine gestrickte Kniehose aus und ließ meine Füße vom Meeresschaum benetzen. Ich führte die Stute an der Wasserlinie entlang, wanderte mit dem Blick über weiße Muscheln, die aussahen wie Engelsflügel, und über ausgeblichene, hauchzarte Knochen, die offenbar von einem Meeresvogel stammten. Dort im Sand lagen Muschelschalen in den verschiedensten Farben und Größen – warmes Rot und Gelb, kühle, getüpfelte Grautöne –, und ich grübelte über die Vielfalt in Gottes Schöpfung nach und fragte mich, was er wohl im Sinn gehabt hatte, als er von ein und derselben Sache so viele verschiedene Arten schuf. Wenn er Muscheln nur zu unserer Ernährung gedacht hatte, warum hatte er dann jede einzelne Muschel mit so schönen und besonderen Farben bemalt? Und warum hatte er überhaupt so viele verschiedene Dinge geschaffen, um uns zu ernähren, wo doch in der Bibel stand, einfaches Manna sei für das Volk Israel sein täglich Brot gewesen? Vielleicht hatte Gott uns ja absichtlich mit all unseren Sinnen ausgestattet, damit wir die Dinge seiner Welt genießen konnten, ein jedes mit seinem eigenen Geschmack und Aussehen, ein jedes in seiner ihm eigenen Beschaffenheit. Andererseits schien dies so vielen unserer Predigten zu widersprechen, die sich gegen Unmäßigkeit und Fleischeslust wandten. So in Gedanken verloren, war ich mit gesenktem Kopf ein ganzes Stück gegangen, ohne auf etwas anderes zu achten, als ich mit einem Mal aufschaute und sie in der Ferne sah: eine Gruppe von Rothäuten, die eigentümlich bemalt waren, wie sie es wohl taten, wenn sie in den Krieg zogen. Sie liefen vor mir den Strand entlang und kamen direkt auf mich zu. Ich packte Speckle am Zügel und lenkte sie hastig in die Dünen hinein, die so hoch und wellig waren, dass man sich gut darin verstecken konnte. Ich verfluchte mich für meinen Leichtsinn, ganz allein hierhergekommen zu sein, wo mir niemand helfen konnte und mein Pferd vom anstrengenden Ritt bereits erschöpft war. Meine Stiefel hatte ich mir an den Schnürsenkeln um den Hals gehängt, doch die Kniehose war aus meiner Hand gerutscht, als ich mich an dem Pferd zu schaffen machte, und so musste ich zusehen, wie mehrere Stunden Arbeit und einige Knäuel rares, gutes Garn ins Meer geweht wurden.

Im Schutz der Dünen, wo es windstill war, trug die Brise die Stimmen der Rothäute zu mir herüber. Sie lachten und riefen sich etwas zu. Es waren fröhliche Stimmen, nicht die Stimmen von Kriegern. Ich achtete darauf, dass Speckle gut verborgen blieb, ließ mich auf den Bauch fallen und kroch auf eine Lücke zwischen den sandigen Hügeln zu, von wo aus ich zurück zum Strand schauen konnte. Und ich sah, was mir im ersten Schreck entgangen war: Die Männer waren unbewaffnet und trugen weder Pfeil und Bogen noch ein Kriegsbeil. Ich hob eine Hand über die Augen, um sie vor der gleißenden Sonne zu schützen, und konnte jetzt einen kleinen Ball aus zusammengenähten Tierhäuten erkennen, den sie sich zukickten – offenbar eine Art Spiel. Doch ich musste den Blick gleich wieder abwenden, denn alle waren nackt, wie Gott sie geschaffen hatte, bis auf einen kleinen Lendenschurz aus Fell, den sie an einem Band um ihre Taille befestigt hatten. Dennoch konnte ich nicht umhin, sie verstohlen zu beobachten. Sie waren alle im Alter von Makepeace, vielleicht ein wenig älter, aber von der Statur her ganz anders – ein vollkommen anderer Menschenschlag. Makepeace, der so wenig wie möglich auf dem Feld arbeitete und es sich nicht verkneifen konnte, ab und zu aus der Zuckerdose zu naschen, wenn er sich unbeobachtet fühlte, hatte eine milchweiße Haut und schmale Schultern, einen weichen Bauch und ein bedauernswert schlechtes Gebiss.

Diese jungen Männer jedoch waren alle sehr groß, mit straffen Muskeln, schmalen Hüften und breiter Brust, und ihr langes schwarzes Haar flatterte um ihre Schultern. Die Farbe, mit der sie sich die Körper bemalt hatten, musste viel Fett enthalten, denn sie glänzten und schimmerten im Sonnenlicht, und wenn sie rannten, sah man deutlich das Muskelspiel ihrer Oberschenkel.

Zum Glück waren sie so sehr mit ihrem Spiel beschäftigt,

dass sie mich nicht bemerkten. Ich führte Speckle noch ein Stück weiter weg, bis ich sicher sein konnte, hinter den Dünen nicht mehr gesehen zu werden, wenn ich auf das Pferd stieg. Dann spornte ich sie mit den bloßen Fersen zu einem leichten Galopp an. Wir bewegten uns vom Strand weg und kamen am Rande eines der Gezeitentümpel vorbei, die sich vom Meer aus ein Stück weit ins Landesinnere erstrecken. Schließlich war ich nicht ohne Grund hergekommen und musste genügend Muscheln für unseren Suppentopf zusammensammeln. Als ich eine gewisse Entfernung zum Strand zurückgelegt hatte, band ich Speckle deshalb an ein Stück Treibholz, zog die Muschelharke aus der Satteltasche, raffte die Röcke und watete ins Wasser. Schon bald merkte ich, dass es sich um keinen besonders guten Muschelgrund handelte, denn in meiner Harke blieben nur wenige Meeresfrüchte hängen, die es wert waren, in meinem Korb zu landen. Gerade wollte ich aufgeben und es an einer anderen Stelle versuchen, als ich spürte, dass jemand seinen Blick auf mich heftete. Ich richtete mich auf, drehte mich um und sah ihn zum ersten Mal – den Jungen, den wir heute Caleb nennen.

Er stand in einem Dickicht aus hohem Strandgras, den Bogen über eine Schulter gelegt. In dem Beutel auf seinem Rücken hing schlaff ein erlegter Wasservogel. Etwas – vielleicht der Ausdruck auf meinem Gesicht, vielleicht auch mein hektisches Zupfen an meinem Rock, der sich zwar im Wasser ausbreitete und meine Schicklichkeit wahrte, dabei aber durch und durch nass wurde – schien ihn zu amüsieren, denn er lächelte. Er war, wie ich schätzte und wie sich später auch als zutreffend herausstellte, in meinem Alter und vielleicht zwei oder drei Jahre jünger als die Krieger, die am Strand mit ihrem selbst genähten Ball spielten. Im Gegensatz zu ihnen war er für die Jagd gekleidet und trug einen Lendenschurz aus Rehfell mit einem Gürtel aus Schlangenleder, an dem eine Fellüberhose befestigt war. Die Oberarme zierten eine Reihe von Armbändern, die geschickt aus lila und weißen Muschelperlen geflochten waren. Alles andere an ihm war nackt und bloß, bis auf drei glänzende Federn, die er zu einer Art Kopfschmuck gebunden und in sein dickes, pechschwarzes Haar gesteckt hatte, das sehr lang und streng aus dem kupferfarbenen Gesicht gestrichen war. Hinten hatte er es zu einer Art Pferdeschwanz gebunden. Sein Lächeln war offen, seine Zähne sehr gerade und schneeweiß, und etwas an seinem ganzen Gebaren machte es unmöglich, sich vor ihm zu fürchten. Dennoch hielt ich es für vernünftig, mein Pferd zu holen und so schnell wie möglich diesen Ort zu verlassen, an dem es offenbar von allen möglichen Wilden nur so wimmelte. Wer konnte schon sagen, was für sonderbare Gestalten hier noch auftauchen mochten?

Ich hob meinen durchnässten Rock an und lief ans Ufer. Dabei verfing sich mein Zeh jedoch unglücklich in einem Strang Seetang, und ich fiel ins Wasser, wobei ich auch noch die wenigen Muscheln, die ich gesammelt hatte, verlor und sowohl meine Ärmel als auch das Wams durchnässt wurden. Sie waren nun genauso tropfnass wie mein Rock. Mit wenigen langen Schritten war der Indianerjunge bei mir, packte mich mit einer harten, braunen Hand am Unterarm und zog mich aus dem Wasser.

Ich forderte ihn in seiner Sprache auf, mich loszulassen, und er zog prompt die Hand zurück. Tropfnass machte ich mich auf den Weg ans Ufer. Er blieb, offenbar vor Erstaunen, wie angewurzelt stehen. Nun war ich an der Reihe, mir ein Lächeln zu verkneifen. Ich glaube, es hätte ihn kaum mehr überrascht, wenn mein Pferd das Wort an ihn gerichtet hätte.

Nach kurzem Zögern folgte er mir aus dem Wasser und begann mit einer wahren Flut von Silben auf mich einzureden, von denen ich allerdings nur ein paar verstand. Mein Vater hatte mir gesagt, die Rothäute liebten jeden, der sich in ihrer Sprache ausdrücken könne. Dieser Junge rief unablässig und zu meinem großen Unbehagen: »Manitou, Manitou!«, was in ihrer Sprache das Wort für Gott oder für etwas Gottgleiches, Wundersames ist.

Ganz langsam, in meinen einfachen Worten, versuchte ich ihm zu erklären, es sei gar nichts so Außergewöhnliches an der Tatsache, dass ich ein paar Brocken von ihrer Sprache spräche. Ich nannte ihm meinen Namen, denn gewiss hatten mittlerweile alle Wampanoag von den betenden Indianern und ihrem Pfarrer, meinem Vater, gehört. Ich erklärte, ich hätte etwas von seiner Sprache gelernt, indem ich den Unterricht meines Vaters bei Iacoomis belauscht hätte.

Bei dieser letzten Aussage verzog der Junge das Gesicht, als hätte er in einen Gallapfel gebissen. Zischend gab er das Wort von sich, das die Indianer für die menschliche Notdurft verwenden und das auch für etwas Widerwärtiges, Stinkendes steht. Ich errötete, weil er einen hilfsbereiten Mann, den mein Vater so sehr liebgewonnen hatte, dermaßen verhöhnte.

Er schaute in meinen leeren Muschelkorb hinab.

»*Poquauhock?*«, fragte er. Ich nickte. Er schloss die Hand um die Finger der anderen Hand, winkte mir und wandte sich dem Strandgras zu, aus dem er zuvor aufgetaucht war.

Mir blieb es freigestellt, ihm zu folgen oder nicht, und ich wünschte, behaupten zu können, dass ich mehr mit mir gerungen hätte. Während ich Mühe hatte, mit seinen langen, schnellen Schritten mitzuhalten, sagte ich mir, es wäre schließlich großartig, einen besseren Muschelgrund zu finden, da ich dann meine Aufgabe in den nächsten Tagen zügiger erfüllen könnte und mehr Zeit für meine eigenen Beschäftigungen hatte.

Es sollte das erste von vielen Malen sein, die ich diesem federgeschmückten Kopf durch Seegras und über Sanddünen hinweg folgte, ob nun zu einer Lehmgrube oder zu einem See. Er zeigte mir, wo die wilden Erdbeeren in der Sonne besonders süß und saftig wurden, manche von ihnen mehr als fünf Zentimeter dick und so zahlreich, dass ich an einem Vormittag einen ganzen Scheffel pflücken konnte. Er lehrte mich, zu erkennen, wo die Blaubeersträucher im Sommer reiche Ernte brachten und die Moosbeerpflanzen im Herbst unzählige ihrer blutroten Juwelen an den Stängeln trugen.

Er bewegte sich durch die Wälder wie ein junger Adam, der der Schöpfung ihre Namen gibt, und ich brachte meinen Lippen bei, die Worte in seiner Sprache zu formen – *sasumuneash* für Moosbeere, *tunockuquas* für Frosch. So viele Dinge wuchsen und gediehen hier, die wir gar nicht kannten, weil es sie in England nicht gab, und wir benannten sie nach anderen Dingen, die es vorher hier nicht gegeben hatte: das Katzenkraut zum Beispiel, das auf Katzen eine besondere Anziehungskraft ausübt; oder die Schaf-Lorbeerrose für den flach wachsenden Lorbeer, der sich für einige unserer mühsam erworbenen Jungschafe als tödlich erwiesen hatte. Dabei waren sowohl Katzen als auch Lämmer erst von uns hierhergebracht worden. Und so hatte ich, als er mir den Namen für eine Pflanze oder ein Tier nannte, das Gefühl, zum ersten Mal deren wirklichen Namen zu hören.

Wir taten beide immer so, als hätten wir uns durch Zufall getroffen, und täuschten Erstaunen darüber vor, dass sich unsere Pfade gekreuzt hatten. Und doch ließ er es mich immer ganz beiläufig wissen, wenn er den Plan hatte, während der einen oder anderen Mondphase oder bei einem bestimmten Sonnenstand zu fischen oder zu jagen. Dann fand ich für mich selber einen Vorwand, warum meine Streifzüge durch die Umgebung mich just zu dieser Zeit an diesen Ort führten, und kaum hielt ich mich in der Nähe auf, war es für ihn ein Leichtes, mich aufzuspüren, denn ich hinterließ, wie er sagte, eine Spur, die leichter zu erkennen war als die einer Herde laufender Rehe.

Die Stunden, die ich mit ihm verbrachte, rechtfertigte ich mit den Körben voller Köstlichkeiten, die ich von meinen Ausflügen nach Hause brachte. War es denn nicht meine Pflicht, zum Lebensunterhalt der Familie beizutragen? Während ich dabei zusehen konnte, wie sich die Regale mit Gläsern voller Eingemachtem füllten, zwischen den Deckenbalken zahllose Schnüre mit getrockneten Moosbeeren baumelten und die Streifen geräucherten Schellfischs darauf hoffen ließen, dass wir im Winter keinen Hunger leiden mussten, fühlte ich mich in meiner Selbsttäuschung durchaus bestätigt.

Doch die Wahrheit, die ich jetzt an dieser Stelle und vor Gott darlege, ist eine ganz andere: dass ich nämlich die Zeit genoss, die ich mit ihm verbrachte. Binnen kurzem hatte er den gesamten Raum in meinem Herzen erobert, den früher Zuriel eingenommen hatte. Einen solchen Freund hatte ich zuvor nie besessen. Als Kind hatte ich kein Bedürfnis danach, weil Zuriel immer an meiner Seite gewesen war, der beste Begleiter, den ich mir wünschen konnte. Als er starb, war ich unfähig, mit jemand anderem Freundschaft zu schließen. Das einzige Mädchen meines Alters, mit dem ich mich hätte anfreunden können, gehörte zu den Aldens, der Familie, mit der wir Mayfields in der Siedlung über Kreuz waren, und mit einem der wenigen englischen Burschen meines Alters eine kameradschaftliche Beziehung, welcher Art auch immer, einzugehen, wäre wiederum ein undenkbarer Verstoß gegen den Anstand gewesen. Doch mit diesem Jungen war alles ganz anders. Er war schon bald mehr zu einem Bruder geworden als Makepeace, dessen Sorge um mein züchtiges Verhalten ihn streng und unnahbar gemacht hatte. Ich hatte gelernt, von Makepeace keine anderen Äußerungen zu erwarten als Anweisungen oder Tadel. Scherze oder spielerisches Geplänkel, die unsere Herzen einander geöffnet hätten, waren zwischen uns undenkbar.

Was mich antrieb, diesem wilden Jungen zu folgen, war zu Beginn sein Wissen über die Insel – sein tiefes Verständnis für alles, was blühte, was Flossen oder Flügel hatte. Doch schon bald war in mir auch die Neugier auf eine ungezähmte Seele entfacht worden, und auch das wurde für mich zu einem Grund, seine Nähe zu suchen. Doch eigentlich waren es sein frohes Gemüt und sein Lachen, die mich mit der Zeit an ihn banden, und ich vergaß allmählich, dass es sich bei ihm um einen halbnackten, nach Sassafrasöl duftenden Heiden handelte, der sich mit Waschbärenfett einrieb. Kurzum: Er wurde mein allerliebster Freund.

Und doch sagte ich niemandem etwas davon, nicht einmal mir selbst gestand ich es ein. Ich wusste, dass ich damit andere täuschte, doch der Grad meines Selbstbetrugs trat für mich erst viel später zutage. Ich trug Sorge dafür, dass niemand uns zusammen sah, verzichtete sogar darauf, ihn zu treffen, wenn auch nur die geringste Gefahr bestand, dass uns jemand über den Weg laufen könnte. Auch die Streifen Wildbrets, die er mir anbot, wenn er ein Reh getötet und ausgenommen hatte, nahm ich nicht mit nach Hause, weil ich nicht hätte erklären können, woher ich sie hatte. Doch ich aß mit ihm von einer gebratenen Keule, und es war köstlich. An einem anderen Tag führte er mich zu den Dünen, wo es reife Strandpflaumen in Hülle und Fülle gab, und während ich sie pflückte, watete er ins Meer hinaus, den Speer in der Hand, um seine Fischfallen zu inspizieren, und kehrte mit einem schönen Barsch zurück, der sich in seinen Händen wand. Ich hörte, wie er dem Fisch für sein Leben dankte, während er ihm mit einem schnellen Schlag in den Nacken ein Ende bereitete. Etwas Derartiges wäre mir nie in den Sinn gekommen, und an jenem Tag empfand ich es auch, wenn ich mich recht erinnere, als sehr befremdlich. Er sagte, wir würden den Fisch essen, und als ich einwarf, es sei doch gar keine Essenszeit, lachte er und meinte, er habe bereits gehört, dass die Engländer eine Glocke bräuchten, die ihnen sagte, wann sie hungrig seien. Doch noch während er mich damit aufzog, merkte ich, dass ich einen Bärenhunger hatte. Und so sammelten wir ein paar Späne und etwas Treibholz für ein Feuer; er benutzte seinen Feuerstein, um die Flammen zu entfachen. Dann spießten wir das Fleisch des Fisches auf Zweige und rösteten es über dem Feuer, ein saftiges Stück nach dem anderen. Ich aß, bis ich satt war. Später, zu Hause bei Tisch, lobte mich meine Mutter für meine Zurückhaltung, und mein Vater tönte: »Sohn, dir würde es nicht schaden, deiner Schwester nachzueifern.« Makepeace war dem Essen allzu sehr zugetan und kämpfte gegen die Sünde der Völlerei. Ich errötete, dachte schuldbewusst an meinen vollen Magen, doch die Augen meiner Mutter lächelten mich an, weil sie mein Erröten fälschlicherweise für ein Zeichen der Bescheidenheit, ähnlich der ihren, hielt; eine schöne Eigenschaft, die ich in Wirklichkeit gar nicht besaß.

Tag für Tag wuchsen meine Kenntnisse über die Insel, während wir von einem bemerkenswerten Punkt zum nächsten streiften, einer schöner oder üppiger als der andere. Für ihn schien jede Pflanze einen Nutzen zu haben, ob man sie nun essen konnte oder als Medizin benutzte, zum Färben oder Weben. Oft schlug er die Früchte des Essigbaums von den Stielen, tauchte sie in Wasser und bereitete so ein erfrischendes Getränk zu, oder er pflückte verschiedene Sorten Nüsse, deren weißes Inneres lecker und cremig schmeckte. Fast immer kaute er auf irgendeinem frischen, grünen Blatt von einer Pflanze, die ich sehr wahrscheinlich für Unkraut gehalten hätte, die sich aber, wenn er mir etwas davon gab, als durchaus schmackhaft erwies.

Je genauer ich die Insel und ihre Pflanzen kennenlernte, desto vertrauter wurde mir mein Führer, auch wenn dieses langsamer vonstatten ging als jenes. Es dauerte viele Wochen, bis er mir überhaupt seinen Namen nannte, was in seinem Volk als große Vertraulichkeit gilt. Und als er ihn mir schließlich verriet, begriff ich auch, warum sein Volk so empfindet. Denn mit dem Namen geht eine Vorstellung davon einher, wer jemand wirklich ist, und mit diesem Wissen kam auch das Gift der Versuchung, das schon bald mein Blut in Wallung bringen sollte.

IV

In jenem Sommer stahlen wir, vielleicht ja wegen des harten Winters, der ihm vorausgegangen war, zum ersten Mal einen abgetriebenen Wal. Wir hatten es uns zur Angewohnheit gemacht, uns diejenigen Wale anzueignen, die im Hafen angespült wurden oder zumindest so nahe ans Land kamen, dass unsere Männer sie an unseren Strand treiben konnten. Auf diese Weise kamen wir pro Saison zu zwei bis drei Walen. Alle Familien wurden herbeigerufen – die Männer, um das Tier von den Booten aus an den Strand zu jagen und es dann dort zu schlachten, und die Frauen, um die Töpfe aufs Feuer zu setzen und den Tran auszulassen. Ich mochte diese Arbeit überhaupt nicht, was jedoch nicht nur an der rußgeschwärzten, tranigen Luft lag. Es ist nämlich eine Sache, ein Reh mit einem flinken Pfeilschuss oder einer knallenden Muskete zu erlegen, oder einem Huhn den Hals umzudrehen. Das habe ich schon oft genug getan und das Tier auf diese Weise rasch und unversehens in den Tod befördert. Doch der Wal lebte im Allgemeinen noch, wenn man bereits anfing, ihn zu zerlegen, und sein Auge, das so sehr dem menschlichen ähnelt, wanderte von einem zum anderen, als flehe er uns um Gnade an. Dann hätte ich diesem Gottesgeschöpf gerne gesagt, dass Barmherzigkeit einen hohen Preis hat, wenn man aus dem Speck eines solchen Leviathans fast achtzig Fässer Tran gewinnen und ein ganzes Dorf durch einen langen dunklen Winter bringen kann, ohne sich mit dem Schlagen von Kiefernholz aufhalten oder den ranzigen Gestank verbrennenden Dorschlebertrans ertragen zu müssen.

Dem allgemeinen Verständnis nach gehörten die Wale, die an die anderen Strände gespült wurden, den Wampanoag, die glaubten, ein guter Geist habe sie ihnen für ihre besonderen Zwecke geschenkt. Die Indianer nutzten noch mehr als wir jeden Bestandteil des Tieres, hielten das Fleisch für eine große Delikatesse und nahmen das Ganze zum Anlass für ein großes Festessen, wobei die gerechte Verteilung unter den Stammesangehörigen nach genauen Regeln vonstatten ging. An diesem Tag hatte unser Nachbar Nortown, der in seiner Schaluppe auf Fischzug vor der Küste war, einen Wal gesichtet, der wahrscheinlich unten bei den Klippen, die wir Gay Head nannten, stranden würde. Nortown sagte, er habe erfahren, die Wampanoag dieser Gegend seien auf Nomin's Island unterwegs, zusammen mit ihrem *sonquem* Tecquanomin und ihrem *pawaaw,* um dort mehrere Tage lang irgendwelche heidnischen Tänze und Rituale zu vollziehen. In diesem Fall, argumentierte er, würden sie es gar nicht merken, wenn wir uns des Wales annähmen. Er ging von Haus zu Haus und versuchte Zustimmung zu seinem Plan zu erheischen, und war, bis er zu uns kam, auch recht erfolgreich gewesen. Vater war einige Tage zuvor mit Peter Folger auf unsere Schwesterinsel Nantucket gefahren, um für Großvater einige geschäftliche Dinge zu erledigen, und Mutter war bei Tante Hannah, die krank zu Bette lag, um sich um sie und die Kinder zu kümmern. Ich war mir sicher, Vater wäre gegen Nortowns Plan gewesen, doch Makepeace hatte nichts daran auszusetzen und war sofort bereit, sich den anderen Männern anzuschließen. »Bethia, du kommst auch mit, hilfst an den Trantöpfen und machst mir etwas zu essen«, sagte er. Mein ganzes Leben lang hatte man mir gesagt, es stehe mir nicht zu, ihm Widerworte zu geben, doch während ich eilig das einpackte, was wir für eine Nacht am offenen Strand benötigen würden, und auch später, als sich unser Boot inmitten jener kleinen Diebesflotte auf dem Weg die Küste hinauf befand, machte sich eine große Bedrückung in mir breit, jenes Gefühl, das einen befällt, wenn man weiß, dass man in einen Akt der Habgier und der Heimtücke verwickelt ist.

Bis wir die Klippen erreicht hatten, war der Wal tatsächlich gestrandet. Es war ein riesiges weibliches Tier, hell und glänzend, ein unförmiger, trächtiger Körper, der von der Brandung hin und her gespült wurde, als hätte er immer noch Kraft und sei noch nicht bereit, sich geschlagen zu geben.

Viele rund geschliffene Steinbrocken lagen überall am Strand verteilt. Jedes Mal, wenn sich eine Welle zurückzog, kullerten diese Steine gegeneinander und verursachten ein rhythmisches Klappern. Es klang wie die Ratschen, die man, wie ich gelesen habe, andernorts bei Hinrichtungen hört.

Wir machten die Boote im Windschatten der Klippen fest, wo man sie von Nomin's Island aus nicht sehen konnte, und begannen sie auszuladen. Die Kessel und Dreibeine waren schwer genug, als ich dabei half, sie den Strand hochzuschleppen, doch meine bedrückte Stimmung schien noch ein Übriges zu tun, weshalb mir vor Anstrengung schon bald die Arme wehtaten. Ich half dabei, die Töpfe aufzusetzen, und dann rollten wir die Fässer, die den Tran später aufnehmen sollten, den Strand hoch und trugen auch die langstieligen Kellen, mit denen man den Blubber abschöpfte, an Ort und Stelle. Sobald dies alles erledigt war, ging ich mit einigen anderen davon, um Treibholz für die Feuer zu sammeln, die jedoch nicht vor Einbruch der Dunkelheit entfacht werden sollten, damit die Indianer auf Nomin's Island uns wegen des Rauches nicht auf die Schliche kämen. Ich war froh, den Strand verlassen zu können, weil ich nicht Zeugin des Schlachtens sein wollte. Während ich mich entfernte, hörte ich die Männer einander fröhlich zurufen, obwohl sie bereits dabei waren, den Wal bei lebendigem Leibe zu zerteilen. Ich dachte an den schimmernden Barsch in den Händen meines Freundes, an den Stein, mit dem er ihn blitzschnell erschlagen hatte, und an seine Dankesworte an dieses Gottesgeschöpf. Auf einmal kam mir seine Art zu töten überhaupt nicht mehr fremdartig vor, sondern passend und irgendwie anständig. Der Gedanke, dass dieser junge Heide in einer solchen Angelegenheit mehr Feinheit an den Tag legen könnte als wir, trug nur noch mehr zu meiner bleiernen Stimmung bei.

Die Dünen im Norden der Insel waren viel höher als diejenigen in der Nähe von Great Harbor, und jenseits von ihnen lag die weite Ebene eines flachen, vom Wind geformten Moores, das sich um feuchte Senken und eine Reihe von schimmernden Tümpeln schmiegte, welche allerlei Wasservögel beherbergten. Ein Pfad der Wampanoag führte durch das Dickicht aus verkrüppelten Eichen, Felsenbirnen und Wachsmyrte. Ich folgte dem Weg, bis ich weit genug vom Strand entfernt war, um nicht mehr die rauen Stimmen der Männer zu hören.

Zuerst blieb ich ab und zu stehen, um noch ein paar Holzstücke in meinem Tragriemen zu verstauen, aber schon bald ließ ich es bleiben. Der Duft der Strandpflaumen hing in der schwülwarmen Luft, und überall um mich herum summten Bienen. Meine Glieder fühlten sich ebenso schwer an, wie mir ums Herz war. Mein Kopf dröhnte und schmerzte, und selbst die Luft kam mir wie eine Last vor. Ich habe keine Ahnung, wie weit ich gegangen war, doch plötzlich war ein anderes Geräusch um mich herum, wie ein lautes Brummen, und die honigartige Süße der Pflanzen wich dem scharfen Geruch von Holzfeuer. Auf einmal machte der Pfad einen Knick und führte zu einer Art grasbewachsenem Kessel hinab. Ich befand mich am Rande einer großen Senke, an deren Ende die weißeste Klippe aufragte, die ich jemals in meinem Leben gesehen hatte. Dort unter mir tanzten Wampanoag in einem großen Kreis, begleitet von maisgefüllten Kalebassen und dem rhythmischen Schlagen kleiner lederbespannter Trommeln.

Mein erster Gedanke war, mein Holzbündel fallen zu lassen und zum Strand zurückzulaufen, um die anderen zu warnen, dass die Wampanoag keineswegs weit weg auf Nomin's Island, sondern ganz in der Nähe waren. Noch dazu in so großer Anzahl, dass sie durchaus eine Bedrohung darstellen konnten, wenn sie uns dabei ertappten, wie wir bis zu den Ellbogen im Blut des Wales steckten, der rechtmäßig ihnen gehörte.

Doch dann erhob sich eine Stimme, hoch und laut, und sie gab Töne von sich, von denen ich gar nicht gewusst hatte, dass die menschliche Kehle sie hervorbringen kann. Es war ein Klang, der mir durch Mark und Bein ging. Ich konnte mich einfach nicht abwenden, ja, ich fühlte mich wie magisch von denjenigen angezogen, die diese Klänge hervorbrachten. Ich sagte mir, ich müsse genau zählen, um wie viele Rothäute es sich handelte, und wie viele von ihnen bewaffnet waren, und so verließ ich den Weg, der in die Lichtung hinabführte und auf dem ich binnen kurzem voll zu sehen gewesen wäre, und schlich stattdessen durch das dichte Heidekraut vorwärts, das mir Deckung geben konnte, falls einer der Tanzenden zufällig nach oben blickte. Schon bald war ich nahe genug, um einige Worte des Liedes verstehen zu können. Der *pawaaw* rief darin seine Götter an, er lobpreiste sie, dankte ihnen, flehte sie an. Die Trommeln schlugen derweil im Takt meines Herzens, das mit der Musik anzuschwellen schien. Ich spürte, wie meine Seele zu summen und zu beben begann, so nahe ging mir das flehentliche Gebet. Darin war so viel Kraft, eine Kraft, die direkt aus der Seele zu kommen schien und mich tief in meinem

Herzen berührte. Nach diesem Gefühl hatte ich mich gesehnt, Woche für Woche, als die folgsame und pflichtbewusste Tochter des Pfarrers bei der Gemeindeversammlung am Tage des Herrn. Doch nie hatten unsere strengen Gottesdienste meine Seele so sehr aufgewühlt wie dieses Lied eines Heiden.

Du sollst keine anderen Götter neben mir haben. So hatte man es mir mein ganzes Leben eingetrichtert. Und doch waren es ausgerechnet diese fremden Götter, die ich mit der gleichen Inbrunst anflehen wollte wie der *pawaaw*. Die Zeit hielt inne in ihrem ewig vorwärtsstrebenden Marsch, während ich dort in dem Unterholz hockte und mich im Takt der Trommel wiegte. Schließlich warf ich den Kopf in den Nacken und ließ die Luft, die meinem Körper entwich, für mich sprechen, ein Seufzer der Hingabe an eine unbekannte Macht und an ihre Schönheit – mein Atem, der sich zu den Gebeten gesellte, die den weiten Himmel erfüllten. Als das getan war, spürte ich, dass die Schwere des Tages sich von mir hob wie ein niederdrückendes Gewicht.

Nachdem der *pawaaw* sein Gebet beendet hatte, wollte ich eigentlich gehen. Doch es folgten weitere Lieder und Tänze, und so blieb ich dort, um ihnen zu lauschen und sie zu beobachten. Eine Weile tanzten die jungen Männern in wilden Sprüngen und schwenkten dabei polierte Kriegsbeile, als wollten sie eine Schlacht darstellen. Dann kamen die Frauen, junge und alte zusammen, ihre gewebten Decken über die Schultern gelegt. Eine Weile standen sie da, die Hände vor sich ausgestreckt, sodass die Decken sie ganz verbargen. Sie sahen aus wie eine Schar brütender Vögel. Plötzlich, als habe jemand ein unsichtbares Signal gegeben, begannen sie sich zur Musik zu bewegen. Mein ganzes Leben lang hatte man mir gepredigt, dass Tanzen Teufelswerk sei. Nur Huren, die Töchter Salomons, tanzten, so hatte es zumindest immer geheißen. Doch an diesem Tanz hier war nichts Lüsternes oder Liederliches. Die Bewegungen der Frauen waren gemessen, würdevoll und von großer Anmut.

Viel später, als ich mich an den Strand zurückschlich, mit aufgeschürfter Haut, Laufmaschen in meiner gestrickten Kniehose, einem Riss im Wams und Farnkraut in den Haaren, war Makepeace' Gesicht verzerrt vor Sorge und Wut. Ich dachte mir rasch eine Lüge aus, ich sei beim Holzsuchen gestürzt und habe mir den Kopf angeschlagen.

Die anderen Frauen waren besorgt und hießen mich, mich auf den Boden zu legen, während die Dunkelheit hereinbrach und sie die Feuer anzündeten, um den Walspeck auszulassen. Doch ich lag noch Stunden wach, als der Tran längst mit Kellen in die Fässer geschöpft war und sich alle müde zur Ruhe begeben hatten. Meine Gedanken schweiften in weite Ferne. Unfähig, auf dem Sand eine bequeme Haltung zu finden, warf ich mich hin und her. Das Verhalten all der andern um mich herum ekelte mich an, unsere Niedertracht, die uns dazu verleitete, zu stehlen und zu betrügen, obwohl wir uns doch mit unserer göttlichen Überlegenheit brüsteten und damit prahlten. *Macht euch die Erde untertan.* So stand es in der Bibel, und das hatten wir auch getan. Doch ich konnte einfach nicht glauben, dass Gott damit gemeint hatte, wir sollten so gedankenlos mit seiner Schöpfung umgehen, wie wir das taten, so mutwillig und grausam all den Kreaturen gegenüber, über die er uns die Herrschaft geschenkt hatte.

Ich wusste, dass ich kein Auge zutun würde. Als das Schnarchen der Männer mit der Meeresbrandung und dem rhythmischen Kullern der Steine in Wettstreit zu treten begann, stand ich auf, vergewisserte mich, dass niemand sich rührte, und machte mich erneut auf den Weg über die Dünen. Kaum hatte ich mich von unserem Lager entfernt, kehrte ich auf den Pfad zurück, der zu den ringförmigen Klippen führte, und folgte ihm. Der Mond leuchtete so hell und klar, dass mein Schatten deutlich auf dem Boden zu erkennen war.

Die Feuer loderten hoch in den nächtlichen Himmel empor, und die Musik war wilder geworden. Der animalische Teil meiner Seele reagierte darauf. Wenn ich mich heute an jene Nacht erinnere, kann ich nicht mehr sagen, was damals genau in mir vorging. Ich weiß nur noch, dass das Trommeln mich tief in meinem Inneren berührte, an einem Ort, den ich noch nie erkundet hatte. Dort im Dunkeln, ohne zu wissen, was ich genau vorhatte, begann ich meine Ärmel aufzuschnüren. Die warme Luft umfächelte zärtlich meine Haut. Ich ließ auch meine Wollhose fallen und stand da, mit bloßen Armen und Beinen, wie die Wampanoag-Frauen in ihren kurzen Lederkleidchen. Meine Zehen bohrten sich in die sandige, kühlende Erde, und mein Herz schlug im Takt mit den Trommeln. Meine innerste, auf Frömmigkeit geschulte Seele schien meinem Körper wie in großen, tiefen Atemzügen zu entweichen, während ich begann, mich zu den Klängen der Musik zu bewegen. Ganz allmählich fanden meine Glieder in den Rhythmus. Ich hörte auf zu denken, und etwas in mir, das von einem Tier zu stammen schien, gewann die Oberhand, trieb mich an, bis ich am Ende voller Hingabe tanzte. Wenn mich Satan in jener Nacht in der Hand hatte, dann muss ich eines gestehen: Mir war seine Berührung willkommen.

Bei Morgengrauen musste man mich wachrütteln. Im ersten Moment konnte ich mich nicht erinnern, wie ich den Weg zurück zum Lager gefunden hatte, und mich überlief eine heiße Welle der Furcht, ich könnte nur unzulänglich bekleidet sein. Doch irgendwie hatte ich in meinem ekstatischen Tanz meine abgelegten Kleider gefunden und sie wieder angezogen. Ich stand auf und machte mich mit den anderen daran, die Spuren unseres Diebstahls zu verwischen, indem wir die Überreste des entfleischten Gerippes in die Brandung zogen, den blutbefleckten und vom Feuer geschwärzten Sand mit Eimern voller Meerwasser tränkten und hofften, die Flut würde den Rest erledigen.

Während unserer langen Heimfahrt in der mit Waltran beladenen Schaluppe schimpfte mich Makepeace für meine Gedankenlosigkeit, meine Tollpatschigkeit und mein mangelndes Pflichtgefühl, doch ich hörte nur die Hälfte von dem, was er sagte. In Gedanken war ich noch immer in jenem Kreis bei den Klippen.

V

Er war der jüngere Sohn von Nahnoso, dem *sonquem*, oder Häuptling, von Nobnocket, und sein Name lautete Cheeshahteaumauk. In seiner Sprache bedeutet das so etwas wie: »der Gehasste«. Als er mir das erzählte, glaubte ich zuerst, meine begrenzten Kenntnisse in seiner Sprache ließen mich im Stich, denn aus welchem Grund sollten Leute ihr Kind so nennen? Doch als ich fragte, ob sein Vater ihn denn wirklich gehasst habe, lachte er mich aus. Namen, sagte er, flössen in einen hinein, so wie man ein Glas Wasser trinkt. Sie blieben ein Jahr oder auch nur eine Jahreszeit, und dann würden sie durch einen anderen, passenderen ersetzt. Wer konnte schon sagen, wie sein derzeitiger Name ihm zugefallen war? Vielleicht hatte ja sein Namensgeber den Teufelsgott Cheepi täuschen und dafür sorgen wollen, dass dieser ihn in Ruhe ließ, indem er ihn glauben machte, er sei ungeliebt. Oder der Name war ihm doch aus gutem Grund zugefallen. Ich hätte ihn damals allein auf der Jagd angetroffen, rief er mir ins Gedächtnis, obwohl es doch die Gepflogenheit seines Stammes sei, gemeinsam zu jagen. In einer Gruppe, die das Gemeinwohl über alles stellte, war er aus freien Stücken *chuppi*, also ein Außenseiter. Während seine Stammesbrüder sich bei Morgengrauen auf den Weg machten, tat er dies erst bei Sonnenuntergang. So war es schon immer, solange er sich erinnern konnte. Zu einer Zeit, als die meisten Kinder noch von ihrer Mutter gestillt wurden, hatte er sich selbst von der Muttermilch entwöhnt und von den Frauen getrennt, um Tequamuck, dem Bruder seiner Mutter zu folgen, der ihr *pawaaw,* ihr Medizinmann, war. Oft hatte er sich unter Matten oder im Dickicht versteckt, um den Beschwörungen zu lauschen und Zeuge der Tänze zu werden. Zuerst, sagte er, hätten die Älteren des Stammes ihn wegen seines Mangels an Respekt gerügt, und vielleicht stammte ja auch sein Name aus dieser Zeit. Doch irgendwann hatte Tequamuck seine Meinung geändert und gesagt, ein solches Gebaren sage seine Bestimmung voraus, und er würde dereinst *pawaaw* werden. Und so war er irgendwann in den *wetu* seines Onkels umgezogen, während sein Bruder Nanaakomin ihrem Vater nicht von der Seite wich, als wäre er sein Schatten.

Bevor mein Erlebnis an den Klippen seine verderbliche Wirkung auf meine Seele auszuüben begann, hätte diese letzte Bemerkung mich vollkommen bestürzt. Vater nannte die *pawaaws* »Seelenmörder«. Er sagte, sie seien Hexenmeister – Leute wie die vom Pfade des Glaubens abgekommenen Frauen, die wir in England auf dem Scheiterhaufen verbrannt hatten. Diese Männer, so berichtete er, versetzten sich selber in Trance und reisten dann durch die Geisterwelt, wo sie sich mithilfe von Kobolden, die in Tiergestalt zu ihnen kämen, mit dem Teufel verständigten. Aus diesen satanischen Verbindungen schöpften sie die Macht, Nebel und Winde aufkommen zu lassen, in die Zukunft zu schauen und je nach Gutdünken Menschen zu heilen oder mit Krankheit zu strafen. In all diesen Fertigkeiten sei Cheeshahteaumauks Onkel Tequamuck berühmt und berüchtigt. Als Vater zum ersten Mal davon gesprochen hatte, versetzte mich seine Schilderung in solche Angst, dass ich eine Weile lang keiner Rothaut ins Gesicht blicken konnte, ohne mich zu fürchten. Seit dem Singen und Tanzen an den Klippen war meine Angst jedoch einer Faszination gewichen, und Cheeshahteaumauks Enthüllungen machten ihn nur noch interessanter für mich.

Was meinen Namen anging, so fand auch er ihn ungewöhnlich, als ich ihm sagte, Bethia bedeute »Dienerin«. Er meinte, eine Dienerin sei doch nur eine niedere Kreatur – bei ihnen betrachte man Diener mehr wie Sklaven, Feinde, die man im Krieg gefangen genommen hatte, Menschen also, die man misshandelte und verachtete und manchmal sogar marterte, wenn die Feindseligkeit zwischen den Stämmen besonders groß war. Ich als Enkelin des *sonquem* der Mantelmänner und Tochter ihres *pawaaw* sollte einen viel edleren Namen tragen, fand er. Ich versuchte, ihm zu erklären, dass mein Vater kein *pawaaw* sei, war in seiner Sprache jedoch nicht versiert genug, um ihm klarmachen zu können, welch großer Unterschied darin bestand, ob jemand als Vermittler von Gottes Gnade fungierte oder sich mit dem Teufel gemeinmachte. Ich bemühte mich nach Kräften, ihm die Aufgaben und die Gnade zu schildern, die es bedeutete, ein Diener Gottes zu sein, doch er wollte nichts davon hören und wurde ungeduldig. Mit seinen langen, ausholenden Schritten ging er den Strand entlang, und ich musste laufen, um mit ihm mithalten zu können. Dann drehte er sich urplötzlich herum und verkündete, er habe beschlossen, mir einen neuen Namen nach Indianerart zu geben. Er würde mich »Sturmauge« nennen, weil meine Augen die Farbe einer Gewitterwolke hatten. »Schön und gut«, erwiderte ich. »Aber dann werde ich dich auch umbenennen, weil du mir nicht verhasst bist.« Ich sagte, ich würde ihn Caleb nennen, nach Kaleb, dem Gefährten Moses' in der Wüste, der bekannt für seine Beobachtungsgabe und seine Furchtlosigkeit war.

»Wer ist Moses?«, fragte er. Ich hatte ganz vergessen, dass er das nicht wissen konnte. Ich erklärte ihm, das sei ein besonders großer *sonquem* gewesen, der sein Volk über das Wasser und in ein fruchtbares Land geführt hatte.

»Du meinst Moshup«, sagte er.

»Nein«, korrigierte ich ihn. »Moses. Das war vor vielen, vielen Monden. Und ganz weit weg von hier.«

»Ja, ja, vor vielen, vielen Monden. Aber hier, genau hier.« Wieder verlor er die Geduld mit mir, als wäre ich ein bockiges Kind, das seine Hausaufgaben nicht gemacht hatte. »Moshup hat diese Insel hier geschaffen. Er zog seine Zehe durch das Wasser und schnitt dieses Land vom Festland ab.« Dann fuhr er darin fort, mir lebhaft eine Sage zu erzählen, in der es von Riesen, Walen und Geistern in vielerlei Gestalt nur so wimmelte. Ich ließ ihn reden, weil ich ihn nicht verärgern wollte, aber auch, weil ich gerne der Geschichte lauschte, wie er sie zu erzählen wusste, so lebhaft und mit vielen Gesten untermalt. Natürlich war sie mir fremd. Doch als ich an jenem Nachmittag nach Hause ritt, kam mir der Gedanke, unsere Geschichte von dem brennenden Busch und einem geteilten Meer könnte jemandem, der nicht mit der Gewissheit aufgewachsen war, dass sie der Wahrheit entsprach, ebenso fremd erscheinen.

Eines Nachmittags, nicht lange danach, waren wir dabei, wilde Johannisbeeren zu sammeln, und taten uns beim Pflücken an den sauren und saftigen Früchten gütlich. Ich legte mich auf einem Bett aus weichen Blättern zurück, verschränkte die Hände unter meinem Kopf und beobachtete ein paar luftige Wolken, die über uns an der blauen Himmelskuppel tanzten. Hinter mir hörte ich leise Stein auf Stein schlagen. Caleb fertigte eine Pfeilspitze. Er war nie müßig, nicht einmal eine Minute.

»Warum schaust du in den Himmel, Sturmauge? Suchst du nach deinem Herrn dort oben?« Ich hätte nicht sagen können, ob er mich nur necken wollte, und so drehte ich mich um, stützte das Kinn auf die Hände und blickte ihn an, um in seinem Gesichtsausdruck zu lesen. Er schaute gerade nach unten und konzentrierte sich auf die kurzen, beherzten Bewegungen, mit denen er an seiner Pfeilspitze arbeitete. Kleine Steinsplitter flogen in alle Richtungen. Zum Schutz hatte er sich ein Stück Leder, wie eine Art halben Handschuh, um die Hand geschlungen, in der er den zu bearbeitenden Stein hielt. »Dort lebt er doch, oder, dein einer Gott? Da oben, hinter den wankelmütigen Wolken?«

Da ich auf seinen Spott nicht eingehen wollte, gab ich ihm keine Antwort. Das ermutigte ihn jedoch noch mehr.

»Nur ein einziger Gott. Komisch, dass ihr Engländer, die ihr doch so viele Dinge um euch herum ansammelt, bei den Göttern mit einem zufrieden seid. Und noch dazu einem, der so fern ist, da oben am Himmel. Ich hingegen brauche nicht so weit zu schauen. Ich kann meinen Himmelsgott klar und deutlich sehen, er ist genau hier«, sagte er und reckte einen Arm in Richtung Sonne. »Tagsüber ist es Keesakand, und heute Nacht wird Nanpawshat, der Mondgott, an seine Stelle treten. Und auch Potanit wird kommen, der Feuergott…« Und so plapperte er weiter und betete mir seine ganze Litanei heidnischer Götzen herunter. Bäume, Fische, Tiere und dergleichen Gebilde, allesamt mit Seelen ausgestattet und zum Herrschen bereit. Ich zählte mit und kam am Ende auf eine Gesamtzahl von siebenunddreißig Göttern. Ich sagte nichts. Was sollte ich auch zu jemandem sagen, der so verloren war?

Doch dann dachte ich an den Gesang bei den Klippen zurück. Eine innere Stimme, fast nicht hörbar: kaum mehr als ein Zischen. Heute bin ich mir sicher, dass es die Stimme des Teufels war, die mir zuflüsterte, ich würde Keesakand bereits kennen und hätte ihm schon viele Male gehuldigt, wenn ich mich in den warmen Strahlen der aufgehenden Sonne aalte oder innehielt, um die Herrlichkeit seines Sonnenuntergangs zu bewundern. Und hatte nicht auch Nanpawshat Macht über mich? Herrschte er nicht über die anschwellenden, salzigen Gezeiten ebenso wie über meinen eigenen Körper, welcher seit kurzem in Einklang mit den Phasen des Mondes zu fließen begonnen hatte? Es sei gut, flüsterte die Stimme. Es sei richtig und gut, all diese Mächte zu kennen und in einer Welt zu leben, die vom Treiben der Geister beherrscht werde, eine Welt, in der das Göttliche allgegenwärtig war.

VI

Nicht lange danach ertappte mich Caleb eines Tages beim Lesen, noch bevor ich die Gelegenheit hatte, das Buch beiseitezulegen. Er hatte die Angewohnheit, oft urplötzlich aufzutauchen, indem er einfach aus den Dünen oder einem Dickicht hervorsprang. Er konnte schleichen wie eine Katze auf der Pirsch, und sein Gang in den dünnen Rehledermokassins war so leicht, dass er kaum einen Fußabdruck im Sand hinterließ. Herumliegende Blätter verrieten nie, wohin er getreten war. Unter seiner Anleitung und mit einiger Übung lernte auch ich mich so zu bewegen, ganz sanft auf den Fersen zu gehen und dabei kaum den Boden zu berühren. Zu Hause machte ich mir oft einen Spaß daraus, hinter Makepeace herzuschleichen, und ich ertappte ihn nicht selten dabei, wie er faul auf dem Feld lag und seine eigenen Pflichten vernachlässigte. Das ärgerte ihn, doch konnte er sich schlecht darüber beklagen, ohne sich selbst bloßzustellen. Das alles amüsierte mich sehr.

An besagtem Tag hatte ich ein neues Traktat meines Vaters stibitzt, das Buch *New England's Prospect* von einem gewissen William Wood, der im Jahre 1633 auf das Festland Neuenglands gereist war und den Lesern beschrieb, was er dort vorgefunden hatte. Ich hielt Caleb das Buch hin, und er nahm es entgegen. Es war das erste Buch, das er jemals in Händen gehalten hatte. Ich musste lächeln, als ich sah, wie er es zuerst falsch herum aufschlug. Doch er berührte die Seiten mit großer Behutsamkeit, als hielte er irgendein wildes Tierchen mit zarten Knochen in den Händen. Selbst die Frömmsten unter uns berühren die Bibel nicht mit einer solchen Ehrfurcht, wie er sie jenem kleinen Büchlein entgegenbrachte. Er fuhr mit einem seiner braunen Finger über eine Zeile.

»Diese Schneeschuhspuren«, fragte er, »sagen sie dir etwas?« Ich lächelte. Ich konnte gut verstehen, dass für seine ungeschulten Augen die Seite tatsächlich wie ein verschneites Feld aussehen mochte, auf dem sich das Zickzackmuster aus Schneeschuhabdrücken abzeichnete, wenn die niedrig stehende Wintersonne darauf fällt. Ich bejahte seine Frage und zeigte ihm das Wort für »Hirsch«, woraufhin er schnaubte und sagte, das sehe aber überhaupt nicht wie ein Hirsch aus, sondern eher wie eine Schnecke. Das wiederum brachte mich zum Lachen, denn er hatte recht: Jetzt konnte auch ich die Schnecke sehen, den großen Kopf mit den Fühlern und den länglichen Körper, den die Buchstaben bildeten. Ich erklärte ihm, die Buchstaben seien eine Art Botschaft, so wie die Muster in den *wampum*-Gürteln, die die *sonquems* trugen und die eine Art verkürzte Fassung der Geschichte des Stammes schilderten. Doch anders als die Gürtel, die sehr seltene Einzelstücke seien, gebe es von diesem Buch Hunderte von Exemplaren, die alle genau gleich seien.

»Bei Manitu!«, rief er aus. »Dann wissen jetzt also die Mantelmänner jenseits des Meeres alles über die Pflanzen und Tiere hier, obwohl sie doch so viele Tagesreisen von uns entfernt sind?«

Ja, sagte ich, genau das. Und so könnten die Menschen auch erfahren, was im Kopf eines anderen vorging, obwohl sie ihn nie getroffen hätten. »Selbst diejenigen, die vor vielen, vielen Jahren gelebt haben, können uns etwas hinterlassen, aus dem wir zu lernen vermögen.« Ich erzählte ihm, wie wir auf diese Weise von großen Städten wie Rom und Athen erfahren hätten; dass wir über ihre Krieger und die Kriege lesen könnten, welche sie damals geführt hatten; und dass ihre weisen Männer darüber gestritten hätten, wie ein gottesfürchtiges Leben zu führen sei. »Und obwohl ihre Städte längst zu Ruinen und ihre Krieger zu Staub zerfallen sind, leben sie noch immer für uns in ihren Büchern.«

Mir bereitete das großen Spaß, denn bisher war immer er derjenige gewesen, der mir etwas beigebracht hatte, und jetzt konnte ich den Spieß umdrehen. Ich streckte die Hand nach dem Buch von Wood aus. »Möchtest du hören, was er über dein Volk zu sagen hat?« Er nickte, wobei er leicht die Stirn runzelte.

»Und das alles kannst du aus diesen Spuren lesen?« Ja, sagte ich. »Es kann durchaus sein, dass ich ab und zu über ein unbekanntes Wort stolpere, dessen Bedeutung mir fremd ist. Aber meistens finde ich das über die Wörter heraus, die drum herum stehen ...« Derweil ich sprach, suchte ich nach der Stelle, die mir vorschwebte, und als ich sie gefunden hatte, zeigte ich auf die Zeilen und las laut vor, wobei ich die Worte rasch in seine Sprache übersetzte. »Hier schildert er, dass ihr zuvorkommend und gastfreundlich seid und gerne Leuten von der Küste helft, die von der Nacht überrascht wurden und sich verlaufen haben. Und er schreibt, dass ihr Dinge könnt, die wir nicht können, zum Beispiel Biber fangen, die für die Engländer zu schlau sind.«

Ich hatte gedacht, er würde sich über diese und andere Schmeicheleien freuen, doch während ich weiterlas, wurde seine Miene nur noch finsterer. Als ich mit dem Lesen innehielt, sagte er nichts. Ich fragte, was ihn denn so beschäftige. »Mein Vater sagt, dass wir vor langer Zeit, lange bevor unsere Brüder auf dem Festland mit den ersten Mantelmännern durch die Gegend zogen, weise Männer hatten, die den Menschen Wissen beibrachten. Doch sie sind den unsichtbaren

Kugeln zum Opfer gefallen, die die Mantelmänner auf sie abschossen, und sind gestorben, bevor sie ihre Kunde weitergeben konnten. Hätten wir damals die *manit,* die Weisheit, dieses Buches besessen, dann wäre ihr Wissen nicht mit ihnen begraben worden.« Er wirkte niedergeschlagen und geistesabwesend und strich wieder und wieder über das Buch, als wäre es lebendig. »Gib mir das«, bat er.

Ich spürte, wie der Boden unter mir bebte, denn seine Bitte brachte mich in Verlegenheit. Es stand mir nicht zu, ihm das Buch zu geben, doch ich fürchtete, das würde er nicht verstehen. Vater hatte oft über die Schwierigkeiten gesprochen, die er mit der indianischen Vorstellung vom Schenken hatte. Für die Rothäute hatte persönlicher Besitz nur eine geringe Bedeutung. Ein Mann verschenkte leichten Herzens jede Schüssel und jeden Gürtel, jedes Kanu und jeden Speer, die er besaß, ohne groß darüber nachzudenken, weil er wusste, dass er dafür schon bald in einer Versammlung entweder von seinem *sonquem* oder von einem anderen Menschen, der sich dafür die Gunst eines Gottes erhoffte, ein Geschenk erhalten würde. Es war üblich, Großzügigkeit mit Großzügigkeit zu vergelten. Vater und Makepeace hatten darüber sogar einmal gestritten, weil Vater der Meinung war, mit dieser Einstellung seien die Indianer christlicher als wir Christen, die wir uns an unsere Besitztümer klammerten, obwohl in der Bibel doch klar und deutlich gefordert wurde, allen irdischen Gütern zu entsagen. Makepeace hatte Vater damals widersprochen und gesagt, die Großzügigkeit der Indianer sei nichts anderes als das Produkt eines heidnischen Aberglaubens, und ließe sich nicht mit der christlichen Agape, der Nächstenliebe, vergleichen.

Damals wusste ich noch nicht genug, um eine eigene Meinung zu haben. Doch was ich seither erfahren habe, sagt mir, dass weder Makepeace noch Vater die Sache gänzlich erfasst haben, was wohl daran liegt, dass wir diese Welt und unseren Platz darin mit vollkommen unterschiedlichen Augen sehen. Als Vater damals zum ersten Mal hierhergekommen war und um Land verhandelte, hatte der *sonquem* über die Vorstellung gelacht, jemand könne denken, er *besitze* Land. »Wenn ich euch sage, ihr könnt es nutzen, um darauf zu jagen und zu fischen und eure Behausungen zu bauen, genügt euch das denn nicht?«, hatte er gefragt. Obwohl Vater bis zum heutigen Tag behauptet, er habe es ihm damals erklärt, bin ich insgeheim immer noch nicht davon überzeugt, dass der *sonquem* wirklich begriffen hatte, was wir ihm vorschlugen. Jedenfalls kam es diesbezüglich auch zwischen mir und Caleb oft genug zu Verwirrung, teils aufgrund meiner Unfähigkeit, meine Gedanken angemessen in seine Sprache zu übertragen, teils aber auch einfach nur deshalb, weil ich zwar irgendwann die richtigen Worte fand, die Sache, die sie beschrieben seinen Erfahrungshorizont jedoch überschritt.

Ich sah Caleb an, der noch immer das Buch in der Hand hielt und mich fragend anschaute, und ich wusste nicht, wie ich ihm antworten sollte, ohne ein Zerwürfnis zwischen uns herbeizuführen. Bücher gab es nur wenige in unserer Siedlung, und ein jedes galt als kostbar und wurde nur mit der größten Umsicht an jemand anderen ausgeliehen. Und so sagte ich ihm, ich könne ihm das Buch nicht geben, weil es nicht mir gehöre und es sogar ein Fehler gewesen sei, es ohne Zustimmung meines Vaters aus dem Haus entwendet zu haben. Während ich mich mit meinen Erklärungen abmühte, sah er mich zuerst verblüfft und dann, wie ich befürchtet hatte, verärgert an. »Wenn du dieses Ding so sehr liebst, dann lieb es eben.« Er drückte mir das Buch in die Hände und wandte sich ab, als wollte er gehen.

»Warte!«, sagte ich. »Ich hab ein anderes Buch. Mein eigenes. Das kannst du haben.« Mein Katechismus, den ich längst auswendig konnte. »Es ist ein viel mächtigeres Buch als das hier. Du wirst bestimmt sagen, dass es voller *manit*, voller Weisheit, ist. Ich hole es später für dich. Und wenn du die Buchstaben lernen willst, so wisse, dass mein Vater mit diesem Buch betende Indianer und ihre Kinder unterrichtet. Ich bin mir sicher, er würde sich freuen, wenn du an dem Unterricht teilnimmst.« Vater hatte mit Hilfe von Peter Folger im Winter des Jahres 1652 eine Tagesschule eingerichtet. Mittlerweile redete er davon, ein Schulhaus zu bauen, das das erste seiner Art auf der Insel sein würde. Als ich ihn davon reden hörte, war ich von Neid erfüllt gewesen, denn für uns englische Kinder gab es nichts dergleichen, nicht einmal eine Nachbarschaftsschule. Eltern unterrichteten ihre Kinder selbst – oder auch nicht, wie es ihnen beliebte. »Iacoomis unterrichtet auch dort. Sein Sohn Joel, der jünger ist als du, kann bereits das Alphabet...«

Er runzelte die Stirn und schnaubte angewidert. »Iacoomis hat mir gar nichts beizubringen, und ich werde mich auch nicht mit seinem Sohn hinsetzen, der schon sein ganzes Leben lang mit den Engländern geht.«

»Warum sagst du das?«

»Iacoomis war ein Nichts. Seine eigenen Leute haben ihn verstoßen. Und jetzt, seit er mit den Mantelmännern geht und von deinem Gott erfahren hat, redet dieser Mann, der früher kaum einen Bogen spannen konnte, als wäre er ein *pawaaw*. Auf einmal geht er ganz aufrecht und sagt, dieser eine Gott sei stärker als unsere vielen Götter, und die Dummen unter den Männern hören auf ihn und wenden sich von ihren *sonquems* und ihren Familien ab. Es bringt uns nichts Gutes, mit den Mantelmännern zu gehen.«

»Das sagst du, und doch gehst du mit mir«, sagte ich leise.

Er hatte sich von einem Baum in der Nähe einen Ast abgebrochen und riss mit heftigen Bewegungen die Rinde ab. Dann hob er den nackten Ast, peilte irgendein Ziel damit an, als wollte er prüfen, ob er sich zum Pfeil eignete, und warf ihn schließlich weg.

»Warum sprichst du nicht mit deinem Vater Nahnoso?«, fragte ich. »Als *sonquem* würde er es vielleicht willkommen heißen, wenn du lesen und schreiben lernst, um das Wissen deines Volkes zu bewahren.« Ich schluckte, weil mir bewusst war, wie schwerwiegend das sein würde, was ich nun sagen wollte. »Du sagst, du strebst danach, dereinst *pawaaw* zu werden – will ein *pawaaw* nicht mit jedem Gott vertraut werden? Wenn das so ist, warum nicht auch mit dem englischen Gott?« Damals war ich noch nicht so weit auf Irrwege geraten, um mir nicht bewusst zu sein, wie ketzerisch meine letzte Bemerkung gewesen war. Insgeheim betete ich um Vergebung.

Seine braunen Augen schauten mich wild an. »Mein Vater untersagt dies. Und mein Onkel hasst diejenigen, die auf die Engländer hören. Doch da ich, wie du sagst, mit dir gehe, Sturmauge, kannst du mich ja vielleicht dieses Buch von dir lehren, und mir damit zu dem *manit* verhelfen, von dem du behauptest, es komme von deinem einen Gott.«

Ich wäre nicht meines Vaters Tochter, hätten diese Worte mir nicht die Möglichkeit aufgezeigt, dass ich hier ein Eisen vor mir hatte, welches es nur noch zu schmieden galt. Denn wenn ich ihm beibrachte, im Katechismus zu lesen, dann…

Vielleicht hätte ich ihm ja gleich mit seinen eigenen Worten antworten sollen: »Das verbietet *mein* Vater.« Oft genug hatte man mir nämlich eingetrichtert, dass es nicht die Aufgabe von Frauenzimmern sei zu predigen. Frauen sollten nicht einmal in der Versammlung die Stimme erheben, sie durften nicht einmal nachfragen, wenn ihnen etwas unklar blieb, während selbst der ungebildetste Kuhhirte dort seine Ideen vorbringen konnte, solange er nur ein Mann war. Ich selbst war zu Hause privat unterrichtet worden, wann immer ich Unterweisung bezüglich der Heiligen Schrift brauchte.

Doch durfte ich einer Seele, die gerettet werden konnte, den Rücken zukehren? Hatte nicht alles in meinem Leben mich gelehrt, dass dies – die Unterweisung eines Heiden – das beste und höchste Gut und die wichtigste aller guten Taten war? Vielleicht, so dachte ich, wenn ich diesen Jungen unterrichten würde – den Sohn eines Häuptlings und Lehrling eines Hexenmeisters –, dann könnte ich ihn irgendwann, wenn er mit der Heiligen Schrift vertraut war, von Vater bekehren lassen. Dann würde Vater meinen Wert erkennen, würde damit einverstanden sein, mich weiter zu unterrichten und mich all das zu lehren, was er meinem begriffsstutzigen Bruder so mühsam einzutrichtern versuchte.

Und so begann ich noch am selben Tag, Caleb das Alphabet beizubringen.

»A«, sagte ich und zeichnete den Buchstaben in den nassen Sand. »Es wird unterschiedlich lang ausgesprochen. Merk es dir mit dem Satz: ›Adam aß den Apfel.‹« Und schon stießen wir auf die erste Schwierigkeit: Er hatte noch nie einen Apfel gesehen. Ich versprach, ihm einen aus unserem kleinen Obstgarten mitzubringen, wo Vater gleich bei unserer Ankunft ein paar Bäume gepflanzt hatte. Doch dieses kleine Hindernis war nichts im Vergleich zu den Schwierigkeiten, die noch kommen sollten.

Ich begann, ihm von Adam zu erzählen, ihm das Paradies und den Sündenfall zu beschreiben, und wie die Sünde uns alle zu besudeln versucht. Dafür musste ich ihm »Sünde« erklären, wovon er keinen rechten Begriff hatte. Dass er selber schon einmal gesündigt hatte, wollte er nicht einsehen, und als ich ihm sagte, das sei sicher schon einmal geschehen, war er sehr gekränkt. Seine Miene wurde immer finsterer, und schließlich wedelte er abfällig mit der Hand, als wollte er lästigen Rauch verscheuchen, und sagte: »Deine Geschichte ist Unsinn. Warum sollte ein Vater für seine Kinder einen Garten einrichten und ihnen dann verbieten, von seinen Früchten zu essen? Unser Gott aus dem Südwesten, Kiehtan, erschuf Bohnen und Mais, doch er hat Freude daran, dass wir sie essen. Und überhaupt: Wenn dieser Mann Adam und seine *squa* bei deinem Gott so sehr in Ungnade gefallen sind, warum sollte er dann böse auf mich sein, wo ich bis zum heutigen Tag nichts davon gewusst habe?«

Darauf wusste ich keine Antwort. Mein Stolz hatte einen Dämpfer bekommen, denn offensichtlich würde dieses Vorhaben schwieriger werden, als ich mir vorgestellt hatte. Mein Vater musste wirklich ein wunderbarer Pfarrer sein, wenn er eine Antwort auf derlei Fragen hatte. Ich beschloss, ihn zu begleiten, wenn er das nächste Mal einen *otan* der Wampanoag besuchte. Ich würde ihm lauschen, wenn er predigte, um herauszufinden, ob auch seine Schäflein dort so verzwickte Fragen stellten, und hören, wie er darauf antworten würde. Mir war klar, dass ich mir dafür einen Vorwand ausdenken musste, da mein Vater gar nicht wusste, dass ich die Indianersprache beherrschte, und denken würde, ich verstünde nichts von dem, was zwischen ihm und seinen Zuhörern zur Sprache kam. Und so erwähnte ich, als ich daheim war, sogleich, ich sei neugierig darauf, zu erfahren, wie denn ein solcher *otan* aufgebaut war, und würde gerne einmal die *wetus* besuchen und die *squas* kennenlernen, die dort lebten (was durchaus der Wahrheit entsprach). Schließlich fragte ich Vater, ob ich ihn denn einmal begleiten dürfe, wenn er das nächste Mal dorthin gehe. Mein Interesse schien ihm zu gefallen, und er meinte, schaden würde es wohl nicht, solange Mutter mich im Haushalt entbehren könne. »Denn die Familie ist ihnen überaus wichtig, und sie halten es für Geringschätzung, dass wir Engländer nicht mehr Bande der Freundschaft zwischen unseren Familien und den ihren knüpfen.«

Ein paar Tage später machten wir uns auf Speckles Rücken auf den Weg. Als wir uns der Siedlung näherten, stiegen wir ab und gingen neben dem Pferd her, denn Vater wollte die Leute begrüßen und ihnen ankündigen, dass er ihnen gerne predigen würde, sobald die Sonne am höchsten stünde. Das Betdorf war für all jene errichtet worden, die mein Vater davon überzeugt hatte, zum christlichen Glauben überzuwechseln, und es hieß Manitouwatootan oder Gottesstadt. Trotz dieses frommen Namens befürchtete Vater, die alten Sichtweisen hätten immer noch großen Einfluss, weil die Leute wirre Vorstellungen vom Christentum und seiner Lehre hätten. Unter den Familien, die bereits in das Betdorf umgezogen waren, gebe es zwar einige, die vollends überzeugt seien, andere jedoch seien noch nicht bereit, das Alte hinter sich zu lassen. Manche seien innerlich gespalten und verträten beide Meinungen. Und wieder andere kämen aus Neugier, um zu sehen und zu hören, was vor sich ging, blieben jedoch, obwohl sie das Wort des einen Gottes im Himmel hörten, der Sünde und Finsternis verhaftet. »Sie sagen, ihre Zusammenkünfte und Gebräuche seien viel ansprechender und fruchtbarer als die unseren, bei denen wir nichts anderes täten als zu reden und zu beten, während sie tanzen und essen und sich gegenseitig beschenken. Bethia, ich versuche ihnen zu erklären, dass dies nur das Werk Satans, des großen Blenders, ist. Doch ich habe keine Worte in ihrer Sprache gefunden, die unseren englischen Begriffen wie Glaube, Buße, Gnade oder Heiligung entsprechen ... Na ja, du wirst es bald selber sehen, wie es ist ...«

Das Allererste, was mir an dem Dorf auffiel, war die friedliche Stille, die dort über allem lag. In Great Harbor herrscht an jedem Tag außer am Sabbat Lärm, von Sonnenaufgang bis Sonnenuntergang. Immer ist irgendjemand gerade damit beschäftigt, ein Haus zu bauen oder ein bereits bestehendes zu erweitern, eine Schindel zu klopfen oder einen Nagel in die Wand zu schlagen. Beim Schmied dröhnt der Hammer auf dem Amboss, in den Walkmühlen werden Stoffe geknetet und gestaucht, und der Steinmetz bearbeitet seine Steine mit allerlei eisernen Werkzeugen. Von all dieser englischen Emsigkeit war hier nichts zu spüren.

Die *squas* waren in den Gärten und jäteten mit Hilfe von Hacken, die aus Muschelschalen gefertigt waren. Dabei gab es eigentlich nur wenig zu jäten, denn die Pflanzungen waren überaus klug angelegt: Bohnen kletterten an den Maisstängeln empor, und der Boden zwischen den Hügeln war so dicht mit Kürbisblättern bewachsen, dass für Unkraut nur wenig Platz blieb. Die Männer hielten sich in der Nähe der *wetus* auf, einige spielten Karten, andere lagen müßig auf ihren Matten. Ich sah, wie Vater bei ihrem Anblick die Stirn runzelte. Ich hatte ihn bereits öfters sagen hören, auf den Frauen liege eine zu große Last. Sie waren es, die den Boden pflügten, die Beeren und anderes Essbares suchten, die die Matten für die Unterkünfte und die Körbe zur Vorratshaltung flochten, die ihre Rücken unter den Holzbündeln für die Herdfeuer beugten. Die Männer hingegen hatten als Krieger und Jäger nur wenig mit der täglichen Schufterei zu tun. »Natürlich muss man wissen, dass die Jagd mit Pfeil und Bogen kein so edles Vergnügen ist wie bei einer Jagdgesellschaft in England, Bethia. Es ist ein anstrengendes Unterfangen, ohne die Treiber, die den Jägern das Wild entgegentreiben, und die Wildhüter, die dafür sorgen, dass die Beute gesichert wird. Trotzdem finde ich, dass die Männer mehr tun könnten, um den Frauen ihre Bürde zu erleichtern.«

Um seine Meinung zu unterstreichen, setzte sich Vater zu einigen alten Frauen, die getrocknete Bohnen vom Vorjahr enthülsten, nahm sich selber ein paar Schoten und machte sich an die Arbeit, während er mit ihnen plauderte. Als er zu einer anderen Gruppe ging, die mit Hacken beschäftigt war, bückte er sich und sammelte das Unkraut ein, das die anderen aus dem Boden gerissen hatten.

Es gab etwa ein halbes Dutzend Kinder, die auf den Feldern oder bei den Hütten herumliefen – weniger, als man angesichts der Größe der Siedlung, die immerhin aus mehr als anderthalb Dutzend Familien bestand, erwartet hätte. Doch zum Glück waren es nur so wenige, denn alle schienen vollkommen ungezügelt zu leben, ohne Regeln und Normen. Sie rannten querfeldein und kamen den Frauen mit ihren Harken in die Quere, mischten sich in die Gespräche der Männer oder stibitzten ihnen die Spielkarten, und die ganze Zeit über durchbrachen sie die Stille mit lauten Schreien und durchdringendem Kreischen. Ein englisches Kind hätte schon für viel weniger eine Tracht Prügel bekommen. Und doch sah ich keinen einzigen Erwachsenen, der auch nur zur Ermahnung den Finger erhoben hätte. Als ich das meinem Vater gegenüber erwähnte, nickte er und sagte: »Ja, in der Tat. Man erzieht sie mit auffallender Nachsicht. Ich habe das bereits einigen Erwachsenen gegenüber angemerkt und sie gefragt, warum sie ihre Kinder nicht züchtigen. Aber sie sagen, da das Erwachsenenleben so hart sei, solle wenigstens die Kindheit frei von Zwang sein. Eine Sichtweise, die von großer Liebe zeugt, so irrig sie auch sein mag.«

Vater hatte für jeden einen freundlichen Gruß parat, und mich beeindruckte, wie viel er vom Leben dieser Menschen, ihrer Familien und von ihren Angelegenheiten wusste. Ich erfuhr, dass er ihnen in praktischen Dingen viel Gutes tat, was vielleicht ja noch mehr Wirkung auf sie hatte als all seine Predigten. Mehr als einmal wäre ich beinahe zusammengezuckt, als er wieder einmal ein Wort vollkommen verkehrt aussprach, sodass die Bedeutung sich deutlich von dem unterschied, was er, wie ich vermutete, im Sinn gehabt hatte. Ich selber hatte bei meinem Studium der Sprache mit der Zeit begriffen, dass das wichtigste Prinzip ihrer Grammatik die Unterscheidung von belebten und nicht belebten Dingen ist. Wie sie das entscheiden, ist unserem Denken fremd, denn sie sind sehr freigebig, wenn es darum geht, allen möglichen Dingen eine Seele zuzubilligen. So ist zum Beispiel das Paddel eines Kanus belebt, weil es etwas anderes in Bewegung versetzt. Selbst eine armselige Zwiebel hat, nach ihrer Sicht, eine Seele, denn auch sie verursacht Bewegung – indem sie Augen zum Tränen bringt. Immerhin: Kaum hatte ich begonnen, diese fremde, leibhaftige Welt mit Calebs Augen zu sehen, hatten sich auch meine Grammatikkenntnisse deutlich verbessert, und es dauerte mich, dass Vater sich selbst durch so zahlreiche Fehler bloßstellte. Ich errötete jedes Mal, wenn er unwissentlich ein unschickliches Wort benutzte, es dabei jedoch für ein schönes Kompliment hielt. Doch die Wampanoag, die ihn offenbar liebten, ließen sich nichts anmerken und bemühten sich nach Kräften zu verstehen, was er meinte, um ihn nicht zu beschämen.

Am späteren Vormittag wurde ein Mann zu ihm gebracht, der nicht aus der Siedlung stammte. Er humpelte und wurde von zwei anderen gestützt. Offenbar war er nur knapp dem Zorn der Narragansett entkommen, einem Stamm, mit dem die Wampanoag des Öfteren im Streit lagen, weil sie auf dem Festland direkte Nachbarn waren. Dieser Mann nun war bei einem Überfall der Narrangansett gefangen genommen worden, und da einer seiner Peiniger einen Bruder hatte, der bei einem früheren Scharmützel getötet worden war, hatte man den Gefangenen zu einem langsamen Tod am Marterpfahl verurteilt. Irgendwie war er entkommen, als die Tortur noch nicht abgeschlossen war, hatte ein *mishoon,* ein Kanu, gestohlen, und war zur Insel gepaddelt. Die betenden Indianer hatten ihn bei sich aufgenommen und fragten nun Vater, ob er sich um den verwundeten Fuß des Mannes kümmern könne. Sie berichteten, man habe ihm vier Zehen abgetrennt, eine nach der anderen, sie dann über dem Feuer geröstet und ihm zu essen gegeben. Mir wurde fast übel, als ich das hörte, und ich musste rasch das Gesicht abwenden, damit Vater nicht merkte, dass ich alles, was gesagt worden war, verstanden hatte.

Auch Vater sah aschfahl aus. Er murmelte mir auf Englisch zu: »Sie *wollen* daran glauben, dass ich heilende Kräfte habe, ganz gleich, was ich ihnen sage. Das liegt an ihren *pawaaws,* die vorgeben, Heiler zu sein. In ihren Augen sind Religion und Medizin im Grunde das Gleiche. Doch da sie ihren *pawaaw* aufgegeben haben und hierherkommen, muss ich es wohl tun, so gut ich kann ...«

Der verletzte Mann war auf die Matte gebettet worden, und Vater versuchte, ihm den Mokassin auszuziehen, der dunkel vor getrocknetem Blut war. Als er sah, dass das Leder des Schuhs am Fleisch des Mannes klebte, rief er nach warmem Wasser. Damit befeuchtete er den Mokassin vorsichtig und begab sich daran, das entzündete, geschwollene Fleisch von Eiter zu säubern, wobei er vor sich hin murmelte und die Barbarei solcher Wunden beklagte. »Etwas Derartiges zu tun, und zwar nicht etwa in der Hitze des Gefechts, sondern absichtlich ... Bethia, hier muss es sich einfach um sündhafte Menschen handeln. Feindseligkeit ist unter ihnen weit verbreitet. Wie die Heilige Schrift sagt: *Es wird die Liebe in vielen erkalten.*«

Ich sah, dass er saubere Tücher brauchte, um den verletzten Fuß zu verbinden, doch hier gab es keine. »Soll ich ein paar Streifen von meiner Bluse abreißen?«, flüsterte ich. Er nickte, und ich suchte hinter einigen Blaubeerbüschen Schutz, riss den unteren Teil meiner Wäsche in Streifen und brachte den Stoff zu ihm.

Er tupfte den verstümmelten Fuß ab, stellte sich aber beim Bandagieren ungeschickt an. »Soll ich das machen?«, fragte ich. »Das kann ich recht gut.« Er überließ mir seinen Platz, und ich verband den Fuß, so wie ich es Mutter abgeschaut hatte, wenn wir uns geschnitten oder verbrannt hatten. Vater nickte anerkennend, und der Mann konnte sich etwas unbeholfen aufrichten. Sein Gesicht war zwar angespannt und mit Schweiß bedeckt, doch er ließ sich nichts anmerken, obwohl er bestimmte große Schmerzen litt.

Während er davonhumpelte, schaute Vater ihm hinterher und schüttelte den Kopf. »Für all diese Menschen hier hat Gott in seiner Weisheit nicht so viel getan, wie er es für uns getan hat. Sie sind ganz und gar in der Hand des Teufels. Es ist ein Segen, dass Gott uns nun hierherführt. Wir müssen es als besonderes Glück ansehen, dass wir in der Lage sind, den kleinen Senfsamen des Evangeliums hierherzubringen und zuzuschauen, wie er Wurzeln schlägt.«

Mittlerweile war es schon fast Mittag, die Zeit, zu der Vater zu predigen pflegte. Die Frauen legten ihre Hacken beiseite, und die Männer kamen aus den Hütten. In der kleinen Siedlung standen nur etwa sieben oder acht dieser Behausungen, kleine Kuppeln aus gebogenen jungen Ästen, die mit Borke und gewebten Matten gedeckt waren und jeweils höchstens ein oder zwei Familien beherbergten. Doch mitten auf der Lichtung stand ein Langhaus, das statt einer herunterhängenden Matte eine richtige englische Tür besaß. Vater sagte, wenn schlechtes Wetter sei, predige er dort drinnen, inmitten dicht gedrängter Menschen.

An diesem Tag jedoch war es schön, und so forderte er die Leute dazu auf, ihm bei einem großen, geschwungenen Felsbrocken zu lauschen, auf dem die Witterung vieler Jahre eine Art Plattform geschaffen hatte. Von diesem natürlichen Podium aus hielt er gewöhnlich seine Predigt.

Bis um die Mittagszeit hatten sich etwa zwanzig Seelen dort versammelt. Ich stand am Rande der Gruppe und versuchte, meinen Vater mit ihren Augen zu sehen. Er war ein hagerer Mann, weil er im Gegensatz zu Makepeace hart auf unserer Farm arbeitete und sich nicht zu schade war, Holz zu hacken, Wasser zu holen oder andere Aufgaben zu erfüllen, mit denen er Mutter die Arbeit erleichtern konnte. Wie es einem Pfarrer geziemte, bevorzugte er dunkle, düstere Farben wie Schwarz oder Dunkelbraun und trug das blonde Haar dezent geschnitten über dem Kragen, den Mutter stets blütenweiß und gestärkt für ihn bereithielt. Obwohl es ein warmer Tag war, zog er seinen Mantel nicht aus; da die Wampanoag viel Wert auf ihre eigenen Stammesabzeichen legten, wenn sie zu einer Feier zusammenkamen, hatte er das Gefühl, es sei besser, seiner Kleidung ebenfalls eine gewisse Förmlichkeit anhaften zu lassen, so wie er es auch bei einer Predigt in der Kirche oder unserem Versammlungshaus getan hätte. Zuerst betete er, wobei er unsere üblichen Gebetsformeln in ihre Sprache übertrug. Die Worte hatte ihm Iacoomis beigebracht, und er trug sie fehlerfrei und aus dem Gedächtnis vor. Als Nächstes kam seine Predigt.

»Meine Freunde, schenkt mir Gehör«, begann er. »Als wir die letzten Male hier zusammentrafen, haben wir uns auf zwei Wahrheiten geeinigt: erstens, dass es Gott gibt, und er all diejenigen belohnen wird, die mit Fleiß nach ihm suchen. Und zweitens, dass der eine Gott die Quelle allen *manits* ist. Mein

Freund Iacoomis hat euch gezeigt, wie sein Herz zu Gott steht, und ihr habt gesehen, kaum hatte er jeglichem falschem Glauben abgeschworen, ging es ihm gut, und sowohl der Reichtum seiner Familie als auch ihre Gesundheit wurden gemehrt. Ihr werdet fragen, was mit euch geschieht, wenn ihr sterbt, und heute will ich euch eine Antwort auf diese Frage geben. Die Seelen der Engländer, aber auch eure und die der Menschen auf der ganzen Welt, gehen, wenn sie sterben, nicht etwa gen Südwesten, so wie man es euch gelehrt hat. Alle, die den einen Gott kennen, ihn lieben und fürchten, kommen in den Himmel und werden dort auf immer in Freude leben. In Gottes eigenem Haus. Die, die Gott nicht kennen, die ihn nicht lieben und fürchten – Lügner, Diebe, Müßiggänger, Mörder, Menschen, die des anderen Weib oder Mann begehren, Unterdrücker oder Schinder –, sie alle kommen in die Hölle, in die tiefe, tiefe Hölle. Und ihr Jammern wird in alle Ewigkeit andauern.«

Neben mir hatten zwei Männer begonnen, miteinander zu flüstern, weil sie dachten, ich könne sie nicht verstehen.

»Warum sollen wir unserem englischen Freund glauben, wenn unsere eigenen Väter uns gesagt haben, dass unsere Seelen in den Südwesten gehen, ins Land Kiehtans?«

»Na gut, aber hast du jemals eine Seele in den Südwesten gehen sehen? Ich nicht.«

»Nein, aber meinst du denn, er hat jemals eine in den Himmel aufsteigen oder in die Hölle hinabsinken sehen, hm?«

»Er sagt, das weiß er aus dem Buch, das Gott selber geschrieben hat.«

»Was er sagt, mag wohl für die Engländer gelten, doch warum sollte ich in dieses Haus Gottes hinaufwollen, wo doch nur Engländer dort hocken? Wenn Gott wollte, dass wir zu ihm nach Hause kommen, dann hätte er unseren Ahnen doch auch ein solches Buch geschickt.«

Während ich diesem Gespräch lauschte, wurde mir bewusst, dass meine Schwierigkeiten ganz ähnlich waren wie die meines Vaters, und dass ich einfach nur standhaft bleiben und darauf vertrauen musste, dass Gott mir die Worte eingab, die zu Caleb sprechen und ihn dazu bringen würden, dass er ihm sein Herz öffnete.

Etwa nach der Hälfte der Predigt meines Vaters bemerkte ich, dass die Leute auf einmal unruhig wurden und statt auf meinen Vater zu der Stelle schauten, wo die Lichtung endete und ein dichter Eichenwald begann. Ich folgte ihren Blicken, kniff die Augen gegen das Sonnenlicht zusammen. Und dann sah ich, was sie sahen: einen Mann, sehr groß, mit bemaltem Gesicht und einem großen Umhang aus Truthahnfedern. Er stand mucksmäuschenstill da, mit erhobenem Arm, und trug in der Hand eine Art Püppchen oder Männchen, genau konnte ich es nicht erkennen. Dann trat zwischen den Bäumen neben ihm ein weiterer Mann auf die Lichtung. Es war ein junger Mann, der ebenfalls bunt bemalt war.

Einige in der Menge wichen vor Vater zurück. Der Mann, der mit seinem Nachbarn über Kiehtan gesprochen hatte, stieß ihm den Ellbogen in die Seite. Ich hörte den Namen Tequamuck fallen. Ich zuckte zusammen, denn diesen Namen kannte ich: Calebs Onkel. Ich kniff die Augen noch stärker zusammen, um den Medizinmann und seinen Zögling besser zu erkennen. Doch ihre Gesichter waren so dick bemalt, dass ich nicht sagen konnte, ob sich meine Befürchtung bewahrheitete oder nicht. Jedenfalls versetzte die Anwesenheit der beiden Männer die Menge in Unruhe. Vater sagte schon lange, die *pawaaws* seien das stärkste Band, das die Indianer mit ihren alten Sitten und Gebräuchen verknüpfte, und dass es wesentlich wichtiger sei, deren spirituelle Kraft zu brechen, als der Macht und den Privilegien der *sonquems* Einhalt zu gebieten.

Der Mann, der Tequamucks Namen ausgesprochen hatte, ging als Erster, und schon bald waren ihm fünf oder sechs weitere Männer gefolgt. Sie gingen in Richtung Wald, wo sie Tequamuck mit großer Ehrerbietung begrüßten. Als ich noch einmal hinschaute, waren alle verschwunden.

VII

Ich fragte Caleb nie, ob er der bemalte junge Mann zur Rechten des *pawaaw* gewesen war. Ich wollte seine Antwort nicht hören.

Als jener Spätsommer allmählich in den Herbst überging, kühlte das Sonnenlicht zu einem schräg einfallenden Glimmen ab, übergoss das Strandgras mit einem Bronzeschimmer und setzte die Tupelobäume in Brand. Caleb lernte das Alphabet schneller, als ich glauben mochte. Noch bevor die Äpfel reif wurden, las er flüssig und sprach ein brauchbares Englisch. Ich glaube, sein Gehör war deshalb so unglaublich fein, weil er von Kindesbeinen an gelernt hatte, Vogelgezwitscher nachzuahmen, um Wasservögel anzulocken. Kaum hatte er ein Wort gelernt, sprach er es gleich ohne Akzent, genau wie ein Engländer es ausgesprochen hätte. Schon bald wollte er, dass ich Wampanaontoaonk nur noch dann sprach, wenn ich ihm etwas erklären musste, was er nicht gleich begriff, und es dauerte nicht lang, bis unsere Gespräche statt in seiner Sprache fast nur noch in der meinen stattfanden. Doch so viele Fortschritte wir auch in dieser Richtung machten – was die Unterweisung seiner Seele betraf, bot er mir immer noch sehr viel Widerstand. Oft verspottete er mich und legte dabei eine geistige Wendigkeit an den Tag, hinter der ich den Einfluss des Teufels vermutete. Eines Tages zum Beispiel, als wir über die Schöpfungsgeschichte sprachen, wandte er sich mir mit einem schelmischen Glanz in seinen braunen Augen zu. »Du behauptest also, dass alles in sechs Tagen erschaffen wurde?«

Ja, sagte ich.

»Alles?«, wiederholte er.

So lehre es uns die Bibel, erwiderte ich.

»Himmel und Hölle wurden damals also auch geschaffen?«

So heiße es, erwiderte ich, und so müssten wir es glauben. Der Ausdruck auf seinem Gesicht war genau der, den er annahm, wenn er einen fetten Barsch auf seinem Speer aufgespießt hatte. »Dann beantworte mir folgende Frage: Warum hat Gott die Hölle erschaffen, bevor Adam und Eva gesündigt hatten?«

Diese Frage war mir noch nie in den Sinn gekommen, doch ich dachte rasch nach und erwiderte: »Weil Gott alles weiß, und weil er wusste, dass sie es tun würden.«

»Warum hat er dann nicht die Schlange getötet, ehe sie die beiden in Versuchung führen konnte?«

»Weil er ihnen einen freien Willen geschenkt hat«, sagte ich.

»Und so schenken wir auch unseren Kindern einen freien Willen, aber ihr Engländer rügt uns und sagt, sie seien ungezogen und müssten gezüchtigt werden.«

Oftmals verärgerten mich diese Spitzfindigkeiten, und ich brach den Unterricht ab und ritt nach Hause, um Selbstbeherrschung bemüht und mit der festen Entschlossenheit, nichts mehr mit diesem dickköpfigen Heiden zu tun haben zu wollen. Doch meist verging keine Woche, und ich hielt schon wieder nach ihm Ausschau, trieb mich an den Plätzen herum, die mittlerweile für uns beide vertraute Treffpunkte waren, und wartete, bis er irgendwann auf seine unverhoffte Weise aus dem hohen Gras oder einem Buchenwäldchen auftauchte. So ging das immer weiter, und ein ganzes Jahr ging ins Land. Beide wuchsen wir heran und veränderten uns, übernahmen neue Verantwortung in unserer jeweiligen Welt, doch wir schufen immer einen Raum, in dem diese Welten sich begegnen und ineinandergreifen konnten. Im Laufe der Zeit wurde es für mich immer schwieriger, eine klare Trennlinie zwischen meinem englischen Wesen und dem Mädchen in den Wäldern zu ziehen, einem Mädchen, das den wirklichen Namen einer jeden Kreatur auf der Insel kannte, das über einen Blätterteppich gehen konnte, ohne eine Spur zu hinterlassen, das einen Fisch in einer einzigen fließenden Bewegung aus einer Reuse zog und dessen Seele einen Blick auf eine Welt zu werfen vermochte, die von ganz anderen Göttern bewohnt wurde als ihre eigene.

Immer härter musste ich an mir arbeiten, um jenes Mädchen abzuschütteln, wenn ich nach Great Harbor zurückkritt. Ich musste es dort in den Wäldern zurücklassen: seinen schlendernd lockeren Gang, den kühnen Blick und die ungezwungene Art. Zum Glück war ich schon lange daran gewöhnt, mir jedes Wort, das ich sagte, genau zu überlegen, sonst hätte ich mich unzählige Male verraten. Manchmal, wenn ich ins Haus kam, blickte meine Mutter vom Teigkneten oder Spinnen auf und fragte mich, nachdem sie bewundert hatte, was ich unterwegs für unsere Speisekammer ergattert hatte, was ich denn da draußen in der weiten Welt in all den Stunden, die ich fort gewesen war, gesehen und erlebt hatte.

Oft erzählte ich ihr etwas, etwa, dass ich in einem Tümpel, den ich noch nicht gekannt hatte, einen Otter gesehen hatte, oder dass ich am Strand auf eine neue Art Seehund gestoßen war, der sich im Sand aalte. Dann nickte sie und lächelte, machte eine Bemerkung, dass frische Luft gesund sei und sie sich freue, dass ich so viel davon genießen könne, während sie als junges Mädchen in der Stadt gelebt und nicht die Möglichkeit zu derlei Streifzügen gehabt hatte.

Einmal streckte sie eine mehlbestäubte Hand aus, berührte

mich im Gesicht und schob eine widerspenstige Haarsträhne unter meine Haube zurück. Ihre blauen Augen – die viel blauer waren als meine – betrachteten mich ernst. »Es ist eine gute Sache – für ein Mädchen«, meinte sie. »Aber nicht mehr lange, wenn du eine Frau wirst.« Mit diesen Worten fuhr sie im Kneten fort, ich stellte einen Topf aufs Feuer, um den mitgebrachten Hummer zu kochen, und wir sprachen nicht mehr darüber.

Damals schien sie mir nicht dringend, diese Wahrheit, die meine Mutter da geäußert hatte: dass ich nämlich eines Tages tatsächlich jenes andere Ich für immer würde zurücklassen müssen. Dass es nicht ewig so weitergehen konnte, dieses Hin- und Herwechseln zwischen den Welten, und dass etwas geschehen würde, um alldem unabwendbar ein Ende zu bereiten. Hätte ich damals sorgfältig nachgedacht, abgewogen und meinen Verstand darauf vorbereitet, dann wäre ich nicht so leicht der Sünde verfallen, die Gott dazu veranlassen sollte, uns einen so schrecklichen Schlag zu erteilen. Wenn ich zurückdenke, fällt es mir schwer, mir vorzustellen, wie ich nur so töricht hatte sein können.

Die Blätter fielen, und es war das dritte Jahr meiner Freundschaft mit Caleb. Ich war ins Hochland gegangen, wo die Heidelbeeren später reif wurden. Wie gewöhnlich tauchte er urplötzlich und unerwartet aus dem Schatten eines großen Granitfelsbrockens auf. Er hatte den Katechismus dabei, den ich ihm vor so langer Zeit geschenkt hatte, und drückte ihn mir in die Hand. »Ab heute werde ich mich nicht mehr mit dir treffen. Such nicht nach mir«, sagte er.

Diese überraschende Ankündigung traf mich wie ein Gertenhieb. Tränen stiegen mir in die Augen.

»Warum weinst du?«, fragte er mich barsch.

»Ich weine nicht«, log ich. In seinem Volk galten Tränen als Zeichen für einen schwachen Charakter.

Er nahm mein Kinn in seine Hand und hob mein Gesicht an. Seine Finger waren rau wie Schmirgelpapier. In den zweieinhalb Jahren, die ich ihn kannte, war er gewachsen und mittlerweile anderthalb Kopf größer als ich. Ein dicke Träne kullerte mir über die Wange und fiel auf seinen Handrücken. Er ließ mein Gesicht los, legte die Hand an seine Lippen, schmeckte das Salz darauf und blickte mich ernst an. Ich wandte beschämt den Kopf ab.

»Kein Grund zu weinen«, sagte er. »Die Zeit ist gekommen, dass ich ein Mann werde.«

»Warum bedeutet das, dass du dich nicht mehr mit mir treffen kannst?«

»Ich kann mich nicht mehr mit dir treffen, weil von morgen an meine Schritte mich lenken, nicht mehr ich meine Schritte. Morgen ist Jagdmond. Tequamuck nimmt mich in den tiefen Wald mit, der weit von hier entfernt liegt. Dort werde ich den Mond der langen Nächte, den Schneemond und den Hungermond ganz alleine verbringen.« Seine Aufgabe sei es, zu überleben und die harten Wintermonate durchzuhalten, seine Seele so lange zu prüfen, bis sie die Grenze zur spirituellen Welt überschreiten könne. Dort würde er sich dann auf die Suche nach seinem Leitgott in Tier- oder Vogelgestalt machen, der ihn für den Rest seines Lebens beschützen würde. Dieser Seelenführer würde seinen Verstand erhellen und ihn auf mannigfaltigste Weise auf seinem Weg begleiten bis ans Ende seiner Tage. Dort in jenen kalten Wäldern würde er sein Schicksal kennenlernen. Er sagte, wenn sein Leitgott in Gestalt einer Schlange zu ihm komme, dann würde sein Herzenswunsch in Erfüllung gehen, und er würde *pawaaw* werden.

Ich dachte an die vierzig Tage, die Jesus in der Wüste verbracht hatte, eine ähnlich harte und einsame Prüfung für seinen Charakter und seine Entschlossenheit. Doch er hatte diese Prüfung in der Gluthitze der Wüste hinter sich gebracht, nicht im verschneiten Wald. Und als am Ende der Teufel mit seinen Visionen von Städten und der Aussicht auf Macht kam, hatte Jesus ihm eine Abfuhr erteilt. Caleb hingegen wollte ihn willkommen heißen.

Und habt nicht Gemeinschaft mit den unfruchtbaren Werken der Finsternis. So stand es in der Bibel. Das bedeutete das Ende unserer Freundschaft. Ich würde mich von ihm verabschieden müssen. Doch bevor ich das tat, schaute ich auf den Katechismus hinab, den er mir zurückgegeben hatte. Auch wenn Caleb in einer mit Baumrinde gedeckten Hütte lebte und seine Hände oft blutverschmiert von der Jagd oder fettig vom Essen aus gemeinsamen Töpfen waren, hatte er es irgendwie geschafft, das Buch in genau dem Zustand zu belassen, wie ich es ihm gegeben hatte. Ich drückte es ihm wieder in die Hand. »Verschließe dein Herz nicht vor Christus, Caleb«, flüsterte ich. »Vielleicht ist er derjenige, der da draußen im Dunkeln auf dich wartet.«

Ich wandte mich ab, weil ich wusste, dass ich gleich richtig zu weinen beginnen würde, und nicht wollte, dass er mich so sah. Ich bestieg Speckle und suchte mir einen Weg zwischen den Bäumen hindurch, doch ich sah die Welt nur verschwommen. Mein Herz tat mir weh. Ich redete mir ein, es sei nur verletzter Stolz, was ich empfand. Ich hatte fälschlicherweise gehofft, ich könnte ihn von dem Pfad abbringen, für den er geboren war, doch ich war gescheitert. Ich sagte mir, es sei ganz natürlich zu bedauern, dass diese heidnische Zeremonie, wie auch immer sie ablief, ihn noch weiter vom Evangelium entfernen würde.

Doch noch etwas anderes ging in mir vor: Ich brannte darauf, zu erfahren, was er lernen würde, wenn er jene Geisterwelt betrat. Ich erinnerte mich nur allzu gut an jene fremde Macht, die an jenem Tag und Abend bei den Klippen Besitz von mir ergriffen hatte. Ich habe gelobt, nur die Wahrheit niederzuschreiben und nichts als die Wahrheit, und diese Wahrheit lautet: Ich, Bethia Mayfield, beneidete diesen Wilden um sein Götzen-Abenteuer.

Als ich in jener Nacht mit meiner Mutter zusammensaß und Strümpfe stopfte, musste ich das letzte Quäntchen meiner Willenskraft aufbringen, um meine Hände ruhig zu halten. Normalerweise fiel mir das Stopfen, Sticken und Häkeln leicht, und meine Hände fanden mit der größten Leichtigkeit immer ihren Weg über den Stoff, den sie bearbeiteten. Doch in jener Nacht empfand ich die Arbeit als derart ermüdend, dass ich mich bei jedem Stich konzentrieren musste. Ich bemerkte die Blicke, die mir Mutter von Zeit zu Zeit zuwarf, wenn ich seufzte, mir nervös an meiner Handarbeit zu schaffen machte und versuchte, das linkische Werk, das ich vollbracht hatte, zu verbergen.

Schließlich tat ich etwas, das mir gar nicht ähnlich sah. Ich stellte Vater eine Frage.

»Bereitet es dir Sorgen, Vater, dass die Leute hier nur langsam an das Evangelium herangeführt werden können?«

Vater legte seine Bibel beiseite. »Das sehe ich nicht so, Bethia. Wir dürfen uns in dieser Sache nicht so sehr von unserem Willen lenken lassen, sondern müssen geduldig sein, so wie Gott es ist. Hat er nicht selber diese Leute vor langer, langer Zeit dem Teufel überlassen? Wir sollten uns nicht stärker wünschen, jemanden zu bekehren, als Gott es täte. Es darf nicht sein, dass wir in unserem Stolz versuchen, jemanden zum Umdenken zu bewegen, der nicht zu den Auserwählten gehört. Wir sind Gottes Werkzeuge, aber wenn sein Wirken fehlt, dann wird sein Werk nicht vollbracht, und dann soll es das auch nicht.«

»Aber was ist mit den satanischen Ritualen, an die sie sich so klammern? Gibt es denn keine Möglichkeit, sie zu unterbinden?«

Vater schaute mich ernst an. »Das ist mein größtes Anliegen«, sagte er. »Der Teufel gestaltet ihren Glauben sehr angenehm – wie er das oft bei falschem Glauben tut. All die Geschenke bei den Stammesversammlungen, die Festessen und Tänze – diese Zeremonien sind, wie ich zugeben muss, bei den Leuten sehr beliebt. Sie wollen nichts davon hören, wenn ich gegen diese Dinge predige.«

»Ich dachte insbesondere an die Prüfung, der sich die jungen Männer bei ihnen unterziehen müssen... Ganz gewiss sind doch solche Rituale nicht sehr angenehm?«

»Wer hat dir solche Dinge erzählt?«, fragte er in scharfem Ton. Ich setzte eine ausdruckslose, gleichgültige Miene auf, als handele es sich um eine belanglose Angelegenheit, und zuckte mit den Achseln. Ich spürte, dass die Augen meiner Mutter auf mir ruhten. »Ich weiß gar nichts darüber. Es ist mir nur so zu Ohren gekommen.«

Hier mischte sich Makepeace ein, der von seinem Buch aufgeschaut hatte. »Sie zwingen die stärksten und fähigsten ihrer jungen Männer, Gift zu trinken – die weiße Nieswurz ist eine der Pflanzen, die sie benutzen –, und wenn sie den Trunk hochwürgen, müssen sie ihn wieder und wieder schlucken, bis schließlich nur noch Blut aus ihnen herauskommt. Wenn sie sich dann kaum mehr auf den Beinen halten können, werden sie mit Stöcken geschlagen und in die kalte Nacht hinausgejagt, wo sie zwischen dornigen Stechwinden herumlaufen müssen, bis der Teufel sie einholt und sie in ihrer Ohnmacht einen Pakt mit ihm schließen.«

»Aber warum unterziehen sie die jungen Männer diesen Prozeduren? Es ist doch gewiss gefährlich, dieses Gift zu trinken.«

»Oh, sie wissen ganz genau, wie man einen solchen Trank so braut, dass er zwar Visionen verursacht, aber nicht tödlich ist. Sie tun es, um Macht zu erlangen, Schwester. Teuflische Macht. Einige von ihnen lernen dadurch, die Kraft Satans anzurufen, damit er Nebel aufkommen lässt und die See zum Brodeln bringt.«

Ich spürte, wie mir das Blut heiß zu Kopfe stieg. Mutter legte ihren Arm schützend auf die Wölbung ihres Leibes. Obwohl nicht darüber gesprochen wurde, wussten wir alle, dass sie wieder guter Hoffnung war. »Genug!«, warf sie ein. »Das ist kein Thema für ein christliches Heim! Ich bitte euch, hört auf damit.« Sie fürchtete, einen Abgang zu erleiden, so wie es vor gut einem Jahr geschehen war, an einem schrecklichen Nachmittag voller blutiger Laken, Geflüster, Stöhnen und dann der Stille, denn von dem verlorenen Kind wurde nie gesprochen, auch wenn Mutter um den kleinen Jungen trauerte. Noch schlimmer vielleicht, fürchtete sie, ein solches Gerede über Satan könne jenen Boten der Finsternis dazu ermutigen, in ihren Leib zu kriechen und aus dem, was dort heranwuchs, etwas Ungeheuerliches zu machen. Ich bedauerte es, meine Frage gestellt zu haben, und bedrängte Vater nicht weiter. Obwohl Solace fünf Monate später kerngesund zur Welt kam, besteht für mich an einer Sache kein Zweifel: Jenes unüberlegte Gespräch und alles, was daraus folgte, führten dazu, dass meine Mutter im Kindbett erkrankte und starb.

Doch damals erkannte ich die Gefahr nicht. Mein Kopf schwirrte nur so von kranken Gedanken und Vorstellungen. In jener Nacht legte ich mich auf mein Bett, und obwohl die Luft angesichts des nahenden Herbstes bereits frisch war, warf ich mich erhitzt hin und her. Was Makepeace gesagt hatte, verzehrte mich schier. Ich dachte an jenen vertrauten, kastanienbraunen Körper, nackt in der Dunkelheit und vor Anstrengung zitternd. Und ich sah Satan in seiner Schlangengestalt, wie er sich um jene geschundenen Beine wand und zischend Verheißungen der Macht flüsterte.

VIII

Wer sind wir in Wirklichkeit? Sind unsere Seelen vorgeformt, und ist unser Schicksal durch Gott vorbestimmt, noch bevor wir unseren ersten Atemzug auf dieser Welt tun? Erschaffen wir uns selbst durch die Entscheidungen, die wir aus freiem Willen treffen? Oder sind wir nur Ton, der geknetet und in genau die Form gebracht wird, die man von höherer Seite für die beste hält?

An einem der Tage, die auf Calebs Abschied folgten, wurde ich fünfzehn, und meine begrenzte Welt verengte sich noch mehr. Ich begann mich mehr und mehr wie der Ton zu fühlen, der unter den Stiefeln anderer Menschen platt getreten wird. Am Tage des Herren ging ich in die Versammlung, hob meine Augen zu Gott und streckte ihm die Hände entgegen, stimmte in die Lieder mit ein und nahm die Worte der Heiligen Schrift Laut um Laut in mich auf. Doch mit den Gedanken war ich ganz woanders. Welche Entscheidung hatte ich jemals getroffen, die ganz und gar meine eigene war? Von Geburt an hatten andere auch die kleinste Einzelheit meines Lebens bestimmt. Dass ich die Bewohnerin einer Kolonie und einer Insel war, dass ich an diesen wilden Gestaden aufwuchs, war das Ergebnis von Entscheidungen, die mein Großvater gefällt hatte, lange bevor von mir die Rede war. Dass ich zwar lesen und schreiben konnte, aber nicht in die Schule gehen und lernen durfte, war die Entscheidung meines Vaters; das Los eines Mädchens eben. Etwa in jener Zeit hörte ich Vater und Großvater des Öfteren von Noah Merry reden, dem zweiten Sohn des Müllers, der südlich von uns am flinksten Bach der Insel wohnte. Sie sagten, er sei ein guter und frommer Junge, ein fleißiger Bauer, und würde wohl irgendwann auch einen guten Ehemann für mich abgeben. Folglich würden selbst diese Entscheidung, so schien es, andere für mich treffen. Wenn ich darüber nachdachte, spürte ich Wut in mir aufglimmen; wie ein winziges glühendes Kohlestückchen, aus dem eine heiße Flamme auflodern könnte, wenn ich nur Luft an meine Gedanken ließ. Doch die meiste Zeit über tat ich das nicht. Ich ging brav meinen Pflichten nach und versuchte, mir einzureden, was mein Vater predigte, nämlich dass all das Gottes Plan sei, nicht seiner, nicht der seines Vaters, ja, gar keines Menschen. Ein kleines Teilchen eines größeren Entwurfes, den wir nicht zu ergründen vermochten. »Denk doch nur an die Stickerei deiner Mutter«, sagte er eines Tages und nahm ihr ein Stück Stoff, an dem sie gerade saß, aus den Händen. »Das Muster ist klar zu erkennen, wenn wir es von vorne betrachten, doch von hinten ist es nicht zu sehen.« Er drehte es um. »Hier, all die Knoten und vernähten Fäden. Man sieht die Umrisse eines Musters, aber wenn man versucht, zu erraten, was es ist – Ein Vogel? Eine Blume? –, dann können wir uns leicht täuschen. Und so ist es mit dem Leben: Wir sehen die Knoten, wir rätseln über das Ganze. Doch nur Gott sieht wirklich die Schönheit seines Planes.«

Und was war dann mit Caleb, oder Cheeshahteaumauk, der ganz allein irgendwo im Wald Nacht für Nacht zitterte und fror? War es auch ein Teil des göttlichen Plans, ihn dort draußen in der winterlichen Dunkelheit auszusetzen, und ihn darauf warten zu lassen, dass der Teufel ihn holte? Oder hatte Gott gar keine Pläne für die Heiden? Wenn das so war, was hatte dann eigentlich Vater mit seinen Predigten bei ihnen zu schaffen? Vielleicht war es auch nur reine Anmaßung, sich um diese Seelen zu bemühen, die Gott längst vergessen hatte. Möglicherweise war es ja sogar eine Sünde… Doch nein. Ganz gewiss würde mein Vater niemals einen solchen Irrweg beschreiten. Und wieso hatte Gott es zugelassen, dass sich Calebs und meine Wege kreuzten, wenn ich nicht dazu bestimmt war, ihm die Erlösung zu bringen? Warum hatte er uns alle überhaupt hierher geführt? Mir war das Ganze längst ein Rätsel geworden, etwas, in dem ich inmitten all der Fragen nicht einmal mehr die Andeutung einer Antwort erkennen konnte.

All diese Dinge beunruhigten mich sehr. Ich aß wenig und schlief nicht gut, konnte mir aber selber nicht zufriedenstellend erklären, was mich eigentlich so aufwühlte. Ich wünschte mir, Vater würde hinaus in den Wald gehen und Caleb finden, wo auch immer er gerade war, und ihn vom Bösen erlösen. Doch wo genau er in jener Nacht schlief, inmitten all der Bäume und Sträucher, das wusste Gott – oder Satan – allein.

IX

Wie sich herausstellte, schlug mir Vater etwa zu dieser Zeit tatsächlich eine Reise vor, allerdings nicht die, die ich so gerne unternommen hätte. Großvater hatte die Absicht, einen Anteil an der Schrotmühle der Merrys zu erwerben, und wie immer erwartete er von Vater, als sein Unterhändler aufzutreten.

»Ich dachte, ich könnte Bethia mitnehmen, wenn sie Freude daran hat mitzukommen«, sagte Vater zu Mutter eher unvermittelt am Frühstückstisch. »Sie ist in letzter Zeit ziemlich blass, und ich denke, der lange Ritt an der frischen Luft wird ihr vielleicht guttun.« Er sprach ganz beiläufig, doch mir entging trotzdem nicht der bedeutungsvolle Blick, den er mit Mutter wechselte, als sie ihm ein heißes Maisküchlein reichte. »Es wird dir gefallen, dir die Farm der Merrys anzuschauen, Bethia; wie ich höre, hat man von dort eine hübsche Aussicht auf den Bach, der mitten hindurchfließt und den man zu einem Mühlteich aufgestaut hat. Und auch das Haus soll bemerkenswert sein, heißt es. Leute, die es gesehen haben, sagen, es habe eine ganze Reihe von Glasfenstern und sogar eine Holzvertäfelung.« Bei dieser letzten Erwähnung blickte Makepeace auf und gab ein missbilligendes Schnauben von sich. »Eitler Tand, der unserem Gebot der Schlichtheit widerspricht«, sagte er. Ich fand, dass es meinen Bruder nichts anging. Wenn ein Mann sich Glasfenster einbauen oder seine Wände verkleiden ließ, dann wollte er vielleicht nur, dass es im Winter, wenn der eisige Wind durch jede Ritze und jeden

Spalt drang, in seinem Haus weniger zog. Und was ist schon verwerflich daran, wenn wir unsere Fähigkeit nutzen, etwas schön zu gestalten?

An dem verabredeten Morgen war es kalt, aber sonnig und trocken. Mutter strich mir zärtlich übers Gesicht, bevor wir uns auf den Weg machten, und schaute mich mit liebevollen, aber auch forschenden Augen an. »Ich freue mich für dich, dass du eine Weile hier herauskommst und frische, gesunde Luft atmen kannst«, sagte sie. »Du bist in letzter Zeit nicht mehr so viel unterwegs wie früher. Ich habe mich schon gefragt, woran das liegt.« Ich senkte verlegen den Blick und sagte nichts, spürte jedoch die Hitze in meinem Gesicht. Mutters raue, abgearbeitete Finger strichen mir über die Wange. »Du musst dich für diese Veränderung in deinen Gewohnheiten nicht rechtfertigen. Du hast eine Zeit in deinem Leben erreicht, in der sich unweigerlich viele Dinge ändern werden. Vielleicht stellst du ja fest, dass das, was dir früher wie ein guter Zeitvertreib erschien, von einem Tag auf den anderen seinen Reiz verliert und dir nur noch wie kindliches Getändel vorkommt. Ich bin froh, dass du mir wieder mehr im Haus hilfst; du musst nicht denken, dass es mir nicht gefällt, dich öfter hier bei mir zu haben. Aber ich denke auch, dass diese letzten Wochen dir nicht sehr gutgetan haben. Versuche deinen Besuch bei den Merrys zu genießen. Und was auch immer dich so sehr zu belasten scheint, versuche, es einmal zu vergessen.« Sie gab mir einen Kuss, und ich erwiderte ihre Umarmung mit vollem Herzen.

Ich weiß nicht, ob sie Vater gebeten hatte, mich etwas aufzumuntern, doch schien er mir besonders gut gelaunt, als wir zu unserem Ritt aufbrachen. Im Sommer hatte ich vorgeschlagen unsere Jungschafe würden vielleicht besser gedeihen, wenn man sie auf etwas höhere Weidegründe brachte. Auf meinen Streifzügen hatte ich entdeckt, dass dort das Riedgras besonders saftig und reichlich wuchs, und nachdem sich Vater die Stelle angeschaut hatte, beschloss er, es auf einen Versuch ankommen zu lassen. Die Schafe hatten sich prächtig entwickelt, an Gewicht zugelegt und waren nun gut auf den bevorstehenden Winter vorbereitet, für den wir sie wieder herunter in die Pferche bringen würden. Vater nutzte unseren Ausflug, um einen Abstecher zur Weide zu machen, und lobte mich für meinen gelungenen Vorschlag. »Du wirst einem Bauern eines Tages eine tüchtige Ehefrau sein, Bethia.« Er meinte es freundlich.

Während wir durch die Wälder ritten, sprach er über Jacob Merry in einer Weise, die ihm ganz unähnlich war, weil er sonst nichts für Klatsch übrighatte. Jetzt jedoch gab er unaufgefordert eine Einschätzung seines Charakters zum Besten und beschrieb, wie der Müller von den anderen in der Siedlung gesehen wurde. »Schon die Ansichten deines Großvaters, die ihn schließlich hierher auf diese Insel brachten, waren im Vergleich zu denen der Kolonisten von Massachusetts Bay gemäßigt, doch die von Merry sind noch deutlich lockerer. Ich will offen zu dir sein, Bethia: Er hat sich mit seinem Verhalten in der Vergangenheit nicht nur Freunde in Great Harbor gemacht. Seine erste Frau starb an der Schwindsucht, als seine jüngsten Kinder erst zwei und drei Jahre alt waren, und die älteren Jungs, wenn ich mich recht erinnere, gerade mal neun und zwölf. Innerhalb von sechs Monaten heiratete er wieder – ein junges Mädchen namens Sofia, die bereits eine ganze Weile als Dienstmagd im Hause arbeitete. Einige haben ihn dafür schief angesehen, aber ich gehörte nicht dazu, denn ich fand, dass diese Kinder eine Mutter nötiger hatten als die Beachtung irgendwelcher Trauerriten. Merry war in England als Sohn eines Müllers aufgewachsen, und so kam es, dass er, als er entdeckte, dass der Fluss, der durch sein Grundstück fließt, reißend genug ist, um ein Mühlrad anzutreiben, diese Möglichkeit ernsthaft in Erwägung zog und auch keine Skrupel hatte, seine Familie an einen Ort umziehen zu lassen, der so viele Meilen von uns allen entfernt liegt. Ich sage nicht, dass er im landläufigen Sinne ein Rebell oder ein Unangepasster ist. Er ist ein guter und gottesfürchtiger Mensch. Vielleicht aber auch eigenwilliger, als die meisten es für annehmbar halten.«

Wir sahen die Farm bereits aus mehr als einer Meile Entfernung: einen breiten Streifen flachen Landes, das durch sanfte Hügel vom Wind geschützt war und in der Mitte einen flachen, schimmernden Teich hatte. Die Wampanoag, deren Siedlung nicht weit davon entfernt lag – man konnte die Rauchfahnen von ihren Lagerfeuern erkennen –, hatten einen Teil des Landes bereits für den Ackerbau genutzt, bevor Merry ihnen ein Angebot dafür unterbreitete, weshalb es an diesen Stellen bereits gerodet war. Dazwischen stand eine Reihe toter Bäume, die von den Merrys vor über einem Jahr geringelt worden waren, um mehr Licht an die angepflanzten Feldfrüchte zu lassen. Die von ihrer Rinde befreiten Bäume boten einen trostlosen Anblick, doch da Ochsen oder andere Zugtiere, mit denen man Baumstümpfe fortschaffen konnte, bei uns Mangelware sind, gab es keine bessere Möglichkeit, um Ackerland zu schaffen. Merry hatte schon früh geerntet, und zahlreiche Maisbündel standen herum, groß und sorgfältig gebunden. Als wir uns näherten, sahen wir drei Männer – Jacob, Noah und dessen älterer Bruder Josiah –, die sich damit abmühten, aus Granitsteinen, die sie beim Pflügen aus der Erde geholt hatten, eine Mauer zu errichten. Als sie uns sahen, hörten sie sogleich damit auf und kamen fröhlich grüßend auf uns zu.

Ich hatte Noah schon mehr als zwei Jahre nicht mehr gesehen, seit die Familie aus Great Harbor weggezogen war. Aufgrund dessen, was man in meiner Familie über ihn gesagt hatte, wurde ich verlegen, als er mich begrüßte. Doch ich fühlte mich auch bemüßigt, ihn mehr zu beachten, als ich es sonst getan hätte, und beobachtete ihn verstohlen, als wir zum Haus gingen (das in der Tat sehr schön war – mit Sicherheit das schönste Haus auf der ganzen Insel – und sich über zwei ganze Stockwerke und einen Dachboden erstreckte). Noah, sein Vater und sein Bruder zogen ihre schmutzigen Gehröcke aus und hängten sie an eine Hakenleiste. Wir setzten uns in einem großen, sonnigen Raum mit nicht weniger als vier Bleiglasfenstern und, jawohl, einer Holzvertäfelung zu Tisch.

Ich befand, dass Noahs Name Merry – Fröhlich – gut zu ihm passte. Er lachte gern und hatte einen vollen blonden Lockenschopf, den er etwas zu lang trug und deshalb ständig aus dem Gesicht werfen musste, wenn er sprach. Diese Angewohnheit spiegelte die ruhelose Lebendigkeit wider, die er als Mensch ausstrahlte, und als er sich ein Stück von dem ausgezeichneten Mohnkuchen nahm, den seine junge Stiefmutter gebacken hatte, wurde sein munteres Geplauder dadurch ebenso wenig unterbrochen wie das Plätschern des Baches, der direkt vor den Fenstern schimmernd und gluckernd vorbeifloss.

Wir saßen immer noch bei Tisch, als plötzlich zwei junge Wampanoag vor der Tür standen. Jacob Merry erhob sich, hieß sie willkommen und bot ihnen zu meiner großen Überraschung – denn ich hatte gedacht, wir seien die einzige englische Familie, die dergleichen tat – einen Platz am Tisch an, wo Sofia Merry ihnen sogleich Kuchen auf die Teller häufte und jedem einen Krug mit leichtem Bier einschenkte.

Als Teil der Vereinbarung, die bezüglich des Ackerlandes

getroffen worden war, konnten die Indianer ihren Mais kostenlos in der Mühle mahlen und einige junge Leute als Lehrlinge dort ausbilden lassen. Merry erklärte, die beiden Burschen seien von ihrem *sonquem* dazu auserkoren worden, dieses Handwerk zu lernen, »und sie stellen sich recht gut an«, meinte er. Vater nickte zustimmend, als er das hörte. »Eine kluge Entscheidung. Genau so sollten wir weitermachen, während die Siedlung immer mehr über Great Harbor hinauswächst. Wenn die Indianer einen Nutzen daraus ziehen, dass wir hier sind, dann wird unsere Gemeinschaft mit ihnen blühen und gedeihen.« Dann versuchte er, die beiden Burschen, die ein wenig schüchtern waren, in ihrer eigenen Sprache ins Gespräch zu ziehen. Ich lauschte den Schilderungen ihrer Herkunft und der des Dorfes mit halbem Ohr, tat dabei aber so, als sei ich gänzlich in das Gespräch mit Sofia Merry und ihren beiden Stiefsöhnen vertieft.

Auch ich hatte ein Krüglein vor mir stehen, das von der Kälte des Biers ganz beschlagen war, und hob es gerade an meine Lippen, als einer der jungen Männer, dessen Name Momonequem lautete, Vater fragte, ob er zufällig englische Medizin bei sich habe, denn in ihrer Siedlung sei ein Mann erkrankt.

»Er ist keiner von uns. Er heißt Nahnoso, ist der *sonquem* von Nobnocket und war zu einem Gespräch mit unserem *sonquem* hier. Wir fürchten, wenn es ihm schlechter geht, werden seine Leute sagen, unser *pawaaw* habe ihn verzaubert. Unser *pawaaw* hat versucht, ihn zu heilen, und als es ihm nicht gelang, hat er nach Nahnosos Medizinmann Tequamuck geschickt, den wir für den Mächtigsten unter allen *pawaaws* halten. Doch trotz allem Tanzen und Singen ist es ihm nicht gelungen, die Krankheit aus seinem Körper zu vertreiben.« In diesem Moment glitt mir der feuchte Bierkrug aus der Hand, zerbrach klirrend, und sein ganzer Inhalt ergoss sich auf dem Boden.

Aufgeregt sprang ich auf und half mit, das vergossene Bier aufzuwischen. Ich hörte Vater zu Momonequem sagen, er habe keine Medizin dabei, außer ein paar Salben und Bandagen, und dass er nicht glaube, bei einem so ernsten Fall behilflich sein zu können.

Da konnte ich nicht mehr an mich halten. »Findest du nicht, du könntest dir den Mann wenigstens anschauen, Vater?«, sagte ich. »Ich bin mir sicher, die Merrys haben die Zutaten für einen Wickel da, falls einer benötigt wird. Und wenn alles nichts nützt, könntest du für ihn beten… Wenn ihm das hilft, könnte das doch, da die Medizinmänner versagt haben, unserer Missionsarbeit förderlich sein.«

Vater antwortete: »Vielleicht kann ich…«, unterbrach sich dann und schaute mich befremdet an. »Bethia, wie kommt es, dass du…« Er blickte zu den Merrys auf und beschloss, dass es nicht an der Zeit war, die Angelegenheit weiter zu verfolgen.

An Momonequem gewandt sagte er, er würde mit ihm kommen und tun, was in seiner Macht stünde. Ich verhielt mich so, als wäre es ganz natürlich, dass ich ihn begleitete, und fragte Sofia Merry, was sie in ihrem Kräuterschrank habe und für mich erübrigen könne. Obwohl ich mich bei meinem Vater verraten hatte, hielt ich es für das Beste, vor den Merrys nicht Wampanaontoaonk zu sprechen, und so bat ich Vater, die beiden Burschen nach den Symptomen zu fragen, die der kranke *sonquem* an den Tag legte. Sie sagten, er habe Fieber, einen roten Hautausschlag und einen quälenden Husten. Ich nahm deshalb Zwiebeln und Senfsamen, Weidenrinde sowie aus dem Garten ein paar breite Blätter Schwarzwurz und Pfefferminze mit.

Momonequem und sein Freund Sacochanimo hatten jeweils ein *mishoon* dabei, das sie ans Ufer des Teiches hochgezogen hatten. Diese Kanus bestanden aus geflämmten und anschließend ausgehöhlten Baumstümpfen und waren breit genug, um Säcke mit Mais zur Mühle zu transportieren. Die beiden luden aus, trugen den Mais zur Mühle hoch und bedeuteten uns dann, wir sollten in den nun leeren Booten Platz nehmen. Vater setzte sich etwas unbeholfen in Momonequems Kanu und ich in das von Sacochanimo. Dann setzten sich die beiden Burschen hinter uns und begannen mit raschen Stößen über den großen Teich zu paddeln. Das Wasser war so flach, dass man das bunte Laub am Grund sehen konnte. Bronzefarben und purpurrot leuchteten die Blätter und bildeten ein reich verschlungenes Muster, wie der türkische Teppich, der bei meinem Großvater wärmend auf dem Fußboden lag. Die Burschen paddelten schnell, ohne sich besonders anzustrengen, und hatten die kurze Entfernung zwischen der Farm und ihrer Siedlung binnen kurzem zurückgelegt. Von meinem Kanu aus sah ich das Muskelspiel in den Armen von Momonequem, der mit Vater vorauspaddelte. Sein Paddel versank geräuschlos im Wasser und bildete feine Kräuselwellen, die sich wie kleine Pfeile in Richtung Ufer ausdehnten. Die Wasserschildkröten, die dort in der Nachmittagssonne gedöst hatten, ließen sich langsam ins Wasser gleiten, als wir näher kamen. Momonequem bog scharf um die Kurve und direkt in den Fluss, der den kleinen See speiste und dem wir nun durch hohes Gras hindurch in Richtung der Indianersiedlung folgten.

Dort lagen zahlreiche *mishoons* am Ufer. Kaum waren wir ausgestiegen, hörten wir bereits die ersten Anzeichen des gottlosen Treibens, das im inneren Kreis der *wetus* vonstatten ging. Es war eine große Wintersiedlung, etwa fünf oder sechs

Mal so groß wie unser Betdorf. Wir gingen den lauten Geräuschen nach.

Man hatte den Kranken auf eine Matte gebettet und sein Gesicht komplett mit Kohle oder schwarzem Ton bemalt. Auf der Erde um ihn herum verteilt lagen alle möglichen Talismane aus Knochen oder Fell, Muscheln, Leder und getrockneten Pflanzen. Er war ein großer, kräftig gebauter Mann, doch während er in flachen, rasselnden Zügen Luft holte, waren deutlich seine Rippen zu sehen, die aus seinem Brustkorb hervorstachen. Der *pawaaw*, der sich während der Predigt meines Vaters vor den betenden Indianern am Waldrand gezeigt hatte, war mit hektischen Verrichtungen beschäftigt. Er schrie, sprang auf und nieder, schlug mit dem Fuß auf den Boden und schüttelte dann mit wilden Gesten seine Kürbisrasseln in Richtung Himmel. Schaum stand ihm vor den Lippen wie bei einem Pferd, das zu hart geritten wird, und löste sich in kleinen Bläschen, als er sprang und herumwirbelte und sich schließlich auf die liegende Gestalt stürzte und dabei mit verzerrter Miene so tat, als wollte er sie aufspießen.

Es schien unmöglich, dass jemand ein solches Treiben so lange durchhalten konnte, doch der *pawaaw* war unermüdlich. Nur ab und zu blieb er stehen, um verstohlen etwas bräunliche Galle hochzuwürgen, griff dann nach einer Kalebasse und stürzte eine Flüssigkeit herunter, die so stark roch, dass ich es sogar von meinem Platz aus wahrnehmen konnte. Er war ein sehr großer Mann, selbst im Vergleich mit den anderen, ebenfalls stattlichen Indianern, und obwohl sein Gesicht bunt bemalt war, erkannte ich, dass es ähnlich vorteilhafte Züge trug wie das seines Neffen. Seine Gebete zeugten von einer Inbrunst, die selbst das frömmste Gebet an unseren wahren Gott, das ich jemals gehört hatte, bei weitem übertraf.

Vater war vollkommen versunken in das Spektakel, das sich

uns bot, kehrte dann aber plötzlich wieder in die Wirklichkeit zurück. »Wende dein Gesicht ab, Bethia. Lass Satan sich nicht ergötzen an der Aufmerksamkeit, die du seinen Ritualen schenkst.«

Die Disziplin, die man mich zeit meines kurzen Lebens gelehrt hatte, tat ihre Wirkung, und ich wandte das Gesicht ab. Wann hatte ich mich überhaupt jemals in seiner Gegenwart einem seiner Befehle widersetzt? Doch den Blick von diesem Geschehen abzuwenden, war so schwierig, wie ohne Werkzeug einen Nagel aus einem Brett zu ziehen. Vaters Hand lag auf meinem Rücken, während er mich in Richtung einer der Hütten schob und barsch zu Momonequem sagte, wir würden drinnen warten, bis der *pawaaw* fertig sei. Danach solle man uns holen, damit wir uns des Kranken annehmen und schauen könnten, was, wenn überhaupt, zu tun sei, um ihm zu helfen.

Die Hütte war ein solider Bau aus Ästen und Rinde, darüber lag ein Fell, das zum Schutz gegen die herbstliche Kühle vor den Eingang gezogen war. Vater hob das Fell ein wenig an und bat um Einlass. Die Stimme einer jungen Frau antwortete höflich. Vater bedeutete mir vorauszugehen, und so bückte ich mich und trat ein. Drinnen war es schummrig, und ich brauchte ein paar Augenblicke, um mich an das mangelnde Licht zu gewöhnen. Es war gut, dass ich als Erste eingetreten war, denn erst in diesem Moment zog sich die Frau eher beiläufig ein Hemd aus Rehleder über die nackten Brüste, ohne dabei große Eile an den Tag zu legen. Sie war nicht viel älter als ich und hatte lange, kräftige Beine und glänzendes Haar, das sie zu einem einzigen, dicken Zopf zusammengebunden und mit Truthahnfedern geschmückt hatte. Sie bedeutete uns, Platz zu nehmen, und ich versank fast in einem dicken Berg aus Fellen, die über Holzbänken ausgebreitet waren. Es war warm in der Hütte, und die Rinde verströmte einen schwach süßlichen Duft nach Harz.

Sie bot uns einen Brei aus gestampftem Mais an, den wir mit den Händen aus einem gemeinschaftlichen Topf verzehrten. Ihre Herdstelle war klein, und der Rauch zog direkt aus einem Loch in der Rindendecke ab. Draußen hing eine Art verstellbares Segel, durch das man den Rauch ableiten und Regen abhalten konnte. Trotz des schummrigen Lichts sah ich Vaters harten, unnachgiebigen Blick auf mir ruhen, während ich mir eine Handvoll Maisbrei nach der anderen in den Mund schob. Da ich wusste, dass mir ein Tadel sowieso nicht erspart bleiben würde, beschloss ich, die Katze gleich aus dem Sack zu lassen. Ich wandte mich an die junge Frau und dankte ihr höflich auf Wampanaontoaonk, woraufhin sie zusammenzuckte und einen Schrei der Überraschung von sich gab. Mit einem Auge auf Vater gerichtet, erklärte ich ihr, ich hätte ihre Sprache gelernt, während ich dem Unterricht meines Vaters bei Iacoomis lauschte. Auf Englisch fügte ich dann noch hinzu: »Bitte sei mir nicht gram, Vater. All die vielen Wintermonate am Herdfeuer, als ich noch klein war – ich konnte meine Ohren einfach nicht verschließen.«

Ich weiß nicht, was Vater geantwortet hätte, denn in diesem Moment betrat der *sonquem* zusammen mit einigen älteren Männern seines Stammes die Hütte. Als ich aufschaute, fiel mir fast der Brei von den Fingern. Einer der Männer sah Caleb so ähnlich, dass ich einen glücklichen Moment lang dachte, er sei es, endlich zurückgekehrt von seiner Prüfung in der Wildnis. Doch ein zweiter, genauerer Blick zeigte mir, dass es mit der Ähnlichkeit doch nicht ganz so weit her war. Das hier war das Gesicht eines Mannes, nicht eines jungen Burschen, verwittert und verhärtet durch so manches Jahr, das er älter war. Mir fiel ein, dass er wohl der ältere Bruder sein musste, von dem Caleb gesprochen hatte: Nanaakomin, der pflichtbewusste Sohn und bevorzugte Erbe ihres Vaters Nahnoso. Da seine ganze Aufmerksamkeit auf meinem Vater lag, hatte ich die Möglichkeit, mir seine Gesichtszüge genauestens anzuschauen und sie mit denen zu vergleichen, die mir mit der Zeit so vertraut, ja lieb geworden waren. Nanaakomins Augen waren wachsam und intelligent wie die seines Bruders, doch sie waren auch dunkler und undurchdringlicher und seine Lippen voller und sinnlicher.

Die junge Frau bedeutete mir, sie und ich sollten hinausgehen, damit die Männer sich mit meinem Vater besprechen konnten, und das taten wir auch. In der Siedlung war es ruhiger geworden. Man hatte den Kranken in den Schutz eines Zeltes gebracht. Nur der *pawaaw* war in dem inneren Kreis der *wetus* zurückgeblieben. Er lag da, mitten im Staub, erschöpft oder in eine Art verzücktes Gebet versunken, das war nicht genau zu erkennen. Jedenfalls schienen sich die Leute aus der Siedlung bewusst von ihm fernzuhalten, und die Frau neben mir wandte das Gesicht ab, um ihn nicht anzuschauen. Ich spürte, dass sie Angst hatte. Rasch ging sie vorbei und verschwand in irgendeiner anderen Hütte. Niemand war mehr draußen. Der *pawaaw* lag ganz allein dort draußen, umgeben von seinen Zaubermitteln, die niemand sonst zu berühren wagte. Auf leisen Sohlen, so wie Caleb es mir beigebracht hatte, näherte ich mich ihm. Seine Augen waren weit geöffnet, wirkten jedoch glasig und blicklos. Die kleine Kalebasse, aus der er getrunken hatte, stand aufrecht nur ein paar Zoll von seinem seltsam ausdruckslosen Gesicht entfernt.

Und nun komme ich zu dem Punkt, an dem ich mein Verhalten nicht mehr rechtfertigen kann, es sei denn, ich würde sagen, Satan habe die Macht über mich errungen. Denn ich ging zu jener Kalebasse hinüber und schaute hinein. Sie enthielt die Reste eines grünlichen Gebräus, dessen Dämpfe so stark waren, dass sie einem in der Nase brannten. Ich ahnte, worum es sich handelte. Es war ein Sud aus der Wurzel der weißen Nieswurz, von dem Makepeace gesprochen hatte – der giftige Pfad zu seherischen Fähigkeiten. Ich schaute mich rasch um, ob mich jemand beobachtete, doch außer mir war weit und breit nur noch der *pawaaw* zu sehen, der besinnungslos und entkräftet an seinem Platz lag.

Ich hob die Kalebasse. Meine Hand zitterte. Ich stellte sie wieder ab und wollte weggehen, doch ich konnte nicht. Stattdessen nahm ich das Gefäß und zog mich damit rasch in den Schutz eines Dickichts zurück. Hier stellte ich es erneut ab, überlegte. Es war nicht mehr viel Flüssigkeit vorhanden. Makepeace hatte gesagt, die Leute verstünden sich sehr genau darauf, eine Dosis herzustellen, die nicht giftig sei. Was machte es schon, wenn ich einmal probierte, wie es schmeckte? Was konnte es schaden? Vielleicht würde ich ja einen Gewinn daraus ziehen. Ich sehnte mich danach, noch einmal die fromme Verzückung zu erleben, die sich damals bei den Klippen meiner bemächtigt hatte.

Ich hob das Gefäß an meine Lippen und nahm einen Schluck. Zuerst war der Geschmack auf meiner Zunge ganz süß, weshalb ich die Kalebasse kippte und alles trank, was noch darin war, bis zum letzten Tropfen. Einen Moment später brannten mein Mund und meine Kehle wie Feuer. Und schließlich kam ein bitterer Nachgeschmack. Mir wurde übel, am liebsten hätte ich mich übergeben. Ich stellte das Gefäß auf den Boden und rannte zum See zurück, wo ich auf die Knie fiel und mir mehrere Hände voll Wasser in den Mund schaufelte, doch jene klare, süße Flüssigkeit hätte ebenso gut Gallustinte sein können, so wenig Erleichterung brachte sie mir.

Bald darauf konnte ich meine Zunge nicht mehr spüren, denn sie war taub geworden. Ich merkte, wie meine Knie nachgaben, als hätte mir jemand von hinten einen kräftigen Schlag versetzt. Ich sank am See zusammen.

Die Zeit verlangsamte sich. Ich spürte das Blut in meinem Kopf pulsieren. Jeder Atemzug war anstrengend und wurde immer langsamer, immer keuchender. Auch mein Blut schien träger zu fließen, bis ich das Gefühl hatte, zwischen einem Herzschlag und dem nächsten vergingen Welten. Ich versuchte, die Hand zu heben, doch Gedanke und Tat waren zweierlei. Meine Hand wog so schwer wie ein Amboss. Während sie sich bewegte, schien sie Spuren von sich im Raum zu hinterlassen, viele einzelne Hände, die in die Luft emporstiegen. Ich hob die Hand an meine brennenden, geschwollenen Lippen, doch in meinen Fingern war kein Gefühl, und so spürte ich mein Gesicht nicht.

Die Sonne stand tief am Himmel, sie setzte die Baumwipfel in Brand und spiegelte sich in zahllosen roten Blitzen auf dem See wie lodernde kleine Fackeln. Und dann, ganz plötzlich, stand der See in Flammen. Die Feuerzungen waren keine Spiegelungen mehr, sondern richtige kleine Flammen, die sich blitzschnell auf der Wasseroberfläche ausbreiteten. Dann verschmolzen sie zu einer breiten Feuerwand, die auflöderte und brüllend die Gestalt von Riesen annahm, deren verbrannte Haut schimmerte wie glühende Kohle. Ich barg den Kopf in meinen Armen, aber die Visionen bahnten sich dennoch einen Weg durch meine geschlossenen Lider. Es gab einen schrecklichen Lärm: Donnerrollen und ein gewaltiges Krachen, als würde sich gleich die Erde unter mir auftun. Ich begann zu beten, doch die frommen Worte wollten mir nicht über die geschwollene Zunge kommen; nur grobe, kehlige Laute, deren Bedeutung ich nicht kannte. Jetzt war der Geschmack in meinem Mund metallisch, warm und klebrig wie geronnenes Blut. Das Blut Christi. Nein, das nicht. Kein heiliger Wein aus Satans Kelch. Das war das Blut von irgendeinem dämonischen Opfer; von irgendeinem armen Unschuldigen, der, aufgespießt auf des Teufels Dreispitz, verblutet war. Ich hatte das Gefühl, mir würde der Schädel gespalten, so grässlich war der Schmerz, der mir durch den Körper fuhr.

Wenn es hier eine Macht gab, dann nicht für mich. Das hier war die verbotene Frucht, nichts anderes. Aufzustehen schien mir unmöglich, und doch stand ich plötzlich auf beiden Beinen und lief so schnell wie ein Waldgeist, umrundete Büsche und Baumstümpfe mit einer Behändigkeit, die ich kaum für möglich gehalten hätte. Ich rannte und sprang, bis ein Krampf meinen Leib erfasste und ich auf die Knie fiel, mir den Bauch hielt. In diesem Moment hoffte ich, den Trank hochwürgen und damit loswerden zu können. Dort, in meinem Inneren bewegte sich etwas Hartes, Rundes, das gegen meinen Leib drückte. Ich fasste hinab. Nass, schleimig. Ein gehörnter Kopf, ein gespaltener Huf. Des Teufels Brut, die sich aus meinem zerfetzten Fleisch erhob. Ganz langsam drückte sie sich aus mir heraus, eine blutige Kralle, die meine zerfleischten Muskeln packte, sich durch feucht glänzende, pochende Eingeweide emporwand. Ledrige kotbesudelte Fänge. Sie beugten und streckten sich, strichen mir übers Gesicht. Ich schlug mit beiden Armen nach dem Tier. Die gottlose Kreatur breitete die Flügel aus und gab den Gestank der Verdammnis und der Fäulnis von sich – den Duft des Todes, nicht der Geburt. Sie erhob sich in den zerrissenen Himmel, aus dem leuchtend weiße Pfeile auf mich herabfielen und mich in Brand setzten. Ich sah dabei zu, wie mein brennendes Fleisch Blasen warf und zerrann, wie es von meinen verkohlten Gebeinen fiel, bis mir die Augäpfel, in der Hitze geschrumpft wie getrocknete Erbsen, aus den Höhlen rollten. Dann sah ich nichts mehr.

Als ich wieder zu mir kam, lag ich am See im Gras. Nur wenige Minuten waren vergangen, denn die Sonne war gerade erst hinter den Hügeln westlich des Sees versunken. Das Abendrot, rosa und lila, tauchte alles in ein gütiges Licht. Ich schaute meine Arme an, die wohlbehalten und gesund aussahen, und meinen Leib, der zart, aber gewiss nicht aufgerissen war. Es stank, wozu mein Auswurf, der leicht dampfend im Gras lag, ein Übriges tat. Ich nahm mir eine Handvoll Sassafras-Blätter, um mir den Mund abzuwischen. Während ich aufstand, bemerkte ich etwas Feuchtes und musste voller Entsetzen feststellen, dass ich meine Kniehose beschmutzt hatte. Angewidert zog ich sie aus, wickelte sie um einen Stein und warf sie weit weg in die Bäume. Meine Hände zitterten. Ich kniete nieder, holte tief bebend und schluchzend Luft, und dann bat ich Gott um Vergebung. Doch ich rechnete nicht mit seiner Barmherzigkeit.

Eines Tages, als mein Großvater dachte, ich hörte nicht zu, hatte er meinem Vater von einem schrecklichen Fall erzählt, der auf dem Festland vor Gericht gekommen war. Eine Frau hatte ihr eigenes Kind in einen Brunnen geworfen. Als man sie nach den Gründen für den Mord fragte, hatte sie gesagt, ihre böse Tat habe ihr Gutes, denn nun sei sie endlich frei von einer Ungewissheit, die sie lange Zeit und jede wache Minute hindurch gequält habe: Gehörte sie nun zu den Verdammten oder zu den Geretteten? Ihr ganzes Leben hatte sich um diese Frage gedreht. Und nun habe sie endlich die Antwort.

Als ich zu den *wetus* zurücktaumelte, um auf Vater zu warten, dachte ich an diese Frau. Nun hatte auch ich auf meiner Suche nach fremden Göttern meine Antwort erhalten. Doch statt mich zu bedrücken, verschaffte mir dieser Gedanke bemerkenswerterweise eher ein seltsames Gefühl der Leichtigkeit, so wie es vermutlich jedem ergeht, der zu einer Gewissheit gelangt, ganz gleich, wie bitter sie ist. Damals wusste ich nicht, dass Gott nicht bis zum Leben nach dem Tode warten würde, sondern wie ein rächender Blitz in meine Welt hinabfahren würde, um mich für meine Sünde zu bestrafen.

X

Über eine Stunde lang wartete ich auf Vater, während er Nahnoso behandelte. Krämpfe zuckten durch meine Eingeweide, und mein Kopf dröhnte. Unter dem Vorwand, für meinen Vater tätig zu sein, löste ich etwas Weidenrinde in Wasser auf und trank die Flüssigkeit in der Hoffnung, meinen Kopfschmerz zu lindern. Doch es war die Scham, die mich krank machte, und dagegen gab es keinen heilsamen Trank. Schließlich ließ mein Vater mir ausrichten, ich solle ein paar Zwiebeln für einen Brustwickel zubereiten, und als er aus dem *wetu* trat, fragte ich ihn, ob denn Weidentee das Fieber abklingen lassen könne.

»Offensichtlich haben sie das bereits versucht, zusammen mit einigen anderen Hexenmitteln, die jener Mann dort verschrieben hat.« Er neigte den Kopf in Richtung Tequamuck, der immer noch mit geschlossenen Augen dalag. Man hatte ihm einen Lederumhang übergeworfen, und er atmete tief und regelmäßig, wie jemand, der schläft. Zu meinem Schrecken merkte ich, dass ich das Trinkgefäß nicht wieder an seine Seite zurückgestellt, sondern dort im Dickicht vergessen hatte. Doch das ließ sich nun nicht mehr ändern, jetzt konnte ich es schlecht zurückholen. Vater sprach mit mir, und ich bemühte mich, seinen Worten zu folgen. »Ich schlage vor, ihn zur Ader zu lassen. Du kannst die Schüssel halten, wenn du möchtest.«

Ich folgte Vater in den *wetu* zurück, wo der kranke *sonquem* lag. Sein Sohn stand an seiner Seite, umgeben von den angesehensten Männern des Dorfes. »Was habt ihr als Lanzette?«, fragte Vater. Einer der Männer drehte eine Hand um und zeigte ihm eine Pfeilspitze, die darin lag. Vater nahm sie. Der Arm des Mannes war an der Stelle, wo Vater die Vene öffnen wollte, mit Waschbärenfett eingerieben und rabenschwarz. Um die Vene besser sehen zu können, wusch ich ihn ab und rieb die Stelle mit zerdrückter Minze ein. Dann drückte Vater den zugespitzten Stein ins Fleisch. Ich hielt die Schüssel in meinen zitternden Händen und versuchte, mich den Gebeten hinzugeben, die mein Vater sprach. Als Vater glaubte, genug Blut abgenommen zu haben, drückte ich heilende Schwarzwurz auf die Wunde und band sie mit einem Lederriemen ab, den mir jemand reichte.

Während die Zwiebeln brieten, zerrieb ich Senfsamen zu einer Paste, um die Hitze in dem Wickel zu erhöhen. Nahnosos Atem ging rasselnd, als Vater ihm den Wickel umlegte. Die Zeit kroch dahin, im schleppenden Takt jenes gequälten Ein- und Ausatmens. Irgendwann glaubte ich zu sehen, dass der Mann eine andere Farbe annahm, doch mittlerweile war es so dunkel im *wetu*, dass meine Augen mir möglicherweise einen Streich spielten. Aber nach einer Weile gab es keinen Zweifel mehr: Sein gequälter Atem beruhigte sich. Es verging eine Stunde, dann, o Wunder!, öffnete er die Augen und schaute sich um, fragte, wo er sich befinde, und, mit einiger Erregung, wer wir seien. Sein Sohn Nanaakomin stieß einen lauten Freudenschrei aus und umarmte seinen Vater. Ich erschrak, als er schrie, so sehr ähnelte seine Stimme der von Caleb.

Nun ergriff der *sonquem* der Takemmy das Wort und erzählte ihm alles, was seit seiner Erkrankung geschehen war: dass es seinem eigenen *pawaaw* nicht gelungen sei, ihn zu heilen; wie er nach Tequamuck geschickt habe und jener Mann sich tagelang, aber vergeblich bemüht hatte. Schließlich zeigte er auf meinen Vater und beschrieb den Hitzezauber (den Wickel also) sowie den Blutzauber, die ihn, gepaart mit verschiedenen, an den englischen Gott gerichteten Zaubersprüchen schließlich von der Schwelle des Todes zurückgerissen hatten.

»Manitu!«, hauchte Nahnoso und ließ sich auf seine Matte zurückfallen. Vater wandte sich an mich und sagte auf Englisch: »Ich würde gerne hierbleiben und mich weiter um ihn kümmern, aber ich möchte nicht, dass du die Nacht an diesem Ort verbringst.«

»Warum nicht, Vater?«

»Weil es hier keine Hütte gibt, in der du ohne das Risiko, Zeugin einer Unschicklichkeit zu werden, dein Haupt betten könntest. Ich werde Momonequem bitten, uns zu den Merrys zu bringen, und dann mit ihm hierher zurückkehren.«

»Du musst mich nicht begleiten, Vater. Ich kann durchaus alleine mit Momonequem fahren.«

»Kommt nicht in Frage. Selbst wenn der Bursche ehrenhaft ist, woran ich keinen Grund habe zu zweifeln, möchte ich auf gar keinen Fall deinen Ruf aufs Spiel setzen. Was würden denn die Merrys denken? Du, alleine in einem Boot mit ... nein, das ist undenkbar ...«

Ich dachte an all die Stunden, die ich mit Caleb allein verbracht hatte. Unschuldige Stunden, die mich dennoch in den Augen meines Vaters – und unserer Gesellschaft – zur Hure gemacht hätten. Es war nur gut, dass niemand davon wusste.

Wir paddelten bei Dämmerlicht zur Farm der Merrys zurück. Jacob Merry bestand darauf, mir sein Bett zu überlassen, weshalb ich mich zusammen mit Sofia zur Ruhe begab. Ihr Federbett war zweimal so breit und viel luftiger als meine mit Lumpen und Stroh gefüllte Matratze. Obwohl ich bald eingeschlafen war, wurde ich mehrmals durch grässliche Träume aus dem Schlaf gerissen und musste des Öfteren während der

Nacht meine Notdurft verrichten. Als Sofia mich fragte, was mich denn quäle, gab ich dem Maisbrei, den ich aus dem Gemeinschaftstopf im *wetu* gegessen hatte, die Schuld für meine Verdauungsstörungen.

Am Morgen stand ich, noch müde, auf und ging Sofia bei ihren Aufgaben im Haushalt zur Hand, ehe die Männer zum Frühstück hereinkamen. Ich spürte, wie Jacob Merrys Augen auf mir ruhten, als ich Sofia beim Servieren von Apfelwein sowie knusprigen Brotscheiben mit frischer Butter half. Dabei versuchte ich, mir das Zittern meiner Hände nicht anmerken zu lassen.

»Noah, da Mistress Mayfield noch einige Stunden gezwungen ist hier zu verweilen, möchte sie sich vielleicht gerne die Farm anschauen. Warum zeigst du sie ihr nicht?«

»Das übernehme ich«, sagte Josiah strahlend.

»Nicht du, Josiah, dich kann ich nicht entbehren. Ich brauche deine Hilfe in der Mühle...«

»Aber wir mahlen doch schon...«

Jacob schob lautstark seinen Stuhl zurück und schaute seinen ältesten Sohn bestimmt an.

»Ich sage dir, ich brauche dich.«

»Na gut, Vater.« Während Josiah gehorsam vom Tisch aufstand, sah ich, wie er seinem Bruder zuzwinkerte und ihn leicht in den Arm knuffte. Noah wurde rot.

Mochte ihm das auch peinlich gewesen sein, so schüttelte er diese Verlegenheit, während wir über die Felder liefen, doch ebenso schnell wieder ab. Ich versuchte, ihm zuzuhören, war aber immer noch so sehr mit den Aufregungen des vergangenen Tages beschäftigt, dass meine Gedanken sich zerstreuten wie Spreu, in die ein Windstoß gefahren ist. Noahs Begeisterung für den Ackerbau war deutlich zu spüren. Hätte ich sie geteilt, um wie viel leichter wäre mein Leben gewesen! Ich ließ seine Ausführungen über die Futterqualitäten von Wicken und Wiesenlieschgras an mir vorüberziehen, brachte an den mir passend scheinenden Stellen lautstark meine Bewunderung für die bemerkenswerte Anzahl von Zwillingswürfen beim letzten Lammen seiner Schafe zum Ausdruck und nickte wissend, als er mir seine Pläne für mehrere Gemüsegärten, eine Molkerei und alle möglichen anderen Verbesserungen auseinandersetzte. »Josiahs Interessen liegen bei der Mühle, und die Weiterentwicklung dieses Unternehmens wird sein Hauptanliegen sein. Ich kümmere mich um die Farm. Irgendwann hoffen Vater und ich die Mittel für eine Erweiterung zu haben, falls uns der *sonquem* mehr Land verkauft. Jene Wälder dort drüben zum Beispiel scheinen auf fruchtbarem Boden zu wachsen und ließen sich ganz leicht roden. Es wäre doch dumm, sie brachliegen zu lassen...«

Während er so dahinplapperte, war ich in Gedanken immer noch bei Nahnoso. Ich fragte mich, wie es ihm ging, jetzt, wo sein Schicksal und das von Vater so eng verknüpft waren. Doch plötzlich unterbrach sich Noah und wandte sich mir mit eifrigem Blick zu. »Gestern schien es mir, als verstündest du die Sprache der Indianer, als wir bei uns bei Tisch saßen. Stimmt das wirklich?«

»Nun, ich ...« Ich blickte in Noahs offenes Gesicht. Seine blassblauen Augen schauten mich neugierig an. War dieser junge Mann tatsächlich dazu ausersehen, eines Tages mein Bräutigam zu werden? In meinem Herzen empfand ich fast gar nichts für ihn, doch wenn es so bestimmt war, dann durfte ich ihn jetzt nicht anlügen. Was wäre das für eine Art von Ehe, die auf einem Fundament der Lüge aufgebaut würde? Ich schluckte die trügerische Antwort, die mir schon auf der Zunge gelegen hatte, herunter. »Ja«, sagte ich. »Obwohl es eine äußerst schwierige Sprache ist.«

»Oh, ich weiß! Ich kann mir kaum mehr als zwei oder drei Wörter merken – Auswendiglernen war nie meine Sache. Vater kommt besser damit zurecht, aber auch für ihn ist es ein Kampf. Wie wundervoll, dass du dich mit ihnen unterhalten kannst! Es wäre großartig, wenn jemand in unserem Haushalt so leicht mit ihnen sprechen könnte – wir könnten so viel tun, wenn wir einander besser verstünden!«

Nun war ich an der Reihe mit dem Erröten. Hatte er gerade eben andeuten wollen, dass er mich schon jetzt als mögliches Mitglied des Haushalts betrachtete? Oder hatte ich bereits bei einer unschuldigen Bemerkung Hintergedanken, nur weil ich etwas wusste, was ich nicht wissen sollte? Entweder war er zu forsch, oder ich war überempfindlich. Doch hätte Vater mich nicht bereits voll ins Bild gesetzt, was seine Pläne mit mir und den Merrys anbelangte ... Bei dem Gedanken spürte ich, wie die Glut des Zorns in mir aufflammte und plötzlich lichterloh brannte.

»Sollen wir umdrehen?«, fragte ich. »Ich möchte wieder zurück.«

Als wir zum Haus zurückgingen, hielt ich meinen Blick gesenkt, um nicht die flach stehende Herbstsonne zu sehen, die sich in dem vielen Glas am Haus der Merrys in Tausenden von Sternchen brach.

Vater kehrte um die Mittagszeit zurück, und schon kurz darauf machten wir uns auf den Heimweg, um vor Einbruch der Dunkelheit in Great Harbor zu sein. Obwohl Vater sich bemühte, eine ernste Miene aufzusetzen, spürte ich deutlich, dass er vor Freude schier platzte. Nahnosos Zustand hatte sich gewaltig gebessert, und da er dies als Zeichen für die Macht des englischen Gottes betrachtete, hatte er darum gebeten, in den Lehren des einen wahren Gottes und seines Sohnes Jesus Christus unterwiesen zu werden. »Einen *sonquem* zu bekehren, Bethia ... das wird ein Wendepunkt für die Mission, das weiß ich. Und noch dazu ein *sonquem*, der diesem Scharlatan, Tequamuck, so eng verbunden ist... Jemanden wie ihn zu übertrumpfen... wenn wir doch seine Macht über die Menschen brechen könnten... Christus hat hier einen großen Sieg errungen, Tochter. Einen großen Sieg. Nahnoso war damit einverstanden, Iacoomis zu empfangen und von ihm Unterweisung im Evangelium zu bekommen. Wenn er wieder gesund ist, wird er seine Familie zu unserer sonntäglichen Zusammenkunft in Manitouwatootan bringen und mich predigen hören.«

Seine Familie. Dazu gehörte doch ganz gewiss auch Caleb, sein Sohn. Was würde der Sinneswandel seines Vaters für ihn bedeuten? Würde der Vater ihm ein Ende seiner heidnischen Heilssuche anordnen? So sehr ich mich auch als Gefallene betrachtete und mit meiner von Sünden befleckten Seele haderte, betete ich zu Gott, er möge Satan so lange von Caleb fernhalten, bis sein Vater ihn aus der Wildnis holen konnte.

Was *meine* Familie anging, so stand uns bei unserer Heimkehr ein Abend ungewohnten Frohlockens bevor. Vater genoss seinen Triumph, und ich hatte Mutter nie strahlender gesehen als an jenem Abend, als sie bei seinen Schilderungen an seinen Lippen hing. Dass sie gesegneten Leibes war, konnte man mittlerweile deutlich sehen, und sie war merklich aufgeblüht. Nicht lange darauf hörte ich sie vertraulich zu Goody Branch sagen, sie habe sich noch in keiner Schwangerschaft so leichten Herzens gefühlt wie mit dem Kind, das unsere Solace werden sollte – und ihr Verderben. Vielleicht war ja die Freude, die sie in jenen letzten Monaten ihres Lebens empfand, ein Stäubchen von Gottes Gnade, die er ihr gewährte, während er bereits in ihr das Werkzeug seiner Strafe für mich schmiedete.

XI

Es ist spät. Genauer gesagt ist es bereits nach Mitternacht, und der Tag des Herrn ist angebrochen. Und wieder einmal sündige ich, denn ich breche die Sabbatruhe, indem ich diese Worte niederschreibe. Morgen um diese Zeit wird Caleb in dem Zimmer unter mir schlafen.

Ich bin hundemüde, weil ich in diesen Tagen früh aufgestanden und zu lange auf gewesen bin, um diese Seiten zu schreiben. Noch habe ich nicht alles niedergelegt, was ich wollte, doch einen großen Teil dieses Berichts über meine Sünden habe ich mir bereits von der Seele geschrieben. Die Augen fallen mir zu, und so will ich nur noch kurz schildern, wie es zu den gegenwärtigen Umständen gekommen ist.

Ich war nicht Augenzeugin dessen, was folgt, sondern musste alles aus dem schließen, was ich Vater anderen gegenüber sagen hörte, wenn er glaubte, dass ich nicht zuhörte. Doch langer Rede kurzer Sinn: Vater schaffte es weder, den *sonquem* zu bekehren, noch gelang es ihm, die Macht des *pawaaw* Tequamuck zu brechen.

Als Iacoomis sich auf den Weg zu Nahnoso machte, um ihm das Evangelium zu predigen, so wie es vereinbart worden war, trat ihm Tequamuck im vollen Ornat eines Hexenmeisters in den Weg. Es fand eine Art Duell zwischen den beiden statt, bei dem Tequamuck seine Zaubersprüche und dämonischen Hausgeister gegen Iacoomis' fromme Gebete einsetzte. Iacoomis hielt sich wacker und verkündete, sein Gott sei größer als jeder von Tequamucks Hausgeistern. Keiner gab nach. Am

Ende hielt Nahnoso jedoch zu seinen Stammesbrüdern und lehnte es ab, Iacoomis anzuhören, weder an jenem Tag noch an irgendeinem anderen. Ob Tequamuck nun an Nahnosos Vernunft appellierte oder ihn einfach nur verhext hatte, wie Vater glaubte, kann ich nicht sagen. Vater jedenfalls ritt, überaus bekümmert von Iacoomis' Bericht, höchstpersönlich in die Indianersiedlung, um Nahnoso aufzusuchen. Er überbrachte dem *sonquem* eine strenge Nachricht, indem er ihn warnte, Gott lasse nicht mit sich spielen; und wenn Nahnoso beschlossen habe, die Wahrheit des Evangeliums anzunehmen, so sei es eine umso größere Sünde, sich erneut dem Teufel zuzuwenden. Doch Nahnoso, der sich wieder bester Gesundheit erfreute, wollte nichts davon hören und sagte Vater, er solle sich nicht weiter darum kümmern. Seine Worte waren heftig und ihm gewiss von Tequamuck eingegeben: »Ihr kommt hierher, um meine Ruhe mit euren Geschichten von Hölle und Verdammnis zu stören, doch diese Geschichten sind leere Drohungen, die uns Angst machen und von unseren alten Gebräuchen abbringen sollen, nur damit wir Ehrfurcht vor euch haben. Ich will nichts mehr von euch hören.« Er befahl, Vater und Iacoomis vom Land der Nobnocket zu vertreiben.

Nicht einmal einen Monat später wurde Nahnoso wieder krank, und dieses Mal erkrankte er an der größten aller Heimsuchungen, den Blattern. Eine schlimmere Krankheit kann die Rothäute gar nicht befallen, und ihre Angst davor ist groß, denn wenn sie daran erkranken, dann in besonders schwerer Form – viel schlimmer als wir. Statt einzelnen Pocken, wie wir sie meistens bekommen, treten bei ihnen großflächige Pusteln auf, die schließlich aufbrechen und eitern.

Als mein Vater das hörte, war er voller Kummer und wollte sich bereits auf den Weg zu dem Kranken begeben, doch Tequamuck verwehrte ihm den Zugang. Wir erfuhren kaum etwas davon, wie es den Leuten ging, denn die Wampanoag von Manitouwatootan waren von Angst erfüllt und wollten nicht dorthin, nicht einmal diejenigen, die Familie hatten, ganz gleich, wie sehr Vater an ihre christliche Nächstenliebe appellierte. Es verging eine Woche, bis sich eine mutige Seele doch dorthin wagte und mit schrecklichen Nachrichten zurückkehrte. Nahnoso war gestorben, zusammen mit mehr als hundert anderen, und nur etwa sechzig Seelen waren noch am Leben, die meisten jedoch schwerkrank.

Diese Nachricht war zu viel für Vater. »Wenn so viele gestorben sind, dann sind zu wenige übrig, die die Kranken pflegen können«, sagte er. Er und Großvater trommelten einige tapfere Männer aus Great Harbor zusammen – sowohl Makepeace als auch ich wurden als Freiwillige abgelehnt, weil es hieß, Ältere könnten der Krankheit besser widerstehen als Jüngere – und machten sich mit Hilfsgütern auf den Weg. Und das, obwohl Mutter kurz vor der Entbindung stand. Doch sie drängte Vater zu gehen, denn, so sagte sie, sie habe keinerlei Angst, was die Niederkunft betreffe, befürchte jedoch das Schlimmste für seine Mission bei den Indianern, wenn er sie in einer solchen Notlage im Stich lasse. Die Gruppe blieb mehrere Tage fort, und wir hatten Angst um sie. Doch dann kehrte einer von ihnen – James Tilman – zurück, um Nachschub zu holen und uns mitzuteilen, Vater habe den Kampf aufgenommen und versuche, mit allem, was in seiner Macht stünde, diejenigen zu retten, für die es in der göttlichen Vorsehung ein Weiterleben gab.

Master Tilman bat Mutter mit ernster Miene, alles zu holen, was sie aus unseren Speisevorräten entbehren könne. Als ich mit ihr in unsere Speisekammer hinausging, konnten wir beide mit anhören, wie er Makepeace den überaus beklagenswerten Zustand der Leute schilderte. Ich konnte Mutter nicht ins Gesicht sehen, als seine Worte durch die Trennwand an mein Ohr drangen, doch wir fassten uns an den Händen und drückten sie gegenseitig.

»Ein armer Kerl war da, ich dachte, ich könne ihm helfen, weil er in so erbärmlichem Zustand dalag, und so versuchte ich ihn hochzuheben...« Tilmans Stimme wurde so brüchig, dass er kaum noch zu verstehen war. »Ich hatte nicht gesehen, dass seine arme, aufgeplatzte Haut an der Matte klebte, auf der er gelegen hatte, und so riss ein großes Stück davon ab, als ich ihn umdrehte. Statt Haut war da fast nur noch frisches und geronnenes Blut, ein überaus schrecklicher Anblick...« Er brach ab, und ich hörte, wie er tief durchatmete, um seine Fassung wiederzuerlangen. Mutter ging in die Küche, um eine heiße Milch mit Honig zuzubereiten, die sie ihn dann drängte zu trinken. Sosehr mich die Sorge um das allgemeine Wohl dieser Menschen erfüllte, war ich doch in Gedanken vor allem bei Caleb. Früher hatte ich mir gewünscht, ihn von seiner Aufgabe im Wald zurückholen zu können. Jetzt konnte ich nur mit aller Inbrunst beten, er möge immer noch dort draußen sein und nicht blutend und sterbend bei seinen Stammesbrüdern liegen.

»Es ist gut, dass Euer Gatte uns gedrängt hat, dorthin zu gehen«, sagte Tilman zu Mutter, als er sich schließlich wieder gefangen hatte. »Die Krankheit hatte sie so sehr im Griff, dass sie sich einige Tage nicht gegenseitig helfen konnten. Feuerholz gab es keines mehr, und in ihrer Not verbrannten sie ihre gesamten Holzgefäße – ihre Mörser, die Schüsseln, selbst die Pfeile. Auch Nanaakomin, der Sohn des *sonquem*, hat das getan, bevor die Krankheit auch ihn niederstreckte. Wenig später traf ich auf seine Mutter, die *squa* des *sonquem*, die tot am Wege lag... Sie und ihre kleineren Kinder hatten sehr an

Durst gelitten, doch niemand hatte ihr Wasser gebracht, und so war sie auf allen vieren losgekrochen, um Wasser von der Quelle zu holen. Natürlich habe ich sie begraben und zwei ihrer Kinder mit ihr. Euer guter Mann lässt sie uns auf ihre Art bestatten, eingeschnürt in Rehleder. Diejenigen, die überleben, sind ihm für seine Freundlichkeit dankbar und küssen ihm die Hände.«

In mir verkrampfte sich alles, als ich seinem Bericht lauschte. Ich trat in den Raum und stellte ihm die Frage, die mich schon die ganze Zeit schier verzehrte: »Ich habe gehört... Hat denn der *sonquem* nicht zwei Söhne? Was ist mit dem anderen?«

Tilman hob ratlos die Achseln. »Von einem zweiten Sohn hat uns niemand etwas gesagt. Der Verlust von Nanaakomin wog dort so schwer, dass ich mir gar nicht vorstellen kann, dass es noch einen weiteren Sohn gibt.«

Es war Makepeace, der bemerkte, dass Mutter blass geworden war und schwitzte, und der sie drängte, nach oben zu gehen und sich aufs Bett zu legen. Ich jedoch war in dem Moment in Gedanken nur bei Caleb und dachte überhaupt nicht an diejenigen in meiner Nähe. Die Vorstellung, dass Caleb längst verstorben war, ließ mich einfach nicht los. Hätte er sonst etwa seine Mutter und Geschwister einfach liegen und sterben lassen, ohne sich um sie zu kümmern? In diesem Moment übermannte mich tiefste Verzweiflung und Kummer, hatte ich doch in meinem Schmerz niemanden, dem ich mein Herz ausschütten konnte.

»Und wo ist dieser Scharlatan geblieben?«, fragte Makepeace, als er aus dem Zimmer unserer Mutter zurückkehrte. »Ich bete zu Gott, dass er ihn endlich zur Strecke gebracht hat, oder wie konnte es sonst geschehen, dass man Euch und Vater dort Einlass gewährte?«

»Es heißt, er sei noch am Leben. Laut einem, der noch in der Lage war, es zu erzählen, hat er sich mit allerlei Hexereien verausgabt, um die Krankheit abzuwehren, doch als sich seine Zauberkräfte als machtlos erwiesen, ist er auf und davon, um irgendeinen anderen, stärkeren, geheimen Ritus zu vollziehen – zumindest glauben sie das. Ich für meinen Teile denke, dass er wahrscheinlich einen Pakt mit dem Teufel geschlossen und den Ort verlassen hat, um seine eigene verfluchte Haut zu retten.«

Wie oft sagen wir, Gottes Wege seien unergründlich und seine Wunder unermesslich. So wie Gott dem Volk Ägyptens sieben Plagen schickte, um sein Volk Israel aus der Gefangenschaft zu befreien, so sagen viele, habe er auch den Leuten in Nobnocket diese Plage geschickt, um die Seelen derer, die Sklaven des heidnischen Glaubens waren, zu befreien. Es fällt mir besonders schwer zu glauben, dass so viel Gutes von jenem schrecklichen Todesregen gekommen sein soll, und so sage ich nichts, wenn darüber gesprochen wird. Die wenigen Leute in Nobnocket, die am Leben blieben, sahen die Blattern als ein Zeichen für die Macht Gottes an, als Strafe für Nahnoso und als Zeugnis für die Richtigkeit dessen, was Vater gepredigt hatte. Erst recht, als durch die wundersame Vorsehung Gottes nicht ein Einziger der Engländer, die ihnen zu Hilfe eilten, auch nur im Geringsten von ihrer Krankheit befallen wurde.

Jene, die überlebten, lehnten sich, während sie langsam genasen, einer nach dem anderen gegen Tequamuk auf, sie verließen ihr Land in Nobnocket und schlossen sich der Siedlung in Manitouwatootan an. Unter ihnen war endlich auch Caleb. Ich erfuhr erst viel später, dass er kein einziges Mal in Nobnocket gewesen war, während die Krankheit dort wütete, ja, dass er nicht einmal davon gehört hatte, ehe das Unheil ein Ende fand und seine ganze Familie ausgelöscht war. Tequamuck hatte ihn in den Wäldern besucht und mit ihm den Dezembermond durchlebt, er hatte bedeutende Rituale mit ihm vollzogen, doch von der Heimsuchung ihres Stammes hatte er ihm nichts verraten.

In jenem Frühjahr gebar Mutter ein Kind und sollte sich nie wieder aus dem Kindbett erheben. Für uns begann die Trauerzeit, doch für mich war sie umso schwerer, als ich wusste, dass allein ich die Schuld an Mutters Tod trug. Während jener Zeit wandten sich unsere Gedanken von den Verlusten ab, die andere erlitten. Erst viel später erfuhr ich, dass Caleb endlich nach Nobnocket zurückgekehrt war. Während ich am Grabe meiner Mutter betete, irrte er durch die verwaisten Überreste seines Dorfes und stieß auf die notdürftigen Gräber, in denen man seine Familie bestattet hatte. Seine Trauer war unermesslich, und sein Hass auf Tequamuck, der verhindert hatte, dass ihm die schreckliche Wahrheit zu Ohren kam, wurde größer und größer. Er blieb nur so lange, bis er die Todesrituale vollzogen hatte, die er für angebracht und für seine Pflicht hielt. Dann ging er seiner eigenen Wege, wie er es immer getan hatte, und zog in die Betstadt um. Er sagte, er wolle den englischen Gott besser kennenlernen, bevor er die Entscheidung treffen würde, ihn anzunehmen oder nicht.

Als mein Vater in seiner Trauer gefasst genug war, um wieder zu predigen, und zum ersten Mal nach Manitouwatootan kam, suchte Caleb ihn dort auf, um ihm für die Barmherzigkeit zu danken, die er den Siechen gezeigt hatte, und ihn zu fragen, welche Gegenleistung er ihm im Namen seines verstorbenen Vaters, des *sonquem*, geben könne. Vater, den Calebs Beherrschung des Englischen sehr verwunderte, sagte, wenn er seinen Leuten erlaube, dem Evangelium zu lauschen, so sei das Belohnung genug. Mir fiel es schwer, die Fassung zu wahren, als Vater an dem Tag nach Hause kam, voll des Lobes für den wundersam klugen jungen Mann, der direkt aus der Wildnis kam. Erleichterung und Freude wallten in mir auf, und ich musste rasch das Haus verlassen und mir die Beine vertreten, um mich zu fangen.

Einst hatte ich selbst danach gestrebt, Caleb zu unterweisen; jetzt jedoch, da ich mich schuldig für die schrecklichen Ereignisse fühlte, die mein geheimes Treiben über uns gebracht hatte, fürchtete ich nichts so sehr, als dass unsere Verbindung entdeckt würde. Ich sagte nichts, als mein Vater darüber sinnierte, wie jener Bursche wohl Englisch gelernt hatte. Er hatte es sich in den Kopf gesetzt, es könne ja wohl nur einer der Wampanoag aus Mashpee oder Plimouth gewesen sein, der hierhergekommen war und ihn unterrichtet hatte. Ich überließ es Makepeace, Fragen zu stellen, obwohl es mir schwerfiel, stumm zu bleiben und in der Sache nur das übliche Interesse vorzugeben. Doch einen Moment gab es, in dem ich mich fast verraten hätte. Als Vater verkündete, der junge Mann nenne sich selbst Caleb, und sich fragte, wie denn wohl ein Sohn Nahnosos zu einem solchen biblischen Namen gekommen sei, gab ich ein Schnauben von mir und musste schnell so tun, als hätte ich mich an einem Stück Brot verschluckt.

Vater begann sofort mit Calebs Unterweisung, und nach jeder Zusammenkunft gab es bei Tisch keine anderen Themen als die schnelle Auffassungsgabe des Burschen und die bemerkenswerten Fortschritte, die er machte.

Und nun soll Caleb Manitouwatootan verlassen und hier bei uns wohnen, damit Vater ihm mehr Unterricht erteilen kann. Er wird zusammen mit Makepeace und Joel, dem Sohn von Iacoomis, unterrichtet. Joel ist zwei Jahre jünger als Caleb, wuchs jedoch unter Engländern auf und hat schon früh lesen gelernt. Vater hat festgestellt, dass er sehr aufgeweckt ist und bereits mit Latein beginnen kann. Erst vor zwei Tagen kam Vater zu mir, um mir die Nachricht von unserem zukünftigen Hausgast zu überbringen. Er wirkte ängstlich besorgt, vermutlich, weil er dachte, es würde mir missfallen, auf so engem Raum mit einem indianischen Jungen zusammenzuleben. Dafür hatte er sich eine lange Rede zurechtgelegt, in der es darum ging, dass wir doch alle zusammen Christi Kreuz zu tragen hätten, doch gleich bei der ersten Gelegenheit unterbrach ich ihn und sagte ihm, ich sei sehr froh darüber, ihm bei seiner Mission auf so praktische Weise weiterhelfen zu können, und dass ich mich freue, den jungen Mann in unserem Haus begrüßen zu dürfen. Meine Worte erfüllten ihn mit Erleichterung, und er warf mir einen so liebevollen Blick zu, wie ich ihn schon lange nicht mehr von ihm empfangen hatte.

Wenn Caleb und Joel sich gemäß Vaters Erwartungen entwickeln und von seinem Unterricht profitieren, dann ist es sein Wunsch, dass sie zusammen mit Makepeace aufs Festland fahren und die Aufnahmeprüfung für Harvard ablegen. Offenbar hat das College neben der Abteilung für die Engländer einen zweiten Zweig für die Ausbildung von Indianern eingerichtet, mit dem Ziel, sie zu wirksamen Instrumenten für die Verbreitung des Evangeliums unter den Stämmen zu machen.

Es ist spät. Meine Augen brennen, und meine Hand krampft. Ich werde nicht weiterschreiben und diese Seite unter all die anderen legen, in ein Geheimfach, das ich unter meiner Matratze eingerichtet habe. Dennoch kann ich nicht sicher sagen, ob ich diese Nacht schlafen werde.

Indem ich diese Beichte schriftlich niederlege, habe ich meine Sünden offenbart, und ich bereue sie von ganzem Herzen. Seit den Ereignissen, über die ich berichtet habe, und erst recht seit Mutters Tod, habe ich mich von allen Wampanoag ferngehalten, außer von Iacoomis und seinem Sohn, die in jeder Hinsicht so sind wie Engländer. Die Neigung zu Götzendiensten, so wie sie mich früher im Banne hielten, habe ich seither nicht mehr verspürt.

Doch heute kommt Caleb. Und was dann aus mir wird, kann ich nicht sagen.

Anno 1661

Aetatis Suae 17
(Im Alter von 17 Lenzen)

Cambridge

I

Ich hätte nicht gedacht, dass ich diese Feder noch einmal in die Hand nehmen würde, nachdem ich sie vor so langer Zeit niedergelegt habe. Doch meine Gedanken brennen lichterloh, und ich habe das Gefühl, dass ich von diesen vergangenen Monaten und meiner gegenwärtig so betrüblichen Situation berichten muss, weit weg von zu Hause, an diesem ungesunden Ort.

Oft träume ich jetzt von meiner Mutter. Im ersten Jahr nach ihrem Tod war das nicht so. Vielleicht waren es meine Schuldgefühle, die sie von mir fernhielten. Doch jetzt kommt sie zu mir. In den kältesten Nächten des vergangenen Winters besuchte sie mich, drehte sich vom Herd zu mir um, winkte mich zu sich und schloss mich in ihre schützenden, wärmenden Arme. Und dann erwachte ich, auf meiner kalten Strohpritsche in dieser fremden Küche, die eisigen Winde krochen durch das zerbrochene Fenster und griffen nach mir. Eine einsame Schneeflocke schmolz auf dem kalten Herd.

Ich sehne mich schon lange danach, einmal nach Hause zu fahren, doch meine Situation erlaubt es nicht. Wer in einer solchen Lage ist, kann nicht einfach tun und lassen, wonach ihm der Sinn steht. Makepeace fährt nach Belieben nach Hause – sogar öfter als mein Herr, der Master, es ihm willentlich zugesteht. Jedes Mal, wenn er wegfährt, sehe ich in seinem Gesicht eine gewisse Erleichterung darüber, dass ich hierbleiben muss, auch wenn er tunlichst versucht, es zu verbergen. Vermutlich fürchtet er, wenn ich erst einmal dort bin, könnte ich Dinge über ihn sagen, die ihn in keinem vorteilhaften Licht erscheinen lassen. Makepeace beurteilt alles mit dem harten Maßstab seines eigenen Temperaments. Ihm kommt gar nicht der Gedanke, dass ich bloß einen Brief zu schreiben bräuchte, wenn ich mich wirklich über meine oder seine Lage beschweren wollte. Doch ich nehme mein Los hier hin, und Makepeace' eigene missliche Lage ist seine Sache. Er muss wissen, dass ein Wort von mir genügt hätte, um diesen Plan von Anfang an zunichtezumachen. Doch ich habe beschlossen zu schweigen.

Meine Gedanken eilen dahin, und in meinem Verstand herrscht großes Durcheinander. Dennoch will ich schildern, wie wir hierherkamen, in Master Corletts Schule in Cambridge, und was an sonderbaren Dingen seither geschehen ist. Zu diesem Behufe muss ich meine Schilderung dort wiederaufnehmen, wo ich sie abgebrochen habe, an dem Abend, bevor Caleb zu uns kam. Hier vor mir liegen allerhand lose Blätter und Seiten, die ich damals Hals über Kopf aus meinem Versteck unter der Matratze hervorholte und an mich nahm, bevor ich die Insel verließ.

Die Insel. Wenn ich beginne, meine Verluste zu zählen, dann liegen sie hauptsächlich dort. Nimmt Gott einen Menschen zu sich, den wir lieben, dann verspüren wir diesen Verlust in unserem Herzen. Dennoch wissen wir, dass nichts die Toten ins Leben zurückholen kann, und so bemühen wir uns, uns mit dem Geschehenen abzufinden. Doch die Insel – ihre salzige Luft, das ewig sich wandelnde Licht –, all diese Dinge existieren weiter. Dort brechen sich die glasklaren, sauberen Wellen noch immer am Strand, und die Tonklippen leuchten noch immer bei jedem Sonnenuntergang rostrot und violett. All das bleibt bestehen, doch ich bin nicht dort, um mich daran zu erfreuen. Es ist ein Verlust, der mir unter die Haut geht. Hier suche ich auf dem flachen Marschland und den frisch gedüngten Weiden vergeblich nach der Schönheit, an der ich früher täglich teil hatte. Und so gleicht mein Zustand einem kleinen Tod; und dieser Ort hier ist mein Fegefeuer.

Eines wenigstens habe ich im Überfluss, und das ist Papier. Während die Jungen im Klassenzimmer auf Schiefertafeln schreiben, ist ihr Schulmeister, der Master, großzügig – man könnte auch sagen, verschwenderisch – im Umgang mit Papier. Umso besser für mich. Ich kann alle zerknüllten Reste und nur teils beschrifteten Blätter an mich nehmen, wenn ich wie jeden Tag sein Zimmer saubermache, frische Tinte nachfülle und seine Federhalter richte. So ausgerüstet kann ich dann weiterschreiben ...

Jener Tag des Herrn, als Caleb endlich zu uns kam, war hell und strahlend. Es war einer dieser herrlichen Tage Anfang März, die die Sinne liebkosen und vom Frühling künden, obwohl man weiß, dass noch ein gutes Stück schlechtes Wetter vor einem liegt. Doch an jenem Tag war die strenge Kälte zum ersten Mal einer milderen Witterung gewichen, und kleine Rinnsale aus Tauwasser liefen über die Wege, quollen aus dem mit altem Laub bedeckten Boden und flossen fröhlich plätschernd in Richtung Seen und Tümpel. An einigen Stellen war das harte, weiße Eis bereits weich geworden und bot den Ottern einen Ruheplatz, wenn sie sich aus dem dunklen Wasser an die Oberfläche zogen und in der ungewohnten Helligkeit planschten und spielten.

Am Tag zuvor hatte Vater Caleb aus Manitouwatootan abgeholt und ihn in Großvaters Haus gebracht, wo er die Nacht verbringen sollte. Großvaters Kammerdiener hatte ihn dann für die Versammlung am Sabbat gebadet und ihm das Haar gestutzt. Großvater scherzte, bevor der junge Mann mit uns das Evangelium des Herrn teilen könne, müsse er erst noch das »Evangelium der Seife« beherrschen.

Obwohl uns Vater diesen Scherz erzählte, als er nach dem Abliefern von Caleb bei Großvater nach Hause kam, spürte ich sein Unbehagen. Er hatte der Gemeinde noch nicht mitgeteilt, dass er vorhatte, Caleb bei uns im Haus aufzunehmen, und er konnte nicht sicher sein, wie man auf diese Nachricht reagieren würde. Nur die Reaktion der Aldens war klar vorhersehbar: Sie würden seiner Entscheidung ablehnend gegenüberstehen und darin vielleicht sogar einen Anlass finden – wonach Giles Alden immer trachtete –, unsere Familie in Verruf zu bringen und Großvaters Position in Frage zu stellen. Als ich genauer darüber nachdachte, wurde mir klar, dass Vater seine Entscheidung, Caleb bei der Versammlung vorzustellen, bewusst so gefällt hatte, weil er dort ein gerüttelt Maß an Kontrolle darüber hatte, was getan und gesagt wurde. Dennoch gab es gewisse Risiken. Ein Ausbruch der Aldens während der Versammlung, am Tage des Herrn, würde die Gemeinde in betrübliche Aufregung versetzen und vielleicht auch ein ungünstiges Licht auf Vaters Urteilskraft werfen.

Es heißt, der Tag des Herrn solle ein Tag der Ruhe sein, doch die das predigen, sind im Allgemeinen keine Frauen. Selbst am Sabbat muss ein Feuer geschürt werden, es muss Wasser geholt und Proviant gerichtet, es müssen Kinder gewaschen und in ihre Sonntagskleider gesteckt werden. Wer sich eine Kuh leisten kann, muss sie melken, denn bislang hat noch keiner einer Kuh gepredigt, sie möge nicht all die Milch produzieren, die ihren Euter prall und hart werden lässt. Und so ist große Eile geboten, bis alles erledigt ist, damit man das Versammlungshaus rechtzeitig zum ersten Gottesdienst erreicht. Niemand hat die Muße, sich mit Begrüßungen aufzuhalten. Alles hastet schnell und mit gesenktem Kopf hinein und nimmt auf den zugeteilten Familienbänken Platz. So taten auch wir es an jenem Tag. Vater ging nach vorn und holte seine Bibel, bereit uns voranzugehen. Makepeace begab sich allein zur vordersten Bank, um auf Großvater zu warten, und ich nahm mit Solace meinen Platz bei den Frauen ein. Ich rang redlich um Fassung, konnte es mir aber dennoch nicht verkneifen, mich gelegentlich umzudrehen, um zu sehen, wer gekommen war, während das Versammlungshaus sich allmählich füllte.

So schwer es auch fällt, das zuzugeben: Ich erkannte Caleb nicht, als er zur Tür hereinkam. Selbst bei hellem Tageslicht ist es in dieser Jahreszeit, wenn die Sonne noch tief am Himmel steht, so finster dort drinnen. Mein erster vager und noch nicht recht ausgeformter Gedanke war, ob denn wohl ein unbekannter junger Mann nach Great Harbor gekommen war, ohne dass jemand dies erwähnt hatte. Dann legte er seinen Umhang ab und drehte mir sein Gesicht zu. Der Lichtstrahl, der sich gerade durch einen Spalt zwischen den Holzplanken stahl, fiel direkt auf ihn, und mir stockte der Atem. Sein auffallendstes Merkmal – das lange, so kunstvoll drapierte Haar – war verschwunden, abgeschnitten.

Er trug ein schönes schlichtes Wams und darüber eine Lederweste, die Großvater gehört hatte und an der Taille und den Schultern umgeschneidert worden war, weil Caleb einen anderen Körperbau hatte. Sein blütenweißer, frisch gestärkter Leinenkragen brachte den Kupferton seiner Haut und das glänzende Schwarz seines gestutzten Haarschopfes besonders zur Geltung. Seine Nägel waren sauber und geschnitten. Nur die Stiefel standen im Gegensatz zu seinem sonst makellosen Äußeren. Sie waren alt und abgetragen und hatten früher offenbar einem Mitglied der Gemeinde mit großen Füßen gehört. Ihr Zustand war auch nach ausgiebigem Wienern nicht zu übersehen. Caleb ging auf Iacoomis und seine Söhne zu, die, ihrer Stellung entsprechend, auf einer kleinen und wackeligen Bank ganz hinten im Versammlungshaus saßen, doch Großvater bedeutete ihm, stattdessen zu ihm ganz nach vorne zu kommen und zwischen ihm und Makepeace Platz zu nehmen. Das war ein kühner Schachzug, und ich hörte einiges Gemurmel, denn wer im Versammlungshaus wo saß, war durch sein Alter, sein Geschlecht, seinen gesellschaftlichen Stand und seine Ämter festgelegt, und wem dergleichen etwas bedeutete, versuchte immer, einen besseren Platz zu ergattern. Unter den an diesem Morgen Anwesenden waren sich nur Vater, ich und die Iacoomis-Familie – und vielleicht noch Großvater – bewusst, dass Caleb, der Sohn des *sonquem* von Nobnocket, unter seinen Leuten wie ein Thronfolger aufgewachsen war und ihm deshalb eine gewisse Vorrangstellung gebührte. Das fand Makepeace ganz offensichtlich nicht. Von meinem Platz bei den Frauen aus sah ich, wie er sogleich ein Stück nach links rutschte und so einen verräterischen Abstand zwischen sich und Caleb schuf. Vater warf Makepeace einen finsteren Blick zu, woraufhin er ein wenig zurückrutschte, aber immer noch stocksteif dasaß.

Vater begann den Gottesdienst wie gewohnt, indem er einen Psalm ankündigte, den die Gemeinde nachbeten sollte. Zu meiner Überraschung erhob auch Caleb seine Stimme, klar und selbstbewusst, und sprach die Worte Ainsworths ohne Schwierigkeit: »*Showt ye to Jahovah*...«

Bei uns ist es üblich, beim Gebet die Hände und Augen zum Himmel zu heben, anstatt wie in England den Kopf über den gefalteten Händen zu senken, denn in der Bibel heißt es oft, der Gläubige solle den Blick nach oben, zu Gott, richten. Doch an diesem Tag galten die Blicke mehr dem neuen Gemeindemitglied auf der Bank der Mayfields als dem Himmelreich. Ich sah, wie sich die jüngeren Alden-Kinder anrempelten und miteinander flüsterten, während Patience Alden, die in meinem Alter ist, angewidert das Gesicht verzog, als würde in dem Versammlungshaus etwas schlecht riechen. Während wir sangen, blickten ihre Eltern so bitter drein, als litten sie an der Galle.

Der Morgengottesdienst zieht sich lange hin. Wie schon erwähnt besteht Vater darauf, das Gebot »Gedenke des Sabbattages, dass du ihn heiligest« wortwörtlich zu nehmen. Auf viele Psalmen folgten viele Gebete, dann wurde aus der Heiligen Schrift gelesen. Ich sagte bereits, dass mein Vater ein gutmütiger Mensch ist; doch tief in seinem Inneren ist er stark und durchsetzungsfähig. Und so kam es, dass er ausgerechnet seinen schärfsten Gegenspieler, Giles Alden, nach vorn rief, als es daran ging, aus der Bibel zu lesen.

Ich erschrak. Warum rief Vater diesen Mann nach vorn? Ich hatte Giles Alden gegen Großvater wettern hören, es sei falsch von ihm gewesen, den *sonquems* Geld für ihr Land zu bezahlen. Das Geld wäre besser anders eingesetzt worden, sagte er, zum Beispiel, um Männer mit Musketen anzuheuern, »damit sie die Wälder von diesen schädlichen Kreaturen befreien und besseres Wachstum ermöglichen.« Während er nach vorne ging, schaute er Caleb mit unverhohlenem Hass an. Seine Brauen waren finster zusammengezogen, und ein wütender Zug lag um seinen Mund.

Als Vater ihm das Buch hinhielt, nahm Alden es blitzschnell entgegen. Dann starrte er auf die Passage hinab, die Vater markiert hatte. Sein Kopf sank tief zwischen die Schultern, und als er wieder zu Vater aufblickte, war sein Gesicht vor unterdrücktem Zorn verzerrt. Er erinnerte mich an einen Schafbock, der die Hörner senkt und gleich zum Angriff übergeht. Ich sank in meinen Sitz zurück und fürchtete den Angriff, der doch mit Sicherheit kommen würde.

Wenn mein Vater ihn auch fürchten mochte, so ließ er es sich jedenfalls nicht anmerken. Sein Gesicht war ausdruckslos, als er die ausgewählte Stelle ankündigte. Giles Alden, der das Buch offen vor sich liegen hatte, wusste bereits, welche Falle ihm Vater gestellt hatte. Als Vater verkündete, Alden würde aus dem Buch Rut lesen, versuchte ich, die Fassung zu wahren, denn an diesem Tag wurde ich in der Tat auf eine harte Probe gestellt, als Alden die ersten Worte des Lobpreises und des Willkommens an den Fremden, der seine Heimat verlassen hatte, verlas: »*und bist zu meinem Volk gezogen, das du zuvor nicht kanntest.*« Giles Alden hatte eine volle, tiefe Stimme und war ein guter Vorleser, doch wer ihn vor diesem Tag noch nicht lesen gehört hatte, hätte das nie gedacht. Er stolperte durch die Passage, musste sich mehrfach räuspern, vermutlich weil die Worte, die er gezwungen war vorzulesen, ihm schier im Halse stecken blieben. »*Der Herr vergelte dir deine Tat, und dein Lohn müsse vollkommen sein bei dem Herrn, dem Gott Israels, zu welchem du gekommen bist, dass du unter seinen Flügeln Zuversicht hättest.*« Als er damit fertig war, schlug er das Buch mit einem lauten Knall zu. In dem schrägen Sonnenstrahl, der hereinfiel, sah ich den Staub aufwirbeln.

Nach Alden bat Vater Makepeace, aus dem Lukas-Evangelium etwas über die zehn Aussätzigen zu lesen, von denen nur einer, der Samariter, zu Jesus zurückkehrt, um ihm zu danken: »*Hat sich sonst keiner gefunden, der wieder umkehrte und gäbe Gott die Ehre, denn dieser Fremdling?*« Makepeace las die Stelle würdevoller vor, als Alden es getan hatte: Trotz all seiner Makel war mein Bruder eine fromme Seele und tat sein Bestes, das Wort Gottes in sein Herz zu lassen. Auch hielt er sich an das fünfte Gebot und war ein pflichtbewusster Sohn.

Es gab noch mehrere weitere Lesungen. Ich wunderte mich darüber, wie viele Passagen Vater aufgespürt hatte, um seine Botschaft zu vermitteln und, ohne das Risiko von Widerstand, den spirituellen Boden zu bereiten, auf dem Calebs Aufnahme bei uns ruhte. Auch gab er deutlich zu verstehen, dass er keine Widerworte dulden würde. Und das war gut so; Vater hielt seine schützende Hand über das, was in dem morgendlichen Gottesdienst vor sich ging, während wir die Texte und Gebete lasen, die er ausgewählt hatte. Die Nachmittagsandacht verlief ganz anders, denn da legten die Gemeindemitglieder Geständnisse ab und äußerten Prophezeiungen. Diejenigen, die etwas sagen wollten, waren verpflichtet, vor der Zusammenkunft zu Vater oder Großvater, unseren Kirchenältesten, zu gehen, damit ihre Gedanken sorgsam zu etwas geformt würden, das für die Ohren aller geeignet war. Doch es war immer möglich, dass jemand diesen Brauch einfach umging.

Vater schien nicht im Geringsten besorgt zu sein. Nachdem er den morgendlichen Gottesdienst sicher gemeistert hatte, stand er in der Tür, grüßte jeden und stellte Caleb vor, so wie er es mit jedem anderen Neuankömmling getan hätte. Ich stand bei ihm und bemerkte, dass sich die meisten Leute, wenn nicht gerade herzlich, so doch höflich verhielten. Die Aldens warteten natürlich nicht ab, um vorgestellt zu werden, sondern drehten uns so schnell wie möglich den Rücken zu und eilten nach Hause, wo die Missetaten meiner Familie sicher ausführlich zur Sprache kamen.

Vater war blendender Laune, als wir die kurze Entfernung nach Hause zurücklegten, um zu Mittag zu essen. Ich hatte eine herzhafte Muschelsuppe sowie Maisbrot mit knuspriger Kruste vorbereitet; außerdem gab es getrocknete Früchte und Nüsse, die ich im letzten Herbst gesammelt hatte. Als ich eine Schüssel mit Blaubeeren und Haselnüssen vor Caleb hinstellte, schaute er zu mir empor. Ich wusste, dass er sich an den Tag zurückerinnerte, an dem er mir gezeigt hatte, wo man sie findet. Er lächelte, bedankte sich höflich, und ich wandte mich errötend ab.

Vater zog Caleb sogleich ins Gespräch und fragte ihn, was er denn im Vergleich zu den Gottesdiensten in Manitouwatootan von diesem gehalten habe. Caleb sagte, er habe das Singen der Kirchenlieder sehr genossen, all die englischen Stimmen im Einklang. »Denn in Manitouwatootan gibt es immer einen Neuankömmling, der unbedingt mitsingen will, obwohl er weder die Worte noch die Melodie kennt…« Und dann ahmte er eine entsprechende Szene nach, was Vater zum Lachen brachte, weil er das alles nur allzu gut kannte. Makepeace reichte schweigend die Teller herum und nahm nur dann am Gespräch teil, wenn Vater ihn direkt anredete.

Ich selbst sagte sogar noch weniger als sonst, weil die Tatsache, Caleb so nahe bei mir in dieser ungewohnten Umgebung zu erleben, mich im wahrsten Sinne des Wortes sprachlos machte. Ich musste selbst über die einfachsten Aufgaben nachdenken und meine Hände durch Willenskraft dazu bringen, dass sie Teller abstellten oder anhoben, denn meine Gedanken kreisten so sehr um ihn, dass mir ganz schwindelig war. Doch niemand schien das zu bemerken. Wenn überhaupt jemandem mein Schweigen und meine Unbeholfenheit auffielen, dann schätze ich, dass dies angesichts der Anwesenheit eines – wie alle glaubten – für mich Fremden als ganz natürlich empfunden wurde. Dabei versuchte ich, ihn mir so genau, wie es nur ging, anzuschauen. Er hatte sich in den Monaten, seit ich mich damals im Wald so tränenreich von ihm verabschiedet hatte, sehr verändert. Er wirkte älter, ganz gewiss, doch dabei irgendwie auch geläutert, sei es durch die dämonischen Hexenriten, die ihm während seiner Prüfung im Wald abverlangt worden waren, oder einfach durch die Verluste und die Begegnung mit dem Tod, die ihm widerfahren waren. Die ruhelose, flammende Energie, die ihn als Junge ausgezeichnet hatte, war einer wohlerzogenen Zurückhaltung gewichen. Doch sein Feuer schien nur eingedämmt, aber nicht erloschen zu sein. Und eines hatte sich gar nicht verändert: Selbst in der ungewohnten englischen Kleidung strahlte er.

Kurz bevor wir zur Versammlung zurückkehrten, nahm ich Vater beiseite und fragte ihn, was er glaube, wer wohl das Wort ergreifen würde. Er nannte zwei Männer, die sich berufen fühlten, gewisse Texte öffentlich auszulegen, sowie einen weiteren, der vor der Gemeinde gestehen wollte, dass er danach getrachtet hatte, die nicht gekennzeichneten Schafe eines Nachbarn zu stehlen. »Von den Alden-Leuten hat mich keiner angesprochen. Von ihnen erwarte ich heute nichts. Ich denke, sie warten ab und hören sich erst mal um, was man in der Siedlung über die Aufnahme unseres hoffnungsvollen jungen Propheten hier zu sagen hat.«

»Weiß denn Caleb – ich meine, der junge Schüler – von den Aldens und ihrer feindseligen Gesinnung bezüglich seines Stammes?«

»Ich habe ihn darüber aufgeklärt. Warum fragst du?«

»Ich wollte nur ... ich weiß ja, dass ihre Ansichten sehr erbittert sind und ...«

Vater streckte eine Hand aus und tätschelte mir die Schulter. »Du bist ein liebes Mädchen, Bethia. Denkst immer an die Gefühle anderer, genau wie deine Mutter, Gott habe sie selig. Doch mach dir keine Gedanken, was Caleb angeht. Er weiß, dass zwischen den Wampanoag und den Engländern immer wieder harte Worte fallen, und das nicht nur in einer Richtung. Sein Onkel Tequamuck sagt Dinge über mich, die mich bis aufs Blut geißeln würden, wären Worte Peitschen. Glücklicherweise sind sie das nicht, und wir müssen uns wappnen und all den feindseligen Bemerkungen widerstehen, so wie es unser Herr, er sei gesegnet, tat, als man ihn beschimpfte.«

Wie immer erwies sich Vater als schlauer Menschenkenner, denn der nachmittägliche Gottesdienst verlief ohne weitere Vorkommnisse. Zum Abendessen servierte ich Bier und den Rest des Maisbrotes, bestrichen mit Honig aus meinen eigenen Bienenstöcken, auf die ich, das muss ich gestehen, recht stolz war. Makepeace, der Süßes liebte, hatte seine wenigen Bissen schnell heruntergeschlungen, stand auf und entschuldigte sich, da er zu Bett gehen wolle. Caleb hingegen kaute sein Essen sorgfältig, trank statt Bier Wasser, das er sich selber holte, obwohl Vater ihm sagte, in Zukunft müsse er einfach nur darum bitten, denn es falle mir zu, die Männer bei Tische zu bedienen.

Ich räumte die Tafel ab, während die anderen aufstanden, um sich zur Ruhe zu begeben. Ich hatte für Caleb eine Bettdecke bereitgelegt, die sonst nicht benötigt wurde und die ich aus Getreidesäcken genäht hatte. Während ich sie vor dem Herdfeuer ausschüttelte, dachte ich an die Felle, die im *wetu* der Takemmy über den Holzbänken lagen, und daran, wie meine Hände damals in dem butterweichen Tierhaar versunken waren. Als Sohn des *sonquem* war Caleb bestimmt daran gewöhnt, sich bei Nacht nur in die allerfeinsten Felle zu hüllen. Sicher gehörten dazu auch solche, die wir hier auf der Insel nur selten zu sehen bekommen wie Bären- oder Biberfelle, in deren Besitz die Indianer durch Handel mit Stämmen vom Festland kamen. Nun, dachte ich, in den vergangenen Monaten hatte er gewiss auf dem nackten Boden hart genug geschlafen, und so würde er wohl auch mit Sackleinen vorliebnehmen.

Überhaupt beschäftigte mich die Frage, was Caleb an dem

Leben hier bei uns als Mangel empfinden mochte. Die Engländer, die noch nie in einem *wetu* waren, stellen sich diese kuppelförmigen Hütten als trostlos vor und halten sie ihren eigenen Behausungen gegenüber für weit unterlegen. Sie würden natürlich davon ausgehen, dass Caleb dankbar für die Gelegenheit sein müsse, bei uns zu leben. Doch ich war mir nicht so sicher, ob er wirklich das Gefühl hatte, dass sich sein Los hier vom materiellen Standpunkt aus verbessert habe. Zum Beispiel werden die *otans* im Winter meist an gut entwässerten und geschützten Stellen aufgebaut. Durch den Wechsel der Standorte zu jeder Jahreszeit kann Schmelzwasser ungehindert abfließen und das Gras nachwachsen. Das Land, das wir gewählt hatten, um uns darauf niederzulassen, wird hingegen oft von Meeresstürmen heimgesucht, und die ständige Nutzung des Geländes hat schon jetzt dazu geführt, dass dort im Frühjahr nichts mehr wächst, weil nur noch nackter Stein und ausgewaschene Lehmmulden übrig sind, die im Winter schlammig und im Sommer staubig sind. Aus all diesen Gründen befürchtete ich, Caleb würde die Umstände hier eher als armselig empfinden.

Als ich Calebs Nachtlager hergerichtet hatte, wünschte ich allen eine gute Nacht und trug Solace hinauf in mein eigenes Bett. Ich hörte, wie Caleb Vater bat, noch eine Weile aufbleiben zu dürfen. »Denn ich sehe hier so viele Bücher, von denen Ihr in Manitouwatootan gesprochen habt...«

Vater zündete mit lautem Zischen und Knistern einen Kienspan an. »Achte darauf, dich nicht allzu sehr anzustrengen. Wir stehen hier früh auf und haben bis zum Mittag viel zu tun. Nach dem Essen werden wir mit deinem Unterricht beginnen. Ich habe vor, dich so schnell wie möglich vorwärtszubringen, deshalb wirst du morgen deinen gesamten Verstand brauchen. Verkürze dir nicht deine verdiente Nachtruhe.«

Als sich Vater und Makepeace zur Ruhe begeben hatten, hörte man an diesem Abend kein leises Flüstern hinter dem Vorhang. Offenbar führten sie nicht ihre übliche nächtliche Unterredung, und auch sonst war zwischen ihnen eine gewisse Befangenheit zu spüren, die bestimmt auf Calebs Anwesenheit zurückzuführen war. Ich lag auf meinem Lager und dachte über meinen Bruder nach. Ich wusste, dass Makepeace seine Besorgnis darüber, dass wir Caleb bei uns aufgenommen hatten, als den Wunsch verbrämte, mich nicht ins Gerede zu bringen. Das war kein hohler Vorwand; sein Bedürfnis, mich zu schützen, war wohlgemeint. »*Ein guter Name ist besser denn gutes Salböl*«, pflegte er zu sagen, und ich wusste, dass das stimmte. Es ist ein großer Vorteil, einen makellosen Ruf zu haben, erst recht für jemanden meines Geschlechts in einer so engen Gemeinschaft wie der unseren. Doch seine Wachsamkeit, so begründet sie sein mochte, war auch ärgerlich: als hätte man einen Hund, der *in jedem Fall* knurrt, wenn sich jemand nähert, ob es nun Freund oder Feind ist. Und, um die Wahrheit zu sagen, empfand ich es auch als beleidigend, dass mein Bruder offenbar dachte, ich sei zu gleichgültig oder zu dumm, das richtige Benehmen an den Tag zu legen. Doch während ich noch dalag, kam mir der Gedanke, dass es mir eigentlich nicht zustand, verärgert oder beleidigt zu sein. Hatte ich in den vergangenen Jahren nicht immer wieder leichtsinnigerweise meinen Ruf aufs Spiel gesetzt, und das ausgerechnet mit dem Menschen, dessen Anwesenheit in unserem Haus meinen Bruder jetzt so beunruhigte?

Jedenfalls erwiesen sich Makepeace' Bedenken als nicht so groß, dass sie ihn lange wachgehalten hätten. Schon bald hörte ich ihn leise schnarchen. Solaces heißer, kleiner Kopf lag schwer und feucht an meiner Brust. Die Arme hatte sie weit von sich gestreckt, versunken in den tiefen, selbstverlorenen Schlaf, der kleinen Kindern eigen ist. Ich jedoch lag beim schwachen Schimmer des Kienspans noch lange wach, sog den harzigen Duft ein und lauschte dem Rascheln der Seiten, die in dem Zimmer unter uns leise umgeblättert wurden.

II

Ich erwachte in der blauschwarzen Dunkelheit vor dem Morgengrauen und begab mich sofort an meine Pflichten im Haushalt. Seit Mutters Tod hatte sich in meinem Alltag einiges verändert. Ich streifte nicht mehr in der Wildnis umher, um mich den Blicken meiner englischen Landsleute zu entziehen, und ich schlich mich auch nicht davon, um in Büchern zu schmökern. Auch trieb ich mich, wenn mein Bruder Unterricht hatte, nicht mehr im Haus herum, in der Hoffnung, irgendwo Wissen zu ergattern, so wie ein streunender Köter auf einen Bissen aus dem Abfall lauert. Dazu waren meine Pflichten zu beschwerlich geworden. Doch selbst wenn ich während des Tages einmal Zeit und Muße hatte, stand für mich nunmehr fest, dass es, wenn ich Mutter ehren und für meine Sünden büßen wollte, das Beste sei, demütig meinen Pflichten nachzugehen, so wie sie es getan hatte. Ich bemühte mich, jede einzelne Aufgabe im Haus, ob es nun die Zubereitung von Gerstenmalz, das Sammeln von Kräutern oder Pökeln von Fleisch war, so zu sehen, wie sie es getan hatte. Meine Mutter hatte geglaubt, jeder auch noch so bescheidenen Verrichtung würde Gnade innewohnen, wenn man ihr nur mit Würde begegnete. Ich hoffte sehr, dass das stimmte, denn es würde einer großen Menge an Gnade bedürfen, um mich von meinen Sünden zu reinigen.

Und so ließ ich schon vor Sonnenaufgang Solace schlafend auf dem Bett zurück, blieb noch einen Moment stehen, um ihr über das warme Köpfchen zu streicheln und die Decke festzustecken. Während es langsam hell wurde, stand ich an der Feuerstelle, stocherte in den Kohlen und entzündete ein neues Feuer. Vaters Sorge, Caleb könne bei dem Tagesablauf, wie wir ihn gewohnt waren, nicht mithalten, schien unbegründet zu sein. Offensichtlich war er bereits aufgestanden, während es draußen noch stockdunkel war, denn sein Bettzeug lag zu einem ordentlichen Stapel zusammengefaltet in einer Ecke. Einen Moment lang dachte ich, er habe uns vielleicht verlassen und sei in den Wald zurückgekehrt, doch dann sah ich den aus Gras geflochtenen Korb, in dem er seine wenigen Habseligkeiten aufbewahrte, an der Hakenleiste hängen.

Ich ging hinaus, um Wasser zu holen. Als ich mich aufrichtete, um den gefüllten Eimer hochzuheben, sah ich Caleb, der, mit dem Sonnenaufgang im Rücken, von den flachen Dünen am Strand zurückkehrte. Das gefrorene Gras knirschte unter seinen Füßen. Als er sich dem Garten näherte, wünschte ich ihm einen guten Morgen, was er höflich erwiderte. Er legte eine Hand an den Eimer. »Nicht nötig«, sagte ich. »Ich schaffe das schon.« Er lächelte, schien sich jedoch nicht abbringen zu lassen, und weil ich kein Gerangel wollte, ließ ich den Griff los, damit er den Eimer nehmen konnte.

»Du bist früh unterwegs.«

»Immer«, erwiderte er. »Solange ich mich erinnern kann, ist kein Morgen vergangen, an dem ich nicht Keesakand mit einem Lied begrüßt habe, wenn er aufgeht.«

Ich blieb abrupt stehen. Dann war er also wirklich, wie mein Bruder behauptete, immer noch ein Götzenanbeter? Ich war froh, dass ich den Eimer mit dem Wasser nicht mehr in der Hand hielt, denn sonst hätte ich es bestimmt verschüttet.

Er lächelte. »Schau mich nicht so an, Sturmauge. Hat denn nicht Gott die Sonne erschaffen? Und darf ich mich nicht mit einem Lied daran erfreuen? Dein Vater hat mich nie gelehrt, dass der einzige Platz zum Beten in den düsteren vier Wänden eures Versammlungshauses liegt. Der Geist Gottes scheint uns aus jedem göttlichen Ding entgegen. Wundere dich also nicht, wenn ich meine Hände erhebe und sie nach seiner Gnade ausstrecke.«

Wir waren an der Tür angelangt, und ich hob den Riegel, um ihn einzulassen. Die anderen rührten sich jetzt auch. Makepeace hielt Solace, die aufgewacht war, in den Armen, und ich nahm sie ihm ab, gab ihr etwas Sauermilch und fragte mich, was wohl Vater von unserem Gespräch gehalten hätte. Den ganzen Morgen, während ich meiner Arbeit nachging, dachte ich über dieses Zusammenfließen zweier Glaubensrichtungen nach, die doch auf den ersten Blick unvereinbar schienen, und ich fragte mich, ob man die Vorstellungen der Rothäute wirklich in Einklang mit unseren strengen Grundsätzen bringen konnte. Wie leicht hatte Caleb die Lehren aus seiner Jugend – die vielen Götter, die belebte Geisterwelt – genommen und sie nach unseren Glaubensvorstellungen umgeformt. Und Vater, so schien es, war damit zufrieden.

Später an jenem Tag, als die Männer von ihren morgendlichen Arbeiten zurückkamen, setzte ich ihnen ein Mittagessen vor und räumte anschließend den Tisch ab, an dem, wie Vater verkündet hatte, der Unterricht stattfinden würde. Danach verließ ich das Haus für die Feldarbeit, die begann, sobald der Boden getaut und die Erde ein wenig getrocknet war. Wie allgemein bekannt, muss man Erbsen bei Neumond pflanzen, und so stand ich über das Feld gebeugt und wendete emsig kalte Erdschollen, während Iacoomis Joel brachte, der am Nachmittagsunterricht meines Vaters teilnehmen sollte. Ich hoffte, dass Caleb seine oft bekundete Ablehnung gegenüber Iacoomis und seinem Sohn überwinden und sein Gesinnungswandel ihn dazu bringen würde, die beiden mit anderen Augen zu betrachten. Es war schon seltsam, dass wir, die wir früher so leichthin und so lange über alle möglichen Themen und Angelegenheiten gesprochen hatten, nun nichts mehr miteinander reden konnten, was über einen raschen Gedankenaustausch in einem unbeobachteten Moment oder über ein paar Allgemeinplätze in Gesellschaft anderer hinausging. Obwohl wir unter einem gemeinsamen Dach lebten, war die Distanz zwischen uns so groß, als hätte es die Jahre unserer Freundschaft nicht gegeben.

Während das Licht dahinschwand und die Kälte durch meine Holzpantinen drang und meine Frostbeulen zum Pochen brachte, kehrte ich nach Hause zurück, wo Solace von ihrem Nickerchen erwacht war und sich leise quengelnd die Augen rieb. Als sie mich sah, lächelte sie fröhlich und streckte die Arme aus. Ich hob ihren kleinen, vom Schlaf noch ganz trägen und warmen Körper aus dem Bettchen, drückte mein Gesicht in ihre weiche Halskuhle und pustete ganz sanft, bis sie laut lachte. Ich nahm einen Becher mit warmer Milch, den ich bereits zubereitet hatte, und trug sie in den angrenzenden Raum, den wir Speisekammer nannten, obwohl auch »Werkzeugkammer« oder »Hühnerstall« passende Namen gewesen wären, denn wir hatten hier ein paar Stangen eingezogen, auf denen das Geflügel sitzen konnte, wenn es im Stall draußen zu kalt wurde. Ich legte einen alten Mehlsack auf den Lehmboden und setzte Solace darauf ab, gab ihr eine Holzpuppe zum Spielen, die Makepeace für sie geschnitzt hatte, und machte mich ans Abseihen der Molke.

Auch wenn ich leise ein Lied für Solace sang, war es doch unmöglich, das zu überhören, was auf der anderen Seite der dünnen Wand vor sich ging. Makepeace quälte sich durch eine Übersetzung von Quintus Mucius Scaevola und verhunzte gerade die vierte Konjugation. Vater war mit seinen Korrekturen sogar noch nachsichtiger als gewöhnlich, weil er Makepeace vor Joel und Caleb offenbar nicht bloßstellen wollte. Als Makepeace zum Ende der kurzen Passage gelangt war, forderte Vater die Jungen auf, die ersten Deklination von *vita* und *mensa* aufzusagen, die sie hatten lernen sollen, und beide kamen gut damit zurecht. Ich hörte, wie Vater den Unterschied zwischen den lateinischen und den englischen Formen hervorhob: »Wir sagen, ›ich schlage ihn‹ und nicht ›ich schlage er‹, weil wir die Person, die schlägt, in den Nominativ setzen. Doch nur sehr wenige Wörter in dem heute gesprochenen und geschriebenen Englisch besitzen einen Akkusativ, der sich vom Nominativ unterscheidet. Im Lateinischen hingegen...«, und dachte mir, dass er den Jungen ziemlich viel abverlangte. Zumindest Caleb hatte ja keine formellen Kenntnisse der englischen Grammatik, und dennoch sollte er die Besonderheiten des Lateinischen (auf das später Griechisch und Hebräisch folgen würden) beherrschen.

Da ich nicht stören wollte, ging ich hinaus, um noch einmal Wasser zu holen. Wie gewöhnlich hob ich den Deckel des Brunnens in die Höhe und ließ den Eimer nach unten. Als ich ihn wieder hochholte, sah ich selbst im Zwielicht, dass darin etwas Dunkles und Unerquickliches schwamm. Ich steckte die Hand in das eisige Wasser und zog sie sofort wieder zurück, denn sie hatte das Fell einer toten Ratte berührt, die es offenbar geschafft hatte, in den Brunnen zu fallen und zu ertrinken, obwohl ich mir angesichts des immer geschlossenen Deckels nicht recht vorstellen konnte, wie das passiert war. Dann wurde mir bewusst, dass ich wahrscheinlich selber, abgelenkt durch Caleb, an diesem Morgen den Deckel offen gelassen hatte. Jemand musste ihn im Laufe des Tages wieder darübergeschoben haben. In der zunehmenden Dunkelheit war nicht viel zu erkennen, weshalb ich den Deckel schloss, das verseuchte Wasser auskippte und die Untersuchung des kleinen, nassen Kadavers auf den nächsten Morgen verschob. Glücklicherweise hatte ich noch etwas Wasser im Kessel übrig, mit dem wir uns vor dem Abendessen waschen konnten.

Der Unterricht war beendet, doch Caleb saß immer noch über sein Buch gebeugt am Tisch, als ich hereinkam und ihm von dem unangenehmen Vorfall am Brunnen berichtete. Vater zuckte mit den Schultern. »Wir können uns glücklich schätzen, dass wir hier in Great Harbor nicht tief graben müssen, wenn wir eine frische Quelle suchen. Gleich morgen früh schauen wir nach, ob die Gefahr besteht, dass das Wasser verdorben ist. Einen neuen Brunnen zu graben, dürfte ohne großen Aufwand machbar sein, und in der Zwischenzeit können wir unser Wasser bei den Nachbarn holen.«

Ich stellte fürs Abendessen den Käsebruch und etwas Brot hin. Vater und Makepeace gingen in die Speisekammer, wo ich die Schüssel mit angewärmtem Wasser bereitgestellt hatte, während Caleb über seiner lateinischen Formenlehre brütete und sich leise die neuen Wörter zuflüsterte, die er gerade gelernt hatte. Als ich den Tisch deckte, schaute er auf und folgte mit dem Blick meinen Händen. Er blätterte noch einmal kurz in dem Lehrbuch und schloss es dann, auf den Lippen ein zufriedenes Lächeln. »*Puella...*« Hier zeigte er auf mich. »*Mensam...*« Dann auf den Tisch. »*Ornat...*deckt«, sagte er leise. Ich hielt inne, wieder einmal verblüfft über die Flinkheit seines Verstandes. Er blickte auf, und als wir uns anlächelten, war die Vertrautheit früherer Zeiten wieder da. »Ich habe deine Unterrichtsstunden vermisst, Sturmauge«, flüsterte er. Dann ging auch er hinaus, um sich an der Wasserschüssel zu waschen.

III

Und so ging es weiter, Tag für Tag, während sich das Wetter beruhigte und das frühe Saatgut in der Erde zu keimen begann. Zunächst hielt sich Caleb fern von Joel. Er erinnerte mich an einen wachsamen Hund, der mit gesträubtem Nackenhaar das Anpirschen eines Artgenossen beobachtet. Joel war immer ein stiller Junge gewesen, der mit seinem Vater bei uns ein und aus ging, jedoch wenig sagte. Im Grunde hatte ich im Laufe der Jahre kaum mehr als ein Dutzend Sätze mit ihm gewechselt und mir kein rechtes Bild über seinen Charakter gemacht. Sein Umgang mit Calebs misstrauischer Art gab mir allerdings zu erkennen, dass er einiges von der Selbstbeherrschung und dem Mut seines Vaters übernommen hatte. Weder kuschte er vor Caleb, noch versuchte er ihn mit Schmeicheleien zu gewinnen. Doch auf verschiedene, sehr feine Weise gab er ihm zu verstehen, dass er ihm ein guter Verbündeter sein könnte, indem er Caleb gelegentlich bei der Suche nach dem richtigen englischen Ausdruck half oder ihn mit einem unauffälligen Blick korrigierte, wenn damit zu rechnen war, dass Caleb gegen die englischen Sitten verstoßen würde. Weil Caleb flink und scharfsinnig war, machte Joel mit diesen feinen Hilfestellungen Makepeace oft einen Strich durch die Rechnung, denn mein Bruder wartete auf jede Gelegenheit, Caleb rügen oder ihn für eine Verfehlung verspotten zu können.

Es vergingen nur wenige Wochen, bis Caleb und Joel auf kameradschaftlichem Fuß miteinander verkehrten. Daraus erwuchs rasch eine Freundschaft, was für zwei Jungen, die so viel Zeit miteinander und so wenig mit allen anderen in ihrer Umgebung verbrachten, nichts Ungewöhnliches war. Calebs selbstbewusste Art schien auch auf Joel abzufärben, und der Jüngere traute sich nun öfter, in Gesellschaft das Wort zu ergreifen, wodurch ich ihn wiederum besser kennen und seine sanfte, großzügige Art schätzen lernte. Dabei waren die beiden vom Äußeren her ein eher ungleiches Paar. Caleb, ein Kind der Wildnis, besaß die langgliedrige, sehnige Beweglichkeit eines Jungen, der daran gewöhnt ist, auf der Jagd neben seinen Stammesbrüdern durch die Wälder zu laufen. Seine Augen waren scharf und sein Blick durchdringend. Joel war in jeder Hinsicht weicher – schwerer gebaut, mit trägeren Augen, die oft verträumt und nachdenklich blickten. Wie sein Vater war er von kleiner Statur, was unter seinesgleichen eher ungewöhnlich und einer der Gründe war, warum die Krieger seines Stammes Iacoomis gemieden hatten. Doch wie sein Vater hatte er einen beweglichen Geist und eine entschlossene Art. Caleb und Joel lernten beide leicht, und Vater war mehr als zufrieden mit dem Nutzen, den sie aus seinem Unterricht zogen. Als das Wetter milder wurde, sah ich sie oft miteinander spazieren gehen, oder sie hockten beisammen, die dunklen, kurzgeschorenen Köpfe tief über ein Buch gebeugt oder über irgendeinen Witz lächelnd, den nur sie verstanden, und es gab mir vor Neid einen Stich, denn die beiden strahlten eine Vertrautheit aus, die für Caleb und mich der Vergangenheit angehörte.

Dabei wäre in meinem Leben für derlei gar kein Platz mehr gewesen, selbst wenn die Schicklichkeit es erlaubt hätte. Ich hatte mit den Anforderungen des Frühjahrs zu kämpfen, blieb oft die halbe Nacht wach, um einem Schaf bei einer schwierigen Geburt beizustehen, und stand noch vor Morgengrauen wieder auf, um meinen täglichen Pflichten nachzugehen, die oft wie ein kaum zu bewältigender Berg vor mir lagen. Immer musste ich ein Auge auf Solace haben, die jederzeit irgendein scharfes Werkzeug, das sie für ein Spielzeug hielt, in die Hand nehmen, oder einen Kessel mit kochendem Wasser auf sich herabziehen konnte – wie es Tante Hannahs siebtes Kind getan und sich dabei so schwer verbrüht hatte, dass es gestorben war, das arme Ding. Ich freute mich schon jetzt auf den nicht mehr allzu fernen Tag, wenn Solace mir eine Hilfe sein würde statt eine Last, wenn sie anfangen würde, selber die Hühner zu füttern, Eier einzusammeln und andere kleine Aufgaben zu erledigen, wie ich es mit Freuden für Mutter getan hatte, als ich selbst noch ein kleines Mädchen war.

Oft, wenn ich sie badete oder in meinen Armen wiegte, schaute ich in ihre himmelblauen Augen und fragte mich, was sie wohl dereinst für einen Charakter an den Tag legen würde. Dann strich ich mit dem Finger über ihre runde Wange und kitzelte sie an den weichen, sahnig weißen Speckfältchen unter ihrem Kinn. Sie schaute mich mit einem intensiven, wissenden Blick an, und ich stellte mir vor, wie sie mir in etwa einem Jahr am Rockzipfel hängen würde, so wie ich einst bei Mutter. Schließlich war ich die einzige Mutter, die sie je gekannt hatte, und ich war entschlossen, mich der Aufgabe, die mir Gott gestellt hatte, als würdig zu erweisen. Auch später, als junges Mädchen, würde sie immer bei mir sein, und ich würde ihr die Welt eröffnen und ihr alles zeigen und beibringen, was ich selbst gelernt hatte. Wenn sie lesen und schreiben lernen wollte, dann würde sie es nicht, wie ich, allein lernen müssen. Dafür würde ich schon sorgen. Ich würde die Zeit erübrigen, sie zu unterrichten, ganz gleich, was Vater oder Makepeace dazu sagten. Und ich würde keinen Mann heiraten, der weder den Grips noch das Herz besaß zu verstehen, dass es meine heiligste und wichtigste Aufgabe war, Solace ins Leben einzuführen.

Sie spielte neben mir, wenn ich die Sämlinge in die Erde setzte, sie hob Erdklumpen hoch, zerdrückte sie mit ihren winzigen, in Handschuhen steckenden Fingern und beschmierte sich das Gesicht mit Lehm. Ich war zu der Überzeugung gekommen, dass die Wampanoag, die so liebevoll mit ihren Kindern umgingen, in dieser Hinsicht klüger waren als wir. Was für einen Nutzen hatte es, von den Kleinen zu verlangen, dass sie sich benahmen wie Erwachsene? Warum sollte man ihre kleinen Charaktere zügeln und alles daransetzen, ihre von Gott gegebene Natur zu brechen, bevor sie auch nur im Geringsten begreifen konnten, was eigentlich von ihnen verlangt wurde? Und so lächelte ich ihr nur zu und schnitt Grimassen, obwohl ich wusste, dass ich später ihre Kleidung und ihr seidiges Haar wieder vom Schlamm säubern musste und für all das lauten Protest ernten würde. Doch das war ein geringer Preis für den glockenhellen Klang ihres fröhlichen Lachens.

An jenem Abend, bei Tisch, blickte ich Caleb verstohlen von der Seite an. So wie ich von ihm gelernt und meine Ansichten über den geeigneten Umgang mit Solace geändert hatte, so musste wohl auch er seine Meinung in vielen Dingen einer Prüfung unterzogen haben. Ich erinnerte mich noch, wie er mich mit seinen bohrenden Fragen über die Heilige Schrift gereizt hatte, und fragte mich, was von den Dingen, die Vater gesagt oder getan haben mochte, ihn letztlich überzeugt hatte. Vom äußeren Schein her war er mit jedem Zoll ein Christ. Doch wer konnte ihm schon ins Herz schauen?

Darüber grübelte ich immer noch nach, als Vater das Wort an mich richtete. »Findest du nicht, Bethia?«

Da ich das Gespräch nicht im Geringsten verfolgt hatte, hatte ich keine Ahnung, wie ich auf die Frage antworten sollte.

Doch hier mischte sich Makepeace ein und sagte: »Vielleicht fragen wir besser Caleb nach seiner Meinung. Sein Stamm hat jahrhundertelange Erfahrung hier an diesem Ort und muss doch wissen, wann die Frostgefahr im Allgemeinen vorüber ist. Ich bin mir sicher, er wird Bethia gerne beim Anpflanzen von Mais und Bohnen helfen, wenn die Zeit gekommen ist.«

Das war das allererste Mal, dass Makepeace eine solch freundliche Bemerkung an Caleb gerichtet hatte. Da ich jedoch oft genug die Zielscheibe solcher Geistesblitze meines Bruders gewesen war, vermutete ich gleich einen Haken dabei, denn es kam mir seltsam vor, ausgerechnet von ihm den Vorschlag zu hören, dass Caleb und ich etwas gemeinsam tun könnten, wo er sich doch deutlich gegen die notgedrungen aus unserem Zusammenleben erwachsende Vertraulichkeit ausgesprochen hatte.

Vater erkannte seinen Hintergedanken noch vor mir. »Gewiss nicht«, warf er ein und wandte sich Caleb zu. »Das Pflanzen ist bei den Wampanoag doch Frauenarbeit, oder? Die Männer vermeiden solche Aufgaben, denke ich.«

Caleb, der spürte, dass Vater es gut meinte, lächelte. »Gewiss. Doch warum sollte ich, da ich an Eurem Tisch esse, nicht dabei helfen, die Nahrung, die auf meinem Teller liegt, zu beschaffen? *Cum Roma es, fac qualiter Romani facit.*«

Vater lachte so sehr, dass er sich eine Träne aus dem Augenwinkel wischen musste. »*Faciunt,* mein lieber Junge, *faciunt*«, sagte er schließlich. »Mach es wie die Römer, Plural, mach es wie sie. *Facit* würde heißen: wie der Römer es macht... Dennoch gut gesagt, finde ich. Wir sind doch in gewisser Weise alle in Rom, oder nicht? Du musst lernen, wie das Leben in unserer Familie abläuft, und wir lernen eure Insel besser kennen. Es wäre eine große Gunst, wenn du uns das alles beibringen würdest.«

Ich schaute zu Makepeace. Der Pfeil seines Geistes war an seinem Ziel vorbeigeschossen, und in seinem Gesicht war deutlich Verärgerung zu sehen. »Ich bin nicht dafür, unser ordentliches englisches Feld in das Brachland von Wilden zu verwandeln und uns zum Gespött unserer Nachbarn zu machen.«

»Makepeace,« sagte mein Vater streng. »Ich wäre geneigter, deine Wünsche zu befolgen, wenn du dafür etwas geneigter wärst, deinen Anteil an der Feldarbeit zu erfüllen.« Vater tadelte Makepeace nur selten. Doch ungehobeltes Benehmen war etwas, das er noch nie geduldet hatte. »Wir werden uns die Ratschläge unseres jungen Freundes hier anhören, und wenn unsere Nachbarn lachen, dann sollen sie eben. Wir werden schon sehen, ob ihnen das Lachen nicht vergeht, wenn die Erntekörbe gezählt werden.«

Und so kam es, dass wir, anstatt das Feld in geraden Reihen zu pflügen und mit Trögen voller Mist zu düngen – was alles zusammen harte Knochenarbeit bedeutete –, die Erde ließen, wie sie war. Wir warfen nur kleine Erdhügel auf und vergruben in jedem einen Hering, den wir mit Händen voll gründlich vom Salzwasser gereinigten Seetang umwickelten. Sobald der Boden warm genug war, pflanzten wir in jeden Erdhügel ein Maiskorn, und wenn die Pflanzen sprossen, legten wir rundherum Bohnen aus, die dann die Stangen hochkletterten, ohne dass wir uns die Mühe machen mussten, sie hochzubinden. Als es wärmer wurde, verfuhren wir in gleicher Weise mit dem Kürbis, und mittlerweile war das ganze Feld mit Ranken bedeckt, die jegliche unerwünschte Pflanze buchstäblich im Keim erstickten. Wenn die Nachbarn zweifelnd die Augenbrauen hoben, war mir das gleichgültig. Ihr Missfallen war nur ein geringer Preis für die vielen Stunden, die ich nun nicht mehr mit dem Kampf gegen das Unkraut verbringen musste.

Einen einzigen Menschen gab es jedoch, der unser scheinbar ungeordnetes Feld nicht mit gehobener Braue beäugte. Das war der junge Noah Merry, der zwischen den Pflanzen hin und her ging, unsere Arbeit und das kräftige Wachstum lobte und erklärte, er habe bereits auch daran gedacht, sich derlei Techniken anzueignen, wozu unser Experiment ihn nun weiter ermutige. Plötzlich, so schien es, sahen wir Noah Merry wesentlich öfter in Great Harbor als früher. Wann immer seine Familie Vorräte brauchte oder Großvater seinen Anteil an den Erträgen der Wassermühle auszahlen wollte, waren es nicht länger Jacob oder Josiah, die man auf der Farm am ehesten entbehren konnte, sondern stets Noah. Was für Geschäfte ihn auch immer hierherführten, schaffte er es stets in genau dem Moment mit seinem Wagen an unserer Tür vorbeizufahren, in dem ich den Tisch fürs Abendessen deckte. Und jedes Mal sagte mir Vater, ich solle noch ein weiteres Gedeck auflegen.

Ich will nicht behaupten, dass es mir schwerfiel, die Gesellschaft dieses gutmütigen jungen Mannes zu erdulden. An anderen Abenden fand die Unterhaltung am Tisch oft auf Latein statt, gewissermaßen als Übung für die Jungen, die es bitter nötig hatten, da sie am College nichts anderes sprechen würden. Obwohl ich den Versuch aufgegeben hatte, mich in dieser Sprache fortzubilden, konnte ich doch recht gut folgen, und es gefiel mir, Vaters Fragen und die Antworten darauf für mich zu formulieren und sie dann mit denen zu vergleichen, die mein Bruder und Caleb gaben. Selbst wenn sie Englisch sprachen, ging es oft um gelehrte Themen. Doch da es auf der Hand lag, dass es mit Noahs klassischer Bildung nicht weit her war, wurden in seiner Anwesenheit auch andere Tischgespräche geführt. Es ging eher um den üblichen Klatsch und Tratsch aus dem Dorf: wer vom Festland kam oder dorthinfuhr; ob eine neue Familie die Übersiedlung zu uns gewagt hatte; ob es Geburten oder Todesfälle gab; wer das Aufgebot bestellt oder eine Kuh gekauft hatte – derlei harmlose, kleine Neuigkeiten. Wenn Noah sich nach dem Wohlbefinden von jemandem erkundigte, lauschte er wirklich voller Aufmerksamkeit, wenn man ihn ins Bild setzte. Und seinerseits sprach er stets voller Begeisterung über seine Farm.

Und auch das war anders: Vater und Makepeace waren daran gewöhnt, dass ich bei Tisch schwieg und nicht an den Gesprächen teilnahm. Es kam nur selten vor, dass sie mich nach meiner Meinung fragten oder sonst einen Kommentar von mir erbaten, und Caleb hatte diese Angewohnheit von ihnen übernommen. Bei Noah war das jedoch ganz anders. Er wandte sich ständig an mich, fragte: »Glaubst du etwa...« oder »Was meinst du...«, und ich stammelte dann irgendeine Antwort, um nicht abweisend zu erscheinen. Er musste bemerkt haben, dass ich einmal, als die Rede auf den *otan* der Takemmy kam, der neben ihrer Farm lag, lebhafter reagierte als sonst, denn bei seinem nächsten Besuch hatte er Erkundigungen darüber eingezogen. Voller Begeisterung berichtete er, der Herstellung eines *mishoons* beigewohnt zu haben, und pries die geduldige Emsigkeit der Indianer, die zu diesem Zweck einen großen Holzstamm in Brand steckten und Tag für Tag die verkohlten Teile abschabten, bis genau die Form entstanden war, die für ein schnelles Kanu gebraucht wurde. Er erkundigte sich bei Caleb, wie das denn in Nobnocket vonstatten gegangen war, ob die Auswahl der Bäume überall gleich sei oder ob jeder *otan* es anders handhabe. Caleb schien nicht ganz bei der Sache zu sein und antwortete nur knapp. Ich fand das sonderbar, bis mir der Gedanke kam, die Gespräche über sein früheres Leben könnten für ihn unwillkommene Erinnerungen mit sich bringen. Doch dann fiel mir auf, dass er oft sehr zurückhaltend war, wenn Noah mit uns aß, ganz gleich, welche Themen zur Sprache kamen. Ich schloss daraus, dass er es noch nicht gelernt hatte, mit Engländern umzugehen, die nicht zur engsten Familie gehörten. Einen anderen Grund für sein kühles Gebaren konnte ich mir nicht vorstellen.

IV

Gestern Abend, als ich von den alltäglichen Dingen jener frühen Sommermonate schrieb, kam auf einmal ein Gefühl des Friedens in mir auf. Nachts träumte ich dann von jener Zeit, und als ich aufwachte, war ich voller Enttäuschung. Es ist wahr, dass ich damals ständig hundemüde war. Oft wachte ich im Morgengrauen auf und wünschte mir nichts sehnlicher als Schlaf, und meine Arme schmerzten so sehr von der Schufterei des vergangenen Tages, dass ich es kaum schaffte, Solace aus ihrem Bettchen zu heben und hinunterzutragen. Oft während des Tages richtete ich mich beim Teigkneten oder Hacken auf dem Feld kurz auf und dachte daran, wie ich noch ein Jahr zuvor ungezügelt und frei mit Caleb in der weichen, warmen Luft umhergestreift war, noch unberührt von der Sünde, die solches Unglück über uns gebracht hatte. Denn damals, in jenem Sommer, war ich so dumm gewesen, mein Leben als traurig zu empfinden, und wusste die Geschenke jener Jahreszeit nicht zu schätzen. Ich konnte nicht vorhersehen, welche Verluste und welche Mühsal erst noch auf mich zukommen sollten.

Mein anstrengendes Tagwerk zu jener Zeit war nichts im Vergleich zu der schweren Arbeit, die ich hier in Cambridge verrichte. Als ich heute Morgen den Eimer in den Brunnen hinabließ, um Waschwasser zu holen, erhaschte ich einen Blick auf mein Gesicht. Zuerst erkannte ich die ausgemergelte, finstere Fratze, die mich von dort unten anschaute, gar nicht. Auf der Insel hatte mich die frische Meeresluft stets mit neuem Leben erfüllt. Nie herrschte Mangel an sauberem Wasser oder an Holz, um das Haus zu heizen. Meine Aufgaben waren zwar zahlreich, aber auch sehr vielseitig. Hier jedoch friere ich und leide Hunger, und mein ganzes Leben ist eine Schufterei. Die verstorbene Herrin des Hauses war schon älter und hatte schlechte Augen. Fromme Sauberkeit war ihre Sache nicht, und so hatte ich eine ganze Weile zu tun, bis ich die Böden geschrubbt, die Ecken und Winkel von Mäusekot gesäubert und das schmuddelige Leinen mit blauer Stärke und kochendem Wasser gereinigt hatte. Es ist meine Aufgabe, die Kleider aller Schüler sowie die fadenscheinige Tischwäsche zu waschen und gegebenenfalls zu stopfen. Tag für Tag wische ich die Böden, schrubbe und bestreue sie einmal in der Woche mit Sand, so wie wir es zu Hause immer getan haben, obwohl diese Aufgabe hier, wo so viele Menschen mit schmutzigen Stiefeln ein und aus gehen, viel schwerer ist. Der Master, mein Herr, beauftragt die Jungen mit dem Holzhacken, sofern wir welches haben, doch es fein zu spalten, ist meine Sache. Da wir auf Schenkungen angewiesen sind, ist Holz die meiste Zeit knapp. Ich bereite das karge Mittagessen zu und richte ein paar Reste als Vesper und Abendbrot her. Ich backe Brot, koche eine dünne Brühe. Mehr kann ich mit so wenigen Lebensmitteln nicht ausrichten – jeweils einem Sack Roggen und Mais, ein wenig Hefe, einigen knorpeligen Stückchen Fleisch und ein paar Rüben. Wenn eine der Familien eines Schülers etwas spendet – einen Hammelhals etwa oder ein Paar Hühner –, dann ist das ein Segen, aus dem ich versuche, das Beste zu machen, indem ich die Knochen so lange auskoche, bis selbst ein verhungernder Hund nichts mehr daran zu knabbern finden würde. Doch die Zeiten sind hart für die Siedler, und derlei Geschenke waren in diesem Semester rar.

Die Schule geht auf die Crooked Street hinaus, rechts und

links davon steht jeweils ein Haus. Auf unserem bescheidenen Grundstück ist Platz für einen Garten, dessen Früchte, auch wenn es nur Wurzelgemüse und Kräuter sind, die Jungen vielleicht doch bei ein wenig besserer Gesundheit halten. Ich war sehr erstaunt, als ich feststellte, dass niemand bisher auf die Idee gekommen war. Es gibt genug Platz, um bei der Tür ein paar Hühner zu halten, und ich habe mir vorgenommen, ein paar aufzuziehen, sobald es wärmer wird. Im Herbst hatte ich bei Spaziergängen auf dem Cow Common oft wilden Dill oder Grünzeug für einen Salat gepflückt, war auf Beeren gestoßen, die andere übersehen hatten, und hatte damit eine schnelle Nachspeise zubereitet. Doch mit dem nahenden Winter bestand selbst auf diese kleinen Mengen keine Aussicht mehr, und jetzt ist jeder von uns hohlwangig und hat entweder eine laufende Nase oder einen feuchten Husten.

Cambridge ist kein hübscher Ort. Diejenigen, die hier in den Dreißigerjahren dieses Jahrhunderts gesiedelt haben, legten per Gesetz fest, dass die ersten sechzig Häuser ganz eng beieinanderstehen sollten, vermutlich aus Angst vor einem Angriff durch europäische Widersacher, denn die einstigen Ureinwohner dieser Gegend sind schon längst alle irgendeiner Seuche zum Opfer gefallen, über die es keine Aufzeichnungen mehr gibt. Die wie ein Schachbrettmuster angeordneten Häusergrundstücke sind schmal, und die flache Anhöhe, auf der die Stadt gebaut wurde, schneidet sie von dem Entwässerungssystem des Hinterlands ab, wodurch sich bei starken Regenfällen alles in einen morastigen Sumpf verwandelt. Es gibt mehrere Manufakturen hier, die zwar jede Menge Lärm verursachen – ein Gerber, ein Ziegelmacher, ein Schmied und ein Schiffsbauer erfüllen bei Tage jede Stunde mit einem Höllenkrach –, jedoch nicht ausreichen, um dem Städtchen Wohlstand zu bringen. Für Kutschen sind die Wege zu holprig. Da sich die Leute hier nicht darum scheren, wo sie ihre Nachttöpfe leeren, stinkt es erbärmlich, und überall erheben sich übelriechende Berge aus Unrat. Der Bach führt nur Brackwasser, doch selbst wenn das nicht der Fall wäre, könnte das Wasser nicht gesund sein, weil es im ganzen Ort als Kloake verwendet wird. Darum muss man auch statt Wasser auf leichtes Bier als Getränk zurückgreifen, wovon ich oft Kopfweh bekomme und das auch den Jungen bestimmt nicht zuträglich ist, vor allem den jüngsten nicht, von denen zwei kaum neun Jahre alt sind. Da man kein Holz für das Erwärmen von Badewasser erübrigen kann, erwartet Master Corlett von den Jungen, dass sie sich draußen an einem Trog waschen, von dem sie jeden Morgen erst einmal das Eis weghacken müssen, was sie natürlich nur mit Mühe schaffen. Ich musste ihm ein wenig Talg und Lauge abschwatzen, die ich mit Asche mischte, um Seife herzustellen. Ich kann mir nicht vorstellen, wie es war, bevor ich hierherkam. Und selbst jetzt, wo die Jungen Seife zur Verfügung haben, riechen sie streng, wenn sie im Klassenzimmer dicht nebeneinander in die Bänke gequetscht sitzen, und wenn ich den überfüllten Dachraum reinigen muss, in dem sie schlafen, atme ich nur durch den Mund, um den fauligen Gestank halbwegs ertragen zu können.

Das alles stellt Makepeace auf eine harte Probe, der ganze zwei Jahre älter als die ältesten Schüler hier ist. Vielleicht ist das auch der Grund, warum er bei jedem Anlass auf die Insel fährt, um einmal wieder etwas Gutes zu essen, ein paar Nächte an einem warmen Feuer zu schlafen, und einige Tage Einsamkeit und Frieden ohne seine lärmenden Mitschüler zu genießen. Doch sein häufiges Fehlen ist seinen Studien nicht gerade dienlich, und oft genug laufen ihm jüngere Schüler den Rang ab. Wann immer wir einen Spaziergang unternehmen, sehe ich, wie sein Blick die kurze Entfernung zwischen der Schule und dem Harvard College hin und her wandert und den Studenten in ihren Talaren folgt. Seine Augen bekommen dann einen begierigen Ausdruck, doch die kleine Falte zwischen seinen Brauen sagt mir, dass der Zweifel an ihm nagt und er sich fragt, ob er wohl jemals seinen Platz unter ihnen einnehmen wird.

Für Caleb und Joel gibt es solche Ruhepausen, wie sie Makepeace für sich in Anspruch nimmt, nicht, denn ihnen bleibt die Fahrt auf die Insel schon aus Geldmangel verwehrt. Ich kann mir nur vorstellen, dass das Leben hier für sie unerträglich ist, denn das hier ist eine Welt, die ihnen vollkommen fremd und, in vielerlei Hinsicht, auch derjenigen weit unterlegen ist, die sie früher gekannt haben. Besonders für Caleb, der den größten Teil seines Lebens in der Natur verbracht hat, muss es eine gewaltige Umstellung sein, hier eingesperrt zu sein, und ich weiß sehr wohl, wie sehr er kämpft, um sich allem anzupassen. In den ersten Wochen, nachdem wir hierhergekommen waren, riss mich in der dunklen Stunde vor Morgengrauen des Öfteren etwas aus dem Schlaf, und wenn ich mich auf meiner Pritsche umdrehte, sah ich einen Schatten vorbeihuschen. Es war Caleb, der sich auf leisen Sohlen aus der Tür und durch den Küchengarten schlich. Vermutlich suchte er nach einem Platz, von dem aus er Kessakand begrüßen konnte. Mittlerweile tut er das nicht mehr. Ich habe nicht mit ihm darüber gesprochen, weil ich kein Salz in seine Wunden streuen wollte, deshalb kenne ich auch seine Gründe nicht. Doch vermute ich, dass er nach einem Platz suchte, der dem von früher ähnelte, einem Platz frei vom Ruß und Gestank englischer Betriebsamkeit, von dem aus er die Sonne begrüßen konnte. Wenn dem so war, dann musste seine Suche vergeblich bleiben, denn zumindest in der näheren Umgebung hat der Mensch hier auf jedem Zoll Erde deutlich seine Spuren hinterlassen.

Mich ärgert es, wenn ich gelegentlich den Schulmeister oder einen der älteren englischen Schüler sagen höre, ein Indianer müsse sich besonders glücklich schätzen, hier zu sein. Ich bin zu dem Schluss gekommen, dass es ein Fehler von uns ist, immer nur das zu sehen, was wir in einem solchen Fall geben, und nie in Betracht zu ziehen, was andere aufgeben müssen, um diese Gabe anzunehmen. Und doch steht es mir nicht zu, dies alles gegeneinander abzuwägen – den Glauben an Jesus Christus und unsere Bildung gegen eine heidnische Götterwelt und ein unbequemes Leben in der Wildnis. Ich muss jedoch davon ausgehen, dass Caleb und Joel beide Welten als gleichwertig empfinden. Denn sie glauben fest an die ehrgeizigen Pläne, die mein Vater mit ihnen hat, und arbeiten fleißig an ihrem Lernpensum. Beide sind fest entschlossen, sich im nächsten Herbst in Harvard zu immatrikulieren. Vaters Glauben, dass sie dazu ausersehen sind, ihr Volk aus der Finsternis zu führen, haben sie sich zu Herzen genommen, und um dies zu tun, müssen sie nicht nur Hunger und Kälte ertragen, sondern auch ihre Auffassungsgabe an ihre Grenzen führen.

Eines muss ich Master Corlett, dem Schulmeister, lassen: Er widmet sich denjenigen, die lernen wollen, in außergewöhnlichem Maße und unterrichtet sie bis spät in die Abendstunden. Ich bete nur, dass Caleb und Joel nicht unter der Last zusammenbrechen und sich ihre Gesundheit der ungesunden Umgebung hier gewachsen erweist. Sie sind stark, aber ich erkenne dennoch eine Veränderung in ihnen.

Joel hat etwas von dem ausgehungerten Äußeren seines Vaters aus jenen Tagen angenommen, als Iacoomis sich zum ersten Mal bis an die Grenzen der englischen Siedlung vorwagte, noch bevor er und Vater Freunde wurden. Manchmal, wenn ich um eine Ecke biege und unerwartet auf Joel stoße, finde ich die Ähnlichkeit verblüffend. Für Iacoomis bedeutete sein neues Leben in Great Harbor einen großen Fortschritt, er hatte sich vom Ausgestoßenen zu einem geschickten Ernährer entwickelt, der gut für seine Nachkommen sorgen konnte. Joel jedoch hat seine wohlgenährte Körperfülle verloren und wirkt nunmehr fast sehnig und hager. Caleb kommt besser mit den Umständen zurecht, denn sein Körper ist an die jährlichen Zyklen eines üppigen Sommers und eines kargen Winters gewöhnt. Wie er allerdings auf lange Sicht mit den andauernden Entbehrungen hier zurechtkommen wird, vermag ich nicht zu sagen. Jedenfalls vergeht kein Tag, an dem er nicht eine neue, anmutige Redewendung lernt oder an seinem Gebaren als Gentleman feilt, und seine Größe und natürliche Haltung heben ihn deutlich von anderen ab. Er quillt beinahe über, wie ein Bach, der Hochwasser führt, denn er sammelt alles Wissen, das ihn umspült, was auch immer es sein mag. Ich bemerke, wie er die anderen Schüler beobachtet, selbst die jüngeren, als wollte er überprüfen, ob ihre Herkunft sie vornehmer gemacht hat. Schon von Beginn an hatte er ein ausgezeichnetes Gehör für Englisch, und mittlerweile spricht er fließend und gänzlich ohne Akzent. Dabei bewegt er sich mit so großer Selbstverständlichkeit auch unter Menschen, die ihrem Rang nach weit über ihm stehen, dass über kurz oder lang all diejenigen, die seine Geschichte nicht kennen, ihn schwerlich als den erkennen werden, der er ist, und ihn eher für einen Spanier oder Franzosen, oder den Angehörigen eines anderen, dunkleren Volksstammes halten werden.

Vor nicht allzu langer Zeit, als ich durch den Flur neben dem Klassenzimmer ging, hörte ich, wie der Master ihn bat, laut eine Passage aus der Bibel in Hebräisch vorzulesen. Da die Schüler erst kürzlich mit dem Studium dieser Sprache begonnen hatten und noch nicht recht wussten, welche Klänge zu diesen sonderbaren, flammenden Buchstaben gehörten, blieb ich stehen, den Arm voller Leintücher, um ein wenig zu lauschen. Master Corlett hatte Caleb dazu aufgefordert, sich selbst eine Stelle auszusuchen, und er hatte einige Verse aus dem Buche Jeremia gewählt. Ich hörte seine Stimme, kräftig und selbstbewusst, wie sie diese kehligen Laute formte, die so sehr denen seiner Muttersprache ähnelten. Seit ich hierher kam, habe ich gehört, manche Gelehrten hielten die Indianer wegen der Ähnlichkeit der Sprache für einen der verlorenen Stämme Israels. Caleb ging sehr bedachtsam vor und schien sich die Aussprache eines jeden Wortes vorher genau zu überlegen. Als ich hörte, wie wacker er sich in einem so schwierigen Unterfangen schlug, freute ich mich zuerst, bis ich merkte, dass an seiner Stimme etwas Fremdes war, das nichts mit der Aussprache der hebräischen Wörter zu tun hatte. In der alten Sprache nahm seine Stimme einen ganz anderen Klang und Ton an. Auf einmal hatte ich das Gefühl, er singe die Worte mit der Stimme eines *pawaaw*... und bei diesem Gedanken war ich sogleich wieder bei jenen bunt gefärbten Klippen am Meer und hörte die wilden, heftigen Gebete, die in einen Himmel voll züngelnder Flammen emporstiegen.

Meine Arme erschlafften, und einige der Leintücher fielen zu Boden. Als ich mich bückte, um sie aufzuheben, begann der Master, das Hebräische ins Englische zu übersetzen, und die Bedeutung der Passage traf mich mitten ins Herz: *Lasst uns in die festen Städte ziehen, dass wir daselbst umkommen. Denn der Herr, unser Gott, wird uns umkommen lassen und tränken mit einem bitteren Trunk, dass wir so gesündigt haben wider den Herrn. Wir hofften, es sollte Friede werden, doch so kommt nichts Gutes. Wir hofften, wir sollten heil werden, aber siehe, so ist mehr Schaden da.*«

Und auch diese letzten Worte erinnerten mich an etwas – an Tequamuck und seine schrecklichen Prophezeiungen. Wenn es wirklich so ist, dass die hiesigen Indianer verlorene Juden sind, dann ist vielleicht einer wie Tequamuck der Jeremias seines Volkes. Nicht zum ersten Mal ging mir durch den Kopf, was Caleb wohl in jenen Monaten in der Wildnis erlebt hatte. War er, wie Makepeace behauptete, wirklich ein Gefäß, durch das noch immer Dunkelheit sickerte, ein Kanal, durch den das Böse selbst in Gottes eigene Kirche gespült werden konnte ...?

Natürlich war dem nicht so. Diese krankhaften Vorstellungen waren allein meiner Erschöpfung geschuldet. Und doch traten mir Tränen in die Augen. Ich bin so nah am Wasser gebaut. Und auch jetzt, während ich dies schreibe, kommen mir die Tränen. Es scheint, als könnte ich bis in alle Ewigkeit weinen, und doch wäre das Brünnlein meines Kummer noch nicht versiegt.

V

Heute Nacht las ich das, was ich hier niedergeschrieben habe, und habe beschlossen, dass ich in meinen Schilderungen fortan klarer sein will. Ich darf nicht mehr hin und her springen, wie ich es gestern Abend getan habe. Und auch das: Ich muss mich vor allzu großer Empfindsamkeit und krankhaften Gedanken hüten. Die letzten Zeilen des Geschriebenen sind verwischt, weil ich mich habe gehen lassen. Verzweiflung ist ein Vergehen, das ich meinem Sündenregister nicht auch noch hinzufügen will. Deshalb will ich mich nicht nur darum bemühen, größere Sorgfalt beim Schreiben walten zu lassen, sondern in einfachen Worten das niederschreiben, was damals auf der Insel geschah, und versuchen, darin Gottes Hand zu erkennen.

So groß die Freude in jenem Sommer, der Calebs Ankunft bei uns folgte, gewesen sein mag: Sie endete an einem Tag, der so schön und still war, dass ich mich in ihm bewegte, als schwämme ich in einem Bad aus Honig. In der Nacht zuvor hatte es geregnet; jener schwere, stark duftende Sommerregen, der Staub und Blütenpollen aus der Luft wäscht und alles ganz rein und sauber zurücklässt. Der Duft von gereiften Früchten und Blüten verstärkte sich noch, als der Morgen ins Land ging und es heiß wurde. Der Hafen funkelte im Sonnenlicht, und wenn eine winzige Brise durch das Seegras ging, schimmerte ein jeder Grashalm wie ein Faden aus geschmiedetem Silber.

Ein solcher Tag ist wie ein Geschenk des Himmels, man

ist unbekümmert, und die ganze Welt scheint wohlauf. Tragödien erwartet man zu anderen Zeiten – wenn der Himmel trüb und grau ist, wenn Nebel herrscht und bittere, heulende Winde wehen –, an Tagen, die man bereits mit einem Gebet beginnt, Gott möge Unheil abwenden. Das weiß ich. Doch an jenem Tag waren meine Gedanken reich und voller Verheißung. Selbst als am frühen Morgen ein Huhn krähte wie ein Hahn, was als Vorbote von Unheil allseits bekannt ist, beachtete ich das böse Omen nicht. Es war einfach undenkbar, dass an einem solchen Tag etwas misslingen könnte.

Ich ging nach draußen, um die reifen Bohnen und Kürbisse zu pflücken. Zu dieser Zeit wuchsen sie so üppig, dass ich zwei Körbe mitnehmen musste, um meine Ernte nach Hause zu tragen. Ich mochte es, gleich beim ersten Tageslicht zu ernten, nachdem ich mich ganz leise aus dem Bett gestohlen hatte, ohne Solace zu wecken. Es war schön, auf dem noch kühlen, taubedeckten Feld meinen Pflichten nachzugehen. Wenn Solace mit mir aufwachte, wie sie es an diesem Morgen tat, dann musste ich das Ernten auf die Zeit nach dem Mittagessen verschieben, wenn die Hitze des Tages am größten war und sie ihr Nickerchen machte. Dann lag sie sicher in ihrem Bettchen, während Vater mit dem Unterricht begann, und wenn sie sich vor meiner Rückkehr rührte, holte Makepeace sie und spielte ein wenig mit ihr, solange es nötig war. Davor drückte er sich nie, und er beklagte sich auch nicht, denn Solace war das einzige menschliche Wesen, bei dem es ihm leichtfiel, seine wahre Zuneigung zu zeigen. Außerdem gewährte das Spielen ihm, wenn ich es heute recht bedenke, eine kurze Pause vom Unterricht und verschaffte ihm eine gewisse Ausrede für sein langsames Lernen. So hielten wir es, Tag für Tag, und für mich gab es keinen Grund, diese Übereinkunft in Frage zu stellen.

Weil es ein so schöner Tag war, hatte ich beim Ernten keine Eile, während es immer heißer und schwüler wurde. Ich ließ mir Zeit, pflückte die jungen, knackigen und saftigen Bohnen von ihren Stengeln und begab mich dann gemütlich auf den Heimweg. Auf dem Weg sang ich einen Psalm vor mich hin und dachte kaum daran, dass ich mich beeilen müsste, ehe ich an der Haustür die Hand auf den Riegel legte. Vater las laut die Polyphem-Episode aus der Odyssee, und man hätte eine Stecknadel fallen hören, so mucksmäuschenstill waren seine Zuhörer. Da aus Solaces Bettchen nichts zu hören war, ging ich davon aus, dass sie noch schlief. Ich band meine Haube auf, warf sie schwungvoll auf den Haken hinter der Tür und machte mir in der Speisekammer zu schaffen, wo ich die Körbe auslud, einige der zartesten Bohnen aussortierte, die man gleich ganz frisch essen konnte, und die fetteren auf Regale legte, um sie für die Winterlagerung zu trocknen und zu enthülsen. Und ich will es gerne zugeben: Auch ich lauschte der altbekannten Erzählung aus Vaters Mund und wartete auf meine Lieblingszeilen, die nämlich, wo Odysseus in seinem Stolz verrät, wer er ist, und sich den Zorn des Polyphem zuzieht, der ihn und seine Männer so teuer zu stehen kommen wird. Es war eine berührende Stelle in Homers Epos, und wie immer war ich verblüfft, dass ein heidnischer Dichter vor langer Zeit schon so viel über das menschliche Herz gewusst haben sollte, und wie wenig sich dieses Herz geändert hatte, obwohl die großen Städte der Antike längst untergegangen und neue Zeitalter angebrochen waren, die den alten, heidnischen Glauben hinweggefegt hatten.

Darüber dachte ich noch eine Weile nach, als Vater seine Lesung bereits beendet und die Jungen aufgefordert hatte, mit der Übersetzung zu beginnen. Da endlich fiel mir Solace wieder ein. Ich ging hinein und fand ihr Bett leer vor. Ich schaute unter dem Tisch und in den Ecken nach, auch überall sonst im Zimmer, und hatte noch immer keine böse Vorahnung, weil ich fest davon überzeugt war, sie gleich irgendwo friedlich spielend vorzufinden, an einem Ort, an dem nicht mit ihr zu rechnen war.

Erst als ich sie nicht fand, unterbrach ich Vater und fragte, wo sie wohl sein könne.

Er schaute mich erschrocken an und blickte sich voller Verwirrung im Zimmer um.

»Gerade eben war sie noch hier. Sie ist aufgewacht und hat gequengelt, weshalb ich Makepeace bat, sie zu holen und hierher neben mich zu setzen...«

Caleb und Makepeace waren bereits aufgesprungen, gefolgt von Joel. Makepeace tat das, was auch ich bereits getan hatte, und suchte jede Ecke ab. Wir alle waren verwirrt, und unsere Suche wurde immer aufgeregter, wieder und wieder riefen wir ihren Namen. Nur Caleb schoss in diesem Moment wie ein Pfeil nach draußen, und hatte die kurze Strecke in wenigen, langen Schritten zurückgelegt.

Sie lag mit dem Gesicht nach unten in dem flachen, nicht einmal einen Meter tiefen Wasserloch, aus dem einmal unser neuer Brunnen hätte werden sollen. Nach den Regenfällen der vergangenen Nacht hatte sich Wasser darin gesammelt, nur wenige Zoll. Und doch hatten sie genügt, um das kleine Mädchen, das auf wackeligen Füßen zum Rand der Vertiefung getapst und hineingefallen war, ertrinken zu lassen.

Caleb hob den schlaffen, schlammigen kleinen Körper in die Höhe und eilte zurück zu Vater und mir in den Garten. Er schrie etwas auf Wampanaontoaonk. Makepeace, der aus dem Haus kam, sah ihn und heulte auf wie ein verwundetes Tier.

Ich erinnere mich noch an das Wasser, das vom Saum ihres Kleidchens tropfte und aus ihrem seidigen Haar floss, als Caleb sie in die ausgestreckten Arme meines Vaters legte. Die Tropfen glitzerten im Sonnenlicht, als würde ein Engel ihren Weg zum Himmel mit kleinen Juwelen bestreuen.

VI

Es war, als würden wir Zuriels Tod noch einmal erleben. Damals hatte sich Vater – grundlos, denke ich – Vorwürfe gemacht, weil er Zuriel mit dem Wagenrad überfahren hatte, und jetzt konnte er es sich nicht verzeihen, dass er nicht auf Solace aufgepasst hatte, solange sie in seiner Obhut war. Sein Schmerz war vielleicht sogar noch größer, weil Mutter nicht mehr an seiner Seite war, die seine ganze Kraft benötigt hätte, um darüber hinwegzukommen. Und tatsächlich war es so, als hätte der Verlust des kleinen Mädchens den Schorf von der Wunde gerissen, die er bei Mutters Verlust erlitten hatte. Es war nur etwas mehr als ein Jahr vergangen seit ihrem Tod, und jetzt war unsere ganze Trauer um sie wieder da und verstärkte das Entsetzen über das, was mit Solace passiert war.

Auch Makepeace fühlte sich verantwortlich für das Unglück, doch sein Glaube zeigte ihm wie immer den Weg und wies ihn an, sich Gottes Willen ohne Klage zu beugen. Wenn wir weinten, betete er. Dieses Mal war jedoch sein Fleisch schwächer als sein Geist, denn auf seiner Haut bildeten sich nässende Geschwüre, und sein Haar begann in kleinen Büscheln auszugehen.

Auch Joel und Caleb trauerten. Obwohl sie unsere christlichen Gebete mit uns sprachen, bin ich mir sicher, dass die beiden nach dem Begräbnis zusammen in den Wald gingen und ihre Gesichter mit Asche beschmierten, so wie man es bei ihrem Volk tut, wenn ein Kind gestorben ist. An dem Tag, der dem Begräbnis folgte, fand ich auf Solaces Grab ein paar immergrüne Zweiglein, die ganz gewiss nicht von englischer Hand dorthin gelegt worden waren. Ich war mir sicher, dass Caleb dahintersteckte. Joel ist nicht mehr mit den heidnischen Bräuchen seines Volkes aufgewachsen, in denen es heißt, ihr Gott habe Mann und Frau aus einem Kiefernbaum geschaffen, und selbst wenn er sie im Allgemeinen kennt, so glaube ich nicht, dass er sich veranlasst gefühlt hätte, etwas Derartiges zu tun. Falls es Vater bewusst war, dass sie heidnische Riten vollzogen hatten, so sagte er in meiner Anwesenheit jedenfalls nichts dazu. Doch für mich, die ich den Waschzuber leerte und ihre Ärmel und Krägen schrubbte, war es offensichtlich.

Und auch das will ich hier festhalten: In der Nacht, bevor wir Solace beerdigten, hielt Vater bei ihr Totenwache. Als ich ihren kleinen Körper zum letzten Mal wusch, mischten sich meine Tränen mit dem Badewasser. Ich hatte ihr ein einfaches Kleidchen genäht und es mit Spitze von unserem Taufkleid besetzt. Mutter hatte es einst für mich angefertigt, und Solace hatte es an dem Tag getragen, als wir sie, noch immer in Trauer um Mutter, zum Versammlungshaus gebracht hatten, um sie taufen zu lassen. Während ich nähte, zimmerten Vater und Makepeace zusammen ihren kleinen Sarg, und der Duft von Kiefersägespänen hing in der Luft. Wir hatten sie bereits hineingelegt, aber noch nicht den Mut gefunden, den Deckel zuzunageln. So saßen wir und beteten, bis Vater uns zu später Stunde alle zu Bett schickte. Ich fühlte mich so leer an, dass ich nicht schlafen konnte. Ganz früh am Morgen hörte ich von unten ein Geräusch und dachte, das könne nur Vater sein, der vor Ruhelosigkeit und Kummer keinen Schlaf finde. Ich warf mir den Schal um die Schultern und wollte bereits hinuntergehen, als ich sah, dass es Caleb war, der sich da zu schaffen machte. Vater war in seiner Erschöpfung am Tisch eingeschlafen. Caleb stand neben Solace. Ich sah, wie er ihre winzige Hand hob und ihr etwas zwischen die Finger legte.

Am Morgen ging ich heimlich zu Caleb und fragte ihn, was er getan habe, weil ich fürchtete, das, was er ihr in die Hand gedrückt hatte, könne etwas Unchristliches gewesen sein. Er sagte mir, es sei ein Stück Pergament gewesen, auf dem er in Schönschrift eine Passage aus der Heiligen Schrift kopiert hatte. *Lasset die Kindlein zu mir kommen...* Er habe das Schriftstück mit seinem eigenen, mit Wampum-Muscheln besetzten Armband aus Rehleder an die Holzpuppe gebunden, die Makepeace für sie geschnitzt und mit der sie in den letzten Monaten ihres Lebens so gerne gespielt hatte.

»Ein Medizinbeutel, so wie ihn die *pawaaws* benutzen?«, fragte ich, etwas beunruhigt.

»Nein«, sagte er gelassen. »Nicht ganz.«

»Aber doch gewiss etwas Ähnliches...«, sagte ich und knetete meine Hände.

Er streckte die Hände aus und legte sie auf die meinen, löste ganz behutsam meine verknoteten Finger. In den Monaten, seit er zu uns gekommen war, waren seine Hände weniger rau geworden.

»Warum sollten wir sie begraben ohne eine Liebesgabe, die wir ihr alle zusammen schenken? Dein Vater predigt, dass nicht alles aus dem alten Glauben böse ist. Wenn, wie er es darstellt, unser Schöpfergott Kiehtan euer Jehova mit anderem Namen ist, warum sollen wir dann den alten Brauch ablegen, den wir von ihm haben, nämlich dem Verstorbenen ein kleines Trostgeschenk mitzugeben, wenn er von dieser Welt in die nächste übergeht? Ein Stück aus der Heiligen Schrift, ein paar Perlen, und ihre Puppe. Was soll schlecht daran sein?«

Ich konnte darauf nichts erwidern. Dennoch bereitete mir der Gedanke daran Unbehagen, und ich schwankte unaufhörlich hin und her wie eine Waage, deren Zünglein nicht zur Ruhe kommt.

Nach ihrem Begräbnis begann für uns erneut eine Zeit harter Seelenprüfung, in der ein jeder von uns herauszufinden versuchte, wo er vor den Augen Gottes versagt hatte. Ich sah in dem Geschehenen eine weitere Bestrafung für meine Götzendienste, die zu gestehen ich noch immer nicht über mich gebracht hatte. Makepeace wiederum ging in die Versammlung und bezichtigte sich öffentlich einer ganzen Litanei von Vergehen, angefangen bei der Völlerei bis hin zur Trägheit – alles Charakterfehler, die mir durchaus bekannt waren. Doch dann nannte er auch die Fleischeslust, was mich überraschte und schließlich dazu brachte, ihn einmal nicht mehr nur mit den Augen einer Schwester zu betrachten und mir bewusst zu machen, dass er kein Junge mehr war. Ich fragte mich, ob seine Lust denn ein Objekt habe, und wenn, wer dies wohl sein mochte. Danach folgte ich seinen Blicken mit größerer Aufmerksamkeit, konnte aber nichts entdecken. Er machte gewaltige Anstrengungen, sich in den beiden erstgenannten Todsünden zu bessern, indem er bei Tisch nur noch wenig zulangte und sich mit besonderem Eifer seinen Aufgaben widmete. Was die dritte Sünde betraf, so wusste ich nicht, wie es ihm damit erging. Um zu erkennen, ob seine Zuneigung tatsächlich in eine bestimmte Richtung ging, fehlte mir jedenfalls der scharfe Blick.

Es war Vater, bei dem die Zeit der Besinnung die größten Veränderungen zeitigte. Sein Gewissen führte ihn zu dem Schluss, dass er sich noch zu wenig bemüht hatte, die Stellung der *pawaaws* und ihre Macht über die Menschen zu erkennen. »Sie sind das stärkste Band dieser Leute mit der Dunkelheit«, sagte er. »Und ich muss es durchtrennen. Es gibt keinen anderen Weg.« Er beschloss, nicht mehr darauf zu warten, dass

Bekehrte zu ihm kamen, um dann die Botschaft Gottes aus Manitouwatootan hinauszutragen. Er begann, die nichtchristlichen Siedlungen zu bereisen, und bat die *sonquems* um Erlaubnis, bei ihnen zu predigen. Während dieser Ausflüge war immer jemand an seiner Seite, ob Makepeace, Caleb oder Joel, und aufgrund ihrer Gespräche bei Tisch konnte ich mir ein Bild von diesen Begegnungen machen. Was ich erfuhr, beunruhigte mich zutiefst.

Es schien, dass Vater beim Predigen heftig geworden war und an die Stelle eines sanften Evangeliums der Liebe und der Vergebung bedrohliche Visionen des Fegefeuers getreten waren, die den Nichtgläubigen Hölle, Verdammnis und Blutrache in Aussicht stellten.

Eines Tages kam er nach Hause, nachdem er dem dickköpfigen *sonquem* von Chappaquiddick gepredigt hatte. Von der Überfahrt auf die kleinere Insel war er durchnässt und mit Sand und Unrat bedeckt, und als ich ihm Wasser zum Waschen warm machte, sah ich, dass er seinen rechten Arm nicht bewegen konnte. Als ich ihn danach fragte, sagte er, er habe von dem *sonquem* einen Schlag mit dem Kriegsbeil erhalten, der Arm sei zwar schwer geprellt, jedoch nicht gebrochen.

»Mach dir keine Sorgen, Tochter«, sagte er. »Ich habe einen Arm, um Verletzungen hinzunehmen, und einen zweiten, um ihn zum Lobpreis Gottes zu heben. Als man mir an dem einen dies antat, hob ich den anderen umso höher zum Himmel, und wahrlich, ich sage dir, als der *sonquem* sah, dass ich ihn nicht fürchtete, sondern standhaft blieb, war er schließlich doch noch bereit, meinen Worten zu lauschen, bat auch seinen *pawaaw*, dies zu tun, etwas, das er bislang noch nie zugelassen hat.«

Vaters Predigten wurden sogar noch feuriger, als der Sommer seinen Höhepunkt erreichte, und sein Eifer machte selbst vor den sicheren Mauern unseres Versammlungshauses nicht Halt. Auch dort redete er sich in Rage, der Schweiß tropfte ihm von der Stirn, wenn er seine Rede schließlich heftig gestikulierend in der Behauptung gipfeln ließ, er würde alle *pawaaws* der Insel unter seiner Ferse zermalmen. Von den Aldens erntete er für dieses Versprechen zustimmende Blicke und »Amen!«-Rufe, doch als ich einen Blick zurück zu der Bank von Iacoomis wagte, blickte die Familie betroffen drein, und auch Caleb auf dem Platz neben Makepeace runzelte die Stirn.

Mitte August gab Vater sein Einverständnis, sich einer Herausforderung der *pawaaws* zu stellen, von denen er fünf zu einer Art Wettstreit der Kräfte treffen sollte. Ich hörte mit an, wie Joel und Caleb darüber sprachen, mit leiser und beunruhigter Stimme. Ich gab die Nachricht an Makepeace weiter und bat ihn, Vater von dem Vorhaben abzubringen, das, wie ich fand, voller Gefahren war, für ihn selbst und auch für das Evangelium, denn an dem Tag konnte ihm alles Mögliche zustoßen. Vielleicht gab man ihm etwas Vergiftetes zu trinken, oder er würde durch Zufall erkranken, und jeder würde das als Zeichen dafür deuten, dass die *pawaaws* ihn besiegt hatten.

Wie ich anständigerweise zugeben muss, schloss sich Makepeace meiner Meinung an und dankte mir für meinen Rat. Ich hörte mit an, wie er und Vater bis spät in die Nacht redeten und Makepeace ihn zu Vorsicht drängte, doch ohne Erfolg. In jener Nacht war es Vater, der seine Zunge nicht zügeln konnte. Ich hörte ihn ziemlich deutlich durch den Trennvorhang, und seine Stimme wurde in seinem Feuereifer immer lauter. »Makepeace, begreife doch! Wenn ich nicht gehe, dann werden sie denken, dass ich Angst habe. Und ich lasse es nicht zu, dass sie das von mir oder der Botschaft des Herrn denken.«

Am vereinbarten Morgen stand Vater auf und machte sich auf den Weg zu dem vereinbarten Treffpunkt. Er hatte Makepeace angewiesen, ihn nicht zu begleiten, denn er wollte den *pawaaws* ganz allein entgegentreten, um ihnen zu zeigen, dass er sie nicht fürchtete. Caleb und Joel gingen jedoch trotzdem heimlich hin, auf Schleichwegen, die nur Caleb kannte. Als sie zurückkehrten, waren sie sehr aufgeregt und erzählten während des kurzen Augenblicks, den wir allein waren, Vater habe einen großen Sieg davongetragen, und das vor einer gewaltigen Anzahl von Wampanoag, die sich versammelt hatten, um sich den Wettstreit anzuschauen.

Bei Tisch drängte Makepeace Vater, uns das Geschehene zu schildern. Vater sagte, er habe in einem Kreis gestanden, den die bemalten Hexenmeister bildeten, und dann hätten sie mehrere Stunden lang, mal gemeinsam mal jeder für sich, ihre schrecklichsten Zaubersprüche, Flüche und Verwünschungen an ihm ausprobiert, sie hätten getanzt und gesungen, getrommelt und ihre Kalebassen geschwenkt. Er selbst habe bloß gelacht und sie damit wütend gemacht, und dabei nie aufgehört, mit lauter Stimme von der Macht des wahren Gottes zu predigen. Am Ende sei er unbehelligt seines Weges gegangen.

In den darauffolgenden Wochen folgten ihm die Bekehrten in Scharen, während sich die Kunde von dem Glaubenswettstreit von Insel zu Insel verbreitete. Als einer der an dem Wettstreit beteiligten *pawaaws* am Fleckfieber erkrankte, und kurz darauf ein weiterer, kamen die übrigen drei nach Manitouwatootan und nahmen das Evangelium Christi an.

Einen jedoch gab es, der sich Vaters Zugriff entzog: Calebs Onkel Tequamuck. Vor Caleb sprach Vater nicht schlecht über ihn, doch in einem Gespräch mit Großvater, das ich mit anhörte, schimpfte und wetterte er über die Berichte, welche ihm über die Lehren jenes *pawaaw* zugetragen wurden. Noch immer jagte Tequamuck seinem Volk Angst ein, indem er allerhand abstruse und furchterregende Prophezeiungen über die Engländer verbreitete. Diese kämen, wie er behauptete, in Visionen über ihn, welche die besondere Gabe des Geistes seiner Ahnen seien. Tequamuck hasste Vaters Predigten, bezeichnete sie als Zaubersprüche, die nur dazu dienten, die Menschen von ihren eigenen Göttern zu entfernen. Er warnte, wenn es Vater erst gelungen sei, seine Stammesbrüder von ihren Schutzgöttern zu lösen, würden die Engländer sie endgültig vernichten. Ich weiß nicht, ob Tequamuck meinen Vater wirklich für so böse hielt. Ich glaube jedoch durchaus, dass er ihn hasste, so wie man eben einen Menschen hasst, der einem die Zuneigung derer raubt, die man liebt. In Tequamuck brannte eine wütende Eifersucht darüber, dass Caleb bei Vater in die Schule ging, um dem englischen Gott zu dienen. Ab und zu erreichte uns die Nachricht, dass er schreckliche Drohungen gegen das Leben meines Vaters ausgesprochen hatte. Doch wenn diese Vater beunruhigten, so ließ er sich das nicht anmerken.

Stattdessen setzte er mit noch mehr Nachdruck alles daran, Menschen zu bekehren. Er begann, regelmäßiger mit John Eliot zu korrespondieren, der eine Mission auf dem Festland leitete und, soweit wir gehört hatten, der Einzige unter den Auserwählten der gesamten Kolonie war, der sich aufrichtig dieser heiligen Pflicht widmete. Vater zog aus dieser Korrespondenz großen Mut und kam auf den Gedanken, einen zweiten Missionar auf die Insel zu holen. Besonders sprach er über all die Möglichkeiten, die man hätte, wäre er nur finanziell in der Lage gewesen, einen Schulmeister für die Indianerkinder anzustellen. Ein solches Salär für einen ausgebildeten Pfarrer oder einen Lehrer, der ein derart schwieriges Amt übernommen hätte, konnte er jedoch nicht erübrigen.

Es war Großvater, der Vater auf die Idee brachte, eine Reise nach England zu unternehmen, um bei der »Gesellschaft für die Verbreitung des Evangeliums Jesu Christi unter den Indianern« Spendengelder für die Missionsarbeit aufzutreiben. Diese Gesellschaft hatte sich auch gegenüber John Eliot als großzügig erwiesen. Die Engländer, die sich unter dem Banner dieser Gesellschaft zusammengeschlossen hatten – wohlhabende Leute ebenso wie einfache Bauern –, brannten darauf, Menschen zu bekehren, und wurden angesichts des mangelnden Erfolges, den man bislang aus Neuengland zu berichten hatte, allmählich ungeduldig.

Großvater war in Gelddingen immer schon geschickt gewesen. Doch wenn ich heute zurückblicke, dann glaube ich, er fürchtete auch um Vaters Geisteszustand. Er hatte die Veränderungen beobachtet, die in seinem früher so friedfertigen Sohn seit Solaces Tod vorgegangen waren, und hatte vielleicht das Gefühl, er habe mit seiner neuen Art zu predigen, allen früheren Erfolgen zum Trotz, einen gefährlichen Kurs eingeschlagen. Ich glaube, er wollte meinen Vater ablenken, indem er ihm eine neue Aufgabe stellte.

Zuerst wollte Vater von einer solchen Reise nichts wissen, denn er hatte sich, wie er sagte, vorgenommen, Makepeace, Caleb und Joel auf ihre Einschreibung am College vorzubereiten und wollte sie nicht mitten in diesem Unterfangen im Stich lassen. Wir waren nach unserer Versammlung am Tage des Herrn zum Essen zu Großvater gegangen und kehrten gerade zum Gemeindehaus zurück. Makepeace war vorausgegangen, und Caleb hatte sich der Familie von Iacoomis angeschlossen. Ich ging ein paar Schritte hinter Vater und Großvater, und ich bin mir sicher, sie hatten vergessen, dass ich da war.

»Denk darüber nach, mein Sohn«, sagte Großvater. »Du stellst die Bedürfnisse von drei Menschen über die Seelen von dreitausend. Wenn du wartest, bis diese Burschen bereit sind, wird ein Jahr oder mehr verloren sein. Geh bald, und du wirst rechtzeitig zurückkehren, um dem Gebäude des Lernens, das ihr gemeinsam errichtet habt, den letzten Schliff zu geben. Gewiss ist doch Makepeace fortgeschritten genug, um den Lateinunterricht unserer hoffnungsvollen jungen Propheten fortzusetzen.«

»In Latein kann er vielleicht noch etwas ausrichten, doch es ist nur eine Frage der Zeit, bis die jüngeren Burschen ihm den Rang ablaufen. Im Griechischen hat er schwer zu kämpfen. Makepeace ist einfachen Geistes, geprägt durch das Studium der Bibel. Dagegen ist nichts zu sagen; solch ein Mann wäre ein tüchtiger Pfarrer. Doch ich fürchte, er ist in seinem Bibelstudium so tüchtig, dass er alle anderen Wissenschaften für eitel hält und in ihnen Fallstricke für die Seele sieht.« Vater verlieh seiner Sorge Ausdruck, ohne gründliche Anleitung und unablässige Unterweisung könne Makepeace leicht in dem, was von ihm erwartet würde, scheitern. »Und wer wird ihn unterrichten, wenn nicht ich?«

»Wenn er nicht in der Lage ist, in diesen wenigen Monaten allein weiterzukommen, dann ist es kaum wahrscheinlich, dass er von einer Ausbildung am College profitieren wird«, erwiderte Großvater. »Besser, dieser Wahrheit früher ins Auge zu blicken als zu spät. Der Herr hat doch alle möglichen Sorten Ton, aus denen er die Menschen formt. Manche werden zu zartem Geschirr, andere nur zu groben Tontöpfen für den täglichen Gebrauch. Alle haben ihren Nutzen, doch selbst der geschickteste Töpfer kann es nicht erzwingen, dass der eine Topf die Aufgaben des anderen übernimmt...«

In diesem Moment betraten sie wieder das Versammlungshaus, ich musste mich wie immer zu den Frauen setzen und hörte nicht, zu welchem Abschluss das Gespräch kam. Doch noch an diesem Abend wurde entschieden, dass Vater so bald als möglich nach England in See stechen würde. Vater bat John Eliot um Empfehlungsschreiben und erhielt sie in solch schwärmerischer Form, dass sie für einen bescheidenen Menschen wie ihn schwerlich zu lesen waren. Aus Gründen der Schicklichkeit – sprich meinetwegen – wurde beschlossen, Caleb während Vaters Abwesenheit bei Joel unterzubringen. Makepeace würde den Unterricht leiten und Großvater ihn überwachen, wenn seine zahlreichen Verpflichtungen dies zuließen. Somit blieb mir nur die Aufgabe, Makepeace den Haushalt zu führen. Es würde eine leichte Aufgabe sein, da ich mich nur noch um eine weitere Person zu kümmern hatte. Ich hoffte, wir würden gut miteinander auskommen, und war entschlossen, ihm in allen Dingen mit Rat und Tat zur Seite zu stehen und keinen Grund zur Klage zu geben.

VII

Am Morgen seiner Abreise ritt Vater noch einmal nach Manitouwatootan, um ein letztes Mal zu predigen und sich zu verabschieden. Ich bettelte darum, er möge mich mitnehmen, denn ich wollte so lange bei ihm sein, wie es nur ging. Als wir auf die Lichtung kamen, zügelte Vater Speckle und schaute staunend auf den Anblick, der sich uns bot. Die Lichtung war voller Wampanoag, die aus allen Teilen der Insel gekommen waren, sowohl überzeugte Christen wie auch Heiden, manche englisch gekleidet, andere noch in Rehleder. Männer, Frauen und Kinder, von denen er einigen geholfen hatte, als sie krank waren, andere, die er noch nie gesehen hatte. Hunderte hatten sich versammelt. Er stieg ab und schritt durch die Menge, wobei er mit möglichst vielen ein kurzes Wort wechselte.

Die Predigt an diesem Tag war sanften Geistes, so wie früher alle seine Gottesdienste. Er sprach über die Liebe Christi und verglich die Bande der Zuneigung zwischen den Völkern mit denen zwischen Gott und seinen Gläubigen. Diese Liebe, sagte er, dauere an und bleibe wahrhaftig und glühend, auch wenn sich die Beteiligten nicht mehr von Angesicht zu Angesicht sahen. Und so würde es auch mit der großen Liebe sein, die er ihnen entgegenbringe, sagte er. Obwohl er für mehrere Monde jenseits des Meeres und für sie außer Sicht sei, würden seine Liebe und seine Gedanken immer bei ihnen sein.

Als es an der Zeit für ihn war, aufzusteigen und davonzureiten, stellte sich heraus, dass die Männer ihm zu Fuß folgen wollten, den ganzen langen Weg bis zu der Stelle am Strand, vor der die Schaluppe vor Anker lag, die ihn nach Plimouth, der ersten Station seiner Reise, bringen würde. Und so geschah es. Ich erinnere mich daran, wie ich immer wieder auf all die schimmernden Köpfe zurückblickte, die sich mit nur einem Ziel im Herzen zwischen den Bäumen hindurch bewegten, und war zu Tränen gerührt darüber, dass Vater so sehr von ihnen geliebt wurde.

Makepeace, Caleb, Joel und seine Familie sowie Großvater standen an der Anlegestelle, um Vater einen Abschied zu bereiten. Ich sah das Staunen auf ihren Gesichtern, als sie die lange Prozession von Menschen erblickten, die hinter uns an den Strand strömten. Wir standen am Strand und winkten, als er seinen Platz in der Gig einnahm, die ihn zum Ankerplatz der Schaluppe ruderte. Erst als die Segel gesetzt und der Anker gelichtet waren, drehte ich mich um und sah Tequamuck, der auf dem Hügel oberhalb des Strandes stand. Sein Federmantel bauschte sich in der sommerlichen Brise, und er hatte die Arme ausgestreckt, um einen seiner Götter anzurufen. Obwohl er so weit weg war, dass ich die Worte, die er sang, nicht hören konnte, wusste ich, dass es kein freundlicher Abschiedsgesang war. Schon bald hatten ihn auch die Wampanoag entdeckt, und es erhob sich ein Gemurmel unter ihnen. Einige schrien ihm auch etwas in ihrer Sprache zu. Andere fielen im Sand auf die Knie und hoben die Hände gen Himmel. Doch der größte Teil der Menge löste sich schneller auf, als ich es bei so vielen Menschen für möglich gehalten hatte.

Makepeace brauchte eine Weile, bis er den Grund für das allgemeine Durcheinander bemerkte, doch dann wandte er sich der Anhöhe zu und schrie: »Hör mit diesem misstönenden und üblen Lärm auf! Er ist eine Beleidigung für die Ohren des heiligen Gottes! Wirf dich vor Gott auf die Erde und bete darum, dass er sich deiner erbarmt!« Jetzt schauten die verbliebenen Wampanoag Makepeace voller Unmut an. Großvater zupfte ihn am Ärmel und flüsterte ihm etwas ins Ohr. Ich hoffte, er würde ihm den Rat geben, den auch ich ihm gegeben hätte – dass es besser war, den Scharlatan nicht zu beachten, als seinen Hexereien Raum zu geben. Makepeace sah aus, als wäre er zu allem bereit, doch Großvater nicht zu gehorchen, kam nicht in Frage. Sie halfen mir in Speckles Sattel, und dann kehrten wir alle nach Hause zurück. Tequamuck blieb auf der Klippe stehen, und der Klang seiner Gesänge tönte noch lange hinter uns her.

In jener Nacht kam Nebel auf, der sich in dicken Schwaden immer dichter zusammenzog und schwer über die Insel senkte. Wir dachten uns nichts dabei; Sommernebel sind hier nichts Ungewöhnliches. Im Allgemeinen löst die Sonne sie im Laufe des Morgens auf, und die Tage, die so beginnen, sind oft die allerschönsten. Doch bis Mittag hatte sich der Nebel immer noch nicht gelichtet, und ich verrichtete mein Tagwerk inmitten eines kühlen, milchig weißen Schleiers und konnte kaum die Hand vor Augen sehen. So verging auch der restliche Tag, und der Sonnenuntergang war kaum mehr als ein blasser Schimmer an einem perlgrauen Horizont.

Dann kam ein leichter Wind auf. Na gut, dachte ich; der wird den Nebel vertreiben. Doch dieser Wind war ganz anders als sonst und gewiss keine Sommerbrise.

Im Dunkel der Nacht steigerte er sich zu einem heftig tosenden Sturm. Als ich aufwachte, peitschten gewaltige Regenwände gegen das Haus. Ich warf mir den Umhang über mein Nachthemd und lief mit Makepeace in die lärmende Finsternis hinaus. Speckle, die im Hof angebunden war, rollte wild mit den Augen und zitterte vor Kälte. Ich hielt ihr den Kopf und sprach mit ihr, während Makepeace ihre Decke festzurrte und sie unter dem Dachgiebel auf der windgeschützten Seite des Hauses in Sicherheit brachte. Dann begannen wir unseren Kampf mit den Fensterläden, die alle geschlossen werden mussten. Der Wind war so stark, dass er mich gegen die Schindeln drückte, an die ich mich klammerte, um mich aufrecht zu halten. Makepeace musste mich an der Hand nehmen, um mich nach drinnen in Sicherheit zu bringen. Selbst mit verrammelten Fenstern wurde das Haus von den Windstößen schwer erschüttert. Es ächzte laut im Gebälk, und ich fürchtete, dass die Dachbalken herunterstürzen könnten. So seltsam war dieser Wind in seiner unberechenbaren Gewalt, dass ich kaum das Feuer in Gang halten konnte. Manchmal klang das Heulen fast menschlich, wie ein Gejammer in einer Sprache, die wir nicht kannten. Dann war es wieder nur ein lautes, rhythmisches Klopfen, als würde jemand den Blasebalg in der Esse des Feuergottes Vulkan bedienen. Ich hörte mehr als einen Baum krachend umstürzen und das knirschende Brechen von Ästen und Zweigen. Immer wieder fuhr ein Windstoß wie eine Furie durch den Schornstein und verteilte graue Asche auf dem Boden.

Ich schaute Makepeace an, der totenbleich bei dem unsteten Herdfeuer stand.

»Denkst du, wir sollten beten?«

»Ja«, sagte er. Und so knieten wir zusammen nieder, Seite an Seite, und am Ende nahm er meine Hand.

Der Sturm dauerte den ganzen nächsten Tag an und begann sich erst in der zweiten Nacht abzuschwächen. Bei Morgengrauen traten wir hinaus in eine vom Unheil gezeichnete Welt. Die See war grau wie Zinn, und das Meer reichte bis hoch an den Strand, an manchen Stellen sogar bis zu den flachen Buscheichen, die wie alte, bucklige Vetteln um ihr spindeldürres Leben kämpften. Überall lagen Äste von umgefallenen Bäume herum, ebenso abgerissene Schindeln und durchnässtes Dachstroh. Und es gab noch andere, noch seltsamere Dinge zu sehen. Ein kleines, geflochtenes Ruderboot war durch den Sturm vom Strand angehoben und mitten auf das Dach unserer Nachbarn geweht worden, während der Fensterladen eines anderen Hauses abgerissen und von einem Kiefernast aufgespießt worden war. Die Felder waren alle verwüstet, als hätte ein Wahnsinniger dort sein Unwesen getrieben. Stängel waren aus den Ackerfurchen gerissen, Erdklumpen hingen noch an den Wurzeln. Zum Glück war unser Mais dieses Jahr schon früh gereift und bereits gepflückt und eingelagert. Denjenigen, die noch nicht geerntet hatten, würde nichts anderes übrigbleiben, als unter den abgebrochenen und entwurzelten Pflanzen nach Resten zu suchen.

Während Makepeace unsere zerbrochenen Schindeln einsammelte und wieder anbrachte, ging ich nach unseren Schafen schauen. Wie erwartet, standen sie nicht auf der Weide, die im Hochland lag und der ganzen Wucht des Sturms ausgesetzt gewesen war. Als ich die Wälder der Umgebung nach ihnen absuchte, sah ich das ganze Ausmaß der Verheerung. Ausgewachsene Bäume waren einfach umgeknickt wie dünne Weidenruten, was seltsam anzuschauen war. Gleich in der Nähe hatte das Unwetter ein ganzes Gehölz aus jungen Ahornbäumen aus der Erde gerissen. Ihr Wurzelwerk, das wie dicke runde Scheiben emporragte, bot dem Betrachter den Blickwinkel eines Wurms, der sonst ganz unter unseren Füßen verborgen ist. Dann endlich fand ich unsere durchnässten Schafe. Gottes Vorsehung hatte sie heil durch den Sturm gebracht, und sie standen alle eng aneinandergedrückt im Windschatten einiger großer Felsbrocken. Keines fehlte. Andere Nachbarn hatten nicht so viel Glück. Ihre Herden waren weit verstreut, und es würde Tage dauern, sie wieder einzusammeln.

Manche Schafe wurden nie gefunden, was als bitterer Verlust galt, denn diese Tiere waren immer noch selten und brachten mit ihrer Wolle gutes Geld ein. Makepeace und ich gingen den anderen zur Hand, so gut wir konnten, und waren froh darüber, beschäftigt zu sein. Am Abend aßen wir unser Brot in brütendem Schwiegen, weil sich keiner von uns traute, dem anderen seine Gedanken und Ängste anzuvertrauen.

Die Nachricht, dass das Schiff unseres Vaters gesunken war, erreichte uns erst vierzehn Tage später. Es war vollkommen auseinandergebrochen. Wrackteile waren so weit ab von seinem Kurs geborgen worden, dass wir zuerst die Hoffnung hegten, es könne sich um ein anderes glückloses Schiff handeln, und dass wir schon bald die Nachricht bekommen würden, unseres Vaters Schiff habe den Sturm überstanden und liege in einem sicheren Hafen. Doch dann erlosch auch diese kleine Flamme der Hoffnung. Durch Zufall entdeckte man nämlich die Galeonsfigur der Schaluppe inmitten des angeschwemmten Unrats, und an der Identität des gesunkenen Schiffes bestand nun kein Zweifel mehr.

Tod durch Ertrinken ist bei Inselbewohnern eine Angst, die sie nie verlässt. Doch in so kurzem Abstand gleich zwei Seelen zu verlieren, erst Solace und dann Vater, war eine schlimme Prüfung für uns. Vater war in unergründliche Tiefen hinabgesunken, während meine Solace, das arme kleine Ding, in einer Wasserlache, nur wenige Schritte von unserer Haustür entfernt, ertrunken war. Obwohl Vater ein sehr wertvoller Mensch gewesen war und sein Tod für mich wie für alle aufrechten Menschen, die ihn kannten, einen großen Verlust bedeutete, war der Tod von Solace für mich noch viel schwerer zu ertragen. Die ganze Welt trauerte um Vater, dessen Tun zu Lebzeiten von Gott gesegnet war, und viele würden sich an ihn erinnern. Solace jedoch hatte noch gar keine Spuren auf dieser Welt hinterlassen. Bei Nacht kann ich kaum schlafen, weil mir ihr winziges Gewicht neben mir im Bett fehlt. Oft höre ich sie im Dunkeln weinen und fahre erschrocken auf. Doch es ist bloß eine Stimme aus meinem Traum, und um mich herrscht nur schmerzende Einsamkeit. Auch jetzt, all die Monate nach ihrem Tod, denke ich noch an sie und stelle mir vor, wie sie wohl gewachsen wäre und sich verändert hätte. Ich sehe sie mit unbeholfenen Schritten neben mir laufen und ein speckiges Händchen nach meinen Fingern ausstrecken. Ihr Haar ist länger und umrahmt in zarten Locken ihr Gesicht. Ich stelle mir den Klang ihrer Stimme vor, während sie ihre ersten Worte spricht, sehe die kleine Furche auf ihrer Stirn, derweil sie über etwas grübelt, und das weiße Aufblitzen ihrer Milchzähne. Das wird immer so bleiben. Auch wenn die Jahre ins Land gehen, werde ich sie immer wieder vor mir sehen, wie sie heranwächst und von einem kleinen zu einem großen, süßen Mädchen wird, und auch wenn ich alt bin, werde ich sie sehen, wie sie zu einer Frau geworden ist, in deren himmelblauen Augen ein wissender, liebenswerter Ausdruck liegt, während sie ihr eigenes Kind in den Armen hält...

Und doch wird sie die ganze Zeit dabei im Boden liegen, für immer ein kleines Mädchen, dessen Leben kaum mehr als ein ganzes Jahr andauerte. In meinen Träumen kommt sie zu mir. Doch es sind Träume, die immer schlecht enden, denn dann sehe ich sie in ihrem Grab. Ich sehe die zerbrechlichen kleinen Finger, weiß und verblichen, die sich um ein zerfallendes Stückchen Pergament klammern, um eine vermodernde Holzpuppe und um eine Handvoll Perlen, die längst aus ihrer verschimmelten Lederhülle gekullert sind...

Gott zeigt sich mit Freuden in so vielen Dingen, doch wenn ich meinen Mund zum Gebet öffne, bringt mir das keinen Trost. Meine Worte sind nichts als ein Rascheln, wie die letzten Buchenblätter an einem Ast im Winter, und auch ein harter Windstoß, der durch den Wald fährt, kann sie nicht von dem Zweig fegen, an den sie sich klammern, um sie hinauf in den weiten, weißen Himmel zu heben.

VIII

In den Tagen, die der Entdeckung des Wracks folgten, spuckte die See die Leichen mehrerer verstorbener Seelen aus und spülte sie in verschiedenen kleinen Buchten des Festlandes an den Strand. Keine davon war die unseres Vaters. Obwohl wir uns als Waisen fühlten, waren wir es nicht wirklich: Ohne einen Leichnam galt Vater nach dem Gesetz so lange nicht als verstorben, bis es per Gericht beschlossen wurde. Doch was auch immer im Gesetz stand, wussten wir und alle auf der Insel, dass Vater nicht mehr da war, und wir warteten nicht auf die Erlaubnis der Behörden, um um ihn zu trauern. Einige sehr bedeutende Personen ehrten ihn mit Worten. Die Bevollmächtigten der Vereinigten Kolonien äußerten sich über seinen Tod, als einen »schier unersetzlichen Verlust«. Apostel Eliot schrieb einen Brief, in dem er seiner Hoffnung Ausdruck verlieh, Gott der Herr möge uns dabei helfen, »diesen schrecklichen Schlag, der meinen Bruder Mayfield hinweggerissen hat«, zu ertragen.

Auch die Gemeinde trauerte um ihren verlorenen Hirten, und zwar auf der ganzen Insel, denn sein Tod wurde nicht nur in Great Harbor beweint. Die Wampanoag beschlossen, auf mir nicht ganz nachvollziehbaren Wegen, gemeinsam und auf besondere Art meinem Vater die letzte Ehre zu erweisen. Sobald bekannt wurde, dass er verschieden war, nahm jeder von ihnen, der auf der Insel unterwegs war, vom Strand einen dieser glatten, weißen Steine mit, die dort oft zu finden sind. Diese trugen sie so lange bei sich, bis sie an der Stelle vorbeikamen, wo Vater Abschied von ihnen genommen hatte. Dort legten sie die Steine nieder. Innerhalb nur weniger Tage war auf diese Weise ein Steinhaufen entstanden, der in den Wochen, die folgten, zu einem regelrechten Denkmal anwuchs, bei dem ein jeder Stein mit künstlerischer Sorgfalt seinen Platz fand. Als ich ihn das letzte Mal sah, war er höher als ein Mensch, und noch immer kamen Wampanoag und legten ihre Steine nieder. Ich kann nicht sagen, ob sie es immer noch tun, oder in welchem Zustand das Denkmal mittlerweile ist, doch ich sehe es vor mir, weißer Schnee liegt auf den weißen Steinen, und das Schmelzwasser ist zu einem dicken Guss aus schimmerndem Eis gefroren, in dem sich die bunten Farben der untergehenden Sonne spiegeln.

In den ersten Wochen, nachdem wir davon gehört hatten, wurde es Makepeace und mir zur Gewohnheit, dort hinauszureiten und zu schauen, welche Fortschritte der Steinhaufen machte. Wir fühlten uns beide zu dem Ort hingezogen und hielten uns gerne eine Weile dort auf. Die Steine bargen eine Art innere Leuchtkraft, die je nach Tageszeit auf das wechselnde Licht der Sonne zu antworten schien. Es war ein sprechendes Grabmal, ganz anders als die stummen, grauen Grabsteine auf dem englischen Friedhof. Ich glaube, wir waren jedes Mal, wenn wir es besuchten, von neuem erstaunt darüber, wie tief es uns in unserem Innersten zu berühren vermochte.

Zwischen meinem Bruder und mir hatte sich etwas verändert, seit Solace gestorben war. Ich wusste, wie er litt, selbst seinem gewohnten Schweigen war es deutlich anzumerken. Er wiederum hatte es sich abgewöhnt, ständig irgendwelche Urteile über mich abzugeben. Ich glaube, er begriff allmählich, welch großen Kampf ich gegen den stolzen, unabhängigen Charakter ausfocht, über den er sich immer beklagt hatte, und ich denke, er begann mir damals endlich zugutezuhalten, dass ich mich redlich bemühte.

Am Anfang saßen wir schweigend vor den Steinen, doch dann begannen wir irgendwann, über Vater zu sprechen. Zunächst sagte ich nicht viel und beschränkte mich auf die frommen Allgemeinplätze, von denen ich glaubte, mein Bruder würde sie tröstlich finden. Doch eines Tages wandte er sich mir zu und fuhr sich mit der Hand durch sein spärliches Haar. (Die Büschel, die ihm ausgefallen waren, wuchsen allmählich wieder nach, doch die kurzen Stoppeln standen in alle Richtungen ab.)

»Glaubst du, der *pawaaw* hat Vater auf dem Gewissen?«

Ich schaute auf meine Hände und versuchte, ein leichtes Zittern zu beruhigen.

»Ich denke... ich glaube, er wollte es. Aber wir müssen doch gewiss davon ausgehen, dass es Gott der Herr ist, der uns so tragische Fügungen beschert. Vater ist nicht der erste seiner treuen Diener, den ein solch bitteres Los ereilt hat. Und dem *pawaaw* eine solch außerordentliche Zauberkraft zuzugestehen, wäre doch...«

»Ich glaube, er hat's getan«, fiel mir Makepeace ins Wort. »Ich bin mir so sicher, dass er ihn getötet hat, als hätte er sein Kriegsbeil erhoben und ihm den Schädel damit eingeschlagen.«

»Aber Makepeace, denk mal darüber nach, was du da sagst. Wenn sich der Nebel und der Sturm auf seine Weisung hin erhoben haben, dann bedeutet das doch, dass Satans teuflische Machenschaften denen Gottes überlegen sind. Wie könnte das sein? Das kannst du doch nicht wirklich glauben...«

»Ich finde jedenfalls, er sollte für diese schrecklichen Hexereien zur Rechenschaft gezogen werden. Das habe ich auch Großvater schon gesagt. Als oberster Richter muss er doch endlich handeln...«

»Aber Makepeace, Großvater ist nur der Richter über die

Engländer. Seine Anweisungen gelten nicht bei den Menschen, die sich nur ihren *sonquems* verantwortlich fühlen.«

»Das hat er mir auch gesagt. Genau das waren seine Worte. Doch wenn er nicht handelt, dann bin ich gewillt, Giles Alden um Hilfe zu ersuchen.«

»Bruder, nein!« Ich sprang von dem bemoosten Stein auf, wo ich gesessen hatte, und ging auf und ab. »Das wäre genau das Zugeständnis, das Alden sich wünscht. Denn er würde mit Freuden einen Krieg anzetteln, wenn er könnte. Glaubst du denn, er würde bei Tequamuck aufhören? Und selbst wenn, meinst du, dessen Nachfolger würden ein solches Vorgehen ungeahndet durchgehen lassen? So mancher Engländer würde den Tod finden, und dann hätte Alden den lang ersehnten Vorwand, die Insel entvölkern zu lassen. Ehe wir's uns versehen, würde er seine Musketen schwenkenden Aufschneider vom Festland herüberholen. Es würde ein Gemetzel geben...«

Ich nahm Makepeace' Hände in die meinen, schaute ihm ins Gesicht. »Du musst das begreifen. Es ist das Letzte, was sich unser Vater gewünscht hätte...«

»Und was dann? Sollen wir ihn einfach weiterleben und sich in seiner Bosheit suhlen lassen? Sollen wir es einfach hinnehmen, dass er mit dem Satan im Bunde steht und nach seinem Geheiß handelt? Und sollen wir abwarten, bis er nicht nur heidnische Seelen, sondern auch die frömmsten unter unseren lebenden Heiligen abschlachtet?«

»Nein. Keineswegs. Doch ich will ihn mit dem Glauben bekämpfen, so wie Vater es tat. Denk doch nur, Bruder: *Ich aber sage euch, dass ihr nicht widerstreben sollt dem Übel...* Sind das nicht Christi Worte? Wie können wir ihnen diese schwierige Botschaft überbringen, wenn wir nicht selbst in unserer Zeit bitterster Anfechtung danach leben? Und wie willst du von Caleb erwarten, dass er auf unserem Pfad bleibt, wenn wir zum Werkzeug eines Blutvergießens werden und seine nächsten Verwandten niedermetzeln?« In diesem Augenblick sah ich, wie sich Makepeace' Antlitz gegen mich verhärtete, während ich heftiger wurde. Ich kämpfte um Selbstbeherrschung, senkte meine Stimme und bemühte mich, eine sanftere Miene aufzusetzen. »Tu das, was Vater mit dir vorhatte. Schaff es ans Harvard College, bereite dich darauf vor, Pfarrer zu werden. Hilf Joel, hilf Caleb, damit sie bei diesem Unterfangen an deiner Seite stehen. Denn es gibt keine Grenzen für die großartigen Dinge, die vollbracht werden könnten, und vor allem mithilfe von Caleb, der unter ihnen die höchste Geburt hat...«

»Caleb!« Makepeace zischte den Namen und trat dabei mit der Stiefelspitze nach einem Torfklumpen. »Ich hab es satt, mir Geschichten über Caleb und seine Großartigkeit anzuhören. Dieser Caleb stammt doch aus der gleichen Brut wie sein Onkel, der täglich mit dem Satan Unzucht treibt! O ja: Blut ist dicker als Wasser, Schwester. Aber es ist kein vornehmes Blut, das durch seine Adern fließt. Es ist Hexerblut. Seine eigenen Leute haben das sehr wohl gewusst, als sie ihn hinausgeschickt haben, um ihn bei seinem Onkel, diesem Diener der Finsternis, leben zu lassen. Ich kann es kaum ertragen, bei Tische neben ihm zu sitzen und eine Schüssel aus seinen Händen entgegenzunehmen. Ich sage dir, es ist, als würde ich am ganzen Körper von Dornen gestochen, wenn ich ihn bei der Versammlung neben mir sitzen habe und mit anhöre, wie er Gottes Wort flüstert, er, der vor noch gar nicht langer Zeit in der Wildnis gelebt hat, um Satan herbeizurufen. Und doch höre ich überall um mich herum nur Lobgesänge auf seine überwältigende Klugheit: ›Caleb kann Vergil interpretieren‹... ›Calebs Verständnis des Evangeliums‹... ›Calebs gestochene Schrift‹...«

Er wandte sich mir zu und schaute mich sonderbar an. Seine Augen wurden schmal. »An dem Tag, als Solace ertrank: Ist dir denn nie aufgefallen, dass es Caleb war, der sie fand? Dass er schnurstracks, wie ein Pfeil, zu jenem Wasserloch lief, ohne zu zögern? Wer kann sagen, ob er nicht einen tödlichen Zauber über sie gesprochen hatte?«

Ich starrte ihn mit offenem Mund an. Ich konnte einfach nicht glauben, dass er zu solch niederträchtigen Gedanken fähig war. Welch weitere, schändliche Wahnvorstellungen mochte er noch hegen?

»Bruder«, sagte ich, um Geduld bemüht. »Das Brunnenloch war bei weitem die größte Gefahr rings um das Haus. Er ist direkt dorthin gelaufen, weil er bei klarem Verstand war und sich daran erinnerte, während wir anderen alle zu verwirrt waren, um ...«

»Da ist er wieder! Calebs verfluchter Verstand!« Er stürzte sich auf einen umgefallenen Baumstamm, riss einen Goldrutenzweig heraus, der dort wuchs, und zupfte die Blüte mit brutaler Heftigkeit vom Stiel. »Ich weiß, was du denkst. Gib dir gar nicht erst die Mühe, es zu leugnen. Du glaubst, ich bin blind vor Neid. Und ich sage dir eins: Du bist diejenige hier, die blind ist. Du ebenso wie Vater. Vater war wie besessen von dem Jungen. Ich konnte es in seinem Gesicht sehen, Tag für Tag. Wie er freudig lächelte, wenn Caleb irgendeine knifflige Textpassage löste, und dann wanderte sein Blick zu mir, und das Lächeln schwand dahin. Ich konnte es ihm ansehen, dass er insgeheim darüber nachdachte, wie lange ich wohl gebraucht hätte, um so weit zu kommen. Und dann sah ich die Enttäuschung in seinen Augen.« Er blickte mich fragend an. »Wahrlich, ich hatte gedacht, die Probe, auf die Gott mich stellte, als er mir eine Schwester gab, die mir im Lernen den Rang ablief, sei hart genug gewesen. Aber wenigstens hatte

Vater den Anstand, dieser Demütigung ein Ende zu bereiten. Doch nun diesen Fremden bei uns zu haben, diesen wilden Heiden, diesen, diesen... vermeintlichen Hexenmeister, der direkt aus der Wildnis kommt... kommt hierher und sitzt bei uns, und ich muss mit ansehen, wie er sich Vaters Achtung erschleicht und Vater ihm die liebevollen Blicke schenkt, die doch eigentlich mir gebührten...«

»Makepeace, du irrst. Vater hat nie...«

»Halt den Mund, Bethia«, fauchte er. »Du hast von allen Leuten am wenigsten das Recht, etwas zu sagen...«

»Ich weiß nicht, was du damit andeuten willst...«

»Glaubst du, ich habe wirklich kein Fünkchen Verstand? Ich weiß, wem du deine Zuneigung schenkst. O ja, ich sehe, dass du versuchst, das zu verbergen, weil solche ungesetzlichen Gefühle nur durch eine grässliche tierische Lust gezeugt sein können...«

»Das ist falsch!«, sagte ich und spürte, wie mir die Schamesröte ins Gesicht schoss. »An meinen Gefühlen für Caleb ist nichts dergleichen.«

Unsere Blicke trafen sich, und ich zwang mich, ihm standzuhalten. Seine Kinnlade mahlte, und sein Gesicht wurde fleckig, doch ich wandte immer noch nicht den Blick ab.

»Nun denn«, sagte er kalt. »So täuschst du dich also noch selbst, und ich dachte, du täuschst nur andere. Dann schwebst du in noch größerer Gefahr, als ich befürchtet hatte.«

»Makepeace, ich sage dir, du irrst.«

»Schwester, du bist diejenige, die in die Irre geht, und zwar in Worten, Taten und, wie es scheint, sogar in Gedanken. Ich sehe, wie du ihn anschaust, wenn du dich unbeobachtet glaubst. Ich höre den vertrauten Ton in deiner Stimme, wenn du mit ihm sprichst und glaubst, ihr seid allein. So schaust du nicht und so sprichst du nicht, wenn es um Joel Iacoomis geht.

Nicht einmal, wenn der junge Merry, dieses verliebte Mondkalb, dich anhimmelt. Nein. Diese liebevollen Blicke gelten nur Caleb. Gib es zu. Er hat dich verhext. Du bist von ihm besessen.«

»Ganz und gar nicht!« Mein Herz raste in meiner Brust, und ich konnte kaum atmen. Doch als ich sah, wie er den Mund öffnete, um weiterzureden, riss ich mich zusammen und hob eine Hand, um ihm Einhalt zu gebieten. »Nein, Bruder. Du hast wahrlich genug gesagt. Auf der Versammlung hast du dich zu Völlerei und Trägheit bekannt – am besten kehrst du dorthin zurück und fügst deiner Liste noch Neid hinzu. Denn ganz offensichtlich hat dein Neid auf Calebs von Gott gegebenen Verstand die Oberhand über deine Vernunft gewonnen. Außerdem hast du dich zu Fleischeslust bekannt. Ich kann mir nur vorstellen, dass du von deinen eigenen Begierden auf andere schließt. Ich bin unschuldig, was deine böswilligen Anschuldigungen betrifft. Gänzlich unschuldig. Meine Gefühle Caleb gegenüber sind nichts Ungewöhnliches, und deine Behauptungen, was mein Benehmen angeht, haltlos und lächerlich.« Da ich ihm die Wahrheit über meine Gefühle nicht sagen konnte – nämlich dass ich Caleb wie den Bruder liebte, der er, Makepeace, mir nie gewesen war –, kehrte ich ihm einfach den Rücken und band Speckle los. Meine Handgelenke zitterten vor Wut, und meine Hand bebte, als sie sich am Knoten zu schaffen machte. Während ich mich damit abmühte, ihn zu lösen, senkte ich meine Stimme und fuhr fort, ohne ihm ins Gesicht zu schauen.

»Du weißt sehr wohl, dass du es niemals gewagt hättest, so mit mir zu sprechen, wäre Vater noch da, um dich in die Schranken zu weisen. Jetzt plusterst du dich auf wie ein Gockel im Hühnerhof und denkst, du könntest mich einfach so beleidigen und verleumden, ohne dass das Folgen hat. Muss ich dich daran erinnern, dass ich Großvaters Mündel bin? Nein, du nicht. Wenn du von dem überzeugt bist, was du da sagst, dann geh zu Großvater und erstatte ihm Bericht. Mal sehen, ob du das wagst.« Ich stellte meinen Stiefel in den Steigbügel. Makepeace streckte eine Hand aus, doch ich schlug sie weg. Einen Moment lang sah ich noch seine erschrockene Miene, als ich mich in den Sattel schwang, meine Röcke raffte und mich vorbeugte. Dann hieb ich der Stute die Fersen in die Flanken. Speckle schoss mit einem solchen Satz vorwärts, dass Makepeace eine ordentliche Portion Staub zu schlucken bekam.

Er brauchte lange, um zu Fuß nach Hause zu gehen. Ich erwartete eine Gardinenpredigt von ihm, wenn nicht gar eine Tracht Prügel. Doch alles, was er sagte, war: »Verlass dich darauf, dass Großvater davon hören wird, wenn dich jemand auf diese unschickliche, männliche Art reiten sah.« Ich legte eisiges Schweigen an den Tag, richtete ihm das Essen her und nahm mein eigenes Brot mit hinaus in den Garten. Als ich später zu Bett ging, wünschte ich ihm keine gute Nacht, und am nächsten Morgen stand ich früh auf, zündete das Feuer an und setzte einen Kessel Wasser auf. Dann machte ich mich auf den Weg aufs Feld und ließ ihn sein Frühstück allein verzehren.

IX

Nicht lange danach erklärte das Gericht John Mayfield offiziell für tot. Der Pfarrer der christlichen Gemeinden von Great Harbor und Manitouwatootan war im Alter von achtunddreißig Jahren auf See ums Leben gekommen.

Großvater berief Makepeace und mich zur Verlesung des Letzten Willens zu sich, den er noch kurz vor der tödlich verlaufenen Seereise zusammen mit Vater durchgesehen hatte. Der Inhalt barg keine besonderen Überraschungen: das Haus, die Grundstücke im Wald, am Strand sowie die Felder gingen an Makepeace, mitsamt der Einrichtung und dem Vieh. Ich würde das Recht haben, bis zu meiner Ehe im Haus zu leben und mein Auskommen dort zu haben. Für den Fall einer Eheschließung sei Makepeace verpflichtet, »seinen Vermögensverhältnissen entsprechend für eine Aussteuer zu sorgen«. Außerdem erbte ich eine kleine, silbergerahmte Tuschezeichnung meiner Mutter, angefertigt, als sie noch ein Mädchen in Wiltshire, England, war. »Darüber hinaus hinterlässt dir dein Vater auch seinen Homer und die Hebräische Bibel…« Großvater murmelte etwas zerstreut vor sich hin, seine Hand spielte mit dem Pergament. »Seltsames Vermächtnis, wie ich ihm auch gesagt habe. Meiner Meinung nach hätte Makepeace davon größeren Nutzen gehabt… Aber da steht es, genauso, wie er es wollte…«

Er ließ diesen Satz im Raum stehen, strich das Dokument glatt, legte sein Augenglas beiseite und faltete die schmalen Hände über der Tischplatte. Ich hatte gedacht, die Zusammenkunft sei vorüber, und wollte mich bereits von meinem Stuhl erheben, als er weitersprach.

»Nun kommen wir, fürchte ich, zu einer Schwierigkeit«, sagte er und wandte sich an Makepeace. »Wie du sicher weißt, hat euer Vater fast jeden Penny, den er einnahm, für wohltätige Zwecke eingesetzt, kaum dass er ihn in Händen hielt. Angesichts dessen habe ich im Laufe der Jahre für deine Kost und Logis am College regelmäßig etwas beiseitegelegt. Doch leider muss ich nun gestehen, dass ich ihm diesen Betrag vorgestreckt habe, damit er eine Passage erster Klasse nach England zahlen konnte. Außerdem habe ich ihm eine nicht unbeträchtliche Summe Geld mitgegeben, um ihm bei seiner Ankunft dort ein Auftreten als Gentleman zu ermöglichen. Natürlich sind diese Mittel jetzt alle verloren, und das alles ist meine Schuld, muss ich zugeben. Bei seiner Bescheidenheit und Umsicht war euer Vater eher geneigt gewesen, auf dem Zwischendeck zu reisen und bei seiner Ankunft in England auf Gottes Vorsehung zu vertrauen. Ich habe ihn überredet. Ich hatte große Erwartungen in ihn gesetzt; die Gesellschaft war offenbar sehr beeindruckt von seiner Arbeit und hätte ihn bestimmt mit Geld überhäuft, um ihn für seine Ausgaben und vieles mehr zu entschädigen. Ich wollte einfach nicht, dass er als Bettler im Lumpengewand vor ihnen steht...«

Hier unterbrach Großvater sich und senkte den Blick auf den Schreibtisch. »Nun, worauf ich eigentlich hinauswill: Wir haben jetzt ein großes Loch in der Kasse, was dein Auskommen am College angeht, Makepeace, aber eines, das ich vorhabe zu flicken, sofern es in meiner Macht steht.«

Makepeace stieß einen Seufzer der Erleichterung aus. Er sah sehr blass aus, sagte jedoch nichts. Ich beugte mich in meinem Stuhl vor, als Großvater mit seiner Rede fortfuhr. »Leider liegt darin eine zusätzliche Schwierigkeit. Wenn ich

es richtig verstanden habe – bitte korrigiere mich, solltest du das anders sehen –, bist du offenbar noch nicht bereit, diesen Herbst die Aufnahmeprüfungen für das College abzulegen.«
Makepeace sagte nichts, deutete jedoch ein kaum wahrnehmbares, kurzes Kopfschütteln an. »Wie du weißt, habe ich weder die Zeit noch, um die Wahrheit zu sagen, die Fähigkeiten, deine Vorbereitung zu übernehmen. Es besteht also Bedarf an Mitteln für eine vorbereitende Schule, und zwar für – was würdest du schätzen? Ein Jahr? Hoffentlich doch nicht mehr als ein Jahr?«

Makepeace, dessen Gesicht mittlerweile rotfleckig vor Verlegenheit war, schüttelte wieder ganz leicht den Kopf.

»Ich freue mich, das zu hören«, sagte Großvater. »Ja, ich bin wirklich froh, das zu hören. Nun, aber... wie soll ich es sagen? Ein Jahr, zwei Jahre – wie lange auch immer es dauern sollte, so bin ich im Moment doch außerstande, es zu bezahlen. Welds Vorbereitungsschule in Roxbury verlangt eine beträchtliche jährliche Spende und einen Beitrag für Feuerholz, der außerhalb meiner Möglichkeiten liegt. Auch Corletts Schule in Cambridge erhebt hohe Gebühren. Alle meine Gelder stecken in Unternehmungen auf dieser Insel oder sind zu festen Bedingungen angelegt. Wenn ich kurzfristig zu Geld kommen müsste, wäre dies höchst unvorteilhaft und unvorsichtig. Bist du dir denn sicher, mein Junge, dass das Leben eines Gelehrten überhaupt für dich taugt? Du weißt, dass ich selbst nicht auf ein College gegangen bin, ebenso wenig wie dein Vater, obwohl das bei ihm keine Rolle spielte, weil ich ihn bei Männern vom Trinity College ausbilden ließ. Würdest du nicht lieber hierbleiben, dich um deine Felder kümmern und vielleicht mit einer Kerzenzieherei oder einem anderen gewinnträchtigen Geschäft dein Glück versuchen?«

Makepeace sprang auf. »Ich soll Pfarrer werden! Etwas anderes habe ich mir nie vorstellen können ... Bitte, Großvater, du kannst doch nicht einfach ...«

»Nun gut, reg dich nicht auf. Ich empfand es einfach als meine Pflicht, dich zu fragen. Ich bin kein Geizhals – ich hoffe, du kennst mich gut genug, um das zu wissen. Mich reut die Ausgabe nicht. Nur weiß ich, dass du von Zeit zu Zeit beim Lernen zu kämpfen hattest. Das ist alles. Ich wollte mir sicher sein, bevor wir derlei große Anstrengungen unternehmen, dass dies hier wirklich dein Wunsch und nicht bloß eine Pflicht ist, die du meinst, dir um deines Vaters willen aufbürden zu müssen ...«

»Auf gar keinen Fall. Ich habe mir nie etwas anderes gewünscht.«

»Dann gibt es dem nichts weiter hinzuzufügen. Wir werden unser Bestes tun müssen. Setz dich, setz dich doch, hab keine Angst. Ich habe an beide Schulen geschrieben und von Elijah Corlett, dem Schulmeister der Lateinschule in Cambridge, einen interessanten Brief erhalten. Dank der Unterstützung von John Eliot konnten wir uns dort für Caleb und Joel einen Platz sichern, da Master Corlett bereits einige Erfahrung in der Unterrichtung von jungen Indianern besitzt und die Gesellschaft diese Arbeit finanziell unterstützt. Zwar hast du das Durchschnittsalter schon überschritten, doch er schreibt, er sei bereit, auch dich aufzunehmen, wenn sie bei ihm anfangen würden. Und obwohl ich, wie gesagt, traurigerweise nicht gut genug bei Kasse bin, um die übliche Gebühr zu entrichten, hat mir Master Corlett anvertraut, es gebe vielleicht eine Möglichkeit, darauf zu verzichten, nämlich wenn ...«

Und hier wanderte Großvaters Blick unerwarteterweise zu mir: »Wenn du, Bethia, damit einverstanden wärst, Mr. Corlett als Vertragsmagd den Haushalt der Schule zu führen.«

»Als *Vertragsmagd?*«

Mein Gesicht muss ein Bild des Erstaunens gewesen sein. Als Vertragsknechte oder -mägde arbeiteten normalerweise nur die Kinder von armen Leuten. Großvater, der selbst gerne wie ein Feudalherr auftrat und von allen Inselbewohnern erwartete, dass sie sein noch ungezähmtes Stück Land als »das Gut« bezeichneten – eine Anmaßung, über die sich die Aldens gern lustig machten –, dieser selbe feine Herr konnte doch nicht etwa vorhaben, mich, seine Enkelin, als eine Art Lohnsklavin zu verdingen? Es musste ihn doch beschämen, etwas Derartiges zu tun. Ein Blick zu Makepeace zeigte mir, dass auch ihm dies alles sehr unangenehm war. Er wand sich auf seinem Stuhl. Großvater mied meinen Blick, schaute nur nach unten und machte sich wieder an den Unterlagen auf seinem Tisch zu schaffen.

»Es wäre keine gewöhnliche Anstellung als Vertragsmagd. Erstens handelt es sich um eine kurze Zeitspanne – nur vier Jahre, nicht wie sonst acht. Außerdem wäre damit die Frage gelöst, wo du, Bethia, wohnen sollst, denn du kannst nicht alleine hier leben, wenn dein Bruder nach Cambridge geht, und wie du weißt, habe ich in meinem Haushalt keine Räumlichkeiten, in denen ich dich angemessen unterbringen könnte. Tante Hannahs Haus – nun, wir alle wissen, dass man dort auf Schritt und Tritt über ein schlafendes Kind stolpert. Wenn du nur ein bisschen älter wärst ... aber nein, darüber wollen wir nicht nachdenken. Ich selbst wäre durchaus gewillt, da du im kommenden Herbst bereits siebzehn wirst und es in diesem Alter nicht ungewöhnlich ist, dass man ... aber nein. Dein Vater war sehr entschlossen, als das Thema zuletzt auf den Tisch kam, und ich will mich in dieser Hinsicht nicht über seine Wünsche hinwegsetzen.«

Am liebsten hätte ich erwidert, ob sich denn eigentlich jemand fragte, was meine Wünsche waren. Doch da ich vermutete, er habe sich auf Noah Merry bezogen, schien es mir angebracht, lieber zu schweigen. Ich war erleichtert, dass er offenbar nicht geneigt war, diesen Gedanken bis zu seiner unausweichlichen Konsequenz zu verfolgen. Ich hatte nichts gegen den jungen Merry, im Gegenteil, ich mochte ihn recht gern. Doch er war noch ein Junge; und es war nicht mit Gewissheit vorherzusagen, was für ein Mann einmal aus ihm werden würde. Außerdem verspürte ich nicht den geringsten Wunsch, seine Frau oder überhaupt jemandes Frau zu werden. Erstens befand ich mich in Trauer. Jeder Tod, der über uns und unsere Familie hereingebrochen war, hatte mich erneut aus der Bahn geworfen. Und jedes Mal hatte ich wieder nach einer neuen Richtung gesucht, die ich meinem Leben geben könnte. Nach Mutters Tod hatte ich gedacht, meine Aufgabe sei es, Solace großzuziehen – und dass dies den größten Teil meines Lebenswerks ausmachen würde. Als dann Solace starb, war ich davon überzeugt, dass ich dazu bestimmt sei, Vater zu unterstützen und ihm den Haushalt zu führen, damit er seiner Missionsarbeit unbehelligt von täglichen Belangen nachgehen konnte. Sein Tod hatte mir dann vollkommen das Ruder aus der Hand genommen. Vielleicht war ja dieser Dienst bei Master Corlett, so unwillkommen er mir jetzt auch schien, dazu ausersehen, meinem Leben ein neues Ziel zu geben. Da mein Geschlecht mir ein Pfarramt verwehrte, wollte Gott mich ja vielleicht als Werkzeug dafür benutzen, wenigstens meinen Bruder auf diesen Pfad zu lenken.

»Mr. Corlett schreibt, dass er erst kürzlich Witwer geworden und auf der Suche nach einer jungen Frau aus gutem Hause sei, die ihm dabei hilft, die Schule zu leiten. Er hat eine ganze Reihe von Jungen, sowohl englischer als auch indianischer Herkunft, bei sich im Internat und ist sich durchaus der Tatsache bewusst, dass besonders Jungen in so zartem Alter der steten Anwesenheit einer Frau bedürfen. Offenbar hat es sich als schwierig herausgestellt, vor Ort eine Bedienstete zu finden, die der Situation gewachsen ist, wegen der Indianer, du weißt schon. Ich habe ihm versichert, dass du trotz deiner jungen Jahre ein sehr tüchtiges Mädchen und durchaus vertraut mit unseren dunkelhäutigen Brüdern bist.« Hier legte er eine Pause ein, auf dem Gesicht einen Ausdruck, als erwarte er von mir einen Dank für das Kompliment. Ich ging darüber hinweg.

»Denk darüber nach, Bethia. Du würdest nicht nur deinem Bruder einen guten Dienst erweisen, sondern auch den anderen Jungen dort, einschließlich dem jungen Joel und Caleb, dessen Schicksal dir, wie ich weiß, nicht gleichgültig ist.«

Bei diesen letzten Worten warf mir Makepeace einen Blick zu. Ich erwiderte ihn mit finsterer Miene. Ich sah deutlich, welcher Gedanke ihm gerade dämmerte: dass es nämlich nur in seinem Interesse war, nichts zu tun oder zu sagen, das mich in Rage bringen könnte. Ganz plötzlich schien seine Zukunft in meinen Händen zu liegen.

»Kann ich mir das ein wenig überlegen, Großvater?«

»Ja, ja, natürlich. Denk gut darüber nach. Aber vergiss nicht, es sind nur vier Jahre, die von dir verlangt werden. Und wir brauchen nicht an die große Glocke zu hängen, welcher Art deine Dienste dort tatsächlich sind. Du gehst als Begleiterin und Helferin deines Bruders dorthin. Nicht, dass man sich für diese Tätigkeit schämen müsste, das will ich überhaupt nicht sagen... Und ich will auch nicht, dass du das denkst. Die Schule genießt hohes Ansehen. So befindet sich derzeit, wie Corlett mir schrieb, der Sohn des verstorbenen Gouverneurs Dudley in seiner Obhut. Denk also nicht, dass ich dich lediglich darum bitte, dich als Magd um die Belange einer Handvoll rotznasiger Schuljungen zu kümmern. Und außerdem steht es dir frei, danach hierher zurückzukehren, in einem Alter, in dem du heiraten, eine eigene Familie und einen Haushalt gründen kannst. Aber du wirst das Festland und ein wenig Stadtluft geschnuppert haben. Die Schule liegt gleich neben dem Harvard College, wusstest du das? Master Corletts Sohn gehört dort zum Lehrpersonal. Und ich habe gehört, dass die Corletts eng mit dem Präsidenten des College befreundet sind. Wer weiß, vielleicht fällst du ja einem jungen Studiosus ins Auge, der dir besser zusagt als ein Bauernjunge. Jedenfalls ist es eine Gelegenheit, die einem Mädchen von der Insel nicht sehr oft geboten wird, Bethia. Behalte das im Kopf, wenn du darüber nachdenkst.«

Wir aßen bei Großvater, und er sprach bei Tisch über alles Mögliche, doch in meinem Kopf brannte sein Vorschlag wie Feuer. Caleb setzte sich zu uns, und ich spürte seinen Blick auf mir ruhen. Ich war nicht sicher, wie lange er sich bereits im Haus aufhielt, ob er vielleicht unser Gespräch mitangehört hatte und wusste, welcher Vorschlag mir unterbreitet worden war. Joel und er würden vermutlich froh sein, mich in ihrer Nähe zu haben – ein vertrautes Gesicht, ein Mensch, der ihnen zur Seite stand. Doch als sich unsere Blicke begegneten, überraschte mich das, was ich in seinem Gesicht sah. Seine Stirn war gerunzelt, sein Blick kalt und finster.

Bevor wir das Haus verließen, zupfte ich Großvater am Ärmel und zog ihn ein wenig beiseite, während Makepeace nach seinem Hut suchte.

»Großvater, darf ich dich etwas fragen? Du sagst, Master Corlett sei frisch verwitwet. Ich frage mich, was du über ihn und über seinen Charakter weißt.«

Großvater, der begriff, was hinter meiner Frage steckte, errötete leicht. »Mein Liebes, sei ganz beruhigt. Master Corlett ist ein älterer Herr. Er hat erwachsene Kinder – eine verheiratete Tochter, die eine eigene große Familie in Salem hat; und einen weiteren Sohn, der, wie gesagt, am Harvard College lehrt. Ich bin mir sicher, Master Corlett wird dich wie seine eigene Enkelin behandeln.«

Am liebsten hätte ich gesagt: »Ich hoffe, er würde seine eigene Enkelin nicht als Magd verdingen, weil er zu knapp bei Kasse ist, um einen kleinen finanziellen Engpass zu überbrücken.« Doch ich dachte an Mutter, hielt den Mund und ging schnellen Schritts und schweigend nach Hause. Den ganzen Weg über spürte ich den Blick meines Bruders, der sich mir in den Rücken bohrte.

X

An jenem Abend beschloss ich, in Großvaters Plan einzuwilligen, weil ich Gottes Walten in ihm spürte. Dennoch behielt ich meine Entscheidung aus Gründen für mich, die nicht ganz so fromm waren. Ich hatte Makepeace an der Angel und wollte ihn ein wenig zappeln lassen. Drei Tage lang genoss ich mit großem Vergnügen all die kleinen Gefälligkeiten, die er mir erwies. Plötzlich war er ohne Aufforderung dazu bereit, Holz klein zu hacken, oder er tauchte neben mir am Brunnen auf und bot mir an, den Wassereimer zu tragen.

Jeden Abend nahm ich den Homer, den mein Vater mir hinterlassen hatte, und zündete genüsslich eine Kerze an, um darin zu lesen. Am ersten Abend schaute mich Makepeace ob dieser Verschwendung schief an, zwang sich jedoch zur Beherrschung und ging mit nichts als einem höflichen Gute Nacht zu Bett.

Am dritten Tag fragte ich Makepeace, ob er ein paar Stunden auf mich verzichten könne, und obwohl ihm deutlich anzumerken war, dass er zu gern gewusst hätte, was ich vorhatte, fragte er nicht weiter nach, als ich ihm zu verstehen gab, dass ich nicht geneigt war, es ihm zu verraten. Hätte er mich dazu gedrängt, weiß ich nicht, wie meine Antwort ausgefallen wäre, denn was ich vorhatte, war mir selber nicht ganz klar. Ich wusste nur, dass ich ein paar Stunden frei und für mich sein wollte wie früher, vor noch gar nicht allzu langer Zeit, und wie es sicher nicht mehr möglich sein würde, wenn wir erst einmal die Insel verlassen hatten.

Ich ritt zuerst zu Vaters steinernem Denkmal und setzte

mich auf meinen gewohnten, moosbewachsenen Stein. Er lag unter einer alten Buche, und das Licht, das durch die sanft bewegten Blätter fiel, warf einen Schatten auf meine gefalteten Hände, der aussah wie feine Spitze. Speckle wanderte bis zum See und ließ ihren großen Kopf hinab, um zu saufen. Mich brachte es immer zum Lächeln, wenn ich sie dabei beobachtete. Selbst nach einem harten Ritt trank sie ganz vornehm, tauchte das Maul nur ein wenig ins Wasser und schlürfte mit gespitzten Lippen, wie eine adlige Dame ihren Tee. War ihr Durst dann gelöscht, drehte sie sich um und weidete ein wenig Gras. Dabei zuckte ihr Leib, um die Fliegen zu verscheuchen, die sich darauf niederließen. Ich lauschte dem leisen Rupfen, mit dem sie sich an dem Seegras gütlich tat, hörte das mahlende Kauen ihrer Kiefer, das Summen der verscheuchten Fliegen, die nur auf die nächste Gelegenheit warteten, um sich wieder auf ihrer verschwitzten Flanke niederzulassen. Die Sonne war warm und weich, und ich reckte ihr mein Gesicht entgegen. Es dauerte nicht lang, und die Tränen begannen zu fließen. Die Stute wandte mir ihren feuchten Blick zu und legte die Ohren an, als versuchte sie herauszufinden, was mir denn fehlte. Schließlich hörte sie sogar mit dem Grasen auf und kam zu mir herüber, als wollte sie mich trösten. Ich stand auf, wischte mit den Handflächen über mein Gesicht, strich ihr beruhigend über den Rücken und stieg dann wieder auf. Mein nächstes Ziel war der Strand im Süden.

Als wir jenen langen Streifen Sand erreichten, war gerade Ebbe. Ich ritt zu der Stelle hinab, wo der Strand fest und hart war und die Wellen sich an Speckles Fersen brachen. Als sie stehen blieb, lenkte ich sie ein paar kurze Schritte den Strand hinauf, glitt aus dem Sattel, lockerte die Zügel und warf mich in den heißen Sand. Ich spürte, wie meine Haut sich zusammenzog, während die Gischt auf meinen Händen und Unterarmen zu einer weißen Kruste trocknete. Speckle senkte ihr weiches Maul und knabberte mir am Ohr. Ich spürte ihren nach Gras duftenden Atem. Sie leckte an meiner Wange, schmeckte Salz. Ein langer, glitzernder Spucketropfen löste sich und fiel auf mich. Ich setzte mich lachend auf und schubste sie von mir, wischte mir das Gesicht mit meinem nassen Rocksaum ab. Sie machte halbherzig ein paar Schritte und blieb schnaubend und ein wenig schwankend stehen.

Ich legte mich wieder hin und schloss die Augen vor dem gleißenden Sonnenschein, lauschte dem Rauschen der Brandung, das von allen Seiten an meine Ohren zu dringen schien, den heranrollenden Brechern und dem leisen Zischen, wenn die Wellen sich zurückzogen. Von Zeit zu Zeit schrie eine Möwe, laut, hoch, durchdringend.

So lag ich lange da und ließ mich treiben, ließ die Gedanken über mich hinwegziehen wie Wolken. Auf einmal wieherte Speckle leise und warf ihren Kopf nach hinten. Ich schaute zu ihr herüber, um zu sehen, was sie aufgeschreckt hatte. Ein Schatten fiel auf den Sand. Noch bevor ich mich umwandte, wusste ich, dass es Caleb war.

In jenem schimmernden, goldenen Licht sah ich den wilden Jungen, den ich vor vier Sommern hier zum ersten Mal erblickt hatte, doch er war nicht mehr wild und auch kein Junge mehr. Sein Haar war kurz und brav geschnitten, die fransenbesetzten Lederleggins durch robusten Serge ersetzt. Der Perlenschmuck war verschwunden, und die nackten, mahagonibraunen Arme steckten in bauschigem Leinen. Und doch war der junge Mann, der dort vor mir stand, nicht einfach der billige Abklatsch eines jungen Engländers. Er trug keinen Hut, keine Schuhe und keine Strümpfe, sodass seine langen Waden nackt waren. Auch hatte er kein Wams an, und das Hemd klebte schweißdurchtränkt an seiner Brust.

»Ich sah dich aus der Siedlung reiten. Ich wusste, dass du hierherkommen würdest...« Offenbar musste er sich Mühe geben, die starken Gefühle, die in ihm aufwallten, im Zaum zu halten. Eine Anstrengung, die ihn fast erbeben ließ.

Ich rappelte mich auf. »Du willst doch nicht etwa sagen, dass du den ganzen Weg von Great Harbor hierhergerannt bist?«

Er drehte die Handfläche nach oben, als wollte er sagen: Warum nicht?

»Aber wieso folgst du mir in diesem Zustand?« Ich hob eine Hand, um auf seine ungenügende Bekleidung hinzuweisen.

»Ich musste dich unbedingt unter vier Augen sprechen, bevor du deine Zustimmung zu dem beschämenden Plan deines Großvaters gibst. Ich hoffe aufrichtig, dass das noch nicht geschehen ist. Aber es gibt irgendwie kaum noch Gelegenheit... dich zu treffen.« An diesem Punkt war es um seine Beherrschung geschehen, und er schrie fast. »Lass dich nicht zur Sklavin machen, Sturmauge.«

Ich trat einen Schritt zurück, überrascht über seinen plötzlichen Zorn.

»Ich habe keine Ahnung, was du meinst...«

»Ich hielt deinen Großvater immer für ehrenwert.« Er drehte sich um und spuckte auf den Sand. Ich zuckte erschrocken zusammen.

»Er *ist* ehrenwert, Caleb. Du darfst nicht...«

»Du darfst nicht! Ich habe dieses ›du darfst nicht‹ allmählich satt. Ihr Engländer verschanzt euch hinter diesem ›du darfst nicht‹, und langsam glaube ich, es ist eine trostlose Festung, in die ihr euch selbst einsperrt.«

Sein Zorn setzte auch den meinen in Brand. »Ach ja, meinst du? Kannst du mir dann erklären, was du eigentlich bei uns verloren hast, warum du bei uns Kost und Logis annimmst und unseren Unterricht noch dazu? Warum du dich unseren Büchern mit einer Inbrunst widmest, als könntest du nicht mehr atmen, ohne einen Satz auf Latein zu sprechen? Und warum hauchst du bei unseren Versammlungen so fromm unsere Gebete?«

»Ich bin nicht hierhergekommen, um über mich zu sprechen«, sagte er. »Ich weiß, was ich will. Ich kam deinetwegen hierher, weil ich begriffen habe, dass du keine Familie mehr hast, die diesen Namen verdient. Dein Vater war ein guter Mensch. Er hätte niemals seine Zustimmung zu diesem Plan gegeben. Doch dein Großvater liebt sein Gold mehr als dich. Und was deinen Bruder angeht ...« Er hob scharf das Kinn, verzog verächtlich den Mund, schlug sich mit der Faust gegen die Brust. »*Wir* machen aus unseren besiegten und verhassten Feinden Sklaven, um uns für die Toten zu rächen oder für anderes Unrecht, das uns widerfahren ist. Wie aber kommt er auf den Gedanken, die eigene Schwester für seine Zwecke in die Sklaverei zu verkaufen?«

»Als würdet ihr nicht jede Frau in eurem *otan* Tag für Tag bis zum Umfallen arbeiten lassen! Ich habe gesehen, wie es bei euch zugeht. Ihr findet harte Arbeit nicht unehrenhaft, solange es eine Frau ist, die sie verrichtet.«

»Geteilte und notwendige Arbeit ist eine Sache, Sklaverei eine andere. Wenn ich dein Bruder wäre, würde ich dich nicht für niedere Frondienste verkaufen, nur damit ich selber eine Zukunft habe.«

Mir kamen, wie so oft in jener Zeit, die Tränen. »Du *bist* mein Bruder, Caleb. Mein Herz sagt mir das mehr als jede Eintragung in einem Geburtsregister.« Ich hob die Hand, um sie nach der seinen auszustrecken, hielt aber mitten in der Bewegung inne. »Das Gesetz kann sagen, was es will, aber du und ich kennen die Wahrheit. Und Vater – er liebte dich wie einen Sohn. Schau dir Makepeace an, wenn du nicht dem Glauben schenken willst, was ich dir sage. Du wirst sehen, wie sehr er sich innerlich verzehrt vor Neid auf die Liebe, die Vater dir entgegengebracht hat.«

Ich sah, wie der Ärger in seinem Gesicht verblasste und seine Kinnmuskeln unter den breiten Wangenknochen sich entspannten. Er ergriff die Hand, die ich ihm halb entgegenstreckte, hob sie an und beugte den Kopf darüber: die Geste eines Gentleman, von der ich nicht wusste, wo er sie sich abgeschaut haben mochte. Ich spürte die Hitze seines Atems, den Hauch seiner Lippen. Dann ließ er die Hand los und berührte mich am Haar. Meine Nadeln waren herausgefallen, und die Strähnen hingen lose und feucht über meinen Schultern. Es reichte mir bis fast zur Leibesmitte.

Er sprach leise, fast wie zu sich selbst. »Als wir uns zum ersten Mal gesehen haben, war mein Haar sogar noch länger.« Er wickelte sich eine Strähne um den Finger und ließ sie wieder fallen, hob die Hand und strich sich damit über seinen eigenen, kurzgeschorenen Kopf. »Mag sein, dass dein Vater mich geliebt hat, wie du sagst. Aber nicht, bevor ich mein Haar abschnitt. Dieses Ziel verfolgte er mit Feuereifer. ›Meine barbarische Verunstaltung‹ nannte er es.« Das Lächeln schwand dahin. »In Wirklichkeit war mir gar nicht bewusst, was für ein Sünder ich war, bevor er mir beibrachte, mein Haar zu hassen.« Sein Gesicht war ernst geworden, und seine Stirn zog sich finster zusammen. »So viele Dinge, die ich einmal geliebt habe, habe ich hassen gelernt. Und das alles begann hier, an dieser Stelle, mit dir, Sturmauge.«

In diesem Augenblick wandte er sich von mir ab und schaute über die Dünen, hinter denen der kleine Tümpel lag, an dem wir uns zum ersten Mal begegnet waren. Schließlich kreuzte er mit seiner leichtfüßigen Anmut die Beine und setzte sich im Schneidersitz in den Sand, den Blick gen Horizont gerichtet. Ohne mich anzusehen, deutete er eine kurze Handbewegung an – die gleiche knappe Geste, mit der er mir schon immer bedeutet hatte, es ihm gleichzutun. Und so ließ ich mich neben ihm im Sand nieder und schaute auf die Wellen hinaus. Wenn wir früher gemeinsam in den Anblick ein und derselben Sache versunken waren, merkte ich oft, dass wir die Dinge auf unterschiedliche Weise betrachteten. Vor langer Zeit hatte er mir zum Beispiel beigebracht, wie man einen Fischschwarm entdeckt, der tief unter der Wasseroberfläche dahinschwimmt – wie eine gewisse Veränderung in Licht und Schatten ihn offenbart und dem Fischer zeigt, wo er sein Netz auswerfen soll. Caleb war es zu verdanken, dass die See für mich kein dunkles Geheimnis mehr war, sondern eine höchst nützliche Linse, durch die man schauen konnte.

Er nahm eine Handvoll Sand und ließ ihn durch die Finger rieseln. »Du fragst, warum ich bei euch esse, warum ich eure Gebete lerne. Warum ich lerne, all das zu hassen, was ich einmal geliebt habe. Leg dein Ohr auf den Sand. Du sollst hören aus welchem Grund.«

Ich legte verwirrt den Kopf zur Seite.

»Kannst du sie nicht hören? Stiefel, Stiefel und noch mehr Stiefel. Der Strand ächzt unter ihrem Gewicht, und es werden immer mehr. Und sie drücken uns die Gurgel zu.«

»Aber Caleb«, sagte ich. »Diese Insel – das Festland, meine ich – ist doch ein riesiges Gebiet. Es heißt, dass es genügend Platz gibt, auch wenn wir zu Tausenden und Abertausenden kommen...«

Er griff noch einmal in den Sand und schaute zu, wie die Körnchen durch seine Finger rieselten. »Ihr seid wie die hier. Jeder Einzelne für sich ist ein Nichts. Einhundert, viele Hundert – na und? Wirf sie in die Luft, und sie sind kaum mehr da. Du kannst sie nicht mal mehr finden, wenn sie auf den Boden fallen. Und trotzdem sind es mehr Körnchen, als du zählen kannst. Endlos viele. Ihr werdet euch über dieses Land ergießen, und wir werden in eurer Flut ertrinken. Eure Steinmauern, eure toten Bäume, die Hufe eurer seltsamen Tiere, die die Muschelbänke zertrampeln. Mein Onkel sieht diese Dinge, hier und jetzt. Und wenn er in Trance ist, sieht er, dass es noch schlimmer kommen wird. Eure Mauern werden überall wachsen und uns ausschließen. Ihr werdet mit euren Pflügen in diesem Land das Unterste zuoberst kehren, bis es keine Jagdgründe mehr gibt. Das und noch vieles mehr sieht mein Onkel.« Caleb schlug mit der flachen Hand auf den Sand und ballte sie dann zu einer Faust. »Aber er weigert sich auch, zu sehen, dass Gott euch Gutes tut, dass er euch beschützt und vor den Krankheiten bewahrt, gegen die mein Onkel mit seinen Kräften nichts ausrichten kann. Und das sehe ich: Wir müssen die Gunst eures Gottes erringen, sonst werden wir zugrunde gehen. Deshalb, Sturmauge, kam ich zu deinem Vater.« Seine Miene war wild und verzerrt. Ich wollte nach seiner Hand greifen, um ihm Trost zu spenden. Doch ich tat es nicht. Ich saß nur wortlos da, bis er wieder zu sprechen anhub.

»Das Leben ist besser als der Tod. Das weiß ich. Tequamuck sagt, das sei das Gewäsch eines Feiglings. Ich aber finde, manchmal ist es tapferer, sich zu beugen.«

Er wandte sich mir zu. »Deshalb werde ich jetzt auf diese Lateinschule und später ans College gehen, und wenn Gott mir zur Seite steht, so kann ich meinem Volk zunutze sein, und es wird überleben. Aber du – für dich gibt es nichts dort. Warum solltest du gehen? Du weißt sehr wohl, dass dein Bruder ein Dummkopf ist. Er wird aus dieser Ausbildung keinen Nutzen ziehen, auch wenn du deine Freiheit opferst, um sie ihm zu erkaufen.«

»Caleb«, sagte ich. »Ich gehe nicht dahin, um Großvater seine paar kostbaren Golddukaten zu retten. Ich gehe auch nicht aus Liebe zu meinem Bruder, und obwohl ich mich über seinen Erfolg freuen werde, bin ich nicht so blind zu glauben, dass meine Anstrengungen für ihn in irgendeiner Weise zu diesem Erfolg beitragen werden. Wenn ich mich zu dieser Sklaverei verpflichte, so wie du es nennst, dann tue ich es nur für Gott. Ich gehe nach Cambridge aus dem gleichen Grund wie du. Weil ich glaube, dass Gott es will.«

»Ich verstehe dich nicht, Sturmauge.«

»Caleb, bitte. Nenn mich nicht bei diesem Namen. Wir sind keine Kinder mehr, die hierhin und dorthin laufen können, als wäre die Insel eine Art Garten Eden. Wenn es einmal so war, dann sind seine Tore längst für uns geschlossen. Jenes Leben ist ein für alle Mal vorbei.« Er schaute mich kurz an und wandte dann wieder den Blick ab. Ich hätte nicht zu sagen vermocht, ob meine Worte ihn verblüfft oder gekränkt hatten. Ich ließ meine Stimme sanfter werden und berührte ihn leicht am Arm. »Du hast mir einmal beigebracht, dass Namen einen, vielleicht auch zwei Sommer zu gebrauchen seien und dann dahinwelken. Der Sommer von Sturmauge ist vorüber. Es ist Zeit für uns beide, nicht mehr zurückzuschauen, sondern uns den Aufgaben zuzuwenden, die vor uns liegen. Vor langer Zeit habe ich dir einmal gesagt, dass Bethia ›Gottes Dienerin‹ bedeutet. Das ist es, was ich sein will, Caleb. Jetzt ist es der richtige Name für mich. Nenn mich so, wie es einem gebührt, der mein Bruder ist.« Er sagte nichts, hielt nur den Blick weiter aufs Meer gerichtet. Ich empfand das große Bedürfnis, alles zwischen uns ehrlich und offen auszusprechen, denn, wie er anfangs gesagt hatte, gab es für uns nur noch wenig Gelegenheit, dies zu tun.

»Es wird eine Zeit kommen«, sagte ich, »vielleicht schon

bald, in der sich unsere Wege trennen. Doch noch haben wir anscheinend ein Stück gemeinsamen Weges vor uns. Ich kann für mich sprechen und sagen, dass ich froh darüber bin. Was dein Verständnis für mich angeht, so weiß ich, dass du mich besser als jeder andere Mensch auf dieser Welt verstehst, ganz gleich, wie mein Name lautet. So wie ich dich verstehe.« Und dann nahm ich meinen ganzen Mut zusammen und fragte ihn das, was ich so begierig war zu erfahren.

»Caleb, wirst du mir erzählen, was mit dir geschehen ist, als du ganz allein in die Wildnis gingst? Ist die Schlange am Ende doch noch zu dir gekommen?«

Sein Kinn fuhr hoch, als ich ihm diese Frage stellte. Er schaute mich weder an noch gab er mir eine Antwort. Schon seit der Frühe wehte ein warmer, leichter Wind aus Südwest. Während unseres Gesprächs hatte er gedreht und war aufgefrischt. Jetzt wehte er kräftig und anhaltend aus Norden. Man konnte seinen Schatten über der Meeresoberfläche sehen, wie er kleine weiße Gischtflecken aufschäumte. Das Strandgras, das sich unter ihm beugte, gab ein Wispern von sich, und die Eichen hinter den Dünen antworteten mit einem leisen Ächzen. Sandkörner schlugen mir ins Gesicht.

»Ja, sie kam.« Er war in seine Sprache, Wampanaontoaonk, übergewechselt. Obwohl über dem Strand ein grelles Licht lag, hatten sich Calebs Augen verfinstert, und das Schwarz der Pupillen schluckte den braunen Ring seiner Iris. »Die Nacht war kalt und sehr klar. Die Sterne leuchteten so hell, dass man bei ihrem Licht die Bäume zählen konnte... Ich hatte viele Tage gefastet. Ich trank weiße Nieswurz, würgte sie hoch, viele Male... Und ich wechselte zwischen dieser Welt und der anderen Welt hin und her. Und dann kam sie, die Schlange, ich nahm sie auf, in meine Hände, und ihre Macht ging in mich über.« Er hatte die Hände gehoben, die Handflächen gekrümmt, als wolle er wirklich jene muskelbepackte, sich windende Gestalt damit greifen. »Ich nahm sie, Sturm ... Bethia. Ich nahm sie.« Seine Stimme war tiefer geworden und fand ihren eigenen Ton in seiner Muttersprache. »*Pawaaw.*«

Das Wort hing in der Luft. Ich dachte an Tequamuck. Ich weiß nicht, ob der Hexenmeister die Macht hatte, in mein Denken einzudringen, ob allein der Gedanke an ihn ausreichte, eine der dunklen Hexereien, die er beherrschte, heraufzubeschwören, oder ob er mit Hilfe von dämonischen Ritualen und beifußhaltigem Rauch Visionen hervorgerufen und mir über die große Entfernung hinweg zugehaucht hatte.

Der Himmel riss auf, und ich befand mich mitten in einem Sturm, in Nebel gehüllt. Ich wandte mich ab von den reißenden Sturzbächen des Regens, doch urplötzlich kam eine heftige Bö und riss mich empor, hob mich hinauf in die wirbelnde Luft. Dann fiel ich wieder, wie ein Senkblei, tief in die aufgewühlten Meereswogen. Als ich am Meeresgrund zur Ruhe kam, war um mich herum große Stille. Vaters Körper trieb in Armeslänge an mir vorbei. Von Seetang umschlungen, aufgedunsen, von unsichtbaren Strömungen tief unter den Wellen hin und her geworfen. Ich streckte die Arme nach ihm aus, doch obwohl ich es allein durch meine Willenskraft schaffte, vorwärtszukommen, wurde ich immer wieder zurückgerissen, raste durch das Wasser und wieder hoch in die Luft. Jetzt war ich in unserem Gärtchen, das Sonnenlicht blendete mich so sehr, dass ich nichts erkennen konnte. Ich blinzelte, und als ich die Augen öffnete, stand Caleb vor mir, Solace schlaff in seinen Armen. Er streckte sie mir entgegen, doch als ich nach ihr greifen wollte, verwandelte sie sich in eine Schlange, die sich wand und den Kopf aufrichtete, bereit zum Biss ...

Ich spürte, wie ich würgen musste. Da packte Caleb meine

Hände und schüttelte mich. Die Bilder zerstoben, und die Vision verschwand.

»Was ist los? Fühlst du dich nicht wohl?« Seine Augen hatten wieder ihre normale Farbe, Melassebraun, angenommen. Er schaute mich voller Sorge an. Ich schluckte, sog die saubere, salzige Luft in mich ein und kämpfte gegen meine Übelkeit an. Der bittere Geschmack der Nieswurz haftete immer noch in meinem Mund. Ich schloss die Augen und drückte die Fäuste gegen meine Lider, als könnte ich so die schrecklichen Visionen verscheuchen. Ich hätte ihm gerne gestanden, was ich bei den Takemmy getan, was ich mit meiner Sünde verursacht hatte, und ihn davor gewarnt, dass diese sogenannte Macht, nach der er gestrebt hatte, in Wirklichkeit eine teuflische Falle war. Doch alles, was aus meinem Mund herauskam, war das Wort *pawaaw*.

»Weißt du noch, was es bedeutet, Bethia? Ich hab es dir beigebracht, vor so langer Zeit...«

»Heiler«, flüsterte ich.

»Genau. Und das ist alles, was ich will. Diese Macht dazu benutzen, die Krankheiten zu heilen, die mein Volk befallen.«

»Aber Caleb, diese Macht kommt von Satan...«

»Und woher hat Satan sie bekommen? War es nicht von Gott, der ihn als großen Engel geschaffen hat? So steht es in deiner Bibel.« Der Wind hatte sich fast ganz gelegt; die Blätter in den Bäumen hinter den Dünen raschelten nur noch leise. Caleb sprach jetzt wieder Englisch, seine Stimme klang müde und sanft. »Ich bin ein Mann, Bethia. Ein Mann muss die Macht nehmen, wo er sie finden kann. Wenn ich sie in deinen Büchern finde, nehme ich sie von dort. Finde ich sie in Visionen, die mir der Geist meiner Ahnen beschert, dann werde ich sie auch von dort nehmen. Die Zeiten verlangen es von mir.«

»Macht? Hat denn ein Blitz nicht auch Macht? Greif danach, und du wirst nur noch eine verkohlte Hülle sein...« Meine Stimme brach. Wieder rang ich in kurzen, gierigen Atemzügen um Luft. Calebs Augen blickten mich an.

»Mag sein«, sagte er schließlich. »Vielleicht ist das ja wirklich der Preis dafür.«

Ich hatte nicht den Mut, ihn anzuschauen. Ich schüttelte nur den Kopf und versuchte, den bitteren Geschmack herunterzuschlucken, den ich noch immer im Mund hatte, ebenso wie den salzigen Geschmack unterdrückter Tränen. Als Caleb wieder das Wort ergriff, war seine Stimme ruhig und gefasst.

»Vor nicht allzu langer Zeit, Bethia, als dein Vater noch lebte und uns jeden Tag unterrichtete, kämpfte dein Bruder wieder einmal, wie so oft, mit dem Griechischen. Als er etwas nicht schaffte, erregte ihn das sehr, und schließlich wandte er sich an deinen Vater und wollte wissen, warum er, als zukünftiger Pfarrer, diese Dinge überhaupt lernen müsse.« Ich habe an anderer Stelle bereits geschildert, dass Caleb ein angeborenes Talent zur Nachahmung besitzt, und an dieser Stelle ließ er seine Stimme höher klingen und gab ihr einen anmaßenden Ton – mein Bruder, wie er leibte und lebte. »Was hat denn Apollo mit Christus zu tun? Ähnelt das Studium dieser Heiden nicht Evas und Adams selbstherrlichem Streben nach verbotenem Wissen?«

Bei Calebs Schilderung sah ich die Szene lebendig vor mir. Trotz meiner Aufgewühltheit verzog ich belustigt die Lippen. »Und was hat Vater gesagt?«

»Er sagte, natürlich müsse Christus das Fundament all unseres Lernens sein. Doch da Gott uns das Evangelium Christi auf Griechisch geschenkt habe, müsse man dies als Zeichen betrachten. Und dann erzählte er uns die Geschichte der alten Griechen, wie Prometheus den Göttern das Feuer gestohlen hatte. Er erklärte uns, jenes Feuer stehe für das Licht des Lernens, das von den alten Griechen entzündet worden und an uns weitergegeben worden sei, damit wir es am Leben erhalten. So bin auch ich ein Dieb des Lichts, Bethia. Und da das Wissen sich offenbar nicht an Grenzen hält, werde ich es mir aneignen, wo immer ich kann. Bei Tageslicht in euren Klassenzimmern. Und bei Kerzenlicht aus euren Büchern. Und wenn nötig, gehe ich auch in die Dunkelheit, um es zu holen.«

Wir waren wirklich Seelenverwandte, Caleb und ich. Ich schlug die Hände vors Gesicht, doch Caleb ergriff sie und schob sie beiseite. »Sag es niemandem, Bethia. Du darfst mit niemandem darüber sprechen. Keine andere Menschenseele würde es begreifen. Nicht einmal Joel.« Er sah mich durchdringend an. »Ich bin mir nicht einmal sicher, ob du es begreifst.«

»Oh, ich verstehe es. Vielleicht mehr, als du denkst.« Meine Stimme war so schwach wie die eines maunzenden Kätzchens. Ich richtete mich auf, schwankte ein wenig. Sprechen konnte ich nicht mehr. Die Schatten waren länger geworden, denn es war bereits nach Mittag. Makepeace würde sich wundern, wo sein Essen blieb.

»Ich muss gehen«, sagte ich, immer noch erschüttert und um Selbstbeherrschung ringend. »Caleb, du sollst wissen, dass ich vorhabe, diese Arbeit als Dienstmagd anzunehmen, und auch wenn meine Gründe dir unklar bleiben, bitte ich dich darum, zu akzeptieren, dass ich diese Entscheidung aus freien Stücken getroffen habe. So wie ich versuche zu akzeptieren, was du sagst, selbst wenn es mir das Herz zerreißt.« Ich strich mir den Sand vom Rock, holte meine zerknitterte Haube hervor und versuchte, mein Haar wieder zusammenzustecken. Caleb wollte sich zu Fuß auf den Heimweg nach Great Harbor machen, doch das ließ ich nicht zu. Er stieg hinter mir auf Speckles Rücken, und wir wählten einen verborgenen Weg durch den Wald, damit uns niemand sehen konnte. Als Speckle an einer unebenen Stelle ins Straucheln kam, griffen seine Hände einen Moment lang nach meiner Leibesmitte, und mir wurde bewusst, dass es, so sehr ich in ihm auch den Bruder sehen wollte, doch nicht wirklich so war. In der Stadt würden wir noch mehr auf der Hut sein müssen, was unseren Umgang miteinander anging.

Etwa eine halbe Meile vor den ersten bebauten Feldern stieg er ab. Als er sich zum Gehen wandte, streckte ich die Hand nach ihm aus und berührte ihn leicht an der Schulter. »Noch etwas: Bewahre dir etwas Mitgefühl für Großvater und Makepeace. Auch wenn sie nicht immer alles gut machen, so meinen sie es doch gut. Davon bin ich aufrichtig überzeugt. Und das ist es auch, was Vater sich von dir wünschen würde.« Er hob das Kinn mit einer Geste, die ebenso gut Zustimmung wie Trotz ausdrücken mochte. Dann ritt ich allein weiter. Als ich zurückschaute, die Hand zum Abschiedsgruß gehoben, war er bereits zwischen den Bäumen verschwunden und nicht mehr zu sehen. Diese Kunst hatte er nicht verlernt.

Es war klug gewesen, Vorsicht walten zu lassen, denn Makepeace stand auf dem Hof, als ich einritt, und als er sah, in welchem Zustand ich mich befand, wurde er gelb vor Entrüstung. Offenbar kostete es ihn große Mühe, seine Wut im Zaum zu halten. Ich versuchte, mir vorzustellen, was geschehen wäre, hätte ich einen halb bekleideten Caleb hinter mir im Sattel gehabt. Beim Gedanken daran verzog sich mein Gesicht zu einem Lächeln, und als er das sah, nahm Makepeace seinen Hut und Stock und marschierte davon, weil er wahrscheinlich auch den Rest seiner Fassung verloren hätte, wenn er in meiner Nähe geblieben wäre.

Bis er zurück war, hatte ich das Pferd versorgt, mir das Haar ordentlich hochgesteckt, eine frische Haube aufgesetzt und eine herzhafte Mahlzeit zubereitet. Als Makepeace den Teller mit gebratenem Kabeljau und grünen Bohnen sah, sprach er ein wortreiches und von Herzen kommendes Dankgebet, wobei er in seinen Segen auch die Hände einschloss, die die Mahlzeit zubereitet hatten. Ich gab ihm auch ein Stück Sirupkuchen mit einer Schale Himbeeren zu essen. Als er alles bis auf den letzten Krümel verspeist hatte, teilte ich ihm mit, dass ich die Stellung als Dienstmagd annehmen würde. Von Herzen gern hätte ich ihn noch ein paar Tage zappeln lassen, doch die Reise musste geplant werden, und die Zeit war knapp.

XI

Ich hatte noch nie einen sogenannten Indenturvertrag gesehen, wie er bei einer Vertragsknechtschaft abgeschlossen wurde, und ganz gewiss hatte ich nie gedacht, meinen eigenen Namen auf einem solchen Schriftstück zu erblicken. Wenn ich mich überhaupt jemals mit der Frage beschäftigt hatte, so nur im Zusammenhang mit der Vorstellung, einst als Ehefrau aus Gründen der Wohltätigkeit ein armes junges Wesen, das dringend ein Dach über dem Kopf und ein Auskommen brauchte, in dieser Form bei uns in Dienst zu nehmen.

Großvater, dem die Peinlichkeit der Situation durchaus bewusst war, ging mit großen Schritten in seinem Zimmer auf und ab, während ich mir die beiden Kopien des Vertrages durchlas. Es war ihm deutlich anzumerken, wie sehr es ihn wurmte, als ich darauf bestand, das Dokument zu prüfen, das er doch einfach nur unterzeichnen und mit seinem Siegel versehen wollte. Doch ob es ihm nun gefiel oder nicht, er reichte es mir. Es bestand nur aus wenigen Sätzen, doch da es eine so einschneidende Wirkung auf meine Zukunft haben würde, las ich es mir in aller Ruhe durch.

Mit diesem Indenturvertrag vom fünfundzwanzigsten August des Jahres eintausendsechshundertundsechzig zwischen Elijah Corlett aus Cambridge und Thomas Mayfield aus Great Harbor wird festgelegt, dass besagter Thomas Mayfield sein Mündel und Enkelkind, die minderjährige Bethia Mayfield, kraft Gesetz dazu verpflichtet, jegliche gesetzlich zulässige Arbeit für besagten Elijah Corlett zu verrichten und bei ihm zu wohnen, und zwar bis zum fünfundzwanzigsten August des Jahres eintausendsechshundertundvierundsechzig. Während dieses Zeitraums verpflichtet sich Elijah Corlett dazu, nach Kräften für die Verpflegung und Unterkunft besagter Bethia Mayfield zu sorgen und alles Nötige zu ihrer Gesunderhaltung zu tun. Ferner verpflichtet er sich, ihrem Bruder Makepeace Mayfield ein volles Stipendium nebst Kost und Logis an der Lateinschule von Cambridge zu gewähren und ihn so weit in Literatur zu unterrichten, wie es in seiner Macht steht.

Die Schriftstücke trugen bereits Corletts Unterschrift und Siegel und waren durch eine gezahnte Schnittlinie voneinander getrennt, sodass die Kanten der beiden Versionen exakt aufeinander passten. Als ich beides gelesen und miteinander abgeglichen hatte, reichte ich die Schriftstücke Großvater und beobachtete ihn dabei, wie er seine Feder eintauchte und seine wie immer schwungvolle Unterschrift daruntersetzte.

»So, das wäre erledigt«, sagte er. »Ich schicke jetzt die eine Hälfte an Master Corlett und bewahre die andere sicher hier auf, auch wenn ich nicht den geringsten Zweifel daran habe, dass er sich bis in die letzte Einzelheit an den Vertrag halten wird. Es ist nur zur Sicherheit ...«

Ich sah ihm dabei zu, wie er das Schriftstück in die Schatulle legte, in der er auch Vermächtnisse, Urkunden und Schuldscheine aufbewahrte. Dann schloss er das Kästchen mit einem kleinen Schlüssel ab, den er in seiner Uhrtasche trug. Ich dachte, wie froh ich sein würde, wenn ich an jenem Tag in genau vier Jahren dieses Papier herausholen, es in lauter kleine Stücke zerreißen und dann ins Feuer werfen konnte.

Von Great Harbor nach Cambridge ist es im Grunde nur ein Katzensprung. Doch leider sind wir keine Katzen, und sehr weit springen können wir auch nicht. Uns blieb die Wahl zwischen einer kürzeren Bootsfahrt über das Meer zum nächstgelegenen Punkt auf dem Festland, der etwa sieben Meilen entfernt war, und anschließend einem langen und beschwerlichen Weg über Land auf schmalen Indianerpfaden und durch die Wildnis; oder einer längeren Überfahrt nach Norden, die Umrundung des Kaps und dann weiter bis nach Boston, was bei gutem Wetter einen Tag und eine Nacht dauern würde. Von dort aus musste man dann ein Binnenschiff flussaufwärts bis zur Anlegestelle von Cambridge nehmen, was bei günstigem Wind und Flut etwa eine Stunde beanspruchte, bei Ostwind jedoch fast unmöglich war. Da wir Bücher und Kleidung mitnehmen mussten, entschieden wir uns für den längeren Seeweg – trotz böser Vorahnungen.

Es gab noch viel zu tun. Ich musste dem Nachbarjungen, der gut mit Schafen umgehen konnte, die Pflege meiner Auen anvertrauen und ihm zeigen, wie er die neugeborenen Lämmer zu kennzeichnen hatte. Speckle gab ich in die Obhut des Kammerdieners meines Großvaters und versäumte es nicht, ihr vor meiner Abreise lange die Nase zu streicheln und ihr zu sagen, sie solle sich nicht zu sehr verwöhnen lassen, wenn wir nicht da waren. An dem Tag, bevor wir in See stachen, dachte ich mir einen Vorwand aus, um das Haus von Iacoomis aufzusuchen. Ich erklärte Makepeace, ich hielte es für eine gute Sache, der Familie den Rest unserer ungesponnenen Wolle zu überlassen, da ich diese nicht mit nach Cambridge nehmen wolle. Mein Bruder hob argwöhnisch eine Augenbraue und sagte, ein Nachbar, der nicht ganz so weit entfernt wohne, freue sich sicher ebenso über diese freundliche Geste, doch am Ende gab er seine Zustimmung. Ich ging bis zu der Stelle, die früher einmal das äußerste Ende von Great Harbor markiert hatte. Als ich noch klein war und Iacoomis beschlossen hatte, sich dort niederzulassen, zimmerte er sich zunächst nach Art der Eingeborenen eine einfache Hütte aus Pfählen und Brettern. Diese hatte er dann im Laufe der Jahre vergrößert und zu einem soliden Lehmbau ausgeweitet, der sich nicht allzu sehr von den Häusern seiner englischen Nachbarn unterschied. Früher hatte das Gebäude in beträchtlichem Abstand von den Häusern der Engländer gestanden, doch da die Stadt längst über die alten Grenzen hinausgewachsen war und außer den Aldens keiner daran Anstoß nahm, lebte Iacoomis in jeder Hinsicht genauso wie alle anderen auch.

Wie es ein glücklicher Zufall wollte, traf ich Caleb draußen im Hof an, wo er mit Joels jüngeren Brüdern Murmeln spielte. Nachdem ich Iacoomis' Frau, die den englischen Namen Grace trug, mein Anliegen mit der Wolle vorgebracht hatte, hielt ich mich einen Moment draußen auf und spielte eine Runde mit. Da uns bei dem fröhlichen Kindergeschrei keiner hören konnte, fragte ich Caleb auf Latein, ob denn sein Onkel Tequamuck wisse, dass wir am nächsten Morgen mit der Flut in See stechen würden. Caleb hob kurz den Kopf, und seine dunklen Augen musterten mich ernst. »Ich weiß, was du befürchtest«, sagte er auf Latein. »Und ich teile deine Angst. Ich habe ihm nichts davon gesagt. Seit dem Wurmmond haben wir kein Wort mehr miteinander gewechselt. Aber Tequamuck hört und weiß viel.«

»Wird er uns das antun, was er Vater angetan hat?«

»Mein Herz sagt mir, nein. Er liebt mich, Bethia, auch jetzt noch. Er hat mir stets mehr bedeutet als Vater oder Mutter. Ich glaube, er hegt immer noch die Hoffnung, dass ich irgendwann doch dem englischen Gott abschwöre. Und diese Hoffnung bedeutet auch Hoffnung für uns…«

In diesem Augenblick mussten wir unsere Unterredung beenden, weil Iacoomis persönlich aus der Hütte kam, um mir für das Geschenk und dafür zu danken, dass ich mich in Cambridge um Joels Wohlergehen kümmern würde, sowie um mir eine gute Reise zu wünschen.

Der nächste Tag bescherte uns strahlendes, fast windstilles Wetter, und wir mussten vor Anker liegen bleiben, bis am Nachmittag endlich ein wenig Wind aufkam. Die ganze Zeit über schaute ich beklommen ans Ufer, weil ich jeden Augenblick damit rechnete, auf den Klippen jenen federgeschmückten Umhang zu entdecken. Auch Calebs Blick ruhte oft dort, wie ich bemerkte. Doch sein Onkel tauchte nicht auf, und als sich die Segel bauschten und ein Ächzen durch die Mastbäume ging, konnten wir endlich in See stechen. Ich stand am Bug und schaute zurück, bis auch das letzte Stückchen Land nur noch ein flacher, dunkler Strich und schließlich ein Nebelstreifen am Horizont geworden war. Schließlich verschwamm auch der und war nicht mehr zu sehen. In diesem Moment wich meine Angst einem tiefen Gefühl des Heimwehs, das mich seither nicht mehr losgelassen hat.

Die Reise hierher ist gewiss auch ohne Hexerei beschwerlich genug, doch da bereits andere von ihren Unbilden berichtet haben, werde ich mir nicht die Mühe machen, sie hier noch einmal zu schildern und mich mit der Bemerkung begnügen, dass ich auf der Schaluppe kein Auge zutat, weil sie fast die gesamte Fahrt über auf beunruhigende Weise knirschte und ächzte. Als wir am nächsten Morgen in Boston vor Anker gegangen waren, hielt uns, nachdem wir mit viel Mühe ein Binnenboot gefunden hatten, der gefürchtete Ostwind bis Sonnenuntergang von einer Weiterfahrt ab. Der breite Fluss wand sich durch Sümpfe und Marschland, die im schwindenden Licht wie von Bronze übergossen wirkten. Als der Schiffer dann endlich den matten Schimmer des Binsenlichts sichtete, mit dem die Abzweigung in den Kanal markiert war, über den wir in den Hauptwasserweg von Cambridge gelangen konnten, war es bereits stockdunkel. Der Schiffer ließ uns von Bord und rief nach dem Fuhrmann, der in einer bescheidenen Hütte wohnte und auf Fahrgäste wartete. Sehen konnte ich jenseits des schmalen Lichtkegels der Karrenlampe nichts, doch meine neue Heimat war deutlich zu riechen. Von den großen Gemeindewiesen drang der Gestank von Vieh herüber, unter den sich der faulige und modrige Geruch von Brackwasser und noch unangenehmere Dünste mischten, wie sie eine große Ansammlung von Menschen verströmt, die gezwungen sind, auf engstem Raum zu leben. Als wir schließlich vollkommen erschöpft vor Master Corletts Tür standen, war es bereits spät. Obwohl die Wege rund um das College mit großen Schalen voller Binsenlichter erleuchtet waren, hatte ich von der Stadt nicht viel gesehen, und es war der Laternenanzünder selbst gewesen, der uns den Weg zu Master Corletts Schule gezeigt hatte. Der Schulmeister begrüßte uns höflich, rief rasch ein paar verschlafene Schüler, die uns beim Abladen unserer Kisten behilflich sein sollten, wechselte ein paar Worte mit Makepeace und schickte ihn dann zusammen mit Caleb und Joel zu ihren Plätzen im Gemeinschaftsschlafsaal unterm Dach. Während ihre Stiefel laut die schmale Treppe hinaufpolterten, bat er mich in sein eigenes Gemach.

»Du hast das Dokument dabei, wie ich vermute.«

Ich reichte ihm seine Kopie des Indenturvertrages über den Schreibtisch.

Ohne mehr als einen kurzen Blick auf Großvaters Unterschrift zu werfen, schob er die Urkunde von sich, als wäre sie ihm ebenso widerwärtig wie mir. Schließlich musterte er mich mit einem Paar wässrig blauer Augen. »Äußerst liebenswürdig von dir, dass du hierhergekommen bist. Ich denke, du wirst deine Pflichten hier als nicht allzu beschwerlich empfinden, und falls doch, dann komm sogleich zu mir, damit wir schauen können, was zu tun ist, um Abhilfe zu schaffen. Ich habe deinem Großvater gesagt, ich bräuchte eine Hausdame, und als solche wirst du auch behandelt werden, soweit es unsere bescheidenen Mittel hier erlauben. Ich werde nichts von dir verlangen, was mein liebes Eheweib, Gott hab sie selig, nicht aus freien Stücken ebenso getan hat, um die Jungen hier bei Gesundheit und frohen Mutes zu halten. Doch da sitze ich, rede von meinen guten Absichten und hab dir nicht einmal einen Stuhl angeboten. Bitte, setz dich doch.« Ich schaute mich ratlos in dem spärlich möblierten, kleinen Gemach um, das abgesehen von einem handgearbeiteten Schreibtisch, einem Bücherregal, einem einzelnen, hochlehnigen Stuhl und einem schmalen Bett nichts zu enthalten schien, entdeckte schließlich jedoch einen Hocker mit einem Sitz aus Binsengeflecht, der unter das Bett geschoben war, und zog ihn heraus. Ich war froh, sitzen zu können, auch wenn es sich nur um ein so niedriges und wackeliges Sitzmöbel handelte.

»Weißt du, ich hatte das Vergnügen, deinen Vater kennenzulernen, als er noch ein junger Spund in Watertown war. Dein Großvater wurde mir hingegen nie vorgestellt, auch wenn ich ihn einmal bei einer Gemeindeversammlung sah. Interessantes Vorhaben, das mit seiner Insel. Wir alle hielten es damals für ein kühnes und halsbrecherisches Unterfangen. Doch es heißt, die Siedlung blühe und gedeihe. Ach, und dein armer verstorbener Vater ... Man sagt, er habe solche Wunder gewirkt, indem er den Heiden das Evangelium brachte. Unser Herr hat ihn ganz gewiss weit vor seiner Zeit zu sich gerufen. Er war immer ein ausgezeichneter Schüler und gottesfürchtig noch dazu, wie sein Lehrer sagte, auch als er noch ganz jung war. Für mich ist es eine Ehre, seinen Sohn, deinen Bruder, zu unterrichten, wie ich ihm gerade eben selbst gesagt habe. Und wie ungewöhnlich günstig ist auch der Umstand, dass dir der Umgang mit den jungen Indianern so leichtfällt – bei uns haben sich noch zwei weitere eingeschrieben, jünger als die beiden Burschen von der Insel, die mit dir herübergekommen sind. Außerdem besteht Aussicht auf mindestens eine weitere Person, vom Stamme der Nipmuc ... Ein überaus interessanter Fall, allerdings nicht ohne eine gewisse Herausforderung ... Vielleicht werde ich dir zu anderer Zeit darüber erzählen. Ich schätze, dein Großvater hat dich über die zahlreichen Schwierigkeiten in Kenntnis gesetzt, denen ich hier gegenüberstehe. Die Frauen von Cambridge, die nichts mit Rothäuten zu tun haben wollen. Wie es scheint, nicht einmal, wenn es noch Kinder sind ...« Hier gab er ein kleines, keuchendes Lachen von sich. »Jedenfalls ging eine von ihnen mit einer Gerte umher und wann immer einer der armen Teufel ihr zu nahe kam, zog sie ihm damit eins über ... Und eine andere wurde dermaßen nervös, wenn sie im selben Raum mit ihnen sein musste, dass sie kaum ihre Arbeit verrichten konnte.«

Ich war so müde, dass ich auf meinem Hocker ins Wanken geriet. Ich sehnte mich nach meinem Bett, und allmählich begann ich mich zu fragen, wann er endlich auf den Gedanken kommen würde, mir zu zeigen, wo es sich befand. Ich beneidete Makepeace und die anderen, die schon längst ihr Haupt zur Ruhe gebettet hatten. Doch Master Corlett schien sich weder der vorgerückten Stunde noch meines erschöpften Zustandes bewusst zu sein. Er kam nun auf Master Eliot und seine großen Hoffnungen zu sprechen, die er in die Bildungsmaßnahmen in den Kolonien setzte, ebenso wie in den Erhalt des geistlichen Standes sowie anderer Berufe, die über das hinausgingen, was die hiesigen Gelehrten an Talent aus den englischen Colleges mitgebracht hatten. »Ja, er hat sich schon immer sehr dafür eingesetzt. Einmal hörte ich ihn predigen: ›Herr, gib uns Schulen allerorten und für jeden von uns! Wir wären so glücklich, bevor wir sterben in jeder Siedlung dieses Landes eine gute Schule errichtet zu sehen.‹ Und das haben wir mittlerweile auch, an allen Orten, an denen mehr als hundert Familien leben. Seine Heimatstadt Roxbury kann sich gar einer berühmten Lehranstalt brüsten, aus der mehr Schüler am College untergekommen sind als aus jeder anderen Stadt dieser Größe, ja sogar der doppelten Größe ... Doch wir hier sind ihr dicht auf den Fersen, ja, das sind wir. An Materiellem mag es allerorten noch fehlen – du wirst noch sehen, dass wir im Grunde von der Hand in den Mund leben –, aber in Wissensdingen ist unser Reichtum gewaltig ...«

Ich spürte, wie mir die Augen zufielen, und bemühte mich, sie offen zu halten, wie es die guten Sitten eben verlangten. Doch mein Körper widersetzte sich meinem Willen. Einen Moment lang war ich wohl wirklich eingeschlafen, denn der Kopf sank mir auf die Brust, und ich schreckte urplötzlich mit einem Ruck hoch.

»... und bin mir sicher, du wirst feststellen, dass die Jungen sich des Glückes bewusst sind, das sie hierhergebracht hat ...« So redete Master Corlett weiter und weiter, ohne sich von meinem unterdrückten Gähnen stören zu lassen. Es mochte schon sein, dass sich die Jungen ihres Glückes bewusst waren, doch ich war mittlerweile kurz davor, das Bewusstsein zu *verlieren,* und merkte, dass ich ihm das sagen musste, wenn ich nicht gleich vom Hocker fallen wollte. Ich stand also auf.

»Tut mir leid, Master Corlett. Morgen würde ich liebend gerne noch mehr über die Schule hören. Doch ich habe eine sehr anstrengende Reise und einen sehr langen Tag hinter mir, und wäre sehr dankbar, wenn ich jetzt ...«

»Natürlich, natürlich. Du musst mir verzeihen.« Er stand auf, trat hinter dem Schreibtisch hervor und bot mir den Arm. »Ich bin einfach abends viel zu viel allein, das ist das Problem. Früher bin ich oft noch lange aufgeblieben und habe mit meinem Sohn Samuel geplaudert, als er noch... Wie gedankenlos von mir. Mein Sohn kommt immer noch gelegentlich... aber im Allgemeinen ruft ihn auch am Abend oft noch die Pflicht... am College, weißt du... Ich fürchte, du wirst deine Unterbringung eher als spartanisch empfinden. Leider kann ich dir kein eigenes Zimmer anbieten. Es gibt nur dieses Zimmer hier, dann das Klassenzimmer, das zugleich auch als Speisesaal dient, sowie den Schlafraum, der auf dem Dachboden liegt... Dort wohnen jetzt acht Jungen. Dein Bruder ist der Einzige, der keinen Bettgenossen hat, die anderen teilen sich alle eine Matratze. Weitere sechs Jungen kommen als Tagesschüler, weil ihre Familien hier im Ort leben. Ihnen reichst du eine Vesper, doch zu Tisch sitzen sie nicht mit uns, weil sie zum Abendessen nach Hause zu ihren Familien gehen. Jedenfalls hast du, wie gesagt, kein eigenes Zimmer, sondern lediglich eine Pritsche in der Küche... dort hast du deine Ruhe vor den Jungen, das Herdfeuer hält dich warm, es ist überhaupt der wärmste Ort im Haus, wenn es draußen unwirtlich ist. Im Allgemeinen heizen wir nämlich in keinem anderen Raum, es sei denn, die Eltern eines Jungen sorgen für zusätzliches Holz...« Er führte mich durch einen kurzen Flur, und dann traten wir in die dunkle Küche. Es roch nach altem Bratfett, nach feuchten Lumpen und den Hinterlassenschaften von Mäusen. Ein Feldbett mit einer dünnen, strohgefüllten Zudecke stand an der Wand. Die Hälfte dieses Lagers reichte unter einen abgewetzten kleinen Tisch, der voller schmieriger Flecken war und ausgesprochen unappetitlich aussah. Ihn weiß und sauber zu schrubben, würde am Morgen meine erste Aufgabe sein. Master Corlett stellte die Kerze ab und nahm einen Kienspan, um auf dem Weg zurück in sein Gemach Licht zu haben. »Wir befolgen hier den Zeitplan des College, damit sich die Jungen gleich daran gewöhnen, weißt du. Beten um sechs, erste Unterrichtsstunde um sieben. Du wirst ihnen ihr erstes Frühstück um neun Uhr servieren. Es gibt einen kleinen Krug leichtes Bier und eine Scheibe Brot für jeden Jungen. Die restlichen Aufgaben teile ich dir dann mit. Und jetzt wünsche ich dir eine gute Nacht. Gott sei mit dir. Bis morgen früh.«

Ich murmelte einen Gutenachtgruß. Kaum hatte er die Küchentür hinter sich geschlossen, löschte ich die Kerze und ließ mich auf meine Pritsche fallen. Ich hatte gerade noch die Kraft, meine Stiefel aufzuschnüren und schlief ohne meine Kleider abzulegen ein.

XII

Ich erwachte vom Geräusch trappelnder Füße über mir. Dann vernahm ich deutlich, wie mehrere junge Leute gemeinsam die schmale Stiege hinabstiegen. Als sich auch der letzte Schüler in Master Corletts Zimmer gedrängt hatte, hörte ich, wie die Tür geschlossen wurde und sich die Stimme des Masters bebend zum Gebet erhob.

Ich stand auf, immer noch ganz steif und müde, um mir meine neue Umgebung genauer anzuschauen. Ich warf mir einen Schal um die Schultern und trat hinaus in den Garten. Was Großvater berichtet hatte, stimmte: Das College lag nur einen Steinwurf entfernt. Das ältere Gebäude war ein großer, mit Schindeln verkleideter Bau, der zur Zeit seiner Errichtung an diesen wilden Gestaden vor fast zwanzig Jahren bestimmt beeindruckend gewesen war. Das Haus besaß drei Stockwerke und drei Flügel, die im rechten Winkel zum Hauptgebäude angeordnet waren. In der Mitte stand ein hoher Turm mit Glocke. Bestimmt war es ein gewaltiges Unterfangen gewesen, an einem solchen Ort etwas Derartiges zu errichten, als die Siedlung noch in den Kinderschuhen steckte, die ganze Kolonie um ihr Überleben kämpfte und große Knappheit an Baumaterial herrschte. Ich hatte schon des Öfteren gehört, dass manche das Collegegebäude für zu protzig hielten angesichts der Wildnis, die es umgab. Jedenfalls schienen die baulichen Fähigkeiten bei seiner Errichtung nicht mit der Anmut seines Entwurfes mithalten zu können, denn sein Schindeldach hing an mehreren Stellen erbärmlich durch, und auch am Holz der

Fensterbänke nagte deutlich sichtbar der Zahn der Zeit. Das schmucke Backsteingebäude daneben – bei dem es sich vermutlich um das Indian College, ein College nur für Indianer, handelte – hob erst recht noch den heruntergekommenen Zustand des größeren und altehrwürdigen Gebäudes hervor.

Ich kehrte in die Küche zurück, um mir den Ort anzuschauen, mit dem ich mich als Allererstes zu befassen hatte. Ein einziger großer Wasserkessel und eine kleine Auswahl von Pfannen hingen über dem Ausguss. Auf einem kleinen Schränkchen stand diverses Essgeschirr – mehrere bemalte Schalen sowie drei gute Zinnkrüge, in deren Boden, wie ich bei näherem Hinschauen entdeckte, grob die Initialen von Schülern eingraviert waren. Auch die Holzteller wirkten ziemlich abgenutzt, nur drei Zinnteller, auch sie mit eingravierten Initialen, waren in einem besseren Zustand. Es gab also offenbar wohlhabendere Schüler, die ihr eigenes Essgeschirr mitgebracht hatten – worüber Makepeace gewiss untröstlich sein würde, denn er hatte nicht daran gedacht, dergleichen einzupacken.

Schon bald erfuhr ich die Namen der Zinntellerbesitzer, denn dieses Trio machte stets den größten Ärger und nahm auch meine Zeit am meisten in Anspruch. Eine der Initialen, JD, verwies auf Joseph Dudley, den Sohn des ehemaligen Gouverneurs und schwierigsten von allen Schülern. Er war einer der Älteren, der sich im Herbst ebenfalls der Aufnahmeprüfung für das College unterziehen sollte – ein verwöhnter junger Mann, hochmütig und großspurig, mit ungehobelten Manieren. In meiner allerersten Zeit an der Schule verhielt er sich mir gegenüber sehr anmaßend. Während die anderen Jungen am Waschtag ihre schmutzigen Laken falteten und sie auf die Pritschen legten, damit ich sie einsammeln konnte, ließ er sein Bettzeug einfach auf dem Boden liegen. Nach Tisch, wenn die anderen ihr Geschirr abtrugen und an den Spülbottich brachten, stand er auf und ließ seines stehen.

Als er in der zweiten Woche sein Bettzeug wieder liegen ließ, machte ich mir nicht mehr die Mühe, es aufzulesen. Es war ein schöner Tag, und ich schaffte es, bis zum Abend die Wäsche zu trocknen und die Krägen zu bügeln. Als die Jungen auf den Dachboden zurückkehrten, fanden sie dort ihre saubere Kleidung sorgfältig gefaltet auf ihren Betten vor. Nur bei Dudley lag alles noch so, wie er es am Morgen zurückgelassen hatte, und er begann auf der Stelle, auf dieses »liederliche Ding« zu schimpfen, das Master Corlett eingestellt hatte. Nur zu gerne würde ich an dieser Stelle berichten können, dass es Makepeace war, der für mich in die Bresche sprang, doch wie ich später von Joel erfuhr, war es Caleb, der sich für mich einsetzte, während Makepeace, der stets eifrig um die Gunst der höherstehenden Klassenkameraden bemüht war, sich zu sehr schämte, um für mich einzutreten. Caleb hingegen trat entschlossen auf den jungen Mann zu, klärte ihn mit deutlichen Worten über meine Herkunft auf und verkündete, weitere Beleidigungen meiner Person würde er persönlich nehmen. Dudley war ein kräftig gebauter junger Mann, von dem ich mir sicher war, dass er seine Fäuste zu gebrauchen wusste. Doch er war auch nicht dumm und alles andere als ein Hitzkopf und konnte sich ausrechnen, dass er bei einem Schlagabtausch mit Caleb möglicherweise durchaus den Kürzeren ziehen würde.

Am nächsten Tag wusste ich noch nichts von diesem Streitgespräch, als der junge Dudley zu mir in die Küche kam, sich bei mir entschuldigte und sagte, er habe nichts von meiner Herkunft gewusst und mich für eine gemeine Dienstmagd gehalten. Deshalb bereue er auch seine Unhöflichkeit mir gegenüber.

»Ich danke Euch, junger Herr«, erwiderte ich eher kühl. »Ihr studiert hier doch, um Euch unterweisen zu lassen, oder?«

Er nickte mit seinem Blondschopf. »Das ist richtig, wenn ich diesem hohen Anspruch gerecht werden will.«

»Dann hoffe ich, Ihr werdet es nicht missverstehen, wenn ich Euch als, wie Ihr nun wisst, Tochter eines Pfarrers auch ein paar Bibelverse empfehle: Matthäus 21:26-28. Ihr werdet bemerken, dass Jesus sich nicht erst nach der Herkunft eines Menschen erkundigt, bevor er auch denen gegenüber höflich ist, die an niedriger Stelle ihren Dienst versehen.«

Mit diesen Worten drehte ich mich um und fuhr mit dem Schrubben fort. Ehe ich mich's versah, stand er neben mir, einen Lappen in der Hand, und wischte mit so großem Eifer über die Tischplatte, dass seine helle Haut ein fleckiges Rosa annahm.

»Vermutlich habt Ihr diese Arbeit noch nie verrichtet?« Das Rosa seiner Wangen wurde eine Spur dunkler.

»Mache ich sie denn so schlecht?«

»Ganz und gar nicht. Ihr macht sie gut.« Ich streute ein wenig Sand auf seine Seite des Tisches. »Ich frage nur deshalb, weil ich davon ausgehe, dass Ihr aus einem Haushalt mit Dienstboten kommt.« Dabei wusste ich sehr wohl, dass das Haus der Dudleys das vornehmste in der ganzen Kolonie war. Als es gebaut wurde, hatte Winthrop einen großen Skandal daraus gemacht und das Übermaß an Luxus getadelt.

»Wir hatten einen Dienstboten mit Indenturvertrag. Natürlich war ich damals noch ein Kind, denn mein Vater war, als ich geboren wurde, schon an die siebzig, wie Ihr vielleicht nicht wisst. Ich war so etwas wie sein Nesthäkchen. Er starb, als ich erst sieben war, und meine Mutter heiratete kurz darauf wieder und zog zurück nach Duxbury. Mein Stiefvater ist Reverend Allen. Er hat mich größtenteils erzogen. Auch wenn ich eine Zeitlang bei meiner Schwester Anne Bradsheet gelebt habe, die natürlich einen größeren Haushalt mit mehreren Dienstboten führt.«

Ich hielt mit dem Schrubben inne und richtete mich auf. »Anne Bradsheet? Die Dichterin?«

»Ihr kennt ihr Werk?«

»Natürlich. Ich finde es bemerkenswert.«

Nun schaute er mich mit deutlich gewachsenem Interesse an. »Ich werde es ihr mitteilen, wenn ich ihr das nächste Mal schreibe. Sie wird sich freuen, von jemandem ihres eigenen Geschlechts zu hören, der liest und sie schätzt. Das können nur wenige. Könnt Ihr denn Latein? Und kennt Ihr die Klassiker?«

Ich nickte.

»Außergewöhnlich. Ich hatte gedacht, meine Schwester sei in dieser Hinsicht die Einzige.«

Ich nahm meine Arbeit wieder auf. Das Reiben des Tuches auf dem Holz war eine seltsame Begleitmusik zu den herrlichen Versen voll gelehrter Inhalte, die mir in diesem Moment durch den Kopf gingen. Als ich damals zum ersten Mal auf die Gedichte gestoßen war, hatte ich mich durch sie sehr ermutigt gefühlt. Wenn diese Frau, die ebenso wie ich eine Frau aus der Wildnis war, diese Dinge studiert und gemeistert hatte, dann konnte ich das vielleicht auch. Damals hatte ich mehrere ihrer Gedichte sogar auswendig gelernt.

Er wandte mir sein junges Antlitz zu und musterte mich aufmerksam. »Ich schätze, Ihr findet die beschränkten Lebensumstände hier schwer zu ertragen?«

»Zugegebenermaßen ja. Es ist in vielerlei Hinsicht schwierig. Wie für Euch auch, denke ich.«

»Nun, ja, auch wenn ich das nicht gerne zugebe. Darf ich offen sein, Mistress Mayfield?«

Beeindruckt von der Höflichkeit, die er mir jetzt entgegenbrachte, nickte ich.

»Um ehrlich zu sein, bin ich nicht sehr angetan davon, dass man mich zwingt, hier mit Wilden unter einem Dach zu leben, so wie diesen, die Euch ja, wie ich gehört habe, bereits bekannt sind. Ich kann mir nicht vorstellen, wie Ihr und Euer Bruder es ertragen konntet, mit ihnen auf so engem Raum zusammenzuleben. Gewiss stellt es Eure Geduld auf eine harte Probe, wie meine eigene auch. Ich wäre froh um jeden Ratschlag, wie ich es besser bewerkstelligen könnte, es zu ertragen.« Ich gab ihm darauf keine andere Antwort als einen undurchdringlichen Blick. Er schaute mich nur kurz an und fuhr dann mit dem Schrubben fort. »Als der erste von ihnen kam, habe ich meinem Stiefvater geschrieben und ihn darum gebeten, in der Stadt untergebracht zu werden. Er schrieb mir zurück und sagte, seine Geldbörse erlaube es nicht, mich außerhalb der Schule wohnen zu lassen. Ich sehe nicht ein, warum man nicht *sie* außerhalb unterbringt, da doch offenbar die Mittel für ihre Ausbildung unerschöpflich sind. Ich vermute, Ihr wisst, dass dieses Geld ausschließlich aus England kommt, wo man die Bekehrung der Wilden als dringendes Anliegen sehr unterstützt. Ich habe gehört, das neue Gebäude, dieses Indian College, wie sie es nennen, drüben im Harvard-Yard, habe mehr als vierhundert englische Pfund gekostet. Könnt Ihr eine solche Summe gutheißen? Und das für Heiden, für Wilde? Während Schüler englischer Herkunft sich in einer undichten, zugigen Ruine drängen müssen. Natürlich hat Präsident Chauncy, kaum war es erbaut, schlauerweise sogleich seinen eigentlichen Nutzen erkannt. Er hat die Räumlichkeiten mit englischen Studenten gefüllt, die vorher so beengt untergebracht gewesen waren. Ein raffinierter Schachzug, findet Ihr nicht? Auf diese Weise gleich zu einem so schönen Gebäude zu kommen...«

Ich fragte mich, ob er die Wahrheit sagte. Mich dünkte es eine Ungerechtigkeit all den frommen Menschen gegenüber, dass ihr Geld für Dinge ausgegeben wurde, die ihnen widerstrebten. Vielleicht war es jedoch nur weise Voraussicht Master Chauncys gewesen, das Gebäude zu nutzen, während man auf die Immatrikulation der eigentlich dafür vorgesehenen Studenten wartete, die ihren vorbereitenden Unterricht allesamt entweder hier oder bei Master Weld in seiner Schule in Roxbury erhielten.

Doch für den jungen Dudley war das Thema noch nicht beendet. »Mein Stiefvater schrieb mir, ich müsse Geduld haben und mich mit dem Gedanken trösten, dass ich nicht lange von den Wilden inkommodiert würde, da diese die Härten einer christlichen Erziehung von Natur aus nicht lange ertragen würden.« Hier hielt er mit dem Sandstreuen inne, stützte sich auf die Tischplatte und überlegte. »Ich bin mir nicht sicher, ob ich in letzterem Punkte mit ihm übereinstimmen würde. Zumindest die hier scheinen ungewöhnlich gut dafür geeignet zu sein. Ein oder zwei von den Neuankömmlingen sind sogar ... Aber das sind ja auch diejenigen, die von Eurem verstorbenen Vater unterrichtet wurden, richtig?«

Ich neigte zustimmend den Kopf.

»Ich schätze, sie waren bereits einige Zeit bei Euch und wurden bereits in zartem Alter der Wildnis entrissen?«

Schon eine ganze Weile spürte ich, dass Zorn in mir aufstieg wie eine heiße Welle. Ich schloss die Faust fest um meinen Lappen, um mir nicht anmerken zu lassen, wie sehr meine Hand zitterte. »Keineswegs«, erwiderte ich, so gleichmütig wie nur möglich. »Insbesondere einer von ihnen hat die Unterweisung meines Vaters nur sehr kurz genossen, bevor Gott beschloss ...« Mehr wollte ich nicht mehr sagen. »Ich danke Euch«, sagte ich und nahm ihm seinen Lappen ab. »Doch ich glaube, Master Corlett würde es vorziehen, wenn Ihr Euch wieder mit Euren Büchern beschäftigt.«

Dudleys Worte quälten mich den ganzen Tag wie raue, kratzende Leibwäsche. Ich kam zu dem Schluss, um meines Seelenfriedens willen in Zukunft von so vertraulichen Gesprächen abzusehen. Ich würde mich einfach um die praktischen Bedürfnisse der Jungen kümmern und ihre moralische Unterweisung Corlett überlassen. Und so vergingen meine Tage im ewigen Einerlei meiner Pflichten und Mühen. Wenn der Tag des Herrn kam, lag ich des Morgens auf meiner Pritsche und versuchte vergebens, mich an etwas Bemerkenswertes zu erinnern, das vorgefallen war, um die vergangene Woche von der unterscheiden zu können, die davor ins Land gegangen war. Dann schleppte ich mich widerwillig zur Gemeindeversammlung und zu Predigten, die in ihrer Beschränktheit so gar nicht auf das breite Fundament zu passen schienen, das mein Vater einst gelegt hatte, und für mich nur schwerlich durchzustehen waren. Irgendwann während jener mühseligen Wochen, in denen das Wetter unwirtlicher wurde, kam auch der Tag, an dem ich siebzehn Jahre alt wurde, doch er verging wieder, ohne dass jemand – mich eingeschlossen – davon Notiz genommen hätte.

Und dann sprach eines kühlen Abends Master Corlett zum ersten Mal mit mir über Anne. Er hatte es sich zur Angewohnheit gemacht, mich am Ende des Tages zu einer Unterredung in sein Gemach zu bitten. Dann erkundigte er sich beiläufig nach den Angelegenheiten des Haushalts, wobei er sich immer für die zahlreichen Mängel entschuldigte, mit denen wir uns herumschlagen mussten, und mir gratulierte, wenn ich erfindungsreich dazu beigetragen hatte, mit weniger auszukommen als nötig. Dann wandte er sich oft schulischen Angelegenheiten zu, berichtete vom Charakter eines jeden Jungen und wie er sich im Unterricht machte. Obwohl er, was Makepeace anging, immer sehr höflich war, wusste ich sehr wohl, dass er insgeheim über dessen mangelnde Fortschritte im Studium besorgt war. Was Caleb und Joel anging, war er voll des Lobes, doch sprach er immer von ihnen mit leicht gehobener Augenbraue, als hege er selbst Zweifel an seinem Urteil über die Fortschritte, die sie machten. Oft erging er sich dann, wie schon am allerersten Abend, in Erinnerungen an früher, oder er begann, seine Ansichten über die Bildung und deren unabdingbare Bedeutung für den Erfolg der Kolonien zu erörtern. Meist schienen seine Gedanken den Worten weit vorauszugaloppieren, und wenn ich sehr müde war, fand ich es manchmal äußerst mühsam, die Satzfetzen, die ich mitbekam, zu einem sinnvollen Ganzen zusammenzusetzen. Und so bedeuteten diese Unterredungen, so interessant sie auch waren, oft Mühsal für mich, und ich sehnte mich schon lange bevor er mir endlich gestattete zu Bett zu gehen danach, es endlich aufzusuchen.

In jener Nacht schien er besonders aufgewühlt. »Ich glaube, ich habe dir gegenüber bereits erwähnt, dass wir die Ankunft eines Schülers vom Stamme der Nipmuc erwarten, oder?« Ich erinnerte mich vage daran, dass er etwas Derartiges einmal erwähnt hatte. »Und ich habe wohl auch hinzugefügt, dass es sich um einen außergewöhnlichen Fall handelt. Das ist er auch, überaus ungewöhnlich. Und ich muss zugeben, dass ich etwas ratlos bin, wie ich ... jedenfalls eine seltsame Anfrage ... aber da sie aus einer solchen Quelle kommt ...«

Ich saß dort, betrachtete die neue Blase an meiner Hand und war in Gedanken ganz woanders, als er plötzlich etwas sagte, das meine ganze Aufmerksamkeit weckte.

»... ein Indianermädchen namens Anne. Der Gouverneur, der, allgemein gesprochen, den Eingeborenen nicht gerade herzlich zugeneigt ist, wie du sicher weißt – schließlich war er es, der unsere Armee bei jenem bedauernswerten Krieg gegen die Pequot anführte –, hat einen Narren an dem Mädchen gefressen, das bereits zuvor das ABC beherrschte. Er nahm die Kleine vor ein paar Monaten in seinem Haushalt auf und schickte sie zum Hausunterricht bei einer Dame in der Nachbarschaft seiner Residenz in Boston, wo sie, wie es scheint, bereits im zarten Alter von zwölf Jahren so große Fortschritte machte, dass ihre Lehrerin ihr nichts mehr beibringen konnte. Der Gouverneur sagt, sie sei eine echte Kuriosität, und hat es sich in den Kopf gesetzt, dass ich sie ein Jahr bei mir aufnehme, um zu sehen, wozu sie noch alles in der Lage ist. Anschließend will er sie als eine Art Gouvernante oder dergleichen wieder in seinem Haushalt aufnehmen und ihre Fähigkeiten den diversen Gästen vorführen, um unseren englischen Wohltätern noch mehr Geld abzuknöpfen. Sie bringt bereits ein großzügiges Stipendium aus dem Fundus der Gesellschaft mit, doch selbst wenn dies nicht der Fall wäre – wie könnte ich einem Gouverneur eine solche Bitte abschlagen? Dennoch habe ich Sorge, ernste Sorge, wie wir dieses Mädchen hier unterbringen sollen...« Er beugte sich vor. »Ich habe noch nie ein Mädchen unterrichtet – selbst meine eigene Tochter hatte eine Hauslehrerin. Das habe ich auch dem Gouverneur gesagt, der sie jedoch trotzdem hier haben will. Er wolle sichergehen, sagt er, dass ihre geistigen Fähigkeiten ebenso genau eingeschätzt werden wie die anderer Schüler, damit keinerlei Zweifel daran aufkommen können. Alles gut und schön, wenn er sich dies nun mal in den Kopf gesetzt hat. Aber was soll ich mit einem Indianermädchen anfangen? Ich kann sie wohl kaum bei den anderen im Klassenzimmer dulden... Was für einen Aufruhr das geben würde... nein. Das ist ausgeschlossen. Ich bin wirklich vollkommen ratlos, wie ich verfahren soll. Dabei wird sie in vierzehn Tagen bereits hier sein.«

»Kann sie denn nicht in der Stadt untergebracht und von Euch privat unterrichtet werden?«

»Daran habe ich auch schon gedacht. Aber dann würden wir nicht in den Genuss ihres Stipendiums kommen. Wie du weißt, ist der Mangel bei uns groß, und das Stipendium ist, wie ich sagte, ungewöhnlich großzügig... Ich würde dich nur ungern bitten... wo du doch sowieso weit unter deinem Stand untergebracht bist... ob du eine Bettgenossin bei dir aufnehmen könntest... aber ich sehe keine andere Möglichkeit...«

Unmut wallte in mir auf. Nur wenn ich des Nachts mein Haupt niederlegte, konnte ich etwas Frieden erlangen, und so war ich eigentlich nicht geneigt, diesen Hauch von Privatheit der erzwungenen Nähe zu einer Fremden zu opfern. Andererseits war bereits meine Neugier entflammt, mehr über dieses Mädchen zu erfahren.

Ein paar Tage später brachte man Anne in der Kutsche des Gouverneurs zu uns. Sie war groß für ihr geschätztes Alter, schlank und hatte dickes schwarzes Haar, das zu einem straffen Zopf geflochten, aber nicht aufgesteckt war, sondern unter ihrer Haube hervorlugte und bis fast zu ihrer Leibesmitte hinabhing. Sie trug einen Mantel aus gutem grauem Kammgarn – importiert, nicht hausgesponnen –, wie ihn wohl auch die Tochter des Gouverneurs getragen hätte. Ihre Haube hatte sie mit einer Falte weit in die Stirn gezogen, sodass von ihrem Gesicht vorerst nicht viel zu sehen war. Sie betrat das Haus mit gesenktem Kopf und niedergeschlagenem Blick, den sie auch nicht hob, als Master Corlett sie in sein Arbeitszimmer führte und mich ebenfalls hereinwinkte. Ich schloss die Tür, weil ich gemerkt hatte, dass in dem Klassenzimmer auf der anderen Seite des Flurs plötzlich eine ungewohnte Stille herrschte und alle Blicke auf den Eingang gerichtet waren, um die Ankunft des ungewöhnlichen neuen Schülers zu beobachten.

Erst als der Master sie mir vorstellte, blinzelten die dunklen, mit schweren Wimpern bekränzten Augen kurz, und sie hob den Kopf und schaute mich einen Moment lang an, bevor sie das Kinn wieder senkte. Ihre Haut war so dunkelbraun und glatt wie eine Kastanie und spannte sich straff über die hohen Wangenknochen, die bei ihrem Volk so weit verbreitet sind. Doch ihre Augen waren sehr ungewöhnlich, von tiefem, leuchtendem Grün, wie Moos nach einem Regenguss. Bei ihrem Volk hatte ich noch nie jemanden mit einer solchen Augenfarbe gesehen. Sie hatte die Hände vor dem Leib gefaltet, und ich bemerkte, wie weiß sich die Knöchel von ihrer dunkelbraunen Haut abhoben. Offenbar gab sie sich alle Mühe, ein leichtes Zittern zu verbergen. Das Mädchen hatte Angst. Ich grüßte sie in sanftem, freundlichem Ton. Dann schaute ich Master Corlett mit bedeutungsvollem Blick an. »Vielleicht kann Eure Befragung noch ein wenig warten? Darf ich Anne zu einer kleinen Vesper mit in die Küche nehmen?« Master Corlett wischte sich über die Stirn, die trotz der Kälte mit Schweißperlen bedeckt war. »Sehr gut, sehr gut«, sagte er und kehrte, offenbar sehr erleichtert, in das mit Jungen gefüllte Klassenzimmer zurück, in dem er sich bestimmt wesentlich heimischer fühlte.

Ich führte Anne in die Küche und erklärte ihr, dass sie dort mit mir mein Lager teilen würde. Ein Seufzen entfuhr ihrer schmalen Brust. Zuerst dachte ich, die Idee stoße sie ab, weil ich davon ausging, dass sie im Hause des Gouverneurs wesentlich besser untergebracht gewesen war. Doch dann blickte ich in ihr Gesicht und sah, dass der angespannte Ausdruck darin sich gelöst hatte. Sie stand da, wartete auf Anweisungen, und so forderte ich sie auf, sich zu setzen und fragte sie, ob sie etwas essen wolle. Sie schüttelte den Kopf. Immer noch saß sie steif auf dem Stuhl, als hätte sie einen Stock verschluckt. Ich goss ihr einen kleinen Krug leichtes Bier ein, aber sie machte keinerlei Anstalten, davon zu trinken.

»Ich höre, du bist eine ausgezeichnete Schülerin«, sagte ich. Sie schaute mich nicht an. Ihre grünen Augen richteten sich starr auf einen Brandfleck mitten auf dem Tisch, die dicken Brauen waren finster zusammengezogen, als bereite ihr das verkohlte Holz Unwohlsein.

»Darf ich fragen, wie du mit deiner schulischen Ausbildung begonnen hast?«

Sie zog scharf den Atem ein, als wolle sie etwas sagen, sprach aber kein Wort.

»Wovor hast du Angst?«, fragte ich sie unvermittelt auf Wampanaontoaonk. Sie hob kurz den Kopf, in den grünen Augen blitzte Erstaunen auf. Einen Moment lang war ich wieder auf der Insel, war wieder ein Mädchen ihres Alters, das tropfend in einem Tümpel stand und den gleichen verblüfften Ausdruck auf dem Gesicht eines jungen Wilden sah, der ein Hemd aus Rehleder trug. Mir schien, dass sie mich verstand, doch konnte ich nicht sicher sein, da ich nicht wusste, wie eng verwandt die Sprachen der Wampanoag und der Nipmuc waren.

»Wie kommt es, dass du diese Sprache beherrschst?« Sie sprach leise und mit einem ganz leichten Akzent Englisch.

»Mein Vater war Missionar, und er sprach sie. Doch eigentlich habe ich sie von einem Freund gelernt, der Wampanoag ist. Wir sind zusammen aufgewachsen. Wie soll ich sagen... nun, wir haben als Kinder Zeit miteinander verbracht...« Das war mehr, als ich hatte preisgeben wollen, und so ließ ich den Satz im Raume stehen. Da sie jedoch nichts darauf zu antworten wusste, versuchte ich noch einmal auf meine frühere Frage zurückzukommen. »Und du? Wie hast du Englisch gelernt?«

»Ich bin damit aufgewachsen.«

»Haben deine Eltern es dir...«

»Meine Eltern sind gestorben. Fleckfieber. Das ganze Dorf war daran erkrankt. Ich wurde von einem englischen Pelzhändler mitgenommen, der damals vorbeikam.«

»In welche Stadt hat er dich gebracht?«

»Keine Stadt.«

»Du hast in der Wildnis gelebt?« Sie nickte. »War er es, der dir Lesen und Schreiben beigebracht hat, oder seine Frau?«

Einen Augenblick lang schaute sie auf und senkte dann wieder den Blick. Sie rieb mit der Fingerspitze über den Brandfleck.

»Er hatte keine Frau.«

»Du hast ganz allein mit einem Engländer in der Wildnis gelebt?«

»Bis er vor etwa einem Jahr gestorben ist, ja.«

»Wer hat sich seither um dich gekümmert?«

»Ich habe versucht, zu Fuß in mein Land zurückzukehren, um zu sehen, ob von meiner Familie noch jemand am Leben ist. Aber die Gendarmen haben mich auf der Straße aufgegriffen.«

Vermutlich hatten sie sie für eine entlaufene Dienstmagd gehalten. »Haben sie dich eingesperrt?« Sie nickte. »Wurdest du misshandelt?« Ein Achselzucken war ihre einzige Antwort.

»Wie kam es dann, dass der Gouverneur von deinem Fall hörte?«

»Ich habe ihm geschrieben.«

In knappen Sätzen erklärte sie, wie sie darum gebeten habe, wieder in die Wälder im Westen des Landes zurückkehren zu dürfen, aus denen man sie damals mitgenommen hatte, und berichtete von der Aufmerksamkeit in der Öffentlichkeit, die ihr so plötzlich und unerwartet zuteilwurde, nachdem der Gouverneur ihren Brief erhalten hatte. Er verweigerte ihr, zu den Verbliebenen ihres Volkes zurückzukehren. Stattdessen nahm er sie in seinem Haushalt auf und schickte sie bei einer Dame in der Nachbarschaft zum Unterricht.

»Und als ich die Lehrerin auf Latein ansprach, hieß es, ich müsse hierherkommen.«

»*Latine loqueris?*«, fragte ich überrascht. Der Master war offenbar davon ausgegangen, den Unterricht in dieser Sprache erst mit ihr zu beginnen.

»Ein bisschen«, erwiderte sie. »Aber ich weiß nicht, ob ich es richtig ausspreche, weil ich es mehr durch Zufall aufgeschnappt habe.«

»Der Master wird sich sehr freuen, wenn er hört, dass du schon damit angefangen hast, da bin ich mir sicher. Soll ich ihn jetzt holen? Fühlst du dich denn bereit, jetzt mit ihm zu sprechen?«

In diesem Moment schoss ihre Hand über den Tisch und packte mich am Handgelenk. Es war eine weiche Hand. Die Hand einer feinen Dame. In meinem ganzen Leben hatte ich keine so makellose und weiche Hand gesehen wie die ihre. Ganz anders als meine eigene. Und auch als die meiner Mutter. Somit hatte jener Mann, wer auch immer es gewesen sein mochte, sie dort in der Wildnis nicht zu harter Arbeit herangezogen. Die grünen Augen unterzogen mich einen Moment lang einer genauen Prüfung. »Bitte. Nicht.« Jetzt zitterte sie wieder.

»Mein Liebes. Ich weiß, dass das hier eine große Lebensumstellung für dich ist. Aber du musst vor Master Corlett keine Angst haben. Niemand hier will dir etwas Böses.«

Sie erwiderte nichts, sondern senkte nur den Blick und schüttelte ein weiteres Mal den Kopf, und so ließ ich die Sache auf sich beruhen. Es würde nichts bringen, sie zu bedrängen, so eingeschüchtert und verängstigt, wie sie war. Da ich mich wieder meinen Aufgaben zuwenden musste, begann ich nun, Rüben für den Eintopf zu schälen, und dachte über dieses Kind nach, das seinem Volk entrissen worden und in so unziemlichen Verhältnissen gelandet war. Gewiss hatte der Pelzhändler ihr zu essen gegeben und sie unterrichtet. Vielleicht war er ein gottesfürchtiger Mann gewesen, der ein Kind aus einer von Krankheit heimgesuchten Umgebung retten wollte und sie mit väterlicher Freundlichkeit aufzog. Doch ihre Furchtsamkeit schien darauf hinzudeuten, dass er ihr nicht nur mit der Zuneigung eines Vaters begegnet war.

Sie stand auf und machte Anstalten, mir zu helfen, doch ich legte eine Hand auf die ihre und nahm ihr das Messer ab, zu dem sie gegriffen hatte, und legte es auf den Tisch. »Nein, Anne. Du gehst hier zur Schule und bist keine Dienstbotin. Deiner Stellung hier musst du dir von Anfang an bewusst sein, und du sollst auch auf das bestehen, was dir gebührt, denn ganz sicher wird es so manchen geben, der nur allzu froh sein wird, dich demütigen und herabsetzen zu können.« Ich ging ins Arbeitszimmer des Masters, holte den Cicero vom Regal und legte ihn vor ihr auf den Tisch. »Kannst du das lesen?« Sie nickte. »Wenn du magst, lies mir laut daraus vor, und wenn ich höre, dass du etwas falsch betonst, werde ich dich, soweit ich kann, korrigieren, obwohl ich es ebenso wie du nur aus Büchern gelernt habe. Ich muss gestehen, dass ich selber auch nicht nach allen Regeln der Kunst in Latein unterrichtet wurde und nur ab und zu die Lektionen meines Bruders belauscht habe.«

Sie las nahezu ohne Zögern, und der winzige Akzent ihrer Nipmuc-Sprache ließ das Ganze eher noch weicher und ansprechender klingen. Das hörte auch Master Corlett, als er irgendwann später zu uns trat. Zuerst bemerkte sie ihn gar nicht, weil er in der Tür stehen blieb, und so las sie weiter, bis sie schließlich am Ende eines Satzes angekommen war und er ein herzliches: »Gut gemacht, ja wirklich! Bemerkenswert!«, rief.

Sie fuhr zusammen, schaute ihn an und wandte dann gleich wieder den Blick ab. Jetzt begann sie erneut zu zittern.

»Nun denn«, sagte er und rieb sich etwas unentschlossen die Hände. »Ihr scheint ja einen guten Anfang gefunden zu haben. Macht einfach weiter so, und ich sehe dich nach dem Mittagessen in meinem Arbeitszimmer. Dann können wir genauer besprechen, wie es weitergehen soll.« Er drehte sich um und sagte nach einem kurzen Zögern. »Bethia, ich denke, es ist am besten, wenn Anne ihr Mahl hier bei dir einnimmt. Die Vorstellung bei den anderen Schülern kann noch warten. Bei diesen Dingen ist keine Eile angebracht.«

»Sehr wohl, Master Corlett. Ich werde mich darum kümmern.«

Anne rührte ihre Brühe und das Brot kaum an, während ich emsig damit beschäftigt war, das Essen für die anderen Schüler herzurichten und ihre Essschalen zu säubern. Als es Zeit für Annas Unterredung mit dem Master war, schien sie nur mit der allergrößten Willenskraft vom Tisch aufzustehen. »Möchtest du, dass ich mitkomme?«, fragte ich. Sie griff nach meiner Hand. »Na gut«, sagte ich. »Aber nur heute. Ich habe zu dieser Stunde eine Menge Arbeit zu erledigen, und wie ich dir bereits gesagt habe, hast du von Master Corlett nichts zu befürchten.«

Ich hätte nicht zu sagen vermocht, wer von den beiden an jenem Tag schüchterner und unbeholfener war. Die umständliche Sprechweise des Masters war schlimmer, als ich sie je erlebt hatte, und Annas Stimme war kaum zu hören, als sie sich durch die Textpassage arbeitete, die er für sie ausgesucht hatte. Jedes Mal, wenn er sie korrigierte, zuckte sie zusammen, als hätte man sie geschlagen. Ich brannte darauf, zu erfahren, was das Mädchen in einen solchen Zustand gebracht hatte, der weit über ein natürliches Maß an Schüchternheit angesichts der neuen Situation hinausging. Andererseits: Sollte die Antwort auf meine Frage die sein, die ich befürchtete, dann wollte ich es lieber gar nicht wissen.

Mein Eindruck verstärkte sich noch, nachdem ich die allererste Nacht neben Anne geschlafen hatte. Vielleicht sollte ich eher sagen, nachdem ich die erste Nacht *versucht* hatte, neben ihr zu schlafen, denn ihr Schlaf war der einer Heimgesuchten. Wir hatten uns Kopf an Fuß gelegt, wie man es üblicherweise mit Bettgenossen tut, doch ich musste diese Entscheidung schon bald rückgängig machen, weil sie so mit den Beinen um sich schlug, dass ich befürchtete, sie würde mir ein blaues Auge verpassen. Trotz unseres Altersunterschiedes war sie so groß wie ich und legte eine sehnige Kraft an den Tag, die ihre schlanke Gestalt Lügen strafte. Als ich schließlich meinen Kopf neben den ihren bettete, nahm ich den starken Geruch ihres Zopf wahr – es war der reine Duft nach Tannennadeln und Sassafras, der sogleich Heimweh in mir auslöste. Gerade war es mir gelungen, einzunicken, als sich ihre Hand wie eine Schlinge um meinen Oberarm legte und ihn zusammendrückte. Sie schlief fest, doch wimmerte und brabbelte sie dabei die ganze Zeit. Auch als ich ihre Finger löste, wachte sie nicht auf. Schließlich stand ich auf, weil mir klar wurde, dass ich kein Auge zutun würde, solange ich das Lager mit ihr teilte. Ich holte mir eine fadenscheinige Decke, in die ich mich einhüllte, und legte mich vor dem gemauerten Herd auf den Boden, mit nur einem Getreidesack als Kissen. Die Kälte ging mir durch und durch, doch schließlich gewann meine Erschöpfung die Oberhand.

Als ich aufwachte, stand sie über mir. »Heute Nacht bekommst du die Pritsche.« Ich wollte schon ablehnen, da sie schließlich Schülerin war und ich nur die Dienstbotin, doch sie kam mir zuvor.

»Habe ich im Schlaf irgendetwas gesagt?« Die schönen Augen wichen mir aus, als sie das fragte.

»Nichts, was ich verstanden hätte«, erwiderte ich. »Obwohl mir schien, dass du schlecht geträumt hast.«

»Das tu ich immer.« Sie wandte sich ab, um hinaus auf den Abort zu gehen. »Es tut mir leid, dass ich deine Nachtruhe gestört habe.« Ich stand mit schmerzenden und steifen Gliedern auf und schaute ihr nach. Der lange Zopf schwang hin und her, während sie über die Fliesen davonging.

XIII

Einige Wochen später bat mich Makepeace um eine Unterredung unter vier Augen, was ungewöhnlich war. Seit dem Morgen unserer Ankunft war er mir gegenüber zurückhaltend gewesen; zwar durchaus freundlich, aber nie mehr als das. Am Tage des Herrn gingen wir, wenn es das Wetter erlaubte, nach der Versammlung gemeinsam spazieren, doch unter der Woche war er für mich nicht mehr als jeder andere Schüler auch. Ich hätte nicht zu sagen vermocht, was ihn stärker wurmte: mein niederer Status innerhalb des Hauses oder meine abendlichen Gespräche mit dem Master, wenn er selbst dazu verdonnert war, sich mit den jüngeren Burschen im Schlafsaal aufzuhalten.

»Ich würde mich freuen, wenn du ein paar Schritte mit mir gehen würdest. Ich muss dir etwas sagen.«

Ich seufzte innerlich, weil ich an all die Hausarbeit denken musste, die sich während meiner Abwesenheit ansammeln würde, doch war ich auch neugierig auf das, was er mir zu sagen hatte, und so einigten wir uns auf eine Zeit. Am Nachmittag ließ ich Anne in der Küche zurück, wo sie am Tisch saß und lernte, und holte meinen Umhang.

Gewöhnlich gingen wir die Crooked Street hinab in Richtung Versammlungshaus und Marktplatz, doch dieses Mal schlug Makepeace den entgegengesetzten Weg ein und lenkte unsere Schritte zum College und dahinter zum Cow Common, der Gemeindewiese. Wir suchten uns einen Weg zwischen dem Indian College und dem heruntergekommenen Schindelhaus, in dem die englischen Studenten untergebracht waren. Auf der Gemeindewiese drehten die Kühe ihre trägen Köpfe und beobachteten uns. Schweigend durchquerten wir den Apfelgarten. Der Schlamm war gefroren, sodass die Pfade zwar immer noch rutschig, aber wenigstens nicht mehr morastig waren, und einem die Stiefel nicht im Schlamm stecken blieben. Dennoch war ich nicht begeistert von der Aussicht, mir hier mein einziges Paar robuster Schuhe zu ruinieren.

»Wieso müssen wir denn hier lang?«, erkundigte ich mich.

»Weil ich nicht möchte, dass mich jemand hört«, antwortete er.

Die Bäume waren mit einer glänzenden Reifschicht überzogen, doch es hatten sich bereits Knospen gebildet, und am Fuß der Baumstämme zeigten sich die ersten Schneeglöckchen. Einmal streckte Makepeace die Hand aus und hob eine dünne Scheibe Eis auf. Er hielt sie hoch wie ein Stück Glas und schaute hindurch. Dann ließ er sie fallen, und das Eis zerbrach am Boden. Makepeace blickte empor in die dunklen, knochigen Äste. »Diese Bäume hier«, sinnierte er, »sind schon fast so alt wie die Kolonie. Das dürfte rund ein Vierteljahrhundert sein. Wusstest du, Bethia, dass diese Bäume im Schweiße des Angesichts der allerersten Klasse hier in Harvard gepflanzt wurden? Es heißt, Master Eaton habe sie in Rechnung gestellt, als seien Arbeiter aus dem Ort dafür bezahlt worden, und er habe dann das Geld in die eigene Börse gesteckt.«

Ich erinnerte mich dunkel an diesen lange zurückliegenden Skandal, denn es gehörte zu Großvaters liebsten Scherzen bei Tisch, zu bemerken, er sei heilfroh, dass Mistress Eaton nicht seine Köchin sei. Sie war damals vor Gericht gestellt worden, weil sie den Schülern eine Grütze aus Ziegendung und Makrelen, die nicht einmal vorher ausgenommen waren, vorgesetzt hatte. Großvater las gern über die Fälle, die damals vor Gericht gekommen waren, und dieser gefiel ihm besonders.

»So ein liederlicher Mensch«, fuhr mein Bruder fort. »Und dennoch wurde er für einen Posten ausersehen, den die lebenden Heiligen der Kolonie für unabdingbar hielten. Daraus könnte man lernen, dass niemand außer Gott ein richtiges Urteil über den wahren Zustand der Seele eines Menschen fällen kann.«

Ich war mir sicher, dass er mich nicht hierhergebracht hatte, um mir seine spirituellen Gedankengänge darzulegen, doch da er irgendwie niedergeschlagen wirkte, versuchte ich, ihn ein wenig aufzumuntern. »Vielleicht kannst du ja eines Tages eine Predigt darüber schreiben.« Doch offenbar hätte ich zu dem Thema nichts Unpassenderes sagen können. Seine Augen füllten sich mit Tränen, er wandte sich ab und legte kummervoll die Stirn an den vereisten Baumstamm. Ich strich ihm mit der behandschuhten Hand über den Rücken. »Was ist denn, Bruder? Was bekümmert dich denn so?«

»Ich kann es nicht, Bethia. Das ist mir jetzt klar geworden. Auf der Insel, allein mit Vater, konnte ich mir einreden, dass meine Fähigkeiten, wenn auch weniger als gewünscht, so doch ausreichen würden. Selbst als dir so leichtfiel, was mich solche Mühe kostete, und als dann dieser junge Heide ... Und doch ... habe ich mich getäuscht. Ich dachte, mit emsiger Arbeit meine Mängel ausgleichen zu können und weiterzukommen, so wie es auch jeder andere um mich herum schafft. Makepeace, sagte ich mir selbst, in Cambridge wird es dir an nichts fehlen. Es wird andere geben, deren Geist noch langsamer arbeitet. Doch das ist nicht so. Obwohl ich der Älteste hier bin, gelte ich im Allgemeinen als der schwächste Schüler von allen.«

Er hob den Kopf. In seiner Stirn hatten sich deutlich die Linien der rauen Borke eingegraben. »Und dann kommt jetzt auch noch diese *squa,* und ich höre, wie sie dir vorliest, und selbst ihr, einer Wilden, die es sich selbst beigebracht hat, gelingt mit der größten Leichtigkeit, was ich nicht unter gewaltiger Anstrengung schaffe.« Er gab ein trockenes und freudloses Lachen von sich. »Und doch kann ich von Glück sagen, dass Master Corlett nicht Master Eaton ist, denn sonst würde ich jeden Tag eine ordentliche Tracht Prügel bekommen, so sehr bin ich mit meinen Lektionen im Rückstand.«

»Aber Makepeace«, sagte ich und verspürte dabei eine Zärtlichkeit, die ganz ungewohnt für mich war. Ich strich ihm über die Stirn. »Gewiss verzweifelt Master Corlett doch nicht an dir, oder? Hat er denn mit dir gesprochen?« Er schüttelte den Kopf. »Nein? Dann darfst auch du nicht an dir zweifeln. Du hast dich bemüht, ja, und durch diese Mühen bist du weit gekommen …« Ich wusste, dass das der Wahrheit entsprach, und sagte es nicht nur, um ihn zu trösten. »Das musst du doch wissen. Du musst doch sehen, was für Fortschritte du gemacht hast. Für mich, die dich in all diesen Monaten und Jahren beobachtet hat, liegt es auf der Hand.«

»Es wird nicht reichen! Wenn jemand mir etwas erklärt, versteh ich gerade genug davon, um es mir mit einiger Mühe einzubläuen und dann bei Gelegenheit wieder aufsagen zu können. Doch wenn ich Bücher lese, so verstehe ich oft überhaupt nicht, was darin steht. Englische Bücher und Latein sind schon schwierig genug. Aber Hebräisch, Griechisch – die Buchstaben verschwimmen mir vor den Augen, und ich kann sie einfach nicht … Ich werde nie …« Er streckte die Hand aus, packte einen der knospenden Zweige und fuchtelte damit vor mir herum. »Siehst du? Der Frühling ist schon fast da. Und im Sommer ist die Prüfung. Ich werde sie nicht bestehen.«

»Makepeace. Sie werden deine Lateinkenntnisse prüfen und ein bisschen Griechisch abfragen. Ganz gewiss könntest du doch …«

»Ich kann nicht! Und was noch viel wichtiger ist: Ich will

nicht! Ich will mich nicht einer Situation aussetzen, in der ich gedemütigt werde. Caleb und Joel werden die Zulassungsprüfung mit Bravour ablegen, und ich werde vor allen bloßgestellt, die ich kenne: Makepeace Mayfield, dümmer als ein Wilder. Ich kann es nicht ertragen, Bethia. Ich... ich... will nach Hause.« Er klang jetzt wie ein quengelndes Kind, und mein Mitgefühl, das vor wenigen Augenblicken noch so stark gewesen war, schwand plötzlich dahin.

»So. Du kannst es nicht ertragen.« Jetzt wurde mein Ton spöttisch, anmaßend. »Du bist ein Mann, Makepeace, mit all den Privilegien und Rechten, die mit dieser Bezeichnung einhergehen. Warum verhältst du dich dann nicht so? Du willst nach Hause. Machst du dir denn einen Moment lang die Mühe, dir zu überlegen, wie bitterlich ich mich danach sehne, nach Hause zu gehen? Und wie das hier alles geregelt werden soll, da ich doch, in deinem Interesse, hier als Magd unter Vertrag stehe, der für weitere dreieinhalb Jahre das Recht verwehrt bleibt, zu kommen und zu gehen, wie ihr beliebt? Du wirst auf die Insel zurückkehren, zu der Wärme, der Freundschaft und einem gewissem Status in der Gesellschaft, und ich soll hierbleiben, in dieser öden Stadt, soll schrubben und flicken, mittlerweile sogar ohne ein eigenes Bett, auf das ich des Abends in einsamem Frieden mein Haupt betten kann? Nein, Makepeace. Du wirst bleiben. Und du wirst lernen und ertragen, wirst dir das Opfer verdienen, das ich für dich geleistet habe. Und wenn du da drüben am College auf Master Chauncy triffst und es sich herausstellt, dass du der Herausforderung nicht gewachsen bist, dann wirst du danach streben, Gottes Willen darin zu entdecken, und herausfinden, was er mit dir im Sinn hat. Wenn du etwas anderes tust, das sage ich dir, Makepeace, dann bist du von dem Tage an, wo du diesen Ort hier verlässt, nicht mehr mein Bruder.«

Noch als ich diese Worte aussprach, wusste ich, dass ich sie nicht so meinte. Doch sie brachen aus mir hervor, als ritten sie auf einem wilden Hengst, den ich nicht mehr zu zügeln wusste.

Makepeace sah mich verblüfft an. In siebzehn Jahren war es erst das zweite Mal, dass ich ihm die Meinung sagte, und beim ersten Mal hatte ich mich nur gegen einen Angriff von ihm verteidigt. Jetzt jedoch hatte *ich ihn* angegriffen. Seine Gesichtszüge verhärteten sich. Er richtete sich auf und verschränkte in jener gockelhaften Pose die Arme vor der Brust, die ich immer an ihm gehasst hatte.

»Nur gut, dass unsere Mutter nicht mehr lebt und hört, was für ein keifendes Fischerweib aus dir geworden ist, Schwester. Du gibst mir ja noch nicht einmal die Gelegenheit, das zu sagen, was ich zu sagen habe. Glaubst du etwa nicht, dass mich deine Situation jeden Tag aufs Neue dauert? Der Hauptgrund für meine Verzweiflung ist, dass ich dir das alles eingebrockt habe. Ich liege des Nachts wach und grüble darüber nach, wie ich Abhilfe schaffen kann.« Seine Worte trafen mich wie ein Stachel, und ich senkte den Blick. »Wärst du nicht so schnell dabei, mir meine guten Absichten in Abrede zu stellen und mich zu verdammen, hättest du dir erst einmal angehört, was ich dir vorzuschlagen habe. Ich habe an Jacob Merry bezüglich der Heiratsabsichten seines Sohnes Noah dir gegenüber geschrieben und ihm mitgeteilt, dass wir sein Ansinnen akzeptieren, wenn er finanziell dazu in der Lage ist, dich aus der Indentur freizukaufen. Die dafür nötige Summe bin ich bereit abzuarbeiten, indem ich jedwede Arbeit annehmen werde, die ich bekommen kann.«

»Makepeace!« Wenn ich auch vorher schon wütend gewesen war, so steigerte sich mein Zorn nun mit solcher Gewalt, dass ich nicht wusste, wie ich ihn in Worte fassen sollte. »Bitte

sag mir, dass du diesen Brief noch nicht abgeschickt hast!«
Sein Blick bestätigte mir das Schlimmste. »Dann wirst du noch heute Abend einen neuen schreiben und alles zurücknehmen!«

»Das ist unmöglich!«

»Unmöglich! Unmöglich ist die Tatsache, dass du dir einfach das Recht herausnimmst, mich in eine Ehe zu zwingen, der ich nicht zugestimmt habe, eine Verbindung, die selbst Vater für verfrüht hielt und die auch Großvater, der immer noch – muss ich dich daran erinnern? – mein Vormund ist, derzeit als unpassend erachtete.«

»Aber Großvater hat seine Meinung geändert.«

»Er hat... was?«

»Ich habe ihm mein Herz ausgeschüttet, als ich ihn vor etwa einem Monat auf der Insel gesehen habe. Er sagte mir, ich solle mir das Ganze gut überlegen und vorerst keine Entscheidung treffen, sondern hart an mir arbeiten, und wenn ich nach einem Monat immer noch genauso dächte, dann hielte er meinen Plan für gut und würde Jacob Merry meinen Brief persönlich überbringen und für die Schulden einstehen.«

Mir blieb fast die Luft weg. Ich spürte, wie mir alles Blut aus dem Gesicht wich und sich in mir eine große Kälte breitmachte. Zum ersten Mal in meinem Leben hatte ich das Gefühl, gleich ohnmächtig zu werden. Ich stützte mich an einem Baum ab und griff Halt suchend nach einem tief hängenden Ast.

»Warum schaust du so? Weshalb diese heftige Reaktion? Jeder andere würde denken, ich hätte...« Er starrte mich mit finsterer Miene an. »Es ist deine unziemliche Zuneigung zu diesem halbgezähmten Wilden, die für dies alles verantwortlich ist, richtig? Ansonsten gäbe es doch für dich gar keinen Grund, dich gegen eine so passende Verbindung wie die mit

Merry aufzulehnen!« Er verzog den Mund zu einem freudlosen, aber siegesgewissen Lächeln. »Ich hab's gewusst! All deine Beteuerungen, es sei nicht wahr, waren nur Lug und Trug! Und wisse eins, Schwester: Noch heute wirst du diese Tändelei ein für alle Mal beenden. Du wirst tun, was ich dir sage, und damit Schluss.«

Noch nie in meinem Leben hatte ich jemanden verflucht, doch an diesem Tag tat ich es. »Gott verdamme dich, Makepeace!«, sagte ich, drehte mich um und stapfte über rutschigen Grund zurück in Richtung Master Corletts Haus, die Stimme von Makepeace in meinem Rücken, der mir hinterherrief, ich sei diejenige, der Gottes Verdammung drohe.

XIV

Als ich die Küche betrat, fand ich sie ziemlich überfüllt vor, ausgerechnet in dem Moment, in dem ich Raum und Zeit für mich gebraucht hätte. Anne saß dort, wo ich sie zurückgelassen hatte, ihr Buch aufgeschlagen vor sich auf dem Tisch. Master Corlett hatte sich zu ihr gesellt, Caleb und Joel saßen rechts und links von ihm. Offenbar fand gerade eine Art lebendiger Unterricht statt. Aus Annes Gesicht, das sie nicht länger gesenkt und unter der Haube verborgen hielt, sprach lebhafte Intelligenz, während sie Caleb und Joel zuhörte, die in einen gelehrten Disput darüber vertieft waren, ob Schönheit die Anwesenheit Gottes impliziere. Gerade hatte sie eine Frage gestellt, und Caleb wandte ihr das Gesicht zu und antwortete. Wenn er das Wort an sie richtete, klang seine Stimme stets weich und besorgt. Obwohl ich in Gedanken ganz woanders war, fiel mir doch auf, wie sehr sich die Situation von unseren heftigen und holprigen Streitgesprächen unterschied, all den vielen hitzigen Unterredungen, die wir inmitten von Sanddünen oder unter Eichenzweigen geführt hatten. Damals hatte er keinen Gedanken an die richtigen Manieren verschwendet, sondern einfach auf sorglose, brüderliche Weise seinen Gedanken freien Lauf gelassen.

Brüderlich. Genau in diesem Moment wünschte ich mir zum ersten Mal im Leben, Caleb möge mein wahrer Bruder sein und nicht diese ichbezogene, gebieterische, willensschwache Seele, an die mich die Vorsehung gebunden hatte wie mit Fesseln. Dann wäre er es gewesen, an den ich mich jetzt hilfesuchend hätte wenden können, und er hätte mir ganz gewiss beigestanden und mir geholfen, das Schicksal abzuwenden, das man mir aufbürden wollte.

Ich legte die Hand an den Türriegel und zögerte. Das Abendessen musste zubereitet werden, und doch wollte ich sie in ihrer gelehrten Unterredung nicht unterbrechen. Andererseits konnte ich mit so vielen Menschen in meiner Küche nicht richtig zu Werke gehen. Ich rang um Fassung und hatte doch das Gefühl, sie jeden Moment zu verlieren. Gerade wollte ich mich umdrehen und wieder gehen, als ich hörte, wie der Master meinen Namen rief und mich bat, Platz zu nehmen. »Ich ... ich glaube nicht ... ich muss meinen Pflichten nachkommen«, sagte ich und versuchte dabei, meine Stimme ganz normal klingen zu lassen. Caleb, der mit dem Rücken zu mir saß, merkte dennoch sofort an meinem Ton, wie aufgewühlt ich war, und drehte sich um. Ich hatte keine Ahnung, wie viel von meinen Gedanken sich in meinem Gesicht widerspiegelte, doch Calebs Reaktion zeigte mir, dass man mir meine Verstörtheit ansah. Er stand auf, nahm mich am Ellbogen und nötigte mich dazu, auf der Bank Platz zu nehmen.

»Ist alles in Ordnung mit dir?«, fragte Master Corlett voller Sorge. »Du wirkst erhitzt – hast du Fieber?«

»Es ist nichts«, sagte ich. »Nur Kopfweh.«

»Meine Liebe, bitte geh doch in mein Gemach und ruh dich auf dem Bett ein wenig aus. Ich werde einen der Jungen zur Apotheke schicken, damit er eine Arznei holt.«

»Nein, Master, behelligt bitte keinen Jungen damit, eine Arznei ist nicht nötig.« Der Apotheker verlangte Wucherpreise für Arzneien, die jede Hausfrau selbst herstellen konnte. Ich wusste, dass der Master sich derlei Ausgaben gar nicht leisten konnte. »Aber ich lege mich ein Weilchen hin, wenn Ihr mich entbehren könnt.«

Noch nie hatte ich es so sehr genossen, allein zu sein. Als der Master die Tür hinter sich schloss, drückte ich das Gesicht in sein Kissen und ließ meinen Tränen freien Lauf. Danach lag ich nur da, erschöpft und unfähig, den Willen zum Aufstehen aufzubringen. Schon bald darauf übermannte mich die Müdigkeit, und ich verfiel, ohne es zu wollen, in jenen wohlverdienten Schlaf, um den ich die Nacht zuvor gekommen war.

Als ich erwachte, war es stockdunkel. Ich sprang auf, goss etwas kaltes Wasser aus dem Krug des Masters in seine Waschschüssel, bespritzte mir das Gesicht damit, rückte meine Haube zurecht und ging in die Küche. Niemand war dort, nur ein Stapel schmutziger Schüsseln stand im Ausguss. Offenbar hatten sich die Jungen selbst Brot und Käse geholt, und ich hatte nicht einmal das Geklapper gehört, das sie beim Essen im Speisesaal gewöhnlich verursachten. Alle waren jetzt beim Abendgebet, an dem eigentlich auch ich hätte teilnehmen müssen. Stattdessen zog ich mir einen Stuhl unter dem Tisch hervor, setzte mich ruhig hin und versuchte nachzudenken. Ich beschloss, mich dem Master anzuvertrauen und ihn um Rat zu bitten, wenn er mich nach dem Gebet zu sich aufs Zimmer rufen würde. Er war ein freundlicher Mann, klug und gottesfürchtig. Sicher würde er mir weiterhelfen können.

Nicht lange danach kam tatsächlich einer der jüngeren Schüler zu mir und sagte, der Master wünsche mich zu sprechen. Ich klopfte an seine Tür und trat ein, wobei ich damit rechnete, sein übliches, freundliches »Guten Abend« und vielleicht eine besorgte Nachfrage wegen meines Kopfwehs zu hören. Stattdessen jedoch blickte sein Gesicht streng und voller Unmut, als er den Blick hob.

»Dein Bruder berichtet mir, du hättest ihn aufs Übelste beschimpft und sogar verflucht. Was hast du dazu zu sagen?«

»Nun, ja, Herr, das stimmt, aber ich...«

»In dieser Angelegenheit gibt es kein Aber, Bethia Mayfield.« Er erhob sich. »Hier in Cambridge, in Abwesenheit deines Großvaters, ist dein Bruder dein Vormund und Geleit, dessen Wort du dich in jeder Hinsicht beugen solltest. Und doch hast du seine Ratschläge abgelehnt, als wärest du selber klüger und erfahrener als er. Da du deine Verfehlung offen zugibst und bis zum heutigen Tage ein vorbildliches Benehmen an den Tag gelegt hast, sehe ich keinerlei Notwendigkeit, mit der Angelegenheit vor Gericht zu gehen.«

»Vor Gericht?« Die Strenge im Ton des Masters und seine ungewohnte Härte mir gegenüber hatten mich so sehr verblüfft, dass ich verstummt war, doch bei dieser letzten Androhung konnte ich nicht länger an mich halten. »Warum sollte das Gericht sich damit befassen, was ich meinem Bruder in einer privaten Unterredung gesagt habe?«

»Lassen wir einen Moment dein schändliches Benehmen deinem Bruder gegenüber ebenso außer Acht wie deine unziemlichen Reden und deine Versuche, ihn einzuschüchtern. Als Tochter eines Pfarrers müsstest du wissen, dass ein Fluch in Gottes Namen ein schweres Verbrechen ist. Und als Enkelin eines Richters dürfte dir auch bewusst sein, dass es einen Verstoß gegen die Gesetze dieser Kolonie darstellt. Ich weiß nicht, wie dein Großvater in einem solchen Fall verfahren würde, doch hier am Gerichtshof wird ein solches Vergehen schwer bestraft. Nicht selten wird sogar ein Pfriem durch die lästerliche Zunge getrieben.«

Ohne es zu wollen, schlug ich mir die Hand vor den Mund. »Diese Art von Eiferertum ist genau der Grund, warum mein Großvater dieser Kolonie den Rücken kehrte und sich auf unserer Insel niederließ«, sagte ich. Mittlerweile tat mir wirklich der Kopf weh: ein scharfer, stechender Schmerz, das Gefühl, als bohre sich der Pfriem des Vollstreckers tatsächlich mitten durch meine Augen. Und doch hätte ich es besser wissen müssen. Hätte ich den Finger an ein glühendes Stück Eisen gelegt, so wäre ich klug genug gewesen, ihn schnell wieder zurückzuziehen, und hätte nicht versucht, das Ding auch noch zu packen. Wo waren nur meine Selbstbeherrschung und meine lange geübte Zurückhaltung geblieben? Auf einmal schien ich wie dazu getrieben, meine innersten Gedanken auszusprechen, sie regelrecht auszuspucken wie Galle.

Ich will nichts darüber schreiben, wie er mich Makepeace übergab, damit dieser mich züchtige. Nur eines will ich sagen: Als ich mich zwischen zwei Schlägen einmal umdrehte, um meinen Bruder anzuschauen, sah ich, dass seine Augen glasig, seine Lippen feucht und sein Gesicht voller Genugtuung waren. Ich schaute ihn nicht mehr an, selbst als ich meinen Rock senkte und ihm, wie es von mir erwartet wurde, dafür dankte, dass er mich gezüchtigt hatte.

Es gab keinen Ort, an dem ich ungestört gewesen wäre, um mich um meine nässenden Striemen zu kümmern, und so vernachlässigte ich sie, bis sie nur einen Tag später zu eitern begannen. Schon bei den Schnitten und Kratzern, die sich die Jungen manchmal zuzogen, hatte ich bemerkt, dass nichts an diesem Ort rasch heilte, so wie es bei jungem Fleisch eigentlich sein sollte. Natürlich gab es im Haus auch keine Salben oder dergleichen. Ich nahm mir vor, später im Frühjahr, wenn ich die richtigen Pflanzen finden konnte, entsprechende Tinkturen herzustellen, um die kleinen Verletzungen der jüngeren Schüler damit zu behandeln, ebenso für die eher seltenen Fälle, wenn der Master eigenhändig zur Gerte griff, um sie zu bestrafen. Dass ich einmal für mich selbst eine solche Arznei brauchen könnte, war mir nie in den Sinn gekommen. Einmal ertappte mich Anne dabei, wie ich unbeholfen versuchte, ein Stück Leinen um meine entzündeten Striemen zu wickeln. Da zog sie aus ihren Habseligkeiten eine Flasche mit einem scharf riechenden, kühlenden Balsam und trug ihn mit sanfter, geübter Hand auf.

Ich sagte niemandem etwas von der Züchtigung. Dennoch musste Anne etwas davon Caleb gegenüber angedeutet haben, denn als ich ihm an jenem Tag im Flur begegnete, neigte er mir seinen Kopf zu und flüsterte: »Deinen Bruder lass nur meine Sorge sein.«

»Auf gar keinen Fall!«, zischte ich. »Du musst dich da heraushalten!« Doch er war bereits an mir vorbeigegangen und richtete seine Aufmerksamkeit scheinbar ganz auf den Rücken des Buches, das er in der Hand hielt. Am nächsten Tag konnte Makepeace nicht aufstehen. Er litt unter schweren Koliken, die so schlimm waren, dass er jedes Mal vor Schmerz stöhnte, wenn ein neuer Krampf seinen Körper durchfuhr oder er mit letzter Kraft und taumelnd auf den Abort stolperte, was er in zwölf Stunden mindestens ebenso viele Male musste. Ich muss eins gestehen: Ich bin keine Heilige, und sein Leiden bereitete mir durchaus ein gewisses Vergnügen. Dennoch erkundigte ich mich bei Caleb, was man denn bei seinem Volk für eine Arznei kenne, die in einem solchen Fall den Krämpfen Einhalt gebieten könne, und schickte irgendwann sogar einen Jungen in die Apotheke, um ihn die genannten Ingredienzen holen zu lassen.

Was mich betraf, so war meine Strafe noch nicht vorüber. Sie fand am darauffolgenden Tag des Herrn ihre Fortsetzung, als ich dazu gezwungen wurde, in der Versammlung offen für meine Vergehen einzustehen. Dafür musste ich mich am Nachmittag von meinem Platz erheben und meine Reue dafür erklären, mich auf unangebrachte und gotteslästerliche Weise geäußert zu haben. Eine ganze Woche danach musste ich mir einen Zettel an die Bluse heften, auf dem die Worte des Psalms standen: *Ich will mich hüten, dass ich nicht sündige mit meiner*

Zunge. Ich will meinen Mund zäumen. Dies war sehr unangenehm, weil sich die jüngeren Schüler bemüßigt fühlten, mich zu verspotten, indem sie mir die Zunge herausstreckten oder jedes Mal, wenn ich ihnen den Rücken kehrte, wie ein Pferd zu wiehern.

Als sieben Tage vergangen waren, durfte ich mir den Zettel von der Brust reißen und warf ihn in den Ofen, den ich bereits für das Backen des morgendlichen Brotes geheizt hatte. Während ich dabei zuschaute, wie er verbrannte, beschloss ich, mir die Bitterkeit, die in meinem Herzen Wurzeln geschlagen hatte, mit Stumpf und Stiel herauszureißen. Ich tat mein Bestes, meinen Ärger, die Kränkung, ja den Hass in mir zu zügeln. Denn so weit war es in der Tat gekommen: dass ich diejenigen, mit denen ich so eng zusammenlebte, begonnen hatte zu hassen. Beim Gebet schalt ich Gott dafür, dass er Zuriel und Solace zu sich gerufen und mir Makepeace gelassen hatte. Das war böse. Ich wusste es. Und so versuchte ich, mir all diese üblen Gedanken als etwas vorzustellen, das auf Pergament niedergeschrieben war und das man zerknüllen und im Feuer verbrennen konnte, damit es sich in Rauch auflöste. Doch leidenschaftliche Gefühle sind nicht wie körperliche Beschwerden, die man so leicht überwinden kann. Auf meinen Striemen von der Züchtigung hatte sich Schorf gebildet, doch von meiner verletzten Seele konnte man das nicht behaupten.

An jenem Abend rief mich der Master auf sein Zimmer. Ich ging schweren Herzens hinüber und nahm auf dem Binsenhocker Platz, die Hände in meinem Schoß gefaltet und den Blick auf das Muster des türkischen Teppichs gesenkt. Wenn, wie der Pfarrer in der Gemeindeversammlung gesagt hatte, das törichte Weib »zügellos und geschwätzig« war, so würde ich mich von nun an mäßigen und schweigen. Das hatte ich an diesem Tag beschlossen.

»Jungfer Anne sagt mir, dass du nicht isst.« Ich fühlte die wässrig blauen Augen des Masters auf mir ruhen. »Und in der Tat siehst du ausgemergelt und erschöpft aus. Das geht nicht. Diese unglückliche Geschichte ist vorüber, und zwar endgültig. Ich bin voller Zuversicht, dass du deinen Irrtum eingesehen und ihn bitter bereut hast. Es besteht kein Anlass für dich, dich durch Fasten weiter zu demütigen.«

Ich gab ihm keine Antwort.

»Du kannst deine Arbeit nicht leisten, wenn du nicht richtig isst.«

Ohne den Blick zu heben, flüsterte ich: »Hat denn der Herr Grund, mit meiner Arbeit unzufrieden zu sein?«

»Nein, nein, nein. Das ist es gar nicht, was ich meine. Deine Arbeit ist zufriedenstellend – ja, geradezu vorbildlich – wie immer. Es dauert mich nur, dich so bekümmert zu sehen. Kannst du denn über diese Sache nicht einfach hinwegkommen?«

Ich blickte weiter zu Boden. Als er sah, dass ich nicht vorhatte, näher darauf einzugehen, wechselte er das Thema.

»Wie findest du denn, dass sie sich macht, unsere junge indianische Schülerin?«

Ich hob die Schultern.

»Die beiden Jungen, Caleb und Joel, scheinen sich ein wenig mit ihr angefreundet zu haben. Ich sehe darin nichts Schlimmes. Du kennst sie gut; gewiss hältst du die beiden doch für absolut ehrenwert?«

Ich nickte. Er wartete, ob ich dem noch etwas hinzufügen würde, doch das tat ich nicht.

»Bei ihnen scheint sie wenigstens ihre Schüchternheit etwas abzulegen. Denkst du, sie ist zufrieden hier?« Ich antwortete ihm nur mit einem Achselzucken. Zu anderen Zeiten hätte ich so manches zu dem Thema zu sagen gehabt. Mir schien es nämlich, dass Anne unter der Obhut von Joel und Caleb geradezu aufblühte. Längst begann sie nicht mehr bei dem geringsten Anlass zu zittern, und sie schien des Nachts auch viel ruhiger zu schlafen. Dennoch blieben meine Lippen versiegelt. Wenn Schweigen das war, was von einem Weib verlangt wurde, dann wollte ich auch nichts mehr sagen.

Plötzlich stand der Master auf und trat an das kleine, mit Rautenglas versehene Fenster, das auf die Crooked Street hinausging. »So geht das nicht, das weißt du. So geht das einfach nicht. Ich vertraue dir und baue auf dich, doch wegen dieser Sache mit deinem Bruder ... sprichst du nun nicht mehr mit mir. Du schaust mich nicht einmal mehr an. Und du bringst dich selbst in die Gefahr, krank zu werden. Wie soll ich da weitermachen?« In diesem Moment wandte er sich wieder um und rang dabei die Hände, die knochig und mit vielen dicken blauen Adern überzogen waren. »Wenn ich es recht verstehe, dann willst du diesen jungen Mann von der Insel, diesen Merry, also nicht heiraten?«

Nun hob auch ich den Blick und begegnete dem seinen zum ersten Mal. »Nein«, flüsterte ich. »Das will ich nicht.«

»Ist denn mit ihm etwas nicht in Ordnung?« Ich schüttelte den Kopf. »Wogegen sträubst du dich dann? Ganz gewiss muss doch etwas mit ihm nicht stimmen, wenn du auf deiner Ablehnung so beharrst?«

»Mit Master Merry ist alles in Ordnung«, sagte ich mit leiser Stimme. »Ganz und gar nicht in Ordnung ist meiner Meinung nach allerdings, dass mein Bruder Makepeace Mayfield seine Schwester verschachern will wie eine Zuchtsau.«

»Aha. Nun gut. Ich verstehe. Obwohl dir doch klar sein muss, dass du dich denen, die über dir stehen, nicht zu widersetzen hast.« Er nahm erneut hinter seinem Schreibtisch Platz und begann an den Schreibfedern zu nesteln, die ich für ihn gerichtet hatte. »Alles in allem sehr unangenehm, die Sache. Dein Vormund, dein hochgeschätzter Großvater, steht in der Sache voll hinter deinem Bruder. Wenn sich hier also jemand widersetzen sollte – als sein Schulmeister, wohlgemerkt, der deines Bruders Urteilskraft und seine moralische Reife in Frage stellen könnte –, müsste er es immer noch mit deinem Großvater aufnehmen. Die Sache ist die: Ich möchte dich nicht aus der Indentur entlassen, und du willst anscheinend auch nicht aus ihr entlassen werden. Nicht, wenn das bedeutet, dass du diesen Mann ehelichen musst, ungeachtet der Tatsache, dass du selbst ihn als untadelig bezeichnest. Es scheint mir eine verzwickte Sache zu sein, dass du lieber hier als Dienstmagd schuftest, als, wie es dein Bruder darstellt, eine höchst vorteilhafte eheliche Verbindung einzugehen. Doch was weiß ich schon von Frauen und ihren Grillen?«

Ein Hustenanfall packte ihn. Wie so viele in der Schule litt er bereits den ganzen Winter über unter einem feuchten Husten. Wieder wünschte ich, die richtigen Kräuter für ein schleimlösendes Mittel zur Hand zu haben. Corlett betupfte sich den Mund mit einem Leintüchlein. Ich hatte einige Stoffreste für ihn gesäumt, weil seine eigenen Taschentücher fleckig und fadenscheinig waren. Ich sah, wie er mit dem Finger über die Stelle fuhr, an der ich seine Initialen eingestickt hatte. Als er wieder aufblickte, waren seine Augen blutunterlaufen, wirkten müde und sehr traurig.

»Dein Bruder hat mir gestanden, dass er die Absicht hat, von der Schule abzugehen, und so wirst du hier deinen Dienst ableisten und damit eine Schuld abzahlen, die über das hinausgeht, was er tatsächlich schuldig ist. Ich weiß sehr wohl, dass du rechtlich an mich gebunden bist, ob er nun dieses Jahr hier abschließt oder nicht. Und ich bin nach dem Gesetz auch nicht verpflichtet, die Indentur jemandem zu verkaufen. Ich möchte deinem Großvater gegenüber nicht unhöflich sein. Andererseits möchte ich dich auch nicht gehen lassen, erst recht nicht, wenn ich sehe, wie unglücklich du bist.«

Es war deutlich, wie untröstlich er war, und das nicht nur bei dem Gedanken, eine fähige Haushälterin zu verlieren. Er stand wieder auf und kam auf mich zu. »Du bist mir lieb und teuer geworden. Ja, das bist du. In nur sehr kurzer Zeit habe ich das Gefühl gewonnen... unsere Gespräche, sie bringen mir so viel... ich weiß nicht, wie ich es sagen soll... ich meine, ob du dir vorstellen könntest...« Auf einmal wurde er bleich, sein Gesicht nahm fast die Farbe von Kitt an. Er streckte eine seiner altersfleckigen Hände aus und hob mein Kinn an. »Damit will ich sagen...« Seine Fingerkuppen waren verschrumpelt und fleischlos, die lose Haut daran kühl und trocken. »Ich weiß nicht... wie soll ich sagen... wie fändest du denn den Gedanken... mit jemand anderem eine Ehe einzugehen... mit...«

Ich fuhr auf wie von der Tarantel gestochen und stieß den Hocker dabei um. Corlett war kein großer Mann, und plötzlich standen wir uns Auge in Auge gegenüber.

»Mit Euch?«, stieß ich hervor.

Meine heftige Reaktion schien ihn zu erschrecken. Er fuhr sich mit der Hand über den Schädel, durch das schüttere, sandfarbene Haar, das die fleckige Haut seines Kopfes nur noch stellenweise bedeckte.

»Mit mir? Nein, natürlich nicht. Meine liebe Bethia. Du missverstehst mich. Ich sprach von meinem Sohn. Meinem Sohn Samuel. Du bist Samuel bei der Gemeindeversammlung begegnet. Ja, ganz am Anfang, als du hierherkamst, habe ich ihn dir einmal vorgestellt.«

Er hatte den Hocker aufgestellt und bedeutete mir, wieder darauf Platz zu nehmen, was ich auch, leicht geistesabwesend, tat. Von dem, was er als Nächstes sagte, kam nur die Hälfte bei mir an, denn ich war insgeheim damit beschäftigt, mir das Bild von Samuel Corlett ins Gedächtnis zu rufen, Lehrbeauftragter am Harvard College, den ich bislang nur als ernsten Begleiter seines Vaters bei der Gemeindeversammlung und eher weniger ernsten, lebhaften Zeitgenossen in wallendem Talar gesehen hatte, wie er mit dem ein oder anderen Studenten, dessen Tutor er war, über den Innenhof des College schritt. Unsere Schule besuchte er nie, weil er abends Verpflichtungen am College hatte. Doch ich wusste, dass der Master an den Tagen des Herrn gern einige Zeit auf Besuch in den Räumlichkeiten seines Sohnes am College verbrachte.

Der Master fragte mich nach meinem Alter. Ich nahm meinen streunenden Geist an die Zügel und gab ihm zur Antwort: »Im Oktober werde ich achtzehn, Herr.«

»Er ist sechsundzwanzig. Kein junger Spund mehr, doch auch alles andere als ein Greis mit grauen Schläfen. Ein beträchtlicher Altersunterschied ist keine so schlechte Sache, wenn die Beteiligten... Aber hier mache ich den zweiten Schritt vor dem ersten. Samuel hat mir sein Interesse bekundet, deine Bekanntschaft zu machen, als du damals zu mir kamst. Doch als ich dies deinem Bruder gegenüber erwähnte, versetzte er mich in den Glauben, du seist diesem Jungen von der Insel, Merry, zärtlich zugetan. Er stellte es so dar, als sei bereits alles zwischen euch abgesprochen. Und das habe ich auch Samuel gesagt. Doch nun, wo du sagst, die Sache mit Merry verhalte sich keineswegs so, wie dein Bruder sie darstellt... und mein Sohn noch immer... Langer Rede kurzer Sinn, heute habe ich ihm gesagt, ich würde mit dir sprechen. Er war beeindruckt von deiner Beredsamkeit während der Versammlung... in jener unglückseligen Angelegenheit...«

Wie seltsam. Ausgerechnet in dem Moment, als man mich

dazu genötigt hatte, mich vor der ganzen Gemeinde selbst zu erniedrigen, hatte ich offenbar jemandes Wertschätzung für meine Person geweckt. Als ich damals aufgestanden war, um mein Geständnis abzulegen, war mir durch den Kopf gegangen, wie bezeichnend es doch war, dass sich eine Frau ausgerechnet dann selbst bezichtigen musste, wenn sie die seltene Gelegenheit erhielt, in unserer Gemeinde das Wort ergreifen zu dürfen.

»Er ist ein ernsthafter Mensch und ein ausgezeichneter Gelehrter, der bei unserem Präsidenten Chauncy sehr hohes Ansehen genießt. Und als er erfuhr, dass du Latein kannst... Natürlich werde ich ihm sagen, er solle sich selber ins Zeug legen, aber ich denke, du wirst ihn durchaus...«

Während der Master sprach, gewann das Bild von Samuel Corlett in meinem Kopf allmählich immer klarere Konturen. Ich dachte mir, dass er wohl eher nach seiner verstorbenen Mutter kommen musste, denn seinem Vater sah er überhaupt nicht ähnlich. Erstens war er sehr dunkelhäutig, ganz anders als der sommersprossige, blonde Master Corlett, und zweitens gut anderthalb Kopf größer als er. Er war nicht auffallend gutaussehend, sondern wirkte eher durchschnittlich – seine Nase war gebrochen, wahrscheinlich bei irgendeinem Missgeschick in der Kindheit, und danach nicht von kundiger Hand gerichtet worden. Das verlieh seinem Gesicht auf den ersten Blick etwas Grobes und ließ nicht unbedingt an das Aussehen eines geistreichen Gelehrten denken. Doch seine Augen straften diesen ersten Eindruck Lügen. Sie lagen tief in den Höhlen und waren ziemlich dunkel, fast schwarz, aufmerksam und intelligent. Erst jetzt fiel mir ein, wie oft ich in der Gemeindeversammlung oder wenn ich auf der Gemeindewiese an ihm vorbeiging, aufgeblickt und bemerkt hatte, dass diese Augen auf mir ruhten. Was konnte es denn schaden, wenn ich damit einverstanden war, mich mit ihm zu treffen? Kurz überlegte ich noch.

Der Master war mit seiner Ansprache längst fertig. Die Stille wurde länger und länger.

»Verzeiht mir, Herr, für mein Missverständnis von vorhin«, sagte ich schließlich. Er gab ein trockenes, kleines Lachen von sich, öffnete die gefalteten Hände, die vor ihm auf dem Schreibtisch ruhten, und hob fragend die Augenbrauen.

Ich senkte den Blick und nestelte an meiner Manschette. »Nun, ich hätte ... das heißt, eigentlich hätte ich nichts dagegen ...« Auf einmal war ich diejenige, die unbeholfen stammelte. Ich holte tief Luft.

»Was ich sagen will, ist, dass es mich freuen würde, Euren Sohn Samuel Corlett zu empfangen.«

XV

Am Ende sollte es Samuel Corlett sein, der *mich* empfing. Obwohl wir nie darüber sprachen, waren der Master und ich zu dem gleichen Schluss gekommen, Makepeace nicht in unsere Pläne einzuweihen, da es mehr als wahrscheinlich war, dass eine solche Unterredung zu nichts führen würde, und so hatten wir beschlossen, uns über seinen Willen hinwegzusetzen. Aus diesem Grund war es auch besser, Samuel Corlett in seinen Räumen am College aufzusuchen, wo man weder gesehen noch belauscht werden konnte.

Mein Bruder hatte bekannt gegeben, dass er die Schule verlassen wolle und wartete nur noch auf Nachricht von dem Seemann, auf dessen Schaluppe er die letzten Male hatte mitreisen können, wenn eine Warenladung zur Insel unterwegs war. Am Unterricht nahm er nicht mehr teil. Das machte es für mich auch einfacher, jeglichen Kontakt zu ihm zu vermeiden, der über das absolut Notwenige hinausging. Als der Tag des Herrn kam, ging ich zusammen mit Master Corlett zum Versammlungshaus und begab mich auch danach gemeinsam mit ihm auf den Weg, denn was konnte natürlicher sein, als dass ich den Master zu seinem nachmittäglichen Besuch bei seinem Sohn begleitete? Das Wetter war unbeständig, aber nach Aussage der Leute in Cambridge typisch für den Frühling: zuerst ein plötzlicher Anstieg der Temperatur, der die Sinne kitzelte, dann ganz plötzlich wieder Schnee. Auch wenn ein warmer Tag nach einem langen Winter wie Balsam wirkte, kam in der Stadt jedes Mal, wenn es taute, ein neuer hässlicher

Abfallhaufen zum Vorschein und ließ üble Gerüche in die Luft steigen, die mit den zarten Düften der ersten Knospen in Widerstreit traten.

Samuel Corlett war in mehrere leerstehende Räume am Indian College gezogen, das bislang noch keine indianischen Schüler beherbergte. Gegenwärtig lebten hier fünf oder sechs englische Gelehrte sowie ein junger Nipmuc namens John Printer, der sich um die College-Zeitung kümmerte. Diese Zeitung – die einzige in der gesamten Kolonie – war früher im Hause des Präsidenten hergestellt worden, doch Master Chauncy hatte einen großen Haushalt und war nur allzu froh gewesen, als die Presse in das Indian College umzog.

Ich war neugierig zu sehen, wo Caleb und Joel bald untergebracht würden, sollten sie denn die Aufnahmeprüfung bestehen. Es handelte sich um ein solides Gebäude – dem man jedes der vierhundert Pfund ansah, die es laut dem jungen Dudley gekostet hatte –, obwohl die Backsteinmauern die Kälte eher speicherten und ein Teil noch unvollendet war. Als wir an den Privatgemächern und Studienräumen vorbeikamen, sah ich, dass einige der Innenwände noch unverputzt und mehrere Fenster nur mit Wachspapier bezogen und unverglast waren.

Wir stiegen die große Haupttreppe empor, und Samuel Corlett führte uns in sein eigenes Studierzimmer, einen großen Raum, dessen eines Fenster mit Rautenglas versehen war und auf das nördliche Ende des baufälligen College hinausging, in dem er bis vor kurzem noch gewohnt hatte. »Dort drüben hätte ich Euch mit keinerlei Komfort empfangen können« sagte er. »Aber natürlich darf ich mich gar nicht zu sehr an das Wohnen hier gewöhnen.« Sein Vater lächelte. »Das solltest du wirklich nicht. Du wirst schon bald von meinen beiden zukünftigen Propheten, Caleb und Joel, verdrängt werden. Wenn sie die Aufnahmeprüfung abgelegt haben, wirst du diese Räume dem Tutor überlassen müssen, den Chauncy für sie bestimmt.«

»Und werde mich wieder in einen der engen Schuhschränke zwängen müssen, die am alten College als Zimmer durchgehen«, erwiderte sein Sohn. »Doch ich heiße die Einschränkung willkommen, wenn sie dem guten Zweck dient, für den dieses Gebäude schließlich errichtet wurde.«

Im Kamin des Studierzimmers brannte ein ordentliches Feuer, und ich war froh, meinen Umhang und die Handschuhe ablegen zu können. An den Wänden standen zwei hohe und wohlgefüllte Bücherregale, mehrere große Bände stapelten sich in kleinen Türmen auf dem Boden. Auch eine Wunderkammer gab es, die sogleich meine Aufmerksamkeit auf sich zog. Darin befanden sich die Skelette von mehreren kleinen Lebewesen sowie verschiedene Weckgläser mit präparierten Organen. Samuel Corlett sah, dass ich die Dinge mit Interesse beäugte. »Ich hoffe, Euch ekelt nicht davor?«

»Überhaupt nicht«, sagte ich. »Ich interessiere mich sehr für Naturwissenschaften, obwohl ich nie Gelegenheit hatte, mich ernsthaft damit zu befassen. Verzeiht, wenn ich so direkt danach frage, aber wie ich verstanden habe, habt Ihr einen Abschluss in Theologie, nicht in Physiologie.«

Er lächelte. »Das habt Ihr richtig verstanden. Aber ich lasse mich gelegentlich gerne ein wenig ablenken. Das Lesen ist das Futter unseres Verstandes, doch manchmal möchte man beim Lernen zusammen mit dem Verstand auch die Hände rühren. Ein botanischer Garten, eine kleine mechanische Werkstatt, ein anatomisches Laboratorium, so wie es die Universitäten in Europa oft haben – vielleicht wird sich ja auch Harvard eines Tages solcher Dinge rühmen können. Wenn ich die Möglichkeit hätte, würde ich sowohl Theologie als auch Physiologie studieren.«

»Wie die *pawaaws*...« Die Worte rutschten mir heraus, ehe ich mich's versah.

Samuel lachte. »Ihr lebt schon zu lange draußen auf Eurer Insel unter Wilden, wenn Ihr denkt, diese Krieger verstünden etwas von Medizin. Dennoch glaube ich, dass es weise ist zu sagen, eine gesunde Seele spiele eine wichtige Rolle für die Gesundheit des Körpers.«

Seine Zurechtweisung war in überaus freundlichem Ton erfolgt, doch ich hatte trotzdem das Gefühl, ins Fettnäpfchen getreten zu sein, und wollte mich lieber nicht weiter auf so unsicherem Terrain vorwagen. Es gab durchaus Bereiche, in denen ich mich vielleicht nicht gerade zu meinem Vorteil präsentieren könnte. Ich wechselte das Thema so unauffällig wie möglich, wandte mich den Bücherregalen zu und ließ eine Bemerkung über die große Anzahl von Bänden fallen. Sein Gesicht nahm einen lebhaften Ausdruck an. »Das hier ist meine persönliche Bibliothek – der einzige Luxus, den ich mir leiste.« Schon vorher hatte er einen überaus angenehmen Eindruck auf mich gemacht, doch kaum zeigte ich Interesse an seinen Büchern, wurde er ganz lebhaft, zog seine Lieblingsbände hervor, berichtete, wann er sie gelesen oder wo er sie erstanden hatte. »Liebt Ihr denn Gedichte, Mistress Mayfield? Dann würdet Ihr ja vielleicht gerne diesen Band hier sehen – aus der Feder der ersten Dichterin unserer Kolonie und der Schwester eines der Schüler meines Vaters.« Er drückte mir ein kleines Gedichtbändchen mit dem Titel *The Tenth Muse* von Anne Bradstreet in die Hände. Ich stieß einen Ruf des Erstaunens aus und erklärte, wie sehr ich diese Frau bewunderte.

»Wie seid Ihr denn auf ihr Werk gestoßen, dort draußen auf Eurer Insel?«

»Gute Frage«, erwiderte ich lächelnd. »Die Handelsschiffe, die den Kanal befahren, sind jedenfalls nicht dafür bekannt, dass sie inmitten ihrer Ladung von Lebensmitteln und anderen notwendigen Dingen auch Gedichte an Bord haben. Obwohl ich davon überzeugt bin, dass jeder, der das Glück hat, öfters welche zu lesen, dies schon bald als Notwendigkeit erachten würde.«

Ich hatte die ganze Zeit auf das Bändchen in meinen Händen geblickt, und als ich aufschaute, erstaunte mich die Veränderung, die in seiner Miene vorgegangen war. Sein Gesicht war ganz weich, sein Blick jedoch noch intensiver geworden. »Jedenfalls bin ich durch puren Zufall auf ihre Gedichte gestoßen. Jemand hatte eine Flugschrift dazu verwendet, eine Flasche einzupacken. Ich hatte es mir zur Angewohnheit gemacht, mir alles Gedruckte anzuschauen, das es bis zu uns herüber schaffte – Nachrichten jeder Art sind, wie Ihr Euch vorstellen könnt, ebenso rar wie kostbar für uns –, und bei diesem Schriftstück hat es sich mehr als gelohnt. Eines von Mistress Bradstreets Gedichten über die verstorbene Königin Elizabeth war dort abgedruckt. Ihr könnt Euch gar nicht vorstellen, Mister Corlett, wie sehr die Entdeckung mich erregte, dass auch eine Frau Gedichte schreiben und veröffentlichen kann, noch dazu solche Gedichte! Und eine solche Frau – eine verlässliche Tochter ohne Fehl und Tadel, eine angesehene Ehefrau und Mutter! Meine eigene liebe Mutter teilte meine Bewunderung für ihre Arbeit, als ich ihr das Gedicht zeigte, und sie bat meinen Vater, nach weiteren Werken für mich Ausschau zu halten.« Ich schloss die Augen, und die Worte, die ich auswendig gelernt hatte, kamen mir wie von selbst in den Sinn und über die Lippen:

»Nun sag, haben Frauen einen Wert? Oder haben sie keinen?
    Oder hatten sie einen, und der ging mit unserer Queen dahin?

Wer behauptet, unser Geschlecht wisse nichts von Vernunft,

dem sei gesagt, was heute Verleumdung ist, war einst Hochverrat.«

Bei dieser letzten Zeile musste ich immer lächeln, und als ich die Augen öffnete, sah ich, dass beide Corletts mich anstarrten. Ich errötete leicht. Doch dann lächelte auch Samuel. Seine Zähne waren so krumm wie seine Nase, was jedoch dem strahlenden Lächeln seiner Augen keinen Abbruch tat. »Das hat immer schon zu den Gedichten gehört, die ich von ihr am meisten bewundere«, sagte er. »Ganz schön mutig, finde ich. Sie trifft die Sache im Kern und geht den Männern mit gutem Beispiel voran.« Er streckte die Hand nach dem Büchlein aus und hatte rasch die Seite gefunden, nach der er gesucht hatte. »Da steht es: Elizabeth ist ›ein Vorbild für Könige‹. Gewiss eine seltene Umkehrung unserer derzeitigen Wirklichkeit, doch gewiss eine, die Ihr begrüßen würdet, oder?«

Sein Gesicht war ernst geworden, und ich wollte auf gar keinen Fall eine falsche Antwort geben. Ich fühlte mich wie einer der Studenten, deren Tutor er war, fand den Gedanken aber nicht unangenehm. Wie würde es wohl sein, einen Ehemann zu haben, der sich bemühte, seiner Frau ihre Gedanken und Ideen zu entlocken, um dann, in Monaten und Jahren des Miteinanders, an ihnen zu feilen und zu drechseln? Ja, ein solches Leben würde mir durchaus gefallen. Ich dachte an Calebs Bemerkung am Strand zurück, die er – vor einer Ewigkeit, wie mir schien –, über Prometheus, den Feuerdieb, hatte fallen lassen. Auf genau die gleiche Weise könnte ich mit einem solchen Ehemann Wissen stehlen. Ich dachte an das, was ich sonst zu erwarten hätte: Ich würde Interesse heucheln müssen, wenn mein Gemahl über den Zustand der Weiden oder die Vorteile eines unterschlächtigen Wasserrades sinnierte, würde immer wieder darum kämpfen müssen, ein Buch zu ergattern – ganz gleich, welches. Ich würde die Einsamkeit ertragen, in der ich notgedrungen die darin geäußerten Ideen erkunden müsste, und wäre voller Sehnsucht nach einem Menschen, mit dem ich all das teilen könnte.

»Ich verlange gar keine Umkehrung der Verhältnisse, Mister Corlett. Doch vielleicht ist eben das Bändchen in Euren Händen Zeugnis dafür, dass Frauen manchmal dazu fähig sind, an der Seite von Männern zu stehen, und nicht immer und in jeder Hinsicht hinter ihnen.«

Bei dieser Bemerkung hob der ältere Corlett die Augenbrauen, doch sein Sohn nickte nachdenklich. »Gut gesagt, obwohl doch ein Körper auch immer nur einen Kopf hat, nicht wahr?«

»Richtig. Doch wenn Ihr von Ehe und der Handhabung eines Haushalts sprecht« – hier spürte ich, wie mir wieder eine leichte Röte ins Gesicht stieg –, »dann könnten zwei Köpfe doppelt so viel Klugheit in die Waagschale werfen, wenn es um das Vorhaben geht, eine gottesfürchtige Familie zu gründen.«

Darüber lachte er. »Eure eigene Klugheit scheint mir die Antwort mehr als deutlich zu geben, Mistress Mayfield.«

Da ich in unserem Gespräch wieder auf sicheren Boden gelangen wollte, wechselte ich das Thema erneut und fragte Samuel nach seiner Rolle als Lehrbeauftragter am College. Er erklärte den Studienplan und sprach voller Herzlichkeit über die Studenten, die er als Tutor betreute. »Natürlich hält Master Chauncy alle Seminare ab. Meine Aufgabe besteht darin, mit den Studenten darüber zu sprechen und zu prüfen, was und wie viel sie von dem verstanden haben, was sie gelehrt wurden.« Den Studienanfängern wurde jeweils ein Tutor zugewiesen, der sie dann das gesamte Studium über begleitete. Bei Samuel Corletts Klasse handelte es sich um Studenten im dritten Studienjahr, die sich ab dem Herbst auf den Abschluss vorbereiten würden. Diese Klasse war insofern etwas Besonders, als drei von Präsident Chauncys Söhnen sie besuchten – ein Zwillingspaar und ein älterer Junge, die gemeinsam mit dem Studium begonnen hatten. Außerdem gehörten zu diesem Jahrgang auch John Bellingham, der Sohn des Gouverneurs, ein junger Sprössling der Welds, also der Familie des Schulmeisters von Roxbury, und mehrere Pfarrerssöhne. Doch am warmherzigsten sprach Samuel Corlett über die beiden anderen Studenten, die er unter seinen Fittichen hatte. Der eine, eine junger Mann namens John Parker, war der Sohn eines Metzgers und hatte seine Studiengebühren in Form von Rinderhälften und Speckschwarten bezahlt. »Er mag nicht gerade der geborene ›Sohn des Propheten‹ sein, zu dem die Jungen sich hier gerne stilisieren«, sagte Corlett, »aber seine Fortschritte im Lernen grenzen an ein Wunder.« Der andere war John Whiting, ein verträumter Jüngling, den weltliche Belange oft so unberührt ließen, dass er mit vertauschten Schuhen zur Vorlesung kam.

Mit solch angenehmen Plaudereien verbrachten wir eine Stunde. Als wir uns schließlich verabschiedeten, ging der Vater ein wenig voraus, während der Sohn mir noch in meinen Umhang half.

»Gewiss würdet Ihr gern die Bibliothek des College besichtigen – John Harvards Bücher, müsst Ihr wissen, bilden das Rückgrat der Sammlung, doch hat es seit seiner überaus großzügigen Spende viele interessante weitere Zugänge gegeben. Ich bin mir sicher, Präsident Chauncy hätte nichts dagegen, wenn ich Euch zu gegebener Zeit herumführe.«

Ich erwiderte, dass ich dies über die Maßen gerne tun würde, solange es zu einer Zeit wäre, in der ich meiner Pflichten entbunden sei. Doch kaum hatte ich die Worte ausgesprochen, bereute ich sie auch schon wieder. Ich wollte Samuel Corlett nicht daran erinnern, dass ich eine niedere und zwangsverpflichtete Dienstbotin war. Er schien mein Unbehagen zu spüren, denn als er mir meine Handschuhe reichte, nahm er meine Hand in die seine.

»Was für einen seltsamen Kurs das Schicksal für uns vorgesehen hat, findet Ihr nicht? Schmerzlicher Verlust war die unwillkommene Strömung, die Euch in einen Hafen getragen hat, den Ihr gar nicht ansteuern wolltet. Doch liegt hier ja vielleicht auch das Schiff, das Euch an den Ort bringen wird, an dem Ihr schon immer vor Anker zu gehen gedachtet.«

Ich hatte aufmerksam in seine schwarzen Augen emporgeschaut, doch bei seinen letzten Worten wandte ich verlegen den Blick ab. Seine wohlformulierte kleine Ansprache hatte etwas Gedrechseltes, als hätte er sie sich vor unserem Zusammentreffen zurechtgelegt. Offenbar hatte er es eilig. Vielleicht zu eilig. Konnte denn ein Mensch wirklich nach nur so kurzer Bekanntschaft schon wissen, was er wollte, so wie er es gerade angedeutet hatte?

Auf dem kurzen Weg nach Hause und auch während ich den Tisch fürs Abendbrot deckte, wog ich diese Gedanken in meinem Herzen ab und versuchte, mir über meine eigenen Gefühle Klarheit zu verschaffen: über die tiefe Freude an unserem Gespräch, eine unleugbare Anziehung des Verstandes und das für mich so ungewohnte Gefühl, von jemandem auf ganz besondere Weise bewundert zu werden. Makepeace hatte so gerne darauf hingewiesen, dass Noah Merry für mich schwärme, und ganz gewiss hatte er meine Nähe gesucht und meine Gesellschaft genossen. Dennoch hatte ich von ihm nie etwas Derartiges gespürt wie die entschlossene Aufmerksamkeit, die Samuel Corlett mir zuteilwerden ließ. Die Zuwendung der beiden jungen Männer hatte einen vollkommen unterschiedlichen Charakter. Noah Merry war wie ein junger Hund, der voller Begeisterung einem freundlichen Menschen die Hand leckt. Samuel Corlett hingegen war mehr wie ein weiser alter Collie, der den Kopf auf die Pfoten legt und jede Bewegung seines Herrchens verfolgt.

So wie jener Collie setzte er denn auch sein Vorhaben in die Tat um. Während unsere Schüler am nächsten Morgen mit gebeugten Köpfen im Klassenzimmer über ihren Schiefertafeln hockten, hörte ich ein leises Klopfen an der Küchentür. Ich hob den Riegel, und da stand er, dunkel, groß und mit wallendem Talar, der ihm von den Schultern fiel wie einst der Umhang des Schwarzen Ritters aus dem Märchen. In den Armen trug er ein großes Bündel blühender Apfelzweige. Als ich die Tür öffnete, hob er einen der Zweige hoch, schüttelte ihn, und die Blütenblätter regneten auf mich herab, wobei sie einen herrlichen Duft verströmten – ein Vorbote des Frühlings. Als ich vor Freude auflachte, drückte er mir die Zweige in die Arme und zog dann aus den Falten seines Talars das Bradstreet-Bändchen hervor. »Das ist für Euch«, sagte er. »Mistress Bradstreet gehört einfach hierher zu Euch – zu einer Seelenverwandten ihres Geschlechts.«

»Aber das kann ich nicht... das ist zu viel...«

Er gebot mit erhobener Hand Schweigen und trat bereits von der Tür zurück. Dabei lächelte er sein schiefes, krummes Lächeln. »Mein Geschenk ist nicht vollkommen selbstlos. Ich hege die Hoffnung, dass das Büchlein schon bald wieder den Weg unter mein Dach findet.« Mit diesen Worten drehte er sich auf dem Absatz um und ging mit raschen, langen Schritten in Richtung College.

Ich schloss die Tür und lehnte mich dagegen. Anne saß mit dem Rücken zu mir am Tisch, den Blick gesenkt, und gab großes Interesse an Cicero vor. Doch als ich um den Tisch herumging, um die Apfelzweige in den Wassertrog zu stellen, sah ich, dass sie nur mit Mühe ein Lächeln unterdrückte.

Sie musste etwas zu Caleb gesagt haben – mit dem sie, ebenso wie mit Joel, viel Zeit verbrachte. Der Master, der noch immer etwas dagegen hatte, dass sie mit den Jungen im selben Raum unterrichtet wurde, war damit einverstanden gewesen, dass die drei in einem kleinen Seminarraum zusammenkamen, um sich im Disputieren zu üben. Den ganzen Tag über spürte ich, wie Calebs fragender Blick auf mir ruhte. Ich sehnte mich danach, mit ihm zu sprechen. Er war der einzige Mensch, dem ich vielleicht offenbaren konnte, welcher Tumult in meinem Herzen herrschte, und von dem auch ein vernünftiger Ratschlag zu erwarten war. Doch genau das war unmöglich, denn es gab nicht einen Augenblick am Tag, an dem wir unter uns gewesen wären. Dann hörte ich jedoch, wie er den Master um Erlaubnis bat, ihr Seminar zu dritt im Freien abhalten zu dürfen, da das Wetter so schön sei. Er wies darauf hin, dass ihnen allen etwas frische Luft und Bewegung guttun würde, und dass sie ebenso diskutieren könnten, während sie spazieren gingen. Als der Master sich einverstanden erklärte, drehte sich Caleb noch einmal um und fragte, als wäre ihm der Gedanke gerade eben erst gekommen, ob man nicht auch mich dazu bringen könnte, mitzukommen, sozusagen als weiblichen Beistand für Anne.

»Ja, natürlich. Das wäre nur schicklich.« Der Master blickte mich an. »Wenn du, Bethia, nichts dagegen hast, etwas Zeit dafür zu opfern?«

Und so machten wir uns auf den Weg. Kaum waren wir von

der Crooked Street abgebogen, beschleunigten Anne und Joel ihre Schritte, als hätten sie sich abgesprochen, sodass Caleb ein wenig zurückbleiben und unter vier Augen mit mir sprechen konnte. Wie immer kam er ohne Umschweife zur Sache. »Anne sagt, du hast einen Verehrer. Sie meinte, heute Morgen hätte er dir eine Art Heiratsantrag gemacht.«

Ich schaute ihn direkt an. »Das stimmt. Ich denke auch, dass er bei der nächsten Gelegenheit formell um meine Hand anhalten wird. Doch ich weiß noch nicht, wie ich ihm antworten soll.«

»Eine Heirat ist für eine englische Frau eine schwere Entscheidung.«

»Wieso sagst du das so? Das ist es doch sicher für jede Frau.«

»Nicht für unsere Frauen. Eine *squa* hört nach unseren Gesetzen nicht auf, eine eigenständige Person zu sein, nur weil sie geheiratet hat. In den meisten Fällen lebt der Mann bei ihrer Familie, nicht sie bei seiner, weshalb sich an ihrem Alltag nur wenig ändert. Und wenn sie zu einem späteren Zeitpunkt den Mann verlassen und einen anderen heiraten will, dann wird das im Dorfrat besprochen.«

»Mag sein«, sagte ich, ein wenig trotzig. »Aber dafür wird sich der Ehemann, den ich erwähle, keine zweite oder dritte Frau nehmen, so wie es bei deinen Leuten offenbar vorkommt.«

Er schüttelte etwas unmutig den Kopf und zuckte mit den Schultern, während wir weitergingen. Dann fragte er: »Was sagt denn dein Herz zu diesem Sohn von Corlett?«

»Es scheint Ja zu sagen. Aber ich weiß nicht, ob es wirklich Ja zu Samuel Corlett sagt oder nur Nein zu einem Schicksal, das andere für mich bestimmen. Caleb, ich habe in meinem Leben noch nicht oft selbst eine Entscheidung treffen können. Ja, es war mein Entschluss, hierherzukommen, aber das war ein Handeln aus Pflichtgefühl, und weil ich dachte, Gottes Wille sei hier klar zu erkennen. Es schien mir eine fromme Entscheidung zu sein. Diese Ehe jedoch ... mir ist nicht ganz klar, was Gott hier von mir erwartet.«

»Wie nennen es die Griechen? Wir haben es gerade erst gelernt. Ist es nicht Hybris? Dass wir glauben, wir könnten Gottes Willen erkennen? Die bessere Frage – die *eine* Frage in dieser Angelegenheit – ist doch, was du, Bethia, möchtest.«

Das hatte mich noch nie jemand gefragt. Was wollte ich? Ich wollte mein altes Leben zurück, das vor all den Verlusten, die ich erlitten hatte. Ich wollte Mutter zurück, die mich durch diese Zeit begleitet hätte, wie nur eine liebende Mutter ihre Tochter begleiten und führen kann. Und ich wollte wieder Sturmauge sein und die pflichtbewusste Bethia sorglos hinter mir lassen, sie einfach abschütteln wie einen Mantel, den man achtlos und zerknittert am Strand vergisst.

Was ich mir wirklich wünschte – Zuriel an meiner Seite, Solace in meinen Armen –, konnte ich nicht haben. Doch diese Gedanken teilte ich Caleb nicht mit. Stattdessen schüttete ich ihm mein Herz aus, all meine wirren, oft sprunghaften Gedanken bezüglich der Entscheidung, die vor mir lag. Caleb entlockte sie mir, einen nach dem andern, indem er hier eine Frage stellte und dort einen Einwand vorbrachte. Als alles heraus war, brachte er Ordnung hinein und formulierte das Gedachte mit größerer Klarheit, genauso, wie ein Lehrer seine Schüler lehrt, in einem Disput eine klare Linie in ihre Gedanken zu bringen. Erst dann begann ich meine Lage wirklich zu begreifen.

Die Wahl, die ich zu treffen hatte, lautete: entweder eine Ehe mit Noah Merry oder mit Samuel Corlett. Für Ersteren sprach die Insel – ihre Schönheit, ihr natürlicher Reichtum. Ich würde ein einfaches Leben an einem Ort führen, an dem mir jeder Schritt lieb und vertraut war. Wenn die Jahre keine unvorhergesehene Wandlung mit sich brachten, würde ich in Merry einen Ehemann von umgänglichem Gemüt und freundlicher Natur haben. Es würde ein Leben frei von Not sein: ein schönes Haus, eine ertragreiche Farm, eine gut gehende Mühle. Dort konnte ich mich nützlich machen – wie die Frau aus dem biblischen *eshet chayil* –, konnte mich im Haushalt einbringen und vielleicht auch dem Stamm der Takemmy behilflich sein. Irgendwann würde ich eine Schule gründen, in der die Indianerkinder unterrichtet würden, ich würde ihnen selbst das Evangelium verkünden, wenn der *sonquem* es erlaubte. Mit der Wahl Merrys würde ich meinen Großvater erfreuen und auch mit Makepeace kein Zerwürfnis herbeiführen. Auch diese letzte Überlegung war – was mich zugegebenermaßen überraschte – nicht ganz unwichtig für mich, selbst nach all der schlechten Behandlung, die ich von ihm erfahren hatte.

Würde ich hingegen Samuel Corlett erwählen, so wäre ich verpflichtet, ihm überall dorthin zu folgen, wohin die Arbeit ihn führte, selbst wenn das bedeutete, zurück nach Übersee an irgendein College in England zu gehen oder an eine Universität an einem gänzlich fremden Ort wie Padua, wohin es Absolventen von Harvard gelegentlich verschlug. Sehr wahrscheinlich würde es jedoch ein Leben in der beengten Stadt Cambridge inmitten der unwirtlichen Moore sein, unter dem Joch der Kolonie von Massachusetts Bay und als Teil einer Gemeinschaft, die strenger und eifernder war als diejenige, in der ich aufgewachsen war. Eine Familie mit dem kargen Salär eines Gelehrten durchzufüttern, würde ein Leben des Mangels und der Entbehrungen bedeuten. Doch ich wäre mit einem

Mann verheiratet, dessen Geist und Verstand ich bewundern konnte. Ich würde inmitten von Büchern und Denkern leben, würde an Gesprächen teilnehmen, die mich inspirierten, und jeder Tag, an dem ich etwas Neues lernen konnte, wäre wie ein Geschenk für mich. In einem solchen Leben könnte ich den jungen Studenten nützlich sein – eine Frau im Leben von Jungen wie Joel und Caleb, die man ihrer eigenen Familie und ihresgleichen entrissen hatte. Ich würde in Calebs Nähe bleiben und ihm helfen können, auch die harten Zeiten am College durchzustehen, die mit Sicherheit auf ihn zukommen würden. Vielleicht würde ich irgendwann Samuel dafür begeistern können, als Tutor für Indianer tätig zu werden – den Ausbau des Indian College tatkräftig zu unterstützen, wäre ganz bestimmt eine gute Sache, denn so könnte man Jahr für Jahr frisch ausgebildete junge Propheten hinaus in die Wildnis schicken, damit sie das Evangelium verkündeten. Statt nur in einer Indianersiedlung tätig zu sein, könnte ich auf diese Weise vielen Menschen helfen. Möglicherweise würde sich Samuel ja dazu entschließen, selbst bei den Indianern zu predigen – Träumen war erlaubt und konnte nicht schaden – und Vaters Arbeit auf der Insel fortzusetzen. Und auch wenn eine Entscheidung für ihn auf den ersten Blick weniger pflichtbewusst und halsstarriger wirken mochte, so war ich mir sicher, Großvater würde die Vorteile einer solchen Verbindung erkennen und irgendwann Makepeace davon überzeugen, sie zu akzeptieren.

Nachdem Caleb mir dabei geholfen hatte, meine Gedanken so zu ordnen, wie ich sie hier dargelegt habe, wandte er sich mit einer weiteren Frage an mich: »Du sagst, einerseits und andererseits, und alle Argumente sind auf ihre Art wichtig. Doch du sprichst viel mehr über das Leben, das du führen wirst, als über den Mann, mit dem das sein wird. Denn einen wichtigen Punkt hast du mir noch gar nicht mitgeteilt. Du musst nicht darüber sprechen, aber frag dich einmal selbst: Bei welchem der Männer schlägt dein Herz schneller?«

Ich gab ihm keine Antwort, doch während er mir die Frage stellte, gab mein Herz die Antwort. Hitze stieg in mir auf, mein ganzer Kopf begann zu prickeln. Auf manche Fragen gibt es eine Antwort, auf andere nicht. Und wieder andere sollte man nie stellen, nicht einmal sich selbst.

Ich streckte die Hand aus und nestelte an meiner Haube, zog die Krempe weit ins Gesicht, damit niemand sehen konnte, wie rot ich geworden war. Dann beschleunigte ich meine Schritte und schloss zu Anne und Joel auf.

Und nun sitze ich hier am Küchentisch, während Anne sich auf ihrer Pritsche im Schlaf herumwälzt. Überall im Haus knirscht und ächzt es. Oben auf dem Dachboden knarrt eine Holzdiele, weil ein Junge aufgestanden ist, um in einen Nachttopf Wasser zu lassen. Heute Abend hat der Master mir mitgeteilt, dass Samuel Corlett mich morgen früh aufsuchen wolle, und ich dafür sorgen möge, ihn allein zu empfangen.

Die Kerze flackert. Ich strecke die Hand aus und halte eine Fingerspitze in das flüssige Wachs. Es wird hart, und ich pelle es ab, schaue mir die Rillen meines Fingers an, die sich darin eingeprägt haben. Man sagt, sie seien bei jedem Menschen verschieden, obwohl ich mich frage, wie es möglich sein soll, das zu sagen, wenn man nicht von jedem Menschen einen Fingerabdruck genommen und ihn verglichen hat. Scharlatane und Teufelsanbeter behaupten, sie könnten in den Handlinien das Schicksal eines Menschen lesen. Und wahrlich, heute Nacht würde ich mir wünschen, es wäre so. Dann würde ich mein Schicksal erkennen.

Bethia Merry. Bethia Corlett. Ich, Bethia Mayfield, muss

mich entscheiden. Vielleicht wird diese Entscheidung eine sein, die ich wirklich selbst treffe. Der Docht sinkt ganz langsam im Wachs zusammen, und die Flamme verlischt.

Ich werde meine Entscheidung im Dunkeln fällen müssen.

XVI

Es wäre gelogen, wenn ich behaupten wollte, ich hätte in jener Nacht nicht gut geschlafen, denn ich schlief wie ein Stein. Damals war ich ständig müde, und selbst die größte innere Unruhe hätte mich nicht wachgehalten.

Am nächsten Morgen betrachtete ich mein Spiegelbild im Spülbottich und fragte mich, warum mich solche Überlegungen überhaupt so lange wachgehalten hatten, denn dass ein Mann mich, dieses hohlwangige, ausgezehrte Ding zur Frau nehmen wollte, war mit dem Verstand kaum nachvollziehbar. Und so muss ich gestehen, dass ich mich an jenem Morgen mehr als sonst mit meinem Aussehen beschäftigte, eine frische Haube aufsetzte, einen blütenweißen Kragen anlegte, und mich redlich darum bemühte, meine ungepflegten Nägel zu säubern und zu schneiden.

Wie erwartet stand Samuel Corlett vor der Tür, während seine Studenten Präsident Chauncys Morgenvorlesung besuchten. Er habe, wie er sagte, die Erlaubnis des Präsidenten erhalten, mir John Harvards Bibliothek zu zeigen, während seine Studenten in der großen Aula beschäftigt waren – vorausgesetzt, ich wolle sie überhaupt noch sehen.

Er half mir in den Umhang, und wir legten die kurze Entfernung zum alten College, das ich noch nie betreten hatte, zu Fuß zurück. Wie ich bereits erwähnt habe, handelte es sich um ein überaus schön angelegtes Gebäude, das allerdings mittlerweile sehr baufällig war. Wir betraten den Mittelflügel durch eine große Eichentür. Vor uns lag eine breite Treppe, und Samuel bedeutete mir hinaufzugehen, da sich die Bibliothek im zweiten Stock, im hinteren Teil des Gebäudes befand. Um sie zu erreichen, mussten wir auch an den Räumlichkeiten der Studenten vorbei. Er öffnete eine Tür, damit ich einen Blick in einen von ihnen werfen konnte. Es war ein großzügiger Raum mit vier Betten, unter die jeweils eine weitere Bettstatt geschoben war. Licht strömte durch das Rautenglas der Fenster herein, und in jeder Zimmerecke befanden sich kleine Nischen, in denen die Studenten ungestört lernen konnten. »Jeweils acht Jungen wohnen in einem Zimmer«, erklärte er. »Wir versuchen, in jedem der Räume einen Studenten höheren Semesters oder einen Tutor unterzubringen, der für Ruhe und Ordnung sorgt.« Er lächelte. »Obwohl uns das nicht immer gelingt, wie man hier drinnen sieht.« Er führte mich in ein zweites, längliches Gemach, das direkt über der großen Eingangshalle lag. »Das ist der Schlafsaal der Erstsemester.« Hier war gerade ein Glaser damit beschäftigt, mehrere zerbrochene Fensterscheiben zu ersetzen. »Einen guten Morgen wünsche ich dir, Vetter Ephriam«, rief Samuel.

»Auch dir einen guten Morgen, Vetter. Ist immer ein guter Morgen für mich, wenn sich deine Jungs nicht benehmen können!«

»Mein Vetter, Meister Cutter, bekommt hier im College viel Arbeit, muss ich zu meinem Bedauern sagen. Die Jungs lassen ihre gute Laune eben besonders gerne an den Scheiben aus, auch wenn sie wissen, dass es sie eine Tracht Prügel kostet, sollten sie dabei erwischt werden. Wahre Söhne von Propheten!« Er schüttelte den Kopf und schloss die Tür wieder.

»Aber wie könnt Ihr denn eigentlich sicher sein«, fragte ich schelmisch, »dass die Söhne von Amos und Elias über derlei derbe Späße erhaben waren? Nicht jeder Knabe in der Bibel war doch von untadeligem Charakter. Schaut Euch Kain an, oder Josephs Brüder... Was sind im Vergleich dazu ein paar zerbrochene Fensterscheiben?«

»Wohl gesprochen«, antwortete er. »Immerhin sind sie Jungen, bevor sie Studenten werden. Und manche von denen, die hierherkommen, sind wirklich noch sehr jung. Abgesehen vom Schlittschuhlaufen auf dem Teich im Winter bekommen sie, wie ich fürchte, nur wenig Gelegenheit zu körperlicher Ertüchtigung. Es ist immer nur der Verstand, den wir in Bewegung halten. Die Jungen sind einfach zu sehr hier eingepfercht und verbringen jeden Tag eine lange Zeit über ihren Büchern. Und da wir gerade über Bücher sprechen...«

Er öffnete eine weitere Tür – ebenfalls aus schwerem Eichenholz –, und wir betraten die Bibliothek. Es war der schönste Raum, den ich jemals gesehen hatte. Eine Reihe von Lesepulten stand darin, ihr poliertes Holz schimmerte matt im hereinfallenden Licht. In jedes dieser Pulte war ein Regal eingebaut, das mit Büchern gefüllt war. Auch an jeder Wand standen Pulte, auf denen sich ebenfalls Bücher stapelten. Nie in meinem Leben hatte ich so viele Bücher an einer Stelle gesehen. »Man hat sich die Bibliotheken in Cambridge zum Vorbild genommen, wo auch unsere beiden bisherigen Präsidenten studiert haben. Wie ich Euch bereits sagte, beläuft sich John Harvards ursprüngliche Hinterlassenschaft auf etwa vierhundert der Bücher, die Ihr hier seht«, erklärte Samuel. »Insgesamt sind es mittlerweile doppelt oder dreimal so viele.« Er sprach sehr hastig, als habe er es eilig, Worte und Fakten aus sich heraussprudeln zu lassen, obwohl es doch ganz andere Überlegungen waren, die ihm in diesem Moment im Kopf herumgingen. Ich bemühte mich, möglichst treffende Antworten zu finden, obwohl auch ich in Gedanken ganz woanders war.

»John Harvard wäre sicher sehr zufrieden«, sagte ich, »wenn

er wüsste, dass seine Spende um so viel angewachsen ist.« Die Luft im Raum war angenehm trocken und roch ganz eigentümlich, wie Gebäck, so als hätte gerade jemand frischen Zwieback aus dem Ofen gezogen. Ich fuhr mit der Hand über die fein verzierten Lederrücken. Cicero, Isokrates, Vergil, Ovid. Luther, Thomas von Aquin, Bacon, Calvin. Allein schon der Zugang zu einem solchen Raum war Bildung. »Die Studenten müssen glücklich darüber sein, ihre Zeit hier verbringen zu dürfen.«

»Oh, *ihnen* steht die Bibliothek im Allgemeinen gar nicht zur Verfügung. Man erwartet von ihnen, dass sie die Bücher käuflich erwerben, die sie während des Studiums brauchen. Die hier sind zur Benutzung durch Lehrkräfte wie meine Wenigkeit gedacht – das heißt, für diejenigen wie mich, die einen höheren Bildungsabschluss anstreben. Die Sammlung ist, wie Ihr seht, reich an theologischen und philosophischen Arbeiten, weniger an medizinischen oder juristischen. Präsident Dunster ist es nie gelungen, Mittel dafür zu beschaffen, weil unsere Wohltäter am meisten daran interessiert sind, Diener Gottes heranzuziehen. Ich glaube nicht, dass Präsident Chauncy darin mehr Erfolg haben wird. Und dennoch bin ich der festen Überzeugung, dass man diese Berufe zu akademischen Berufen machen und auch an dieser Lehranstalt besser berücksichtigen sollte.«

»Auch wenn Ihr noch einige Mängel seht, habe ich den Eindruck, hier könnte man ein ganzes Leben verbringen und aus dem Reichtum dieser Bibliothek Nutzen ziehen. Doch es dauert mich, dass die jüngeren Studenten so eingeschränkt sind, wie Ihr sagt. Warum müssen sie vier Jahre warten, bis sie Zugang zu diesen Schätzen erhalten?«

Er hob die Schultern und gab mir keine Antwort. Offenbar war er es plötzlich leid, die Rolle eines Führers zu spielen und für alles Rede und Antwort zu stehen. Er war ans Fenster getreten und schaute hinaus, als habe etwas dort unten im Garten des College seine Aufmerksamkeit geweckt. Schweigen senkte sich über den Raum. Um meine Verlegenheit zu überspielen, zog ich eine schöne Ausgabe von Plutarch aus dem Regal. Aus dem Treppenhaus drangen Geräusche herauf. Jemand klopfte mehrfach laut an die Tür des College. Doch hier in der Bibliothek durchbrach nur das leise Rascheln umgeblätterter Seiten die Stille.

Er stand mit dem Rücken zu mir, knetete die Hände, die er hinter dem Rücken verschränkt hatte. Ich legte das Buch auf dem Lesepult ab. Da es ein schwerer Band war, schlug er dabei mit einem dumpfen Laut auf. Samuel drehte sich nicht um.

»Ich denke, es wird Euch nicht verborgen geblieben sein«, sagte er schließlich, »welch hohe Meinung ich von Euch habe.«

Jetzt kamen wir endlich zur Sache. Ich holte tief Luft. Das Schweigen im Raum wurde länger und länger. Da er nichts sagte, fühlte ich mich verpflichtet, ihm etwas zu erwidern.

»Ich bin mir nicht sicher...«, begann ich, doch mir brach die Stimme. Ich räusperte mich und versuchte es noch einmal. »Damit will ich sagen, auch wenn mich Eure hohe Meinung sehr freut, verstehe ich nicht ganz, wie ich sie mir verdient habe. Bis auf dieses eine Mal kürzlich hattet Ihr nur eine Gelegenheit, meine Stimme zu hören, und das war, als ich mich in der Gemeindeversammlung selbst bezichtigt habe.«

Da wandte er sich endlich um. Ein feines Lächeln umspielte seine Lippen. »Aber Ihr tatet es mit solcher Wortgewandtheit. Wer konnte da ungerührt bleiben?«

»Ich glaube nicht, dass es den Pfarrer freuen würde, wenn er davon wüsste. Die Beichte als Teil einer Werbung. Nein, ich denke, darüber wäre er ganz und gar nicht erfreut.«

»Der Pfarrer ist mir vollkommen gleichgültig! Euch, Bethia, möchte ich erfreuen. Darf ich das? Wollt Ihr mich?«

So sehr ich darauf vorbereitet gewesen war – das ging mir nun doch zu schnell. Ich nahm auf der Bank vor dem Lesepult Platz und rang um Fassung.

»Ich weiß, das kommt sehr plötzlich. Und ich hätte mich ganz bestimmt nicht so sehr damit beeilt, Euch zu umwerben, wenn nicht die Umstände es diktieren würden. Und ich muss Euch der Korrektheit halber sagen, dass ich Euch nichts bieten kann. Mein jährliches Gehalt beläuft sich auf kümmerliche zwölf Pfund im Jahr, und zurücklegen konnte ich davon bisher nichts. Mein Vater ist arm wie eine Kirchenmaus. Die Schule ist alles, was er hat, und er selbst kann kaum davon leben, wie Ihr selbst nur allzu gut wisst. Gerade eben seid Ihr dem Glaser begegnet, dem Sohn des Bruders meiner verstorbenen Mutter. Ihr seht also, welch armselige Familienverhältnisse Euch bei mir winken würden.«

Mittlerweile ging er rastlos zwischen den Bücherreihen auf und ab. In der Bibliothek war es jetzt bis auf das Knirschen seiner Stiefel sehr still. Doch aus dem Erdgeschoss konnte man laute Stimmen hören. »Eines muss ich Euch noch sagen«, fügte Samuel hinzu. »Selbst wenn Ihr einwilligen und mich zum glücklichsten aller Männer machen würdet, könnten wir nicht gleich heiraten. Ich könnte nur eine Verlobung anbieten, da ein Tutor, wenn er heiratet, automatisch seine Unterkunft am College verliert. Außerdem muss ich den Jungen, die ich in den vergangenen drei Jahren begleitet habe, bis zum Abschluss mit meinen Tutorien zur Seite stehen. Während dieser Zeit werde ich selbst meinen Magister machen. Danach würde ich gern nach Padua gehen, um Medizin zu studieren, doch bislang weiß ich noch nicht, wie ich das Geld dafür aufbringen soll. Ich hoffe auf das Angebot einer Stelle als Lehrer, wenn auch wahrscheinlich noch nicht an der Universität.«

Er kniete vor mir nieder, sodass unsere Augen, da ich immer noch auf der Bank saß, auf einer Höhe waren. Dann griff er nach meiner Hand. »Wollt Ihr mich nehmen, Bethia, auch unter diesen Bedingungen?«

Das Blut pochte mir heftig in den Schläfen. Während ich um eine angemessene Antwort rang, wurden die Stimmen, die aus der Halle unter uns heraufdrangen, immer lauter. Plötzlich vernahm ich heftiges Stiefeltrappeln auf der Treppe. Jemand rüttelte an der Tür und stieß sie auf. Samuel Corlett ließ meine Hand los und sprang auf. Ein Student, keuchend und mit rotem Gesicht, stolperte in den Raum. Caleb stand hinter ihm, seine Miene, die sonst meist undurchdringlich und gelassen wirkte, verriet deutlich, wie aufgewühlt er war.

»Verzeiht mir, Tutor«, stammelte der Student. »Aber dieser Bursche da kam hereingeplatzt und wollte...«

Caleb streckte einen Arm aus, schob den stotternden Studiosus entschlossen beiseite und wandte sich an Samuel. »Euer Vater schickte mich, Euch zu holen.« Er blickte zu mir. »Euch beide. Die Sache ist dringend. Kommt Ihr?«

Wir eilten hinter ihm hinaus aus der Bibliothek und die Treppe hinab. Caleb mit seinen langen Beinen war uns schon bald weit voraus, und so raffte ich meine Röcke und begann zu rennen, ganz gleich, was Samuel von mir denken mochte. Als wir in Master Corletts Haus in die Küche traten, war am Boden ein Blutfleck zu sehen, eine glänzende, dunkle Lache. Eine Spur führte hinaus in die Diele. In diesem Moment hörte man die Stimme des Masters, der uns aus seinem Zimmer rief und ganz aufgeregt klang. »Sohn? Bethia? Seid ihr das? Hier herein, schnell.«

Ich sah verschwommen ein paar Gesichter im Klassenzimmer, die alle zur Tür von Master Corletts Gemach schauten. Samuel öffnete sie, schob mich vor sich hinein und schloss sie dann rasch wieder. Als ich noch einmal zurückblickte, fiel mein Blick auf Caleb. Zum ersten Mal, seit wir uns kannten, sah ich Tränen in seinen Augen.

Anne lag mit schmerzverzerrten Zügen auf dem Bett. Sie war schweißgebadet, ihr Rock blutgetränkt.

»Habt Ihr schon nach einer Hebamme geschickt?«, fragte ich rasch.

»Hebamme?«

»Ja, Hebamme. Das Mädchen hatte offenbar eine Fehlgeburt.«

»Aber sie ... das würde ja ...«

»Master Corlett, schickt einen Jungen die Hebamme holen, bevor die Kleine hier zu viel Blut verliert ...« Fast hätte ich gesagt, »und stirbt«, biss mir aber auf die Zunge, als ich die Angst auf Annes Gesicht sah. Ich kannte den Anblick, der sich mir bot, denn genau das hatte ich selbst als Mädchen erlebt: meine Mutter, wie sie mit entsetzten Augen aufschrie, am Tisch nach Halt suchte, zum Bett wankte, eine Blutspur hinter sich herziehend. Die Ankunft von Goody Branch, das leise Stöhnen, die erstickten Stimmen, und ein kleines, blutiges Bündel, das weggebracht wurde. Er lag lange zurück jener Nachmittag, an dem meine Mutter ein missgebildetes, totes Kind zur Welt gebracht hatte, ein Kind, um das wir nie getrauert und das wir nicht einmal in unsere Gebete eingeschlossen hatten. Doch ich hatte keine Einzelheit davon vergessen – weder das, was gesagt, noch das, was getan worden war.

»Schickt einen anderen Jungen zum Apotheker. Er soll etwas Mutterkorn holen, falls die Hebamme keins zur Hand hat ... Bringt frisches Leinen und warmes Wasser aus dem Kessel auf dem Herd und etwas kaltes in einer Schüssel, und dann lasst mich bitte mit dem Mädchen allein ...«

Ich spürte die Aufregung, die alle erfasst hatte, hörte wie in der Diele leise Befehle erteilt wurden. Ich zog Anne den blutbefleckten Rock und ihre Unterwäsche aus und legte ihr ein Polster unter die Beine. Als das Linnen und die Schüsseln mit Wasser kamen, schnitt ich das Leintuch in passende Stücke, um die Blutung, so gut ich es vermochte, zu stillen. Anne wurde erneut von einer Wehe erfasst, und mir blieb nur noch, ihr die Hand zu halten. Ich legte ihr eine kühle Kompresse auf die Stirn und badete ihre blutüberströmten Beine mit dem warmen Wasser. Dann begann ich zu beten.

XVII

Bis der Junge die Hebamme gefunden und sie hergeführt hatte, waren die schlimmsten Krämpfe vorbei. Ich wickelte das, was Annes Leib von sich gegeben hatte, in ein Stück Leinen, während das Mädchen kraftlos und keuchend auf dem Bett lag. Ihre dunkle Haut war so bleich wie Gips. Die Hebamme, deren Name Goody Marsden lautete, war eine dürre, drahtige Person mittleren Alters. Sie wirkte sehr streng, ganz anders als die stets freundliche Goody Branch. Als sie ihre Handschuhe auszog, bemerkte ich, dass ihre Fingernägel nicht sauber waren. Ich hielt ihr eine Schüssel mit warmem Wasser hin, das sie kaum benutzte. Sie schonte Anne nicht, sondern untersuchte sie recht grob und ohne ein freundliches Wort. Als das Mädchen einmal aufschrie, weil sie ihr mit ihren forschen, klauenähnlichen Händen wehgetan hatte, bellte sie barsch: »Sei still. Hast schon genug für unschickliches Aufsehen gesorgt.«

Dann wandte sie sich an mich und fragte, ob ich einschätzen könne, wie viel Blut das Mädchen verloren habe. Ich erklärte ihr, es sei wohl eine beträchtliche Menge gewesen. »Sie braucht eine Brühe – eine wirklich gute und starke Brühe! – und etwas Wein mit Wasser. Und sie soll sich ausruhen. Einen bleibenden Schaden hat sie wohl nicht erlitten.« Bei diesen Worten stieß ich einen Seufzer der Erleichterung aus, worauf sie mich scharf ansah und mit verkniffenen Lippen hinzufügte: »Zumindest nicht an ihrem Körper.«

Gerade wollte ich in die Küche gehen und schauen, ob ich alles für eine gute Brühe dahatte, als sie mir eine knochige

Hand auf den Arm legte und mit dem Kopf auf das Bündel wies, das noch in der Ecke lag. Ich holte es und wandte mich mit dem Rücken zum Bett, damit Anne es nicht sehen konnte. Goody Marsden schlug das Leintuch auf und untersuchte einen Moment lang den wachsbleichen, blutigen Inhalt, dann schlug sie das Tuch wieder darüber. »Verbrenn es«, sagte sie und spähte mich dabei mit ihren braunen Augen an, die aussahen wie harte, glänzende Kiesel. »Tut es jetzt gleich. So ist es das Beste.«

Später an diesem Nachmittag bereute ich bereits, dass ich ihre Anweisungen so schnell befolgt hatte, denn zu diesem Zeitpunkt war das Gerede schon heftig in Gang gekommen, und das Beweisstück, das ihnen allen vielleicht das Maul gestopft hätte, war längst zu Asche erkaltet. Begriffe wie »Sündenpfuhl« und »ungezügelte Heiden« machten die Runde, bis das Geflüster zu einem lauten Getöse geworden war und jegliche Hoffnung, die Angelegenheit geheim zu halten und irgendwann im Sande verlaufen zu lassen, dahin war.

Als mir zu Ohren kam, Caleb und Joel stünden in dringendem Verdacht, das Mädchen in diesen unglückseligen Zustand gebracht zu haben, ging ich schnurstracks zum Master und klärte ihn über die wahren Hintergründe auf, wie sie sich mir darstellten. Das Gespräch über diese wenig appetitliche Angelegenheit war die peinlichste Unterredung, die ich in meinem ganzen Leben geführt hatte, zumal Samuel Corlett dabei nicht von seines Vaters Seite wich. Das Gespräch fand im Klassenzimmer statt, da Anne das Bett des Masters belegte. Dieser hatte Makepeace, der immer noch in der Schule wohnte, gebeten, mit den Jungen ins Gemeindehaus zu gehen und sie beim Lernen zu beaufsichtigen, während ich alle Hände voll zu tun hatte, die blutigen Tücher und das Bettzeug zu waschen.

Ich nahm auf einer Bank Platz und wand mich unruhig unter ihrem Blick wie ein Schüler, der mit einer Standpauke rechnet. Ich starrte auf die Hände in meinem Schoß, die vom vielen Waschen ganz runzlig waren, und brachte vor, was mich so bewegte.

»Bist du dir ganz sicher?«, fragte Master Corlett. Ich spürte, wie seine Augen und die seines Sohnes ernst auf mir ruhten. »Ich weiß, dass diese Jungen dir sehr viel bedeuten. Vielleicht möchtest du sie ja beschützen, sozusagen in Gedenken an deinen Vater als ihrem Förderer und erstem Lehrer ...«

Ich unterbrach ihn, was vielleicht unhöflich war, doch es stand auch sehr viel auf dem Spiel.

»Herr, der Zustand dessen, was der Leib des Mädchens von sich gegeben hat, lässt keinen Zweifel zu. Sie trug die Leibesfrucht bereits, als sie hierherkam. Dessen bin ich mir sicher.« Dennoch dachte ich an ihre schmale Taille zurück, an ihren wiegenden Gang, als sie an jenem allerersten Morgen den Gartenweg entlanggegangen war. Andere würden sich vielleicht auch daran erinnern und sich ebenfalls wundern. Wenn sie seither etwas runder um die Leibesmitte geworden war, so hatte ich es nur darauf geschoben, dass sie bei uns mehr zu essen bekam und ein ruhigeres Leben führte. Doch das kleine Wesen, das ich an diesem Nachmittag dem Feuer überantwortet hatte, war größer als meine Faust und bereits ganz ausgebildet gewesen. Ich hatte genug Stunden bei Goody Branch zugebracht, um zu wissen, dass ein Kind im Mutterleib erst vier oder gar fünf Monate nach der Zeugung menschliche Formen annimmt.

»Es ist ausgeschlossen, dass Caleb oder Joel, oder irgendeine andere männliche Person an dieser Schule diese schändliche Tat begangen haben.« Diese letzte Bemerkung ließ ich ganz ruhig und beiläufig fallen, um Master Corlett begreiflich zu machen, dass der Schatten eines solchen Verdachts schließlich nicht nur auf die beiden jungen Indianer fallen würde. »Auch können wir weder ihren englischen Ziehvater noch die Polizisten oder Soldaten dessen bezichtigen, die sie schließlich bereits vor mehreren Monaten inhaftiert hatten. Es ist meine feste Überzeugung – nein, meine Gewissheit –, dass das Mädchen irgendwann etwa ein bis zwei Monate, bevor sie hierherkam, geschwängert wurde, in der Zeit, während sie jene Nachbarschaftsschule besuchte.«

»Aber das kann nicht sein. Damals wohnte sie beim Gouverneur – in seinem eigenen Haushalt.«

»Genau das.«

»Bethia, passt auf, was Ihr sagt.« Es war Samuel, der das Wort ergriffen hatte. »Das ist ein schwerwiegender Vorwurf.«

»Glaubt Ihr denn, ich wüsste das nicht? Ich sage das nicht leichthin, sondern weil ich es muss. Auch wenn ihr Zustand noch nicht sichtbar war, trug sie ein uneheliches Kind unter dem Herzen, als sie hierherkam. Begreift Ihr denn nicht, dass auch der Ruf Eures Vaters – und der seiner Schule – auf dem Spiel stehen, wenn draußen fälschlicherweise geglaubt wird, die Sünde sei unter diesem Dach begangen worden?«

»Nun«, sagte Master Corlett verdrossen, »niemand würde mir einen Vorwurf machen, wenn die Fleischeslust junger Wilder einfach so stark gewesen wäre, dass ich außer Stande war, sie im Zaum zu halten.«

Ich sprang empört auf. »Master Corlett!«

Der Zorn und der Abscheu, die ich empfand, standen mir offenbar ins Gesicht geschrieben, denn er schien einzulenken. Sein Sohn streckte eine Hand aus und legte sie schützend auf die Schulter seines Vaters. Dabei schaute er mich kalt an, weil es ihm offenbar nicht gefiel, wie ich mich seinem Vater, meinem Herrn, gegenüber gebärdete. Die schwarzen Augen glänzten.

»Wird Goody Marsden diese Auffassung bestätigen?«, fragte er. »Man kann nur hoffen, dass sie das tun wird, denn Ihr seid keine Hebamme, ja noch nicht einmal...« Er errötete und sprach nicht weiter.

»Da sie gesehen hat, was ich sah, hege ich keinen Zweifel daran.«

»Und was ist mit dem Mädchen? Ganz gewiss zählt doch ihre Aussage in dieser Sache mehr als jeder Beweis. Was sagt sie denn, wer sie zur Hure gemacht hat?«

»Ich weiß es nicht. Ich habe noch nicht mit ihr darüber gesprochen. Ich hielt es für besser, dass sie sich ausruht, statt sie in ihrem Kummer mit einem solch betrüblichen Thema zu belangen.«

»Wenn es so ist, wie Ihr sagt, dann wird sie es nicht zugeben.« Samuels Stimme war so kalt wie seine Augen.

»Warum denkt Ihr das?«

»Ihr sagt, sie sei intelligent. Nun denn. Dann wird sie alles tun, um einen Skandal von einem so angesehenen Haus abzuwenden.«

Seine Einschätzung sollte sich als richtig erweisen. Anne wollte den Namen des Mannes nicht nennen, der sie entehrt hatte, weder mir gegenüber noch sonst jemandem, selbst als der Master, mit zitternden Händen und Kopfschütteln sagte, wenn sie dies nicht tue, komme die Angelegenheit gewiss dem großen Gericht zu Ohren, und sobald sie wieder halbwegs auf den Beinen sei, müsse sie damit rechnen, vor Gericht gerufen zu werden und diesen harten Männern Rede und Antwort zu stehen. »Und du kannst dir sicher sein, dass sie die Wahrheit herausfinden werden, selbst wenn sie es für nötig befinden, sie dir auf dem Prügelbock zu entlocken. Davor werden sie nicht zurückschrecken, wenn dein Starrsinn ihnen keine Wahl lässt. Sie werden dich bis aufs Blut auspeitschen.« Bei diesen letzten

Worten drückte sie einfach nur das Gesicht ins Kissen und schluchzte so sehr, dass das Bett bebte.

Samuel Corlett kehrte zu seinen Pflichten am College zurück, während ich noch bei Anne blieb und vergebens versuchte, sie nach den unangebrachten Drohungen des Masters zu beruhigen. Statt die Brühe zu trinken, die sie so nötig gebraucht hätte, hatte sie das wenige, was ich ihr bereits verabreicht hatte, wieder hochgewürgt. Ich war folglich nicht in der Stimmung, Samuel zu treffen, und auch erleichtert, dass sich uns keine Gelegenheit bot, unser unterbrochenes Gespräch fortzusetzen. Dennoch bedrückte es mich, dass er mir beim Gehen nicht einmal eine gute Nacht gewünscht hatte.

Als es mir endlich gelungen war, das verzweifelte Mädchen ein wenig zu beruhigen, ging ich in die Küche, um die Brühe aufzuwärmen, die schon fast erkaltet war. Gerade wollte ich etwas davon in ihre Schale schöpfen, als Caleb und Joel den Raum betraten. Caleb legte mir eine Hand auf den Arm.

»Weißt du, was geredet wird?«, flüsterte er. Sein Gesicht war von Kummer verzerrt.

Ich nickte. »Ich hab ihnen gesagt, dass dieser skandalöse Verdacht vollkommen haltlos ist.«

»Aber du und die Hebamme, ihr seid die Einzigen, die etwas darüber aussagen können. Sie« – er wies mit dem Kopf in Richtung des Gemachs unseres Masters, und dabei wurden seine Züge weich vor Besorgnis – »will nicht damit herausrücken.«

»Vielleicht würde sie es tun, wenn ihr ihr dazu ratet.«

Caleb wandte sich Joel zu.

»Wie kann ich ihr in dieser Angelegenheit raten?«, flüsterte Joel.

Der Ausdruck auf ihren Gesichtern sagte mir mehr als alle Worte, wie es um sie bestellt war. Ich verspürte einen Anflug von Neid, der mich sogleich beschämte. Warum sollten sie denn keine Bande der Zuneigung zu dem armen Mädchen geknüpft haben? Ich wandte den Blick ab und machte mir wieder am Suppentopf zu schaffen. Auf einmal schien es mir irgendwie unschicklich, ihnen ins Gesicht zu blicken, denn ihre Mienen verrieten so viel.

»Man wird ihr keine Ruhe lassen.« Es war Caleb, der das Wort ergriffen hatte.

»Ich weiß.«

»Das können wir nicht zulassen, Bethia.«

»Aber was können wir tun?«

»Wir müssen sie von hier wegbringen. Wenn wir sie zur Insel brächten, könnte sie in unserem Volk untertauchen und wäre sicher vor ihren Fragen, vor ihrer Verachtung und ihrer Dummheit.« Seine Stimme wurde lauter. Ich drehte mich zu ihm um und legte einen Finger an die Lippen, um ihn daran zu erinnern, wo wir uns befanden.

Die Insel war immer schon ein Refugium für Wampanoag auf der Flucht vor irgendwelchen Schwierigkeiten auf dem Festland gewesen. Schließlich hatte auch mein eigener Großvater mit seinen englischen Gefolgsleuten hier eine neue Heimat gefunden. Die Hitze der Brühe hatte sich auf die Schüssel übertragen, die ich in Händen hielt, und holte mich in die Gegenwart zurück, wo es dringende Aufgaben zu lösen galt.

»Ich muss ihr das hier jetzt bringen. Wenn sie nicht bald etwas zu sich nimmt, wird sie unsere Hilfe nicht mehr brauchen, weil sie nicht mehr am Leben ist. Lasst mich nachdenken. Heute Nacht können wir sowieso nichts mehr tun. Gleich morgen früh wollen wir weiter darüber sprechen.«

XVIII

Doch auch am folgenden Morgen befand sich die Schule in hellem Aufruhr, wie ein aufgescheuchter Ameisenhügel. Allerorten lagen die Nerven blank. Auch war es nicht gerade sehr dienlich gewesen, dass Anne mitten in der Nacht nach einem Alptraum laut aufgeschrien und das ganze Haus damit geweckt hatte. Master Corlett gelang es nur mit allergrößter Mühe, die Jungen an ihren Pulten zu halten, und es war gar nicht daran zu denken, sie zum Lernen zu bringen. Alle waren rauflustig und unaufmerksam, als ein lautes Klopfen an der Tür sie endgültig aufstörte. Mir pochte heftig das Herz, weil ich dachte, es könne ein Gerichtsbeamter sein, der Anne holen wollte. Stattdessen trat ausgerechnet die Person in all das Chaos, das bei uns herrschte, mit der ich in diesem Moment am wenigsten gerechnet hätte.

Ich war zu der Zeit gerade bei Anne. Ich hatte bei ihr im Zimmer geschlafen – oder es zumindest versucht –, während der Master sich mit meinem Strohlager in der Küche begnügt hatte. Corlett schickte einen der Schüler an die Tür, um zu öffnen.

Als ich die vertraute Stimme vernahm, konnte ich es kaum glauben und trat sogleich in den Flur hinaus. Es war Noah Merry. Die wilden Locken zu einem artigen Zopf nach hinten gebunden, im nüchternen Stadtgewand statt der Kleidung, die er sonst im Stall trug, und gut einen Kopf größer, als ich ihn das letzte Mal gesehen hatte, fragte er nach dem Master. Als sich unsere Blicke begegneten, erröteten wir beide. Er verbeugte sich leicht, doch fiel kein Wort, da in diesem Moment der Master aus dem Klassenzimmer kam, woraufhin sich die beiden in die Küche zurückzogen, um eine längere Unterredung zu führen – die, wie mir schien, eine halbe Ewigkeit dauerte. Als sie wieder herauskamen, rief der Master nach mir und teilte mir mit, er würde mir, nachdem ich den Jungen ihr Frühstück bereitet hätte, eine Stunde freigeben, damit ich einen Spaziergang mit Noah Merry unternehmen könne.

Zuerst war mir nicht wohl bei der Sache, doch während ich den Jungen ihr Essen hinstellte, hatte ich einen Moment zum Nachdenken. Gewiss war es doch besser, ihm unter vier Augen die Gründe für meine Ablehnung seines Antrages zu nennen und sie nicht einem nüchternen Stück Pergament anzuvertrauen, das Makepeace vermutlich zusammen mit allen möglichen Verunglimpfungen meines Charakters auf die Insel bringen würde.

Wir gingen hinaus, Seite an Seite, an den dicht gedrängten Häusern auf ihren schmalen Grundstücken vorbei. Heimlich sah ich Merry von der Seite an, wann immer ich konnte. Dass er gewachsen war, stand ihm gut, und obwohl sein Äußeres immer noch jungenhaft weich wirkte, zeigte sich an einer gewissen Kantigkeit rund um die Wange und das Kinn, dass aus ihm bald ein ansehnlicher Mann würde. Er schien aufgewühlt, als wir unseren Weg am Versammlungshaus vorbei wählten und uns dann nach Norden wandten, den schmalen Pfad entlang, der den Windungen des kleinen Dorfbaches folgte. Ich brannte darauf zu erfahren, ob der Master ihm mitgeteilt hatte, wie die Dinge zwischen mir und seinem Sohn standen. Natürlich war bei all der Aufregung der vergangenen Stunden nicht mehr die Rede davon gewesen, und Samuel Corletts Antrag hing immer noch unbeantwortet in der Schwebe.

Eine ganze Weile erzählte Noah mir allerlei Neuigkeiten,

so wie es jeder von der Insel getan hätte, und normalerweise wäre ich auch begierig darauf gewesen, sie zu hören, betrafen sie doch Menschen, die mir nahestanden. Offenbar hatten sich die Bestrebungen, Großvaters Führungsrolle zu untergraben, verstärkt. Federführend waren immer noch die Aldens und ihre Gefolgsleute, die sowohl in der Leitung der Plantagen als auch der Gesetzgebung ein Mitspracherecht forderten. Sie suchten ständig nach einem Vorwand, Unruhe in der Siedlung zu stiften, wobei die Ausschlachtung von gestrandeten Walen einer der Streitpunkte und Unregelmäßigkeiten bei Landverkäufen ein anderer waren. Auch die Tatsache, dass Großvater als Friedensrichter durchaus auch die Partei der Indianer ergriff, wenn die Gerechtigkeit es erforderte, hatten die Aldens in ihrer Ablehnung seiner Führerschaft ins Feld geführt. Doch Merry versicherte mir, bislang habe ihre Sache nur wenige Anhänger gefunden. »Die meisten sind es vollauf zufrieden, deinem Großvater die Verantwortung für die Dinge zu überlassen. Und wir streben auch nicht wie die Aldens danach, wegen jedem Zaunpfahl oder jedem Maiskolben eine Sitzung einzuberufen.«

Doch unser Gespräch war steif, weil wir im Geiste beide gerne rasch zu dem Thema übergegangen wären, das uns beiden im Grunde am meisten am Herzen lag. Gerade waren wir am Friedhof angelangt, welcher das nördliche Ende der Siedlung kennzeichnete. Dahinter lagen nur noch Viehkoppeln, und man hatte einen weiten Blick auf das Marschland und die verwilderten Haine aus Sumpfkiefern, die man hier als Wald bezeichnete. Dort bogen wir ab und waren schon fast an dem Wachturm angelangt, der die äußerste Begrenzung der Siedlung markierte, als Merry mitten im Satz stehen blieb und sich mit der Hand über die Stirn fuhr. Sie war schweißbedeckt, obwohl es ein kühler Tag war.

»Ich musste einfach persönlich herkommen«, platzte er heraus. »Mein Gewissen ließ es nicht anders zu.«

»Dein Gewissen?«, fragte ich überrascht.

»Bethia – wenn ich dich so nennen darf –, wie du weißt, war es lange Zeit die Idee unserer Väter, dass wir ... dass du und ich ... eines Tages heiraten sollten, und wie du sicher weißt, oder wie du wissen solltest, war es lange Zeit auch mein glühendster Wunsch ...«

»Noah, ich ...«

»Bitte. Das hier ist schwierig. Lass mich doch bitte erst einmal ausreden. Um mich kurz zu fassen: Seit du die Insel verlassen hast, hat meine Zuneigung sich in eine andere Richtung gewandt. Vater wusste nichts davon, und jetzt begreife ich, wie falsch es war, mich in der Sache niemandem anzuvertrauen – ich hätte von Anfang an reinen Tisch machen und ihm alles sagen sollen, doch das tat ich nicht, da die betreffende Dame sogar noch jünger als du und noch nicht im Alter für ein Heiratsversprechen ist. Als dann kürzlich dein Großvater zu meinem Vater kam ... nun, meinem Vater gefiel der Vorschlag deines Bruders, und er nahm ihn an, ohne mich vorher zu fragen, weil er dachte, ich würde mich darüber freuen, auf diese Weise früher das zu bekommen, worauf zu warten ich mich beschieden hatte. Du kannst dir vorstellen, wie armselig ich mich fühlte, als er mir das mitteilte. Erst in jenem Moment eröffnete ich ihm, es sei ein anderes Band der Zuneigung geknüpft worden zwischen mir und – oh, Bethia, es tut mir so leid –, aber nachdem du weg warst und, offen gestanden, bereits zuvor, hegte ich gewisse Zweifel, dass du meine Gefühle in irgendeiner Weise erwiderst. Ich war mir nie sicher, ob du überhaupt etwas für mich übrighattest, oder ob du nur den freundlichen Nachbarn in mir sahst, und als dann Tobia ... ich sollte besser sagen, die jüngere Tochter der Talbots ...«

»Tobia Talbot? Aber das ist wundervoll, Noah! Ich wünsche euch beiden viel, viel Glück.« Die Talbots waren nur etwa ein Jahr, bevor ich aufs Festland gezogen war, auf die Insel gekommen, und ich kannte sie nicht gut, doch ich erinnerte mich dunkel an ein überaus fröhliches und tüchtiges Mädchen, ein Jahr jünger als ich, von zugänglicher und offener Art, mit einer hübschen Gesangsstimme, die man bei den Gottesdiensten heraushören konnte und auch manchmal vernahm, wenn sie bei der Arbeit, sobald sie sich allein glaubte, vor sich hin trällerte.

Noah blieb mitten im Schritt stehen und schaute mich mit fragend gerunzelter Stirn an. »Du bist also nicht... ich meine, du wolltest gar nicht...«

»Mein lieber Freund«, sagte ich. »Ich freue mich von ganzem Herzen für dich, und wünsche euch beiden nur das Allerbeste.«

In seinem Gesicht, das vor Anstrengung ganz verkniffen gewesen war, zeigte sich auf einmal wieder die vertraute heitere Liebenswürdigkeit. Überschwänglich riss er sich den Hut vom Kopf, warf ihn in die Luft und fing ihn wieder, wozu er noch eine tiefe Verbeugung vor mir machte. »Ich kann dir gar nicht sagen, was mir das bedeutet«, sagte er. »Oft lag ich wach, wartete auf das Schiff, das mich hierherbringen würde, und fürchtete mich vor diesem Tag, an dem ich dir doch, wie ich glaubte, solchen Schmerz zufügen würde.« Er griff in seine Jacke und zog eine Pergamentrolle hervor. »Dann kann ich dir jetzt das hier gleich als Geschenk überreichen, und nicht, wie ich dachte, als Gegenleistung für eine Verpflichtung.«

»Verpflichtung? Du schuldest mir gar nichts...« Er legte die Rolle in meine Hände, und als ich dabei eine der gezackten Kanten ertastete, geriet mein Herz ins Flattern. Ich rollte das Schriftstück auf, und meine Augen bestätigten, was meine

Hände mir bereits gesagt hatten. Es war mein Indenturvertrag. Und zwar sowohl Corletts Kopie als auch die meines Großvaters.

»Ich... ich verstehe nicht. Was bedeutet das?«

»Es bedeutet, dass du frei bist. Wir haben dich freigekauft. Die einzige Bedingung des Masters dafür war, dass du während der Vorbereitung auf die Aufnahmeprüfung noch hierbleibst. Danach steht es dir frei, zu gehen oder zu bleiben, ganz gleich, auf welche Bedingungen du dich mit ihm einigst.«

Ich spürte, wie die alte Wut in mir aufstieg. »Hat Großvater euch dazu gezwungen? Hat er euch – fälschlicherweise – des Bruchs eines Versprechens bezichtigt? Es gab doch keinen Grund...«

»Nein, überhaupt nicht. Beruhige dich, ich bitte dich. Es war meine eigene Idee, und mein Vater hat sie sofort gutgeheißen. Bei deinem Großvater hat es allerdings reichlich Überzeugungsarbeit bedurft.«

Ich unterdrückte ein verächtliches Schnauben, doch Merry sah meinem Gesicht an, was ich dachte. »Nein, ich spreche die Wahrheit. Ich war dort, in dem Zimmer. Dein Großvater war zunächst ganz und gar nicht damit einverstanden, dass wir eine solch große Ausgabe tätigen. Aber wir haben unseren Standpunkt vorgebracht, und er war unter der Bedingung einverstanden, dass er uns das Geld zurückzahlt, sobald eine gewisse Unternehmung von ihm Früchte trägt. Du weißt ja, dass wir Geschäftspartner sind. Seine Beteiligung an der Mühle hat es uns ermöglicht, einige neue, ausgeklügelte Werkzeuge zu bestellen, die in England für uns angefertigt werden.« Er redete weiter und erging sich in allerlei Einzelheiten über Getriebe, Abflussrinnen und andere Dinge, die ich mir weder vorstellen noch für die ich in diesem Moment besonderes Interesse aufbringen konnte. Ich schaute wie gebannt auf das Dokument in meiner Hand. Auf einmal war ich ein freier Mensch. Ich konnte kommen und gehen, wie ich wollte, konnte mich für Samuel Corlett entscheiden oder auch nicht – und war in diesem Moment so frei, überhaupt keine Entscheidung treffen zu müssen. Plötzlich fühlte ich mich so leicht, dass ich dachte, gleich abheben und davonschweben zu können wie der Samen einer Pusteblume.

Als ich Master Corletts Haus betrat, war ich immer noch guten Mutes, doch die brütende Stille – eine unnatürliche Abwesenheit von Geräuschen in einer Umgebung, die mich durch ihre Lautstärke oft an den Rand der Verzweiflung brachte – holte mich rasch wieder auf den Boden der Tatsachen zurück. Offensichtlich war keiner der Schüler zugegen. Meine Schritte hallten im Flur wider. Als Master Corlett mich hereinkommen hörte, trat er aus dem leeren Klassenzimmer. Sein Gesicht war grau. »Ich habe deinen Bruder gebeten, mit den Schülern auszugehen. Bethia, die Angelegenheit mit dem Mädchen hat sich zum Schlechten gewendet. Ich hatte eine Unterredung mit Goody Marsden. Sie ist nicht deiner Meinung, was die... nun, was den Zeitpunkt...«

Ich ließ ihm nicht die Zeit, nach einem schicklichen Wort zu suchen, denn ich wusste sehr wohl, was er meinte. »Was sagt sie?«

»Sie sagt drei Monate. Sie sagt, ein Abgang sei zu diesem Zeitpunkt nichts Ungewöhnliches.«

»Das ist richtig.« Ich versuchte, ruhig zu bleiben, doch meine Stimme bebte. »Wenigstens in diesem Punkt hat sie recht. Doch Master, in anderer Hinsicht irrt sie sich gewaltig. Ich kann mir nicht vorstellen, warum sie das behauptet. Eine Leibesfrucht von drei Monaten ist kaum von den übrigen Gerinnseln zu unterscheiden, die zusammen mit ihr aus dem

Mutterleib ausgeschieden werden ... Master, dieses Geschöpf war keine drei Monate alt. Ich hielt es in der Hand. Ich habe es verbrannt, so wie sie mich gebeten hatte, doch es war schwierig, etwas, das so menschlich aussah ...« Meine Stimme brach. Ich holte tief Luft. »Master. Es war ein voll entwickeltes kleines Kind. Es war ein Junge.«

Er ließ sich auf die Stiefelbank sinken, die im Flur stand. Als er das Gesicht hinter den zitternden Händen verbarg, sah er alt und wie erloschen aus.

»Ich werde selbst mit der Hebamme sprechen«, sagte ich. »Ich möchte wissen, warum sie diese unrichtigen Behauptungen aufstellt.«

Ich drehte mich um und ging zurück auf die Straße. Ich war wütend und aufgewühlt, und meine Schritte waren schnell, weil ich es kaum erwarten konnte, der Frau gegenüberzutreten. Doch irgendwann auf halbem Wege wurde ich langsamer und blieb schließlich stehen, weil mir dämmerte, dass mein Vorhaben ziemlich sinnlos war. Ich dachte an Goody Marsden zurück, an ihre harten Züge, ihre rauen und schmutzigen Hände, an die Unfreundlichkeit, ja, Grobheit, mit der sie mit Anne umgegangen war. Mir war mit einem Mal vollkommen klar, dass sie ihre falsche Einschätzung, was auch immer dahinterstecken mochte – ob schlechtes Sehvermögen, Unfähigkeit oder Bosheit –, nicht widerrufen würde. Und mein Wort zählte nichts im Vergleich zu ihrem. Bei niemandem. Selbst beim Master war ich mir nicht sicher, was er davon hielt. Folglich war es besser, Anne wegzuschaffen, weg von den Lügen und Verleumdungen. Ich kehrte in die Crooked Street zurück und suchte nach dem nächstgelegenen Wirtshaus. Davon gab es drei in der Stadt, und in einem davon musste Noah Merry abgestiegen sein.

Zuerst kam ich am *Blauen Anker* vorbei, nahm meinen ganzen Mut zusammen und ging hinein, ohne auf die Blicke der grobschlächtigen Männer und liederlichen Jünglinge zu achten, die dort über ihren Schnapsgläsern hockten. Doch das Glück war mir hold, denn gerade als ich mich an den Wirt wenden wollte, kam Noah Merry die Treppe herunter und schien fast zu erschrecken, als er mich an einem solchen Ort sah. Ich schätze, er bemerkte das Unbehagen in meinem Gesicht, denn er reichte mir einen Arm, führte mich auf die Straße hinaus, und erneut liefen wir nebeneinander her.

Ganz rasch und mit so viel Selbstherrschung, wie ich nur aufbringen konnte, schilderte ich ihm die ganze schändliche Geschichte. Sein freundliches, offenes Gesicht wurde auf einmal sehr verschlossen, und als er das Wort ergriff, tat er es mit einem tief verwurzelten Ärger, den ich bei ihm gar nicht vermutet hätte. Mir kam erst jetzt der Gedanke, dass er sich gerade auf Grund der Offenheit seines Charakters und seiner klaren, unverbildeten Art von dem doppelzüngigen und verlogenen Verhalten abgestoßen fühlte, das sich in Annes Los offenbarte. Ganz offensichtlich widerte es ihn an, dass ausgerechnet diejenigen, die sich an die Spitze unserer Gesellschaft setzten – jene »lebenden Heiligen«, wie sie sich selbst titulierten – in Wirklichkeit Wölfe im Schafspelz waren, deren wahres Treiben zum Himmel stank. Auch wenn er es nicht in diese Worte fasste, war dies der Grundtenor seiner Reaktion, und als ich ihn um Hilfe bat, willigte er sogleich ein.

»Ich denke, Iacoomis sollte man da nicht mit hineinziehen«, sagte er, als ich ihm mitteilte, mein Plan sei es, das Mädchen zu ihm zu bringen. »An ihn würde man als Allererstes denken, wenn der Verdacht aufkäme, dass sie auf die Insel geflohen ist, und man sie tatsächlich dort suchen würde. Was nicht unbedingt der Fall sein muss. Wie du sagst, können diejenigen, die für all das verantwortlich sind, durchaus auch die sein, in deren Macht es steht, die Sache fallen zu lassen. Schreib jedenfalls nicht an Iacoomis wegen des Mädchens. Er sollte besser gar nicht wissen, wo sie sich aufhält, dann kann man ihn auch nicht dazu zwingen, ihren Aufenthaltsort preiszugeben. Auch Manitouwatootan ist, denke ich, kein guter Platz für sie. Dort gibt es zu viele, die Geschäfte mit den Engländern machen, und es könnte im Gespräch leicht eine Bemerkung über ihre Anwesenheit fallen.«

Ich war beeindruckt von Merrys vernünftiger Reaktion und dem kühlen Kopf, den er bewahrte, während er weiterredete. »Ich denke, es ist besser, wenn ich sie mit zu uns nach Hause nehme, und von dort aus zum *sonquem* der Takemmy bringe. Seine Familie wird sie unter ihre Fittiche nehmen, daran habe ich keinen Zweifel, und die Leute aus seinem *otan* haben nur wenig Kontakt nach Great Harbor außer über meine Familie. Wir stehen auf gutem Fuß mit ihnen, Bethia. Es ist so, wie dein Vater es sich immer gewünscht hat – bei uns wäscht eine Hand die andere. Wenn die Indianer uns Land überlassen, bemühen wir uns, ihnen dafür einen anständigen Gegenwert zu verschaffen, sei es, dass wir ihren Mais mahlen, ihnen Eisenwaren geben oder sie mit unseren Fähigkeiten unterstützen.«

»Wenn es nur alle Familien so handhaben würden«, sagte ich. Doch in diesem Moment war mein Interesse an den Beziehungen der Menschen auf der Insel nur begrenzt. Vor meinem inneren Auge sah ich den *sonquem* der Takemmy und sein großes Dorf in der schönen Umgebung: all die glitzernden Wasserflächen, in denen sich der rötlich goldene Schimmer des Sonnenlichts spiegelte, die Teiche und die klaren, flinken Bächlein und Bäche, die sie speisten. Ich stellte mir Anne dort vor, wie sie ein Leben führte, das sie vielleicht noch aus jener Zeit kannte, bevor die Krankheit sie ihrer Eltern und ihrer Familie beraubt hatte. Dann dachte ich an jene junge

Frau – nicht allzu viel älter als Anne selbst –, die uns damals in der Nacht, als Calebs Vater dem Tode nahe gewesen war, in ihrem vom Feuer erwärmten *wetu* aufgenommen hatte. Anne war nicht jene Frau und würde sie auch nie sein können. Sie konnte ihr bisheriges Leben nicht einfach ablegen wie eine Schlange ihre Haut. Die Jahre zusammen mit den Engländern würden an ihr haften, ob das nun gut oder schlecht war. Welchen Nutzen sie in einem solchen Leben aus ihrer außergewöhnlichen Begabung ziehen könnte, war nur schwerlich vorstellbar. Statt ein Leben als Studentin und später als Gouvernante zu führen, würde sie sich in das Los einer *squa* fügen müssen – mit all der knochenharten Schufterei auf den Feldern und am heimischen Herd. Und doch blieb ihr sicher keine bessere Wahl, noch konnten wir ihr eine bieten.

»Doch wenn wir diese Sache probieren«, sagte Merry gerade, »dann müssen wir es bald tun. Ich habe eine Schiffsladung von Waren, die in See stechen soll, sobald die Gezeiten und Winde es erlauben. Wird die junge Frau denn in der Verfassung sein, in zwei oder drei Tagen eine solche Reise zu unternehmen?«

»Das wird sie müssen«, sagte ich. »Sie ist jung und verfügt über die Selbstheilungskräfte der Jugend. Der größte Feind ihrer Genesung ist, denke ich, die Angst vor dem, was folgen könnte, denn gewiss ist es ihrem Zustand nicht zuträglich, wenn sie weiß, dass man sie, sobald sie sich aus dem Bett erhoben hat, vor Gericht zerren und auf den Prügelbock schnallen wird. Wenn sie das alles hingegen hinter sich lässt – nun, es würde mich sehr überraschen, wenn die Aussicht sie nicht schnell wieder auf die Beine bringen würde.«

Als wir zum Schulhaus kamen, gab mir Merry die Hand, und ich nahm sie mit frohem Herzen entgegen, denn ich wusste, dass ich in ihm einen treuen Freund hatte. Er meinte, ich solle am folgenden und darauffolgenden Tag vor Sonnenaufgang nach ihm Ausschau halten. Er würde mit einem geschlossenen Wagen kommen, denn ein Gefährt, in dem man das Mädchen nicht verstecken könne, komme nicht in Frage.

Doch mit einem hatten wir nicht gerechnet: mit Makepeace. Ausgerechnet als wir uns verabschiedeten, kam er direkt vom Versammlungshaus auf uns zu, die jüngeren Schüler, die unter seiner Obhut standen, folgten ihm wie eine Schar Gänschen. Caleb, Joel und Dudley bildeten die Nachhut. Merry nahm Makepeace beiseite, um ihn darüber in Kenntnis zu setzen, wie die Dinge um unsere vermeintliche Verlobung standen. Ich half dabei, die Jungen nach drinnen zu geleiten und tat mein Bestes, für Ordnung zu sorgen, während ich ihnen eine Zwischenmahlzeit reichte.

Wir saßen noch bei Tisch, als Makepeace mich um eine Unterredung unter vier Augen bat und mich mit abgewandtem Blick fragte, ob Merrys Aussage über meine Gefühle den Tatsachen entspräche. Ich bestätigte ihm alles. »Aus deinem Verhalten habe ich seit einigen Wochen geschlossen, dass dein Herz von Merry unberührt geblieben ist«, erwiderte er trocken. »Doch ich frage mich, ob der Verlust einer solch guten Partie dich nicht ein wenig bekümmern sollte. Es ist keineswegs sicher, dass du ein solch gutes Angebot noch einmal bekommst.«

»Was das betrifft«, erwiderte ich, »vertraue ich ganz auf die Vorsehung unseres Herrn.«

»Wohl gesprochen, Schwester. Nun, dann ist diese Sache also erledigt. Das alles ist doch höchst unglücklich, muss ich sagen.« Sein Gesicht wurde fleckig und rot. Offenbar beschäftigte ihn etwas, denn er konnte mir nicht in die Augen schauen. Nun erst wurde mir klar, dass er sich schämte. »Ich bin mir sicher, es ist für alle Beteiligten das Beste«, stammelte er. »Wer sich bindet, ohne zu lieben, der wird lieben, ohne sich zu binden, und das öffnet, wie wir wissen, der Sünde Tür und Tor. Und ich hoffe, du wirst mir verzeihen, wenn ich das eine Weile lang vergessen hatte.« Er blickte zu Boden und zupfte an einem nicht vorhandenen Fussel an seiner Manschette. »Ich vermisse Vater, weißt du. Ich bin nicht der Mensch, der er war. Er hätte die Angelegenheit nicht so falsch eingeschätzt. Und er hätte weder so gesprochen noch so gehandelt, wie ich es getan habe. Ich werde mich bemühen ... ich werde beten ... dass ich es eines Tages besser mache. Und ich werde dafür sorgen, dass Merry und Großvater rasch das Geld zurückbekommen, das für dich ... verzeih mir, ich sollte besser sagen, für *mich* ausgegeben wurde.«

Mit diesem fast einer Entschuldigung gleichkommenden Bekenntnis hielt ich das Gespräch für beendet. Doch dann hatte Makepeace noch eine Überraschung für mich parat. »Ich bin mir sicher, du wirst nichts dagegen haben, noch anderthalb Monate hier bei Master Corlett allein deinen Dienst zu versehen, oder? Eigentlich wäre ich lieber gemeinsam mit dir nach Hause gekommen. Aber jetzt ist mir die Idee gekommen, mich bei Merry um einen Platz auf seinem Schiff zu bemühen, statt hier Woche um Woche noch länger auf dieses säumige Schiff zu warten, auf dem ich eine Passage gebucht habe.«

Ich war sofort wegen Anne beunruhigt. Mit meinem Bruder im Schlepptau wäre es unmöglich, sie heimlich zu transportieren. »Hat denn Noah Merry Platz für dich?«, fragte ich und versuchte meine Stimme ganz ruhig zu halten. »Wahrscheinlich ist die Passagierliste doch schon längst voll.«

»Woher willst du das so genau wissen?« Er schaute mich argwöhnisch an. »Jedenfalls gehe ich ihn gleich einmal fragen.«

Ich beschloss, ihn in die Irre zu führen, und sagte, Merry

habe vorgehabt, direkt zur Anlegestelle zu gehen. Dabei wusste ich sehr wohl, dass Noah auf dem Weg in den *Blauen Anker* war. Kaum war Makepeace fort, suchte ich Merry selbst auf, wobei ich erneut die Blicke der Zecher im Wirtshaus ertragen musste.

»Ich kann ihn wohl kaum davon abhalten, mit mir an Bord zu gehen«, sagte Merry. »Doch wenn er es tut, werden wir ihm das mit dem Mädchen sagen müssen. Einen anderen Weg sehe ich nicht.«

»Es liegt nicht in seiner Natur, sich über Autoritäten hinwegzusetzen. Ich bezweifele, dass er das Temperament für ein solches Unternehmen hat. Das wird große Probleme geben.«

Doch ich täuschte mich. Ich war so daran gewöhnt, meinen Bruder durch die eine, getrübte Brille unseres angespannten Verhältnisses zu betrachten, dass ich ihn manchmal nicht mehr als den Menschen sah, der er war. Als er von seinem vergeblichen Spaziergang zur Anlegestelle zurückkam, nahm ich meinen ganzen Mut zusammen und bat ihn um eine Unterredung. Ich sagte, ich wolle ihn um einen großen Gefallen bitten. Er hörte sich ruhig das an, was ich ihm zu sagen hatte, und zog dabei die Stirn in immer tiefer werdende Falten. Doch ich hatte mich von seiner Seite auf jede andere Reaktion eingestellt – auf Zweifel, Wut, Verurteilung – nur nicht auf die, die ich dann bekam.

»Meiner Ansicht nach hat die Kleine schon genug von englischer Hand erduldet«, sagte er. »Wenn das, was du sagst, wahr ist ... und ich will es keinesfalls anzweifeln, denn ich weiß, dass du diese Dinge bei Goody Branch gelernt hast, was ich damals freilich nicht guthieß, weil ich dich für zu jung dazu hielt ... aber das bringt uns hier nicht weiter. Tatsache ist, dass das Mädchen auf infame Weise missbraucht wurde. Was nun die Beweggründe der Hebamme sind, kann ich nicht sagen, aber es liegt auf der Hand, dass man dir sofort den Mund verbieten wird, wenn du es wagst, eine andere Meinung zu äußern als die ihre. Und noch eine andere Sache ist dir vielleicht gar nicht bewusst: Das Mädchen war immer bei dir – war sie nicht jede Nacht und den größten Teil des Tages mit dir zusammen? Wenn du deine Behauptungen allzu laut werden lässt, dann könnte umgekehrt der Verdacht laut werden, du wärst ihre Kupplerin gewesen.«

Der Gedanke war mir in der Tat noch nicht gekommen. So widerwärtig er auch schien, war mir doch sofort klar, dass mein Bruder vermutlich recht hatte, denn es war nur schwer vorstellbar, dass das Mädchen einer solch schändlichen Tätigkeit nachgegangen wäre, während sie Master Corletts Schule besuchte, wenn ich nicht mit ihr unter einer Decke gesteckt hätte.

Makepeace ließ diese Möglichkeit einen Moment lang auf mich wirken und sagte dann: »So wie ich dich kenne, bist du von deinem Plan nicht abzubringen, oder?«

Da er seine Frage schon selbst beantwortet hatte, erwiderte ich nichts. Er nickte vor sich hin. »Habe ich mir gedacht. Und ich verlange es auch nicht von dir. Dieses Mädchen hat, gelinde gesagt, unter einer beträchtlichen Vernachlässigung derer gelitten, die sie nun vor Gericht stellen und zu einer Aussage zwingen würden. Und unter der – nein, ich will es gar nicht aussprechen – allerschlimmsten Verderbtheit. Wer auch immer das getan hat – ein Sünder dieses Kalibers wird alles tun, um seine Sünden zu verbergen. Wenn Merry sich bereits einverstanden erklärt hat, diesem Plan zu folgen, dann werde ich nichts unternehmen, um ihn zum Scheitern zu bringen. Lass sie uns mit allen Mitteln, die uns zur Verfügung stehen, zu Menschen bringen, die in der Lage sind, sie wirklich zu beschützen. Selbst eine Horde Wilder könnte nichts Schlimmeres anrichten als das, was unsere eigenen Leute ihr angetan haben.«

Und so setzten wir unseren Plan in die Tat um, mit Makepeace als unserem unerwarteten Mitverschwörer. Anne, die immer noch bleich und schwach war, griff verängstigt nach meiner Hand, als ich ihr erzählte, was wir vorhatten. Zuerst verstärkte die Aussicht auf eine Seereise mit meinem strengen Bruder und einem Mann, den sie nicht kannte, ihre Angst nur noch. Doch ich erzählte ihr von der Insel, die am Ende der Reise auf sie wartete: von den regenbogenfarbenen Klippen, den kühlen, flinken Bächen, von den satten grünen Wäldern und dem sanften, wässrigen Licht. Ich schilderte ihr so inbrünstig die guten Menschen, die dort für sie sorgen würden, dass mir am Schluss meiner Erzählung Tränen des Heimwehs über die Wangen flossen, doch in ihren müden Augen glomm ein Funke Hoffnung, als ich geendet hatte.

Ihr einziger Kummer war, dass sie sich von ihren Freunden Joel und Caleb verabschieden musste. Ich sorgte für einen kurzen Abschied in aller Stille, und da ich aus Gründen der Schicklichkeit im Raum bleiben musste, blieb mir nichts anderes übrig, als Zeugin dessen zu werden, was zwischen den dreien vorging. Es war deutlich zu sehen, dass eine innige Zuneigung sie verband, obwohl für mich nicht zu erkennen war, ob sie sich mit einem von beiden besser verstand als mit dem anderen. Ich hörte, wie sie sie bezüglich der Seereise beruhigten. Auch sie schwärmten ihr von der Insel vor, sagten, wie froh sie seien, sie dort in Sicherheit zu wissen, und versprachen ihr hoch und heilig, sie zu besuchen, sobald die Umstände es erlaubten.

Zwei Tage später verabschiedete Makepeace sich persönlich von Master Corlett, doch ich weiß nicht, welche Worte des Dankes oder des Bedauerns die beiden wechselten. Im morgendlichen Dämmerlicht ging ich mit meinem Bruder hinaus, und der Hass, den ich einmal für ihn empfunden hatte, war der aufrichtigen Dankbarkeit für seine Besorgnis um Anne gewichen. Er kletterte neben Merry auf den Bock, ich hob zum Abschied die Hand und wünschte ihnen laut eine gute Reise. Dabei legte ich mein ganzes Herz in meine guten Wünsche, denn ich wusste, dass sie auch von jener anderen Passagierin gehört wurden, die, unter Sackleinen versteckt, hinten im Karren hockte.

XIX

»Ihr hättet Euch wenigstens mit mir beraten können.« Samuel Corletts Miene war bitterernst. »Ihr habt meinen Vater in eine überaus schwierige Lage gebracht. Die Schutzbefohlene des Gouverneurs läuft einfach davon...«

»Ich wüsste nicht, dass ich Euch Anlass zu der Vermutung gegeben hätte, an Annes Verschwinden beteiligt gewesen zu sein. Jedenfalls kann ich mir kaum vorstellen, dass der Gouverneur sie immer noch als seine Schutzbefohlene betrachtet, nachdem er so deutlich darin versagt hat, sie zu beschützen.«

»Hütet Eure Zunge. Es könnte sich herausstellen, dass Eure Klugheit nicht immer ein Segen ist.«

»Das sagt man mir schon mein ganzes Leben lang.«

Wir gingen im Apfelgarten spazieren, wo an den Ästen bereits kleine Früchte hingen. Samuel stieß einen lauten Seufzer aus und wandte sich mir zu. »Mein ganzes Leben habe ich gewartet und gehofft, jemandem wie Euch zu begegnen...« Sein Gesicht wollte nicht recht zu seinen Worten passen, denn er wirkte freudlos und gehetzt. Auf einmal packte mich der Schalk, und ich beschloss, ihn ein wenig aufzuheitern.

»Wie heißt es doch gleich? Pass auf, was du dir wünschst, es könnte in Erfüllung gehen.«

Doch er erwiderte mein Lächeln nicht, sondern seufzte noch einmal. »Meine Mutter war eine wundervolle Frau. Fromm, tugendhaft. Aber vom Geiste her konnte sie meinem Vater nicht das Wasser reichen. Nicht im Entferntesten.«

»Das wäre auch sonderbar gewesen«, erwiderte ich, »wenn man bedenkt, dass Euer Vater zwei Titel in Oxford erwarb, während sie die ungebildete Tochter eines Freisassen war.«

»Ich spreche nicht von der Bildung, die man aus Büchern bekommt«, sagte er. »Ich spreche von einer Bildung des Herzens, einem Verständnis, das über den reinen Verstand hinausgeht. Weil sie es nicht hatte, war ihr Leben miteinander... begrenzt. Vater schaute eher in seine Bücher als nach seiner Frau. Sie versuchte es, o ja, und wie sie es versuchte...« Sein Gesicht wurde wieder ernst, als erinnere er sich an ein besonderes Vorkommnis. »Manchmal war es jämmerlich, mit anzusehen, wie sie versuchte, etwas Kluges zu einem der Themen zu sagen, mit denen er sich beschäftigte. Ihr kennt ihn. Ihr wisst, dass er kein liebloser Mensch ist. Er hat wahrlich genug Geduld mit diesen lärmenden Schuljungen, weil er sieht, was in ihnen steckt. Doch dieses Maß an Geduld hatte er mit ihr nie. Oft quittierte er ihre Bemühungen auf überaus schmerzliche und herablassende Art. Das beobachtete ich schon als Junge und bevor ich den Grund dafür hätte benennen können. Damals habe ich mir geschworen, eine solche Ehe niemals einzugehen. Und so habe ich mittlerweile ein Alter erreicht, in dem es wahrscheinlich geworden ist, dass ich allein bleibe.« Er zog einen Zweig des Apfelbaums zu sich herunter und starrte die kleinen Äpfelchen an, doch ich hatte den Eindruck, dass er sie gar nicht sah.

»Bethia, als Vater am Anfang, als Ihr zu ihm kamt, von Euch sprach, war er voll des Lobes für Euren Verstand. Er sagte mir, wie sehr er sich auf die abendlichen Gespräche mit Euch freue. Zuerst schenkte ich seinen Worten keinen rechten Glauben, denn ich wusste ja, wie er mit meiner Mutter umgegangen war, wie oft er sie angeschwiegen und des Nachts allein gelassen hatte, um noch zu arbeiten. Er ist alt geworden, dachte ich, und einfach nur ein wenig verschossen. In seinem Alter wäre er wahrlich nicht der Erste, der sich noch einmal in ein hübsches, junges Gesicht verguckt. Doch dann bin ich Euch selber begegnet, und ich bewunderte, was ich sah. Es erfüllte mich mit Bedauern, als Vater mir verriet, dass Ihr bereits einen Verehrer habt. Als er mir dann jedoch anvertraute, ihr zöget in Erwägung, jene Verbindung auszuschlagen, schöpfte ich Hoffnung. Und dann war da die Auseinandersetzung mit Eurem Bruder, und Ihr standet bei der Gemeindeversammlung am Beichtstuhl, saht all die anklagenden Blicke und musstet schwerwiegende Vergehen beichten. Und doch war so ein Leuchten um Euch, als Ihr spracht. Ihr habt Eure Vergehen zugegeben, doch Ihr tatet es mit solcher Eloquenz und Würde, dass wohl jeder, der Ohren hatte zu hören, wissen musste, dass es nicht wirklich böse war, was Ihr getan hattet, sondern notwendig und gerechtfertigt.«

Er verstummte. Ich sagte nichts. Ich selbst erinnerte mich nicht gerne an jene Stunde zurück. Leuchten? Ich hatte mich noch nie in meinem Leben so erloschen gefühlt wie damals.

Wir gingen weiter. Er blickte mich von der Seite an. »Vor drei Tagen habe ich Euch eine Frage gestellt. Wir wurden unterbrochen, bevor Ihr mir eine Antwort geben konntet.«

»Seither ist ziemlich viel passiert.«

»Das ist wahr.«

»Und das bereitet Euch Sorge?«

»In der Tat.«

»Darf ich fragen, in welcher Hinsicht?«

Er hatte einen Zweig von einem der tief hängenden Äste abgebrochen und riss die jungen Blätter ab, eins nach dem anderen. Schließlich warf er den nackten Zweig beiseite, drehte sich plötzlich um und packte mich an den Schultern.

»Es war mir nicht in den Sinn gekommen, dass Willensstärke auch Starrsinn bedeuten kann!« Er war laut geworden. Ich wich einen Schritt zurück, befreite mich aus seinem Griff. Obwohl die Bäume dicht belaubt waren, war ich mir nicht sicher, was man von den Fenstern des College aus sehen konnte, und ich hatte keine Lust, den Jungen Anlass zum Klatsch zu geben. Das konnte ich mir auch nicht leisten.

Mein Kragen war dort, wo er mich gepackt hatte, ganz zerknittert. Ich hob eine Hand, um die Falten im Leinen zu glätten. Er griff grob danach und hielt sie fest.

»Bethia, warum müsst Ihr Euch so innig mit den Angelegenheiten dieser Wilden befassen? Was bedeuten Euch diese Jungen, dass Ihr solche Bürden auf Euch nehmt, um ihren Ruf zu retten? Ihr saßt dort im Klassenzimmer meines Vaters, und ich sah, dass Ihr keine Sekunde gezögert hättet, den Namen des höchsten Mannes in der Kolonie anzuschwärzen, um sie, wenn nötig, zu verteidigen. Ein Unterfangen, das muss ich hinzufügen, welches für Euch selbst ein großes Risiko dargestellt hätte. Ich ahne durchaus, dass sie in Euren Augen die Arbeit Eures Vater repräsentieren, die Ihr durch ein so großes moralisches Vergehen nicht besudelt sehen wolltet. Doch dann denke ich an dieses Mädchen – das Ihr nicht einmal drei Monate kanntet. Was kann sie Euch denn bedeuten, dass Ihr zu ihrer Fluchthelferin wurdet? Oh, macht Euch gar nicht erst die Mühe, es zu leugnen« – ich hatte schon den Mund geöffnet, um zu protestieren – »denn sie wäre nie in der Lage gewesen, etwas Derartiges allein zu planen und in die Tat umzusetzen, und Ihr seid der einzige Mensch, dem sie wenigstens ein bisschen vertraut hat. Zwar denke ich nicht, dass die Tat an und für sich schlecht war. Ihr stand eine harte Bestrafung bevor, die sie wahrscheinlich nicht verdiente...«

»Wahrscheinlich?«, gab ich erbost zurück und entzog meine Hand seinen fest zupackenden Fingern. Jetzt konnte ich nicht mehr an mich halten. »Wie könnt Ihr das sagen? Dieses Kind ›verdient‹ nichts davon. Es ist Verleumdung, auch nur anzudeuten, sie...«

Er warf eine Hand in die Höhe und schüttelte ungeduldig den Kopf. »Jetzt hört mir mal zu!« Seine Stimme war ziemlich laut. Da ich es nicht gewohnt war, so heftig angegangen zu werden, verstummte ich kurz vor Überraschung.

»Ihr riskiert, Euch den Zorn von General Court zuzuziehen, indem Ihr das Wirken der Justiz untergrabt.« Sein Gesicht war noch dunkler angelaufen, als es sonst schon war. Langsam sah er aus wie ein Mohr.

»Glaubt Ihr denn wirklich, General Court wird etwas anderes als froh darüber sein, dass sie weg ist? Ihr habt übertriebene Vorstellungen bezüglich ihres beruflichen Eifers...«

»Und Ihr habt übertriebene Vorstellungen bezüglich Eurer eigenen Meinung!«

Darüber dachte ich einen Moment nach, bevor ich antwortete. Ich sah, wie das Blut in einer Ader an seiner Schläfe pochte. Die Vene war stark angeschwollen und wand sich unter der Haut wie ein Wurm.

»Ihr habt recht. Das tue ich. Da Gott beschlossen hat, mir meine beiden Eltern zu nehmen, sehe ich auch niemanden mehr über mir, dessen Ansichten über mein Betragen mehr zählen würden als meine eigenen...«

»Seht Ihr?... Was ist denn das für eine Art zu reden? Eine pflichtbewusste Ehefrau sollte doch niemals solche Dinge äußern...«

»Ihr vergesst Euch. Ihr mögt mich gefragt haben, ob ich Euch heiraten will, aber ja gesagt habe ich nicht. Und aus dem, was Ihr gerade eben geäußert habt, schließe ich, dass ich auch schlecht beraten wäre, eine solche Verbindung einzugehen. Ich denke, am besten für alle Betroffenen wird es sein, wenn wir die Uhr zurückdrehen und vergessen, dass die Frage jemals gestellt wurde.«

Ich drehte mich um und begab mich mit hastigen Schritten auf den Weg in Richtung Schule.

»Bethia!«, rief er mir hinterher. Ich drehte mich nicht um, sondern beschleunigte meine Schritte. Er rannte mir hinterher und war mit ein oder zwei langen Sätzen nah genug, um mich am Arm zu packen. Es war ein harter Griff, und diesmal konnte ich mich nicht entziehen. Sein grobes Gesicht war dem meinen ganz nah. Ich drehte den Kopf von ihm weg. Er streckte die andere Hand aus, zog mir die Haube vom Kopf und zerwühlte mein Haar, bog meinen Kopf so weit nach hinten, dass ich ihm ins Gesicht blicken musste, direkt in die tintenschwarze Tiefe seiner Augen. Seine Stimme klang leise und drängend. »Ich liebe dich«, sagte er, und dann küsste er mich.

XX

Ich will nicht vorgeben zu wissen, was mit mir passiert wäre, hätten sich meine Vorhersagen über General Court als falsch herausgestellt. Doch am Ende hatte ich mich nicht getäuscht. Kaum war das Mädchen außer Sicht, löste sich auch der Skandal in Luft auf. Von Seiten des Gouverneurs bestand kein großes Verlangen danach, die Suche nach ihr aufzunehmen. Ich wurde in der Angelegenheit nicht befragt. Selbst wenn Master Corlett die Ansichten seines Sohnes teilte, was meine Rolle bei Annes Verschwinden anging, so beschloss er, das Thema zwischen uns nicht anzusprechen. Er hatte sie schließlich nie unter seinem Dach haben wollen, und alles, was ihrem Einzug bei uns gefolgt war, hatte seine Sicht der Dinge nur bestätigt. Ein Mädchen inmitten einer Schar männlicher Schüler aufzunehmen, stiftete ebensolche Unruhe, wie eine Schlange, die man in einem Hühnerstall freiließ. Master Corlett schien vor allem erleichtert darüber zu sein, dass er die Angelegenheit hinter sich gebracht hatte. Die ganze leidige Affäre versank im Vergessen wie ein Senkblei in einem Brunnenschacht, bis auf uns drei, denen Anne wirklich etwas bedeutete.

Besonders Caleb verlangte es noch immer nach Gerechtigkeit. »Es untergräbt doch jeden Glauben, dass so etwas unbestraft bleibt«, schimpfte er eines Abends, als er für mich Reisig aus dem Garten holte. »Wäre sie eine englische Jungfer, die von einem Indianer geschändet wurde, würde der Mann schon längst am Galgen baumeln.«

Da er vollkommen recht hatte, versuchte ich gar nicht erst, ihm zu widersprechen.

»Caleb du weißt sehr gut, was der Preis einer solchen Gerechtigkeit gewesen wäre. Ich glaube nicht, dass Anne diesem Gericht und seinen Grausamkeiten hätte standhalten können. Und hätten sie wirklich einen Namen aus ihr herausgeprügelt, glaubst du denn, ein Teufel wie der, der sich an ihr vergangen hat, hätte auch nur den geringsten Skrupel gehabt, sie zu verleumden? Sie hätte als Lügnerin dagestanden. Und selbst in dem unwahrscheinlichen Fall, dass seine Schuld bewiesen worden wäre, hätte er den Spieß umgedreht und aus ihr eine Verführerin gemacht, deren Künsten er einfach nicht hätte widerstehen können. Ein Mann, der so in die Enge getrieben wird, ist doch zu allem fähig...«

»Ich würde ihn dingfest machen, wenn ich könnte...«

»Nein, Caleb. Du musst über die Sache hinwegkommen. Ich sage nicht, dass du sie vergessen sollst. Wer könnte ein solches Verbrechen vergessen? Doch lass es vorläufig einfach einmal gut sein und wende dich wieder deinen Büchern zu. Das ist das Allerbeste, was du für sie tun kannst. Leg eine erstklassige Prüfung ab, und dann wirst eines Tages vielleicht du zu denjenigen gehören, deren Wort einen Einfluss auf die hiesige Rechtsprechung hat.«

Er schaute von der Feuerstelle zu mir hoch, wo er Brennholz gestapelt hatte. Ich sah ihm an, dass er sich kurz vorzustellen versuchte, wie denn eine solche Zukunft aussehen mochte. Doch seine Züge waren immer noch angespannt, und aus seinem Blick sprachen Kummer und Sorgen.

»Gott weiß, wer das getan hat«, sagte ich. »Lass es nun in seinen Händen ruhen, und vertrau darauf, dass er Gerechtigkeit walten lässt.«

»Dafür werde ich beten«, sagte er, doch seine fromme Antwort klang dumpf, wie auswendig gelernt. Er stand auf und ging hinaus in den Garten. Ich sah ihn draußen stehen und zum zunehmenden Mond hochschauen.

Zwei Nächte später war Vollmond. Ich warf mich unruhig auf meinem Lager herum und schreckte hoch, als ich einen Schatten sah, der im Dunkeln an mir vorüberging.

»Caleb?«, flüsterte ich.

»Psst. Schlaf weiter.«

Ich setzte mich auf. Der Mond schien so hell, dass ich seine Gestalt deutlich sah, doch seine Gesichtszüge waren nicht zu erkennen. Dann wurde mir klar weshalb: Er hatte sich unterhalb der Wangenknochen sein Gesicht mit Kohle geschwärzt und trug den langen, schwarzen Rock des Masters.

»Caleb!«

»Ruhe!«, zischte er. »Das geht dich nichts an, Bethia.« Er trat leise und unsichtbar durch die Tür hinaus in die Dunkelheit. Selbst wenn ich den Mut aufgebracht hätte, ihm zu folgen, wäre es mir nicht gelungen, denn schon im nächsten Moment war er wie vom Erdboden verschluckt.

Ich lag aufgewühlt und schwitzend auf meiner Pritsche, während sich ein Gefühl der Ohnmacht, Beklommenheit und Hilflosigkeit meiner bemächtigte. Mein erster Gedanke war, dass Anne ihm doch den Namen des Kindsvaters verraten hatte und er nun unterwegs war, um irgendeine rohe Art von Selbstjustiz an ihm zu verüben, ein Vorhaben, das ihn wahrscheinlich selbst das Leben kosten würde. Erst nach einer Weile, während Wolken über die leuchtend helle Scheibe des Mondes zogen, die mittlerweile hoch oben an einem tintenschwarzen Himmel stand, fiel bei mir der Groschen, und ich wusste, wohin Caleb unterwegs war. Ich hatte ihm gesagt, er solle beten, und das tat er auch. Allerdings nicht unbedingt zu einem gerechten und liebenden Gott.

Innerhalb einer Stunde war er wieder zurück, mit sauber geschrubbtem Gesicht, den entwendeten Mantel des Masters sorgfältig zusammengelegt über dem Arm. Ich sprach ihn nicht an, als er an meinem Nachtlager vorbeikam, und ich tat es auch in den nächsten Tagen nicht. Dennoch konnte ich ihm nicht in die Augen schauen, ohne dass mein Herz heftig klopfte. Doch während meine Seele so aufgewühlt war, schien seine auf einmal zur Ruhe gekommen zu sein. Der finstere Zug um seine Stirn hatte sich gelichtet, und er machte sich mit neuem Eifer an die Vorbereitungen für sein bevorstehendes Examen.

Dann kam der Morgen, an dem Master Corlett gezwungen war, seinen Schülern freizugeben, weil er am Begräbnis des zweitgeborenen Sohnes des Gouverneurs teilnehmen musste, der bei seinem Vater als Schreiber tätig gewesen war. Während ich dem Master dabei half, sich für die Beerdigung fertig zu machen, erzählte er nachdenklich, dass es sich um einen besonders schlimmen Schicksalsschlag handele, da der junge Mann eine Frau und zwei Kinder hinterlasse. Der Tod habe ihn sehr schnell dahingerafft, nachdem er einen ungewöhnlich heftigen Anfall von Ruhr erlitten habe.

Ich weiß nicht, ob meine Phantasie mit mir durchging, doch als ich später an Caleb vorbeikam, schien mir, als trage er einen Ausdruck tiefster Befriedigung auf dem Gesicht. Durch Zufall bekam ich ausgerechnet am nächsten Tag einen Brief von Makepeace, in dem dieser mir die Nachricht überbrachte, das »Geschenk« an den *sonquem* der Takemmy sei gut angekommen, und die *squa* in seinem Haushalt, nach der ich mich erkundigt hatte, erfreue sich bester Gesundheit.

Es war das erste Mal, dass ich, abgesehen von ein paar notwendigen Worten im Alltag, nach dem Vorkommnis bei Vollmond mit Caleb sprach. Als ich ihm die Nachricht von Makepeace überbrachte, hatte ich gedacht, er würde sich freuen, spürte jedoch, dass er auf die Meinung meines Bruders nur wenig gab. »Ich wünschte, es gäbe noch jemand anderen außer deinem Bruder, der uns verbindlich versichern könnte, dass es ihr wirklich gut geht. Er ist nicht gerade ein Mann, der für seine mitmenschlichen Gefühle bekannt ist. Ich werde froh sein, Bethia, wenn du endlich wieder sicher auf der Insel bist und dich um ihr Wohlergehen kümmern kannst.«

»Caleb, ich muss dir sagen, dass genau das vielleicht...«, hub ich an, konnte jedoch nicht weitersprechen, denn einer der kleineren Jungen rief nach mir, weil er sich einen Holzspreißel tief in die Hand getrieben hatte. Ich eilte zu ihm. Caleb seufzte und ging zu Joel, um ihm die Nachrichten von der Insel zu überbringen.

Während die Kandidaten für die Aufnahmeprüfung noch bis in die späte Nacht büffelten und der Master sie abhörte, ging ich meiner Arbeit nach, doch insgeheim war ich unruhig. Jetzt, wo die Prüfungen immer näher rückten, hing meine Zukunft ebenso in der Schwebe wie die ihre. Ich musste allmählich eine Entscheidung darüber treffen, was ich mit der unerwarteten Freiheit anfangen sollte, die mir Noah Merry beschert hatte. Früher hätte meine Wahl auf der Hand gelegen. Ich hätte mir den stinkenden Schlamm der Gassen von Cambridge von den Stiefeln gekratzt, meine Reisekiste gepackt und eine Passage auf dem erstbesten Schiff gebucht, das in Richtung Insel fuhr.

Die Insel rief mich. Ich sehnte mich danach, meine Sinne an ihrem Licht und ihrer Luft zu laben und meine Seele an dem dort herrschenden Frieden gesunden zu lassen. Wenn ich ihrem Ruf folgte, dann würde ich schon bald wieder nach dem vertrauten Rhythmus ihrer Jahreszeiten leben – den eisigen Wintern und den lichtdurchfluteten Sommern, dem scheuen, zögerlichen Frühling und dem schimmernden, bunten Herbst. Ich würde in der Welt der Viehweiden und Felder zur Ruhe kommen, und selbst die vertrauten schweren Arbeiten, die täglich anstanden, würden von meiner Liebe zu jenem Land erleichtert werden, auf dem ich sie verrichtete. Jenes Leben kannte ich; und ich kannte meinen Platz darin. Wenn ich ein paar Jahre im Voraus dachte, dann konnte ich mich in jedem Alter sehen. Gut, Teile des Bildes lagen noch in dichtem Nebel – so zeigte zum Beispiel der Bauer an meiner Seite nicht sein Gesicht, und die Zahl der Kinder, die an meinem Tisch saßen, schwankte –, doch die Frau in der Mitte des Bildes war klar zu erkennen wie ein Baum, der zuerst Knospen, dann Blüten und schließlich Früchte trägt. Und ich fürchtete nicht einmal das Ende, das auch bei diesen Bildern in meinem Kopf nicht ausblieb: die gebrechliche Greisin, die Hände gichtig und verformt von einem Leben in harter Arbeit, die Wangen kantig und hohl, wie sie ihren letzten Atemzug tut. Doch ich wusste auch, selbst wenn ihre eigenen Blütenblätter längst welk waren, hatte sie eine wunderbare Frucht zum Reifen gebracht: die Frucht eines Lebens, das sie für ihre Familie, ihren Glauben und für die reiche jährliche Ernte an einem solch fruchtbaren Ort gelebt hatte.

Doch gab es noch eine andere Vision, die mir weniger willkommen, die aber unweigerlich mit der vorherigen verbunden war. Ich sah vor meinem geistigen Auge eine Tür – schwer, massiv, aus Eichenholz –, die sich für immer vor mir schließen würde. Es war die Tür zu einer Bibliothek. Die Tür, die sich für mich geöffnet hatte, nur einen Spaltbreit, an diesem Ort gelehrter Männer. Ich hatte keine genaue Vorstellung von dem, wie sich meine Zukunft darstellen würde, wenn ich Samuel Corlett heiratete. Ich wusste nur, was sein würde, wenn ich es nicht tat. Es würden keine lateinischen Sätze mehr flüsternd durch die Flure dringen, ich würde keine Gedichtbändchen mehr von großen Männern in langen Talaren bekommen, und auch rhetorische oder geistreiche Dispute würde es nicht mehr geben.

Und dieses Bild drängte sich mir wohl oder übel ebenfalls auf: begierige Lippen und der Druck von Händen. Doch es war nichts, was einen fruchtbaren Boden für ein vernünftiges Nachdenken über meine Zukunft bereitet hätte. Stattdessen kam die Erinnerung an jenen Moment unter den Apfelzweigen immer ungerufen. Dann musste ich mit dem aufhören, was ich gerade tat, und versuchen, mich zu sammeln, denn ich lernte gerade, dass mädchenhafte Schwärmerei eine Sache ist und das Verlangen einer Frau eine andere. Man kann durchaus Eros' Flügelschlag spüren und in verbotenen Phantasien schwelgen, wenn man weiß, dass die Erfüllung dieser Träume in weiter Ferne liegt. Und es ist eine andere Sache, vor Lust zu brennen und sicher zu sein, nur ein Wink deiner Hand würde das Objekt deiner Begierden in Windeseile dazu bringen, sich vor dir auf die Knie zu werfen. Ich musste einen Kampf ausfechten, der meinen Seelenfrieden schwer in Gefahr brachte und ganz darauf ausgerichtet schien, mich in Richtung aller möglichen Verrücktheiten und Dummheiten zu lenken, wenn ich mich nicht aufs Bestimmteste um Disziplin bemühte. Hätte eine hastige Heirat mit Samuel Corlett zur Debatte gestanden, so hätte ich wohl eingewilligt, ganz gleich, welche Bedenken ich bei der Frage hegte, ob wir zueinander passten. Doch mich rettete die sichere Gewissheit, dass wir, selbst wenn ich seinen Antrag annahm, noch mindestens ein Jahr von dem sicheren Hafen eines ehelichen Lagers entfernt waren. Und eine Verlobung, vermutete ich, würde die Versuchung nur stärker, nicht schwächer werden lassen.

Es war kein Wort mehr zwischen uns gefallen seit jenem

Tag unter dem Apfelbaum. Ich war nicht in der Lage gewesen, zu sprechen oder auch nur zu denken, so sehr war ich zum Spielball der Leidenschaft geworden, die er in mir geweckt hatte. Ich war weggelaufen, stumm wie ein Tier, und er, verblüfft durch seinen eigenen Mangel an Beherrschung, hatte mich gehen lassen. Viele Tage zogen ins Land, bevor wir wieder miteinander reden konnten, und ich hatte genügend Zeit gehabt, mir meine Antwort durch den Kopf gehen zu lassen. Unsere Unterredung, die etwas unbeholfen begann, fand erneut in der College-Bibliothek statt. Es war am Tage des Herrn, und wir würden kurz darauf für den Nachmittagsgottesdienst ins Versammlungshaus zurückkehren. Samuel hatte seinen Vater gebeten, schon vorauszugehen, und der Master, der spürte, wie sehr wir uns nach einem Gespräch unter vier Augen sehnten, hatte dies getan.

Zu dieser Zeit war das College menschenleer, weshalb die Situation – wir beide allein in der Bibliothek – ebenso unschicklich war, als hätten wir uns in Samuels Gemächern getroffen. Doch da ich unmöglich in aller Gemütsruhe bei ihm im Zimmer sitzen konnte, begaben wir uns nach draußen auf den Weg und lenkten unsere Schritte, wie Schlafwandler, in Richtung Bibliothek. Drinnen schloss er die schwere Tür und lehnte sich dagegen.

»Besser, wir lassen sie offen, findet Ihr nicht?«

»Wozu? Es ist niemand hier.«

Wieder atmete ich den Zwiebackduft ein, den die Bücher zu verströmen schienen, und kämpfte darum, ruhig zu bleiben.

»Als wir das letzte Mal hier waren, habe ich Euch eine Frage gestellt. Jetzt sind wir wieder da. Und ich hätte gerne eine Antwort.«

Es war deutlich zu sehen, dass er von dem, was ich ihm antwortete, nicht begeistert war, erst recht nicht, als er begriff, dass ich nicht umzustimmen war. Doch immerhin konnte ich seine eigenen Worte als Waffe benutzen. »Ihr selbst habt gesagt, Ihr hättet ein Umwerben ohne Eile vorgezogen, und nur die Dringlichkeit der Umstände habe Euch dazu getrieben, Euren Antrag so schnell zu stellen. Und Ihr sagtet mir recht offen, dass einige meiner Charakterzüge Euch missfallen...«

In diesem Moment wollte er mich unterbrechen, doch ich redete einfach weiter. »Nun haben sich meine Lebensumstände dank einer glücklichen Fügung zum Besseren gewandt. Lasst uns die Vorzüge dieser Veränderung nutzen. Genießen wir die Zeit des Umwerbens, von dem Ihr selbst so vorteilhaft gesprochen habt. Lernen wir uns besser kennen. Auf diese Weise werdet Ihr auch irgendwann feststellen können, ob meine ›starrsinnige‹ Art Euch überhaupt genehm ist.«

»Bethia, ich habe mich falsch ausgedrückt. Ich war nicht ich selbst an jenem Tag. Ich...«

»Samuel, ich bitte nur um einen kleinen zeitlichen Aufschub. Lasst uns die Zeit nutzen, die uns trotz der Ansprüche, die Eure gegenwärtige Anstellung an Euch stellt, gegeben ist. Ich spreche nur von wenigen Monaten. Während dieser Zeit plane ich, hier in Cambridge zu bleiben, damit wir uns noch eine Weile auf die Probe stellen können, ohne Verpflichtungen von beiden Seiten. Lassen wir mindestens ein halbes Jahr ins Land gehen. Wenn, und nur wenn, Ihr nach dieser Zeit noch immer eine Verlobung eingehen wollt – und seid gewiss, dass ich nichts von Euch erwarte und Euch in jeder Hinsicht als ungebunden betrachte –, so bittet mich dann erneut um meine Hand. Bis dahin werde ich Euch eine Antwort mit Sinn und Verstand und auch aus ganzem Herzen geben können.«

»Mir kann dieser Plan nicht gefallen, selbst wenn mir klar ist, dass ich ihn selber aufs Tapet gebracht habe, durch mein rüpelhaftes Verhalten bezüglich dieser Wil... dieser jungen Frau.«

»Das stimmt nicht.« Ich holte tief Luft. Wir hatten uns nicht einmal die Mühe gemacht, uns zu setzen, sondern standen immer noch am Eingang der Bibliothek. Ich wandte mich ein wenig zur Seite und fuhr mit der Hand über den Rücken des nächstbesten Buches. »Ihr zwingt mich, etwas zu sagen, was ich eigentlich nicht wollte. Aber ich will von Anfang an aufrichtig zu Euch sein. Eine Ehe, die nicht auf solch festem Grund gebaut ist, ist wie ein Gebäude auf Sand. Ihr mögt das vielleicht nicht hören wollen, aber es ist die Wahrheit. Ganz gleich, wie Ihr Euch mir gegenüber geäußert, mit welch zarten Worten Ihr Euren Antrag ummantelt hättet: Eine andere Antwort hätte ich Euch nicht gegeben, nachdem ich erst einmal meinen Indenturvertrag in Händen hielt.«

»Ach, wirklich?« Er versteifte sich. »Ehrlichkeit ist gewiss ein schöner Zug zwischen Mann und Frau. Etwas Takt wäre allerdings vielleicht auch erstrebenswert.«

Ich errötete. Er betrachtete seine Fingernägel. »Da meine Gefühle in dieser Sache offenbar nebensächlich sind, bleibt mir wohl nichts anderes übrig als zuzustimmen.«

»Denkt Ihr das wirklich? Dann kann ich mir das nur so erklären, dass Ihr mir nicht richtig zugehört habt. Lasst mich noch offener sein. Wären Eure Gefühle mir gleichgültig und würde ich sie nicht in gewisser Weise erwidern, dann wäre ich am Tage nach den Aufnahmeprüfungen an Bord des ersten Schiffes, das nach Süden fährt, und es wäre mir gleichgültig, ob ich noch jemals einen Fuß in diese stinkende Müllgrube von Stadt setze. Ich bleibe hier, weil ich an das Leben glaube, das wir hier miteinander führen könnten...« Ich schluckte. »Ich bleibe Euretwegen hier, Samuel.«

Da wandelte sich seine Miene. Seine gerunzelte Stirn wurde

glatt, und seine Augen – diese ausdrucksvollen schwarzen Augen – blickten mich mit einer Mischung aus Leidenschaft und Zärtlichkeit an. Ein Satz aus einem der Gedichte von Anne Bradstreet kam mir in den Sinn: »Wenn jemals zwei eins waren, dann wir.« Auch sie musste diese Erfahrung gekannt haben: diese Begierde, die verrückt macht. War es denn falsch, ihr nachzugeben? In diesem Moment waren alle verstandesmäßigen Bedenken, die ich gehabt hatte, wie weggeblasen. In mir wallte das Verlangen auf, aus zweien eins zu machen, hier und jetzt, ganz gleich, welches der Gebote unseres Herrn ich damit brach. Schließlich hatte ich auch zuvor schon Gebote gebrochen, ja sogar das allerhöchste. In diesem Moment kamen mir alle Versuche, mich zu bessern, wie reine Launen vor. Ich verspürte die haltlose Freiheit eines Menschen, der jetzt schon zu den Verdammten gehört. Warum sollte ich also nicht noch eine weitere Sünde begehen? Eine, die viel weiter unten auf der Liste der Gebote stand, die Moses am Berg Sinai von Gott empfangen hatte?

Diesmal waren es meine Finger, die sich in sein Haar wühlten. Dann lagen seine Hände um meine Leibesmitte, und er hob mich zu sich empor.

XXI

Als der Tag der Aufnahmeprüfung näher rückte, rief mich Master Corlett in sein Arbeitszimmer und fragte mich, ob ich denn bereits eine Entscheidung darüber getroffen hätte, was ich hinterher tun wolle. »So sehr ich auf dich baue, Bethia, verlange ich nicht von dir, hierzubleiben, jetzt, wo dein Bruder weg ist. Diese Position wäre unter deiner Würde. Das war sie immer schon, und ich weiß, dass du dich nur aus schwesterlicher Pflicht und warmer Zuneigung darauf eingelassen hast.«

Bei der letzten Bemerkung musste ich mir ein Schmunzeln verkneifen, denn ich wollte den Master weder kränken noch vor den Kopf stoßen. Doch er war bereits wieder auf einem seiner weit verzweigten Gedankenpfade unterwegs und schien meine etwas ungebührliche Reaktion nicht bemerkt zu haben. »Ein Jammer, dass dein Bruder so entschieden hat. Ich denke, er hätte durchaus... aber nun ist es, wie es ist. Er ist weg, und du bist noch da. Gänzlich unpassend. Und dann ist natürlich auch, recht unerwartet, jenes unglückliche Mädchen, Anne, fort, obwohl natürlich...« Als er ihren Namen sagte, schaute er mich etwas seltsam an, doch in diesem Moment hatte er einen Hustenanfall, und bis er sich wieder beruhigt hatte, brachte er den eben angefangenen Gedanken nicht mehr zu Ende und ließ das Thema Anne ganz fallen. »Natürlich werden sich nächste Woche die beiden anderen, Caleb und Joel, immatrikulieren...«

Er musste meine Überraschung ob der Gewissheit bemerkt

haben, mit der er dies gesagt hatte, denn jetzt schaute er mir direkt ins Gesicht und erklärte: »O ja – ich habe überhaupt keinen Zweifel daran. Von mir sind noch keine Schüler besser vorbereitet vor den Präsidenten des College getreten als sie. Sie werden sich immatrikulieren und danach ihre Räume am Indian College beziehen. Ich habe dem Haushofmeister bereits gesagt, er möge sich darum kümmern, dass ein Raum so eingerichtet ist, dass sie ihn beziehen können, und Präsident Chauncy habe ich gebeten, für sie einen Tutor zu bestimmen. Natürlich ist er immer noch skeptisch, was ihre Fähigkeiten angeht, und hat nichts dergleichen getan, so sehr ich ihn dränge. Weißt du, was er gesagt hat, Bethia? Besonders du wirst das kaum glauben. Er sagte, er habe an die ›Gesellschaft für die Verbreitung des Evangeliums‹ geschrieben, um denen noch mehr Geld zu entlocken, denn, wie er behauptet, müsse er einem Tutor für sie mehr Gehalt zahlen als den Tutoren der englischen Studenten. Als ich ihn nach den Gründen fragte, sagte er, man müsse ihnen einen Anreiz bieten, da sie es mit solch ungezähmten Wilden zu tun hätten, die einfach mehr Fürsorge und einer sorgfältigeren Betreuung bedürften. Ungezähmte Wilde – dass ich nicht lache!«

»Was habt Ihr ihm geantwortet?«

»Ich habe ihm gesagt, was er gar nicht gerne hören wollte: dass diese Jungen zu den Fähigsten gehören, die wir je hatten, und dass man ihnen eher weniger Betreuung angedeihen lassen müsse als mehr. Weißt du, Bethia, ich glaube, im Grunde kann er eigentlich gar nicht so blind sein, wie es scheint. Doch seit er hierherkam und gemerkt hat, wie viel Geld aus der Gesellschaft herauszubekommen ist – wohlgemerkt, damals waren noch weit und breit keine indianischen Studenten in Sicht –, hält er das ganze Unternehmen für eine Art Milchkuh. Er denkt immer nur daran, welchen Nutzen er aus diesen jungen Leuten ziehen kann, und nicht, was er ihnen geben könnte. Doch das wird sich bestimmt ändern, wenn er sie erst einmal kennenlernt...

Jedenfalls, worauf ich hinauswollte, ist, wenn Caleb und Joel erst einmal fort sind, dann bleiben nur noch die jungen Nipmucs hier wohnen, die selbst für eine ängstliche Frau aus Cambridge nicht allzu furchteinflößend sein dürften. Mit dem Geld, das der junge Merry für deine Indentur bezahlt hat – eine überaus großzügige Summe, muss ich sagen –, könnte ich einer Haushälterin, die nicht hier wohnen müsste, ein durchaus anständiges Salär bezahlen... aber langer Rede kurzer Sinn, natürlich sollst du, meine Liebe, dich vollkommen frei fühlen, auf deine geliebte Insel zurückzukehren und deinem lieben Bruder den Haushalt zu führen.«

Ich rutschte auf meinem Stuhl herum. »Herr, das habe ich gar nicht vor. Zumindest nicht im Moment.«

Seine wässrigen Augen unter den buschigen Augenbrauen, die so wild wucherten wie eine ungemähte Wiese, waren auf mich gerichtet. »Was sagt dein Großvater dazu?«

»Es ist ihm gleichgültig.« Das stimmte. Ich hatte Großvater geschrieben und ihn um Erlaubnis gebeten, in Cambridge bleiben zu dürfen, und in dem Brief, den ich von ihm als Antwort bekam, hatte er sich der Sache nur mit einem halben Satz gewidmet, während er sich ausführlichst über seine eigenen Streitigkeiten mit den Aldens ergangen hatte, die immer noch nach einer mehr vom Volk ausgehenden Führung der Insel strebten und sich über sein großherrschaftliches Gebaren lustig machten. »Er schrieb mir, ich solle tun, wie mir beliebt.«

»Ist das so?« Seine Augen wanderten zur Decke. »Dann darf ich also die Hoffnung hegen, dein Entschluss zu bleiben habe damit zu tun, dass es zwischen dir und meinem Sohn... nun, äh,... zu einer Art Einverständnis gekommen ist?«

»Vielleicht solltet Ihr Euch in dieser Sache direkt an ihn wenden«, sagte ich, doch die Hitze, die mir plötzlich ins Gesicht gestiegen war, hatte ihm bereits die Antwort gegeben. Seine blassblauen Augen funkelten vor Freude.

»Ich freue mich darüber. Obwohl ich wünschte, es wäre eine klare und öffentlich angekündigte Verlobung. Als Ihr beide nach jener spätnachmittäglichen Unterredung am Tage des Herrn zurückkamt und beide etwas angegriffen aussaht, dachte ich schon, ihr hättet euch dagegen entschieden... Aber ich will dich nicht bedrängen, mehr zu sagen, als du bereit bist. Nein, das werde ich nicht tun. Aber ich will eines gestehen: Ich freue mich auf den Tag, an dem ich dich Tochter nennen darf. Und ganz gewiss weiß ich nicht, was in Samuel vorgeht – einem Mann seines Alters. Andererseits behält ein solcher Mann seine Gedanken ja lieber für sich und sucht nicht bei jedem Schritt das Urteil des Vaters. Doch was dich angeht, Bethia: Nichts von dem, was zwischen Euch beiden ist, sollte daran etwas ändern, ob du hierbleibst. Und ich spreche ganz selbstlos, denn du bist im vergangenen Jahr ein wahrer Segen für mich gewesen, und ich werde deine Dienste und deine Gesellschaft bitterlich vermissen. Ich könnte dir zu einer besseren Stellung verhelfen. Es muss doch in der Stadt etwas Passenderes geben, eine Position als Gouvernante...«

»Herr, ich habe bereits eine Position in Aussicht. Ich hatte gehofft, Ihr würdet mich dorthin empfehlen, obwohl das bedeuten würde, dass ich Euch schon vor dem Tage der Immatrikulation verlassen müsste. Ich hörte, dass gerade eine Stelle am College frei geworden ist – eine junge Frau, die dort in der Küche arbeitete, will nächsten Monat heiraten und zieht schon in wenigen Tagen in ihr neues Zuhause bei der Familie ihres Gatten in Ipswich. Ich habe mich für die Stelle beworben.«

»Aber Bethia, das ist nur eine niedere Stelle. Leichtere Arbeit als hier vielleicht, aber immer noch niedrig. Du bist ein gebildetes Mädchen; du erfüllst jede Voraussetzung, die eine gute Familie von einer Lehrerin für ihre Töchter erwarten würde. Du solltest nicht als Magd in einer Spülküche arbeiten, das ist unter deiner Würde...«

Ich schaute den freundlichen alten Mann an, dessen Gesicht in so tiefe Falten der Sorge um mich gelegt war. Ich beschloss, ihm mein Herz auszuschütten.

»Herr, es gibt einen Grund, warum ich diese Stellung anstrebe...«

Er lächelte wissend und unterbrach mich. »Das liegt auf der Hand. Du willst in der Nähe meines Sohnes sein.«

Darauf wusste ich kaum etwas zu erwidern, denn die Vorstellung, in der Nähe seines Sohnes zu sein, brannte wie Feuer in mir. »Natürlich kann ich seine Aufmerksamkeit nicht in Anspruch nehmen, solange er mit seinen Studenten beschäftigt ist. Nein, ich sprach von etwas anderem.«

»Und das wäre?«

»Master, mein ganzes Leben habe ich mich nach einer Bildung gesehnt, wie sie mir aufgrund meines Geschlechts verwehrt ist. Mein Vater hat aufgehört, mich zu unterrichten, als ich neun wurde. Latein oder Hebräisch sollte ich nach seinem Willen gar nicht lernen, und doch habe ich mir, wie Ihr wisst, in beiden alten Sprachen einiges angeeignet. Das habe ich getan, indem ich den Unterricht anderer belauscht habe. Den von Makepeace und den der Jungen hier bei Euch.«

»Ach, wirklich? Das habe ich gar nicht bemerkt. Du schienst immer mit deiner Arbeit beschäftigt zu sein.«

»Es lag mir fern, jemanden zu täuschen, und ich habe nur zugehört, wenn die Arbeit es erlaubte. Doch was nun das College angeht: Ihr wisst doch noch, wie die Räume angeordnet sind – der große Saal, und die Luke zur Küche, die direkt daneben liegt?« Ich beugte mich vor, weil ich mit dem Thema warm wurde. »Herr, dort nehmen die Studenten ihre Mahlzeiten ein, aber dorthin gehen sie auch jeden Morgen, um nach dem Beten Präsident Chauncys Vorlesung zu hören. Begreift Ihr? Ich würde von jenen Vorlesungen profitieren können – ich kann gar nicht anders, als sie mir anzuhören, während ich das Essen zubereite. Meine Hände werden mit praktischen Dingen beschäftigt sein – doch mein Geist... mein Geist wird frei sein. Drei Stunden, jeden Morgen. Und am Nachmittag, wenn die Erstsemester mit ihren Tutoren zusammen sind, könnte ich vielleicht den gelehrten Disputen der höheren Semester lauschen, die der Präsident leitet.« Ich spürte, wie mein Gesicht glühte, so groß war die Vorfreude auf das, was mich dort erwartete. Doch das Gesicht des Masters war streng. Er schüttelte den Kopf.

»Das ist doch sehr unklug, meine Liebe. Überaus töricht. Diese Vorlesungen sind nicht für die ungebildeten Hirne des schönen Geschlechts gedacht. Wozu soll eine Ehefrau und Mutter sich ihren Kopf mit den sieben Künsten und den drei Philosophien zermartern? Sei auf der Hut, sonst wirst du dich so lange quälen, bis du ein missgebildetes, fehlgeleitetes Wesen bist...«

»Aber Ihr habt hier doch den jungen Dudley unterrichtet. Dann kennt Ihr doch auch seine Schwester, Mistress Bradstreet. Gewiss würdet Ihr doch ihren Verstand nicht als missgebildet bezeichnen, bei all den Kenntnissen, die sie hat...«

»Nun, sie...«, sprudelte er heraus und musste wieder husten. »Ich hatte dabei eine andere Anne im Sinne, eine, deren Schicksal du gewiss nicht erleiden wolltest. Die berüchtigte Mistress Hutchinson. Exil, eine grässliche Geburt, dann von Wilden skalpiert...«

Ich beugte mich vor, weil ich auf einmal darauf brannte,

den Sieg davonzutragen. »Master Corlett, ich fürchte, hier zäumt Ihr das Pferd von hinten auf. Mistress Hutchinson zog genau gegen jene Bildung ins Feld, nach der ich mich sehne. Ihr ketzerisches Denken brachte sie zu der Überzeugung, Wissen komme zu ihr als direkte Offenbarung Gottes. Sie verachtete die geistlichen Gelehrten und verunglimpfte genau das hart erkämpfte Buchwissen, das zu vermitteln sich das Harvard College zur Aufgabe gemacht hat. Es gibt Leute, die sagen, dass hier nie ein College gegründet worden wäre, wenn ihr Denken die Oberhand gewonnen hätte ...«

Plötzlich saß Master Corlett ganz aufrecht in seinem Stuhl. »Wie kann dir ihr Fall so vertraut sein? Die Frau war doch gewiss tot und stand längst vor ihrem höchsten Richter, als du auf die Welt kamst.«

»Aber ihre Worte leben«, sagte ich. Ich spürte, wie nervös ich war, denn ich hatte zu spät begriffen, dass es besser gewesen wäre, ihm nicht mein Herz zu öffnen. Er verstand mich auch nicht besser, als Vater mich verstanden hatte. Mein Vater hatte mich aufrichtig geliebt und auch Master Corlett war mir, wie ich glaubte, von ganzem Herzen zugetan. Beide waren studierte Männer, die ihre Lebensaufgabe darin gefunden hatten, andere zu unterrichten. Warum dann nicht mich? Warum nur wollten sie mich in den Kerker meiner Unwissenheit sperren? Warum war es in ihren Augen ein so großer Fehler zu lieben, was auch sie liebten? Würde sich Samuel am Ende auch als ein solcher Mensch entpuppen? Würde auch er versuchen, meinem Verstand Scheuklappen anzulegen und meine Zunge zu zügeln? Wieder einmal hatte ich zu offen gesprochen. Offenbar war ich zu töricht, um die einfache Lektion zu lernen: dass das Schweigen für eine Frau der sicherste Hafen ist.

»Worte? Was für Worte? Ich habe nie gehört, dass Miss Hutchinson ihre ketzerischen Gedanken zu Papier gebracht hätte.« Ich gab ihm keine Antwort. Zu spät war mir bewusst geworden, dass es alles andere als angebracht für mich war, über ein berüchtigtes Beispiel weiblicher Unverblümtheit zu sprechen.

Doch jetzt bedrängte er mich. Hier trotzig zu schweigen hätte alles nur noch schlimmer gemacht. »Von welchen Worten sprichst du? Sag es mir!«

»Von ihren Worten vor Gericht, Master.« Großvater hatte den Fall oft als wichtigen Baustein für seine eigene Entscheidung, die Insel zu verlassen, bezeichnet und gesagt, er wolle sich dem rigiden Regiment von Menschen entziehen, die es fertiggebracht hatten, eine Schwangere mitten im Winter in die eisige Wildnis hinauszuschicken, mit neun Kindern im Schlepptau.

»Willst du mir damit sagen, dass du ihre Zeugenaussage vor dem Gerichtshof gelesen hast?«

Ich nickte.

»Wie kam es dazu?« Der Master sah bestürzt aus. Ich konnte mir gar nicht vorstellen, was eine solch heftige Reaktion in ihm heraufbeschworen haben mochte.

»Sie wurde während des Prozesses in unserem Versammlungshaus festgehalten«, sagte ich. »Mir kam einfach eines Tages der Gedanke, dass die Protokolle irgendwo dort liegen müssten, wo wir tagtäglich ein und aus gehen. Und ich wollte gerne wissen, was sie gesagt hatte. Da doch so viele sich von ihr überzeugen ließen. Damals.«

»Und unser Pfarrer ließ dich tatsächlich ihre ketzerische Aussage lesen?«

Jetzt glühten meine Wangen wie Feuer. »Ich habe den Pfarrer nicht gefragt.« Meine Stimme war nur noch so leise wie der Ruf einer Fledermaus, fast unhörbar.

»Also, wie dann?«

»Ich fragte den Küster.« Jener arme Mann, ein schlichter und kränklicher Zeitgenosse, hatte kaum begriffen, worum ich ihn bat. Doch er reichte mir gern seinen Besen, als ich mich anbot, den Boden für ihn zu fegen. Er hielt in einer Ecke ein Nickerchen, und so blieb mir reichlich Zeit, die Aussage zu suchen und durchzublättern. Dabei geriet ich gehörig ins Staunen, wie geschickt jene Frau jeden Angriff von Winthrop und anderen abgewehrt und sich sowohl hinter ihrer Klugheit als auch ihren wundersamen Bibelkenntnissen so verschanzt hatte, dass die Gegenpartei keinen einzigen Treffer landen konnte. Und dann, ganz am Ende, als man gezwungen gewesen wäre, sie vollkommen entlastet laufen zu lassen, hatte sie sich selbst erboten, ihnen ihre ketzerischen Überzeugungen darzulegen. Sie erbot sich und belastete sich selbst. Genau wie ich es gerade getan hatte.

Master Corlett schüttelte den Kopf und erhob tadelnd den Finger. »Das war nicht richtig von dir, Bethia. Diese Dinge waren nicht für deine Augen bestimmt. Du würdest doch sicher auch nicht aus einer Quelle trinken, in der ein verwesender Leichnam liegt, oder? Warum solltest du dann deinen Verstand mit dem Gerede einer Ketzerin beschmutzen?«

Auf diese Frage hätte ich ihm mannigfaltig antworten können. Ich hätte sagen können, Hutchinsons Worte mochten zwar deutlich der herrschenden Doktrin widersprechen, doch Geschwätz seien sie ganz bestimmt nicht. Ich hätte sagen können, dass es durchaus wichtig war, selbst falsche Meinungen zu studieren, wenn man lernen wollte, ihren Schwächen auf die Schliche zu kommen. Ich hätte sagen können, dass ich mich danach sehnte, die Aussage einer gebildeten Frau zu lesen, weil solche Frauen meistens in Stille lebten und starben, während allein die Männer ihre Standpunkte darlegen durften. Doch ich hatte längst zu viel gesagt. Deshalb antwortete ich ihm folgendermaßen: »Es tut mir leid, Herr. Jetzt begreife ich, dass es falsch von mir war. Ich danke Euch dafür, mich in dieser Angelegenheit korrigiert zu haben.«

»Sehr gut gesagt.« Er sah erleichtert aus. »Und was nun diese Situation mit dem College angeht: Du sagst, du hättest dich bereits beworben?« Ich nickte. Er schüttelte den Kopf. »Ich werde dich wegen dieser Sache nicht anschwärzen, weil ich denke, ich würde dir keinen Gefallen damit tun, dich bloßzustellen. Wenn ich könnte, würde ich etwas unternehmen, um deine Chancen dort zu mindern. Doch wenn ich mich gegen deine Anstellung ausspreche, könnte das missverstanden werden, als wollte ich ein schlechtes Licht auf deinen Charakter werfen. Es wäre mir einfach nicht recht, wenn Präsident Chauncy etwas zu Ohren käme, das in ihm eine schlechte Meinung über die zukünftige Frau meines Sohnes wecken würde, wenn du das denn werden willst. Doch sollte sich die Situation tatsächlich ergeben, bitte ich dich, das Angebot abzulehnen. Und wenn du dich weigerst, diesen Rat zu befolgen, dann möchte ich dir nur dringend eines ans Herz legen: Lass die Luke zum Saal fest geschlossen!«

XXII

»Name?«

»Caleb.«

»Caleb und weiter?«

»Caleb ... Cheeshahteaumuk.«

»Chischaumak?«

»Cheeshahteaumuk.«

»Komischer Name. Ich schätze, du bestehst darauf? Einen anderen Namen annehmen willst du wohl nicht, oder? Wie lautete der Name deines Vaters?«

»Nahnoso.«

»Auch nicht besser. Klingt wie das Wiehern eines Esels. Dann muss eben der andere genügen. Caleb Chiscar...«, Präsident Chauncys Feder kratzte über das Pergament, »...ruimac. Das hätten wir.« Er legte seine Feder beiseite und drückte die Fingerspitzen beider Hände über dem Schreibtisch gegeneinander. Dabei betrachtete er Caleb mit einem Ausdruck gelinder Verblüffung und blinzelte ein paar Mal, als könnte er kaum glauben, welch besonderes Wesen er dort vor sich hatte.

Ich stellte die Bierkrüge ab, die ich für Chauncy und seinen Schreiber hereingebracht hatte, und lehnte mich mit dem Rücken an die Wand, weil ich davon ausging, dass man mich gar nicht weiter bemerken würde. Obwohl ich meinen Dienst erst vor zwei Tagen angetreten hatte, wusste ich bereits, dass man hier leicht übersehen wurde. Die Studenten und Tutoren lebten in ihrer eigenen Welt, von anderen Menschen deutlich unterschieden durch ihre schwarzen Talare, ihre lateinischen

Gespräche und ihre entrückten Gedanken. Samuel hatte mir erzählt, in den frühen Zeiten der Siedlung habe es viel Gerede gegeben, weil man die Kosten für die Errichtung des Gebäudes als zu hoch erachtete. In jenen finanziell knappen Zeiten wäre es leichter und billiger gewesen, die Studenten in der Stadt Quartier nehmen und sie nur zu ihren Seminaren zusammenkommen zu lassen, so wie es auch die Universitäten in Europa im Allgemeinen handhabten. Doch die Engländer, die damals dieses College ins Leben rufen wollten, hatten in Cambridge in England ihren Doktor gemacht und wünschten sich eine Alma Mater, wie sie selbst eine gehabt hatten: ein eingezäuntes Refugium, wo Studenten und Lehrpersonal zusammenlebten, in luftiger Entfernung zur Stadt mit ihren üblen Ablenkungen und ihrer lockeren Lebensart. Die Studenten sollten das Gelände des College gar nicht erst verlassen, es sei denn mit ausdrücklicher Genehmigung ihrer Tutoren. Auf diese Weise, so nahm man an, würden sie, selbst während sie aßen und schliefen, ja während jedes Atemzuges bei ihren Studien sein, und nichts würde ihnen begegnen, was nicht dem Zwecke des Lernens diente.

Die Aufgabe, sich mit der Welt zu befassen und dafür zu sorgen, dass die Studenten zu essen und zu trinken hatten, dass sie Schuhe und Kleidung bekamen, fiel dem Haushofmeister und dessen Untergebenen, so wie mir, zu. Es gab fünf Menschen, die hier angestellt waren: den Küchenmeister Goodman Whitby und seine Frau Maude, die kochte, ihren jungen Sohn George, der die Quartiere der Studenten putzte, eine Wäscherin, die einmal in der Woche kam, sowie meine Wenigkeit, das Küchenmädchen. So unbemerkt wie Ameisen gingen wir tagtäglich unserer Arbeit hier nach.

Präsident Chauncy nahm einen Schluck von dem Leichtbier, das ich ihm hingestellt hatte, und tupfte sich die Lippen mit einem zerknitterten Taschentuch ab, wobei er unverwandt auf Caleb schaute. Caleb erwiderte seinen Blick, sehr aufrecht in seinem Stuhl sitzend. Er war in der schlichten, nüchternen Art gekleidet, die einem Studenten geziemt. Seinen Kragen hatte ich eigenhändig genäht, wobei ich mir besonders viel Mühe gegeben hatte. Ich hatte ihn mit einer schmalen Schmuckkante aus Lochstickerei versehen, ihn gestärkt und aufs Sorgfältigste gebügelt. Das reine Weiß hob sich schön von Calebs tiefschwarz glänzendem, kurz geschorenem Haar ab. In dem einen Jahr seit unserer Überfahrt war eine deutliche Veränderung in ihm vorgegangen. Er war immer schon hager gewesen, doch auf die muskulöse Art eines Mannes, der sich viel an der frischen Luft bewegt. Mittlerweile jedoch wirkte mein indianischer Freund dürr, regelrecht abgemagert durch eine mangelhafte Ernährung und ein Leben am Schreibtisch. Irgendwie schien er seinen großgewachsenen Körper nicht mehr so recht auszufüllen, und die Haut, die ein wenig blasser geworden war, als es für ihn natürlich schien, hatte ihren früheren Glanz verloren.

Doch er hatte auch etwas gewonnen. Ich betrachtete ihn, wie er da saß, und versuchte herauszufinden, was es war. Mehr denn je schien Caleb von einer starken Disziplin, einer strengen Selbstkontrolle geprägt. Hingegen wirkte seine körperliche Kraft etwas gedämpft, vielleicht weil er sie gänzlich in den Dienst seines Willens und seiner Zielstrebigkeit gestellt hatte, die in ihm brannten wie eine leuchtende, helle Flamme. Caleb wollte unbedingt Erfolg haben hier, an diesem kalten und fremden Ort, ganz gleich, was es ihn kostete. Seine dunklen, goldbraunen Augen begegneten dem Blick des Präsidenten ohne Scheu.

»Dein Alter?«

»Ich zähle sechzehn Lenze.«

Chauncy legte eine Hand an seine Stirn, als hätte ein plötzlicher Schmerz ihn getroffen wie ein Dolch. Er schüttelte sein silbergraues Haupt und zog die Stirn in Falten. »Nein, nein, nein. Du hättest schon längst Abstand von derlei barbarischen Ausdrücken nehmen sollen. Du bist sechzehn Jahre alt. So sagt man das.« Er wandte sich seinem Schreiber zu und murmelte kaum hörbar: »Der primitiven Sprache nach ist er immer noch ein Wilder, dabei wollte mir Corlett weismachen, er sei für das hohe Studium der Klassiker geeignet...« Er gab einen tiefen Seufzer von sich, der zu einem Gähnen wurde, wobei er sich gar nicht die Mühe machte, das zu verbergen. Er blätterte in den Unterlagen, die auf seinem Schreibtisch lagen, und zog schließlich ein Blatt hervor, das er nur kurz anschaute und dann Caleb reichte.

»Hier ist eine Seite mit englischen Sätzen. Übersetze sie mir ins Lateinische... *suo ut aiunt marte*.«

Caleb schob sein Wörterbuch auf dem Tisch zur Seite, wie ihn der Präsident angewiesen hatte. Chauncy hob eine Augenbraue, als überraschte es ihn, dass Caleb selbst diesen kleinen lateinischen Nachsatz verstanden hatte. Ich sah, wie Calebs Miene sich aufhellte, als er die Seite überflog, die Chauncy ihm gegeben hatte. Dann beugte er den Kopf, und seine Hand flog zügig über das Pergament. Ich stellte mich auf Zehenspitzen, um zu erkennen, wie er schrieb. Er hatte mittlerweile eine schöne Handschrift, elegant und selbst für jemanden wie mich, die ich bei den meisten Männerhandschriften zu kämpfen hatte, lesbar. Schon kurz darauf sah ich den Grund für sein Lächeln, denn die Passagen stammten aus einem Text, den er sehr gut kannte: Caesars Überschreitung des Rheins. Es war eine Passage, die er mit Vater gründlich studiert hatte, und zwar vor langer Zeit.

Caleb reichte dem Präsidenten die vollgeschriebene Seite.

Chauncy schürzte die Lippen und schob das Blatt seinem Schreiber zu. »Er hat eine gute Schrift – das muss man ihm lassen.« Dann hielt er sich das Examenspapier dicht vor die Augen und begann sich die Zeilen durchzulesen. Seine Mundwinkel fielen ein wenig herab, während er mit den Augen die Seite überflog. »Ich sehe nur einen Fehler – hier.« Er zeigte mit dem Finger auf ein falsch konjugiertes Verb und kritzelte eine Korrektur. »Sehr überraschend. Sehr unerwartet... Mein Kollege Corlett hatte es bereits angedeutet, aber ich hielt es für Wunschdenken und eine Täuschung.« Der Schreiber nickte zustimmend. Chauncy sah Caleb forschend an. »Sei so gut und nenne mir die Endungen des Futurs in den verschiedenen Konjugationen.«

Caleb antwortete ohne Zögern. Daraufhin unterzog ihn Chauncy einer Befragung auf Latein, die für mich größtenteils zu schnell vonstatten ging, da ich mittlerweile ziemlich ungeübt war. Einmal musste Chauncy eine Frage wiederholen, und gelegentlich hob er eine Hand, um Caleb zu unterbrechen und einen Fehler zu korrigieren, doch dann führte er die Befragung fort. Das Gespräch war noch im Gange, als sich Chauncy in seinem Stuhl vorbeugte und den Schwierigkeitsgrad seiner Fragen erhöhte.

»Also«, sagte Chauncy und kehrte endlich wieder zum Englischen zurück. »Mir scheint, dein Latein steht auf festem Boden. Du bist auch auf bestem Wege zu einer korrekten Aussprache. Hier an diesem College gehen wir allerdings weiter. Eine der sieben Künste, die wir hier lehren, ist die Kunst der Rede. Ich vermute, du weißt, wie der Name dieser Kunst lautet?«

»Rhetorik«, antwortete Caleb.

»Dann hast du also davon gehört...«

»Ich habe davon gehört und sie auch persönlich erlebt,

lange bevor ich wusste, dass es einen Namen dafür gibt. Dort, wo ich aufgewachsen bin, wurde derjenige Mann, der eine gut durchdachte und überzeugende Rede halten konnte, mit einem Preis ausgezeichnet.«

Chauncy lächelte herablassend. »Ach, wirklich? Ich denke, du wirst im Laufe deines Studiums hier feststellen, dass selbst die größten Anstrengungen von ungebildeten Wilden kaum vergleichbar sind mit... Nun ja. Von einem nur notdürftig bekleideten Krieger kann man wohl kaum behaupten, er habe sich die Rhetorik angeeignet.«

Caleb erwiderte das Lächeln des Präsidenten. »Dennoch heißt es, auch Homer sei ungebildet gewesen – und hat er nicht von Achilles geschrieben, einem notdürftig gebildeten Heiden, der ebenso ›rüstig in Taten‹ wie ›beredt in Worten‹ war?«

Chauncy lehnte sich in seinem Stuhl zurück und blickte Caleb an. Dann nickte er anerkennend. »Gut gesagt. Wirklich. Und da ich nun weiß, dass du Homer gelesen hast, lass uns zu deinen Griechischkenntnissen kommen.«

Ich erstarrte. Samuel hatte mir erzählt, das Altgriechische sei Chauncys große Leidenschaft. Er hatte am Trinity College in Cambridge Vorlesungen gehalten und zum Beispiel an dem Disput teilgenommen, ob die Kirche irre, wenn sie für das heilige Abendmahl eine Kommunionbank errichtete. Für kurze Zeit war er wegen seiner Ansichten sogar eingesperrt worden – so rigoros war man unter Karl I. mit aufklärerisch gesinnten Menschen umgegangen. Als er wieder freikam, hatte er ein Schiff in die Kolonie von Plimouth genommen und dort eine Weile als Pfarrer gearbeitet. Irgendwann war er dann auch hier mit seiner Gemeinde über Kreuz geraten, diesmal aus eher praktischem Anlass, denn er hatte darauf bestanden, Kinder bei ihrer Taufe komplett unterzutauchen. Die

Eltern, die ganz zu Recht darüber besorgt waren, dies könne in einem eisigen Winter in Plimouth ihren Kindern nicht gerade zuträglich sein, hatten ihre Zustimmung verweigert. Gerade hatte er sich mit dem Gedanken getragen, wieder nach England zurückzukehren, als der Vorstand von Harvard ihm eine Stelle als Präsident des College angeboten hatte. Es gab nur eine einzige Bedingung, da man sich gerade erst von dem früheren Präsidenten Dunster wegen seiner anabaptistischen Haltung getrennt hatte: Chauncy würde seine Ideen zum Eintauchen der Kinder bei der Taufe für sich behalten müssen. Da man von College-Präsidenten im Allgemeinen nicht erwartete, dass sie Taufen vollzogen, war es ihm bisher gelungen, sich an diese Bedingung zu halten.

»Welche Fälle regieren die Verben ›bewundern‹ und ›verachten‹?«

»Genitiv und Dativ.«

»Gut. Dann erläutere mir noch die Bildung des ersten und zweiten Aoristen...«

Und so ging es weiter. Bei jeder von Calebs selbstsicheren Antworten nickte Chauncy.

»Ich muss sagen, mein Kollege Corlett hat dich für das College gründlich gerüstet. Ausgesprochen gründlich. Ich gebe zu, dass ich trotz der Begeisterung deines Masters meine Zweifel hatte, ob jemand deines... deines Hintergrundes wirklich bereit wäre, in diese besondere Erstsemesterklasse aufgenommen zu werden. Du wirst hier inmitten von Nachkommen der edelsten Familien unseres Landes studieren. In deinem Jahrgang haben wir bereits Benjamin Eliot, den jüngsten Sohn unseres geliebten Predigers, sowie ein weiteres Nesthäkchen, nämlich Joseph Dudley, den jüngsten Sohn unseres verstorbenen Gouverneurs aufgenommen – aber Letzteren kennst du natürlich bereits aus Corletts Schule. Dann gibt es noch Edward Mitchelson, den Sohn des Marshalls, und Hope Atherton, den Sohn eines bedeutenden Generals. *Liberi liberaliter educati.* Ich kann wohl davon ausgehen, dass du weißt, was das heißt.«

»Gentlemen, zu Gentlemen erzogen«, erwiderte Caleb.

»Sehr gut. Es wird sich noch zeigen, ob jemand wie du ebenfalls zu einem Gentleman erzogen werden kann.«

»*Hic labor hoc opus est.*«

Ich spürte, wie mir das Blut im Schädel pochte, und versuchte, aus Calebs Verhalten schlau zu werden. Während er diesen letzten Satz sprach, hatte seine Miene vollkommen aufrichtig gewirkt, doch etwas an seinem Ton sagte mir, dass er mit dem aufgeblasenen Universitätspräsidenten Katz und Maus spielte. Wie er dort aufrecht in seinem Stuhl saß, mit der ganzen Würde, die ihm in die Wiege gelegt worden war, sah er viel eher wie ein Gentleman aus als der ungepflegte alte Chauncy mit seinen gebeugten Schultern, dem schmuddeligen Kragen und dem fadenscheinigen, zerknitterten Talar. Die Wäscherin des College hatte ich noch nicht kennengelernt, doch ich hatte den Eindruck, sie könne im Gebrauch von Bleichmittel und Bügeleisen durchaus Nachhilfe gebrauchen. Samuel Corlett hatte mir gesagt, Charles Chauncy sei in der Tat von edler Herkunft und stamme aus einer alten Familie mit Grundbesitz in Hertfordshire. Bei seinen beiden Abschlüssen am Trinity College in Cambridge war er Jahrgangsbester gewesen, doch aus seinem Äußeren hätte man dies niemals geschlossen.

Die altersfleckige Hand des gelehrten Mannes zitterte. »Hiermit überreiche ich dir eine unterzeichnete Kopie meiner *Admittatur* sowie natürlich eine lateinische Ausgabe der Regeln, die hier am College zu befolgen sind. Deine erste Aufgabe als Student in diesem Hause ist es, diese abzuschreiben.

Führe deine Kopie stets bei dir, und halte dich daran. Der Küchenmeister wird dir dabei helfen, deine Habseligkeiten hinüber ins Indian College zu bringen und dich mit einem Rock und einem Barett ausstatten. Denk daran, das Barett zu deiner ersten gemeinsamen Mahlzeit zu tragen.« Er wandte sich an den Schreiber. »Die älteren Studenten machen sich gerne einen Spaß mit den Neuankömmlingen und schicken sie ohne Kopfbedeckung hinein.« Er wandte den Blick wieder Caleb zu. »Lass dich von ihnen nicht beeinflussen. Bei Tisch sitzen nur diejenigen barhäuptig, die in Ungnade gefallen sind oder eine Strafe bekommen haben. Ich hoffe, dich niemals so zu sehen, wenn du wirklich die Chancen wahrnehmen und der Verantwortung gerecht werden willst, die auf dich zukommen.«

Caleb stand auf, machte einen leichten Diener und wandte sich zum Gehen. Chauncy hob eine Hand. »Einen Moment noch, bitte. Wenn daran noch irgendein Zweifel herrschen sollte, möchte ich betonen, dass wir uns freuen, dich hierzuhaben. Ich bin mir sicher, dass es so manche Schwierigkeiten geben wird, ob kleine oder große, während du hier dein Studium absolvierst. Doch du darfst nicht denken, dass du nicht willkommen bist. In Wahrheit bist du sogar sehr willkommen. Du bist notwendig. Ich hatte langsam geglaubt, dieser Tag würde nie kommen. Ich freue mich darüber – denn er wird unsere verehrten Wohltäter in London zufriedenstellen. Und jetzt schicke auch noch den anderen Wil... den anderen Jungen herein, und wir werden erfahren, ob er ebenso geeignet ist wie du.«

Als Caleb sich umdrehte, sah er mich an der Wand stehen. Er blickte auf die *Admittatur* in seiner Hand hinab, und wir tauschten einen Blick des Triumphes. Chauncy entging nicht, was zwischen uns vorging, und er runzelte missbilligend die Stirn. »Du da. Du kannst gehen.« Ich nickte gehorsam und zog mich zurück, wobei ich bedauerte, nicht Joels Prüfung beiwohnen und sehen zu können, wie wacker er sich schlagen würde. Als ich in den Flur trat, ging ich an ihm vorbei. Caleb und ich wünschten ihm leise viel Glück. Er war ebenso makellos und schlicht gekleidet wie Caleb – dafür hatte ich gesorgt –, doch fehlte ihm die Haltung seines älteren Freundes. Sein ansonsten so verträumter Blick war verschwunden, und an seine Stelle war die Verzweiflung eines umzingelten Tieres getreten. Er war schweißgebadet. Als er aufstand, um in die Aula zu gehen, konnte ich sehen, dass seine Hände zitterten. Auf einmal sah er sehr jung aus. Caleb legte ihm eine Hand auf die Schulter und flüsterte ihm etwas zu. Die Worte konnte ich nicht hören, doch ich wusste, dass es Wampanaontoaonk gewesen war.

Vielleicht gehörte Joel ja zu den Menschen, die ein wenig Aufregung brauchen, um zu Bestleistungen angespornt zu werden. Denn wenig später erfuhr ich, dass er noch besser abgeschnitten hatte als Caleb.

XXIII

Wenn ich geglaubt hatte, am College besser versorgt zu sein als an Master Corletts Schule, so belehrten mich die Klagen des Küchenmeisters, während er eine Aufstellung der Lohnzahlungen machte, eines Besseren. Das College war das ganze Jahr über in Betrieb, ohne Ferien oder Ruhetage, doch der größte Teil der Gehälter wurde im Herbst gezahlt, wenn die Erstsemester zum Studium antraten.

»So wie es aussieht, müssen wir diesen Herbst mal wieder sparen.« Roger Whitby war ein handfester Bursche aus Yorkshire mit frischer Gesichtsfarbe und einem fröhlichen Gemüt. Er lachte gern. Schon bald hatte ich begriffen, dass sein Hauptvergnügen darin bestand, das überhebliche Auftreten der Tutoren und ihrer Anvertrauten aufs Korn zu nehmen. »Wenn diese Kerle die Söhne von Propheten sind, dann sollten ihre Erzeuger sich vielleicht ein Metier suchen, das besser bezahlt wird.«

Ich hatte die Aufgabe erhalten, ihm dabei zu helfen, die verschiedenen Güter und Lebensmittel, mit denen manche Familien ihre Rechnungen an das College bezahlten, für die Lagerung zu sortieren. Hinterher begutachtete er meine Arbeit. »Schlaues Mädchen, das rechnen und schreiben kann! Die Letzte konnte nichts davon, obwohl sie fleißig gearbeitet hat; ich will nichts Schlechtes über sie sagen. Offenbar kriegen wir dieses Jahr zwei Teile Mais und einen Teil Roggen. Auch recht. Meine Frau sagt, davon kann sie ein gutes braunes Brot backen. In manchen Jahren kriegen wir nur Mais, und dann könnte man die Laibe ebenso gut mit Sägespänen backen, weil wir nicht genügend Eier zum Binden haben.« Das merkte ich mir: Vielleicht konnte ich ja ein paar Hühner halten und damit das Los der Studenten verbessern.

Jemand hatte uns eine Milchkuh geschickt, und so markierte ich ihr Ohr mit dem Siegel des College und führte sie zum Weiden auf die Gemeindewiese. Auch gab es mehrere Fässer voller Melasse und Süßwein, erstere sehr willkommen, während letztere sogleich versiegelt und beiseitegestellt wurden. »Die werden vor dem Beginn des nächsten Semesters nicht angerührt und sind dann sicher innerhalb von einer Stunde leergetrunken.« Auch Holzscheite waren geliefert worden, jedoch zu wenig. »Taugen kaum mehr als zum Schnitzen. Damit kriegt man höchstens ein Armenhaus warm.« Dann gab es noch ein Fass mit gepökeltem Kabeljau, das Whitby zu einem seltenen anerkennenden Nicken veranlasste: »Damit können wir einen guten Monat lang das Samstagabendessen bestreiten.« Ein Schuster hatte die Studiengebühr seines Sohnes, der im zweiten Semester war, in Form von Schuhen bezahlt – mit einem einzigen Paar. Whitby befingerte das fein gestichelte Leder und kratzte sich nachdenklich am Kopf. »Dafür kriegen wir in der Stadt sicher einen guten Preis, aber wer bezahlt uns für die Zeit, die benötigt wird, um die Schuhe zu verkaufen?«

Ich war gespannt darauf zu erfahren, wie vielen Studenten ich ihr Essen servieren würde, und Whitby listete mir mit Freuden alle Klassen auf. Von den Viertsemestern wusste ich bereits, weil es sich um Samuels Schützlinge handelte, junge Burschen, von denen er mit der zärtlichen Anteilnahme eines Mannes sprach, der seit drei Jahren mit ihnen lebte und sie unterrichtete. Zu seiner Klasse gehörten zwölf Studenten, die es trotz der strengen Auslese des College so weit gebracht hatten. Die Klasse war ungewöhnlich groß, weil sich gleich drei Söhne des Präsidenten sich zur selben Zeit immatrikuliert hatten: die Zwillinge Elnathan und Nathaniel Chauncy sowie ihr Bruder Israel. Im dritten Semester gab es nur noch halb so viele Studenten, und ganze sieben besuchten das zweite Semester. Das machte zusammen mit den acht Erstsemestern insgesamt dreiunddreißig Personen, plus die vier Tutoren, die mit ihren Schützlingen zusammenwohnten. »Da sind aber noch nicht die Gaststudenten eingerechnet«, bemerkte Whitby. Dabei handelte es sich, wie er erläuterte, um ältere Studenten, die die doppelte Gebühr zahlten, um an den Vorlesungen teilnehmen zu können. Ihre höhere Gebühr berechtigte sie dazu, mit »Mister« angesprochen zu werden, während die jüngeren Studenten geduzt und schlicht mit ihrem Nachnamen tituliert wurden. Die Gaststudenten aßen meistens am Tisch des Lehrpersonals mit. Doch von ihnen kam kaum einer als Kandidat für einen Abschluss infrage, und es kam selten vor, dass einer die gesamten vier Studienjahre absolvierte.

Am meisten interessiert war Whitby an den neuen Erstsemestern, weil er darauf hoffte, dass wenigstens einer oder zwei von ihnen aus einer wohlhabenden Familie stammte, die vielleicht etwas großzügiger mit ihrer Unterstützung wäre. Man hatte ihm eine Liste mit den Namen der Studenten gegeben, die die Aufnahmeprüfung bestanden hatten und untergebracht werden mussten. Er ging sie sorgfältig durch und tippte mit seinem fleischigen Finger auf jeden einzelnen Namen. »Atherton. Von der Sippe hatten wir schon ein paar hier. Große Familie, die Athertons. Der Vater ist irgendwo bei der Armee. Nicht gerade ein Schinder, aber auch keine Memme. Samuel Bishop – die Leute kenne ich nicht. Dudley. Das wäre fette Beute gewesen, wenn sein Vater, unser verstorbener Gouverneur, nicht ins Gras gebissen hätte. Vom Stiefvater erwarte ich nicht viel, weil er Pfarrer ist. Männer Gottes werden in harten Zeiten wie diesen immer als Letzte bezahlt und müssen oft anschreiben lassen, bis ihre Gemeinde ihren Lohn entrichtet. Obwohl ich bei dem hier« – er zeigte auf den Namen Eliot – »eigentlich erwarte, dass er für seinen einzigen Sohn alles tut, was er kann. Das Gehalt von Apostel Eliot kommt aus England, nicht von irgendwelchen armen Siedlern hierzulande. Jabez Fox – das ist noch so ein Pfarrerssohn. Ebenso der junge Samuel Man. Edward Mitchelson – offenbar der Sohn des Generalmarschalls. Könnte zu was gut sein. Ich sage dir, am allermeisten freue ich mich, diese beiden sonderbaren Indianernamen auf der Liste zu sehen. Danken wir Gottes Vorsehung für sie. Von denen wird die ganze Klasse leben. Die ›Gesellschaft für die Verbreitung des Evangeliums‹ – allesamt gottesfürchtige Engländer – bezahlt jeden Penny für ihren Unterhalt, und zwar reichlich. Dafür sorgt Chauncy schon. Nicht dass wir davon allzu viel sehen werden, da könnte ich wetten, denn der Präsident wird damit erst mal seine eigenen Schäfchen ins Trockene bringen. Er bezieht ein gutes Gehalt vom College – man munkelt hundert Pfund im Jahr –, aber das meiste davon muss er in Form von Kost und Logis nehmen, deshalb ist er sicher froh um jeden Penny, den er bar kriegen kann.«

Es war beschlossen worden, dass ich bei den Whitbys unterkommen und wie das vorherige Dienstmädchen bei ihnen wohnen sollte. Die Familie lebte zusammen in einem langen, schmalen Raum, der hinter der Küche lag. Die Hälfte des Platzes wurde von Waren und Lebensmitteln eingenommen, auf die Whitby ein besonderes Auge haben wollte, wozu insbesondere der Wein, der gewürzte Apfelmost und ein Fässchen Rum gehörten.

»Der Teufel fährt in diese Jungs, ob sie nun Pfarrerssöhne

sind oder nicht. Wir haben hier schon so manchen raufenden Trunkenbold gehabt, o ja, und lass dir bloß nicht von irgendeinem alten Tutor etwas anderes sagen, Mädchen. Jungs, die Latein pauken, sind auch nicht besser als andere, wenn sie den Bauch voller Schnaps haben. Könnte wetten, dass es so manche Rauferei gibt, solange du hier bist. Wenn so was in der Luft liegt, dann komm lieber schnell hierher und verriegele die Tür. Meine gute Frau würde mir den Mund verbieten, wenn sie wüsste, was ich dir erzähle, aber die älteren Jungs sind sich nicht zu schade, in der Stadt auf die Jagd nach leichten Mädchen zu gehen, und wenn sie besäuselt sind, versuchen sie es auch schon mal bei anständigen Frauenzimmern. Sei auf der Hut, Kleine, das will ich dir nur raten. Aber bei uns zu Hause bist du sicher, meine bessere Hälfte und ich sorgen schon dafür.«

Ich sollte ein schmales Federbett in der Ecke neben dem Kamin bekommen, mit einem Vorhang rundum, um für eine gewisse Abgeschiedenheit zu sorgen. Das alles war eine deutliche Verbesserung gegenüber meiner früheren Unterbringung, und in der ersten Nacht schlief ich selig, obwohl der gute Whitby und sein Sohn schnarchten, als gälte es, einen ganzen Wald abzuholzen.

Da ich die niedrigste Bedienstete war, fiel mir die Aufgabe zu, als Erste aufzustehen, Wasser zu holen, im Herd Feuer zu entzünden und das Frühstück zuzubereiten. Das alles machte mir nichts aus; ich war schon immer vor Sonnenaufgang aufgestanden. Meinen Morgendienst sollte ich gleich am ersten Tag aufnehmen, als die Erstsemester ins College einzogen. Die Küche und der angrenzende Saal waren sehr schön und geräumig, alles war bis in die letzte Nische sauber geschrubbt, und das frisch gewachste Holz schimmerte. Das Mädchen, dessen Stelle ich übernommen hatte, war offenbar sehr sorgfältig gewesen. Sie hatte allerlei Kräuter in die Dachsparren gehängt, weshalb sich ein angenehmer Duft nach Bienenwachs, Salbei und Rosmarin unter das würzige Aroma des Feuers mischte. Dort war es zu so früher Stunde vor Morgengrauen ganz still und friedlich. Erst um halb fünf begann sich in den Räumen des College etwas zu regen, und schon bald klopften die ersten Studenten an die Luke zur Küche. Ich öffnete sie mit einem Quietschen und sah als Ersten den jungen Joseph Dudley. Ich freute mich, sogleich ein vertrautes Gesicht zu sehen, doch er erwiderte mein Lächeln nicht. Sein schläfriges Gesicht trug eine mürrische Miene zur Schau.

»Guten Morgen, Dudley«, sagte ich und reichte ihm den Teller mit seinem Frühstück.

»Von gut kann nicht die Rede sein.« Er nahm seinen Krug und den Ranken Brot entgegen und begab sich schnell wieder auf den Rückweg zur Treppe. »Jedenfalls bin ich bestimmt nicht zu diesem Zweck hierhergekommen.«

»Was für ein Zweck denn?«

»Den Drittsemestern zu dienen.« Er stand bereits auf der Treppe und nahm zwei Stufen auf einmal. »Ich bin für Pynchon zuständig, und er hat mir gedroht, mir eine Tracht Prügel zu verpassen, wenn ich ihm nicht gleich sein Frühstück bringe.«

Noch ein weiteres halbes Dutzend Erstsemester drängte sich vor meiner Luke und fasste nach dem Brot und dem Bier, die ich so schnell aufreihte, wie ich nur konnte.

»Das reicht jetzt!«, sagte ich streng. »Wir sind hier nicht an einem Schweinetrog. Stellt euch in Reih und Glied an wie Gentlemen!« Es gab ein allgemeines Murren und Brummen, doch dann bildeten die Jungen eine Art Schlange. Als Joel Iacoomis an der Reihe war, wünschte er mir höflich einen guten Morgen.

»Danke dir, Jo... ich meine, Iacoomis«, sagte ich und schob ihm sein Frühstück hinüber. »Und wem dienst du?«

»Brackenbery.«

Kaum war Joel beiseitegetreten, drängelten und schubsten die anderen weiter, bis ich die Hände auf die Hüften legte und verkündete, ich würde keine weiteren Krüge mehr ausgeben. »Ich sagte, benehmt euch wie Gentlemen. Ich bediene keinen mehr von euch, solange ihr euch nicht anständig zu betragen wisst.«

»Ist schwer, sich wie ein Gentleman zu fühlen, wenn man als Allererstes jemandem dienen muss.« Gesprochen hatte ein schmaler Junge mit tief gerunzelter Stirn, sehr dunklem Haar und blasser Haut.

Ein größerer Junge knuffte ihn spielerisch an der Schulter. »Na, komm schon, Eliot, sicher haben dir doch deine älteren Brüder gesagt, wie das hier läuft. Oder etwa nicht?« Ich vermutete, dass es sich bei dem bleichen Knaben um Benjamin Eliot handelte, den Sohn des berühmten Apostels. Eliot runzelte die Stirn noch mehr. Der größere Junge lachte ihn aus.

»Weißt du, ich habe fünf Brüder – Rest, Thankful, Watching, Patience und Consider –, und jeder ist ganz anders, als sein Name es vermuten ließe. Sie verkörpern nicht etwa Ruhe, Dankbarkeit, Umsicht, Geduld und Nachdenklichkeit. Und dennoch haben alle das hier durchgemacht und es überlebt. Und das wirst du auch, wenn du den Ratschlag der Athertons befolgst: Übe dich in Geduld und Umsicht, dann wirst du schon bald zur Ruhe und zum Nachdenken kommen und Dankbarkeit verspüren. Das zumindest ist meine Hoffnung.«

Ich lächelte Hope Atherton zu, als er nach dem Krug für seinen Drittsemester griff. Er war der Einzige, der sich bedankte, bevor er sich umdrehte und beim Laufen ein wenig Bier verschüttete.

Erst als der allerletzte Erstsemester die Treppe hochgestürmt war, sah ich Caleb, der ohne offensichtliche Eile auf die Luke zuschlenderte.

»Guten Morgen«, sagte ich. »Und wem dienst du, dass du es wagst, ihn so lange warten zu lassen?«

Er lächelte, nahm Brot und Bier, das ich ihm hinstellte, mit einem höflichen Dankeschön entgegen. »Wem ich diene? Wem soll ich denn dienen? Ich diene natürlich mir selbst.« Mit diesen Worten marschierte er in den Garten hinaus, und ich sah ihn von meiner Luke aus nachdenklich im Hof stehen und zum Himmel blicken, wo allmählich der Morgen graute. Als er hereinkam, um seinen Krug zurückzubringen, schaute ich mich rasch um, um sicherzugehen, dass wir unbeobachtet waren, und legte ihm dann eine Hand auf den Ärmel, bevor er sich abwenden konnte.

»Sei vorsichtig«, flüsterte ich. »Es ist eine Sache, deinen Weg zu gehen, wenn du in den Wäldern, bei deinen Leuten, lebst – und eine andere ist es hier, wo es so manchen gibt, der dich mit Freuden straucheln sieht...« Sanft legte er eine Hand auf die meine und lächelte. »Danke für deine Sorgen, die du dir um mich machst«, meinte er. »Aber es besteht keine Notwendigkeit dafür.«

Ich sah ihm hinterher, als er ging, und rief leise: »Ich hoffe nur, dass du recht hast.«

Danach schloss ich die Luke für die Essensausgabe. Ich hatte den letzten Krug zurückbekommen und begann, sie mit Sand zu bestreuen und zu schrubben. Trotz des klappernden Geschirrs hörte ich den Krach, den die Studenten in der Aula verursachten, wo sie sich zum Gebet versammelten. Maude Whitby war hereingekommen und begann zu kochen, doch jetzt wischte sie sich die Hände an ihrer Schürze ab, denn es wurde von uns erwartet, dass wir unsere Aufgaben ruhen ließen und an dem Gottesdienst teilnahmen. Chauncy begann mit einem Psalm, den er nicht, wie es bei uns üblich war, vorsang, sondern in den wir gleich mit einstimmen sollten. Anschließend las er eine Stelle aus dem Leviticus vor, erläuterte sie und schloss dann mit einem Segen. Um sieben läutete in der Kuppel über uns die Glocke, und ich kehrte zu meiner Arbeit zurück, während sich die Studenten zum Studium auf die Zimmer ihrer Tutoren verteilten. Ich wusste, dass sich Joel und Caleb zum ersten Mal mit ihrem Betreuer trafen; und ich fragte mich, wie sie wohl mit ihm zurechtkommen würden. Den Mann hatte ich nicht gesehen, und weder hatte ich erfahren, wie er hieß, noch die Gelegenheit gehabt, Samuel zu fragen, was er über Chauncys Wahl wusste.

Goody Whitby war während der Arbeit zum Plaudern aufgelegt, und obwohl ich weder unfreundlich noch unhöflich erscheinen wollte, stand mir doch nicht der Sinn nach vielen Worten, weil ich mir so sehnlichst wünschte, den Vorlesungen lauschen zu können, was mir wohl kaum gelingen mochte, wenn ich mit dem einen Ohr Latein hörte und mit dem anderen irgendwelchen Klatsch im Dialekt Yorkshires. Als um acht Uhr die Glocke wieder läutete, konnte ich durch die geschlossene Essensluke Füße scharren hören, während sich die Studenten zu ihrer Morgenvorlesung versammelten. Meine Aufregung war groß – nun war ich endlich am College, dort wo ich schon immer hinwollte! Dass meine Hände bis zu den Knöcheln im Brotteig steckten, tat dem keinen Abbruch, denn im Geiste war ich frei und würde so viel Weisheit in mich aufnehmen, wie ich nur konnte. Ich fragte mich, ob Caleb meine Begeisterung in diesem Moment teilte, konnte es mir jedoch anders nicht vorstellen.

Die Luke war nur wenige Meter von Präsident Chauncys Kanzel entfernt. Ich konnte folglich durchaus den Wunsch Master Corletts befolgen und sie geschlossen halten, denn die Vorlesung war deutlich genug zu hören. Kaum hatte der Präsident begonnen, verstummte auch Goody Whitby. Ich schätze, es war einfach üblich, in der Küche so wenig Lärm wie möglich zu machen, und darüber war ich froh. Eigentlich hatte ich befürchtet, Schwierigkeiten mit dem Latein zu haben, doch an diesem ersten Morgen wandte sich Chauncy hauptsächlich an die Erstsemester und drückte sich deshalb so einfach und klar aus, dass ich ihm mit Leichtigkeit folgen konnte. Bei seiner Vorlesung an diesem Morgen ging es um die Rechtfertigung einer Ausbildung in den freien Künsten und um ihre Bedeutung für das Leben eines Pfarrers. »Und zu diesem Leben«, so sagte er, »wird wohl mehr als die Hälfte von euch in dieser Aula bestimmt sein, so Gott will. Die Gründer dieses College haben sich aufgeopfert, um das alles zu errichten, weil sie fürchteten, nur einen ungebildeten Klerus auf den hiesigen Kanzeln zurückzulassen, sobald sie diese neue Welt wieder verlassen würden. Doch wozu braucht ein solcher Pfarrer die Gedichte Ovids, die Rhetorik des Cicero oder die Philosophie des Aristoteles? Waren all diese Männer nicht Heiden, die im Sündenpfuhl des Antichristen und den Lügengebäuden des Teufels lebten? Vielleicht war das so. Wenn man ihre Zeit und ihre Herkunft kennt, könnte man dies durchaus denken.

Und doch kommt alles Wissen von Gott, der alle Dinge geschaffen hat und beherrscht. Ihr werdet in den Werken, die wir hier gemeinsam studieren werden – bei Plato, bei Plutarch, und bei Seneca –, auf viele Wahrheiten von göttlicher Moral stoßen. Diese Heiden gingen auf perfekte Weise auf die Lehren Gottes ein. Und so benutzt Gott sie auch als Werkzeuge, um den vollkommenen Lehren Jesu Christi den Boden zu bereiten.

Die freien Künste, die ihr hier studieren werdet, lehren uns alle etwas über das göttliche Denken. Sie entstammen ihm. Sie spiegeln es wider. Wir studieren keine Kunst um ihrer selbst willen, sondern um unsere Verbindung mit dem göttlichen Denken wiederherzustellen. Gottes Geist ist vollkommen, die menschliche Vernunft hingegen nicht mehr als ein blasser Schatten.

Die Griechen hatten den Begriff der Eupraxie. Für sie verkörperte er den Geist« – hier wechselte er kurz vom Lateinischen ins Griechische – »des rechten Verhaltens. Ich möchte, dass ihr diesen Begriff, Eupraxie, gut in Erinnerung behaltet, denn ich werde ihn an dieser Stelle oft erwähnen. Der ganze Inhalt eurer Studien steckt darin – das rechte Handeln, das rechte Verhalten, das Richtige zur rechten Zeit zu tun. All euer Lernen hier soll darauf abzielen, dass ihr erkennt, was richtig ist – ihr sollt lernen, die Spreu vom Weizen zu trennen und die Schafe von den Böcken zu scheiden ...«

Ich hatte mir von Chauncy ein eher unvorteilhaftes Bild gemacht, doch als ich ihm jetzt lauschte, spürte ich, dass sein ungepflegtes Äußeres und sein anmaßendes Verhalten nur das unvorteilhafte Gewand eines Mannes waren, der einen großen Intellekt besaß. Außerdem schien er das besondere Talent zu haben, gewichtige Themen auf das Niveau seiner jungen Studenten herunterzuschrauben. Ich musste feststellen, dass ich nicht die geringsten Schwierigkeiten hatte, ihm zu folgen, obwohl ich während der ganzen Zeit in der Küche beschäftigt war und Maude dabei half, einen Nachtisch aus Grütze, Melasse und Milch zu zaubern.

Chauncy erläuterte gerade, wie man sich seiner Meinung nach am besten die Studienzeit innerhalb einer Woche aufteilen solle. Der Tag des Herrn solle dem Gebet in der Versammlung und der Ruhe dienen, doch in der darauffolgenden Woche würden die Studenten zum Inhalt der Predigten im Versammlungshaus befragt, um zu gewährleisten, dass sie daran teilgenommen und Nutzen aus ihnen gezogen hätten. Am zweiten und dritten Tag der Woche – dem Montag und Dienstag – würden sich die Erstsemester um acht Uhr morgens versammeln, um seine Vorlesungen zur Logik und Metaphysik zu hören. Um neun seien dann die Zweitsemester mit Ethik und Naturwissenschaften an der Reihe. Die Studenten des dritten Semesters würden dann um zehn Uhr Arithmetik, Geometrie und Astronomie hören. Ich lächelte. Wann immer ich in der Küche arbeitete, würde ich von all diesen Lehrveranstaltungen profitieren können. Am Nachmittag sollten sich die Studenten dann in gelehrten Disputen üben, welche vom Präsidenten selbst geleitet wurden, und zwar über jene Themen, zu denen sie am Morgen entsprechende Vorlesungen gehört hatten. Der vierte Tag jeder Woche würde dann komplett dem Studium des Griechischen gewidmet sein. Freitags lernten die Studenten die Anfangsgründe des Hebräischen; erst wenn sie eine vernünftige Basis in dieser Sprache besaßen, kämen Aramäisch und Syrisch hinzu. Am Nachmittag folgte ein Bibelstudium. Der sechste Tag der Woche, der Samstag, war dann Übungen in Rhetorik und Redekunst vorbehalten.

Als Chauncy seine Vorlesung beendet hatte, geleitete Whitby die Studenten in den Garten, damit sie sich ein wenig die Beine vertraten, während wir alle uns beeilten, die Aula in einen Speisesaal zu verwandeln, indem wir Tische aufbockten und Stühle und Hocker darumgruppierten. Pünktlich um elf strömten die Studenten dann wieder herein und nahmen an ihren Tischen Platz. Schließlich folgten Chauncy, das übrige Lehrpersonal und die Gaststudenten im Gänsemarsch und bestiegen das Podium, auf dem ihre Speisetafel aufgebaut war. Sobald sie saßen, nahm Whitby das große Salzfass, trug es mit steifen Schritten quer durch den Saal und stellte es vor Chauncy auf den Tisch.

Die höheren Semester aßen von Holztellern und tranken aus Zinnkrügen oder Bechern aus bemalter Keramik. Jeder hatte sein eigenes Messer und einen Löffel dabei. Das Lehrpersonal dinierte mit dem Silber des College. Doch bei allem Aufwand, der bei Tisch betrieben wurde, war das Essen selbst einfach und, wie ich zugeben muss, unzureichend. Der Service mochte noch so vornehm sein – das, was die Studenten am Schluss als Nachtisch auf dem Teller hatten, war so armselig, dass man sich selbst an einem bescheidenen Tisch nicht dessen gerühmt hätte.

Vielleicht übermannte mich schließlich die Aufregung darüber, endlich in diesen heiligen Hallen zu sein, denn am Nachmittag war ich müde und erschöpft. Während ich das Mittagsgeschirr spülte, bekam ich von dem, was hinter meiner Essensluke vorging, nicht mehr allzu viel mit. Die Studenten im letzten Studienjahr diskutierten, und da ihr Latein ein wesentlich höheres Niveau hatte als das meine, konnte ich ihren Streitgesprächen nicht recht folgen. Von Zeit zu Zeit hörte ich Samuels Stimme, wenn er den Präsidenten bei der Leitung des Disputs unterstützte, was für mein angegriffenes Konzentrationsvermögen noch größere Anstrengung bedeutete.

Um halb vier läutete der Sohn der Whitbys, George, die Glocke für die Nachmittagsvesper. Während die Studenten an meine Luke kamen, blickte ich forschend in ihre Gesichter, denn ich war schon gespannt darauf, Joel und Caleb zu sehen und zu hören, wie sie mit ihrem neuen Tutor zurechtkamen. Als sie sich endlich zeigten, war es mir jedoch nicht möglich, ihren Mienen etwas zu entnehmen. Ich hatte damit gerechnet, dass man ihnen ihre Freude über ihren ersten Tag am College ansehen würde, doch stattdessen kamen sie mir seltsam gedrückt, gedämpft und geistesabwesend vor. Viel konnte ich daraus nicht schließen, denn inmitten all der hungrigen Studenten, die sich um Brot und Bier anstellten, welches vor den Abendgebeten um fünf verzehrt sein musste, war es uns kaum möglich, ein Wort zu wechseln.

Um halb acht servierten wir dann noch ein karges Abendbrot – wenn schon die Vesper nicht gerade üppig gewesen war, konnte man diese Mahlzeit nur noch als armselig bezeichnen. Anschließend hatten die Studenten eine Stunde zur Erholung zur Verfügung, die sie nutzen konnten, wie sie wollten. Viele von ihnen versammelten sich, wie sich herausstellte, um das Kaminfeuer in der Aula. Ich konnte hören, wie sie redeten und miteinander lachten, während ich saubermachte und die Küche für den nächsten Tag vorbereitete. So gern ich mich den Studenten angeschlossen und ihrem Geplauder gelauscht hätte, war ich am Ende meiner Kräfte und begab mich zu Bett, lange bevor die Glocke um neun Uhr die letzten Studenten dazu aufforderte, ihre Gemächer aufzusuchen.

Ich schreibe diese letzten Worte beim Schein eines Talglichts, obwohl die Whitbys mir deutlich zu verstehen gegeben haben, dass sie es nicht gutheißen. Sie fürchten die Flamme, weil diese den Vorhang vor meiner Schlafkammer in Brand setzen und das gesamte College in Gefahr bringen könnte, falls ich versehentlich einschlafe. Ich weiß, dass ich gleich mit dem Verfassen dieses Berichts aufhören muss, um keinen Ärger zu bekommen. Doch so wichtig ist das nicht. Jetzt, wo ich hier bin und mein Schicksal einstweilen besiegelt ist, empfinde ich den Druck, meine täglichen Gedanken niederzuschreiben, nicht mehr so stark. Die Whitbys sind im Bett, und ihr Sohn hat zu schnarchen begonnen. Ich schätze, der Vater bleibt so lange wach, bis der Docht meiner Flamme sicher gelöscht ist. Das werde ich jetzt tun, damit er endlich seine wohlverdiente Ruhe findet.

Anno 1715

Aetatis Suae 70
(Im Alter von siebzig Lenzen)

Great Harbor

I

Heute Morgen lag das Licht auf dem Meer, als hätte Gott einen ganzen Kelch geschmolzenen Goldes auf dunklem Samt ausgegossen.

Wie immer war ich zum Sonnenaufgang wach und habe es gesehen. Ich weiß nicht mehr, wann ich das letzte Mal mein Haupt zur Ruhe gebettet und die Nacht durchgeschlafen habe. Ich döse nur noch, ob nun bei Tage oder bei Nacht, in den kurzen Abständen, wenn der Schmerz abebbt und ich mir ein wenig Ruhe gönnen kann. Das dickste, weichste Federbett könnte ebenso gut nur ein harter Balken sein, so wenig kann ich mich darauf entspannen. Den Gedanken, mich zu Bett zu legen, um zu schlafen, habe ich schon vor Wochen aufgegeben, weil ich mich nicht mehr von alleine umdrehen kann und andere nicht damit belasten will, sich ständig um mich zu kümmern. Ich habe einen Stuhl mit einem Hocker davor, dazu Decken und Kissen, welche ich nach Belieben so hinlegen kann, wie ich es brauche, um das eine Zipperlein zu besänftigen und den anderen brennenden Schmerz zu lindern.

Bald werde ich sterben. Und ich brauche nicht die Trauer in den Blicken der anderen zu sehen, um das zu wissen, denn ich weiß genug über den Tod, um seine Anzeichen zu erkennen, und lese in jedem mühseligen Atemzug, den ich tue, wie hinfällig mein Körper geworden ist. Wenn eines der Kinder hereinkommt, um zu schauen, wie es mir geht, breite ich nicht mehr die Arme aus, um es willkommen zu heißen. Es sind alles liebe Kinder, die auch auf das kleinste Zeichen von mir jederzeit hereinkommen und einen oder zwei höfliche Momente lang den geliebten Kopf auf meine Brust betten würden, doch ich will ihnen den Gestank des Todes, der mich umgibt, nicht zumuten. Abgesehen davon, dass selbst die kleinste wohlmeinende Zärtlichkeit nunmehr tiefblaue Flecken auf meiner Haut hinterlässt.

Gott ruft mich zu sich, jeden Tag ein wenig mehr von mir. Er hat schon viel geholt, doch meine Sehkraft hat er mir gelassen, und dafür bin ich ihm dankbar. Noch immer sehe ich die Herrlichkeit seiner aufgehenden Sonne durch die schlierigen Fenster meines Zimmers. Ich kann den Wind beobachten, wie er das Wasser kräuselt, ich sehe den Fischadler, der sich auf Beutezug urplötzlich vom Himmel stürzt, sehe die Gewitterwolken, die sich zu dunkelroten Kissen aufbauschen. Ich sitze am Fenster, aufgestützt wie eine Puppe auf einem Bett, und schaue hinaus. Ich schaue und erinnere mich. Jetzt, wo alles andere nicht mehr da ist, ist das, was ich sehe, und das, woran ich mich erinnere, alles, was mir geblieben ist.

Gestern Abend bat ich die anderen, mir meine geschnitzte Schachtel hereinzubringen, die ich damals in Padua im Jahre meiner Hochzeit mit Samuel bekam. Es ist Ewigkeiten her, seit ich das letzte Mal hineingeschaut habe. Die Seeluft hat die Scharniere zum Rosten gebracht, und ich musste mir mit meinen steifen Händen eine Weile daran zu schaffen machen, bevor es mir gelang, sie zu öffnen. Doch die Blätter waren immer noch darin. Die ganz frühen, reines Gekritzel, zerknittert und befleckt, manche mit ein paar lateinischen Sätzen in Makepeace' kindlicher Handschrift, die Fehler mit wütenden Strichen übermalt, bevor er das verdorbene Papier wegwarf. Dann die Blätter aus späteren Jahren, mit wenigen Worten in Elijah Corletts sorgfältiger Schrift, welche vielleicht nur wegen eines kleinen Tintenflecks oder eines nicht ganz gelungenen Federstrichs weggeworfen worden waren. Und auf jedem Blatt meine eigene Handschrift, Zeile für Zeile, vorne wie hinten.

Jetzt schmerzt meine Hand, während ich diese Zeilen zu Papier bringe, die mehr an Spinnenbeine erinnern als an Geschriebenes. Mit jedem Druck auf die Feder mahlt sich der Schmerz durch die Knochen meines Handgelenks. Doch ich muss schreiben. Jetzt, wo das Ende nahe ist, verspüre ich den Drang, die Geschichte zu beenden, die ich einst begann, vor so vielen Jahren, als diese neue Welt und ich noch jung waren und noch alles möglich schien. Ich muss mein Leben niederschreiben, mein Leben, Calebs Übergang von seiner Welt in die meine und all das, was daraus wurde. Die Zeit ist kurz, doch ich bete darum, dass der, in dessen Händen mein Leben liegt, mir noch genügend Tage schenkt, damit ich diesen Bericht vollenden kann.

Es hat einen Großteil dieses Tages gedauert, bis ich all die verblichenen Schilderungen meiner Mädchenseele gelesen hatte. Oft genug musste ich innehalten, weil mich die Erinnerung bedrängte und mir Tränen in die Augen trieb, bis alles um mich herum verschwamm. Einmal jedoch gelangte ich auch an eine Stelle, an der ich laut auflachen musste – und für meine Fröhlichkeit bitter mit einem stechenden Schmerz bezahlen musste. Es waren die Zeilen, in denen mein siebzehnjähriges Ich das eigene Alter und den Tod heraufbeschworen hatte, die mich so sehr zum Lachen brachten.

Oh, du ichbezogene Gewissheit der Jugend! *Gebrechliche Greisin* – so schrieb sie. Gut und schön, das hatte sie immerhin vorhergesehen, doch beim Nächsten – *eine wunderbare Frucht…* Wieder muss ich lächeln, während ich jene Worte niederschreibe. Über reife Früchte könnte ich dem einfältigen Mädchen so manches erzählen. Von Maden und von Schimmel. Von Fäulnis und von sterblichen Überresten. Einem säuerlichen Geschmack, den man nicht mehr aus dem Mund bekommt.

Ist es denn immer so, das Ende der Dinge? Zählt denn eine Frau jemals die Körner, die sie geerntet hat, und sagt: gut genug? Oder denkt man doch immer, man hätte es noch besser machen können, wenn man sich nur mehr angestrengt hätte, wenn der Ehrgeiz größer und die Entscheidungen weiser gewesen wären? Ich lese weiter und muss wieder über dieses vor Leben strotzende junge Mädchen lächeln, über seinen Wagemut und seine Launen, und über all das, wovor es sich fürchtete.

Jetzt, wo ich mich eigentlich am allermeisten fürchten müsste, stelle ich fest, dass es nur noch wenig gibt, was mir Angst macht. Ganz gewiss nicht mein Tod; obwohl mir die Predigten eines ganzen langen Lebens auf Erden sagen, dass ich im Jenseits mit dem harten Schiedsspruch eines zornigen Gottes zu rechnen habe. Ich glaube fest daran, dass Gott nicht nur den Moment meiner Geburt bestimmte, sondern auch den meines Todes und all die Umstände meines Lebens dazwischen. Ich wünschte, ich könnte sagen, so wie die Auserwählten unter uns es gerne tun, dass ich keinen Finger rühren würde, um meine Bestimmung durch Gott zu ändern. Doch das kann ich nicht, denn es gibt vieles, was ich ändern würde, läge es in meiner Macht. Vielleicht ist das der Grund, warum Gott nicht zu mir gesprochen hat. Ich rechne nicht damit, dass mir in der wenigen Zeit, die mir noch bleibt, ein Weg zur Erlösung gewiesen wird. Während ich hier sitze, schlaflos und unter Schmerzen, wird mir bewusst, dass diese Pein vielleicht nur ein Vorgeschmack auf das ist, was mich in der Ewigkeit erwartet. Und doch bin ich nicht bereit, das, was ich nicht wissen kann, zu fürchten.

Nur eines weiß ich, weil das Übermaß an Verlusten in meinem Leben es mich gelehrt hat: Es wird leichter sein, betrauert zu werden, als selbst um jemanden zu trauern.

II

Ich arbeitete ein ganzes Jahr in der Küche des Harvard College. Durch ihre dünnen Mauern wehte mir jegliche Art von Wissen entgegen. Ich lernte zusammen mit den Erstsemestern und mit den Studenten des letzten Jahres, deren Wissen von vier Studienjahren ich in mich einsog, wenn Chauncy zu einer seiner Morgenvorlesungen vor seinen Studenten stand. Damit will ich nicht sagen, dass ich alles begriff, was ich hörte; wie hätte ich das auch gekonnt? Man kann bei einem Gebäude nicht beim Giebel anfangen, wenn man noch kein Fundament gelegt hat. Vieles von dem, was Chauncy den höheren Semestern vermittelte, blieb für mich im Dunkeln. Doch ich sammelte die Wissensfragmente, derer ich habhaft werden konnte, und während ein Jahr ins Land ging, hatte sich auch in mir ein kleines Gebäude des Wissens gebildet. Zwar kam ich nicht in den Genuss der täglichen Tutorien, bei denen die Studenten das Gesagte hinterfragen konnten, doch wenn ich eine Stunde mit Samuel und seinem Vater erübrigen konnte, bestürmte ich sie mit meinen Fragen. Von ihnen konnte ich mir Bücher ausleihen, die ich auch alle las, bis die Whitbys irgendwann ihre Kerzen löschten. So erschloss ich mir den Zugang zu verschiedenen Themen.

Für Hesiod, jenen antiken Dichter und Bauern, entwickelte ich eine besondere Zuneigung. Wie ich liebte er die Natur und bemühte sich stets ganz besonders, das in Worte zu fassen, was er rings um sich sah. Ich konnte mit Fug und Recht behaupten, dass ich mir Griechisch aneignete, indem ich seine

Werke und Tage auswendig lernte, denn diese Verse fügten sich so natürlich in mein Denken ein, dass es mir vorkam, als habe er meine eigenen Gedanken zu Papier gebracht. Es ist sein Nachthimmel, den ich jetzt sehe, durch all die Jahreszeiten hindurch: Arcturus, der sich bei Dämmerung herrlich aus den Ozeanfluten erhebt; die Pleiyaden, wie ein Schwarm Glühwürmchen; Sirius, der in heißen Spätsommernächten die Heuwiesen mit seinem Atem versengt; und Orion, der am Winterhimmel vorüberzieht.

Ich musste für jenes Jahr sehr dankbar sein. Meine Arbeit war im Vergleich zu dem, was ich von früher gewohnt war, wenig anspruchsvoll, und die Whitbys so zuvorkommend und stets gut gelaunt, dass ich mich schon bald bei ihnen so sehr zu Hause fühlte, als gehörte ich zur Familie. Natürlich vermisste ich die Insel, doch ich hatte das Gefühl, alles, was ich hier Tag für Tag lernte, wiege jenen Verlust irgendwie auf. Nur zwei Umstände waren während jener Zeit wie ein kleiner Stachel im Fleische.

Am meisten Sorgen bereiteten mir Caleb und Joel, denn ihre ersten Monate am College waren hart und bitter. Die anderen Studenten mieden sie. Es war nicht gerade so, dass sie sie offen aus ihrer Mitte ausstießen, denn das hätte man ansprechen, bestrafen und schließlich beheben können. Vielmehr taten ihre Mitstudenten nichts, um ihnen das Gefühl zu geben, willkommen zu sein, und heckten allerlei kleine Gemeinheiten aus, indem sie etwa auf den Schulbänken in der Aula keinen Platz für sie freimachten oder beim Essen oder in der kurzen Pause im Hof nie das Wort an sie richteten. Irgendwie – mit welchen Mitteln wurde mir nie ganz klar – gab man ihnen deutlich zu verstehen, dass sie in den geselligen Runden nach dem Abendessen am Kaminfeuer nicht willkommen waren. Man erwartete von ihnen, dass sie sich in ihren freudlosen Raum im Indian College zurückzogen, wo die Aula, die sonst durchaus ein angenehmer Platz gewesen wäre, größtenteils durch die riesige Druckerpresse versperrt war. Später am Abend mussten sie dann hören, wie die englischen Studenten, mit denen sie sich das Gebäude teilten – etwa fünf oder sechs waren in zweien der Gemächer neben ihnen untergebracht –, hereinkamen, immer noch in eine Wolke würzigen Holzrauches gehüllt und in irgendein kluges Gespräch vertieft, von dem sie selber ausgeschlossen waren.

Und so fanden Caleb und Joel Trost beieinander und wurden, ein jeder für den anderen, der Fels in der Brandung. Bei Tage waren sie unzertrennlich, sie sprachen Sätze zu Ende, die der andere begonnen hatte, und des Nachts zogen sie sich in ihr gemeinsames Zimmer zurück, wo sie beim Licht einer Talgkerze noch eine Weile zusammensaßen und sich gegenseitig dabei halfen, die am Tage besprochenen Texte zu verstehen. Wenn ich selbst noch spät wach war, sah ich manchmal das Flackern ihres kleinen Lichts im Fenster ihres Zimmers, bis um Punkt elf nach den Regeln des College die Zeit zum Löschen gekommen war.

Diese Mängel in ihrem gesellschaftlichen Leben gingen über bloß fehlende Kameradschaft oder Freundschaft hinaus. Sie hatten auch eine praktische Konsequenz. Es war üblich, dass die wohlhabenderen Studenten von ihren Familien Essenspakete bekamen – einen Laib Käse, eine Wurst oder Ähnliches. Diese wurden dann meistens des Abends vor dem Kamin gemeinsam verzehrt. Es kam eher selten vor, dass niemand irgendeine Leckerei mitbrachte, mit der man das kärgliche Abendessen etwas aufbessern konnte. Caleb und Joel jedoch, die sowohl von der Kameradschaft als auch vom Genuss dieser Leckereien ausgeschlossen waren, gingen jede Nacht hungrig zu Bett. Und frieren taten sie auch – denn die Holzration, die dem Indian College zugeteilt wurde, war knapp bemessen. Ich fürchtete um ihre Gesundheit ebenso wie um ihren Seelenfrieden. Und so begann ich, ihnen ab und zu etwas zuzustecken, wann immer es mir möglich war: ein Ei hier, etwas Trockenfisch da, oder ich schmierte ein wenig mehr Butter auf das Brot für ihre tägliche Ration. Wenn Maude Whitby etwas merkte, dann war sie freundlich genug, nichts zu sagen.

Zur selben Zeit wurde Caleb für seine hartnäckige Weigerung gemaßregelt, der alten Sitte zu folgen und als Erstsemester einem älteren Studenten als Laufbursche zu dienen. Die höheren Semester straften ihn dafür auf verschiedene Weise, indem sie seine Notizen beschmutzten oder seine Schreibgeräte verschwinden ließen. Einmal versteckten sie sein Barett, weil sie dachten, dann müsse er ohne Kopfbedeckung zum gemeinsamen Essen erscheinen und sich verhöhnen lassen. Doch hier unterschätzten sie ihn. Er sammelte einfach ein paar trockene Grashalme im Garten und wob sie zu einer akzeptablen Mütze. Als klar wurde, dass keiner ihrer Ränke ihn auch nur im Geringsten demütigen konnten, wurden es die höheren Semester irgendwann leid, ihn zu schikanieren, und sie hielten, wie es bei so gesinnten Jünglingen eben ist, Ausschau nach einem leichteren Opfer.

Ich war nicht die Einzige, die sah, dass die Dinge diese Entwicklung genommen hatten. Der junge Dudley, der stolzeste aller Erstsemester, und Benjamin Eliot, der auch eifersüchtig auf seine eigene Position bedacht war, hatten schon bald bemerkt, dass Caleb weder einem höheren Semester zu Diensten war, noch allzu sehr unter dieser Situation zu leiden hatte. Auch sie begannen sich jetzt gegen die Regelung aufzulehnen, und schon bald war eine Art Rebellion im Gange. Irgendwann nahm eine Delegation der Aufmüpfigen, angeführt von Dudley, ihren ganzen Mut zusammen und brachte ihre Bedenken bei Chauncy vor. Er hörte ihnen zu, dachte eine Weile nach und erklärte den alten Brauch schließlich für abgeschafft.

Dieses Ergebnis führte dazu, dass Caleb bei einigen der Erstsemester deutlich im Ansehen stieg, besonders als Dudley ihm für seine Vorreiterrolle öffentlich dankte. Ganz langsam begann ein Student nach dem anderen, Calebs Hautfarbe außer Acht zu lassen und stattdessen den Menschen darunter zu sehen. Und indem sie Caleb akzeptierten, wurde auch Joel allmählich angenommen, denn die beiden standen sich damals bereits so nahe, dass einer ohne den anderen undenkbar war. Freundschaft entstand nicht von heute auf morgen, doch irgendwann kam sie doch.

Indes hatten die beiden in jenen ersten Monaten noch einen anderen, härteren Kampf auszufechten. Dieser betraf den Tutor, den Chauncy für ihre Betreuung bestimmt hatte, einen erst kürzlich eingetroffenen Absolventen des Trinity College namens Seward Milford. Der Mann war ein trunksüchtiger Tunichtgut, der Indianer nicht mochte und diese Position nur übernommen hatte, weil sie besser bezahlt war als die anderen Tutorenstellen. Caleb und Joel setzten alles daran, so viel wie möglich zu lernen, während er all den Vergnügungen und Zerstreuungen nachging, die die Stadt zu bieten hatte. Wenn sie am Morgen nach der Vorlesung zu ihm ins Zimmer kamen, lag er oft noch im Bett und beschimpfte sie wild, weil sie ihn in seiner Nachtruhe gestört hatten. Statt sie auszubilden, wie es seine Aufgabe war, versuchte er, sie zu allen möglichen Ausschweifungen anzustiften. Er schmuggelte Schnaps in das Indian College und nannte sie abfällig Memmen und Feiglinge, wenn sie sich weigerten, an seinen Zechereien teilzunehmen.

Ich war entsetzt und bekümmert, als ich eines Nachts meine Notdurft verrichtet hatte und auf dem Rückweg ins Haus eine wankende Gestalt im Dunkeln sah, in der ich Caleb erkannte. Er torkelte von Baum zu Baum, blieb schließlich stehen und hielt sich schwankend an einer jungen Eiche fest, um sich lautstark zu übergeben. Ich lief zu ihm, um ihm zu helfen, weil ich hoffte, ihn rechtzeitig auf sein Zimmer zurückbringen zu können, bevor ihn jemand dabei erwischte, wie er ein halbes Dutzend Collegeregeln brach, auf die allesamt als Strafe eine Tracht Prügel stand.

»Psst!«, sagte ich. »Keinen Mucks.« Er schwankte, und ich dachte, gleich würden wir alle beide hinfallen. Dann hörte ich hinter mir einen Zweig knacken und drehte mich ängstlich um, doch zum Glück war es nur Joel, der seinem Freund ebenfalls zu Hilfe eilen wollte. Irgendwie gelang es ihm, Caleb die Treppe hochzubugsieren, ihm das Gesicht von Speichel und Auswurf zu säubern und ihn zu Bett zu bringen, bevor ein anderer Student wach wurde, der das Vergehen wahrscheinlich nur allzu gern den College-Oberen hinterbracht hätte. Am nächsten Tag schleppte sich ein bleicher Caleb mit blutunterlaufenen Augen in die Klasse und zuckte jedes Mal zusammen, wenn jemand quietschend seinen Stuhl über den Boden zog oder allzu geräuschvoll ein Buch auf den Tisch fallen ließ.

Einige Tage später entschuldigte er sich bei mir.

»Aber warum hast du das getan?«, wollte ich wissen. »Du siehst doch oft genug deinen Tutor, wenn er sich vom Schnaps seiner Kräfte berauben lässt.«

»Ich wollte es unbedingt wissen«, sagte er. »Ich wollte wissen, wie es ist und ob es irgendwelche Visionen mit sich bringt. Ich dachte, vielleicht verhüllen die äußeren Anzeichen irgendeine Wirkung im Inneren, die jedoch nur dem Trinker vorbehalten bleibt. Ich dachte, es muss einfach sein Gutes haben, da doch so viele hier der Trunksucht verfallen sind.«

»Und, hat es dir etwas gebracht?«

»Nein.« Er lächelte. »Nichts außer den Verlust meiner Würde und einen dicken Kopf.« Meines Wissens rührten weder er noch Joel jemals wieder starke Getränke an.

Durch den Mangel an geistiger Anleitung waren sie in ihren Fortschritten gebremst, ganz gleich, wie lange sie des Nachts über ihren Büchern saßen. Ich wusste, was eine fehlende Anleitung bedeutete und wie sie dem Verständnis des Erlernten entgegenstand. Ich sprach auch Samuel darauf an, weil ich wissen wollte, ob er einen Einfluss auf die Situation habe, doch er winkte ab und meinte, Chauncy sei mit Milfords Familie weitläufig verwandt und auf dem Ohr schon seit langem taub. Indessen sahen sich diejenigen am College, ob nun Studenten oder Lehrpersonal, die von vorneherein gegen das Projekt mit den Indianern gewesen waren, durch die scheinbar mangelnden Fortschritte der Jungen in ihrem Studium bestätigt.

Das alles wäre immer so weitergegangen, hätte Milford nicht eines Tages den Bogen überspannt und ein Fässchen Süßwein aus Goodman Whitbys wohlgehütetem Lager gestohlen. Whitby befasste sich normalerweise nicht mit Regelverstößen am College. Wenn ihm etwas zu Ohren kam, stellte er sich taub, denn er war der Ansicht, das Verhalten eines Mannes oder Jungen gehe nur seinen Erzeuger, seinen Pfarrer und das beorderte Lehrpersonal am College etwas an. Doch die Vorräte des College waren eine ganz andere Sache. Er war stolz darauf, dass es ihm stets gelang, Engpässe in der Versorgung der Studenten zu vermeiden und mit den kümmerlichen Rationen länger auszukommen als jeder andere. Dadurch wurde ein solcher Diebstahl für ihn zu einem besonderen Affront. Er meldete Chauncy seinen Verdacht, und der Präsident, der große Stücke auf seinen Küchenmeister hielt, ging schnurstracks auf Milfords Zimmer, um ihn mit dem Vorwurf zu konfrontieren. Wie der Zufall es wollte, erwischte er ihn nicht nur beim Süffeln, sondern auch bei einem Schäferstündchen mit einer Hure aus dem *Blauen Anker*.

Ich schätze, Chauncy hörte in jenen Tagen schon das Knirschen im Gebälk des College, falls ein solcher Skandal der »Gesellschaft für die Verbreitung des Evangeliums« zu Ohren gekommen wäre und diese ihre Unterstützung zurückgezogen hätte. Und so beschloss er, mit seinen so lange ersehnten indianischen Studenten kein weiteres Risiko einzugehen, sondern Milford von ihnen abzuziehen und Joel und Caleb fortan persönlich zu unterrichten. Dies brachte eine bemerkenswerte Veränderung in ihrem Status mit sich. Von Studenten, die zuvor kaum mehr gewesen waren als tolerierte Pflichtteilnehmer, entwickelten sich die beiden jungen Männer rasch zu Chauncys Vorzeigeobjekten. Er unterrichtete sie so sorgfältig, wie er es bei seinen eigenen Söhnen getan hätte. Als das Jahr sich dem Ende zuneigte, hatte er die Defizite in ihrer Ausbildung längst ausgeglichen, und als die Ergebnisse der Prüfungen bekannt wurden, stellte sich heraus, dass sie nicht wenige ihrer Klassenkameraden übertrumpft hatten.

III

Der zweite, freilich geringere Schatten, der in jenem Jahr auf mein Leben fiel, war mein eigener Kampf gegen die ungezügelte Begierde. Nach jener Begegnung am Tage des Herrn in der Bibliothek achteten Samuel und ich peinlich darauf, uns nicht mehr allein zu treffen, sondern nur in Anwesenheit anderer. Es war notwendig, dies zu tun, denn wir kannten nun beide unsere Schwäche in dieser Beziehung. Nach jenem Tag in der Bibliothek hatte ich mehrere schlaflose Nächte, während ich darauf wartete, dass der Monatsfluss einsetzen möge, denn ich wusste, wenn das nicht geschah, dann hätte ich nicht nur mich selbst ruiniert, sondern auch Samuels Leben und das des Kindes, nur weil ich einen Moment lang in den Sog ungehemmter Fleischeslust geraten war. So hinfällig mein Körper heute auch ist, und so lange das fleischliche Leben bereits hinter mir liegt, kann ich mich dennoch aufs Lebhafteste daran erinnern, wie es sich in jenem Jahr anfühlte, gegen die Wellen von Begierde anzukämpfen, die manchmal an mir zerrten und jegliche Vernunft, gesunden Menschenverstand und Schicklichkeit mit sich fortzureißen drohten. Doch wenigstens zu einem war das alles gut: Scheinheiligkeit, was die Sünden des Fleisches anging, war mir seither fremd.

So wie ich ihn gebeten hatte, wartete Samuel ganze sechs Monate, bis er seinen Heiratsantrag wiederholte. Während dieser Zeit wurde klar, dass er meinen Charakter so akzeptierte, wie er war, und nicht im Geringsten die Hoffnung hegte, mich irgendwie zu einer gefügigeren Braut formen zu können. Auch meine Angst, er würde meinen Verstand zu ersticken versuchen, erwies sich als haltlos. Obwohl wir uns jeden Tag sahen, sprachen wir nur am Tage des Herrn miteinander, wenn wir nach der Versammlung, gemeinsam mit seinem Vater als wohlwollendem Bewacher, beisammensaßen. Wenn ich dann um Erklärung eines bestimmten Sachverhaltes aus einer der Vorlesungen der Woche bat, runzelte sein Vater die Stirn, doch Samuel lächelte und führte begeistert mit mir ein Gespräch über das Thema, das ich gerade angeschnitten hatte. Schon bald hatte sein Vater seine anfängliche Missbilligung vergessen und nahm an dem Disput teil, bis derlei formlose Seminare für uns zu einer beständigen Gewohnheit wurden.

Und so kam es, dass wir in der Woche der festlichen Abschlussfeiern heirateten, mit Samuels überglücklichen frischgebackenen Absolventen als Trauzeugen. Mein Bruder und Großvater kamen beide von der Insel herüber und nahmen an den Feierlichkeiten teil. Selbst Makepeace stellte seine mürrischen Bedenken in den Hintergrund und lächelte über die fröhliche Zecherei, die überall in der Stadt im Gange war. Sowohl Großvater als auch Makepeace gaben mir zu verstehen, dass sie mit meiner Wahl Samuels zum Ehemann sehr zufrieden seien, und schon bald waren die drei in einen höflichen Disput über verschiedenste Themen versunken.

Makepeace brachte Nachrichten mit, die zu hören sich auch Caleb und Joel sehr freuten, denn er berichtete, Anne habe sich bei den Takemmy gut eingelebt und sei überaus beliebt im Dorf. Mich freute es ganz besonders, dass sie einen Nutzen für ihren regen Verstand und ihre Bildung gefunden hatte und als Lehrerin der jüngeren Merry-Mädchen tätig war, die ansonsten gar nicht zur Schule gegangen wären. (Ihre Stiefmutter Sofia konnte weder lesen noch schreiben, und auch beim

Vater hielt sich die Bildung sehr in Grenzen; das Halbwissen, dessen Noah und seine Brüder sich brüsten konnten, stammte von ihrer leiblichen Mutter, die daheim in Hertfordshire eine Nachbarschaftsschule besucht hatte, eine Bildung, die durch ihren frühen Tod ein Ende gefunden hatte.)

Ich stellte fest, dass Makepeace sich verändert hatte – er hatte nicht nur körperlich an Gewicht verloren, sondern auch einiges von seiner Strenge. Dies führte ich auf die Tatsache zurück, dass er nicht mehr tagtäglich dazu gezwungen war, die Anhöhen akademischen Wissens zu erklimmen und dabei seine eigene Unzulänglichkeit erfahren zu müssen. Stattdessen arbeitete er auf dem Hof, las aus der Bibel und fungierte in der Siedlung in jeder Hinsicht als Seelsorger. Zwar besaß er nicht die Qualifikation, um nach den Regeln der Kirche ordiniert zu werden, doch die meisten auf der Insel waren froh darüber, dass er Vaters Platz auf der Kanzel einnahm und von dort aus schlicht und rein das Evangelium predigte.

Es war Not am Mann gewesen, denn man brauchte dringend noch jemanden, der Wampanaontoaonk sprach und Iacoomis und Großvater dabei half, Vaters missionarische Arbeit fortzuführen, doch Makepeace war nicht gewillt und auch nicht allzu begabt darin, sich mit jener schwierigen Sprache zu befassen. Peter Folger, Großvaters Vormann, ließ sich schließlich davon überzeugen, den Posten zu übernehmen. Er war nach einem Zerwürfnis mit Großvater bezüglich des dornigen Themas der Taufe vor einigen Jahren auf unsere Schwesterinsel übergesiedelt. Doch irgendwie konnten die Wogen wieder geglättet werden, er war zurückgekehrt, und so konnte Vaters Vorhaben, in Manitouwatootan zu predigen und eine Schule einzurichten, endlich weiter vorangetrieben werden.

Dass Makepeace nun insgesamt milder gestimmt war, hatte neben seiner Zufriedenheit darüber, dass er nicht mehr zu emsigem Studium verpflichtet war, auch noch einen anderen Grund. Dieser trat zu Tage, als er mir anvertraute, auch er würde bald heiraten, und zwar die Witwe Gaze. Ich kannte die Dame nur als ruhige, fromme Frau, die zwei Jahre älter als mein Bruder war. Aus ihrer kurzen Ehe mit dem Seemann Eliahu Gaze hatte sie einen kleinen Sohn. Als Makepeace mir nun von dem Kleinen vorschwärmte, wurde mir klar, dass er dem Kind ebenso ergeben war wie der Mutter. Ich wünschte ihnen von ganzem Herzen Glück, erst recht, weil das der Witwe hinterlassene Vermögen recht ansehnlich war. Makepeace zeigte sich überaus fair und korrekt und nahm sich die Freiheit, meine Aussteuer aufzustocken, wodurch ich einen größeren Anteil erhielt, als ich erwartet hatte.

Das bedeutete mir mehr, als ich gedacht hätte. Ziemlich unerwartet hatte Samuel damit nun die Mittel, um seinen langgehegten Wunsch in die Tat umzusetzen. Man hatte ihm an der Universität von Padua einen Platz an der chirurgischen Fakultät angeboten, der nur durch ein sehr bescheidenes Stipendium abgesichert war. Mit gewissen Einschränkungen und Umschichtungen waren wir nun tatsächlich in der Lage, das Angebot anzunehmen. Und so stachen wir im Dezember in See. Von Joel und Caleb verabschiedete ich mich mit nur geringen Bedenken, denn das zweite Semester ließ sich recht gut für sie an, sowohl was ihr Studium als auch was ihre lange umkämpfte Stellung innerhalb der College-Gemeinschaft anbelangte. Da nun der Präsident selbst sich so sehr für ihren erfolgreichen Abschluss einsetzte, schien dem nichts mehr im Weg zu stehen.

Es war eine lange und beschwerliche Reise. Doch irgendwann kam der Wintermorgen, an dem ein muskelbepackter Bootsmann unser kleines in Nebel gehülltes Gefährt über eine milchige Lagune steuerte. Er sprach weder Englisch noch Latein, doch als er den Arm hob und damit in eine Richtung zeigte, konnte ich ganz in der Ferne schemenhaft einige Umrisse am Horizont erkennen. Zuerst begriff ich nicht recht, was ich da sah. Wenn ich jemals vom Wasser aus aufs Land geschaut hatte, waren es meist bewaldete Flächen oder locker besiedelte Häfen gewesen. Dann plötzlich wusste ich, worum es sich hier handelte: um einen Horizont, der gänzlich vom Menschen gestaltet war. Und was für ein Horizont: Es waren die Türme und Kuppeln von Venedig, die in der blassen Sonne schimmerten. In der Nähe des Markusplatzes gingen wir an Land, gerade als es auf jenem großen Platz laut wurde. Es war mittlerweile Mittag, und Hunderte von Glocken begannen zu läuten – ein Geräusch, das buchstäblich von allen Seiten zu kommen schien. Es war, als würden die Steine selbst singen.

Für ein Mädchen wie mich, das am Rande einer Wildnis aufgewachsen war, war es sonderbar, an einem Ort zu stehen, auf dem jeder Zoll des Grundes schon seit Jahrhunderten bebaut und besiedelt war. Ich spürte all die Menschen um mich herum und auch die Geister – Scharen von Menschen, die irgendwann vor mir hier gegangen waren und gelebt hatten. Jene Zeit in der Alten Welt – das vollkommen andere Licht, die fremden Gerüche und Geräusche – kehrt jetzt in leuchtenden Farben in meine Erinnerung zurück. Ein Sommertag in Padua. Samuel kehrt aus seinem Anatomiesaal zurück. Die Worte sprudeln nur so aus ihm heraus, während er mir alles erzählt, was er an diesem Morgen über den Kreislauf des Blutes durch knotige Arterien und schlanke Venen gelernt hat. Wir sitzen im Garten, während die Sonne heiß auf bröckelnde rosenrote Wände herunterbrennt und aus den Kräutertöpfen der Duft von Lavendel aufsteigt. Bienen mit von Pollen schweren Beinchen umsummen die winzigen Blüten. Ich reiße ein Stück Brot vom Laib und bestreiche es mit reifem Käse. Ich nehme ein Stückchen von der knotigen Wurzel, die mir unser Hauswirt an diesem Morgen ganz stolz überreicht hat, als handele es sich um einen Edelstein, und reibe sie, wie er es mir gezeigt hat, über den verlaufenden Käse. Urplötzlich steigt ein Aroma empor – fremd, üppig, erdig. Ich füttere Samuel mit dem köstlichen Brot, als wäre er ein Kind. Wir lachen, und er nimmt meine Hand und zieht mich nach drinnen, wo wir uns in unserem abgedunkelten Zimmer auf kühlen Laken ausstrecken.

Wir blieben zwei Jahre in Padua. Am Morgen, wenn Samuel seine Anatomievorlesung hatte, verdiente ich uns ein schönes Zubrot, indem ich zwei charmanten kleinen Komtessen und ihrem ungestümen jüngeren Bruder Englisch beibrachte. Natürlich waren sie katholisch. In jener Stadt, deren Universität schon vor vierhundert Jahren ihre Berühmtheit erlangt hatte, lebten wir auf engstem Raum mit einem ganzen Panoptikum von Menschen zusammen – Juden in der Diaspora, dunkelhäutige Muselmanen, Mönche mit Tonsur und einem Strick als Gürtel um ihre Kutten. Am Freitag, bei Sonnenuntergang, hörten wir oft den hebräischen Singsang von der nahe gelegenen Synagoge und sahen die Männer nach dem Gottesdienst mit ihren gestreiften Seidenmänteln und den flachen Pelzhüten herausströmen. An Festtagen schauten wir fasziniert die Prozessionen der Papisten an, wenn sie ihre vergoldeten, mit Blumen geschmückten Monstranzen durch die Straßen trugen. Irgendwann begann sogar Samuel sich zu fragen, ob denn unsere strenge Form des Glaubens wirklich der einzige Weg der Frömmigkeit war.

Im Jahre 1664 kehrten wir nach Cambridge zurück. Samuels Vater hatte uns darum gebeten. Seine Gesundheit war angegriffen, und er brauchte seinen Sohn, um die Schule zu leiten, ehe ein passender Nachfolger gefunden war. Ich war die ganze Reise über seekrank. Als wir bei strömendem Regen in Boston anlegten, hätte ich am liebsten niedergekniet und den Boden geküsst, nicht weil mir Boston so viel bedeutete, sondern weil es wirklich fester Boden war, den wir unter den Füßen hatten, und nicht der wogende Ozean. Als ich am nächsten Morgen dennoch wieder krank war, schaute mich Samuel seltsam an und stellte mir die Frage, die ich mir selber schon seit Wochen hätte stellen können, wäre ich nicht auf See zu krank gewesen, um klar nachzudenken. Wir hatten uns nach zwei Jahren Ehe langsam mit der Möglichkeit abgefunden, dass Gott uns nicht mit Nachwuchs segnen würde. Doch an jenem Tag wurde mir klar, dass ich guter Hoffnung war. Über die Geburt möchte ich nichts schreiben, nur, dass ich sie bloß knapp überlebt habe. Der kleine Junge sollte unser einziges Kind bleiben, denn obwohl es Samuel und der Hebamme mit vereinten Kräften gelang, mein Leben zu retten, gaben sie mir zu verstehen, dass eine weitere Schwangerschaft nicht ratsam sei. So wählten wir einen Namen aus der Bibel, wo es bei Hosea heißt: *Nennt eure Brüder Ammi (mein Volk) und eure Schwestern Ruhama (Erbarmen)*. Und so ist aus ihm ein starker und zugleich zärtlicher Mann geworden. Er lebt jetzt bei uns – ich sollte besser sagen, wir bei ihm –, denn obwohl Samuel immer noch viel Lebenskraft hat und gelegentlich auch zu chirurgischen Eingriffen gerufen wird, sind es Ammi Ruhama und seine Frau Elizabeth, die in diesem Hause das Sagen haben. Sie haben es für uns alle zum sicheren Hafen gemacht, sowohl für unsere ungestümen Enkelkinder als auch für uns gebrechliche Alte.

Doch ich greife vor. Ich war noch nicht lange aus dem von Sorgen geplagten Kindbett aufgestanden, und Ammi Ruhama war noch ein Säugling in meinen Armen, als wir an einem warmen Junimorgen des Jahres 1665 die Aula des College betraten, um Joel und Caleb zu lauschen, die beide am Ende ihres letzten Studienjahrs zusammen mit ihren Kommilitonen ihre Disputation abhielten. Sechs Tage lang mussten die Abschlusskandidaten in der Aula sitzen und sich den Fragen all derjenigen stellen, die den entsprechenden Titel bereits besaßen oder zu den Mitgliedern des Aufsichtskomitees des College gehörten, die mit ihrer Prüfung betraut waren. Einer nach dem anderen reisten zu diesem Behufe die angesehensten Männer der Kolonie an, so wie sie es jedes Jahr um diese Zeit taten, um das Wissen der Abschlussklasse auf die Probe zu stellen.

Calebs Aussehen machte mir Sorgen. Er war bis auf die Knochen abgemagert und litt unter einem beharrlichen, starken Husten. In den Jahren meiner Abwesenheit hatte seine Gesundheit durch mangelnde Ernährung und allzu große Hingabe an sein Studium offenbar deutlich gelitten. Dennoch sah sein Gesicht, das nun eher zurückhaltend und angespannt wirkte, noch immer gut aus, und während er auf Latein mit einem der Männer vom Aufsichtskomitee diskutierte, wurde es für kurze Zeit lebendig und ließ mich seine Ausgezehrtheit vergessen. Auch wenn seine Kenntnisse in jener Sprache die meinen bei weitem überschritten, wusste ich genug, um beurteilen zu können, wie redegewandt er geworden war, und dass er ein jedes seiner Argumente mit nützlichen Epigrammen und Zitaten von Ramus und Aristoteles untermauerte. Seine Begabung war nur das Erz gewesen, das unter der herausragenden Schulung durch den besten Gelehrten der Kolonie zu feinstem Stahl geschmiedet worden war.

So eindrucksvoll Calebs Disputation auch verlief, galt das Geflüster in der Aula an diesem Tage doch Joel. Es ging das Gerücht, dass Joel bei der bevorstehenden Abschlussfeier zum

Jahrgangsbesten ernannt und damit sogar über den Sprösslingen von Eliot und Dudley sowie allen anderen hochwohlgeborenen Engländern rangieren würde. Als ich das hörte, errötete ich vor Freude: Ich sah seinen betagten Vater Iacoomis vor mir, wie er, als einstmals Ausgestoßener, seinen Sohn sehen würde, wenn er seine Kommilitonen zur Feier geleitete. Ich war entschlossen, dafür zu sorgen, dass man ihn zu diesem Anlass von der Insel holte.

Außerdem hatte man mir bei unserer Rückkehr nach Cambridge mitgeteilt, dass auch für Calebs Zukunft gesorgt war. Er stand unter den Fittichen von Thomas Danforth, dem hochgeschätzten Richter und der rechten Hand des Gouverneurs. Bei einem seiner zahlreichen Besuche im College als Schatzmeister war ihm Caleb aufgefallen, er hatte ihn in seinen Studien bekräftigt und oft mit ihm über juristische Themen gesprochen, so zum Beispiel über Fragen des natürlichen und des verbrieften Rechts. Caleb würde vom Harvard College direkt nach Charlestown übersiedeln, bei ihm wohnen und unter seiner Anleitung Jura studieren. Es freute mich sehr, das zu hören, auch weil ich mir sicher war, Calebs Gesundheitszustand würde sich bessern, wenn er erst einmal frei von den Entbehrungen und Einschränkungen des Lebens am College war.

Davon war ich sogar noch mehr überzeugt, als Samuel und ich eines Abends, kurz nach unserer Heimkehr aus Padua, bei Thomas Danforth eingeladen waren und uns an seinen reich gedeckten Tisch setzen durften. Danforth hatte gehört, dass ich seit Jugendtagen mit Caleb bekannt war, und bestürmte mich förmlich mit Fragen bezüglich des Lebens seines Stammes auf der Insel, erkundigte sich nach Calebs Familie, der Rolle des Vaters als *sonquem* und wie sie sich wohl von der unserer englischen Gesetzgeber unterscheiden mochte.

Am größten war sein Interesse, als ich ihm erzählte, was ich von den Verhandlungen meines Vaters um Land wusste. Der damalige *sonquem* hatte den Verkauf für eine gute Sache gehalten, doch nicht sein gesamter Stamm war darin einer Meinung mit ihm gewesen. Statt wie ein englischer Lord die Bedenken seiner Untergebenen einfach zu ignorieren, hatte der *sonquem* einiges an Land den Andersdenkenden überlassen und nur einen Teil seines privaten Besitzes an die Engländer verkauft. Danforth fand diese Art zu regieren sehr überzeugend. Während des ganzen Abendessens war er voll des Lobes für Calebs Fähigkeiten und meinte, es gebe nichts, was der junge Mann nicht könne, wenn es nur zur richtigen Zeit und Gelegenheit sei. Es freute mich ungemein zu hören, welch hohe Ziele er mit meinem Freund hatte, in dem er bereits einen künftigen Staatsmann zu sehen glaubte. Seine Spekulationen gingen sogar so weit, dass er Caleb eines Tages als seinen Nachfolger auf der Richterbank sah, wo er die Interessen der Eingeborenen der Kolonie würdig vertreten würde.

Joel wiederum erzählte mir, er sei entschlossen, in die Fußstapfen seines Vaters als Prediger zu treten. Er plante, auf die Insel zurückzukehren und zu schauen, wie es um den Seelenzustand seines Stammes bestellt war und wie er das Bestreben seines Vaters, sie zu Christus zu bringen, befördern könne. Wenn er von der »Gesellschaft für die Verbreitung des Evangeliums« Gelder bewilligt bekäme, würde er einen zweiten Abschluss anstreben und sich ordinieren lassen. Einmal, während der Disputation, nahm er uns beiseite. Zaghaft, die Augen zu Boden gerichtet, fragte er, ob Samuel und ich vor den Abschlussprüfungen im Sommer mit ihm auf die Insel reisen und Trauzeugen bei seiner Hochzeit mit Anne sein würden. Offenbar hatten sich die beiden jungen Leute all die Jahre hindurch, seit der heimlichen Flucht des Mädchens aus

Cambridge, geschrieben, was nur Caleb gewusst hatte. Seit etwa einem Jahr waren sie verlobt und konnten es kaum erwarten, endlich vor den Traualtar zu treten und ihre Verbindung vor Gott zu besiegeln.

Samuel und ich gratulierten ihm von ganzem Herzen, und als ich Samuel einen fragenden Blick zuwarf, sagte er, sicher könne er einen Tutor für die Schule finden, der ihn in unserer Abwesenheit vertreten würde. Ich nahm seine Hand, als er das sagte, und warf ihm einen Blick zu, aus dem, wie ich hoffte, meine ganze Dankbarkeit und Liebe sprachen. Ich war seit fünf Jahren nicht mehr auf der Insel gewesen und sehnte mich danach. Joel schien sich zu freuen und kehrte dann wieder auf seinen Platz zurück, der, wie immer, an Calebs Seite war.

Schon bald war er in einen Disput mit einem älteren Geistlichen vertieft, doch gelang es ihm dabei offensichtlich, mit einem Ohr auch bei Calebs Befragung zuzuhören. An einem Punkt drehte er sich zu ihm und empfahl ihm ein logisches Argument, das er gegen seinen Opponenten einsetzen könne. Es war überaus geistreich, und alle, die es hörten, lachten anerkennend.

In diesem Moment fing Ammi Ruhama leise und wie ein Kätzchen zu maunzen an, was sich, wie ich wusste, schon bald zu lautem Geschrei steigern würde, wenn ich mich nicht sofort um seine Bedürfnisse kümmerte. Und so verabschiedete ich mich rasch von Samuel und ging nach Hause in das angenehme, lichtdurchflutete Zimmer, das wir bei Samuels Vetter, dem Glaser, angemietet hatten. Während ich dort am offenen Fenster saß, die warme Sommerluft spürte, die lind über meine Brust strich und die seidenen Härchen meines kleinen Jungen hochpustete, durchströmte mich ein Gefühl tiefer, betäubender Zufriedenheit. Ich dachte an meinen Vater, daran, wie sehr es ihn gefreut hätte, mit anzusehen, wie Caleb und

Joel auf dem Wege in ein solch nützliches und ehrenwertes Leben waren. Ich dachte an Anne, und daran, dass jene Entscheidung, die vor Jahren im Tumult heftigster Gefühle getroffen worden war, zu einem so glücklichen Ende geführt hatte. Ich spielte zärtlich mit einer der weichen, dunklen Haarsträhnen von Ammi Ruhama. Er geriet deutlich nach seinem Vater, obwohl er mich manchmal auch ein wenig an meinen Zwillingsbruder Zuriel erinnerte, zumindest gefiel mir der Gedanke, er könne ihm ähneln. Ich beugte den Kopf zu ihm herab und flüsterte ihm ins Ohr: »Bald, sehr bald, mein Kleiner, werden wir eine große Schifffahrt machen und nach Hause auf meine Insel fahren. Dort wird es dir gefallen.«

IV

In einer Sache hatte ich recht: Ammi Ruhama liebt diese Insel. Er war zehn Jahre alt, als wir wieder hierherzogen, weil wir vor den schrecklichen Ereignissen auf dem Festland Zuflucht nehmen mussten. In jenem grauenhaften Jahr 1675 kletterten wir oft auf die Klippen und schauten zum Festland hinüber, blickten auf der Suche nach Anzeichen für Krieg den fernen Horizont entlang. Um allzu oft tatsächlich Rauchfahnen zu entdecken, die von einer kürzlich angegriffenen und in Brand gesetzten Siedlung aufstiegen.

Zuerst hatte es den Anschein, als könnten Metacoms rebellische Indianer den Sieg davontragen. Die ersten Städte an der Grenze fielen, eine nach der anderen. Die Kämpfe erreichten sogar Plimouth, wo Metacoms Vater Massasoit einst ein Freund der englischen Siedler gewesen war. Die Nachrichten, die zu uns übers Wasser kamen, waren grauenhaft: aufgespießte Häupter von Geköpften, Vieh mit herausquellendem Gedärm, ganze Familien, die bei lebendigem Leibe verbrannten. In jenem Jahr konnten die Bauern ihre Ernte nicht einbringen, wenn sie nicht von schwer bewaffneten Truppen dabei geschützt wurden. Aus Grenzdörfern wie Northfield und Deerfield flohen die Menschen in die vergleichbare Sicherheit größerer Ortschaften, doch insgesamt wurden zwölf Siedlungen, einschließlich Providence, dem Erdboden gleichgemacht und niedergebrannt. Es schien, als wüssten die Engländer einfach nicht, was sie jenem Feind entgegensetzen sollten, der offenbar keinerlei Angst vor dem Tod hatte und das Gelände so gut kannte, dass er sich jederzeit im Sumpf oder den Wäldern unsichtbar machen konnte, um Verfolger abzuschütteln.

Wir versuchten, Ammi Ruhamas Ohren vor den schlimmsten Nachrichten zu schützen, doch Samuel und ich hielten uns jede Nacht in den Armen und beteten, dass der Krieg nicht bis zu uns kommen möge. Unser Flehen wurde erhört; die Eingeborenen dieser Insel traten nie zu Metacom, oder König Philip, wie die Engländer ihn nannten, über. Stattdessen legte Großvater sein ganzes Vertrauen in sie und bewaffnete sie sogar, damit sie sich verteidigen konnten, sollte tatsächlich einer von Metacoms Gefolgsleuten über die Meerenge übersetzen und versuchen, sie in den Krieg hineinzuziehen.

Ein halbes Jahr lang waren die Zustände für die Engländer auf dem Festland schlimm. Und wenn sich die Indianer unter Metacom zusammengeschlossen und ihre alten Fehden zwischen den Stämmen begraben hätten, so bin ich sicher, dass sie gesiegt und die weitere Kolonialisierung dieses Landes für mehr als eine Generation verhindert hätten. Tatsächlich waren die Verluste groß. Über sechshundert Engländer wurden getötet, und bei den Indianern war die Zahl sogar noch höher. Auch war vorerst die leise Hoffnung begraben, dass unsere Völker irgendwann auf freundschaftlichem Fuß zusammenleben könnten.

Bis sich endlich das Blatt im Krieg wendete – Metacom hingerichtet, seine Gefolgsleute getötet oder in die Sklaverei verkauft wurden –, fürchtete sich Ammi Ruhama schrecklich vor dem Festland und flehte uns an, wir sollten auf der Insel bleiben. Er hatte in ihrer fetten, fruchtbaren Erde Wurzeln geschlagen und hat seither nie mehr den Wunsch geäußert, irgendwo anders zu leben. Wie sich herausstellte, erwies sich seine Furcht vor der Welt auf der anderen Seite des Meeres als wohlbegründet, denn das Ende des Krieges brachte der

Kolonie kein Ende des Unheils. Jedes Boot, das bei uns anlegte, brachte neue Hiobsbotschaften. Gottes Hand lag schwer auf seinem Volk, und weder die zahlreichen Fastentage noch lange Gebete vermochten seinen Zorn zu besänftigen. In den Jahren 1675 und dann wieder 1679 brannten in Boston Privathäuser und Lagerhallen, und dazwischen wüteten die Blattern so heftig, dass an die dreißig Engländer pro Tag das Zeitliche segneten.

Der Winter 1680 war bitterkalt, was im darauffolgenden Sommer zu schrecklicher Dürre führte. Auch wir bekamen sie zu spüren, doch nicht mit der gleichen Wucht wie das Festland. Es hieß, die milden Ozeanströmungen hielten extreme Witterung fern und bewahrten uns vor dem Schlimmsten.

Obwohl die Nachrichten vom Festland so finster blieben, überraschte es mich, dass Samuel ohne Wenn und Aber damit einverstanden war, weiter auf der Insel zu verweilen; ich hatte gedacht, er würde sich viel zu sehr nach der Gesellschaft gelehrter Männer verzehren. Doch hier gab es weit und breit keinen anderen Chirurgen, und er konnte von gutem Nutzen sein. Und so bauten wir irgendwann dieses Haus. Wir haben mit großer Zufriedenheit in diesen Mauern gewohnt und das stete Wachsen des Hauses miterlebt: durch einen Anbau für Ammi Ruhamas Familie und zwei kleinere Häuschen, in denen zwei seiner Söhne leben. Manchmal sitzen hier vier Generationen an einem Tisch. Dann blicke ich mich um und wundere mich darüber, dass ein solch ruheloses Mädchen wie ich zur alten Matriarchin geworden und für eine solche Nachkommenschaft gesorgt hat.

Als Ammi Ruhama noch sehr klein war, habe ich versucht, ihm die Augen für die Welt jenseits dieser Gestade zu öffnen. Ich habe ihm von Padua erzählt, wo er gezeugt wurde – von den kleinen Plätzen und den schwindelerregend hohen Türmen, von den rührenden oder leidenschaftlichen Geschichten, die man dort an der Oper erzählt bekommt. Gebannt saß er dann vor mir, den Kopf auf meinem Knie und lauschte mir, bis ich geendet hatte. Schließlich blickte er zu mir empor – mit diesem Gesicht, das schon in Kindertagen den dunklen Ernst seines Vaters trug, aber auch von einer Anmut zeugte, die so gar nicht an Samuel mit seiner gebrochenen Nase erinnerte.

»Ach, diese ferne Welt«, sagte er dann. »Dort ist alles schon fertig gebaut und errichtet. Mir gefällt es hier, wo wir dabei sind, erst alles aufzubauen.« Obwohl sein Vater und ich ihm eine gute Erziehung angedeihen ließen, machte er sich nie so viel aus Büchern wie wir und hatte auch nicht vor, die Insel zu verlassen und aufs College zu gehen. Er wurde ein Mann, der gerne zupackte und seine Hände ebenso zu gebrauchen wusste wie seinen Verstand. Darin war ihm mein Freund Noah Merry wie ein zweiter Vater, denn er hatte mit ihm all die Fähigkeiten gemein, die zu einem solchen Mann gehören. Noah und Tobia waren mit vier Töchtern und keinem einzigen Sohn gesegnet worden. Als Ammi Ruhama ihre Tochter Elizabeth zur Frau nahm, war es so, als würden unsere beiden Familien endlich vereint.

Ammi Ruhamas Familie wurde immer zahlreicher, denn die Fruchtbarkeit, die Samuel und mir nie beschert war, wurde ihm offenbar in die Wiege gelegt. (Ich kann immerhin auf sechs lebende Enkel sowie bisher drei Urenkel stolz sein.) Er ist Bootsbauer geworden und hat sich in diesem Metier einen guten Ruf erarbeitet. Er war auf die Idee gekommen, die uralten Pläne von Schiffen zu studieren und dann an die besonderen Verhältnisse anzupassen, die durch die Bedingungen auf den hiesigen Gewässern und die zur Verfügung stehenden Materialien geprägt sind. Schon bald wurde die Bauart, die er damit ins Leben rief, in der ganzen Kolonie berühmt und beliebt. Man sieht seine Boote oft an der Küste entlangschippern, selbst aus großer Entfernung sind sie durch ihre Takelage unverkennbar. Wann immer ich ein solches Schiff sehe, denke ich mir: »Das hat mein Sohn gebaut«, und ich wünsche all denen, die unter seinen Segeln fahren, günstige Winde.

Günstige und widrige Winde. Barken und Schaluppen. Schoner und Gigs. Gewässer, wild und weit, flach und still. Wie diese Dinge doch die Kapitel meines Lebens bestimmt haben. Aber ich denke, bei einem Insulaner wie mir muss das einfach so sein.

V

Das Schiff, das mich im Juni 1665 von Cambridge nach Hause brachte, war ein abgetakelter alter, mit Werg geflickter Heringsfänger, doch in meinen Augen stand es unter Gottes besonderem Schutz.

Das Wetter war klar und ruhig. Ich stand auf dem Vordeck, hielt mich an der Reling fest und schaute angestrengt nach Osten, um auch ja nicht den ersten Blick auf die Insel zu verpassen, die ich fünf Jahre zuvor so ungern verlassen hatte. Joel war an meiner Seite, erfüllt von einer Sehnsucht, die wahrscheinlich noch größer war als die meine. Mein Herz machte einen Satz, als er mit scharfen Augen als Erster den zarten Strich ausmachte, an dem man die Insel erkannte. Zuerst wurde jener Strich zur flachen Erhebung, dann zu einer deutlich erkennbaren Klippe und schließlich zu dem breiten Küstenstreifen, an dem ich die glücklichsten Tage meiner Kindheit verbracht hatte. Ich rief Samuel, der Ammi Ruhama auf dem Arm hielt, etwas zu. Er blickte auf und sah die Insel in der Ferne zwischen den Brechern aufragen. Aus seinen Augen sprachen Liebe und die Freude über mein Glück.

Als wir von Bord gingen, hieß uns eine große Menschenmenge willkommen: Großvater, kaum vom Alter gezeichnet; Tante Hannah, gebrechlich und runzlig, die gestützt von einigen ihrer Enkel zur Anlegestelle gehumpelt war. Makepeace, geschmeidig wie eine Hauskatze, an der Hand seinen jungen Stiefsohn und neben sich seine Frau Dorcas mit ihrer gemeinsamen kleinen Tochter im Arm, die sie nach Solace benannt hatten. Ein wenig hinter dieser ersten Gruppe von Wartenden standen Iacoomis, seine Frau und all die Kinder, eine deutlich angewachsene, gesunde Schar. Während ich von meiner eigenen Familie umringt wurde, schaute ich zu Joel hinüber, sah mit Freude, wie die Kinder um ihn herumwuselten und das jüngste gleich versuchte, in seine Arme zu klettern, während die älteren ihm anerkennend die Hand auf den Rücken oder die Schulter legten, denn sie alle brannten darauf, den frischgebackenen Harvard-Absolventen bei seiner Heimkehr zu feiern. Seine Mutter Grace legte ihre fleischige Hand auf seine schmale Leibesmitte und schnalzte missbilligend mit der Zunge, weil er so abgemagert war. Und in der Tat war nichts mehr von dem pummeligen Jungen übrig, der damals die Insel verlassen hatte. Man sah seiner Mutter an, dass sie sich sogleich vornahm, ihn in den kommenden Wochen aufzupäppeln.

Ich dachte an Caleb. Bei ihm gab es niemanden, der sich so um ihn kümmern würde. Schweren Herzens hatte er beschlossen, in Cambridge zu bleiben, obwohl die Abschlussstudenten in der Zeit zwischen der Disputation und der Feier frei hatten. Von seinem einzigen engeren Verwandten, Tequamuck, konnte man wohl kaum erwarten, dass er seinen ehemaligen Lehrling, der mittlerweile in den höchsten Kreisen der englischen Gesellschaft verkehrte, mit Freuden willkommen hieß. Ich weiß nicht, ob Caleb seinen Onkel fürchtete oder ihm aus alter Zuneigung eine Konfrontation mit seinem Verlust ersparen wollte. Doch was ich wusste, war, dass die ungewohnte Trennung von seinem Freund, noch dazu in einer solchen Zeit der Freude und des Feierns, beide viel Überwindung kostete. Aber ich wusste auch, dass Joel Caleb nicht gedrängt hatte, mitzukommen, denn er verstand schließlich besser als jeder andere, welcher Riss sich durch Calebs Leben zog.

Joel lachte und scherzte mit seinen Leuten, doch es war nicht zu übersehen, dass er dabei die Blicke über die Anlegestelle schweifen ließ. Bestimmt suchte er nach Anne. Ihr Treffen kam jedoch erst am Nachmittag, als die Familie Merry sie von der Plantage holte. Am Abend des folgenden Tages vollzog Großvater ihre Trauung. Anne war, wie bereits früh zu erahnen gewesen war, zu einer Schönheit geworden. Längst blickten ihre grünen Augen nicht mehr scheu zu Boden, sondern schauten selbstbewusst und voller Freude in die Welt hinaus. Joel ließ sie fast nie aus den verträumten Augen. Das Fest war wunderbar. Meiner Schätzung nach kam etwa die Hälfte des Stammes der Takemmy, einschließlich des *sonquem*, nach Great Harbor, um mitzufeiern, wobei sie im Gepäck die herrlichsten Leckereien hatten, um Iacoomis' bereits üppig gedeckte Tafel noch zu bereichern. Nur die Aldens und ihre Anhänger hielten sich fern, obwohl sich auch einige ihrer Gefolgsleute, angesteckt von der überbordenden Fröhlichkeit, den Feierlichkeiten anschlossen.

In der Kühle jenes Morgens hatte ich Ammi Ruhama bei Samuel gelassen, denn ich wollte nach Speckle schauen. Als ich ihr das Zaumzeug anlegte, berührte sie mich mit ihren Nüstern und trappelte aufgeregt mit den Hufen, voller Vorfreude auf unseren Ausritt. Ich spornte sie nicht an, sondern ging langsam im Schritt, weil ich mir all die Veränderungen auf der Insel anschauen wollte, die die Jahre mit sich gebracht hatten und die besonders groß im Umland unserer Siedlung waren. Die Wildnis, die noch während meiner Kindheit gleich hinter den Stadtgrenzen begonnen hatte, war von Jahr zu Jahr immer weiter zurückgedrängt worden. Jetzt gab es mehrere Meilen gerodetes Land, das weit aus Great Harbor hinausführte. Noch weiter draußen markierten Baumstämme die Waldgebiete, in denen die Siedler ihr Heizmaterial holten. Viele Morgen Land waren in Weideland verwandelt worden, so dass die Herden, die dort grasten, deutlich größer geworden waren.

Ich war froh, als wir endlich zu unberührten, schattigen Wäldchen kamen, die mit hohen Buchen und duftendem Sassafras bestanden waren. Gierig atmete ich die Düfte meiner Kindheit ein und betrachtete das vertraute Spiel des Lichts zwischen den Blättern. Lange saß ich an Vaters weißem Steinhügel, der mittlerweile doppelt so hoch war wie ich selbst und im Sonnenlicht glitzerte. Als wir den Strand im Süden erreichten, fiel Speckle von selbst in Galopp, und ich ließ sie durch die Brandung laufen, bis sie müde wurde.

In den folgenden Tagen ritt ich aus, so oft ich konnte – manchmal allein, oft auch zusammen mit Samuel und dem Kleinen. Ich wollte meine Erinnerungen mit ihnen teilen, soweit es mir möglich war. Doch einige Dinge behielt ich auch für mich, und wenn Samuel mich manchmal dabei ertappte, wie ich gedankenverloren in die Ferne schaute, drängte er mich nicht, ihm alles zu verraten, was mir durch den Kopf ging.

Während der Sommer allmählich ins Land ging und die Ernte reifte, wäre es mir schier unmöglich gewesen, die Insel wieder zu verlassen, hätte es nicht die große Abschlussfeier von Caleb und Joel gegeben, die uns nach Cambridge zurückrief. Wir hatten uns einen, wie ich meinte, wunderbaren Plan ausgedacht, um Joels Freude an diesem Tag noch zu vergrößern. Es war nötig für ihn, vor uns abzureisen, da er, wenn er tatsächlich zum Jahrgangsbesten erklärt wurde, eine Rede schreiben und sich mit den vielen Ritualen auseinandersetzen musste, die an diesem Tag auf ihn zukamen. Gleich mit der nächsten günstigen Strömung sollte eine Bark in See stechen, bis zum Rand gefüllt mit den Erzeugnissen der Insel – Walkstoff für den Winter, Fässer mit gesalzenem Kabeljau, bündelweise Sassafras-Wurzel, die in England zur Linderung für die Übel der Franzosenkrankheit begehrt war. Der Kapitän war damit einverstanden gewesen, Joel auf seinem Schiff mitzunehmen. Wir verabschiedeten uns mit der Gewissheit, uns vierzehn Tage später in Cambridge wiederzusehen, und planten insgeheim, dann Iacoomis als Überraschungsgast zu den Feierlichkeiten mitzubringen.

Anne und ich gingen gemeinsam zur Anlegestelle, um ihm Lebewohl zu sagen. Ich hielt mich etwas abseits, um sie ein paar Augenblicke allein zu lassen. Die Köpfe ganz nah, standen sie da, das Sonnenlicht schimmerte auf ihrem glatten schwarzen Haar. Dann ging Joel an Bord, die Segel bauschten und blähten sich in der frischen Brise, und Anne blieb am Dock stehen und schaute ihm hinterher, bis die Bark hinter der Landzunge verschwand und nicht mehr zu sehen war. Wenn ich später in meinem Kummer nach irgendeinem Hinweis darauf suchte, dass etwas schiefgehen würde, dann glaube ich mich zu erinnern, dass die Bark sehr tief im Wasser lag. Doch vielleicht trügt mich mein Gedächtnis, und es war nur ein Gedanke, der mir später kam, als längst alles geschehen war.

VI

Mir fällt auf, wie wenig ich auf meinen vielen Seiten über all die Jahre hinweg über unsere Schwesterinsel geschrieben habe, jenen flachen Halbmond, der noch weiter draußen auf See liegt, hinter dem blauen Horizont jenseits der kleinen Insel Chappaquiddick. Dass Großvaters Besitzurkunde auch für jene andere Insel galt, hatte ich immer gewusst; ich erinnerte mich noch an seine Genugtuung, als er im Jahre 1659 Investoren in Salisbury gefunden hatte, die ihm dreißig Pfund und zwei Biberfellmützen – auf die er recht stolz war – für einen Anteil daran gezahlt hatten. Auch wusste ich, dass Vater ab und zu mit Iacoomis hinübergefahren war, um den dortigen Indianern das Evangelium zu predigen. Doch wenn er bei seiner Rückkehr davon erzählte, klang es immer so, als wäre die Insel in jeder Hinsicht der unseren unterlegen – kleiner, flacher, weniger abwechslungsreich und häufiger von Winden umtost –, sodass es kaum wert schien, die gefährliche Überfahrt über die felsigen Untiefen zu wagen.

Und doch fuhren wir drei Tage nach Joels Abreise dorthin, und ich ließ mir die tränenüberströmten Wangen vom salzigen Wind trocknen, während sich mein Inneres vor Kummer und Seekrankheit zusammenkrampfte. Am Nachmittag nach Joels Abfahrt waren schlimme Winde aufgekommen, die jedoch nicht so heftig waren, dass irgendjemand von uns sich Sorgen gemacht hätte. Oft fuhren Schiffe unter wesentlich schlechteren Bedingungen von der Insel nach Boston, und die Seeleute dachten sich nur wenig dabei. Wie es dazu gekommen war, dass jene Bark so weit vom Kurs abkam und vor Coatuet auf Grund lief, dafür hat bislang nie jemand eine Erklärung gefunden.

Während wir uns der Insel näherten, sahen wir die Bark bereits auf der Seite liegen, hochgespült auf den mit Sand bedeckten Küstenwall, direkt neben einem dichten Zypressenwald. Irgendwie sah das Schiff gar nicht wie ein Wrack aus, denn es war so wenig beschädigt, dass man gar nicht glauben mochte, irgendjemand könne zu Tode gekommen sein, als es auf Grund lief. Ich wandte mich Samuel zu, und auf meinem Gesicht muss Hoffnung aufgeleuchtet haben, dass die Berichte, die uns erreicht hatten, doch falsch gewesen waren. Er jedoch schaute nur mit ernster Traurigkeit auf mich herab, legte mir die Hand auf die Schulter und schüttelte den Kopf. Da wurde mir bewusst, dass er in der Sache mehr wusste, als er zugegeben hatte.

Der Kapitän unseres Schiffes wollte nicht das Risiko eingehen, näher heranzufahren, weshalb wir weiter auf den Hafen zusteuerten, wo wir die Segel einholten und langsam am Dock anlegten. Hier kam uns Peter Folger entgegen, und wir vier – Samuel, das Baby, Iacoomis und ich – gingen von Bord und legten den kurzen Weg zu seinem Häuschen zu Fuß zurück. Iacoomis ging tief gebückt wie ein alter Mann und wirkte so niedergeschlagen und am Boden zerstört, wie ich ihn nicht mehr gesehen hatte, seit er damals in meiner Kindheit zu uns in die Siedlung gekommen war.

Folger hatte Brot, Käse und Bier auf einem Tisch hergerichtet, und ich nahm mir eine Kante Brot, um meinen aufgewühlten Magen zu beruhigen, doch die Krümel kratzten wie Asche in meinem Mund, und ich musste es wieder beiseitelegen. Iacoomis ergriff als Erster das Wort. Er sprach Folger auf Wampanaontoaonk an.

»Wo ist der Leichnam meines Sohnes?«

»Freund«, erwiderte Folger mit ernster Miene. »Behalte deinen Sohn so in Erinnerung, wie er im Leben war.«

Iacoomis blickte Folger mit zornigen Augen an. »Ich will meinen Sohn sehen.«

Folger legte ihm eine Hand auf die Schulter. »Mein Freund, es sei, wie du es dir wünschst. Doch ich würde es dir gerne ersparen. Es waren mehrere. Sie haben Kriegsbeile benutzt. Sie haben schrecklich gewütet.«

Da schrie ich auf, und Iacoomis, der im Laufe der Jahre zu einem der tapfersten Männer geworden war, die ich kannte, der Mann, der sich den *pawaaws* entgegengestellt und sie besiegt hatte, krümmte sich wie ein totes Blatt zusammen und rang um Atem.

Samuel, der nicht verstanden hatte, was gesagt wurde, nahm mich in die Arme und schaute Folger fragend an.

»Wir haben die Mörder geschnappt, seid ganz beruhigt. Sie werden dafür hängen, dessen könnt Ihr sicher sein. Sie waren uns schon lange als üble Unruhestifter bekannt, die uns bereits seit einiger Zeit bezichtigten, wir würden sie aus ihren Jagdgründen vertreiben und zulassen, dass unsere Schweine ihre Muschelbänke verwüsten. Es ist eine falsche Behauptung, denn wir besitzen das Zeichen ihres *sonquem* auf den Papieren, in denen sie uns ihr gesamtes Land vermacht haben. Sie sagen, er habe nicht gewusst, was er da unterzeichnete, doch ist es unsere Schuld, wenn sie jetzt, wie sie behaupten, nicht mehr in der Lage sind, ihre Kinder zu ernähren? Jedenfalls war es nicht das erste Mal, dass sie auf Diebstahl zurückgegriffen haben – denn das war, wie sie gestanden haben, ihr Beweggrund. Als sie sahen, wie die Bark auf Grund lief und strandete, rannten sie hin, um sich die Schiffsladung unter den Nagel zu reißen und jeden niederzuschlagen, der sich ihnen in den Weg stellte. Der erste Maat, der noch lebte, als wir ihn fanden – durch Gottes gestrenge Vorsehung starb er wenig später –, gab uns zu verstehen, dass sich Joel ihnen sehr tapfer entgegenstellte und sie in ihrer Sprache davon zu überzeugen suchte, von ihrem Vorhaben abzulassen, doch das brachte die Schurken offenbar noch mehr gegen ihn auf, und am Schluss gingen sie alle gemeinsam aufs Brutalste auf ihn los.«

Als ich wieder sprechen konnte, wandte ich mich an Iacoomis und sagte ihm auf Wampanaontoaonk, es sei mir die allergrößte Ehre, wenn er mir erlauben würde, Joels sterbliche Hülle zu waschen und für das christliche Begräbnis herzurichten. Einen anderen Ritus wollte Iacoomis nicht für seinen Sohn.

Samuel versuchte, mich von meinem Ansinnen abzubringen. Doch ich schaute ihm in die Augen und sagte ihm, ich sei fest entschlossen, woraufhin er mir – auch das ein Zeichen dafür, dass wir wirklich ein Paar geworden waren – einfach Ammi Ruhama aus den Armen nahm und nickte, während ich zu dem Ort ging, wo man Joels geschundenen Körper aufgebahrt hatte. Peter Folger gab mir Wäsche aus seinem eigenen Schrank, damit ich ihn verhüllen konnte. Ich tat mein Bestes, doch auch so musste Iacoomis, als er kam, um seinen Sohn ein letztes Mal zu sehen, seinen ganzen Mut und seine Überzeugungen als Christ zusammennehmen, um bei seinem Anblick nicht aufzuschreien. Und so ging er von dieser Welt, unser hoffnungsvoller junger Prophet Joel.

Wir kehrten zusammen mit Iacoomis auf unsere Insel zurück. Mit an Bord hatten wir die schreckliche Nachricht, dass die Berichte und Gerüchte von dem gestrandeten Schiff und seinen ermordeten Passagieren der Wahrheit entsprachen. Ich war dabei, als man Anne die Nachricht überbrachte. Sie weinte laut, verzerrte das Gesicht und riss an ihren Haaren, doch zu trösten war sie nicht. Ich blieb die ganze Nacht mit ihr auf und ließ sie am nächsten Tag in der Obhut von Grace Iacoomis zurück. Als ich ging, saß sie an der Tür, die grünen Augen schwimmend vor Tränen, und starrte blicklos aufs Meer hinaus.

Zwei Tage später gingen Samuel und ich in Cambridge an Land. Die Stadt war im Freudentaumel ob der Abschlussfeiern, was so gar nicht zu unserer eigenen Trauer passte. Seit der ersten Abschlussfeier im Jahre 1642 waren die Festlichkeiten zum Höhepunkt des Sommers in Cambridge geworden, zumal sie zeitlich mit der Ernte und ihren reichen Gaben zusammenfielen, bevor das Wetter schließlich winterlich und unwirtlich wurde. Seit der Gründung des College hatten selbst die ernsten Mitglieder dieser strengen Kolonie die Feiern schätzen gelernt und drückten bei Verstößen, die zu anderen Zeiten schwere Strafen nach sich gezogen hätten, mehr als ein Auge zu. Das war auch in diesem Jahr nicht anders, und wie immer füllte sich Cambridge, während der Tag näherrückte, ebenso mit Menschen, die mit dem College direkt zu tun hatten, als auch mit solchen, denen der Sinn einfach nur nach Feiern stand.

Ich ließ Samuel und den Kleinen im Haus der Cutters zurück und ging direkt zum Indian College. Es war meine Aufgabe, Caleb die Nachricht zu überbringen. Ich war seine Freundin: Es war nur richtig, dass ich das tat. Samuel wollte mit, doch ich sagte nein. Ganz gleich, wie mein alter Freund diesen Schlag aufnahm, war es besser, so wenige Zeugen dabeizuhaben wie möglich, fand ich. Am schlimmsten daran war die pure Freude in seinem Gesicht, als er mich erblickte. Er lief in den Garten hinaus, um mich zu begrüßen, und strahlte wie bei unserer Rückkehr aus Padua, voller Freude ob der bevorstehenden Feierlichkeiten.

Die ganze Seefahrt hindurch hatte ich mir den Kopf zermartert, was ich wohl zu ihm sagen könnte. Unzählige Male hatte ich die Worte in mir hin und her gewendet, doch am Ende erwies sich alles Grübeln als müßig. Wenn jemand einen anderen so sehr liebt, wie Caleb Joel liebte, dann bedarf es gar keiner Worte, um ihm eine schlechte Nachricht zu überbringen. Mein Gesicht, mein ganzer Körper, die Schwere meiner Schritte – das alles verriet ihm, was geschehen war, bevor ich auch nur das Wort »Schiffbruch« oder »Mord« sagen konnte. Caleb wusste sofort, dass seinem besten Freund etwas Schreckliches zugestoßen war.

Er schrie nicht auf. Er stand nur da, und die Hand, die er ausgestreckt hatte, um mich zu begrüßen, fiel schwer an seiner Seite herab. Sein Gesicht zuckte. Ich rang um Worte, die Kehle wurde mir eng. Was ich bezüglich des Geschehenen herausbrachte, weiß ich nicht mehr, doch es vergingen nur ein paar Augenblicke, bevor er mir mit einer erhobenen Hand Schweigen gebot.

»Bethia.« Er holte tief und zitternd Luft. »Mir alles zu erzählen, werde ich dich später bitten. Doch jetzt lass mich allein.«

»Caleb, wenn ich...«

»Bitte, Bethia. Wenn ich dir irgendetwas bedeute, dann geh.«

Und so ging ich. Ich weiß nicht, ob er sich später bei Samuel oder jemand anderem über Einzelheiten erkundigte. Doch mir gegenüber erwähnte er Joels Tod nie mehr.

VII

Ich möchte nicht behaupten, dass die Abschlussfeier in Harvard im Jahre des Herrn 1665 vollkommen freudlos war. Es wurde durchaus gefeiert, und es gab selbst für diejenigen unter uns, die trauerten, Momente der bittersüßen Freude. In dieser gefallenen Welt ist das eben so: Jedes Glück ist wie ein heller Sonnenstrahl inmitten von Schatten, und jeder ausgelassene Moment ist von Kummer und Sorgen umrahmt. Es gibt keine Geburt, bei der man sich nicht an einen Tod erinnern wird, keinen Sieg, ohne den Gedanken an eine Niederlage. Und so wurde bei jenen Abschlussfeierlichkeiten auch gefeiert. Ich glaube, Joel hätte es so gewollt. Sein Geist war, wann immer ich ihn an jenem Tag spürte, wie eine sanfte Berührung, kein unruhiges Gespenst, sondern ein warmer und wohlwollender Begleiter. Und ich denke – hoffe –, Caleb empfand das ebenso.

Wenn ich die Augen schließe, sehe ich jenen sonnendurchfluteten Spätsommertag immer noch vor mir. Schon am frühen Morgen waren die Wege von Besuchern aus Boston, Watertown, Charlestown und den umliegenden Farmen oder Plantagen verstopft. Die Angehörigen der Graduierten tummelten sich Schulter an Schulter mit Indianern, Farmern und Geistlichen, Straßenhändler boten lauthals ihre Waren feil, weil sie inmitten der Menschenmenge ein gutes Geschäft witterten. Es schien, dass es viele Menschen zwar nicht nach der Wissenschaft dürstete, aber nach Bier und Wein, denn die Kneipen konnten sich über mangelnden Zuspruch nicht beklagen, und so manch derbe Szene auf der Straße war auf Trunkenheit zurückzuführen.

Als ich noch als Küchenmagd im College arbeitete, hatten uns die Vorbereitungen auf die Festgelage bereits Wochen vorher auf Trab gehalten. Nach altem Brauch hatten wir damals zwei Indianer aus Natick angeheuert, die große Spießbraten aus Rind zubereiteten, und über dem Kamin reihten sich allerlei Kessel und Schüsseln, die bis zum Rand mit Suppen, Eintöpfen und Puddings gefüllt waren. In jenem Jahr hatten wir nicht weniger als zwölf Fässer Wein aus dem Keller gerollt, und was die Mengen an Apfelwein und Bier anging, die ebenfalls getrunken wurden – und das allein auf dem Gelände des Colleges –, hatte ich längst den Überblick verloren. Gerade in jenem Jahr hatte ich den Namen »Abschlussfeier« für das Ereignis besonders passend gefunden, denn von unseren Vorräten ging fast alles zur Neige, was Küche und Keller zu bieten hatten.

Samuel und ich waren schon früh auf den Beinen, um uns einen guten Platz für die akademische Prozession zu sichern. Trotzdem waren uns schon viele zuvorgekommen. Ich konnte den Gouverneur sehen, zu Pferde und von seinen mit Lanzen bewehrten Wachen begleitet, ebenso wie Sheriffs dem Aufsichtskomitee das Geleit gaben. Nur die ehrenwerten Mitglieder des Obersten Gerichtshofes sowie die Geistlichen der sechs führenden Städte konnte ich nicht sehen, da sie alle zu Fuß kamen. So zog ich Samuel am Ärmel, und wir schlängelten uns nicht ohne Mühe durch die dichtgedrängte Menge, bis wir einen etwas erhöhten Platz gefunden hatten, der einen besseren Überblick bot. Ich wollte unbedingt Caleb mit den Kommilitonen seines Jahrgangs marschieren sehen. Ich entdeckte Chauncy und Dunster, den früheren Präsidenten, in den hermelingesäumten Talaren und den Samtbaretts ihrer englischen Alma Mater. Und dann kamen unsere Studenten in ihren einfachen Röcken, die als Schmuck einzig und allein ihre leuchtenden Gesichter tragen durften. Sie alle schauten mal ernst und dann wieder fröhlich, wenn sie in der Menge ein Elternteil oder einen Verwandten entdeckt hatten. Ich sah Eliot und Dudley, den gutaussehenden Hope Atherton und einen grinsenden Jabez Fox. Und dann als Allerletzten Caleb, gut einen halben Kopf größer als sein Nebenmann, in stattlicher Haltung, als habe er sein Lebtag nichts anderes getan als zu paradieren. Er blickte sich nicht um, wie es andere taten, sondern hielt den Blick, ebenso brennend wie konzentriert, geradeaus gerichtet, als könne nur er allein in die Zukunft sehen, der er gerade entgegenschritt.

Selbst als er bereits an mir vorüber war, konnte ich nicht den Blick von ihm lösen. Ich sah die kerzengerade Haltung seiner Schultern, das festliche Barett, das korrekt auf seinem Kopf saß – und dachte an Truthahnfedern und Waschbärenfett, an lila Wampum-Perlen und Rehleder. Ich dachte an seine Hände zurück, wie sie, mit Schlamm bespritzt, so gierig nach dem Buch gegriffen hatten, das ich ihm hinhielt. Ich hatte diese Reise begonnen, indem ich ihm bis in die verborgenen Winkel seiner Welt folgte, und indem er die strahlendsten Höhen meiner Welt erklomm, endete sie.

Da berührte Samuel mich am Arm und bedeutete mir, dass wir uns beeilen müssten, um rechtzeitig in der Aula zu sein. Ich hatte mit den Whitbys verabredet, dass ich die Zeremonie von der Küche aus beobachten durfte, und versprochen, ihnen an diesem anstrengendsten Tag des Jahres nicht zwischen den Füßen herumzulaufen. Ich sah durch die Luke, wie Samuel ganz vorne unter den angesehensten Absolventen seinen Platz einnahm. Die Aula war voll besetzt und mit aufgeregtem Geschnatter erfüllt, ehe der Pfarrer sich erhob, um sein Bittgebet anzustimmen. Dann wurde Benjamin Eliot nach vorne gerufen, um die Rede auf Griechisch zu halten. Er war zum Jahrgangsbesten ernannt worden. Über Joels viel zu frühen und tragischen Tod hatte niemand ein Wort verloren, und auch wenn ihm die Ehre dieses Titels zuteilgeworden war, wurde nichts davon verlautbart. Ich wusste nicht, warum man ihm posthum diese Anerkennung verweigerte; mir schien es einfach eine grobe Missachtung zu sein, die ich so ungerecht fand, dass mein Gesicht vor Scham brannte. Gewiss hätte man, wenn ein solches Schicksal einen Eliot oder Dudley ereilt hätte, davon gehört und wenigstens ein Gebet für ihn angestimmt. Bestimmt wollte Chauncy keinen Schatten auf den so heiteren Tag fallen lassen, und es konnte auch nicht in seinem Interesse sein, den jungen Eliot zu demütigen, indem man ihm zu verstehen gab, dass er nur zweite Wahl war. Erst recht nicht, wo der berühmte Vater mit einem stolzen Lächeln auf dem Gesicht unter den Ehrengästen saß. Dennoch empfand ich das Vorgehen als beschämend und peinlich, und das tue ich bis zum heutigen Tage.

Ich glaube, Benjamin Eliot hatte nicht viel Zeit gehabt, um seine kleine Rede vorzubereiten, denn er griff auf das etwas verstaubte und oft herangezogene Motiv der Erlösung durch Gnade zurück, und obgleich es eine fundierte Rede war, hätte niemand sie als brillant oder denkwürdig bezeichnet. Natürlich musste der junge Eliot sie auch nicht, wie andere, dazu benutzen, den ein oder anderen unter seinen Zuhörern auf sich aufmerksam zu machen, der vielleicht eine Kanzel oder ein Lehrerpult an einer Schule anzubieten hatte. Für ihn war der Weg längst klar und geebnet; er würde das Werk seines Vaters unterstützen. Später erfuhr ich, dass ihn ein hartes Los erwartete. Noch in jungen Jahren verfiel er dem Wahnsinn, ein Mensch, der weder seine Worte noch sein Tun im Griff hatte.

Als Nächster erhob sich Dudley, denn ihm fiel als Zweitem die Ehre der lateinischen Rede zu. Diese war geistreich und hübsch angelegt, denn Dudley hatte sich das Thema der goldenen Mitte ausgesucht, der Mäßigung, nach der es stets zu streben gelte. Kaum wiegte sich jedoch sein Publikum nach der Einleitung in Sicherheit, kam im Hauptteil ein kleiner Paukenschlag, denn Dudley stellte die Behauptung auf, in Wahrheit erlaube Gott überhaupt keine Mäßigung. Zwischen Gut und Böse, zwischen Wahrheit und Lüge gebe es keinen Mittelweg, und das am wenigsten gemäßigte Faktum unserer Existenz sei die Existenz Gottes. Als er geendet hatte, schien auch die Zustimmung in der Aula selbst etwas Unmäßiges zu haben und leistete Dudleys Worten weiter Vorschub. Müßig hier zu erwähnen, was aus ihm wurde, denn sein Ruf – beziehungsweise seine Verrufenheit, je nachdem, von welchem Standpunkt aus man die Sache betrachtete – ging ihm voraus, und sein Name wurde in den folgenden Jahren mehr als nur einmal erwähnt. Als ich erfuhr, dass er seine Abenteuer beim großen Sumpf-Massaker im König-Philip-Krieg niedergeschrieben hatte, bestellte ich mir das Machwerk. Ich las es voller Unbehagen, überrascht von der Tatsache, dass sich jemand, der Menschen wie Caleb und Joel persönlich gekannt hatte, des Mordes an indianischen Frauen und Kindern derart brüsten konnte wie er.

Mit dem jungen Jabez Fox, der mit seiner Rede in hebräischer Sprache auf Dudley folgte, hatte ich eher Mitleid. Auch er griff auf ein gut durchgekautes Thema zurück: ob sich nämlich menschliche Güte immer im Schönen manifestiere. Ich merkte, wie ich in Gedanken zu anderen Gelegenheiten schweifte, bei denen dieses Thema erörtert worden war, und dachte, es sei eine verpasste Chance, dass nicht Caleb dazu das Wort ergriffen hatte. Er hätte vermutlich eine sehr lebendige

Auslegung des Themas zum Besten gegeben, die sich mit den sehr unterschiedlichen Wahrnehmungen von Gut und Schön auseinandergesetzt hätte und damit, dass Schönheit sehr wohl im Auge des Betrachters lag. Obwohl seine Ergebnisse genauso gut oder gar besser waren als die von Fox, hatte mir Samuel gesagt, Chauncy habe es für unklug gehalten, Caleb und Joel gleich zwei von drei Reden halten zu lassen. Er sagte, Chauncy habe Caleb gebeten zu sprechen, gleich nachdem die Nachricht vom Tode Joels bekannt geworden war, doch Caleb habe abgelehnt und gesagt, er sei seelisch dazu nicht in der Lage.

Während ich versuchte, mich auf die Redner zu konzentrieren, wanderte mein Blick immer wieder zu Caleb hinüber, der zusammen mit den anderen Absolventen auf der Ehrentribüne saß. Wie immer hielt er sich sehr gerade. Ich versuchte, ihn mit den Augen der anderen im Publikum zu sehen, die gewiss sehr neugierig auf diese junge Rothaut waren, die man aus der Wildnis geholt und so gründlich zu einem Gelehrten umgeformt hatte. Und tatsächlich war er äußerlich kaum von seinen Kommilitonen zu unterscheiden. Seine Kleidung glich der der anderen aufs Haar. Wenn überhaupt, war er sogar fast noch sorgfältiger ausstaffiert. Er war größer als alle, wie ich bereits gesagt habe, doch hatte er seine breite Brust und die kräftigen Arme eingebüßt, durch die er sich früher so deutlich von allen anderen unterschieden hatte. Auch wenn sein Haar immer noch dunkel war, hatte es etwas von seiner Dicke und seinem auffallenden Glanz verloren. Seine Haut, zwar noch immer olivfarben, war nach mehreren Jahren eines Lebens zwischen den Mauern des College um einiges heller geworden. Nur seine ohnehin schon markanten Gesichtszüge – die hohen, breiten Wangenknochen – schienen noch ausgeprägter und fremdartiger, je hagerer er wurde. Calebs Gesicht war auf das Rednerpult gerichtet, doch er wirkte sehr geistesabwesend. Ich vermutete, dass er in Gedanken bei Joel war, und wer hätte es ihm verdenken können?

Als es langsam Zeit für das festliche Abendessen wurde, erhob sich Chauncy, um die Tafel zu eröffnen, indem er einen Segen für all die jungen Männer sprach, die nun ihre Rolle als führende Köpfe einer gebildeten Gesellschaft einnehmen würden. Der Gouverneur stand als Nächster auf, prostete in die Runde, sprach einen herzlichen kleinen Toast auf das College aus und verlieh seinem Stolz darüber Ausdruck, dass die altehrwürdigen englischen Universitäten von Oxford und Cambridge den ersten Abschluss unserer Studenten als gleichwertig mit dem ihren anerkannten.

Das Festessen war üppig, das Fleisch saftig, und während die Becher wieder und wieder gefüllt wurden, wurde es so laut im Festsaal, dass man seinen Tischnachbarn nur verstehen konnte, wenn man sich auf fast unziemliche Weise zu ihm hinüberbeugte. Schließlich trieben mich der Lärm und die erstickende Hitze aus der Küche hinaus in den Garten, wo wenigstens die Luft kühler war, auch wenn der Lärm der Feiernden immer noch deutlich zu hören war. Bis ich mich halbwegs erholt hatte, um wieder hineinzugehen, waren die gelehrten Dispute bereits in vollem Gange. Obwohl ich es kaum erwarten konnte, Caleb zu hören, wusste ich, dass er sich auch bei so verstaubten Themen wie dem Verhältnis von Philosophie und Philologie bravourös schlagen würde. Und tatsächlich wurde an diesem Nachmittag nichts gesagt, das nicht bereits Dutzende von Malen an ebendiesem Ort geäußert worden war, nur dass es heute gelegentlich von launigen Kommentaren aus einem Publikum unterbrochen wurde, welches bereits einiges über den Durst getrunken hatte. Caleb schlug sich wacker; ich sah, wie Chauncy jedes Mal, wenn er sprach, strahlte, denn sein Latein war flüssig und seine Bemerkungen stets geistreich und angebracht. Ein oder zwei Mal ertappte ich Thomas Danforth dabei, wie er sich stolz zu einem seiner Tischnachbarn beugte, um von ihnen Lob für Calebs Fähigkeiten zu erheischen.

Nun, dachte ich. Du hast es geschafft, mein Freund. Es hat dich deine Heimat und deine Gesundheit gekostet, und es hat dich von deinem nächsten Verwandten entfremdet. Doch nach dem heutigen Tag kann niemand mehr sagen, dass der Verstand eines Indianers primitiv und durch Bildung unformbar ist. Denn hier in dieser Halle steht er, der unwiderrufliche Beweis, der *negat respondens*.

Schließlich stand Chauncy auf und bat um Ruhe. In der Aula wurde es mucksmäuschenstill. Auf Latein wandte sich der Präsident an das Aufsichtskomitee: »Ehrenwerte Herren und verehrte Angehörige des Klerus, ich präsentiere Euch nun diese jungen Studenten hier, von denen ich weiß, dass sie über hinreichend Wissen und gute Manieren verfügen, um gemäß den Gepflogenheiten an den Universitäten von England den ersten akademischen Grad zu erlangen. Ist Euch das genehm?«

Und zur Antwort ertönte ein lautes: »*Placet!*«

Ein Graduierter nach dem anderen erhob sich, trat vor Chauncy und bekam die Urkunde überreicht, mit der sein Universitätsabschluss bestätigt wurde. Als Caleb seine entgegennahm, hatte ich das Gefühl, die Stimme des alten Mannes zittere ein wenig, als er die altehrwürdigen Worte sprach: »Ich übergebe Euch diese Urkunde und erteile Euch hiermit die Erlaubnis, in all den Fächern, die Ihr studiert habt, zu unterrichten, wohin auch immer man Euch zu dieser Aufgabe einberuft.«

Später, als alle Formalitäten erledigt waren, traten die Graduierten vom Podest herab und ließen sich von ihren Familien umarmen und gratulieren. Nun endlich durften sich auch die Frauen – Mütter und Schwestern – der festlichen Runde anschließen und betraten strahlend die Aula, um ihre frischgebackenen Absolventen zu feiern. Ich trat nach vorne, weil ich versuchen wollte, Caleb zu beglückwünschen, wie es ihm an diesem Tag gebührte. Doch die Menge war so dicht gedrängt, dass ich kaum vorwärtskam. Erst als er sich direkt auf den Weg zur Tür begab, teilte sich die Menge für ihn. Ich rief nach ihm, doch er drehte sich nicht um, sondern ging weiter. Als ich über meine Schulter zurückblickte, sah ich, dass auch Samuel mitten in einem Knäuel von Feiernden feststeckte. Er hob entschuldigend die Schultern, um mir zu zeigen, dass er die Aula vorerst nicht verlassen konnte. Ich drängte mich durch, indem ich selbst bei betagten Ehemaligen und Pfarrern meine Ellbogen einsetzte, und erreichte schließlich die Tür, wo ich in alle Richtungen schaute und versuchte, Caleb auszumachen.

Schließlich entdeckte ich ihn. Er war schon auf halbem Wege durch den Garten und lehnte sich schwer gegen einen Baum. Dabei kehrte er mir den Rücken zu, doch ich sah deutlich, dass seine Schultern bebten. Einen Moment lang überlegte ich, ob ich zu ihm gehen sollte oder nicht. Vielleicht wollte er mich ja nicht bei sich haben, wenn ihn der Kummer überwältigt hatte. Doch dann obsiegten meine Gefühle über jede Vorsicht, und ich lief weiter. Als ich näher kam, merkte ich, dass es nicht der Kummer war, der ihn so mitnahm, sondern ein heftiger Hustenkrampf. Er hatte eines der Leinentaschentücher, die ich ihm genäht hatte, vor den Mund gepresst. Als er es wegnahm, sah ich, dass es mit Blut befleckt war.

VIII

Vermutlich hat so mancher von meinen Zeitgenossen bereits mit einem Menschen, der ihm lieb und teuer war, die schrecklichen Leiden der Schwindsucht durchgestanden. So will ich auch nicht von den langen Tagen und Nächten berichten, nur, dass mein Freund litt und dabei doch einen Stoizismus erkennen ließ, der dem Sohn eines *sonquem,* aber auch einem bekehrten Christen gänzlich würdig war. Auf welchen Teil von ihm er nun zurückgriff, um all seine Geduld und seinen Mut aufzubringen, weiß ich nicht.

Thomas Danforth war rührend um ihn besorgt. Caleb mangelte es nicht am allerbesten Essen, doch das kam zu spät, denn was das Stadtleben und die Entbehrungen des College gesundheitlich bei ihm angerichtet hatten, war nicht mehr wiedergutzumachen. Der Doktor aus Charlestown suchte ihn fast täglich auf, und Samuel ließ ihn so oft zur Ader, wie er es für nötig und gut hielt. Zuerst schienen diese Behandlung und die Möglichkeit, jeden Tag in den Heuwiesen von Danforth spazieren zu gehen, durchaus eine Verbesserung seines Zustands mit sich zu bringen. Doch als das Wetter unwirtlicher wurde, ging es mit ihm erneut bergab. Es kam der Tag, an dem er sich nicht aus seinem Bett erheben konnte.

Während dieser Zeit lebten wir in Cambridge im Hause der Cutters, und Samuel unterstützte teils den neuen Schulmeister beim Unterricht und war dazwischen mit Krankenbesuchen bei seinen chirurgischen Patienten beschäftigt. Ich fuhr nach Charlestown, so oft ich konnte, um bei Caleb zu sitzen, ihm vorzulesen und ihm in jeder erdenklichen Weise Mut zuzusprechen. Wir alle hofften, dass sein Zustand sich im kommenden Frühjahr bessern würde, doch auch als irgendwann ein milderes Lüftchen zu wehen begann, schien das nicht verhindern zu können, dass es mit ihm bergab ging. Als sein Zustand ernst wurde, bat mich Danforth, zu ihm zu ziehen und Caleb zu pflegen. Samuel war so schnell einverstanden, dass ich in der Tat zu fürchten begann, was er nicht offen aussprach: dass nämlich seine Erfahrung als Medicus ihn lehrte, Calebs Ende könne nicht mehr fern sein. Ephriam Cutters junge Frau war einverstanden, sich um Ammi Ruhama zu kümmern. Und so blieb ich in Charlestown und verbrachte jede wache Minute an Calebs Bett. Dort hörte ich, wenn er im Fieber sprach, während sein Zustand sich verschlechterte und er immer öfter bewusstlos war. Manchmal murmelte er Passagen aus der Bibel, dann wieder purzelten ihm lateinische Aphorismen und Epigramme über die Lippen. Des Nachts jedoch plapperte er auf Wampanaontoaonk. Dabei schien er sich jedes Mal an Tequamuck zu wenden. Oft nahm dieses Reden die Gestalt eines Gesprächs an oder auch eines Streitgesprächs, und dann regte er sich auf, warf sich im Bett herum, obwohl er doch bei Tage oft so schwach war, dass es ihm mit seinem hinfälligen Körper nicht mehr gelang, auch nur eine Hand zu heben.

Nachdem es einige Nächte so gegangen war, dachte ich mir etwas aus – einen Plan, der ebenso töricht sein mochte wie er einer Art verrückter Verzweiflung entsprungen schien –, nahm meinen ganzen Mut zusammen und ließ mir, mit Samuels Segen, eine Passage auf die Insel reservieren.

Makepeace und Dorcas freuten sich, mich zu sehen, auch wenn ich ihnen den wahren Grund für meinen Besuch nicht nannte. Den vertraute ich nur Iacoomis allein an. Er war zornig darüber, wie ich befürchtet hatte, und versuchte, mich mit allen Mitteln von meinem Vorhaben abzubringen. Am Ende verweigerte er mir, zu meinem Kummer, jegliche Hilfe. Ich kann nicht behaupten, dass mich das besonders überraschte.

So blieb mir nur noch ein Ort, an den ich mich wenden konnte. Es bedurfte großer Überzeugungskraft meinerseits, Makepeace' Zustimmung zu erlangen, doch am Ende ließ er mich ganz allein zu den Merrys reiten. Die Tatsache, dass Anne, die sich immer noch in tiefer Trauer um Joel befand, dorthin zurückgekehrt war, da sie beschlossen hatte, sein Gedenken zu ehren und den Pfad einzuschlagen, den er für sich selbst geplant hatte, lieferte mir einen willkommenen Vorwand. Sie hatte vor, eine Schule für die Kinder der Takemmy zu gründen und damit den Boden für die Verbreitung des Evangeliums Christi zu bereiten.

Ich will es gerne zugeben: So schwer mir das Herz war, als ich mich auf den Weg machte, hob sich doch meine Stimmung deutlich, als ich aus Great Harbor ritt. Speckle war es wie immer zufrieden, mich zu tragen, und trabte mit flinken Hufen voran, solange der Untergrund es zuließ. Als ich die Anhöhe erklommen hatte, die zur Farm der Merrys führte, zügelte ich die Stute und hielt die Luft an. Als ich das letzte Mal auf der Insel gewesen war, hatte sich keine Gelegenheit geboten, die Merrys zu besuchen, da sie uns nur allzu gern aus frohem Anlass in Great Harbor besucht hatten. Nun jedoch sah ich, dass die emsige Familie nicht einen einzigen Tag in den sechs Jahren, seit ich ihren Besitz das letzte Mal gesehen hatte, ungenutzt hatte verstreichen lassen. Sie hatten ein Paar Kälber gekauft und sie so ausgebildet, dass sie zusammen mit den jungen Ochsen endlich die abgestorbenen

Bäume weggebracht hatten. Der Garten, der kundig gestutzt und sorgfältig bewässert war, blühte und gedieh. Aus der Richtung der Mühle kam ein eifriges Klappern. Die Mühle selbst war vergrößert worden, und ihre großen Steine mahlten fleißig, während das Wasser glitzernd durch die Rinne floss.

Es gab drei schöne Häuser statt früher nur einem, da sowohl Jacob als auch Noah für ihre wachsende Nachkommenschaft hatten anbauen müssen. Es war Noahs Kleinste, Sarah, die mich als Erste erblickte und zu ihrer Mutter lief, um es ihr zu sagen. Tobia begrüßte mich freundlich und schickte Sarah aufs Feld, um Noah zu holen. Ich schaute ihr hinterher, wie sie mit hüpfenden blonden Löckchen losrannte – ganz ihr Vater.

Kurze Zeit später kam Noah lächelnd, aber auch überrascht über mein plötzliches Erscheinen ins Haus. »Letzten Markttag war ich mit deinem Bruder zusammen, aber er hat nichts davon gesagt, dass er einen Besuch von dir erwartet.«

»Ich bin auch überraschend hier«, sagte ich. Tobia stellte uns Bier und Haferkekse hin, weshalb ich genötigt war, mich eine Weile mit ihm hinzusetzen und zu plaudern. Dann kam Anne herein, die an ihrer Schule unterrichtet hatte. Sie sah gut aus, wenngleich nicht mehr so blühend und fröhlich wie vor ihrem großen Verlust im Jahr zuvor. Wir sprachen darüber, wie sie mit den Kindern zurechtkam, und sie wurde gleich viel lebhafter, als sie erzählte, wie sich das eine und andere Kind beim Lernen anstellte.

Ich spürte, dass Noah mich immer wieder musterte, doch als er merkte, dass ich vor den anderen nicht preisgeben würde, was es mit meinem urplötzlichen Besuch bei ihnen auf sich hatte, fand er einen Vorwand, indem er behauptete, er müsse eine Nachricht zur Mühle bringen, und ob ich denn

Lust hätte, mit ihm hinüberzugehen und mir anzuschauen, was sich dort alles verändert hatte. Bei dieser letzten Bemerkung sah ich ein feines Lächeln um seine Lippen spielen, denn er wusste sehr wohl, dass ich mich nicht allzu sehr für Schrot und Korn interessierte.

Kaum hatten wir uns ein wenig vom Haus entfernt, ergriff ich das Wort. »Einmal, vor Jahren, hast du bewiesen, dass du mir ein Freund bist. Damals bist du für jemanden, der mir viel bedeutete und in Schwierigkeiten steckte, ein großes Risiko eingegangen. Noah, ich habe nicht das Recht, darum zu bitten, doch ich bin hier in der Hoffnung, dass du mir noch einmal als guter Freund zu Hilfe kommst, auch diesmal für jemanden, der sich in einer schlimmen Situation befindet.« Ich erzählte ihm von Calebs schwerer Erkrankung und eröffnete ihm meine seltsame Bitte. »Vielleicht ist es ja wirklich alles umsonst«, schloss ich, »doch unsere beste Medizin und die inbrünstigsten Gebete haben ihm nicht helfen können. Wenn es noch etwas gibt, was getan werden kann, dann liegt es vielleicht in den Händen von jenem Mann.«

Noah schaute mich ernst an. »Ich weiß nicht, warum du das denkst, nachdem Caleb schon vor so vielen Jahren den Übergang in unsere englische Welt gewagt hat.«

»Ich habe meine Gründe«, sagte ich leise.

»Es ist nicht ohne Risiko, weißt du. Er ist rachsüchtig, das sagen diejenigen, die ihn kennen, und er ist voller Hass. Mittlerweile bleibt er viel für sich, weil die getauften Indianer ihn nicht mehr bei sich dulden. Er ist der letzte seiner Art; der einzige *pawaaw*, der noch nicht Satan und seinen Höllengefährten abgeschworen hat.«

»Das weiß ich. Aber ich muss es probieren.«

Und so nahmen wir ein *mishoon* zur Siedlung der Takemmy, um den dortigen *sonquem* um Rat zu bitten. Er war ein weiser Mann, der sich bemühte, jederzeit darüber unterrichtet zu sein, wo Tequamuck sich aufhielt. Denn in seinen Augen war es besser, dem Medizinmann aus dem Weg zu gehen. Es wurde gemunkelt, er würde jedem, der ihm Wild wegschnappte, das er eigentlich für sich selbst beanspruchte, seine dämonischen Helfer auf den Hals hetzen.

Als der *sonquem* erfuhr, dass Noah und ich Tequamuck um eine Unterredung bitten wollten, bekreuzigte er sich und flehte Gott um seinen Schutz gegen diesen bösen Mann an. (Er war erst vor zwei Jahren Christ geworden, nachdem er lange mit der Entscheidung gerungen hatte.) Noch am selben Nachmittag machten wir uns auf den Weg an den Ort, den er uns genannt hatte und der zum Glück nicht einmal drei Meilen entfernt lag.

Ich weiß nicht wie, aber er musste unser Kommen gespürt haben. Denn er wartete auf uns, stehend, die Arme verschränkt, hinter einem flackernden Feuer, dessen beißender Rauch deutlich nach verbranntem Beifuß roch. Er war wie für eine Zeremonie gekleidet, trug seinen Umhang aus Truthahnfedern, und sein Gesicht war mit roten und ockergelben Streifen bemalt.

Wir zügelten Speckle ein Stück weit entfernt und stiegen ab. Ich muss zugeben, dass mir die Beine schlotterten und meine Knie nachgaben, kaum dass sie den Boden berührten. Noah reichte mir seinen Arm, den ich nur allzu gerne nahm, obwohl ich dabei spürte, dass auch mein alter Freund zitterte wie Espenlaub. Wir zwangen uns weiterzugehen.

Vielleicht hatte Tequamuck ja das Feuer mit einem Zauberspruch belegt, denn als wir uns ihm näherten, flammte es einen Moment lang so hoch auf, dass ich bei dem plötzlichen Hitzeschwall zusammenzuckte. Die Gestalt des Medizinmannes schien in der glühenden Luft zwischen uns zu flackern und zu flimmern.

»Was ist der Grund, dass das Kind des toten englischen *pawaaw* Tequamuck zu sehen begehrt?«

Dass er Englisch sprach, brachte mich einen Moment lang völlig aus der Fassung. Ich konnte mir nicht erklären, wie er es geschafft hatte, sich diese Sprache anzueignen, da er sich doch immer von uns ferngehalten hatte.

»Ich komme ... ich komme, um Euch um Eure Hilfe zu bitten.« Meine Stimme bebte.

»Meine Hilfe?« Er gab ein freudloses Lachen von sich. »Meine Hilfe? Was soll das? Und was ist mit der ach so großen Macht deines einen Gottes und seines gemarterten Sohnes? Haben sie dich endlich im Stich gelassen?«

Ich schwenkte auf Wampanaontoaonk um. Es war Jahre her, dass ich es gesprochen hatte, doch die anmutigen langen Wörter kamen mir noch immer leicht über die Lippen. »Bitte, hört mich an. Euer Neffe ist krank. Er liegt im Sterben. Und er bittet Euch um Euren Beistand. Ich habe ihn gehört, Nacht um Nacht. Ich komme, um Euch zu bitten, meinem todkranken Freund zu helfen.«

»Mein Neffe ist krank? Und du denkst, das ist mir neu? Mein Neffe ist krank – ja, todkrank sogar – seit dem Tag, an dem er begann, mit dir, Sturmauge, zu gehen.«

Ich spürte, wie alle Luft aus mir wich und mir die Knie endgültig weich wurden, sodass Noah mich stützen musste, damit ich nicht fiel. Tequamuck lächelte. Er war vermutlich an eine solche Wirkung auf andere Menschen gewöhnt. Ich versuchte, mein Denken mit Gebeten zu füllen – mit all den gewohnten Versen und Psalmen, die mir zur zweiten Natur geworden waren. Doch die Angst, die mir dieser Mann einflößte, war wie ein schwarzer Vorhang, und mir wollte kein einziges Wort einfallen. Tequamucks Stimme schlug den singenden Tonfall an, den er bei seinen Zeremonien verwendete.

»Ich habe Cheeshahteaumauks Schreie gehört. Ich bin seinem Geist begegnet. Es ist ein schwacher Geist, hin- und hergerissen zwischen zwei Welten. Und das ist dein Werk, Sturmauge. Du nennst ihn Freund. Du nennst ihn Bruder. Dein Freund und Bruder ist auf Wanderschaft, und er hat sich verirrt. Er sucht. Und weißt du warum?«

Ich schluckte und schloss die Augen. Vielleicht wusste ich es ja. Oder vielleicht war Tequamuck dabei, mich zu verhexen, indem er mir Dinge einflüsterte. Mein Mund war so trocken wie Asche, und ich brachte kaum die Atemluft auf, um zu sprechen.

»Er sucht nach dem Sohn von Iacoomis. Er kann ihn nicht finden, und das bekümmert ihn. Er fürchtet, ihn nie zu finden. Jener Sohn hat nie den Weg in die Geisterwelt beschritten. Er hat niemanden, der ihn führt. Cheeshahteaumauks Herz weiß das. Er weiß, wenn er nach seinem Freund sucht, läuft er Gefahr, die Geisterwelt seiner Vorfahren zu verlassen, und alle, die dort mit ihm sind. Und dann wird er in das Haus der toten Engländer gehen müssen.«

Ich ließ Noahs stützende Hand los und sank auf die Knie hinab. Ein tiefes Schluchzen entrang sich meiner Kehle. Tequamuck schaute angewidert auf mich herab. Ich wusste, dass ein solches Verhalten mich in seinen Augen erniedrigte. Er drehte sich um und begann auf sein *wetu* zuzugehen. Für ihn war die Unterredung offenbar beendet. Doch das konnte ich nicht zulassen. Ich musste wissen, wie ich Caleb helfen konnte. Ich nahm meine gesamte mir verbleibende Willenskraft zusammen, wischte mir die Tränen vom Gesicht und zwang mich aufzustehen.

»Wartet, bitte!«, rief ich. »Bitte sagt mir, was ich tun muss. Wie kann ich ihm helfen?«

Tequamuck drehte sich nicht um. Er war am Eingang des *wetus* angekommen und hob den gewebten Vorhang, der als Tür diente. Ich trat einige Schritte vor. Noah streckte eine Hand aus, um mir Einhalt zu gebieten, doch ich schüttelte sie ab. Ich schaute ihm in die Augen. »Wenn du mein Freund bist – wirst du mich das tun lassen.« Da zog er, in einer Geste der Hilflosigkeit, seine Hand ganz fort. Ich lief zum *wetu* und packte den Medizinmann am Arm. Ich spürte, wie ihn ein Schauder durchlief. Er erstarrte und drehte sich um.

Seine Augen über den ockerfarbenen Streifen waren schwarz wie Kohle. Es waren schlaue, forschende Augen. Ich fühlte mich wie aufgespießt von diesem Blick.

»Was willst du von mir? Du hast mir doch schon alles genommen. Lass mich in Frieden um meinen Neffen trauern.«

»Bitte.« Meine Stimme war ganz dünn und brüchig. »Bitte zeig mir, wie ich ihm helfen kann.«

Er richtete sich zu seiner ganzen stattlichen Größe auf und schaute lange auf mich herab. Obwohl mir unter seinem forschenden Blick heiß und kalt wurde, zwang ich mich dazu, nicht wegzuschauen. Es kam mir vor, als sei mein Verstand entblößt, und er schien ihn mit seinem finsteren Blick auszuleuchten wie mit einer Lampe. Dann endlich gab er einen tiefen Seufzer von sich.

»Du willst ihm wirklich helfen.« Ich nickte. »Dann folge mir. Ich zeige dir, wie.« Er hob die Matte an und bedeutete mir, ihm zu folgen. Noah rief mir eine Warnung zu, doch ich drehte mich noch einmal zu ihm um und schüttelte nur den Kopf. »Wart auf mich«, sagte ich. Dann folgte ich dem Medizinmann in die dunkle Hütte.

Über das, was im *wetu* vor sich ging, kann ich nichts schreiben, weil ich einen feierlichen Eid ablegen musste, den ich niemals gebrochen habe. Manche würden sagen, es sei ein Pakt mit dem Teufel gewesen, an den ich folglich nicht gebunden sei. Doch nach jenem Tag war ich mir nicht mehr sicher, ob Tequamuck wirklich mit dem Satan im Bunde stand. Sicher, Vater und jeder andere Pfarrer hatten mich mein Lebtag lang davor gewarnt, dass Satan listenreich und überaus geübt darin sei, sein wahres Vorhaben zu verbergen. Doch damals, an jenem Tag, war ich zu dem Schluss gekommen, dass wir die verschlungenen Wege Gottes niemals erkennen werden. Vielleicht war es ja so, wie auch Caleb glaubte, dass Satan noch immer Gottes Engel ist und auf eine Weise sein Werk vollbringt, die uns verborgen bleibt. Blasphemie? Ketzerei? Vielleicht. Und vielleicht werde ich dafür verdammt. Schon bald werde ich es wissen.

Nur so viel über das, was dort vorging, will ich hier preisgeben. Dort beim schummrigen Licht in seinem *wetu* sprach Tequamuck zu mir über das, was er vorhergesehen hatte – wie man sein Volk ausrotten, wie es aus Jägern zu Gejagten würde. Er hatte die Toten gesehen, die wie Holzscheite aufgestapelt waren, und lange Reihen von Menschen, die, alle zu Fuß, von ihren vertrauten Plätzen vertrieben wurden. All die Jahre später ist so vieles von dem, was er gesagt hat, Wirklichkeit geworden, und woher auch immer er seine seherischen Fähigkeiten hatte, weiß ich nun, dass er ein wahrer Prophet war.

Er sagte mir auch, er habe akzeptiert, dass die Macht unseres Gottes größer sei als jede Macht, die er selbst je besessen hatte. Ich fragte ihn, warum er sich dann nicht seinen Leuten angeschlossen und den christlichen Glauben angenommen hatte.

»Wie soll ich euren Gott annehmen, ganz gleich, wie viel Macht er hat, wenn ich doch weiß, was uns nach seinem Willen widerfahren wird? Wer würde einem solch grausamen

Gott folgen? Und wie soll ich die Geister verleugnen, mit deren Hilfe ich das Meer aufwühlte und Fels gespalten habe, die mir all die Jahre die Gabe geschenkt haben, die Kranken zu heilen und das Blut meiner Feinde zu entflammen? Den helllichten Tag zu verdunkeln und die Nacht lichterloh brennen zu lassen? All das haben mir meine Geister ermöglicht. Dein Gott mag stärker sein als sie; das habe ich begriffen. Ebenso wie ich begriffen habe, dass er siegen wird. Doch noch nicht gleich. Nicht für mich. Solange ich lebe, werde ich diejenigen, die zu mir gehören, nicht verlassen, und die Rituale vollziehen, die ihnen gebühren.«

Als ich den *wetu* verließ, ging gerade die Sonne unter. Der Himmel war herrlich – tiefviolett und purpurrot mit lauter goldenen Lichtstreifen, vor denen sich die Wolken bauschten wie dicke Kissen. Der fremdartige Rauch von Tequamucks Feuer umhüllte mich wie ein Schleier und übte seine Wirkung auf meine Sinne aus, sodass ich die Dinge um mich herum mit gespenstischer Klarheit sah, jeden Strich und jede Farbe deutlich voneinander getrennt.

»Bethia, du bist ja weiß wie Pergament.« Noahs Augen wanderten ängstlich über mein Gesicht. Wieder reichte er mir seinen Arm. »Hat er dir etwas angetan? Wenn, dann werde ich sogleich...«

»Noah«, unterbrach ich ihn. »Er hat mir nur die Hilfe gewährt, um die ich ihn gebeten habe.« Das war nicht ganz richtig, obwohl mir das damals noch nicht vollkommen klar war. Erst später, als ich vor Caleb stand und ihm in die Augen blickte, begriff ich, welche Art von Hilfe mir Tequamuck hatte zuteilwerden lassen, und dass sie sowohl weniger als auch mehr als das war, worum ich ihn gebeten hatte.

»Lass uns diesen Ort hier verlassen«, sagte ich zu Noah. »Mir ist kalt bis auf die Knochen.« Es war gar kein besonders kalter Abend, doch das Blut in meinen Adern war zu Eis erstarrt, und ich sehnte mich danach, wieder an einem vertrauten Ort zu sein, einem Ort, wo es keine Gespenster und Geister gab, die mich umlauerten.

IX

Als ich Calebs Zimmer im Haus von Thomas Danforth betrat, befürchtete ich, zu spät gekommen zu sein. Er lag mit dem Gesicht zur Wand, und die Decke über ihm schien sich kaum zu heben und zu senken, so flach war sein Atem geworden. Ich beugte mich über ihn, flüsterte ihm etwas zu. Ich sprach Wampanaontoaonk, und es war nur für Calebs Ohren bestimmt. Doch kaum hatte ich die ersten Worte gesprochen, drehte er sich um, die Augen vor Überraschung weit aufgerissen. Als ich geendet hatte, legte er eine Hand – sie war ganz leicht und fiebrig – auf meinen Arm.

»Wer?«, krächzte er.

Ich nannte ihm den Namen.

Seine Gesichtszüge glätteten sich, als wären all die Linien des Schmerzes wie wegradiert. Er schloss die Augen. Als er sie wieder öffnete, waren sie wie dunkle Kohlen, die in den Höhlen glühten, mitten in einem Schädel, von dem alles Fleisch dahingeschwunden war. Er bedeutete mir, ich solle ihm aufhelfen, und so ging ich zur Tür und rief nach Thomas Danforth, der bereits wartete, obwohl ich, als ich eine Hand an Calebs Rücken legte, wusste, dass ich es auch allein geschafft hätte. Caleb war dünn wie ein Vögelchen. Danforth machte sich verlegen an den Kissen und Polstern zu schaffen, bis ich ihm einen bedeutungsvollen Blick zuwarf. Er verstand, was ich sagen wollte, und zog sich zurück, ließ mich wieder mit Caleb allein. Im Kamin brannte ein schönes Feuer; Danforth hatte darauf bestanden, es immer brennen zu lassen, sobald es draußen etwas kühler war. Ich ging zur Feuerstelle hinüber und hielt die gebündelten Kräuter über die Flamme, bis sie sich entzündeten. Der Duft, rein und scharf, schien die Luft der Insel in das Zimmer zu wehen. Caleb ließ mich nicht aus den Augen, während ich das Kräuterbündel in hohem Bogen durch die Luft schwenkte. Auf einmal schien ihm das Atmen leichter zu fallen. Als ich wieder an seinem Bett stand, zog ich den Gürtel aus Wampum-Perlen hervor. Die ganze Geschichte des Stammes auf Nobnocket war darauf abgebildet, ein Muster, das jedoch nur Eingeweihte zu deuten vermochten.

Ich legte den Gürtel quer über Calebs Herz, so wie ein *sonquem* ihn getragen hätte. Seine Hand schloss sich über den glatt polierten Muscheln. Langsam ließ er seine Finger die violetten und weißen Reihen erkunden. Seine Lippen bewegten sich, und ich wusste, dass er Teile der Geschichte wiedergab, so wie er sie viele Jahre zuvor gehört hatte. Als seine Lippen und seine Hände langsam zum Stillstand kamen, wusste ich, dass es an der Zeit war. Ich kniete neben seinem Bett nieder. Seit Caleb krank geworden war, war sein Haar wieder lang gewachsen. Ich nahm eine der Strähnen in die Hand und strich sie ihm aus dem Gesicht. Er hob die Hand und berührte meine Fingerspitzen mit den seinen. Ich hielt die Lippen ganz nah an sein Ohr und flüsterte ihm die letzten Worte zu, die mir Tequamuck mitgegeben hatte.

Caleb hob das Kinn und holte mit letzter Kraft noch einmal Luft. Dann öffnete er weit den Mund und begann zu singen. Obwohl der Ton, den er erzeugte, zunächst noch verhalten und angestrengt war, gewann seine Stimme immer mehr an Kraft, und ich spürte sein Lied in meinem ganzen Körper, meiner ganzen Seele. Caleb sang seinen Totengesang, und dann starb er wie ein Held, der nach Hause kommt.

Caleb *war* ein Held, daran besteht kein Zweifel. Mit dem Mut eines Forschers war er aufgebrochen, hatte den Weg aus einer Welt in die andere gewagt, bewaffnet mit der Hoffnung, seinem Volk dienen zu können. Er hatte Schulter an Schulter mit den gebildetsten Männern seiner Zeit gestanden, bereit, als Staatsmann seinen Platz in ihren Reihen einzunehmen. Er hatte den Respekt selbst all derer gewonnen, die ihn verachtet hatten.

All das ist die Wahrheit. Doch was ich nicht weiß, ist, welches Heim ihn am Ende bei sich aufnahm. Welches auch immer es war – der englische Himmel mit all seinen großen und kleinen Engeln, oder Kietans warmes, fruchtbares Plätzchen weit weg im Südwesten: Ich glaube fest daran, dass sein letztes Lied laut genug war, dass Joel es hören und ihm dorthin folgen konnte.

X

Am Ende rissen sie das Indian College ab. Es war, könnte man sagen, ein Opfer des Krieges. Nach so vielen blutigen Kämpfen gab es nur noch wenige, denen es etwas bedeutete, ob die Indianer lebten oder starben, ob sie nun bekehrt wurden oder ihr Leben als Heiden fristeten. Zunächst wurde das Gebäude baufällig. Im Jahre 1698 war von all den hochfliegenden Träumen und Hoffnungen nur noch ein Häuflein kaputter Steine und Staub übrig. Man nahm die Ziegel, wenn sie noch gut genug waren, und baute damit andere Gebäude. Als ich davon hörte, war ich nicht wütend, obwohl sich die Engländer doch wieder einmal etwas, das rechtmäßig den Indianern gehörte, angeeignet hatten. Das alles ist für mich jetzt eine alte Geschichte. Und das College hatte sich als der größte Dieb von allen erwiesen. Heute glaube ich, dass ein Fluch über dem Ganzen lag. Wie kann ich es anders sehen, wo doch jeder indianische Student, der in diesen vier Wänden weilte, eines viel zu frühen Todes starb. Es kamen noch andere nach Caleb und Joel, doch kaum hatten wir von diesen vielversprechenden jungen Männern gehört, erreichte uns auch schon wieder die schwarz geränderte Nachricht, dass sie tot waren. Ich weiß nur von einem, der vielleicht noch am Leben ist: John Wampus, der sich nur eine Weile am College aufhielt, dann jedoch in ein gesünderes Klima übersiedelte. Es heißt, er sei zur See gefahren. Ich hoffe, es ist ihm gut ergangen.

Oft wandere ich in Gedanken zu jenem warmen Tag vor so langer Zeit zurück. Hätte ich mich damals von jenem Jungen abgewandt, dort am Ufer des Tümpels, hätte ich Speckle bestiegen und wäre zurück in meine eigene Welt geritten, hätte ihn in Frieden gelassen mit seinen Göttern und seinen Geistern, wäre das besser gewesen? Wäre er immer noch am Leben, mittlerweile ein alter Mann, Patriarch einer Familie und Führer seines Stammes? Vielleicht. Ich kann es nicht sagen.

Er besucht mich in meinen Träumen. Es heißt, das sei eine Gabe, die seine Leute besitzen. Manchmal kommt er zu mir als der Junge, den ich gekannt habe; dann wieder lässt er mich sehen, wie er vielleicht in späteren Jahren gewesen wäre. In einem dieser Träume ist er ein Mann mittleren Alters, ein erfahrener Jurist, der hoch in der Gunst des Gouverneurs steht und dazu ernannt wird, Verhandlungen mit Metacom zu führen. Er erringt für sein Volk ein Quäntchen Gerechtigkeit, bringt so manchen vom Krieg und von der Zerstörung ab, die damit einherging. Es war ein guter Traum. Aus dem ich nur ungern erwachte.

Ich trauere auch um Joel, der vielleicht als der gebildetste Mann der Insel hierher zurückgekehrt wäre, um zwischen seinem Volk und den skrupellosen Engländern zu stehen, die versuchten, die Indianer mit Schulden zu knebeln und in die Knechtschaft zu zwingen. Oft genug sieht man heutzutage ein Kind der Wampanoag, das in einem englischen Haushalt oder auf einem englischen Schiff dient, aufgrund einer obskuren Schuldverschreibung in die Indentur versklavt.

All das sind meine Träume, ob wachend oder schlafend, und niemand kann wirklich sagen, was hätte sein können. Doch Träume und Erinnerungen sind für mich längst alles, was mich am Leben erhält. Wenn ich von Zeit zu Zeit Samuel mein Herz ausschütte und ihm diese Dinge erzähle, lächelt er mich geduldig an. Doch ich weiß, er denkt, ich sei eine weichherzige alte Frau geworden, die mit ihren Gedanken auf Wanderschaft geht, zwischen einer Vergangenheit, die unabänderlich ist, und einer unergründlichen Zukunft. Kürzlich habe ich ihm erzählt, dass ich von einer Zeit träume, in der die Wunden des Krieges verheilt sein werden und unsere Herzen nicht mehr so verhärtet sind, und dann werden vielleicht andere junge Indianer wie Caleb und Joel ihren Platz in Harvard einnehmen, in der Gesellschaft gebildeter Männer. Samuel schüttelte den Kopf und sagte, etwas Derartiges sehe er nicht einmal im nächsten halben Jahrhundert. Und dann berührte er mich am Gesicht und küsste mich. All diese lange Zeit hindurch haben wir uns geliebt, und wir lieben uns immer noch, auch wenn die Bande, die uns an diese Welt knüpfen, allmählich dünn und fadenscheinig und so leicht zerreißbar geworden sind wie der Faden einer Spinne.

Bald wird er hier sein. Er kommt viele Male am Tag, um zu schauen, wie es mir geht, doch immer zu dieser Zeit, wenn das Licht dahinschwindet. Er bringt mir eine Dosis Laudanum – seine chirurgischen Fähigkeiten finden bei mir längst keine Anwendung mehr –, und dann sitzen wir beisammen, Hand in Hand, und schauen zu, wie das letzte Licht des Tages auf dem Wasser tanzt.

Ich werde diese Seiten weglegen, bevor er kommt. Heute Abend möchte ich nicht über diese Dinge sprechen, Dinge, die längst vergeben und vergessen sind, und doch ist keines davon wieder gut geworden. Aber es hat meinem Herzen Erleichterung gebracht, dies alles niederzuschreiben. Ich bin keine Heldin. Das hat mir das Leben nicht abverlangt. Aber ich werde auch nicht als Feigling ins Grab steigen, der kein Wort darüber verliert, was er getan und was dies gekostet hat. So lasst also diese Seiten *mein* Totenlied sein – auch wenn es am Ende kein Triumphgesang ist, sondern das, was es sein muss: eine misstönende und kummervolle Klage.

Nachwort

Insel zweier Welten ist durch eine wahre Geschichte inspiriert. Dennoch ist es ein Werk der Phantasie. Was an dieser Stelle folgen soll, ist die Geschichte, wie sie dokumentiert ist: das schmale Gerüst, an dem ich das Gebäude meiner Einbildungskraft hochgezogen habe.

Das »College in Newtowne«, das man besser Harvard nennen sollte, wurde im Jahr 1636 gegründet, nur sechs Jahre nach der Gründung der Kolonie in der Bucht von Massachusetts. Insgesamt betrug die Anzahl seiner Absolventen im siebzehnten Jahrhundert nur 465. Caleb Cheeshahteaumauk gehörte zu dieser Elite.

Er wurde um 1646, nur fünf Jahre nach der Ankunft einer Handvoll englischer Siedler, auf der Insel geboren, die von ihren Ureinwohnern, den Wampanoag oder Wôpanâak, wie sie heutzutage bezeichnet werden, Noepe oder Capawock genannt wurde. Calebs Vater war *sonquem* oder Häuptling einer der kleineren Sippen der Wôpanâak, die in Nobnocket lebten, das man heute unter dem Namen West Chop kennt. Da die winzige englische Siedlung zehn Meilen entfernt lag, kann man davon ausgehen, dass Caleb in jungen Jahren nur wenig Kontakt mit den englischen Siedlern hatte und mit der Sprache seines Volkes und seinen Gebräuchen aufwuchs.

1641 erwarb der puritanische Geschäftsmann Thomas Mayhew das Besitzrecht an der Insel, die heute unter dem Namen Martha's Vineyard bekannt ist, vom Earl of Sterling und von Sir Fernando Gorges. Mayhews Sohn Thomas Jr. trat dann in Verhandlungen mit einem *sonquem* namens Tawanticut und kaufte von ihm eine Parzelle Land im Osten der Insel. Eine Reihe von Stammesmitgliedern Tawanticuts war gegen den Verkauf, wurde jedoch dadurch beschwichtigt, dass der Häuptling einiges von seinem Land seinen Gegnern überließ und den Mayhews nur das verkaufte, was ihm selbst gehörte. Thomas Jr. stand einer kleinen Gruppe von Siedlern vor, die Great Harbor, heute Edgartown, gründeten. Die Beweggründe für die Besiedelung der Insel lagen für Thomas Sr. offenbar in der Schaffung eines eigenständigen Landbesitzes außerhalb des Machtbereichs der Kolonie von Massachusetts Bay; hingegen war Thomas Jr. ein Mann des Glaubens, dessen Lebenswerk die Bekehrung der Wôpanâak wurde. Zu diesem Zweck gründete er 1652 auch eine Tagesschule für dreißig Indianer. Möglicherweise war Caleb unter ihnen und lernte dort lesen, schreiben und die englische Sprache. 1657 starb Thomas Jr. bei einem Schiffbruch auf dem Weg nach England. Sein Vater, sein Sohn Matthew und sein Enkel Experience führten seine Missionarstätigkeit fort und bemühten sich um die Bildung der Indianer.

Wahrscheinlich wurde Caleb aufs Festland geschickt, um in Roxbury bei Daniel Weld zur Schule zu gehen. Neun indianische Studenten (zu denen faszinierenderweise auch das Indianermädchen Joane, »the Indian Mayde«, gehörte) wurden dort unter Welds Führung im Jahr 1658 unterrichtet. 1659 gehörten Caleb und sein Mitschüler von Martha's Vineyard, Joel Iacoomis, zu den fünf Studenten indianischer Herkunft, die zusammen mit Matthew Mayhew Elijah Corletts Lateinschule in Cambridge besuchten, die neben dem Harvard College lag. Matthew verließ vor den Aufnahmeprüfungen für das College die Lateinschule und kehrte auf die Insel zurück.

In den Statuten von Harvard aus dem Jahr 1650 steht, die

Lehranstalt sei der »Ausbildung englischer und indianischer Jünglinge in diesem Lande« gewidmet. Zumindest ein Student indianischer Herkunft namens John Sassamon besuchte Harvard einige Zeit bevor das zweistöckige Backsteingebäude des Indian College im Jahr 1656 errichtet wurde. John Printer, ein Nipmuc, betrieb die Druckerpresse, die dort untergebracht war und auf der die erste indianische Bibel sowie viele andere Bücher in den Sprachen der Algonquin gedruckt wurden. Auch andere Ureinwohner namens Eleazar, Benjamin Larnell und John Wampus besuchten verbürgtermaßen das College.

1661 wurden Caleb und Joel für Harvard zugelassen, wo sie das strenge, auf den Klassikern basierende, vier Jahre dauernde Studium absolvierten und mit dem Titel des Bachelor abschlossen. Auf seinem Rückweg von Martha's Vineyard nach Cambridge für die Abschlussfeiern des Jahres 1665 lief Joel Iacoomis' Schiff vor Nantucket auf Grund, er wurde von Plünderern ermordet und erlangte so nie den Titel, der ihm zugestanden hätte. Caleb legte zusammen mit seinen englischen Kommilitonen 1665 die Prüfungen ab, wurde graduiert, starb jedoch nur ein Jahr später an Schwindsucht. Thomas Danforth, der angesehene Jurist und Politiker, nahm sich bis zu Calebs Tode seiner an.

Leider sind Zeugnisse über Calebs kurzes, tragisches und bemerkenswertes Leben rar gesät. Die meisten bekannten Primärquellen sind Schriften von Daniel Gookin (1612–1687), dem Beauftragten für Indianerfragen in Massachusetts, sowie einige Korrespondenzen von Mitgliedern des Aufsichtskomitees von Harvard an die in London ansässige »Gesellschaft für die Verbreitung des Evangeliums«. Die New England Company, wie sie auch genannt wurde, sammelte Spendengelder, um Indianer auszubilden und zu bekehren, Gelder, die in den frühen Jahren Harvards unabdingbar für dessen Überleben waren.

Bei der Durchsicht der wenigen überlieferten Schriftstücke, die von bekannten Klassenkameraden Calebs und Joels verfasst wurden, habe ich keine einzige Erwähnung ihrer indianischen Mitstudenten gefunden. Eine Hypothese, die diese Lücke erklären könnte, lautet, dass die jungen Eingeborenen zu der Zeit, als sie nach Harvard kamen, der englischen Gesellschaft so angepasst waren, dass sie ihren Mitschülern gar nicht weiter bemerkenswert schienen. Gewiss waren sie so gebildet wie ihre Klassenkameraden aus Siedlerfamilien, nachdem sie zur Vorbereitung des Studiums die besten Schulen besucht hatten, die verfügbar waren. Eine andere Erklärungsmöglichkeit wäre, dass die beiden jungen Wôpanâak aufgrund rassischer Vorurteile sozial und akademisch isoliert wurden und nicht wirklich am Collegeleben ihrer Kommilitonen teilnahmen. Ich habe versucht, bei meiner erzählerischen Darstellung beiden Thesen Rechnung zu tragen.

Obgleich ich Wolfgang Hochbruck und Beatrix Dudensing-Reichel für ihre genaue Analyse des Lateinischen in einem überlieferten Dokument aus Calebs Feder zu Dank verpflichtet bin (in: *Early Native American Writing*, hrsg. v. Helen Jaskoski, Cambridge University Press, New York 1996), stimme ich ihnen nicht zu, was ihren Zweifel an der Urheberschaft des Textes angeht. Die Fehler im Lateinischen, die ihrer Meinung nach darauf hindeuten, dass der Text Caleb vielleicht diktiert wurde, könnten ebenso gut als Beweis für seine Authentizität gelten, denn es sind Fehler, wie sie einem Studenten im zweiten oder dritten Studienjahr beim Verfassen einer exegetischen Schrift durchaus unterlaufen könnten. Außerdem irren die Verfasser des Essays bei dem einzigen Beweisstück, das sie für ihre These anbringen, die Kolonisten hätten nur allzu gerne Dokumente gefälscht, um Gelder aus England zu bekommen. Sie kommen zu dem Schluss, der Iacoomis, auf den in einer zugegebenen Fälschung durch John Eliot Bezug genommen wird, sei Calebs Studienkollege, obwohl aus dem Kontext hervorgeht, dass Eliot sich auf Joels Vater bezieht, den ersten konvertierten Indianer auf Martha's Vineyard, der viele Jahre als Missionar tätig war und dort zum Pfarrer ordiniert wurde.

Ebenso unverzichtbar wie haarsträubend ärgerlich fand ich die Sekundärquellen, insbesondere Samuel Eliot Morisons zahlreiche Werke über Harvards Frühzeit. Morisons wohldurchdachter Rassismus macht seine Auswahl und Benutzung von Quellen höchst unzuverlässig. Um nur ein drastisches Beispiel zu nennen: Bezüglich Präsident Dunsters frühem, gescheitertem Versuch, zwei junge Indianer auf das College vorzubereiten, die ihm 1646 John Eliot geschickt hatte, zitiert Morison Dunster: Es sei ihnen unmöglich, »von solchem Lernen zu profitieren, wie ich es ihnen so gerne beibringen wollte, weshalb sie hier bei mir fehl am Platze sind... Ich wünsche, dass man sie deshalb schleunigst anderswo unterbringt.« Die Einsicht in Dunsters wirklichen Brief in den Archiven von Massachusetts zeigt jedoch, dass Morison einfach Dunsters einleitende Worte des Satzes sinnentstellend weggelassen hat, denn der Präsident gibt ihrem jugendlichen Alter die Schuld an deren Lernschwierigkeiten (»*Whereas the Indians with mee bee so small as that they are incapable...*«) und schlägt aus diesem Grunde aus reiner Fürsorge eine andere Unterbringung für sie vor.

Dieses Buch entstand mit der bemerkenswerten Unterstützung durch den Stamm der Wampanoag in Gay Head/Aquinnah. Von Caleb habe ich als Erstes aus Material erfahren, das der Stamm herausgegeben hat, und auch die zahlreichen inspirierenden Programme, die das Aquinnah Cultural Center der Öffentlichkeit bietet, haben in mir die Idee zu diesem Buch reifen lassen. Einzelne Stammesmitglieder sind sehr ermutigend und großzügig gewesen, geizten weder mit ihrem Wissen noch mit Gedanken und lasen bereitwillig erste Fassungen des Textes. Andere nahmen sich durchaus die Freiheit, ihre Bedenken bezüglich eines solchen Unternehmens zu äußern, das eine beliebte Figur aus ihrer Geschichte zum Gegenstand von Fiktion macht und mit einer frei erfundenen Version aufwartet, die so mancher fälschlicherweise für Fakten halten könnte. Dieses Nachwort soll solche Bedenken entkräften, indem es nochmals auf die karge Quellenlage hinweist, sich zugleich aber von wilder Spekulation distanziert.

Was die frühe Kolonialgeschichte von Martha's Vineyard angeht, bin ich der verstorbenen Anne Coleman Allen sehr verpflichtet, deren Einführungskurs zur Geschichte der Insel vor allem wegen der Gründlichkeit ihrer Nachforschungen bezüglich des Wirkens der Mayhews ebenso unverzichtbar war wie die Einsichten von June Manning, die die Geschichte des Stammes der Wampanoag von Gay Head/Aquinnah aufgezeichnet hat. Sehr erleuchtend war für mich Jannette Vanderhoops Lehrveranstaltung zur Kultur der Wampanoag an der Adult and Community Education of Martha's Vineyard. Außerdem stütze ich mich auf David J. Silvermans Buch *Faith and Boundaries,* Cambridge, England u. Cambridge University Press, New York 2005. Ich danke dem Museum von Martha's Vineyard für den Zugang zu seinen Archiven; Chris Henning für seine Beratung in Fragen des Lateins; und frühen Lesern wie Graham Thorburn, Clare Reihill, Darleen Bungey sowie Elinor, Tony und Nathaniel Horwitz. Wie bei all meinen Büchern danke ich von Herzen meiner Agentin Kris Dahl und meinen Lektoren Molly Stern und Paul Slovak. Studenten und Lehrpersonal, die an den archäologischen Ausgrabungen rund um das Harvard Yard Indian College und der bemerkenswerten Ausstellung des Peabody Museum mit dem Titel »Digging Veritas« beteiligt waren, ermöglichten mir einen Zugang zur materiellen Kultur Harvards im siebzehnten Jahrhundert.

Die fiktiven Gespräche zu Glaubensfragen stützen sich hauptsächlich auf John Cotton Jr.s Schilderungen seiner Gespräche mit eingeborenen Insulanern in seinen Missionstagebüchern der 1660er Jahre, sowie auf Randbemerkungen an religiösen Texten und in Bibeln in der Sprache der Wôpanâak aus dem siebzehnten und achtzehnten Jahrhundert.

Während die Mayfields aus meinem Buch durchaus einige biographische Fakten mit dem Leben der Missionarsfamilie Mayhew gemeinsam haben, sind meine Charaktere alle fiktiv, besonders Bethia, die reine Erfindung ist. Makepeace Mayfield ähnelt Matthew Mayhew nur in einem Detail: seinem gescheiterten Versuch, an Elijah Corletts Schule einen Abschluss zu machen. Die Idee, dass es tatsächlich Spannungen zwischen Matthew und Caleb gegeben haben könnte, kam mir angesichts der Tatsache, dass Matthews Sohn Experience zwar eine detaillierte Geschichte der Indianerchristen von Martha's Vineyard verfasste, Caleb – bestimmt einer ihrer illustersten Vertreter – jedoch nicht erwähnte.

In den kolonialen Archiven sind keine Tagebücher und auch nur sehr wenige Briefe von Frauen vor 1700 erhalten. Um Bethia eine Stimme zu verleihen, habe ich auf Quellen wie die Schilderungen von Mary Rowlandson aus ihrer Gefangenschaft, Anne Hutchinsons Aussagen vor Gericht und die Gedichte von Anne Bradstreet zurückgegriffen. Die Idee, Bethia in der Küche des Harvard College arbeiten zu lassen, kam mir durch Laure Thatcher Ulrichs einleitenden Essay in *Yards and Gates: Gender in Harvard and Radcliffe History* (Plagrave

Maxmillan, New York 2004). Informativ waren hier auch die Arbeiten von Forschern, namentlich von Jill Lepore, Arthur Railton, James Axtell, Jane Kamenksy, Lisa Brooks und Mary Beth Norton, die sich mit jener Zeit auseinandersetzen. Die Recherche für den Roman begann ich als Lehrbeauftragte am Radcliffe Institute for Advanced Study, und ich bin immer noch dankbar dafür, diese Chance erhalten zu haben.

In den vergangenen Jahren haben zwei Wôpanâak, Carrie Anne Vanderhoop und Tobias Vanderhoop, erfolgreich ein Studium in Harvard abgeschlossen.

Ich denke, Bethia Mayfield würde es freuen, wenn sie wüsste, dass heute eine Frau, Drew Gilpin Faust, Präsidentin von Harvard ist und die Abschlussprüfungen abnimmt. Unter denen, die dort voraussichtlich im Jahre 2011 ihren Bachelor machen werden, wird wohl auch Tiffany Smalley sein, seit Caleb Cheeshahteaumauk die erste Wôpanâak aus Martha's Vineyard, die an der Universität Harvard einen akademischen Titel erwirbt.

Vineyard Haven, 1. November 2010

Honoratissimi Benefactores.

Referunt Historici, de Orpheo musico, et ipsorum Poëta, quod ab Apolline Lyram acceperit, eaq[ue] tantum valuerit ut ideius Cantus sylvas, saxaq[ue] moverit, et arbores ingentes quod se traxerit, feraq[ue] ferocissimas mitiores reddiderit, et imo: ad inferos ad Superos reverterit. Hoc symbolum esse statuerunt philosophi Antiquissimi, ut ostendant quod tanta sit vis et virtus doctrinae et politioris literaturae ad mutandum Barbarum Ingenium: qui sunt tanquam arbores, ferae, et bruta animantia. Et eorum quasi metamorphosin efficiendam, atq[ue] tanquam Tigres Citurando, et apud se trahendos.

Deus vos Delegit istos Patronos nostros, et cum omni sapientia, intimaq[ue] Commiseratione vos ornavit, ut nobis paganis salutis feram opem feratis, qui soliti a progenibus a Majoribus nostris Duobeanis, tam animo, quam corporeq[ue] nudi fuimus, et ab omni humanitate alieni fuimus, in Desertorum et illius variisq[ue] erroribus ducti fuim[us].

Oteq[ue] quatorq[ue] ornatissimi, amantissimiq[ue] viri, quas quantasq[ue] quam maximas, immensasq[ue] gratias vobis Retribuamus: eo quod omnium rerum Copiam nobis suppeditaveritis propter educationem nostram, et ad sustentationem Corporum nostrorum: immensas, nec magis expensas attuleritis.

Et praecipue quas quantasq[ue] Gratias Deo opt. Max. debimus, qui sacras scripturas nobis revelavit, Dominumq[ue] Jesum Christum nobis demonstravit, qui est via veritatis et vita. Praeter haec omnia, per viscera misericordiae Divinae, aliqua speremus solida Evangelium Cognatis nostris Conferens, et illi etiam Deum Cognoscant et Christum.

Quamvis non possumus par pari reddere vobis, reliquisq[ue] Benefactoribus nostris attamen speramus, nos non Desituros apud Deum supplicationibus imposterum exorare, pro illis piis misericordibus viris, qui supersunt in Victoria Anglia, qui pro nobis tantam vim auri argentiq[ue] attribuerant ad salutem animarum nostrarum procurandam: et pro vobis etiam, qui instrumenta, et quasi aquae ductus fuistis: omnia ista beneficentia nobis conferendi.

Vestrae Dignitati devotissimus: Caleb Cheeshahteaumauk